ON N'A PAS TOUJOURS DU CAVIAR

DU MÊME AUTEUR

chez le même éditeur

SOIS TRANQUILLE, O CHÈRE PATRIE

JOHANNES MARIO SIMMEL

On n'a pas toujours du caviar

ROMAN

TRADUIT DE L'ALLEMAND PAR PAUL LAVIGNE

LAFFONT

Ce roman est fondé sur des faits réels.
Les noms et les personnages sont fictifs.
Toute similitude de nom avec des personnes vivantes
ou décédées serait purement fortuite.

Titre original :

ES MUSS NICHT IMMER KAVIAR SEIN

PREFACE
par
JACQUES ABTEY
Ancien officier du 2e Bureau et des Services spéciaux.

J'ai connu bien des hommes « hors série » au cours de ma carrière d'officier du 2e Bureau et des Services spéciaux, qui fut longue. D'une manière générale, un agent n'est pas un homme comme un autre. Il lui faut d'abord une bonne dose d'intelligence, puis une non moins bonne dose de courage — pas nécessairement celui des barbouzes, car un agent n'est pas un homme de main. Il lui faut enfin une bonne étoile, sans laquelle le plus intelligent et le plus courageux risque de voir ses entreprises vouées à l'échec, même s'il est un agent « malgré lui », comme ce fut le cas de Thomas Lieven, à qui je laisse ce pseudonyme devenu célèbre.

De tous les hommes qu'il m'a été donné de rencontrer à la croisée des chemins, Thomas Lieven est certes de loin « l'être le plus extraordinaire » que j'ai connu, et si cette fresque peut rappeler celle que brossa en son temps un Grimmelshausen, tant elle est magistrale, c'est bien que Thomas Lieven ne le cède en rien au héros de ce dernier : Simplicissimus, à ceci près toute-

fois, que Simplicissimus ne se trouvait pas aux prises, pendant la guerre de Trente Ans, avec les Services de Renseignements.

Thomas Lieven, le Simplicissimus des temps modernes ?... Je m'explique : aventurier de la vie, dans l'esprit le plus large, c'est-à-dire hors dimensions — la vie n'est-elle pas une aventure pour tout un chacun, même si cette aventure est dépourvue de relief ? — Lieven, esprit critique, attribuant aux agitations des hommes la valeur restrictive des vrais philosophes, se trouve entraîné par le concours des circonstances dans mille aventures dont il sort... sain et sauf, ce qui est déjà une prouesse.

Issu d'une famille de la grande bourgeoisie allemande, « aryen » — terme qui ne signifiait rien pour lui, si ce n'est son désaccord avec la Weltanschauung de Rosenberg — il grandit dans une Allemagne durement éprouvée par la défaite de 1918, qui recherche son équilibre, mais à qui parvient la rumeur d'un Paris en liesse. Astucieux, débrouillard, favorisé par une aisance que son père avait su conserver et réussissant par des spéculations ingénieuses à se faire lui-même de l'argent « avec rien », il débute dans la vie avec une immense Daimler-Benz décapotable, acquise à vil prix, avec laquelle il se rend à Paris, en 1924. Là il fait sensation : son chauffeur en livrée blanche, un Noir du plus bel ébène, est assis à l'arrière sur le siège du « maître ». Le « maître » de vingt-deux ans est au volant. C'est Thomas Lieven.

Janvier 1965. Je suis assis dans une auberge du vieux Munich, la « Hundskugel », adossé à un monumental poêle en faïence aux couleurs tendres qui ronfle doucement. Par les fenêtres serties de plomb je vois tourbillonner de gros flocons de neige.

En face de moi, derrière une chope de bière mousseuse, est assis Thomas Lieven. Je ne l'ai pas retrouvé parce qu'il est devenu célèbre grâce à ce best-seller écrit par Mario Simmel et porté à l'écran. Je l'ai retrouvé

*parce que depuis cette guerre de 39-45, je le revois tou-
jours avec plaisir et curiosité.*

*Condamné à mort par contumace par les Nazis dès
avant la guerre, condamné à mort par contumace par
mes compatriotes en 1946, Thomas Lieven, rescapé de
tous les naufrages politiques, apolitiques, militaires, so-
ciaux et asociaux, a gardé ma reconnaissance, car s'il
fut un grand aventurier, il n'a en aucune circonstance
trahi ceux qui lui avaient accordé leur confiance — pas
plus que ceux qui la lui avaient refusée, et c'est sur de
tels faits qu'une fois pour toutes, j'ai jugé l'homme.*

*Vingt ans auparavant je le sortais, quelques mois
après la Libération de Paris, d'une cellule de condamnés
à mort d'un fort de la banlieue parisienne. Condamné
à mort à l'instigation d'un service secret auquel j'appar-
tenais alors, pour des motifs qui ne tenaient pas debout.
De le sortir de là avait été un coup de force, mais
j'étais prêt à affronter tous les services secrets du
monde pour sauver cet homme qui, pris par la Gestapo
en 1944 et qu'attendait le camp d'extermination, à moins
que ce ne fût la hache du bourreau nazi, n'avait
« donné » aucun de nos officiers de Renseignement
dont il connaissait fort bien l'activité de Résistance et
auquel le Sicherheitsdienst s'intéressait. Par sa seule
intelligence et son astuce, il avait réussi à retourner la
situation en sa faveur ; et quelle meilleure preuve de
sa loyauté que le fait qu'une semaine après sa sortie
de cellule, il ait été engagé, en connaissance de cause
évidemment, avec le grade de sous-lieutenant à titre
temporaire, par le Service de la recherche des criminels
de guerre nazis, de la D.G.S.S. ?*

*Qu'il ait été condamné à mort par un tribunal d'excep-
tion, un an à peine après la dissolution de ce service,
n'a rien pour surprendre, si l'on suit tant soit peu les
revirements politiques selon la présence des hommes au
pouvoir. Heureusement pour lui, Lieven, cette fois, se*

trouvait à l'abri dans la Bavière de son enfance ; mais je pense que cette fois encore, cet homme, prodigieux à sa manière, s'en serait sorti sans une égratignure, s'il s'était alors trouvé dans notre pays de liberté, d'égalité — j'allais écrire : légalité — et de fraternité.

Pas même grisonnant, le regard toujours aussi vif et à l'affût, Lieven ne semble pas avoir à supporter le poids des années. Sa tête est toujours celle d'un Arsène Lupin, telle que l'on pourra, sans faire un effort, se l'imaginer à la lecture de ses aventures. Certaines de celles-ci sont un peu forcées, mais toutes reflètent fidèlement le personnage aux multiples aspects qu'était Thomas Lieven, espion malgré lui. Malgré lui ?... Sans doute. Mais soyons sûrs — et ce n'est pas lui qui nous contredirait — que cette vie ardente, remplie d'imprévus et de périls réels, à peu d'autres pareilles, s'il avait à la revivre, si on venait la lui proposer avec le recul de l'âge, il ne manquerait pas de dire « Je prends... Je recommence. »

J. A.

PROLOGUE

« Nous autres, Allemands, ma chère Kitty, sommes
capables de faire un miracle économique, mais non pas
la salade, dit Thomas Lieven à la fille aux cheveux
bruns et aux formes agréables.

— Oui, monsieur », fit Kitty.

Elle parlait d'une voix un peu essoufflée, car elle était
terriblement éprise de son séduisant patron. Et c'est
avec des yeux enamourés qu'elle regardait Thomas Lieven à côté d'elle dans la cuisine.

Par-dessus son smoking — bleu nuit, à revers étroits
— Thomas Lieven portait un tablier de cuisine. Il tenait
une serviette à la main. La serviette contenait les feuilles tendres de deux superbes laitues.

Quel homme ! pensait Kitty, et ses yeux brillaient. Le
fait que son employeur, maître d'une villa aux pièces
nombreuses, sût se mouvoir avec tant d'aisance dans
son royaume, la cuisine, n'avait pas peu contribué à
attiser sa passion.

« L'art de préparer la salade s'est aujourd'hui pratiquement perdu, dit Thomas Lieven. En Allemagne centrale, on la sucre et elle a goût de vieux gâteau, en
Allemagne du Sud, elle est aigre comme de l'herbe à

lapins et en Allemagne du Nord les ménagères vont jusqu'à y mettre de l'huile de lin. Saint Lucullus ! Cette huile-là est faite pour traiter les serrures, mais non pas la salade !

— Oui, monsieur », dit Kitty, toujours essoufflée.

Au loin, on entendait sonner les cloches d'une église. Il était dix-neuf heures, en date du 11 avril 1957.

Ce 11 avril 1957 semblait un jour comme les autres. Non pas pour Thomas Lieven ! Car ce jour-là il pensait pouvoir en terminer avec un passé de tumultes et de délits.

Ce 11 avril 1957, Thomas Lieven, qui venait d'entrer dans sa quarante-neuvième année, habitait une villa louée dans la partie la plus élégante de l'allée Cécile, à Düsseldorf. Il possédait un compte d'une ampleur respectable à la Banque du Rhin et du Main, ainsi qu'une luxueuse voiture de sport de fabrication allemande qui avait coûté 32 000 DM.

Vers la fin de sa quarantaine, Thomas Lieven était extraordinairement bien conservé. Svelte, grand et bronzé, il avait des yeux intelligents et légèrement mélancoliques, une bouche sensible et un visage mince. Les cheveux noirs coupés court grisonnaient aux tempes.

Thomas Lieven était célibataire. Ses voisins le considéraient comme un homme tranquille et d'excellente éducation. Ils le prenaient pour un solide homme d'affaires d'Allemagne fédérale, mais étaient un peu fâchés de ne rien pouvoir apprendre de concret sur son compte...

« Chère Kitty, dit Thomas Lieven, vous êtes jolie, vous êtes jeune, il ne fait pas de doute que vous aurez encore beaucoup à apprendre. Voulez-vous apprendre quelque chose à mon école ?

— Avec joie, fit Kitty, au comble de l'essoufflement.

— Très bien. Je vais vous enseigner l'art et la manière de rendre une laitue savoureuse. Comment avons-nous procédé jusqu'à présent ? »

Kitty fit une révérence. « Il y a deux heures, nous

avons lavé deux laitues moyennes, monsieur. Puis nous avons retiré les côtes et choisi les feuilles tendres...

— Et qu'en avons-nous fait ? s'enquit-il.

— Nous les avons mises dans une serviette dont nous avons noué les quatre coins. Puis monsieur a balancé la serviette...

— Pas balancé, Kitty. *Secoué*, pour extraire la dernière goutte d'humidité. Il est essentiel que les feuilles soient complètement sèches. A présent, concentrons-nous sur la préparation de la sauce. Veuillez me passer un saladier et un couvert à salade. »

Kitty frissonna en effleurant par mégarde la main longue et mince de son patron.

Quel homme ! pensa-t-elle...

Quel homme — voilà ce qu'avaient pensé d'innombrables personnes qui firent la connaissance de Thomas Lieven au cours des années passées. Quel genre de personnes ? La réponse nous est fournie par l'inventaire des choses que Thomas Lieven aimait et de celles qu'il détestait.

Thomas Lieven aimait :

Les belles femmes, les vêtements élégants, les meubles anciens, les voitures rapides, les bons livres, la cuisine raffinée et le sens commun.

Thomas Lieven détestait :

Les uniformes, les politiciens, la guerre, l'insanité, la force des armes et le mensonge, les mauvaises manières et la grossièreté.

Il y avait eu un temps où Thomas Lieven représentait le prototype du bon citoyen, opposé aux intrigues et enclin à mener une vie de stabilité, de quiétude et de confort.

Et cependant, voilà l'homme qu'une étrange destinée — qu'il y aura lieu de relater en détail — arracha à la voie commode qu'il s'était tracée.

A la suite d'un certain nombre d'actions aussi violentes que grotesques, le bon citoyen Thomas Lieven se vit dans l'obligation de mener en bateau les organismes suivants : l'Abwehr allemande et la Gestapo, le Secret Service britannique, le 2e Bureau français, le F.B.I. américain et la Sûreté soviétique.

Au cours de cinq années de guerre et de douze années d'après-guerre, le bon citoyen Thomas Lieven se vit dans l'obligation d'utiliser seize passeports de neuf pays différents.

Pendant la guerre, Thomas Lieven causa une pagaille monumentale dans les quartiers généraux allemands et alliés. En le faisant, il ne se sentait nullement à l'aise.

Mais après la guerre, il eut pendant quelque temps l'impression — comme nous tous — que le délire dans lequel il avait vécu, et qui l'avait fait vivre, était un chapitre clos.

Erreur !

Les hommes dans l'ombre se refusèrent à lâcher Thomas Lieven. Mais il se vengea de ses tortionnaires. Il exploita les riches du temps de l'occupation, les hyènes de la réforme monétaire et les nouveaux riches du « miracle économique ».

Pour Thomas Lieven, il n'existait pas de rideau de fer. Il trafiquait à l'Est comme à l'Ouest. Les autorités tremblaient devant lui.

Divers députés provinciaux et parlementaires fédéraux tremblent encore aujourd'hui, car Thomas Lieven est vivant et sait beaucoup de choses concernant certaines banques, certaines affaires de construction, sans parler des commandes de la nouvelle armée allemande...

Bien entendu, il ne s'appelle pas Thomas Lieven.

Vu les circonstances, on nous pardonnera d'avoir travesti son nom et son adresse. Mais l'histoire de l'homme qui fut jadis un paisible citoyen, qui possède encore aujourd'hui la passion de la cuisine et qui devint malgré lui l'un des plus grands aventuriers de notre temps, cette histoire est véridique.

Nous la commençons au soir du 11 avril 1957, à l'instant historique où Thomas Lieven fait un cours savant sur l'assaisonnement de la laitue.

MENU

Potage lady Curzon — Poulet au paprika
Salade « Clara » — Riz
Pommes cloutées à la mousse au vin — Toasts au fromage

11 avril 1957

CE DINER RAPPORTA 717 850 FRANCS SUISSES

Potage

Lady Curzon était l'épouse du vice-roi des Indes, Lord Curzon. Son mari écrivait des traités de politique. Elle composait des recettes de cuisine. Pour sa soupe de tortue, cette dame recommande les pattes de devant du savoureux animal. Elles contiennent la meilleure viande. Pour l'assaisonnement, prenez de l'estragon, du thym, du gingembre, de la noix muscade, des clous de girofle et du curry. Ajoutez au bouillon un verre de xérès et — si possible — des œufs de tortue, des petites saucisses faites avec les boyaux et une farce composée des abats de la bête. Si ceci paraît trop compliqué, achetez une boîte de soupe de tortue toute prête chez l'épicier, mais n'oubliez pas d'y ajouter une bonne rasade de xérès, ainsi qu'une tasse de crème fraîche...

Poulet au paprika

Faites rôtir au beurre, à la manière habituelle, un poulet bien tendre, mais sans trop lui laisser prendre couleur. Coupez 4 ou 6 parts selon la taille et gardez au chaud. — Dans le beurre de cuisson, faites revenir un oignon finement haché avec une cuillerée à café de paprika, mouillez avec un peu d'eau ou de consommé et donnez quelques bouillons. Ajoutez une généreuse ration de crème aigre, préalablement mêlée d'un peu de Maïzena. Salez à votre goût et rajoutez du paprika, s'il y a lieu. Pour rehausser la couleur rouge, on ajoute un peu de concentré de tomate à la sauce, mais il faut éviter que le goût de la tomate devienne prédominant. — Nappez les morceaux de poulet avec la sauce et laissez-les s'imbiber pendant quelques minutes.

Riz

Le riz est généralement collant comme de la pâte. Il est pourtant très simple de présenter un riz dont le grain se détache. Lavez-le bien et faites-le bouillir pendant 10 à 15 minutes dans n'importe quelle quantité d'eau. Ensuite, versez-le dans une passoire et rincez-le à l'eau froide. Grâce à ce « truc », la farine collante s'en va. Peu de temps avant de servir, réchauffez le riz à la vapeur, en plaçant la passoire au-dessus d'une casserole d'eau bouillante. Beurre et sel, ou, selon votre goût, curry, safran ou poivre, ne s'ajoutent que dans le plat de service.

Pommes cloutées à la mousse au vin

Pelez des pommes bien mûres et de taille égale. Faites pocher doucement dans un sirop de sucre vanillé, mais veillez à ce qu'elles ne se désintègrent pas. Retirez et laissez égoutter dans une passoire. Pendant ce temps, émondez et effilez des amandes et faites-les griller à four chaud sur une plaque. A présent, arrosez les pommes bien égouttées de liqueur, de rhum ou de cognac et « cloutez » les d'amandes. Dressez sur un plat et servez avec de la **Mousse au vin** : Battez deux jaunes d'œufs avec 100 g de sucre en poudre, délayez 20 g de Maïzena dans une demi-tasse d'eau, ajoutez un quart de litre de vin blanc, mélangez aux œufs battus et faites réduire le tout à petit feu en tournant continuellement. Faites monter les deux blancs en neige bien ferme et incorporez à la masse. Eventuellement, parfumez au rhum, à l'arac, au cognac ou autres.

Toasts au fromage

En leur milieu, tartinez des petites tranches de pain de mie d'une couche de beurre épaisse. Disposez-y une tranche de fromage (n'utilisez que de l'Emmenthal ou de l'Edam). Passez pendant 5 minutes au four bien chaud, jusqu'à ce qu'elles aient pris une couleur jaune d'or. Servez très chaud.

Retournons par conséquent à la cuisine de sa villa !

« La salade ne doit jamais entrer en contact avec un métal », dit Thomas Lieven.

Fascinée par les mains fines de son employeur, Kitty se sentait parcourue de nouveaux frissons en écoutant son exposé.

« Pour la sauce, dit Thomas Lieven, on prendra une pincée de poivre, une pincée de sel et une cuillerée à café de moutarde forte. Ajoutez un œuf dur finement haché. Beaucoup de persil. Encore plus de ciboulette. Quatre cuillerées d'authentique huile d'olive italienne. Kitty, l'huile, je vous prie ! »

Kitty tendit la bouteille en rougissant.

« Donc, nous avons dit : quatre cuillerées, et maintenant, un quart de litre de crème, fraîche ou aigre, c'est une question de goût. Je la préfère aigre... »

A cet instant, la porte de la cuisine s'ouvrit et un géant fit son entrée. Il portait un pantalon rayé gris et noir, une veste rayée bleu et blanc, une chemise blanche et un nœud blanc. Des cheveux taillés en brosse ornaient son crâne. Chauve, il eût représenté une seconde édition légèrement hypertrophiée de Yul Brynner.

« Qu'y a-t-il, Bastien ? » demanda Thomas Lieven.

La voix du valet butait légèrement sur les mots. L'intonation française était sensible.

« M. Schallenberg est arrivé, dit-il.

— A la minute près, dit Thomas. Voilà un homme avec qui on doit pouvoir travailler. »

Il ôta son tablier.

« Nous passerons à table dans dix minutes. Bastien fera le service. Quant à vous, mon enfant, vous pouvez disposer de votre soirée. »

Pendant que Thomas Lieven se lavait les mains dans la salle de bain au carrelage noir, Bastien donna un dernier coup de brosse à la veste du smoking.

« A quoi ressemble monsieur le directeur ? demanda Thomas Lieven.

— Le genre habituel, répondit le géant. Gras et sérieux.

Cou de taureau et ventre de propriétaire. La bonne province, quoi.

— Portrait sympathique.

— Il a aussi deux balafres.

— Dans ce cas, je retire ce que j'ai dit. »

Thomas endossa la veste de smoking. Ayant observé le plateau à liqueurs, il dit avec désapprobation :

« Bastien, tu as encore dit bonjour à la bouteille de cognac !

— Juste une goutte. J'étais un peu énervé.

— Cesse ! S'il arrive quelque chose, je veux que tu aies la tête claire. Tu ne peux pas tabasser monsieur le directeur si tu prends une biture.

— Ce gros lard ? Même en plein cirage, je m'en charge !

— Ça suffit ! Tu as bien compris l'histoire des signaux de sonnette ?

— Oui.

— Répète voir.

— Un coup de sonnette : j'apporte le plat suivant. Deux coups : j'apporte les photocopies. Trois coups : j'arrive avec la matraque.

— Je te serais reconnaissant, dit Thomas Lieven en se limant les ongles, de ne pas confondre. »

« Excellent potage », dit M. Schallenberg.

Il se redressa et effleura ses lèvres minces avec la serviette damassée.

« Lady Curzon, dit Thomas qui donna un coup de sonnette en appuyant sur une touche dissimulée sous le plateau de la table.

— Lady quoi ?...

— Curzon... c'est le nom du potage. Soupe de tortue au xérès et à la crème.

— Ah ! oui, bien sûr ! »

Les flammes des bougies qui garnissaient la table se mirent à vaciller. Bastien était entré sans bruit pour servir le poulet au paprika.

Les flammes reprirent leur calme. Leur lumière chaude et jaune tombait sur le tapis bleu foncé, la large table flamande ancienne, les chaises confortables et la grande desserte, également flamande.

Le poulet fit renaître l'enthousiasme de M. Schallenberg.

« Exquis, tout simplement exquis ! C'est très aimable à vous, monsieur, de m'avoir convié chez vous, alors qu'il ne s'agissait que d'une conversation d'affaires...

— Un bon repas facilite tous les entretiens, monsieur le directeur. Reprenez du riz, il est devant vous.

— Merci. Dites-moi maintenant de quel genre d'affaire il s'agit.

— Encore un peu de salade ?

— Non, merci. Alors ?

— Très bien, dit Thomas Lieven. Cher monsieur, vous êtes le propriétaire d'une grande fabrique de papier.

— C'est exact. Deux cents employés. Il ne restait que des décombres : j'ai tout reconstruit.

— Un bel exploit. A votre santé !... dit Thomas Lieven en levant son verre.

— A la vôtre.

— Je sais, monsieur, que vous fabriquez un papier filigrané de haute qualité.

— Parfaitement.

— Entre autres, vous fournissez le papier filigrané pour les nouvelles actions émises par la « Deutsche Stahlunion ».

— C'est vrai. Les actions de la DESU. Des enquiquinements et des contrôles à n'en plus finir. Pour que mes gens n'aient pas l'idée, hahaha, d'imprimer quelques actions pour leur propre compte !

— Hahaha. Monsieur, je désire commander chez vous cinquante feuilles grand format de ce papier.

— Vous désirez... quoi ?

— Commander cinquante feuilles grand format. En tant que chef d'entreprise, vous n'aurez aucun mal à éviter les contrôles.

— Mais, au nom du Ciel, que voulez-vous faire de ces feuilles ?

— Imprimer des actions DESU, évidemment. Qu'est-ce que vous croyez ? »

M. Schallenberg plia sa serviette, eut un regard de regret pour son assiette à moitié remplie et dit :

« Je crains d'être obligé de partir maintenant.

— En aucune façon. Il y a encore des pommes à la mousse au vin et des toasts au fromage. »

Le directeur se leva.

« J'oublierai, monsieur, que j'ai jamais mis les pieds ici.

— Je me permets d'en douter, dit Thomas en reprenant du riz. Pourquoi restez-vous debout, monsieur le Wehrwirtschaftsführer ? Asseyez-vous donc ! »

Le visage de Schallenberg prit une teinte rouge sombre.

« Qu'avez-vous dit ? demanda-t-il tout bas.

— J'ai dit : asseyez-vous. Votre poulet refroidit.

— Avez-vous dit : « Wehrwirtschaftsführer » ?

— Très juste. C'est ce que vous étiez. Même si ce titre a échappé à votre mémoire en 1945, quand vous avez rempli votre questionnaire. Pourquoi s'en souvenir, d'ailleurs ? Vous veniez de vous procurer de nouveaux papiers et un nouveau nom. Comme Wehrwirtschaftsführer, vous vous appeliez Mack.

— Vous êtes fou !

— Nullement. Vous étiez Wehrwirtschaftsführer dans le district de la Wartha. Vous continuez à figurer sur une liste de demandes d'extradition du gouvernement polonais. Sous le nom de Mack, bien entendu. Pas sous celui de Schallenberg. »

M. Schallenberg s'effondra sur son antique fauteuil flamand, s'essuya le front avec sa serviette et déclara faiblement :

« Je ne sais vraiment pas pourquoi je dois écouter vos insanités. »

Thomas Lieven poussa un soupir.

« Voyez-vous, monsieur, dit-il, moi aussi, j'ai eu un passé mouvementé. Je voudrais m'en défaire. Pour cela, j'ai besoin de votre papier. Essayer de l'imiter prendrait trop de temps. En revanche, je connais des imprimeurs de confiance... vous ne vous sentez pas bien ? Allons donc !... Prenez une gorgée de champagne, c'est tonifiant... Reprenons : à cette époque, après la fin de la guerre, j'avais accès à tous les dossiers confidentiels. Vous veniez de vous cacher à Miesbach...

— Mensonge !

— ...Pardonnez-moi, je voulais dire à Rosenheim. Au Lindenhof. »

Pour toute protestation, M. Schallenberg esquissa un geste découragé.

« Je savais que vous vous cachiez là-bas. Vu les fonctions que j'exerçais, j'aurais pu vous faire arrêter. Mais je me suis dit : « Quel intérêt ? On va le coffrer, puis « on va l'extrader. Et alors ? (Thomas attaqua un pilon avec grand appétit.) En revanche, me disais-je, si tu le « laisses bien tranquille, dans quelques années ce gentle- « man sera de nouveau à flot. La race ne s'en perd pas, « elle revient toujours à la surface... »

— Voyou ! croassa une voix en provenance du fauteuil flamand.

— ...et à ce moment-là, il te sera beaucoup plus utile. Voilà ce que je me suis dit à l'époque. J'ai agi en conséquence et, ma foi, j'ai bien fait. »

Schallenberg se redressa avec peine.

« A présent, je vais tout droit à la police pour porter plainte.

— Le téléphone se trouve dans la pièce voisine. » Sous la table, Thomas appuya à deux reprises sur la sonnette.

Les flammes des bougies vacillèrent à nouveau quand Bastien fit silencieusement son entrée. Il portait un plateau d'argent où se trouvait un certain nombre de photocopies.

« Veuillez vous servir, dit Thomas. Entre autres, il y a parmi ces copies un portrait de monsieur le directeur en uniforme, plusieurs décrets signés par monsieur le directeur au cours des années 1941 à 1944, ainsi qu'un accusé

de réception du trésorier général du parti national-socialiste concernant une donation de cent mille marks au
profit des SA et des SS. »

M. Schallenberg se rassit.

« Vous pouvez desservir, Bastien. M. le directeur a
terminé.

— Très bien, monsieur.

— Par ailleurs, dit Thomas après la disparition de
Bastien, je vous offre une participation de cinquante
mille. Cela vous suffit-il ?

— Je ne cède pas au chantage !

— N'avez-vous pas également fait des dons importants
au moment de la dernière bataille électorale ? Comment
s'appelle donc encore l'hebdomadaire d'information qui
s'intéresse à ce genre de choses ?

— Vous êtes complètement dément ! Vous voulez imprimer de fausses actions ? Vous irez en prison ! Et moi
avec ! Je suis un homme fini, si je vous donne ce papier.

— Je n'irai pas en prison. Et vous ne serez un homme
fini que si vous ne me donnez *pas* le papier. » Thomas
appuya une fois sur la sonnette. « Vous allez avoir un
dessert qui vous plaira.

— Je n'avalerai plus la moindre bouchée de quoi que
ce soit dans la maison d'un maître chanteur !

— Quand puis-je compter sur le papier, monsieur ?

— Jamais ! hurla Schallenberg avec rage. Jamais vous
n'en aurez une seule feuille ! »

Il était près de minuit. Dans la cheminée du grand
studio brûlait un feu, devant lequel étaient assis Thomas
Lieven et son valet Bastien. Rouges et dorés, bleus,
blancs, jaunes et verts, les dos des centaines de volumes
contenus dans la bibliothèque luisaient dans la pénombre.
L'électrophone était en marche. Les notes du concerto
n° 2 pour piano et orchestre de Rachmaninov s'égrenaient
tout bas.

Thomas Lieven portait toujours son smoking impeccable. Bastien avait ouvert le col de sa chemise et posé ses jambes sur une chaise ; il avait eu soin, cependant, après un regard en coin sur son maître, d'y placer un journal auparavant.

« Schallenberg livrera le papier dans une semaine, dit Thomas. Combien de temps faut-il à tes amis pour l'imprimer ?

— Environ dix jours », répondit Bastien. Il approcha de sa bouche un verre à dégustation contenant du cognac.

« Je partirai donc pour Zurich le 1er mai. C'est une jolie date et c'est la Fête du Travail, dit Thomas. (Il tendit une action et une liste à Bastien.) Voici le modèle à imprimer, et la liste contient les numéros courants que j'aimerais voir figurer sur les actions.

— Si je savais seulement ce que tu mijotes », grommela la tête de balai-brosse avec un accent d'admiration.

Bastien ne tutoyait son maître que lorsqu'il se savait absolument seul avec lui. Il connaissait Thomas depuis dix-sept ans, et la carrière qu'il avait derrière lui n'était certes pas celle d'un valet de chambre.

Bastien s'était attaché à Thomas à l'époque où il avait fait sa connaissance chez une femme-gangster de Marseille. En outre, il lui était arrivé de partager avec Thomas la même cellule. Ce genre de choses crée des liens.

« Tommy, tu ne veux pas me dire ce que tu prépares ?

— Mon cher, il s'agit au fond d'une chose parfaitement légale et très belle : une manière de mériter la confiance d'autrui. Mon escroquerie boursière sera une escroquerie raffinée. En fait — touchons du bois —, personne ne remarquera qu'il s'agissait d'une escroquerie. Tout le monde gagnera de l'argent et tout le monde sera content. »

Thomas Lieven sourit aux anges et fit apparaître une montre à répétition en or. Elle lui venait de son père. Cette montre plate avec son couvercle à ressort avait accompagné Thomas à travers toutes les vicissitudes de l'existence : dangers, fuites, chasses à l'homme, elle était présente partout. Chaque fois, Thomas Lieven avait réussi à la dissimuler, la préserver ou la reconquérir. Il appuya sur le ressort du couvercle. Un carillon argentin proclama l'heure.

« Cette histoire ne m'entre pas dans le crâne, dit Bastien avec tristesse. Une action représente une part d'une grosse entreprise. Les coupons libérés donnent droit, à des échéances déterminées, à un certain dividende qui est la partie correspondante du bénéfice réalisé par cette entreprise.

— Et alors, mon mignon ?

— Mais, nom d'une pipe, il n'existe pas une banque au monde où tu puisses présenter les coupons de tes fausses actions ! Les numéros qui y figurent, figurent également sur les vraies actions qui sont la propriété d'un bonhomme quelconque. Le coup va foirer illico !

— Il n'est évidemment pas question de présenter des coupons, dit Thomas en se levant.

— Alors ? Où est le truc ?

— Laisse-toi surprendre », dit Thomas qui se dirigea vers un coffre-fort mural. Il manipula la serrure à combinaison. Une lourde porte d'acier s'ouvrit. Le coffre contenait de l'argent liquide, quelques lingots d'or plombés (dont l'histoire était plaisante), et trois cartons remplis de pierres précieuses, serties ou non. Sur le devant, il y avait une petite pile de passeports.

« Pour plus de sécurité, dit Thomas d'un air pensif, il vaut mieux que j'aille en Suisse sous un autre nom. Voyons un peu ce qu'il nous reste comme passeports allemands. (Il sourit en lisant les noms.) Mon Dieu ! que de souvenirs : Jacques Hauser... Peter Scheuner... Baron Ludwig von Trendelenburg... Wilfried Ott...

— C'est Trendelenburg qui a fourgué les Cadillac à Rio, dit Bastien, rêveur. A ta place, je le laisserais un peu au vert, le baron. Hauser aussi. En France, ils le cherchent toujours. »

« Prenez place, monsieur Ott. Que pouvons-nous faire

pour vous ? » demanda le directeur du service des titres
en laissant retomber la sobre carte de visite : « Wilfried
Ott, industriel, Düsseldorf. » Le directeur du service des
titres s'appelait Jules Vermont. Son bureau était situé
au premier étage de la Banque centrale suisse, à Zurich.

« Vous êtes Français, monsieur ? demanda Thomas
Lieven qui s'appelait momentanément Wilfried Ott.

— Par ma mère.

— Alors, parlons français », proposa Thomas Lieven,
alias Wilfried, en utilisant cette langue sans accent.

Le soleil se leva sur le visage de Jules Vermont.

« Puis-je ouvrir un compte anonyme chez vous ?

— Certainement, monsieur.

— Je viens d'acquérir quelques actions nouvelles de
la DESU. J'aimerais les laisser en Suisse, mais je ne
veux pas les déposer à mon nom.

— Je comprends, dit Vermont en clignant de l'œil. Le
méchant fisc allemand, hein ? »

Les dépôts de valeurs étrangers n'étaient pas une
nouveauté pour lui. En 1957, le total des avoirs étrangers
en Suisse se montait à 150 milliards de francs.

« Ah ! j'oubliais, dit Thomas. Auriez-vous l'amabilité
de faire détacher les coupons pour 1958 et 1959 ? Je ne
sais quand je reviendrai à Zurich. Donc, je préfère les
conserver par-devers moi et les encaisser moi-même au
moment voulu. Cela vous évitera du travail. » « Et à
moi, les travaux forcés », pensa-t-il...

Tout se régla très vite. Le portefeuille de Thomas Lieven contenait à présent un reçu en dépôt de la Banque
centrale suisse, attestant que M. Wilfried Ott, industriel
à Düsseldorf, Allemagne fédérale, avait déposé des actions nouvelles de la DESU d'une valeur nominale de
DM 1 000 000.

Dans sa voiture de sport, qui attirait l'attention même
à Zurich, il retourna à l'hôtel Baur au Lac. Là, le personnel l'aimait beaucoup. Il est vrai qu'il était aimé du
personnel dans tous les hôtels du monde où il descen-
dait. Ce phénomène était dû à son caractère amène,

à ses opinions démocratiques et à ses pourboires.

Il prit l'ascenseur et monta à son appartement. Il se rendit immédiatement à la salle de bain et confia les coupons détachés des années 58 et 59 aux bons soins de la chasse d'eau. Ainsi ils ne causeraient aucune surprise désagréable. Le salon s'ouvrait sur une terrasse. Thomas prit place sous un vélum de couleur, contempla avec satisfaction les petits bateaux qui flottaient sur les eaux scintillantes du lac et se livra à ses réflexions. Puis, à l'aide d'un stylo-mine en or, sur le papier à en-tête de l'hôtel, il composa l'annonce suivante :

INDUSTRIEL ALLEMAND

recherche financement en Suisse pour 2 ans. Intérêt élevé et garantie de premier ordre. Seules offres *très* sérieuses avec référence bancaire seront prises en considération.

Cette annonce parut deux jours plus tard, bien en vue, dans les pages de publicité de la *Nouvelle Gazette de Zurich*. Au cours des trois jours suivants, quarante-six lettres parvinrent au journal sous le numéro indiqué.

Assis sur sa terrasse par un temps radieux, Thomas dépouillait consciencieusement les réponses.

Elles se divisaient en quatre catégories :

Dix-sept lettres avaient pour expéditeurs des agences immobilières, des antiquaires, des bijoutiers et des vendeurs de voitures qui, s'ils n'offraient pas d'argent, vantaient, en revanche, la qualité de leurs marchandises.

Dix lettres provenaient de messieurs qui, s'ils n'avaient pas d'argent, offraient, en revanche, leur intervention auprès d'autres messieurs qui étaient censés en posséder.

Onze lettres, avec ou sans photo, provenaient de dames qui ne proposaient aucun argent, mais offraient, en revanche, leurs propres charmes — ou l'absence desdits.

Et, enfin, huit lettres étaient envoyées par des personnes qui offraient de l'argent.

Thomas Lieven déchira en menus morceaux les trente-huit lettres des trois premières catégories. Parmi le restant, deux offres éveillèrent son intérêt tout particulier à cause de leur caractère absolument contradictoire.

La première était écrite sur une mauvaise machine, sur mauvais papier et dans un style approximatif. L'expéditeur proposait «... contre un intérêt qui m'intéresse, des sommes jusqu'à concurrence de francs suisses 1 000 000 ». L'offre était signée : « Pierre Muerrli, marchand de biens. »

L'autre lettre était rédigée à la main dans une écriture petite et gracieuse. Légèrement teintée de jaune, la feuille de fin papier vergé portait au centre de son bord supérieur une petite couronne dorée.

Voici quel en était le texte :

Château de Montenac, 8 mai 1957.

Monsieur,
Comme suite à votre annonce de la Nouvelle Gazette de Zurich, *il me serait agréable de recevoir votre visite que vous voudrez bien avoir l'obligeance de m'annoncer par téléphone.*
Veuillez agréer...

H. DE COUVILLE.

Thomas posa l'une à côté de l'autre ces deux feuilles si dissemblables et les contempla pensivement. Toujours pensif, il tira la montre à répétition en or de la poche de son gilet et fit retentir le carillon argentin : ... un, deux, trois... puis encore deux coups : trois heures et demie.

Pierre Muerrli, réfléchit Thomas, était sans doute un homme fort riche, bien qu'avare. Il achetait du papier de mauvaise qualité et écrivait sur une vieille machine.

Ce H. de Couville écrivait à la main, mais il utilisait du papier de luxe. Un comte ? Un baron ?

Allons voir la tête du client...

Le château de Montenac se trouvait au milieu d'un immense parc, sur le versant sud du mont Zurich. De lacet en lacet, une large allée de gravier conduisait vers un petit palais au crépi jaune et aux volets verts. Thomas gara sa voiture devant un vaste perron.

Un valet exceptionnellement hautain apparut subitement :

« M. Ott ? Veuillez me suivre. »

Il le mena dans la maison, et à travers plusieurs pièces luxueuses, jusqu'à un studio également luxueux.

Une jeune femme mince et élégante, âgée environ de vingt-huit ans, se leva derrière un secrétaire aux formes graciles. Les souples vagues de ses cheveux châtains retombaient presque sur ses épaules. La bouche, grande, brillait d'un éclat rose clair. Les yeux marron étaient bridés, les pommettes saillantes. Cette dame possédait en outre des cils longs et soyeux et une peau de velours et d'or.

Thomas reçut un choc. Les femmes aux yeux bridés et aux pommettes saillantes avaient exercé dans sa vie une action dévastatrice.

Ce genre, pensa-t-il, a toujours la même attitude : indifférence, froideur, arrogance. Mais lorsqu'on fait plus ample connaissance, gare au volcan !

La jeune femme le dévisagea avec sérieux :

« Bonjour, monsieur. Nous nous sommes parlé au téléphone. Prenez place, je vous prie. »

Elle s'assit et croisa ses jambes. La jupe se retroussa légèrement aux genoux.

Même les jambes sont bien ! se dit Thomas.

« Monsieur, vous cherchez un financement. Vous parliez de garanties de premier ordre. Puis-je savoir de quoi il s'agit ? »

Là, pensa Thomas, elle va un peu loin. Il répondit froidement.

« Il ne me paraît pas utile de vous importuner avec

ces détails. Auriez-vous l'obligeance de prévenir M. de Couville de mon arrivée ? Il m'a écrit.

— C'est moi qui vous ai écrit. Je suis Hélène de Couville. Je m'occupe des affaires de mon oncle, expliqua la jeune femme sur un ton encore plus froid. Donc, monsieur, qu'appelez-vous une garantie de premier ordre ? »

Thomas s'inclina en souriant.

« Des actions nouvelles de la DESU, déposées à la Banque centrale suisse. Valeur nominale : un million. Cours des actions anciennes : deux cent dix-sept...

— Quel intérêt offrez-vous ?

— Huit pour cent.

— Et quelle somme vous faut-il ? »

Malheur, ces yeux froids, pensa-t-il en disant :

« Sept cent cinquante mille francs suisses.

— Plaît-il ? »

A sa grande surprise, Thomas Lieven vit qu'Hélène de Couville perdait subitement son calme. La pointe de sa langue humectait ses lèvres roses. Les cils battaient.

« N'est-ce pas là... euh, un montant un peu élevé, monsieur ?

— Pourquoi donc ? Avec un tel cours ?

— Bien sûr... oui... mais... (Elle se leva.) Je regrette, mais je suis tout de même obligée d'aller chercher mon oncle. Veuillez m'excuser un instant. »

Il se leva. Elle disparut. Il se rassit. D'après sa montre, il attendit huit minutes. Son instinct, acquis au cours des longues années d'une existence illégale, lui disait : quelque chose ne tourne pas rond ici ! Mais quoi ?

La porte s'ouvrit et la jeune femme revint. Elle était accompagnée d'un homme grand et maigre au visage hâlé et à la mâchoire solide. Ses cheveux courts étaient gris acier et il portait une chemise de nylon blanc sous son veston droit. Hélène fit les présentations.

« Mon oncle, le baron Jacques de Couville. »

Les deux hommes se serrèrent la main. Un battoir de cowboy ! pensa Thomas, de plus en plus méfiant. Et une

mâchoire comme s'il n'arrêtait pas de mâcher du che-
wing-gum. Et un accent... Si ce type-là est un aristocrate
français, moi, je suis le pape !

Il avait décidé d'abréger les opérations.

« Baron, je crains d'avoir effrayé Mlle votre nièce.
Oublions cette affaire. Très honoré d'avoir fait votre
connaissance.

— Attendez donc, monsieur ! Ne soyez pas si pressé.
Asseyons-nous. (Le baron était nerveux aussi. Il sonna.)
Buvons quelque chose et parlons tranquillement. »

Lorsque le valet hautain apporta les verres, le whisky
était du bourbon, pas du scotch.

Ce Couville me plaît de moins en moins, pensait Thomas.

Le baron reprit l'entretien. Il confessa qu'à la vérité
il avait envisagé une somme bien moindre : ... peut-être
cent mille ?

« Baron, n'y pensons plus, dit Thomas.

— Ou cent cinquante mille...

— Vraiment, baron, vraiment...

— Peut-être même deux cent mille... » Le ton était presque suppliant.

Soudain, le valet hautain entra pour annoncer un appel
téléphonique sur l'inter. Sur ce, le baron disparut avec
sa nièce.

Cette noble famille commençait d'amuser Thomas.
Lorsque après une dizaine de minutes le baron revint
seul, le visage livide et tout en sueur, le malheureux lui
fit presque pitié. Mais il prit congé sur-le-champ.

Il rencontra Hélène dans le hall.

« Vous partez déjà, monsieur ?

— Je vous ai déjà importuné trop longtemps, répondit
Thomas en lui baisant la main. (Sentant son parfum et
l'odeur de sa peau, il poursuivit :)Vous me feriez le plus
grand plaisir en dînant avec moi, ce soir, au *Baur au Lac*,
ou où vous voudrez. Acceptez-vous ?

— Monsieur, dit Hélène — et on eût pu penser que
c'était une statue de marbre qui parlait —, j'ignore com-

bien vous avez bu, mais j'estime que c'est là votre excuse. Adieu. »

La stérilité de la conversation avec le baron de Couville n'avait d'égale que la rapidité avec laquelle l'affaire se conclut entre Thomas et le marchand de biens Pierre Muerrli. Thomas l'appela dès son retour à l'hôtel et lui expliqua brièvement ce qu'il désirait, à savoir une somme de 750 000 francs contre une garantie constituée par la consignation d'un paquet d'actions DESU.

« Pas plus ? demanda Pierre Muerrli en suisse allemand guttural.

— Non, c'est suffisant », dit Thomas, qui pensa : il ne faut rien exagérer.

Le marchand de biens vint à l'hôtel. C'était un homme trapu et rougeaud qui connaissait la valeur du temps. Dès le lendemain, le contrat suivant fut passé par-devant notaire :

« M. Wilfried Ott, industriel à Düsseldorf, s'engage à verser un intérêt annuel de huit pour cent sur le montant de l'emprunt qu'il a contracté, à savoir sept cent cinquante mille francs. Cet emprunt sera remboursé au plus tard le 9 mai 1959, à minuit.

« Jusqu'à cette date, M. Pierre Muerrli, marchand de biens à Zurich, s'engage à ne pas aliéner les actions que M. Ott lui a remises à titre de garantie.

« Au cas, cependant, où le montant de l'emprunt n'aurait pas été remboursé à l'échéance indiquée, M. Muerrli serait en droit de disposer librement de ces titres. »

Contrat en poche, Thomas et Muerrli se rendirent à la Banque centrale. L'authenticité du reçu en dépôt y fut confirmée.

Au bureau de Pierre Muerrli eut ensuite lieu la remise d'un chèque au porteur de 717 850 francs suisses, représentant le montant du prêt, moins intérêts et frais.

Thomas s'était donc procuré de la sorte 717 850 francs suisses en un tournemain ! Il avait la possibilité et l'intention de faire travailler ce capital pendant deux ans. Il ne lui resterait plus qu'à effectuer un remboursement ponctuel à l'échéance de mai 1959, à récupérer ses fausses actions, à les déchirer et à les faire disparaître dans les lavabos. Tout le monde aurait gagné de l'argent, personne n'aurait subi un préjudice. Plus encore : personne ne saurait jamais le fin mot de ce tour de passe-passe. Voilà, c'était simple ! Quand ça veut fonctionner, ça fonctionne...

Lorsque Thomas Lieven, alias Wilfried Ott, pénétra quelques heures plus tard dans le hall de son hôtel, il aperçut Hélène de Couville assise dans un fauteuil.

« Vous voilà ! Quelle joie ! »

Il fallut un temps infini à Hélène pour lever les yeux de son journal de modes. Lorsqu'elle parla une nuance d'ennui perçait dans son ton :

« Ah !... bonjour. »

Le temps étant frais, elle portait une veste de vison canadien naturel par-dessus sa robe brune. Les hommes présents dans le hall se retournaient continuellement sur elle.

« Vous êtes un peu en retard, dit Thomas, mais je suis heureux que vous ayez pu venir.

— Une fois pour toutes, monsieur, ce n'est pas vous que je viens voir, c'est une amie qui habite ici.

— Si ce n'est pas possible aujourd'hui, dit Thomas, alors peut-être demain matin à l'apéritif ?

— Demain, je pars pour la Côte d'Azur.

— Quelle coïncidence ! dit Thomas en claquant les mains de surprise. Savez-vous que moi aussi, je pars demain pour la Côte d'Azur ? Je viendrai vous chercher. Disons onze heures ?

— Il n'en est certes pas question. Voilà mon amie, dit-elle en se levant. Portez-vous bien — si vous en êtes capable. »

Le lendemain matin, à onze heures sept minutes,

Hélène de Couville franchit la grille du parc du château de Montenac dans une petite voiture de sport et passa devant Thomas. Il s'inclina ; elle détourna son regard. Il s'installa au volant de sa voiture et la suivit.

Jusqu'à Grenoble, il ne se passa rien de remarquable. A la sortie de Grenoble, la voiture d'Hélène s'arrêta. Elle descendit. Il stoppa à sa hauteur.

« Le moteur », dit-elle.

Il examina le moteur, sans trouver la cause de la panne. Entre-temps, Hélène s'était rendue dans une maison toute proche pour téléphoner à un garage. Un mécanicien se présenta sans délai. Il déclara que la pompe était « cuite », qu'il faudrait remorquer la voiture et que la réparation prendrait au moins deux jours.

Thomas était convaincu que le mécano racontait des blagues afin de pouvoir gonfler sa note, mais il était aux anges d'être tombé sur un menteur. Il invita Hélène à poursuivre le voyage dans sa voiture à lui.

« C'est très aimable à vous, monsieur Ott », dit-elle après beaucoup d'hésitation.

On transborda ses bagages. Le menteur reçut en cachette un pourboire princier.

Au cours des cent kilomètres suivants, Hélène ne prononça qu'une seule et unique phrase : Thomas ayant éternué, elle dit : « A vos souhaits. »

Après la seconde tranche de cent kilomètres, elle fit savoir qu'elle avait rendez-vous à Monte-Carlo avec son fiancé.

« Le pauvre, dit Thomas. Il n'aura pas beaucoup de joies. »

Une fois à Monte-Carlo, il déposa Hélène à l'Hôtel de Paris suivant ses instructions. Il y avait un message pour elle à la réception. Son fiancé était retenu à Paris et ne pouvait pas venir.

« Je prends l'appartement de ce monsieur, déclara Thomas.

— Très bien, monsieur, dit le chef de réception en empochant le billet de 5 000 francs.

— Mais si mon fiancé arrive quand même...

— Il n'aura qu'à se débrouiller, dit Thomas. (Il prit Hélène à part et lui dit à l'oreille :) D'ailleurs, cet homme n'est pas pour vous. Ne remarquez-vous pas ici l'œuvre de la Providence ? »

La jeune femme éclata subitement de rire.

Ils passèrent deux jours à Monte-Carlo, puis ils allèrent à Cannes, où ils descendirent au Carlton. Thomas se laissa vivre. Il emmena Hélène à Nice, Saint-Raphaël, Sainte-Maxime et Saint-Tropez. Ensemble, ils se baignèrent dans la mer. Il loua un canot à moteur et, ensemble, ils firent du ski nautique. Ensemble, ils se dorèrent sur les plages.

Hélène riait des mêmes choses que lui, aimait les mêmes mets, les mêmes livres et les mêmes tableaux.

Lorsque, après sept journées de rêve, elle devint sa maîtresse, il constata qu'ils s'entendaient vraiment sur tous les plans. Puis, l'événement se produisit : dans la première heure du huitième jour...

Les yeux humides, Hélène de Couville était étendue sur le lit de sa chambre à coucher. Thomas était assis à côté d'elle. Ils fumaient. Thomas caressait ses cheveux. Les bribes d'une musique éloignée pénétraient dans la pièce. Seule, une lampe de chevet était allumée.

Hélène soupira en s'étirant :

« Will, je suis tellement heureuse... » Elle l'appelait Will. Elle trouvait « Wilfried » trop wagnérien.

« Moi aussi, mon cœur, moi aussi.

— Vraiment ? »

Le voilà de nouveau, ce regard préoccupé dans ses yeux bridés que Thomas ne parvenait pas à s'expliquer.

« Vraiment, ma chérie. »

Subitement, Hélène se jeta sur le côté, de sorte qu'il ne vit plus que son superbe dos bronzé aux reflets dorés. Avec une frénésie effrayante, elle sanglota dans les oreillers :

« Je t'ai menti ! Je suis mauvaise, si mauvaise ! »

Il la laissa sangloter un moment, puis il dit avec retenue :

« S'il s'agit de ton fiancé... »

Elle se rejeta sur le dos et cria :

« Fiancé, foutaise ! Je n'ai pas de fiancé ! Ah ! Thomas, Thomas ! »

Il sentit une main de glace glisser le long de son dos.

« Qu'est-ce que tu viens de dire ?

— Je n'ai pas de fiancé.

— Non, pas ça, (il s'étrangla légèrement.) Est-ce que tu viens de dire « Thomas » ?

— Oui, sanglota-t-elle, et à présent de grosses larmes coulèrent sur ses joues, vers son cou et sa poitrine. Oui, bien sûr j'ai dit « Thomas ». Puisque c'est ton nom, mon Thomas Lieven, mon pauvre chéri... Pourquoi t'ai-je rencontré ? De toute ma vie je n'ai jamais aimé quelqu'un comme je t'aime... (Nouveaux soubresauts, nouvelle crise de larmes.) Et c'est à toi que je fais ça, à toi !

— Qu'est-ce que tu me fais ?

— Je travaille pour le F.B.I. », gémit Hélène.

Thomas ne remarqua pas que la braise de sa cigarette se rapprochait de plus en plus du bout de ses doigts. Il demeura silencieux pendant un grand moment. Puis, il poussa un profond soupir :

« Mon Dieu, est-ce que ça va encore recommencer !

— Je ne voulais pas te le dire... haleta Hélène. Je n'ai pas le droit de te le dire... Ils vont me flanquer dehors — mais il fallait que je t'avoue la vérité, après ce soir... J'allais étouffer...

— Tout doux, dit Thomas qui reprenait peu à peu son sang-froid. Commençons par le commencement. Tu es un agent américain ?

— Oui.

— Et ton oncle ?

— C'est mon patron, le colonel Herrick.

— Et le château de Montenac ?

— Loué. Nos hommes en Allemagne ont annoncé que tu préparais un gros coup. Puis, tu es venu à Zurich. Quand ton annonce est parue, nous avons été autorisés à t'offrir jusqu'à cent mille francs.

— Pour quoi faire ?

— Cette annonce sentait le coup fourré. On ne savait pas lequel, mais on aurait trouvé. Et à partir de ce moment-là, on te tenait. Le F.B.I. veut t'embaucher par n'importe quel moyen. C'est leur idée fixe ! »

Elle se remit à pleurer. Thomas essuya les larmes qu'elle répandait.

« Puis, tu as demandé sept cent cinquante mille. Nous avons appelé Washington dare-dare. Qu'est-ce qu'ils nous ont passé ! Sept cent cinquante mille ! De la démence ! Ils ne voulaient pas prendre un risque pareil. Aussi, j'ai été chargée de l'affaire.

— Chargée de l'affaire, répéta-t-il comme un perroquet débile.

— ...et je me suis mise en route. Tout était du cinéma. Le mécanicien de Grenoble...

— Et moi, double crétin, qui lui donne un pourboire !

— ...le fiancé, tout quoi ! Et maintenant — maintenant je suis tombée amoureuse de toi, et je *sais* qu'ils vont te descendre si tu ne travailles pas avec nous ! »

Thomas se mit debout.

« Reste avec moi !

— Je reviens, ma chérie, dit-il, rêveur. Il faut que je réfléchisse tranquillement, si tu veux bien. Il faut que tu saches que tout cela m'est déjà arrivé... »

Il la laissa à ses pleurs, traversa le salon et gagna sa chambre. Il s'assit à la fenêtre et contempla longuement la nuit.

Puis il saisit le téléphone, attendit la réponse du standard et dit :

« Passez-moi le chef... C'est sans importance, réveillez-le... »

Le téléphone sonna cinq minutes plus tard. Thomas souleva le récepteur.

« Gaston ? Ott à l'appareil. Je viens d'avoir un coup dur. Je voudrais prendre quelque chose de léger et de tonifiant. Faites-moi un cocktail à la tomate et quelques croquettes aux sardines... Merci. »

Il raccrocha.

Donc, pensa-t-il, il n'y a pas d'échappatoire. Ils me tiennent en 1957 comme ils me tenaient en 1939 !

A travers la porte ouverte de la terrasse, Thomas Lieven contempla la Corniche d'Or déserte et les étoiles inaccessibles et indifférentes, qui brillaient au-dessus de la Méditerranée. Du sein des ténèbres veloutées semblaient surgir soudain les hommes et les femmes de son passé... glissant vers lui... de plus en plus proches : beautés fascinantes, aventurières froides comme glace, magnats tout-puissants, négociants retors, assassins sans scrupules, chefs de bandes, grands capitaines.

C'était toute sa vie qui le confrontait, cette vie déréglée et aventureuse qui achevait à présent de boucler sa boucle, depuis certaine belle journée du mois de mai 1939 où tout avait commencé...

LIVRE PREMIER

I

Le 24 mai 1939, à dix heures moins deux minutes du matin, un cabriolet Bentley noir s'arrêta devant le n° 122, Lombard Street, au cœur de la Cité de Londres.

Un jeune homme élégant en descendit. Son teint bronzé, son allure désinvolte et les boucles brunes de sa chevelure indisciplinée contrastaient étrangement avec la pédanterie de sa tenue. En effet, il portait un pantalon rayé gris et noir aux plis impeccables, une jaquette noire, courte et croisée, un gilet noir avec une chaîne de montre en or, une chemise blanche à faux col et une cravate gris perle.

Avant de refermer la portière, le jeune homme plongea le bras à l'intérieur de la voiture. Il en retira un chapeau melon noir, un parapluie et deux journaux : le *Times* et l'édition sur papier rose du *Financial Times*.

Ainsi accoutré, Thomas Lieven, âge : trente ans, franchit l'entrée de l'immeuble après avoir passé devant une plaque de marbre noir où se lisait, en lettres d'or, l'inscription suivante :

MARLOCK & LIEVEN
DOMINION AGENCY

Thomas Lieven était le plus jeune banquier privé de Londres, ce qui ne l'avait pas empêché de réussir. Il devait cette carrière ultra-rapide à son intelligence, à sa faculté de paraître sérieux et au talent qu'il possédait de mener deux existences totalement différentes en même temps.

A la Bourse, Thomas Lieven se montrait d'une correction absolue. Mais, hors de cette enceinte sacrée, il redevenait le charmeur qui court les jupons. Personne ne soupçonnait — et moins que quiconque ceux qui y étaient le plus directement intéressés — que dans ses périodes fastes il se faisait un jeu de mener à bien jusqu'à quatre liaisons à la fois, car il était aussi vaillant que discret.

Thomas Lieven pouvait se comporter avec plus de raideur que le plus guindé des gentlemen de la City, mais une fois par semaine il allait danser en secret au cabaret le plus agité de Soho, et deux fois par semaine il prenait en secret des leçons de judo.

Thomas Lieven aimait la vie, et apparemment la vie le lui rendait bien. Tout lui était facile, à condition de dissimuler habilement son jeune âge...

Robert E. Marlock, son associé principal, se tenait dans la salle des guichets de la banque, quand Thomas Lieven fit son entrée en soulevant son melon avec dignité.

Marlock, de quinze ans son aîné, était grand et maigre. Ses yeux blanchâtres avaient une façon peu sympathique d'éviter le regard de ceux qui recherchaient le sien.

« Salut, dit-il, en regardant ailleurs selon son habitude.

— Bonjour, Marlock, fit Thomas avec sérieux. Bonjour, messieurs. »

Derrière leurs tables, les six employés lui rendirent son salut avec le même sérieux.

Marlock se tenait auprès d'une colonne de métal coiffée d'une cloche à fromage, sous laquelle un petit téléscripteur de cuivre transmettait les derniers cours de la

Bourse sur un ruban de papier étroit et apparemment interminable.

Thomas rejoignit son associé et examina les chiffres. Les mains de Marlock tremblaient légèrement. Un observateur méfiant eût dit que ces mains-là étaient les mains typiques du tricheur. Mais, jusqu'à présent, la méfiance n'avait pas sa place dans l'âme sereine de Thomas Lieven.

« Quand partez-vous pour Bruxelles ? demanda Marlock avec nervosité.

— Ce soir.

— Il est grand temps. Regardez comme les valeurs s'effritent ! Voilà la conséquence de ce foutu Pacte d'acier ! Vous avez lu les journaux, Lieven ?

— Certes », dit Thomas. Il aimait bien dire « certes » ; cela sonnait plus digne que « oui ».

Au matin de ce 24 mai 1939, les journaux avaient annoncé la conclusion d'un traité d'alliance entre l'Allemagne et l'Italie. Ce traité portait le nom de « Pacte d'acier ».

A travers la salle des guichets, sombre et démodée, Thomas gagna son propre bureau, tout aussi sombre, tout aussi démodé. Marlock le suivit et logea sa maigre carcasse dans l'un des fauteuils de cuir qui faisaient face à un grand secrétaire.

Les deux hommes discutèrent tout d'abord des valeurs que Thomas devait acquérir sur le continent et de celles dont il devait se défaire. « Marlock & Lieven » avait une succursale à Bruxelles. Thomas possédait en outre une participation dans une banque privée parisienne.

Lorsqu'ils en eurent terminé avec les affaires, Marlock dérogea à une longue habitude : il regarda son associé dans les yeux.

« Dites-moi, Lieven, j'aurais un service personnel à vous demander. Je suppose que vous vous souvenez de Lucie... »

Thomas se souvenait fort bien de Lucie. Une belle fille blonde de Cologne, qui avait été pendant des années l'amie de Marlock à Londres. Quelque chose de sérieux avait dû se passer — personne ne savait quoi —, car Lucie était rentrée en Allemagne du jour au lendemain.

« Je m'en veux de vous embêter avec cette histoire, dit Marlock qui continuait avec effort à regarder son cadet dans les yeux. Mais j'ai pensé, puisque vous serez à Bruxelles, que vous feriez peut-être un saut à Cologne pour parler à Lucie.

— À Cologne ? Pourquoi n'y allez-vous pas vous-même ? Vous aussi, vous êtes de nationalité allemande...

— J'irais volontiers en Allemagne, dit Marlock, mais la situation internationale... D'ailleurs j'ai beaucoup blessé Lucie à l'époque, je suis tout à fait franc... (Marlock déclarait souvent et volontiers qu'il était tout à fait franc.) — ...Oui, tout à fait franc. Il y a eu une autre femme. Lucie avait toutes les raisons de me quitter. Dites-lui que je lui demande pardon... Je saurai réparer... Je voudrais qu'elle revienne... »

Sa voix était empreinte de la même émotion que celle des hommes politiques lorsqu'ils parlent de leur désir de paix.

Au matin du 26 mai 1939, Thomas Lieven arriva à Cologne. De grands drapeaux à croix gammée flottaient sur le Dom-Hotel. Des drapeaux à croix gammée flottaient sur toute la ville. On fêtait le « Pacte d'acier ». Thomas vit un grand nombre d'uniformes. Sur la moquette du hall de l'hôtel, les talons de bottes claquaient comme autant de coups de feu.

Un portrait du Führer trônait sur la table de sa chambre. Thomas y appuya son billet de retour. Il prit un bain chaud. Ensuite, il s'habilla et appela Lucie Brenner au téléphone.

Lorsqu'on souleva le récepteur à l'autre extrémité du réseau, un craquement suspect se fit entendre qui échappa toutefois à Thomas Lieven. En 1939, le super-agent de 1940 ignorait tout du système des tables d'écoute.

« Lucie Brenner à l'appareil ! »

C'était bien la voix excitante, rauque à force de trop fumer, qu'il se rappelait si bien.

« Mlle Brenner, ici Thomas Lieven. Je viens d'arriver à Cologne et... » Il s'interrompit, car, s'il n'avait pas perçu un nouveau craquement de la ligne, il avait bien entendu le cri étouffé poussé par sa correspondante.

« Est-ce un cri de joie ? demanda-t-il avec un charmant sourire.

— Mon Dieu ! » fit-elle.

Nouveau craquement.

« Marlock m'a prié de vous rendre visite, mademoiselle.

— Le salopard !

— Mais non, voyons...

— L'horrible salopard !

— Ecoutez-moi donc, mademoiselle ! Marlock m'a chargé de vous demander pardon pour lui. Puis-je aller vous voir ?

— Non !

— Mais je lui ai promis...

— Disparaissez, monsieur Lieven ! Prenez le prochain train ! Vous n'avez pas idée de ce qui se passe ici ! »

La ligne fit « crac », sans que Thomas Lieven y prêtât attention.

« Non, non, mademoiselle, c'est *vous* qui ne savez pas ce qui se passe...

— Monsieur Lieven...

— Restez chez vous, j'y serai dans dix minutes ! »

Il raccrocha et redressa le nœud de sa cravate. Il se sentait saisi d'une ambition sportive.

Un taxi transporta Thomas — avec chapeau melon et parapluie impeccablement roulé — jusqu'au domicile de Lucie Brenner. Il sonna à la porte de l'appartement du second étage. Il entendit chuchoter de l'autre côté. Une voix de femme, une voix d'homme. N'étant guère d'un naturel soupçonneur, Thomas ne fut que légèrement intrigué.

La porte s'ouvrit. Lucie Brenner apparut. Elle était

vêtue d'une robe de chambre, avec — semblait-il — pas grand-chose dessous. Elle était dans tous ses états.

« Espèce de cinglé ! » gémit-elle en reconnaissant Thomas.

Après cela, tout se passa très vite.

Deux hommes apparurent derrière Lucie. Ils portaient des manteaux de cuir et ressemblaient à des bouchers. L'un des bouchers repoussa Lucie sans ménagements, tandis que l'autre prit Thomas par le revers.

Adieu flegme, calme et discrétion ! Des deux mains Thomas saisit la poigne du boucher et tourna sur lui-même comme s'il exécutait une gracieuse figure de danse. Le boucher éberlué pendait soudain sur la hanche droite de Thomas Lieven.

Une sorte de révérence un peu brusque, une articulation qui craque. Poussant un cri strident, le boucher s'envola à travers les airs pour atterrir sur le parquet où il resta couché en se tordant de douleur. Mes leçons de judo, pensa Thomas, étaient un bon investissement.

« Et maintenant à vous », dit-il en se dirigeant vers le second boucher.

La blonde Lucie se mit à hurler. Le deuxième boucher recula en bégayant :

« M-mais non, mo-monsieur. Ne f-faites pas ça... (Il pêcha un revolver sous son aisselle.) Vous êtes prévenu. Soyez raisonnable. »

Thomas s'arrêta. Seul un imbécile combat sans arme un boucher muni d'un revolver.

« Au nom de la loi, dit le boucher craintif, je vous arrête !

— Qui m'arrête ?

— Gestapo.

— Nom d'un petit bonhomme, dit Thomas Lieven. Quand je raconterai ça à mon club ! »

Thomas Lieven aimait son club londonien, et son club l'aimait. Verre en main et pipe entre les dents, les membres s'installaient tous les jeudis soir autour du feu qui flamboyait dans la cheminée pour écouter les folles histoires qui se racontaient à la ronde.

Pour mon retour, pensa Thomas, je leur ramène une histoire qui n'est pas mauvaise.

Non, l'histoire n'était pas mauvaise, et elle n'allait pas tarder à s'améliorer. Cependant, quand viendrait le moment où Thomas pourrait raconter son histoire au club ? Quand *reverrait-il* son club ?

Assis en ce jour de mai 1939 dans un bureau de la section spéciale D du quartier général de la Gestapo, à Cologne, il était encore plein d'optimisme. Ce n'est qu'un malentendu, se dit-il, dans une demi-heure je serai dehors.

Le commissaire qui reçut Thomas s'appelait Haffner : un gros homme avec des yeux porcins et rusés. Un homme soigné ! Il se nettoyait sans cesse les ongles à l'aide de cure-dents souvent renouvelés.

« J'apprends que vous avez frappé un collègue, dit Haffner d'un ton méchant. Vous aurez l'occasion de vous en repentir, Lieven !

— *Monsieur* Lieven, pour vous ! Qu'est-ce que vous me voulez ? Pourquoi m'a-t-on arrêté ?

— Infraction à la loi sur les devises, dit Haffner. Il y a assez longtemps que je vous attends.

— Moi ?

— Vous ou votre associé, Marlock. Depuis que cette Lucie Brenner est rentrée de Londres, je la fais surveiller. Je me suis dit : un jour ou l'autre, l'un de ces deux saligauds viendra montrer le bout de son nez. Et alors : hop ! (Haffner poussa un dossier vers l'autre bord de la table.) Le mieux, c'est que je vous montre les pièces qui vous incriminent. Comme ça vous fermerez votre grande gueule. »

Alors là, pensa Thomas, je suis vraiment curieux. Il commença de feuilleter le volumineux dossier. Après un moment, il ne put s'empêcher de rire.

« Qu'est-ce qu'il y a de drôle ? demanda Haffner.

— Ecoutez, c'est une histoire inouïe ! »

Il ressortait des documents que la banque privée londonienne « Marlock & Lieven » avait joué, il y avait plusieurs années, un tour pendable au Troisième Reich, en profitant du fait que — vu la situation politique — les titres hypothécaires allemands se négociaient depuis longtemps à la bourse de Zurich au cinquième seulement de leur valeur nominale.

En janvier, février et mars 1936, « Marlock & Lieven » — ou la personne qui opérait sous le couvert de cette raison sociale — avait acquis à Zurich un certain nombre de ces titres et les avait payés avec des marks illégalement transférés. Ensuite, un homme de paille de nationalité suisse avait été chargé d'acheter quelques œuvres d'« art décadent », sans valeur en Allemagne et d'autant plus précieux dans le reste du monde. Les autorités nazies autorisaient volontiers l'exportation des peintures. Ça les débarrassait de cet art « indésirable » et ça faisait rentrer les devises si nécessaires au réarmement. Car l'homme de paille dut régler 30 p. 100 du prix d'achat en francs suisses.

Il est vrai qu'il paya les autres 70 p. 100 — les nazis ne s'en aperçurent que bien plus tard — avec les titres hypothécaires allemands, qui réintégrèrent ainsi la mère-patrie où ils étaient cotés à leur valeur normale, c'est-à-dire cinq fois le prix que « Marlock & Lieven » avait payé à Zurich.

Ce n'est pas moi qui ai inventé cette combine, se dit Thomas Lieven pendant qu'il étudiait les documents. Donc, ce ne peut être que Marlock. Il a dû savoir que les Allemands le recherchent, que Lucie Brenner était surveillée, qu'on allait m'arrêter et qu'on ne croirait pas un mot de ce que je dirais. Tout ça pour se débarrasser de moi. Pour avoir la banque à lui tout seul. Bon sang. Bon sang de bonsoir...

« Bien, dit le commissaire Haffner avec satisfaction, du coup on a fermé son crachoir, pas vrai ? » Il ramassa un nouveau cure-dent et commença de fourrager dans sa bouche.

Que faire, réfléchit Thomas. Une idée lui vint. Pas très

bonne. Mais comme il n'en surgissait pas de meilleure...

« Puis-je téléphoner ? »

Haffner plissa ses yeux porcins :

« A qui voulez-vous parler ? »

Allons-y, se dit Thomas, il ne reste plus que la fuite en avant.

« Au baron von Wiedel.

— Connais pas.

— Son Excellence le baron Bodo von Wiedel, hurla Thomas subitement, ambassadeur extraordinaire au ministère des Affaires étrangères ! Connaissez pas ?

— Je... je...

— Retirez ce cure-dent de la bouche, quand vous me parlez !

— Qu'est-ce... qu'est-ce que vous lui voulez, à M. le baron ? » bégaya Haffner. Il faisait son ordinaire de bourgeois intimidés. Il n'était pas à l'aise avec des détenus qui hurlaient et qui connaissaient des gros pontes.

Thomas continua à tempêter.

« Le baron est mon meilleur ami ! »

C'est en 1929 que Thomas avait fait connaissance avec Wiedel, bien plus âgé que lui, dans une association d'étudiants qui ne pratiquait pas le duel. Wiedel avait introduit Thomas dans certains milieux aristocratiques. Thomas avait couvert les traites que le baron se plaisait parfois à laisser protester. Tout ceci les avait rapprochés sur le plan humain, jusqu'au jour où Wiedel adhéra au Parti. Thomas avait rompu les relations après une engueulade monstrueuse.

Tout en criant : « Faites-moi immédiatement établir la communication, sinon demain vous pourrez chercher une nouvelle place ! » Thomas se demanda si Wiedel aurait bonne mémoire.

Ce fut la standardiste qui servit de bouc émissaire. Le commissaire Haffner arracha le combiné et se mit à hurler à son tour.

« Affaires étrangères Berlin ! Et plus vite que ça, idiote ! »

C'est absolument fantastique, pensa Thomas lorsqu'il entendit une minute plus tard la voix de son ancien camarade qui disait :

« Ici von Wiedel.

— Bonjour, Bodo, c'est Lieven ! Thomas Lieven, tu te souviens de moi ? »

Un rire homérique lui répondit.

« Thomas ! Mon vieux ! Quelle surprise ! Dans le temps, tu m'as fait tout un discours, et maintenant tu fais partie de la Gestapo ! »

Devant les proportions d'un tel malentendu, Thomas fut obligé de fermer les yeux. Le baron continuait à s'égosiller joyeusement :

« C'est drôle, Ribbentrop ou Schacht m'a dit l'autre jour seulement que tu avais une banque en Angleterre !

— C'est exact. Ecoute, Bodo...

— Ah ! oui, service extérieur, je comprends ! Camouflage, hein ? Ce que je rigole ! Alors, tu as fini par comprendre que j'avais raison, à l'époque ?

— Bodo...

— Où en es-tu ? Faut-il t'appeler commissaire ?

— Bodo...

— Commissaire principal ?

— Veux-tu m'écouter, à la fin ! Je ne travaille pas à la Gestapo ! J'ai été *arrêté* par la Gestapo ! »

Là-dessus, le silence régna pendant un moment à Berlin.

Haffner fit claquer ses lèvres avec satisfaction, cala le second écouteur entre l'oreille et l'épaule et poursuivit le nettoyage de l'ongle de son pouce gauche.

« Bodo ! Tu as compris ou non ?

— Si, si, hélas ! Qu'est-ce... qu'est-ce qu'on te reproche ? » Thomas dit ce qu'on lui reprochait.

« Ça, mon vieux, c'est une méchante affaire. Je ne peux pas m'en mêler. Nous vivons sous un régime de légalité. Si tu es vraiment innocent, tu n'as rien à craindre. Bonne chance. Heil Hitler !

— Votre meilleur copain, hein ? » grogna M. Haffner.

Ils lui enlevèrent ses bretelles, sa cravate, ses lacets de souliers, son portefeuille et sa bien-aimée montre à répétition, et ils l'enfermèrent seul dans une cellule. C'est là que Thomas passa le restant de la journée, puis la nuit. Son cerveau travaillait fiévreusement. Il *devait* y avoir un moyen ! Mais il ne le trouva pas...

Le 27 mai au matin, Thomas Lieven fut de nouveau conduit à l'interrogatoire. En entrant dans le bureau de Haffner, il vit que le commissaire était en compagnie d'un commandant de la Wehrmacht : un homme pâle au visage soucieux. Haffner paraissait mal luné. Les deux hommes semblaient avoir eu une altercation.

« Voilà votre homme, mon commandant, dit le gestapiste d'un ton venimeux. Conformément aux ordres, je vous laisse seul avec lui. »

Il disparut. L'officier serra la main de Thomas.

« Je suis le commandant Loos, de la circonscription militaire de Cologne. Le baron von Wiedel m'a téléphoné pour me demander de m'occuper de vous.

— Vous occuper de moi ?

— Eh oui. Il est clair que vous êtes innocent. C'est votre associé qui vous a mis dedans.

— Je suis ravi, mon commandant, dit Thomas avec un soupir de soulagement, que vous soyez parvenu à cette conclusion. Suis-je libre ?

— Libre pour aller où ? Ce sont les travaux forcés qui vous attendent. »

Du coup, Thomas s'assit.

« Mais puisque je suis innocent !

— Expliquez ça à la Gestapo, monsieur Lieven ! Croyez-moi, votre associé a tout prévu.

— Hum », fit Thomas. Il dévisagea le commandant et se dit qu'il devait y avoir anguille sous roche...

Il y avait.

« Voyez-vous, monsieur Lieven, il y aurait évidemment *un moyen*. Vous êtes citoyen allemand, vous avez voyagé, vous êtes un homme cultivé. Vous parlez couramment l'anglais et le français. A l'heure actuelle, on a besoin de gens comme vous.

— Qui en a besoin ?

→ Nous. Moi. Je suis officier du contre-espionnage, monsieur Lieven. Je peux vous faire sortir d'ici, à condition que vous vous engagiez à travailler pour l'Abwehr. D'ailleurs, vous serez bien payé... »

Dans la personne du commandant Fritz Loos, Thomas fit pour la première fois de sa vie connaissance avec un membre d'un Service de renseignements. Beaucoup d'autres allaient suivre — anglais, français, polonais, espagnols, américains et russes.

Dix-huit ans après cette première rencontre, le 18 mai 1957, dans la quiétude nocturne d'un appartement de luxe, à Cannes, Thomas Lieven pensa : au fond, tous ces gens se ressemblaient énormément. Tous semblaient tristes, amers, déçus. Sans doute la vie les avait-elle forcés à quitter la voie normale. Tous paraissaient souffrants. Tous étaient plutôt timides ; aussi s'entouraient-ils sans cesse des risibles attributs de leur puissance, de leur secret et de leur potentiel de terreur. Ils jouaient tous une comédie permanente, souffraient tous d'un profond complexe d'infériorité...

Thomas Lieven savait tout cela, dans la belle nuit de mai de l'année 1957. Le 27 mai 1939, il n'en savait encore rien. Il était tout bonnement enchanté, lorsque le commandant Loos lui proposa de travailler pour l'Abwehr allemande. C'est une façon de sortir de la merde, pensait-il, sans savoir à quel point il y était déjà enfoncé...

Au moment où l'appareil de la Lufthansa traversait le plafond bas accumulé au-dessus de Londres, le passager qui occupait la place n° 17 émit un bruit bizarre.

L'hôtesse se précipita vers lui.

« Vous ne vous sentez pas bien, monsieur ? » demanda-t-elle avec sollicitude. Puis elle s'aperçut que le n° 17 riait.

« Je vais très bien, dit Thomas Lieven. Je vous demande pardon, mais je pensais à quelque chose d'amusant. »

Il s'était souvenu de la figure déçue du guichetier, au quartier général de la Gestapo, à Cologne, lorsque celui-ci lui avait rendu ses affaires. Le brave homme avait eu du mal à se séparer de la montre à répétition en or.

Thomas tira la montre de sa poche et caressa amoureusement le couvercle finement ciselé. Ce faisant, il découvrit un peu d'encre sous l'ongle de son index. Il rit de nouveau à la pensée que ses empreintes digitales figuraient à présent dans un fichier secret, avec sa photo et sa fiche personnelle.

Un certain John Smythe (avec y et th) devait lui rendre visite le surlendemain, pour inspecter son chauffe-bain. Ce M. Smythe, lui avait fait comprendre le commandant Loos, avait droit à son obéissance absolue.

Il aura une surprise, pensa Thomas, ce M. Smythe avec y et th. S'il s'amène vraiment, je le flanquerai dehors !

L'appareil perdait de l'altitude. Cap au sud-ouest, il traversait la Tamise en direction de l'aérodrome de Croydon.

Thomas rangea sa montre et se frotta brièvement les mains. Il s'étira avec un sentiment de bien-être. Ah ! voilà l'Angleterre ! La liberté ! La sécurité ! Un saut en Bentley, puis un bain chaud, un scotch, une pipe, les amis du club. Et le grand récit de ses aventures...

Oui, et ensuite, bien sûr, Marlock.

Si grand était le bonheur du retour que la moitié de sa colère s'était déjà dissipée. Lui fallait-il *vraiment* se séparer de Marlock ? Peut-être y avait-il une explication plausible ? Peut-être Marlock avait-il des soucis ? En tout cas, il faudrait tout d'abord écouter ce qu'il aurait à dire...

Plein d'entrain, Thomas franchit sept minutes plus tard la passerelle et foula le ciment humide de l'aéroport.

Protégé par son parapluie, il se dirigea en sifflant vers le hall d'immigration. Là, deux couloirs étaient formés par des cordes tendues. Au-dessus de celui de droite, on lisait : « British Subjects », au-dessus de celui de gauche : « Foreigners. »

Toujours sifflotant, Thomas prit à gauche et s'approcha du grand pupitre de l'« Immigration Officer ».

Le fonctionnaire, un homme entre deux âges avec une moustache de phoque teintée de nicotine, prit le passeport allemand que Thomas lui tendait avec un sourire aimable. Il le feuilleta, puis il leva la tête.

« Je regrette, mais vous ne pouvez plus pénétrer sur le sol britannique.

— Qu'est-ce que cela signifie ?

— Votre arrêté d'expulsion a été signé aujourd'hui, monsieur Lieven. Veuillez me suivre, deux messieurs vous attendent », dit-il en montrant le chemin.

Les deux messieurs se levèrent lorsque Thomas entra dans le petit bureau. Ils avaient un air de fonctionnaires soucieux, dyspeptiques et manquant de sommeil.

« Morris, dit l'un.

— Lovejoy », dit l'autre.

Qui me rappellent-ils donc ? réfléchit Thomas. Il ne trouva pas. Il était en colère, à présent, même fort en colère. Il se contint pour conserver un semblant de courtoisie.

« Messieurs, qu'est-ce que cela veut dire ? Je vis dans ce pays depuis sept ans. Je n'ai rien à me reprocher. »

L'homme qui répondait au nom de Lovejoy souleva un journal et indiqua un titre sur trois colonnes :

BANQUIER LONDONIEN ARRÊTÉ A COLOGNE !

« Et alors ? C'était avant-hier ! Aujourd'hui, me voilà ! Les Allemands m'ont relâché !

— Et pour quelles raisons, s'il vous plaît ? demanda Morris. Pourquoi la Gestapo relâche-t-elle un homme qu'elle vient d'arrêter ?

— J'ai fait la preuve de mon innocence.

— Ah ah ! dit Lovejoy.

— Ah ah ! » dit Morris.

Les deux messieurs échangèrent un regard lourd de signification. Puis, Morris reprit sur un ton de noble supériorité :

« Nous appartenons au « Secret Service », monsieur Lieven. Nous avons reçu des informations de Cologne. Il est inutile de nous mentir. »

« Maintenant, je sais qui vous me rappelez, tous les deux, pensait Thomas subitement. C'est le blafard commandant Loos. La même comédie. Les mêmes manières. »

« Messieurs, dit-il avec colère, si vous êtes du « Secret Service », tant mieux ! Vous serez intéressés d'apprendre que la Gestapo m'a libéré pour l'unique raison que j'ai accepté de travailler pour l'Abwehr allemande.

— Monsieur Lièven, vous nous prenez pour des naïfs ?

— C'est l'exacte vérité, dit Thomas avec impatience. L'Abwehr m'a fait chanter. Je ne me sens aucunement lié par ma promesse. Je veux vivre ici, en paix !

— Vous n'imaginez tout de même pas que nous vous laisserons entrer dans le pays après un pareil aveu ! Officiellement, vous êtes refoulé parce que nous expulsons tous les étrangers qui entrent en conflit avec la loi.

— Mais je suis totalement innocent ! Mon associé m'a escroqué ! Permettez-moi au moins de le voir. Ensuite, vous constaterez vous-mêmes que je dis la vérité. »

Morris et Lovejoy échangèrent un regard lourd de signification.

« Pourquoi, messieurs, ce regard lourd de signification ?

— Monsieur Lieven, dit Lovejoy, vous ne pouvez pas voir votre associé.

— Et pourquoi cela ?

— Parce que votre associé, dit Morris, a quitté Londres pour six semaines.

— Lo-Lo-Londres ? fit Thomas en pâlissant. Qui-qui quitté ?

— Oui. On nous dit qu'il s'est rendu en Ecosse. Personne ne sait exactement où.

— Sacré nom... que faire maintenant ?

— Retournez dans votre patrie.

— Pour me faire coffrer ? Je vous dis que je n'ai été mis en liberté qu'à condition de faire de l'espionnage en Angleterre ! »

Les deux hommes échangèrent un nouveau regard. Thomas sentit qu'il y avait anguille sous roche. Il y avait.

« Pour autant que je sache, dit Morris avec froideur, il ne se présente plus qu'une seule solution pour vous, monsieur Lieven : travaillez avec nous ! »

Juste Ciel, se dit Thomas Lieven, si je racontais ça au club ! Personne ne me croirait.

« Si vous jouez avec nous contre les Allemands, nous vous laissons entrer en Angleterre et nous vous soutenons contre Marlock. Nous vous protégerons.

— Qui me protégera ?

— Le « Secret Service ».

Thomas eut une brève crise de fou rire. Puis il reprit son sérieux, tira sur son gilet et sur sa cravate et redressa sa taille.

Le moment de confusion et de découragement était passé. Il savait à présent qu'il avait pris pour une énorme galéjade une chose qui, sans doute, n'en était pas une. Maintenant, il fallait lutter. Il luttait volontiers. Il n'était pas enclin à assister passivement à la ruine de son existence.

« Messieurs, dit Thomas, je refuse votre offre. Je vais à Paris, où je prendrai le meilleur avocat français, pour faire un procès à mon associé, ainsi qu'au gouvernement britannique.

— A votre place, je ne ferais pas cela, monsieur Lieven.

— Je le ferai tout de même.

— Vous le regretterez.

— Nous verrons bien, dit Thomas. Je me refuse à croire que le monde entier est une maison de fous ! »

Un an plus tard, il ne s'y refusa plus.

Et dix-huit ans plus tard, en revoyant défiler devant lui le film de sa vie dans l'hôtel de Cannes, il en était convaincu.

Le monde entier, une maison de fous : voilà, lui semblait-il, dans ce siècle de démence, la seule vérité profonde à laquelle on pouvait et devait se tenir !

Le 28 mai 1939, un peu après minuit, un jeune homme élégant commanda son souper dans le célèbre restaurant Chez-Pierre, place Gaillon, à Paris :

« Emile, nous prendrons quelques hors-d'œuvre, ensuite une soupe de queues d'écrevisses, ensuite une longe de veau aux champignons. Comme dessert, peut-être une coupe Jacques ? »

Emile, le vieux maître d'hôtel aux cheveux blancs, contemplait son client avec un sourire plein de sympathie. Il connaissait Thomas Lieven depuis de longues années.

A côté du jeune homme se tenait une belle fille à la chevelure brune et lustrée. Deux yeux de poupée malicieuse animaient l'ovale de son visage. Elle s'appelait Mimi Chambert.

« Nous avons faim, Emile ! Nous étions au théâtre. Du Shakespeare, avec Jean-Louis Barrault...

— Dans ce cas, monsieur me permettra de lui conseiller des croustades chaudes de saumon fumé, à la place des hors-d'œuvre froids. Shakespeare est épuisant. »

Ils rirent, et le vieux maître d'hôtel disparut dans la cuisine.

Le restaurant était une longue salle sombre, démodée mais très agréable. Quant à la compagne de Thomas, elle n'avait certes rien de démodé.

Sa robe de soie blanche était profondément décolletée et très ajustée. La jeune actrice était petite et gracieuse, et toujours pleine d'entrain, même le matin, au réveil.

Thomas la connaissait depuis deux ans. Il lui fit un sourire et respira profondément :

« Ah ! Paris ! La seule ville où l'on peut encore vivre, mon petit chou. Nous allons prendre quelques semaines de bon temps...

— Je suis si contente de te voir de bonne humeur, mon chéri ! Tu étais tellement agité, cette nuit... Tu parlais trois langues à la fois, et je n'ai pu comprendre que le français... Tu as des ennuis avec ton passeport ?

— Pourquoi ?

— Tu parlais sans arrêt d'expulsion et de permis de séjour... Il y a tant d'Allemands à Paris, en ce moment, qui ont des ennuis de passeport... »

Il lui baisa le bout des doigts avec attendrissement.

« Ne te fais pas de souci. Il m'est arrivé une histoire toute bête. Rien de vraiment désagréable ! (Il parlait avec une conviction tranquille et croyait lui-même à ce qu'il disait.) J'ai été la victime d'une injustice, tu comprends ? On m'a volé. Une injustice, ça peut durer longtemps, mais pas toujours ! A présent, j'ai un avocat formidable. Dans peu de temps, on me fera des excuses. Jusque-là, je compte me reposer en ta compagnie... »

Un garçon s'approcha de la table.

« Deux messieurs désirent vous voir, monsieur Lieven. »

Thomas leva la tête sans concevoir le moindre soupçon. Revêtus de trench-coats légèrement douteux, deux hommes se tenaient à l'entrée, qui le saluaient avec embarras.

« Je reviens tout de suite, ma petite, dit Thomas en se levant. » Il se dirigea vers l'entrée.

« Qu'y a-t-il pour votre service, messieurs ? »

Les deux hommes en imperméable froissé s'inclinèrent. Puis, l'un dit :

« Monsieur, nous étions déjà chez Mlle Chambert. Nous sommes de la police. Nous regrettons, mais nous sommes obligés de vous arrêter.

— Qu'ai-je fait ? » demanda Thomas tout bas. Au fond, il avait envie de rire.

« Vous le saurez. »

Le cauchemar continue, se dit Thomas. Il répondit aimablement :

« Messieurs, vous êtes Français. Vous savez que c'est un péché que d'interrompre un bon repas. Puis-je vous demander de surseoir à mon arrestation jusqu'à ce que j'aie terminé ? »

Les policiers hésitèrent.

« Pourrions-nous téléphoner à notre supérieur ? » demanda l'un.

Thomas acquiesça. L'homme disparut dans une cabine et revint très rapidement.

« C'est d'accord, monsieur. Mais le patron vous demande une faveur.

— A savoir ?

— Il voudrait partager votre souper. Il pense que cela facilitera votre entretien.

— Très bien, soit ! Mais qui est votre patron, si je ne suis pas indiscret ? »

Ils le lui dirent.

Thomas retourna à sa table et fit signe au maître d'hôtel :

« Emile, j'attends un invité. Mettez un troisième couvert, je vous prie.

— Qui doit venir ? demanda Mimi en souriant.

— Un certain colonel Siméon.

— Ah ! » dit Mimi. Contrairement à ses habitudes, elle ne prononça que cette seule parole.

Le colonel Jules Siméon se révéla comme un homme sympathique. Avec sa moustache soignée, son nez romain et ses yeux spirituels et ironiques, il ressemblait, en plus grand, à l'acteur Adolphe Menjou. Il salua Thomas avec déférence et Mimi comme une connaissance de longue date, ce qui ne laissa pas d'inquiéter le premier nommé.

Le costume bleu marine de Siméon provenait sans aucun doute de chez un tailleur de premier ordre, mais les coudes et le dos étaient déjà un peu luisants. Le colonel portait une épingle de cravate avec une perle, et des petits boutons de manchettes en or, mais les talons de ses chaussures avaient besoin d'un ressemelage.

Pendant le potage et le hors-d'œuvre, on parla de Paris. Mais avec l'arrivée de la longe de veau, le colonel devint plus précis.

« Monsieur, je vous demande pardon de vous déranger au milieu de la nuit et, qui plus est, pendant le repas. Délicieusement croquantes, ces pommes chips, vous ne trouvez pas ? J'ai reçu mes ordres en haut lieu. Nous vous avons cherché toute la journée. »

De fort loin, Thomas crut soudain entendre la voix de Jean-Louis Barrault, qui avait joué ce soir-là le rôle de Richard III dans le drame de Shakespeare. Il entendait vaguement un vers de la pièce. Mais il ne comprenait pas encore.

« Ah ! dit-il. Oui, ces pommes chips sont remarquables, colonel. On connaît la bonne façon, ici. La double cuisson, voilà ce que c'est. Oui, oui la cuisine française... »

Thomas posa la main sur le bras de Mimi. Le colonel sourit. Ce colonel me plaît de plus en plus, pensa Thomas.

« Il n'y a pas que la bonne cuisine qui vous retient à Paris, dit le colonel. Nous aussi, nous avons nos hommes à Cologne et à Londres. Nous savons ce qu'il vous est arrivé avec le cher commandant Loos ; souffre-t-il toujours du foie ?... »

De nouveau, Thomas crut entendre la voix de Jean-Louis Barrault ; de nouveau, il eut l'impression de percevoir un vers de Shakespeare, mais il ne le comprit toujours pas.

Et pourquoi Mimi souriait-elle ? Pourquoi souriait-elle de cette façon si angélique ?

« Monsieur Lieven, dit le colonel, permettez-moi de vous assurer de ma sympathie. Vous aimez la France. Vous aimez la cuisine française. Mais j'ai mes ordres. Je suis obligé de vous expulser, monsieur Lieven. Vous êtes trop dangereux pour mon pauvre pays menacé. Cette nuit même, nous vous conduirons à la frontière. Et vous ne pourrez jamais revenir en France... »

Thomas se mit à rire.

MENU

Soupe de queues d'écrevisses
Croquettes chaudes au saumon fumé
Longe de veau aux champignons
Pommes chips
Coupe Jacques
28 mai 1939

AU COURS DE CE DINER, THOMAS LIEVEN DEVINT AGENT SECRET

Soupe de queues d'écrevisses

Ayez un bon bouillon de bœuf. Pour quatre personnes, prenez une douzaine de grosses écrevisses et pochez-les pendant un quart d'heure à gros bouillons. Brisez les pinces et les queues pour en extraire la chair. Pilez grossièrement les carcasses dans un mortier et tournez-les sur le feu avec 125 g de beurre, jusqu'à ce que celui-ci commence à monter et prenne une teinte rouge. Jetez-y une cuillerée à bouche de farine, laissez cuire un peu, ajoutez un litre de bouillon et passez le tout à travers un tamis recouvert d'une mousseline. Redonnez un bouillon avant de servir et ajoutez les queues d'écrevisses.
Il ne faut pas que cette soupe soit trop épaisse, ce qui est d'ailleurs la règle pour tous les potages devant être servis en société.

Croustades au saumon fumé

Trempez de fines tranches de pain de mie dans du lait, recouvrez-les d'une tranche de saumon fumé correspondant à leur taille, qui aura été préalablement mise à dessaler dans du lait, et recouvrez d'une autre tranche de pain trempé. Saupoudrez de fromage râpé, garnissez de quelques noix de beurre et passez au four sur une tôle beurrée.

Longe de veau aux champignons

Faites sauter les tranches de longe des deux côtés et servez avec la garniture suivante : faites revenir un oignon dans du beurre, puis faites-le cuire dans un quart de litre de vin blanc. Incorporez 3 jaunes d'œufs, 1 cuillerée de beurre, le jus d'un demi-citron, sel et poivre. Rajoutez du vin, battez la masse au bain-marie jusqu'à ce qu'elle épaississe. Séparément, étuvez des champignons et des échalotes dans du beurre additionné d'un verre de vin blanc. Entre-temps, préparez un velouté composé de 1 cuillerée de beurre, 1 cuillerée de farine, un demi-litre de bouillon. Ajoutez-y les champignons et la sauce. Laissez recuire ensemble.

Coupe Jacques

Recouvrez une portion de glace à la vanille de crème fouettée. Ajoutez une couche de salade de fruits (frais ou en conserve) que vous aurez laissés macérer pendant une demi-heure dans du marasquin, puis une couche de glace à la fraise. Garnissez la coupe de crème fouettée et de cerises confites.

Mimi le dévisagea. Et, pour la première fois depuis qu'il la connaissait, elle ne rit pas avec lui. Il s'arrêta.

« ...à moins que, dit le colonel en reprenant des champignons, à moins que vous vous laissiez retourner et que vous consentiez à travailler pour nous, c'est-à-dire, pour le Deuxième Bureau. »

Thomas eut un haut-le-corps. Je ne suis quand même pas soûl à ce point ! se dit-il. Il répondit à voix basse :

« Vous me proposez de travailler pour le Service de renseignement français, en présence de Mlle Chambert ?

— Pourquoi pas, mon chéri ? dit Mimi tendrement en l'embrassant sur la joue. Puisque je suis de la maison !

— Tu es... Thomas avala de travers.

— Tout en bas de l'échelle. Mais j'en suis. Ça me rapporte un peu de sous. Tu es fâché ?

— Mlle Chambert, proclama le colonel, est la plus charmante patriote de ma connaissance. »

Soudain, la voix qui obsédait Thomas Lieven, la voix de l'acteur Jean-Louis Barrault, devint distincte dans sa mémoire, et Thomas comprit maintenant les paroles, ces paroles du roi Richard III :

« Pour cette raison — ne pouvant en amant disert couler des jours heureux — je suis résolu à devenir un scélérat... »

« Monsieur Lieven, demanda le colonel, son verre de vin rouge à la main, voulez-vous travailler pour nous ? »

Thomas contempla Mimi, la tendre, douce Mimi. Il contempla le colonel Siméon, cet homme qui savait vivre. Il contempla le bon repas.

Il n'y a donc aucune autre voie, pensa Thomas Lieven. L'image que j'avais du monde était fausse. Il me faut changer d'existence, et sur-le-champ encore, si je ne veux pas périr dans ce torrent de folie.

La voix de Mimi résonnait à son oreille :

« Sois gentil, mon chéri ! Viens chez nous ! Ce sera la belle vie, tu verras ! »

La voix de Siméon résonnait à son oreille :

« Avez-vous pris une décision, monsieur ? »

La voix de Jean-Louis Barrault tonnait à son oreille :
« ... je suis résolu à devenir un scélérat... »
« Je suis résolu », dit Thomas Lieven avec douceur.

D'abord l'Abwehr allemande. Puis, le Secret Service.
Maintenant, le Deuxième Bureau. Tout cela, en l'espace de
96 heures. Il y a quatre jours encore, pensait Thomas, je
vivais à Londres. J'étais un homme considéré, un banquier en pleine réussite. Qui va encaisser cette histoire ?
Qui va me croire, au club ?

« Ma situation, dit Thomas Lieven en passant sa main
délicate dans ses courts cheveux bruns, apparaît sans
espoir, mais non pas sérieuse. Agréablement repu, me
voici assis sur les décombres de mon existence bourgeoise. Un moment historique ! Emile ! »

Le vieux maître d'hôtel s'empressa d'accourir.

« Nous avons un motif de célébration. Du champagne,
je vous prie ! »

Mimi embrassa son amant avec tendresse.

« N'est-il pas tout plein mignon ? demanda-t-elle au
colonel.

— Monsieur, dit Siméon, je m'incline devant votre
attitude. Je suis ravi que vous ayez décidé de travailler
avec nous.

— Je n'ai rien décidé du tout, je n'ai pas d'autre choix.

— Cela revient au même.

— Bien entendu, vous ne pourrez compter sur moi que
pendant la durée de mon procès. Lorsque je l'aurai
gagné, je veux retourner vivre à Londres. Est-ce clair ?

— Parfaitement clair, monsieur », dit le colonel Siméon en souriant d'un sourire énigmatique, comme s'il
eût d'ores et déjà deviné que Thomas Lieven, une guerre
mondiale plus tard, n'aurait toujours pas gagné son
procès et qu'il ne vivrait plus à Londres.

« Par ailleurs, dit Thomas, je me demande vraiment
dans quel domaine je puis vous être utile.

— Vous êtes banquier.

— Et alors ?

— Mademoiselle m'a appris, dit Siméon avec un clin d'œil complice, que vous étiez très talentueux !

— Mimi ! dit Thomas à la petite comédienne. Quel manque de discrétion !

— Mademoiselle l'a fait uniquement pour la cause nationale. C'est une personne absolument charmante.

— Je suppose, colonel, que vous avez lieu d'être bon juge. »

Mimi et Siméon se mirent à parler en même temps :

« Je vous donne ma parole d'officier...

— Mais, chéri, c'était bien avant toi ! »

Tous deux s'interrompirent et éclatèrent de rire. Mimi se serra contre Thomas. Elle éprouvait un sentiment réel pour cet homme aux allures si sérieuses qui pouvait se montrer si peu sérieux, cet homme qui semblait représenter le prototype de tous les gentlemen-banquiers britanniques, tout en étant plus agréable à vivre et plus imaginatif que tous les hommes qu'elle connaissait. Et elle en connaissait un certain nombre.

« Bien avant moi, dit Thomas Lieven. Ah ! Tiens, tiens. Bon, bon... Si j'interprète bien vos paroles, colonel, je dois me considérer comme conseiller financier du Service secret français ?

— Exactement, monsieur. Des missions spéciales vous seront confiées.

— Avant l'arrivée du champagne, dit Thomas, permettez-moi de prononcer quelques mots frappés au coin de la sincérité. En dépit de ma relative jeunesse, j'ai déjà acquis un certain nombre de principes. Au cas où ceux-ci seraient incompatibles avec ma nouvelle activité, je vous prierais de procéder, malgré tout, à mon expulsion.

— Vos principes, monsieur ?

— Je me refuse à porter un uniforme, colonel. En outre — la chose peut vous paraître incompréhensible — je ne tire pas des coups de feu sur les gens. Je ne terrorise personne, je n'arrête personne, je ne torture personne.

— Mais, cher monsieur, je vous en prie ! Vous nous êtes beaucoup trop précieux pour de pareilles vétilles !

— De plus, je ne lèse ni ne vole personne sauf dans les limites autorisées de ma profession. Et encore devrai-je être convaincu que l'intéressé le mérite.

— Soyez sans souci, monsieur, vous pourrez rester fidèle à vos principes. La seule chose qui nous intéresse, c'est votre cerveau. »

Emile apporta le champagne. Ils burent, et le colonel reprit :

« En revanche, je suis obligé de vous prier de participer à un stage d'entraînement pour agents secrets. C'est le règlement. Il existe beaucoup de ficelles compliquées dont, pour l'instant, vous n'avez pas idée. Je verrai à vous faire partir au plus vite pour un de nos camps spéciaux.

— Mais pas cette nuit, Jules, dit Mimi en caressant la main de Thomas Lieven. Pour cette nuit, il en sait assez... »

Au petit matin du 30 mai 1939, deux messieurs vinrent chercher Thomas Lieven au domicile de sa petite amie. Ils portaient des costumes de confection bon marché et leurs pantalons faisaient des poches aux genoux. C'étaient des sous-agents sous-payés.

D'un air grave, ils firent monter Thomas dans un camion. Lorsqu'il voulut jeter un coup d'œil au-dehors, il constata que les volets arrière de la bâche étaient hermétiquement clos.

Au bout de cinq heures, il était moulu. Quand le camion s'arrêta enfin et que les deux hommes lui permirent de descendre, Thomas se retrouva au milieu d'un paysage extraordinairement morne. C'était une lande vallonnée, parsemée de quartiers de roche et entourée de fils de fer barbelés. A l'arrière-plan, devant un sombre bocage, Thomas aperçut un bâtiment gris, rongé par les intempéries. Un militaire lourdement armé en gardait l'entrée.

Les deux messieurs pauvrement vêtus se dirigèrent vers la sentinelle qui les observait avec hostilité. Ils présentèrent un grand nombre de documents que le soldat étudia avec gravité.

Un vieux paysan apparut sur la route, avec une charrette pleine de bois.

« C'est loin, chez toi, grand-père ? demanda Thomas.

— Diable, oui. Bien encore trois kilomètres, jusqu'à Saint-Nicolas.

— Où est-ce ?

— Là-bas. Sur la route de Nancy.

— Ah ! bon », dit Thomas Lieven.

Ses deux compagnons revinrent.

« Il faut nous excuser de vous avoir enfermé dans le camion, expliqua l'un. Mais les ordres sont stricts. Sinon, vous auriez peut-être reconnu la région. Et il ne faut en aucun cas que vous sachiez où vous vous trouvez.

— Ah ! bon ». dit Thomas.

La vieille bâtisse possédait le confort d'un hôtel de troisième ordre. Plutôt miteux, pensait Thomas Lieven. Ces braves gens n'ont pas l'air de nager dans l'opulence. Espérons qu'il n'y a pas de punaises. La vie est pleine de situations incroyables.

En dehors de Thomas, vingt-sept autres agents participaient au stage. La plupart étaient Français, mais il y avait aussi deux Autrichiens, cinq Allemands, un Polonais et un Japonais.

Les cours étaient dirigés par un homme maigre et pâle, au teint malsain, qui avait les mêmes façons mystérieuses, déprimées, vaniteuses et timorées que son collègue allemand, le commandant Loos, que Thomas avait connu à Cologne.

« Messieurs, déclara ce personnage à la troupe des agents réunie, je suis Jupiter. Pour la durée du stage, chacun de vous adoptera une fausse identité. Vous disposez d'une demi-heure pour inventer un faux *curriculum vitae* approprié. Cette identité imaginaire, vous vous y tiendrez à partir de maintenant dans toutes les circonstances. Moi-même et mes collègues, nous ferons tout notre possible pour vous prouver que vous n'êtes pas celui que vous prétendez être. Vous devez donc vous constituer une personnalité qui résiste à nos attaques. »

Prosaïquement, Thomas décida de s'appeler Adolf Meier. Il n'avait pas l'habitude d'investir les ressources de son imagination dans des entreprises sans espoir.

Dans l'après-midi, il reçut un costume de coutil gris. Le faux nom était brodé sur la poitrine. Les autres élèves portaient la même tenue de travail.

La nourriture était mauvaise. La chambre assignée à Thomas était affreuse et la literie était humide. Avant de s'endormir, il fit sonner nostalgiquement, à plusieurs reprises sa chère montre à répétition, ferma les yeux et s'imagina couché dans son beau lit, à Londres. Vers trois heures du matin, des clameurs sauvages l'arrachèrent au sommeil.

« Lieven ! Lieven ! Répondez, nom de Dieu ! »

Baigné de sueur, Thomas sursauta en ahanant : voilà !

Il reçut aussitôt deux gifles retentissantes. Devant son lit se tenait Jupiter, qui dit avec un ricanement démoniaque :

« Je croyais que vous vous appeliez Meier, monsieur Lieven ! Si la même chose vous arrive en cours de mission, vous êtes un homme mort. Bonne nuit. Dormez bien. »

Thomas ne dormit pas bien. Il réfléchit au moyen d'éviter des gifles futures. Au cours des nuits suivantes, Jupiter s'égosilla tant qu'il voulut. Chaque fois, Thomas s'éveillait lentement, reprenait conscience et s'accrochait à sa fausse identité : « Que me voulez-vous ? Je m'appelle Adolf Meier ! »

Jupiter ignorait simplement que Thomas avait une bonne ration de coton dans les oreilles...

Jupiter était enthousiasmé : quelle extraordinaire maîtrise de soi !

Les stagiaires apprirent à manier le poison, l'explosif, la mitraillette et le revolver. Thomas tira dix coups et

constata avec ahurissement que huit avaient atteint le
plein centre de la cible.

« C'est un hasard, dit-il, éberlué. Je n'ai jamais su
tirer. »

Jupiter gloussa de joie.

« Savez pas tirer, Meier ? Moi, je vous dis que vous
avez un don naturel ! »

Sur les dix coups suivants, neuf firent mouche, et Thomas dit avec saisissement :

« L'homme est une énigme pour lui-même ! »

Il apprit le morse. Il apprit à rédiger en code secret
et à déchiffrer un code secret. Dans ce but, Jupiter
distribuait des exemplaires fatigués du *Comte de Monte-
Cristo*.

« Le système, expliqua-t-il, est archisimple. En mission,
vous emportez un volume du même genre. Vous rece-
vez un message en code. Celui-ci débute par trois
chiffres qui changent à chaque fois. Le premier indi-
que la page du roman qu'il faut utiliser, le second
la ligne sur cette page et le troisième la lettre sur
cette ligne. Cette lettre constitue votre point de
départ. Vous commencez ainsi à faire le décompte
des autres lettres d'après les chiffres indiqués par le
code... »

Jupiter distribua des feuilles de papier avec des messages en code.

La moitié de la classe les déchiffra correctement, l'autre moitié fit fiasco, entre autres Thomas Lieven. Ses
efforts aboutirent au résultat suivant : « Twmxdtrre
illdm ionteff... »

« Encore une fois », dit Jupiter.

La nouvelle tentative se solda par le même score de
50-50.

« Même si nous devons y passer la nuit !... » dit Jupiter.

Ils y passèrent la nuit.

A l'aube, il s'avéra que, par accident, deux éditions différentes avaient été distribuées aux élèves : la seconde
et la quatrième. Par rapport à la seconde, la quatrième

comportait quelques coupures et, par voie de conséquence, une légère différence de pagination...

« Une chose semblable, dit Jupiter, blême mais
convaincu, est évidemment exclue dans la pratique.

— Evidemment », dit Thomas Lieven.

Jupiter organisa une grande fête, où il y eut abondance
de boissons. Un élève aux yeux de braise qui se nommait
Hans Nolle — il avait un teint de lis et de roses — but
immodérément. Le lendemain, il fut exclu du stage. Le
Polonais et un des Autrichiens quittèrent le camp en
même temps que lui. La nuit avait révélé qu'ils n'étaient
pas dignes de devenir des agents secrets...

Au cours de la quatrième semaine, la classe fut
conduite au milieu d'une forêt inhospitalière, où les élèves passèrent huit jours en compagnie de leur professeur.

Ils dormaient à même le sol, étaient exposés aux intempéries et apprenaient — les provisions venant à manquer,
conformément au programme, au bout de trois jours —
à se nourrir de baies, d'écorces, de feuilles et de bêtes
immondes. Thomas Lieven ne l'apprit point. Ayant envisagé des éventualités de cette sorte, il avait en cachette
introduit une provision de conserves à l'école. Le quatrième jour, il se repaissait encore de foie gras belge.
Au moment où ses condisciples commencèrent déjà à se
battre pour le quart d'un rat des bois, il était par
conséquent en mesure de conserver une impassibilité
stoïque qui lui valut les louanges de Jupiter :

« Prenez exemple sur Meier, messieurs ! Je puis dire :
voilà un homme ! »

Lors de la sixième semaine, Jupiter conduisit la classe
au bord d'un gouffre profond. Il fallut se tenir sur une
roche escarpée et contempler un abîme effrayant dont le
fond était recouvert d'un tissu qui ressemblait à de la
gaze.

« Sautez ! » s'écria Jupiter. Les élèves reculèrent en

frissonnant — tous, sauf Thomas. Ecartant ses camarades, il prit son élan, poussa un « hourrah » et sauta dans le précipice. Dans l'espace d'un éclair, il avait compris que l'Etat français avait peu de raisons de dépenser des sommes considérables pour son entraînement physique et moral dans le seul but de le pousser au suicide. Par le fait, la gaze se déchira, révélant des toiles de caoutchouc élastiques qui amortirent moelleusement sa chute.

« Meier, vous êtes mon meilleur homme ! s'extasia Jupiter. Un jour, le monde entendra parler de vous ! »

Ce en quoi l'avenir allait lui donner raison.

Thomas n'encourut qu'une seule fois le blâme de son professeur : ce fut le jour où Jupiter enseignait la manière d'écrire à l'encre sympathique, qui ne nécessite rien d'autre qu'une plume, du jus d'oignon et un œuf dur. Avide de s'instruire, Thomas demanda :

« A qui faut-il s'adresser, dans une prison de la Gestapo, quand on a besoin d'oignons, de plumes et d'œufs durs ? »

Les cours se terminèrent par un « Grand Interrogatoire ». En pleine nuit, les élèves furent brutalement arrachés au sommeil et traînés devant un tribunal de l'Abwehr allemande. Celui-ci était composé de professeurs et présidé par Jupiter. Les instructeurs, dont les visages étaient à présent familiers aux élèves, avaient revêtu des uniformes allemands et étaient assis derrière une longue table. Jupiter tenait le rôle d'un colonel. Les professeurs, déguisés, poussèrent de grands coups de gueule et forcèrent les élèves à fixer la vive lumière des projecteurs et les privèrent de nourriture et de boisson pendant toute la nuit ; ce qui n'était pas grave, car tous avaient copieusement dîné.

Jupiter s'acharna tout particulièrement sur Thomas. Il le gratifia de quelques gifles, l'obligea à se placer face au mur et lui appuya sur la nuque l'acier froid d'un canon de pistolet.

« Avouez ! brailla-t-il. Vous êtes un espion français !

— Je n'ai rien à dire », fut l'héroïque réponse de Thomas.

Par conséquent, ils lui mirent les poucettes et commencèrent à visser. Dès qu'il ressentit la première légère douleur, il fit « ouille ». On desserra aussitôt les poucettes. Vers six heures du matin, ils le condamnèrent à mort pour espionnage.

Jupiter le requit une dernière fois de trahir des secrets militaires auquel cas on lui ferait grâce de la vie.

Thomas cracha aux pieds du président et s'écria :

« Plutôt la mort ! »

Il fut fait selon son désir. Dans les premières lueurs de l'aube, ils le conduisirent dans une cour sale, lui collèrent le dos contre un mur froid et le fusillèrent sans honneurs militaires, mais en revanche, avec des cartouches à blanc.

Ensuite tout le monde alla déjeuner.

Il est superflu de préciser que Thomas Lieven termina son stage avec la mention « très bien ». En lui remettant le document correspondant, ainsi qu'un faux passeport français au nom de Jean Leblanc, Jupiter eut les larmes aux yeux.

« Bonne chance, mon cher camarade ! Je suis fier de vous !

— Dites-moi, Jupiter, en me laissant partir maintenant, ne craignez-vous pas que je tombe un jour entre les mains des Allemands et que je leur raconte tout ce que j'ai appris ici ?

— Il y aurait peu de choses à raconter, mon vieux, répondit Jupiter en souriant. Tous les Services de renseignements du monde ont à peu près les mêmes méthodes d'entraînement ! Ils sont tous au même niveau et utilisent les connaissances les plus récentes de la médecine, de la psychologie et de la technique ! »

Le 16 juillet 1939, Thomas Lieven retourna à Paris, où il fut accueilli par Mimi qui se comporta comme si elle lui était restée véritablement fidèle pendant six semaines.

Le 1er août, Thomas Lieven put occuper, grâce à l'en-
tremise du colonel Siméon, un confortable appartement
au Bois de Boulogne. De là il lui fallait quinze minutes pour atteindre en voiture sa banque aux Champs-
Elysées.

Le 20 août, Thomas Lieven fit comprendre au colonel
qu'après toutes ses fatigues, et en dépit de la tension
internationale, il avait besoin de se rendre à Chantilly
avec Mimi, afin d'y prendre quelque repos.

Le 30 août, la Pologne décréta la mobilisation générale.

Dans l'après-midi du jour suivant, Thomas et Mimi
visitèrent les étangs de Commelles et le château de la
Reine-Blanche.

Lorsqu'ils retournèrent en ville à la chute du jour, le
ciel, en direction du couchant, était teinté de rouge sang.
Bras dessus bras dessous, longeant les villas « fin de siècle » assoupies, foulant les pavés usés, ils s'acheminèrent
vers l'hôtel du Parc, avenue du Maréchal-Joffre.

Le concierge fit signe à Thomas dès qu'ils pénétrèrent
dans le hall : « Préavis de Belfort, monsieur Lieven ! »

Peu de temps après, Thomas entendit la voix du colonel
Siméon :

« Lieven, vous voilà enfin ? » Le colonel parlait en
allemand et dit immédiatement pourquoi :

« Je ne peux pas me permettre de prendre le risque
que quelqu'un de votre hôtel comprenne ce que je dis.
Ecoutez-moi, Lieven, ça commence.

— La guerre ?

— Oui.

— Quand ?

— Dans les quarante-huit heures qui viennent. Prenez
le premier train pour Belfort, demain. Présentez-vous à
l'hôtel du Tonneau-d'Or. Le portier sera au courant. Il
s'agit... »

A cet instant, la communication fut interrompue.

Thomas agita le support du récepteur.

« Allô ! Allô ! »

Une sévère voix de femme se fit entendre.

« Monsieur Lieven, vous avez été coupé. Vous avez parlé une langue étrangère.

— Est-ce interdit ?

— Oui. Depuis aujourd'hui, dix-huit heures. Les conversations interurbaines doivent être tenues exclusivement en langue française. »

La voix se tut. La ligne était morte.

Lorsque Thomas Lieven sortit de la cabine, le concierge lui lança un regard bizarre. Il ne se souvint de ce regard qu'à cinq heures du matin, au moment où l'on frappa à la porte de sa chambre.

Mimi dormait, roulée en boule comme un chaton. La veille au soir, il n'avait pas eu le cœur de lui dire ce qu'il avait appris.

Au-dehors, il faisait déjà jour. Des oiseaux en grand nombre chantaient dans les vieux arbres.

On frappa de nouveau, cette fois-ci à coups redoublés. Il est impossible, se dit Thomas, que ce soit déjà les Allemands. Il décida de ne pas réagir.

« Monsieur Lieven fit une voix, ouvrez ! Si vous n'ouvrez pas, nous enfonçons la porte.

— Qui est là ?

— Police. »

Thomas se leva en soupirant. Mimi s'éveilla avec un petit cri.

« Qu'est-ce qu'il se passe, chéri ?

— Je suppose qu'on vient m'arrêter une fois de plus », dit-il. La supposition se révéla exacte. Devant la porte se tenaient un officier de gendarmerie et deux gendarmes.

« Habillez-vous et suivez-nous.

— Pourquoi ?

— Vous êtes un espion allemand.

— Qu'est-ce qui vous fait penser cela ?

— Vous avez eu, hier, une conversation téléphonique suspecte. Le Service de surveillance nous en a avertis. Le concierge vous a observé. Donc, inutile de nier.

— Faites sortir vos hommes, dit Thomas à l'officier de gendarmerie. J'ai quelque chose à vous dire. »

Les gendarmes disparurent.

Thomas montra la carte et le passeport qu'il avait reçus de Jupiter.

« Je travaille pour le Service de renseignements français.

— C'est tout ce que vous avez trouvé ? Avec ces minables faux papiers ? Allez, habillez-vous ! »

En arrivant vers la fin de l'après-midi du 31 août 1939 dans l'ancienne forteresse de Belfort, sur la Savoureuse, Thomas prit un taxi qui le conduisit directement au Tonneau-d'Or. Comme toujours il était correctement vêtu. La chaîne d'or de la vieille montre brillait sur son gilet.

Le colonel Siméon l'attendait dans le hall de l'hôtel. En dépit de l'uniforme, il ne paraissait pas moins sympathique qu'en civil.

« Mon pauvre Lieven, je suis désolé de la conduite de ces crétins de gendarmes ! Quand Mimi a pu enfin me joindre au téléphone j'ai passé un savon maison aux responsables. Mais venez maintenant, le général Effel nous attend. Ne perdons plus de temps. C'est votre baptême du feu, mon ami. »

Un quart d'heure plus tard, Thomas Lieven était assis dans le cabinet de travail du général, dans l'immeuble de l'état-major français.

Le bureau était aménagé à la mode spartiate. Les quatre murs étaient recouverts de cartes d'état-major représentant la France et l'Allemagne.

Louis Effel était grand et mince. Il avait les cheveux blancs. Les mains dans le dos il faisait les cent pas devant Thomas Lieven et Siméon.

« Monsieur Lieven, dit le général d'une voix sonore, le colonel Siméon m'a parlé de vous. Je sais que vous êtes un de nos meilleurs hommes. »

Le général fit halte devant la fenêtre et laissa errer son regard sur la belle vallée qui sépare les Vosges du Jura.

« Ne nous leurrons pas. Hitler a ouvert les hostilités.

Notre déclaration de guerre lui parviendra dans quelques heures. Mais... (le général fit volte-face) ... la France n'est pas prête pour cette guerre, monsieur Lieven. Et nous autres, du service secret, moins que quiconque... Nous avons des problèmes qui sont du ressort de votre profession. Dites-lui, colonel. »

Siméon avala sa salive, puis il dit :

« C'est que nous sommes fauchés, mon vieux !

— Fauchés ? »

Le général acquiesça avec force.

« Oui, monsieur. Pratiquement dénués de moyens. Réduits à la portion ridiculement congrue que nous alloue le ministère. Incapables d'opérer en grand, comme les circonstances l'exigeraient à présent. Bâillonnés. Impuissants.

— Quelle horreur ! dit Thomas Lieven qui réprimait une effrayante envie de rire. Je vous demande pardon, mon général, mais quand un Etat n'a pas d'argent, ne ferait-il pas mieux de renoncer d'emblée à entretenir un service secret ?

— Le nôtre aurait eu assez d'argent pour se préparer à une agression allemande. Malheureusement monsieur, il existe en France certaines cliques intéressées qui refusent égoïstement tout impôt supplémentaire : des mercantis accapareurs qui n'hésitent pas, même dans la situation présente, à tirer encore profit des malheurs de la patrie. (Le général se redressa de toute sa taille.) Je sais que je m'adresse à vous à la treizième heure. Je sais que je vous demande l'impossible. Néanmoins, je vous demande : croyez-vous qu'il existe un moyen de nous procurer au plus vite — je dis, au plus vite — des sommes d'argent considérables — je dis, considérables — afin de nous mettre en mesure de travailler ?

— Laissez-moi y réfléchir mon général. Mais pas ici. (Thomas jeta un coup d'œil à la décoration martiale des murs.) Ici, ma cervelle ne fonctionnera pas d'une manière satisfaisante. (Sa mine s'éclaircit.) Si vous êtes d'accord, messieurs, je vais prendre congé et préparer à l'hôtel un petit dîner au cours duquel nous pourrons reprendre cette conversation.

— Vous voulez aller faire la cuisine, à présent ? dit le général avec effarement.

— Oui, mon général, avec votre permission. C'est à la cuisine que me viennent toujours les meilleures idées. »

Le mémorable repas eut lieu au soir du 31 août dans le salon particulier du premier hôtel de la ville.

« Unique, dit le général après le plat principal, en passant la serviette sur sa bouche.

— Fantastique dit le colonel.

— Le meilleur, c'était la soupe d'escargots, dit le général. Je n'en ai jamais mangé d'aussi bonne !

— Un petit tuyau, mon général, dit Thomas. Ne prenez que de grands escargots à coquille grise ! Mais les coquilles doivent être fermées. »

Les garçons apportèrent le dessert. Thomas se leva.

« Merci, je m'en charge. (Il alluma une lampe à alcool, tout en déclarant :) C'est de la mousse au citron, avec une friandise flambée. »

Dans une coupe, il prit des cerises confites. Il les plaça dans un petit poêlon de cuivre et les réchauffa sur la lampe. Ensuite, il arrosa les cerises de cognac et d'une liqueur transparente. Les invités suivaient la procédure avec fascination. Le colonel Siméon se souleva même sur son siège.

« Qu'est-ce que c'est que ça ? demanda le général en indiquant la liqueur transparente.

— De l'alcool de pharmacie chimiquement pur. Je m'en sers comme combustible d'allumage. » D'un geste adroit, Thomas approcha les cerises de la flamme. Un jet bleuté jaillit en sifflant, embrasa le poêlon, vacilla et s'éteignit. Thomas répartit élégamment les fruits chauds sur la mousse.

« Et maintenant, dit-il, voyons notre problème. Je crois qu'il existe une solution. »

MENU

Soupe d'escargots
Choucroute au faisan et aux huîtres
Mousse au citron aux cerises flambées
31 août 1939

CE MENU BOULEVERSA
LA POLITIQUE MONÉTAIRE DE LA FRANCE

Soupe d'escargots

Nettoyage des escargots : après les avoir fait bouillir pendant une heure dans l'eau salée, extirpez les escargots de leurs coquilles à l'aide d'une fourchette. Saupoudrez d'une poignée de sel pour dissoudre le mucus, lavez à trois ou quatre reprises et pressez bien pour exprimer entièrement l'eau. — Prenez une quarantaine d'escargots nettoyés et faites-les cuire à point dans un bouillon de viande. Retirez, hachez finement les deux tiers. Faites revenir dans du beurre et mouillez avec du bouillon jusqu'à ce que vous obteniez la quantité de potage désirée. Faites bouillir plusieurs fois, en ajoutant un peu de noix de muscade, liez avec trois jaunes d'œufs et servez avec des tranches de pain grillé et le restant des escargots entiers.

Choucroute, faisan, huîtres

Parez le faisan, comme pour le four. Pressez légèrement deux livres de choucroute et mettez-les dans la cocotte. Mouillez avec du vin blanc et de l'eau, à parts égales, jusqu'à ce que la choucroute soit recouverte. Faites cuire pendant une heure. Ajoutez ensuite le faisan et faites braiser pendant une heure. Retirez le faisan lorsqu'il est cuit et liez la choucroute avec un peu de béchamel. — Détachez les huîtres de la coquille, séchez-les dans une serviette, salez et poivrez une à une, panez à la farine, à l'œuf et à la chapelure et faites sauter rapidement dans du beurre clarifié jusqu'à obtention d'une teinte brun clair. — Coupez le faisan en morceaux et dressez-le au milieu d'un plat, entouré d'une couronne de choucroute et d'une couronne d'huîtres.

Mousse au citron

Pour quatre personnes, prenez quatre citrons, coupez-les en tranches épaisses et faites cuire avec du sucre. Liez cet extrait avec un peu de fécule et tamisez-le, une fois refroidi. Incorporez cinq blancs d'œuf battus en neige ferme et servez dans des coupes. — Prenez ensuite des cerises confites, faites chauffer, arrosez de kirsch ou de cognac, allumez et dressez sur la mousse après flambage.

La petite cuiller du général tinta sur l'assiette.

« Nom d'une pipe, dites-nous ça !

— Cet après-midi, mon général — bonnes, ces cerises, non ? — vous avez déploré le comportement de certains milieux qui ne craignent pas d'exploiter les malheurs de la France. Je puis vous rassurer : cette catégorie de gens existe partout. Ces messieurs veulent gagner de l'argent. Peu importe par quel moyen. Quand les choses vont de travers, ils ramassent leurs capitaux et prennent la poudre d'escampette. Les petites gens restent. (Thomas prit une cuillerée de mousse.) Un peu acide peut-être. Non ? Question de goût. Ma foi, messieurs, je pense que nous réussirons à renflouer le Service français de renseignements aux frais de cette bande de rapaces impatriotiques.

— Mais comment cela ? Que vous faut-il ?

— Un passeport diplomatique américain, un passeport belge et une réaction rapide de M. le ministre des Finances », dit Thomas modestement. Il disait cela dans la soirée du 31 août 1939.

Le 10 septembre 1939, la presse et la radio annoncèrent la promulgation du décret suivant :

PRÉSIDENCE DU CONSEIL

Décret prohibant ou réglementant en temps de guerre l'exportation des capitaux, les opérations de change et le commerce de l'or...

Article premier. — L'exportation des capitaux est prohibée, sous quelque forme que ce soit, sauf autorisation du ministre des Finances.

Article 2. — Toutes les opérations de change autorisées doivent être effectuées sans exception par l'intermédiaire de la Banque de France ou d'un autre établissement bancaire habilité à cet effet par le ministre des Finances...

Suivaient d'autres décisions concernant l'or et les devises, ainsi que l'énoncé des sanctions draconiennes qui menaçaient les contrevenants.

Le 12 septembre 1939, un jeune diplomate américain se rendit de Paris à Bruxelles par le rapide de 8 h 35. Il était vêtu comme un banquier britannique et emportait une grande valise noire en peau de porc.

A la frontière franco-belge, le contrôle était extrêmement strict. Au moyen de son passeport diplomatique qui se dépliait en accordéon, les fonctionnaires français et belges identifièrent l'élégant jeune homme comme un certain William S. Murphy, courrier officiel de l'ambassade des Etats-Unis à Paris. On ne contrôla pas ses bagages.

A Bruxelles, le courrier américain — à la vérité, il était allemand et s'appelait Thomas Lieven — descendit à l'hôtel Royal. Au bureau de réception, il présenta un passeport belge au nom d'Armand Deeken.

Le lendemain, Deeken, alias Murphy, alias Lieven, acheta des dollars pour un montant de trois millions de francs français. Il prit ces trois millions dans la valise noire et les y remplaça par les dollars.

Ce capital de base de trois millions provenait de la petite banque parisienne de Thomas Lieven. Il s'était vu dans l'obligation de l'avancer au Deuxième Bureau...

Par suite des événements, le cours international du franc était tombé de 20 p. 100. En France, les possédants, pris de panique à l'idée d'une dévaluation croissante, cherchaient par tous les moyens à acheter des dollars. Aussi le dollar avait-il atteint en quelques heures un cours astronomique.

Ceci n'était pas le cas à Bruxelles. On pouvait y acquérir des dollars à bien meilleur compte, car la peur de la guerre, qui tenaillait les Français, n'avait pas contaminé les Belges. Nous sommes neutres, croyaient-ils dur comme fer. Une deuxième invasion allemande est exclue.

Le gouvernement français s'étant brutalement décidé à interdire l'exportation des capitaux, les marchés étrangers n'étaient pas inondés de francs. Et voilà pourquoi — ainsi que Thomas l'avait prévu — le franc conservait malgré tout une valeur relativement stable. Cette stabilité représentait, pour ainsi dire, le pivot de toute l'opération...

Thomas Lieven retourna à Paris avec une valise pleine de dollars, sous l'identité de William S. Murphy. En l'espace de quelques heures, ces mêmes richards qui avaient pour seule hâte d'abandonner leur patrie et de mettre leur fortune à l'abri lui arrachèrent littéralement les précieuses devises des mains. Leur basse mentalité leur coûta le double et le triple.

Au cours de ce premier voyage, il avait réalisé un bénéfice personnel de 600 000 francs. A présent, William S. Murphy se rendit à nouveau à Bruxelles et emporta cinq millions de francs dans ses bagages de courrier. La même procédure se répéta. La marge bénéficiaire grandit. Une semaine plus tard, quatre messieurs munis de passeports diplomatiques faisaient la navette entre Paris et Bruxelles, de même qu'entre Paris et Zurich. Ils exportaient des francs et importaient des dollars. Deux semaines plus tard, ils étaient huit.

Thomas Lieven conserva la direction de l'opération. Grâce à ses relations, il faisait reconstituer les réserves nécessaires à Bruxelles et à Zurich. L'entreprise rapportait à présent des bénéfices de plusieurs millions.

Au fur et à mesure que Thomas Lieven effectuait des virements de plus en plus considérables, une humide lueur d'espoir, une expression de gratitude encore incrédule apparut dans les yeux attristés des officiers du service secret français.

Entre le 12 septembre 1939 et le 10 mai 1940, jour où les Allemands envahirent la Belgique, le chiffre d'affaires de Thomas Lieven atteignit quatre-vingts millions de francs. Comme il touchait 10 p. 100 pour frais et commissions et qu'il investissait ce bénéfice en dollars, il lui restait 27 730 dollars. Il n'y eut pas d'accrocs, simplement un petit incident...

Le 2 janvier 1940, Thomas Lieven retournait pour la n-ième fois de Bruxelles à Paris par le rapide de nuit. A

la gare-frontière de Feignies, le train fit halte plus longtemps que d'habitude. Légèrement inquiet, Thomas était
sur le point de s'enquérir des raisons de ce retard lorsque
la porte du compartiment s'ouvrit pour laisser passer la
tête du chef de la police frontalière française, un homme
de haute taille que Thomas avait aperçu à maintes
reprises.

« Monsieur, dit-il d'un ton affirmatif, vous devriez
descendre, boire une bouteille avec moi et prendre le
train suivant.

— Et pourquoi cela ?

— Ce train-ci attend l'ambassadeur des Etats-Unis à
Paris. Son Excellence a eu un léger accident qui a endommagé sa voiture. On lui a réservé le compartiment voisin.
Il est accompagné de trois messieurs de l'ambassade...
Vous voyez, monsieur, vous devriez *vraiment* prendre le
train suivant. Permettez-moi de porter cette lourde
valise...

— Comment saviez-vous ? demanda Thomas cinq minutes plus tard.

— Mais voyons ! dit le grand policier avec un geste
où s'exprimait l'évidence. Le colonel Siméon nous avise
chaque fois de votre passage pour nous recommander de
veiller sur vous !

— Que puis-je vous offrir ? demanda Thomas en ou-
vrant son portefeuille.

— Mais non, monsieur ! C'était un service amical. On
ne prend pas d'argent pour ça. Par contre... Nous sommes seize hommes, ici, et nous commençons à être à
court de café et de cigarettes...

— La prochaine fois que j'irai à Bruxelles...

— Minute, monsieur, ce n'est pas si simple. Il ne faudrait pas que les types de la douane nous raflent la camelote ! La prochaine fois que vous passerez — mais
seulement si vous prenez le rapide de nuit ! — placez-
vous donc sur la plate-forme du wagon de première
classe. La plate-forme avant. Un de mes hommes montera prendre le colis... »

Ainsi fut fait, deux ou trois fois par semaine. Le poste-frontière de Feignies devint le mieux ravitaillé de toute la France. Petites gens, braves gens, dit Thomas Lieven...

Le général Effel lui proposa une décoration, mais Thomas refusa :

« Je suis un civil convaincu, mon général. Je n'apprécie pas ces choses-là.

— Alors, demandez-moi autre chose, monsieur Lieven.

— J'aimerais bien avoir une certaine quantité de passeports français, mon général. Avec les tampons correspondants. Beaucoup d'Allemands devront passer dans la clandestinité, si jamais les nazis parviennent jusqu'à Paris. Ils n'ont pas assez d'argent pour prendre la fuite. Je voudrais donner un coup de main à ces pauvres diables. »

Le général demeura silencieux pendant un moment.

« Ce n'est pas facile, monsieur. Mais je respecte votre demande et je vais la satisfaire. »

Beaucoup de personnes vinrent rendre visite à Thomas dans son bel appartement du Bois de Boulogne. Il ne leur prenait pas d'argent. Les faux passeports leur étaient remis gratuitement, à condition qu'aux mains des nazis, ils fussent véritablement en danger d'incarcération ou de mort.

Thomas appelait cela « jouer au consul ». Il jouait volontiers au consul. Ayant pris l'argent des riches, il prenait plaisir à apporter un peu d'aide aux pauvres.

Par ailleurs, les Allemandes prenaient leur temps. « Drôle de guerre », disaient les Français.

Thomas Lieven poursuivait ses voyages à Bruxelles et à Zurich. En mars 1940, il eut l'occasion de rentrer un jour plus tôt que prévu.

Je vais surprendre la petite, se dit Thomas. Il la surprit en effet — dans les bras du séduisant colonel Jules Siméon.

« Monsieur, dit le colonel, occupé à reboutonner les nombreux boutons de son uniforme, je prends tout sur moi. J'ai suborné Mimi. J'ai trahi votre confiance. Je n'ai pas d'excuse. Choisissez votre arme.

— Foutez le camp et que je ne vous voie plus chez moi ! »

Siméon devint rouge fraise, se mordit les lèvres et partit.

« Tu as été bien grossier, dit Mimi timidement.

— Alors, tu l'aimes ?

— Je vous aime tous deux. Il est si brave et si romantique, et toi, tu es si intelligent et si rigolo !

— Ma pauvre Mimi, que vais-je faire de toi ? » dit Thomas avec abattement en s'asseyant sur le bord du lit. Il avait subitement pris conscience qu'il tenait beaucoup à la jeune femme...

L'offensive allemande se déclencha le 10 mai. Les Belges s'étaient trompés : leur pays fut bel et bien envahi pour la seconde fois.

Les Allemands lancèrent 190 divisions dans la bataille, auxquelles s'opposaient : 12 divisions hollandaises, 23 divisions belges, 10 divisions britanniques, 78 divisions françaises et 1 division polonaise. 850 avions alliés, au total, en partie démodés, avaient à combattre 4 500 appareils allemands.

L'effondrement se produisit avec une vitesse ahurissante. La panique devint générale. Dix millions de Français entreprirent une migration misérable.

A Paris, Thomas Lieven procéda calmement à la liquidation de son ménage. Il établit les derniers faux passeports pour ses compatriotes, alors qu'on entendait déjà le sourd grondement des canons.

Il enliassa convenablement ses francs, ses dollars et ses livres, les garnit de bandes et les rangea dans une valise à double fond. Mimi l'aidait. Elle avait mauvaise mine, depuis quelque temps. Thomas était aimable, mais distant. Il n'avait pas encore digéré le colonel.

Pourtant, extérieurement, il fit bonne contenance :

« D'après les derniers renseignements, les Allemands progressent du nord vers l'est. Par conséquent, on va manger un morceau, puis on quittera Paris en direction du sud-ouest. Nous avons assez d'essence. Nous passerons par Le Mans. Ensuite, nous descendrons vers Bordeaux, et... (Il s'interrompit.) Tu pleures ? dit-il.

— Tu m'emmènes avec toi ? sanglota Mimi.

— Mais bien sûr. Je ne peux tout de même pas te laisser ici.

— Puisque je t'ai trompé...

— Ma chère enfant, dit-il avec dignité, pour me « tromper », il eût fallu au moins que tu couches avec Winston Churchill !

— Ah ! mon chéri, tu es merveilleux ! Et, et à *lui*, tu lui pardonnes aussi ?

— Plus facilement qu'à toi. Je comprends fort bien qu'il puisse t'aimer.

— Thomas...

— Oui ?

— Il est dans le jardin.

— Comment ? dit Thomas dont le sang ne fit qu'un tour.

— Il est désespéré ! Il ne sait plus que faire. Quand il est rentré de mission, tout le monde était parti. Maintenant, il est tout seul, sans voiture, sans essence...

— Comment le sais-tu ?

— Il... il me l'a raconté... Il est venu, il y a une heure... Je lui ai promis que je te parlerais...

— On aura tout vu », dit Thomas. Puis, il se mit à rire aux larmes

Dans l'après-midi du 13 juin 1940, une lourde Chrysler noire traversa Saint-Cloud en direction du sud-ouest. La voiture n'avançait qu'avec lenteur, car d'autres véhicules sans nombre, qui transportaient les réfugiés parisiens, bringuebalaient et cahotaient dans le même sens.

L'aile droite de la Chrysler arborait le fanion des Etats-

Unis d'Amérique. Une bannière étoilée de dimensions moyennes recouvrait le toit de la voiture. Des écussons luisaient aux pare-chocs, où brillaient, bien astiquées, les lettres CD.

Thomas Lieven était au volant. Mimi Chambert se tenait à ses côtés. Au fond, entre les valises et les cartons à chapeaux, était assis le colonel Jules Siméon. Il avait réendossé, à présent, son costume bleu marine de bonne coupe, mais légèrement râpé et s'était muni de ses boutons de manchette et de son épingle de cravate en or. Siméon contemplait Thomas avec un mélange de gratitude, de honte et d'extrême confusion.

Thomas s'efforça de détendre l'atmosphère par des déclarations encourageantes :

« Notre bonne étoile nous protégera. (Il regarda le fanion près du radiateur.) Ou plutôt, nos quarante-huit bonnes étoiles !

— Fuir comme un lâche ! dit sombrement le colonel dans le fond. Alors qu'il faudrait rester et combattre !

— Mais Jules, dit Mimi d'un ton amical, il y a longtemps que la guerre est perdue ! S'ils t'attrapent, ils te colleront au mur.

— Ce serait plus honorable, dit le colonel.

— Et plus sot, dit Thomas. Je suis curieux de savoir comment toute cette folie va continuer. Vraiment curieux !

— Si les Allemands vous prennent, opina le colonel, ce sera le mur pour vous aussi. »

Thomas braqua pour emprunter une voie secondaire peu fréquentée qui traversait un bois.

« Les Allemands, déclara-t-il, ont encerclé Paris aux trois quarts. Le quart ouvert se situe, en gros entre Versailles et Corbeil. C'est là que nous nous trouvons.

— Et si les Allemands l'ont déjà atteint ?

— Faites-moi confiance. Sur cette route sans intérêt stratégique et dans ce secteur, il n'y a pas d'Allemands. Pas un seul. »

Le bois s'éclaircit, libérant la vue sur la plaine. Une

longue colonne de véhicules blindés allemands, frappés d'une croix potencée, sillonnait la route sans intérêt stratégique et se dirigeait vers eux.

Mimi poussa un grand cri.

Le colonel exhala une sourde plainte.

« Mais qu'est-ce qu'ils font là ? dit Thomas Lieven. Ils ont dû s'égarer...

— Tout est perdu, dit le colonel, blanc comme un linge.

— Ne recommencez pas vos salades ! Vous finirez par m'énerver, à la fin !

— Dans ma serviette, déclara le colonel Siméon d'une voix étouffée, se trouvent des dossiers secrets et des listes avec les noms et adresses de tous les agents français. »

Thomas manqua d'étouffer.

« Vous êtes devenu cinglé, ou quoi ? Pourquoi trimbalez-vous ces paperasses ?

— Le général Effel, cria le colonel, m'a donné l'ordre de convoyer ces listes jusqu'à Toulouse et de les remettre, coûte que coûte, à une certaine personne !

— Vous n'auriez pas pu le dire plus tôt ? hurla Thomas.

— M'auriez-vous emmené, si je l'avais dit ? »

Thomas fut obligé de rire.

« Ma foi, vous avez raison ! »

Une minute plus tard, ils se trouvèrent face à la colonne allemande.

« J'ai un pistolet, chuchota le colonel. Tant que je serai en vie, personne ne touchera à cette serviette.

— Ces messieurs, dit Thomas en arrêtant le moteur, attendront volontiers les quelques minutes qui vous restent. »

Des soldats allemands couverts de poussière s'approchèrent avec curiosité. Un lieutenant mince et blond descendit d'une voiture de patrouille. Il se dirigea vers la Chrysler, porta la main à sa casquette et dit :

« Bonjour. Puis-je voir vos papiers ? »

Mimi semblait paralysée. Elle était incapable de prononcer un mot. A présent, les soldats entouraient la Chrysler de tous côtés.

« *It's okay*, dit Thomas Lieven avec morgue. *We are Americans, see ?*

— *I can see the flags*, dit le lieutenant en excellent anglais. *And now I want to see your papers !*

— *Here you are* », dit Thomas Lieven en tendant un document.

Le lieutenant Fritz Egmont Zumbusch déplia le passeport diplomatique américain comme un accordéon, l'étudia en fronçant les sourcils, puis dévisagea l'élégant jeune homme infiniment blasé, indifférent, qui se tenait au volant de la lourde voiture noire.

« *Your name is William S. Murphy ?* demanda Zumbusch.

— *Yes* », répondit le jeune homme qui mit poliment la main devant sa bouche pour dissimuler un bâillement.

Le lieutenant rendit le passeport diplomatique avec une courtoisie contrainte. Il est vrai qu'en cette torride journée du 13 juin 1940, les Etats-Unis étaient encore neutres. Il est tout aussi vrai que Zumbusch ne désirait nullement se mettre dans un mauvais cas, à 21 kilomètres de Paris. Mais, étant mal marié, il aimait le métier militaire. Aussi dit-il, conscient de ses devoirs :

« Le passeport de la dame, je vous prie ! »

Bien qu'elle n'eût pas compris ses paroles, la dame Mimi devina ce qu'il désirait. Elle ouvrit son petit sac et produisit le document demandé. Aux soldats qui se serraient autour de la voiture, elle offrit un sourire qui provoqua aussitôt un murmure admiratif.

« *My secretary* », expliqua Thomas au lieutenant. Ça marche comme sur des roulettes, pensa-t-il. Il ne manque plus que Siméon, et nous serons sortis d'affaire. La catastrophe se produisit dans l'instant suivant.

Le lieutenant Zumbusch passa la tête par la fenêtre pour rendre son passeport à Mimi. Puis, il se tourna vers

Siméon, assis dans le fond, entre les cartons à chapeaux et les valises, sa serviette noire sur les genoux.

Peut-être Zumbusch tendit-il la main trop rapidement. En tout cas, le colonel Siméon eut un brusque mouvement de recul lorsque la main teutonne s'approcha de lui, et il serra le porte-documents contre sa poitrine avec l'expression fanatique des premiers martyrs chrétiens.

« Tiens, dit Zumbusch, qu'est-ce qu'il y là-dedans ? Montrez un peu !

— Non, non, non ! » s'écria le colonel.

Thomas, qui voulait s'entremettre, eut subitement le coude zumbuschien dans la bouche. Une Chrysler n'est pas un champ de foire.

Mimi se mit à piailler. Zumbusch se cogna le crâne contre le toit de la voiture et se mit à jurer. Et lorsque Thomas se retourna, le levier du changement de vitesse le frappa dans un endroit sensible. Le genou.

Crétin de héros ! se dit Thomas avec rage. Puis, avec un indicible effroi, il vit apparaître un pistolet d'ordonnance français dans la main de Siméon, qu'il entendit haleter en mauvais allemand :

« Bas les pattes, ou je tire !

— Bougre d'âne ! » cria Thomas. Il frappa de bas en haut sur la main de Siméon et faillit se démettre l'épaule. Le coup partit dans un bruit de tonnerre. La balle traversa le toit de la voiture.

Thomas arracha l'arme des mains de Siméon et lui dit rageusement, en français :

« Avec vous, on n'a vraiment que des ennuis ! »

Le lieutenant Zumbusch ouvrit violemment la portière et aboya : « Raus ! » à l'adresse de Thomas.

Celui-ci descendit de voiture, un sourire complaisant aux lèvres. A présent, le lieutenant avait également un pistolet à la main. Immobiles, leurs armes prêtes à tirer, les soldats formaient le cercle. Subitement, un grand silence s'était établi.

Thomas lança l'arme de Siméon dans un champ de blé,

puis il haussa les sourcils en voyant, braqués sur lui, les canons de quinze pistolets.

Plus rien à faire, se dit Thomas ; tâchons d'en appeler au respect allemand de l'autorité. Il prit son souffle.

« Ce monsieur et cette dame, hurla-t-il, sont sous ma protection ! Ma voiture porte le drapeau des Etats-Unis.

— Dehors, ou ça va péter ! braila Zumbusch à l'intention du pâle civil qui s'appelait le colonel Siméon.

— Vous, restez dans la voiture ! cria Thomas. (Il ne trouva pas de meilleure idée :) Ce véhicule est exterritorial ! Les occupants se trouvent sur le sol américain !

— Je m'en fous...

— Okay, okay, vous voulez provoquer un incident international ! C'est un incident de ce genre qui nous a fait entrer dans la première guerre mondiale !

— Je ne veux rien provoquer du tout ! Je fais mon devoir ! Cet homme est peut-être un agent français !

— Vous croyez qu'il se conduirait comme un imbécile, si c'était vrai ?

— Allez, la serviette ! Je veux savoir ce qu'il y a dans cette serviette !

— Elle fait partie d'un bagage diplomatique protégé par l'immunité internationale ! Je me plaindrai à votre supérieur !

— Vous en aurez vite l'occasion !

— Qu'est-ce que ça veut dire ?

— Vous venez avec nous ?

— Où ça ?

— Au Q.G. du corps d'armée. Même un aveugle s'apercevrait que ça ne tourne pas rond, ici ! Prenez le volant. Faites demi-tour. Nous faisons feu à la première tentative de fuite. Et pas sur les pneus », dit le lieutenant Zumbusch.

Il le dit tout bas.

II

Avec un soupir mélancolique, Thomas Lieven examina la chambre à coucher décorée en rouge, blanc et or. La chambre faisait partie de l'appartement 107. Le 107 était l'un des quatre plus luxueux appartements de l'hôtel George V. L'hôtel George V était l'un des quatre plus luxueux hôtels de Paris. Depuis plusieurs heures, le drapeau à croix gammée flottait sur son toit. Depuis plusieurs heures, on entendait résonner les chenilles des chars lourds qui passaient devant son portail. Dans sa cour stationnait une Chrysler noire. Et c'est dans la chambre à coucher de l'appartement 107 que se trouvaient Thomas Lieven, Mimi Chambert et le colonel Jules Siméon.

Ils venaient de passer vingt-quatre heures en pleine démence. Une voiture blindée devant, une voiture blindée derrière, ils avaient donné la chasse au Q.G. du corps d'armée. Le lieutenant Zumbusch avait tenté de joindre son général par radio. Mais l'avance allemande était tellement rapide qu'il n'existait apparemment plus de quartier général fixe. Ce n'est qu'une fois Paris occupé sans combat que le général semblait enfin avoir trouvé un point de chute : à l'hôtel George V.

Les lourdes bottes allemandes piétinaient le couloir. Des caisses, des mitraillettes et des câbles téléphoniques jonchaient le hall de l'hôtel. On installait des lignes de communication. La pagaille était énorme.

Un quart d'heure auparavant, le lieutenant Zumbusch avait conduit ses trois prisonniers à la chambre à coucher de l'appartement 107. Ensuite, il avait disparu. Sans doute faisait-il son rapport au général. La serviette de cuir noir se trouvait sur les genoux de Thomas. Il s'en était emparé au moment de fermer la voiture à clef. A son avis, elle était davantage en sécurité entre ses mains.

Soudain, des rugissements de colère se firent entendre à travers la grande porte artistement ornée qui conduisait au salon. La porte s'ouvrit. Un officier de haute taille apparut dans l'encadrement.

« Le général von Felseneck vous prie d'entrer, monsieur Murphy », dit-il.

Donc, je suis encore diplomate américain, pensait Thomas Lieven. Allons...

Il se leva lentement, la serviette de cuir sous le bras. Passant devant l'aide de camp, il pénétra avec dignité dans le salon.

Le général Erich von Felseneck était un homme trapu aux cheveux courts et grisonnants, qui portait des lunettes à monture d'or.

Thomas aperçut une petite table où trônaient deux récipients de fer-blanc, devant le couvert et la vaisselle de l'hôtel. Le général avait été visiblement dérangé au cours d'une rapide collation. Saisissant l'occasion, Thomas fit preuve d'une urbanité cosmopolite :

« Général, je regrette vivement d'interrompre votre repas.

— C'est à moi, monsieur Murphy, dit le général en serrant la main de Thomas, d'exprimer des regrets. »

Thomas fut pris d'un accès de vertige lorsque le général se mit en demeure de lui rendre le faux passeport diplomatique et les faux passeports de Mimi et de Siméon.

« Vos papiers sont en règle. Veuillez excuser l'initiative du lieutenant. Il est compréhensible que le comportement de votre compagnon de voyage ait éveillé ses soupçons. Mais il ne fait aucun doute qu'il a outrepassé ses compétences.

— Ce sont des choses qui arrivent, général... marmonna Thomas.

— Ce sont des choses qui ne *doivent* pas arriver, monsieur Murphy ! L'armée allemande se conduit correctement. Nous respectons les usages diplomatiques. Nous ne sommes pas des brigands de grand chemin !

— *Certainly not...*

— Monsieur Murphy, je serai franc avec vous. J'ai eu de gros ennuis la semaine dernière. On a failli en référer au Führer. Près d'Amiens, des hommes à moi ont fait du zèle. Ils ont arrêté et fouillé deux messieurs de la mission militaire suédoise. Un raffut du tonnerre ! J'ai dû présenter des excuses personnelles. Cela m'a servi de leçon. Ça ne m'arrivera pas deux fois. Avez-vous déjeuné, monsieur Murphy ?

— N-non...

— Permettez-moi de vous inviter, avant votre départ. La table est frugale, mais à la guerre comme à la guerre, n'est-ce pas ? La cuisine de l'hôtel ne fonctionne pas encore. Et Prunier, hahaha ! n'est sans doute pas ouvert aujourd'hui !

— Hahaha !

— Bien. Alors ? Un échantillon de la roulante allemande ?

— Je ne voudrais pas vous déranger, général.

— Au contraire, tout le plaisir est pour moi ! Kogge, un autre couvert ! Et faites porter quelque chose à la dame et au monsieur, à côté...

— Très bien, mon général ! »

Cinq minutes plus tard...

« Un peu monotone, cette boustifaille. S'pas, monsieur Murphy ?

— *Oh no !* Vu les circonstances, c'est délicieux... dit

Thomas Lieven qui commençait à récupérer son sang-froid.

— Je ne sais pas comment cela se fait, dit le général avec humeur, mais ces bougres-là ne savent pas faire une potée !

— Général, dit Thomas Lieven avec douceur, pour vous remercier de votre amabilité, permettez-moi de vous donner un petit tuyau...

— Tonnerre, monsieur Murphy, vous parlez remarquablement bien l'allemand ! »

Compliment mortel, songea Thomas, qui diminua aussitôt le régime de ses connaissances linguistiques : « *Thank you, General*. Notre bonne d'enfants venait du Mecklembourg. Sa *speciality* était la potée mecklembourgeoise... »

— Intéressant, hein ? dit le général à son aide de camp.

— Oui, mon général. »

« C'est bien à tort, exposa Thomas en soignant son accent américain et sa mauvaise syntaxe allemande, que la potée est tombée en déconsidération. Je vous expliquerai bien volontiers comment on prépare une authentique potée mecklembourgeoise. Mais même un goulasch aux pommes de terre peut être délicieux ! (Thomas baissa la voix :) D'abord une question qui me tracasse depuis un certain temps, général : est-il exact qu'on mélange du ...euh... *bromure* à la nourriture du soldat allemand ?

— C'est là une rumeur qui a la vie dure ! Je ne peux rien vous dire, car je n'en sais rien. Il est vrai que les hommes sont souvent en campagne pendant des mois, loin de leurs femmes, loin de... Ai-je besoin d'insister ?

— Nullement, général ! Quoi qu'il en soit : les oignons sont d'un grand secours.

— Les oignons ?

— Les oignons, général, représentent l'alpha et l'oméga du goulasch aux pommes de terre ! Le Ciel sait qu'on n'en manque pas en France ! C'est très simple : prenez

autant d'oignons que de viande de bœuf, de la marjolaine, des cornichons hachés et...

— Un instant, monsieur Murphy, je vous prie ! Notez
cela, Kogge. Je veux envoyer la recette au sous-chef
d'état-major !

— Très bien, mon général !

— Donc, dit Thomas Lieven, faites revenir les oignons,
salez bien, assaisonnez de paprika... » Pendant qu'il dic-
tait, on frappa à la porte. Une ordonnance apparut.
Echange de chuchotements entre l'ordonnance et le
général, puis ils disparurent tous deux.

Thomas continua de dicter sa recette de potée.

Deux minutes plus tard, le général revint,

« Tout à l'heure, dit le général d'un ton bas et glacial,
j'ai réprimandé le lieutenant Zumbusch. Ça lui a remué
les sangs. Il a téléphoné à l'ambassade américaine. Le
nom de Murphy y est inconnu. Vous pouvez m'expliquer
ça, monsieur Murphy ? »

Les panzers et les véhicules militaires passaient toujours devant l'hôtel. Dans les oreilles de Thomas Lieven,
le cliquetis des chaînes et le grondement des moteurs
prirent une sonorité surintense.

Un geste réflexe lui fit tirer sa montre à répétition. Le
carillon sonna douze coups plus deux. Le général attendait, immobile. Pendant que s'égrenaient les sons argen-
tins, le cerveau de Thomas fonctionnait à toute vitesse.
Rien à faire, se dit-il, il faut risquer le tout pour le tout...

« Très bien. Je n'ai pas le choix. Bien que cela m'oblige
à contrevenir aux ordres les plus stricts... Général, je
vous demande un entretien en tête-à-tête. »

A présent, il parlait allemand sans aucune trace
d'accent.

« Ecoutez-moi bien, monsieur Murphy, ou quel que soit
votre nom : je vous préviens ! Une cour martiale, ça
s'assemble bougrement vite.

— Cinq minutes en tête-à-tête, général ! »

Thomas Lieven fit un effort pour prendre une mine
grave.

MENU

Potées diverses
15 juin 1940

A PROPOS DE POTEE, THOMAS FIT LA CONQUETE D'UN GENERAL ALLEMAND

Goulasch aux pommes de terre

Faites revenir des oignons. Salez bien et assaisonnez de paprika. Ajoutez de la viande de bœuf coupée en petits dés. Avant la fin de la cuisson, ajoutez des pommes de terre, également coupées en petits dés. Attention : il faut autant de livres d'oignons que de viande. Pour terminer, ajoutez marjolaine et cornichons hachés.

Risi-Bisi

Mélangez du riz cuit avec des petits pois, frais ou en conserve, brièvement, à petit feu, avec du beurre ou de la graisse et des restes de viande ou de rôti, ou encore des saucisses de Francfort coupées en petits morceaux. Assaisonnez selon goût — le curry convient très bien — et saupoudrez de parmesan, une fois servi.

Irish stew

Sous cette dénomination, il existe plusieurs manières de préparer une excellente potée de mouton et de chou blanc. La recette mecklembourgeoise est une des meilleures : coupez la viande de mouton en petits carrés, salez et faites cuire 1 heure à 1 heure 1/2. Débarrassez les choux des feuilles externes et du trognon, coupez-les en quatre et faites blanchir pendant un quart d'heure à l'eau bouillante. Retirez et pressez fortement dans un torchon. Avec des tranches de lard minces, foncez une grande cocotte. Placez-y une couche de chou — le côté arrondi toujours vers le haut — sur laquelle vous posez quelques morceaux de viande, des oignons hachés, cerfeuil, sel et poivre et un clou de girofle. Continuez à alterner les couches dans le même ordre et avec le même assaisonnement, le chou devant former la dernière. Mouillez ensuite avec le bouillon de cuisson filtré de la viande et laissez mijoter pendant une heure environ. Servez en précipitant le contenu de la cocotte dans un plat.

Le général réfléchit longuement. Puis il congédia son aide de camp d'un mouvement de la tête.

Celui-ci eut à peine quitté le salon, que Thomas se mit à parler à la vitesse d'une mitrailleuse en action :

« Général, je vous requiers officiellement de conserver le secret sur ce que je vais vous confier. Après mon départ, vous oublierez aussitôt que je vous m'avez jamais rencontré...

— Avez-vous perdu la tête ?

— ...car je vais vous révéler une affaire hautement confidentielle. Veuillez me donner votre parole d'officier que vous n'en soufflerez mot...

— Jamais vu un culot pareil !

— ...L'amiral Canaris...

— Ca-Canaris ?

— ...L'amiral Canaris en personne m'avait donné l'ordre absolu de ne pas démordre de mon identité de diplomate américain. Les circonstances m'obligent à vous dire la vérité. Voilà ! (D'un grand geste, Thomas déboutonna son gilet et retira un document de la poche intérieure.) Veuillez prendre connaissance, général. »

Felseneck lut.

Il avait en main une carte authentique de l'Abwehr allemande, établie par un certain commandant Fritz Loos, officier de l'Abwehr auprès de la circonscription militaire de Cologne. Thomas avait conservé cette carte, mû par la conviction intime qu'il en aurait besoin un jour.

« Vous... vous faites partie de l'Abwehr ? dit le général, abasourdi.

— Comme vous voyez ! (Maintenant, Thomas était bien en train.) Si vous doutez de mes paroles, je vous prie de demander immédiatement Cologne en priorité absolue ! »

(S'il téléphone, pensait-il, je suis foutu. S'il ne téléphone pas, je suis sauvé.)

« Ecoutez, vous admettrez... »

Apparemment, je suis sauvé, se dit Thomas. Il se mit

aussitôt à crier : « Savez-vous qui attend dans la pièce
à côté ? Ce sont des gens qui occupent une position clef
dans le S.R. français ! Et ils sont prêts à travailler pour
nous ! (Il frappa sur la serviette noire.) Là-dedans, il y
a les dossiers et les listes de tous les membres du Deuxième Bureau. Peut-être commencez-vous à comprendre
la portée de cette affaire ? »

Le général von Felseneck était bouleversé. Ses doigts
tambourinaient nerveusement sur le bureau. Thomas
Lieven songeait : dossiers, listes, noms d'agents ; si mes
compatriotes allemands mettent la main sur ces listes,
ils liquideront les agents français. Le sang coulera. Beaucoup de sang. Mais s'ils ne mettent *pas* la main dessus ?
Alors, ces agents français feront tout leur possible pour
tuer les Allemands. L'un et l'autre me déplaît. Je hais la
violence et la guerre. Par conséquent, il faudra que je
réfléchisse attentivement au sort de cette serviette noire.
J'y penserai plus tard. Pour l'instant, il s'agit de sortir
d'ici...

« Mais... mais... bégaya le général, c'est incompréhensible ! Si ces gens veulent travailler pour nous, pourquoi tout ce mystère ?

— Vous ne comprenez *vraiment* pas, général ? Le
contre-espionnage français est à nos trousses ! L'attentat
peut se produire d'une minute à l'autre ! Voilà pourquoi
l'amiral eut l'idée de faire transporter ces personnes sous
la protection diplomatique d'une puissance neutre et de
les cacher dans un manoir près de Bordeaux jusqu'à la
conclusion d'un armistice ! (Thomas rit avec amertume.)
Malheureusement, nous n'avions pas tenu compte de la
possibilité qu'un lieutenant allemand, conscient de ses
devoirs, allait faire échouer notre entreprise ! (Il hocha
gravement la tête.) Nous avons perdu du temps. Un
temps terriblement précieux ! Général, si cet homme
et cette femme tombent entre les mains des Français,
les conséquences — les conséquences *internationales* —
seront incalculables... Ayez l'obligeance d'appeler enfin
Cologne !

— Mais puisque je vous crois !

— Ah ! vous me croyez ? Trop aimable. Dans ce cas, permettez que, *moi*, j'appelle Cologne pour leur signaler ce contretemps.

— Après les histoires que j'ai eues ?... Est-ce bien nécessaire ?

— Que signifie : est-ce bien nécessaire ? On ne va tout de même pas continuer comme ça ! Si je pars maintenant, je ne veux pas risquer de me faire arrêter de nouveau au prochain coin de rue par un homme à vous qui veut faire du zèle !

— Je vous donnerai un laissez-passer, dit le général d'une voix implorante. Personne ne vous arrêtera, plus jamais personne...

— Bon ! dit Thomas. Autre chose, général : ne faites pas de reproches au lieutenant Zumbusch. Il n'a fait que son devoir. Imaginez donc : si j'avais été un agent français et qu'il m'ait laissé passer... »

Lorsque la Chrysler noire avec la bannière étoilée sur le toit glissa silencieusement hors de la cour du George V, deux sentinelles allemandes se mirent au garde-à-vous. Thomas Lieven, alias William S. Murphy, leur rendit la politesse en portant courtoisement la main au bord relevé de son chapeau noir.

La courtoisie de Thomas s'arrêta là. Il passa un savon énorme à Jules Siméon, que celui-ci encaissa sans rétorquer.

Après un intervalle d'environ quarante-six heures, ils retrouvèrent de nouveau l'itinéraire de fuite prévu.

« Au fait, demanda Thomas, quel est donc le destinataire de la serviette noire ?

— Le commandant Débras.

— Qui est-ce ?

— Le numéro 2 du Deuxième Bureau. Il emportera les papiers en Angleterre ou en Afrique. »

Et ensuite ? songea Thomas avec angoisse, et ensuite ? Que le monde serait beau, sans Services secrets !

« Il est à Toulouse, ce commandant ?

— Aucune idée, répondit le colonel. Je ne sais pas quand il doit arriver, ni comment. Mes ordres sont de prendre contact avec notre boîte à lettres, à Toulouse.

— Quelle boîte à lettres ? demanda Mimi.

— On appelle « boîte à lettres » une personne qui reçoit ou transmet des informations.

— Ah !

— C'est un homme en qui nous avons toute confiance. Il s'appelle Gabriel Perrier. Il est garagiste... »

Ils passèrent bien des jours sur les routes encombrées de réfugiés et de troupes. Le laissez-passer du général von Felseneck fit merveille. Les contrôles allemands firent preuve d'une politesse exemplaire. A la fin, Thomas utilisa même l'essence de la Wehrmacht. A Tours, un capitaine lui en avait remis cinq bidons.

Avant Toulouse, Thomas arrêta la voiture et procéda à un certain nombre de modifications. Il dévissa les plaques CD et retira le fanion américain, ainsi que le drapeau qui recouvrait le toit. En vue d'une éventuelle utilisation ultérieure, il remisa ces accessoires dans la malle arrière, d'où il tira deux plaques d'immatriculation françaises.

« Je vous prie de ne pas oublier qu'à partir de maintenant je ne m'appelle plus Murphy, mais Jean Leblanc », dit-il à Mimi et à Siméon. C'était le nom qui figurait sur le faux passeport que lui avait remis Jupiter, son ex-instructeur à l'école d'espionnage de Nancy...

En temps de paix, Toulouse était une ville de 250 000 habitants. Plus d'un million de personnes y séjournaient à présent. La ville avait l'aspect d'un champ de foire, mais l'ambiance était chargée de fièvre et de tragédie. D'immenses groupes de réfugiés campaient en plein air, sous les vieux arbres des squares de la rue des Changes et à Saint-Sernin. Les voitures que vit Thomas portaient les marques d'immatriculation de la France entière — et de la moitié de l'Europe. Il vit un autobus dont la plaque indiquait encore l'Arc de Triomphe comme lieu de destination, ainsi qu'un camion de livraison arborant l'enseigne : « Sodas et Eaux Minérales, Aloïs Schildhammer & Fils, Vienne XIX, Krottenbachstrasse 32 ».

Tandis que le colonel se mettait à la recherche de sa « boîte à lettres », Mimi et Thomas essayèrent de trouver des chambres.

Ils firent la tournée des hôtels, des pensions de famille et des centres d'accueil. Ils les passèrent au peigne fin. Il n'y avait pas une seule chambre libre, à Toulouse. Dans les hôtels, des familles entières étaient installées dans les halls, les salles à manger, les bars et les lavabos. Les chambres étaient occupées au double et au triple de leur capacité normale.

Les pieds endoloris, Mimi et Thomas retrouvèrent leur voiture après des heures de vaines recherches. Le colonel était assis sur le marchepied. Il semblait troublé. La serviette noire était sous son bras.

« Qu'est-il arrivé ? demanda Thomas. Vous n'avez pas trouvé le garage ?

— Si, dit Siméon avec lassitude. Mais pas M. Perrier. Il est mort. Il ne reste plus qu'une demi-sœur à lui, Jeanne Perrier. Elle habite au 16 de la rue des Bergères.

— Prenons la voiture et allons-y, dit Thomas. Elle a peut-être des nouvelles du commandant Débras. »

La rue des Bergères se trouvait dans le vieux quartier, à peine changé depuis le XVIIIe siècle, avec ses rues et ses venelles à petits pavés et ses maisons pittoresques. On y entendait piailler des enfants et jouer des postes de radio. Des cordes étaient tendues au-dessus des rues, où pendait une lessive multicolore.

Dans la rue des Bergères, avec ses bistrots, ses restaurants minuscules et ses petits bars, on rencontrait beaucoup de jolies filles. Leur maquillage était un peu voyant, leur toilette un peu succincte, et elles trottinaient de-ci de-là comme si elles attendaient un événement précis.

Le numéro 16 était un petit hôtel démodé dont le rez-de-chaussée était formé par un restaurant aux murs

lézardés. Une enseigne de cuivre représentant une silhouette féminine était suspendue au-dessus de l'entrée.
On y lisait :

CHEZ JEANNE

Dans une loge étroite et sombre, ils trouvèrent un
concierge aux cheveux brillantinés. Un escalier fort raide
conduisait au premier étage de l'hôtel. Le concierge
annonça que Madame allait venir. Il pria ces messieurs-
dames de prendre place au salon...

Au salon, il y avait un lustre, beaucoup de velours,
des causeuses, des plantes vertes empoussiérées, un phonographe et une grande glace qui recouvrait tout un
mur. Ça sentait le parfum, la poudre de riz et le tabac
froid.

« Mon Dieu ! dit Mimi, le cœur un peu serré. Crois-tu
que nous sommes dans un...

— Hum ! fit Thomas.

— Allons-nous-en », dit le colonel, torturé dans ses
principes puritains.

Une jolie femme de trente-cinq ans fit son entrée. Ses
cheveux fauves étaient coupés courts. Son maquillage
était raffiné. Elle avait un air énergique. C'était une
femme qui connaissait la vie et — par voie de
conséquence — en savourait la cocasserie. Cette dame
possédait en outre un galbe qui éveilla l'intérêt immédiat de Thomas Lieven. Sa voix était légèrement
enrouée.

« Bonjour, madame, messieurs. Vous êtes à trois ?
Comme c'est charmant ! Je m'appelle Jeanne Perrier.
Puis-je vous présenter mes petites amies ? »

Elle frappa dans ses mains.

Une porte tapissée de soie rouge s'ouvrit, livrant passage à trois filles, dont une mulâtresse. Toutes les trois
étaient jolies. Toutes les trois étaient nues. Souriantes,
elles se dirigèrent vers la grande glace et tournèrent
sur elles-mêmes.

« Voilà ! dit la dame intéressante aux cheveux fauves.

De gauche à droite, nous avons Sonia, Bébé, Jeannette...

— Madame, interrompit faiblement le colonel.

— ...Jeannette vient de Zanzibar, elle a...

— Madame, interrompit le colonel avec plus de force.

— Monsieur ?

— Il y a un malentendu. Nous désirions vous voir seule, madame. » Le colonel se leva, s'approcha de Jeanne Perrier et demanda tout bas : « Que dit la fourmi à la cigale ? »

Les yeux de Jeanne Perrier se rétrécirent, et elle répondit sur le même ton : « Dansez maintenant ! » Puis, elle frappa de nouveau dans ses mains et dit aux trois mignonnes : « Vous pouvez disposer ! »

Les trois filles disparurent en riant sous cape.

« Je vous demande pardon, mais je n'avais aucune idée... (Jeanne éclata de rire et regarda Thomas. Il semblait lui plaire. Une ride de colère se dessina subitement sur le front de Mimi.) Deux jours avant sa mort, dit Jeanne, mon frère m'a mise au courant. Il m'a aussi appris les mots de passe. (Elle se tourna vers Siméon.) Donc, vous êtes le monsieur qui devait apporter la serviette. Mais le monsieur qui doit venir *chercher* la serviette ne s'est pas encore annoncé.

— Alors, il faudra que je l'attende. Cela peut prendre un certain temps. Sa position est très dangereuse. »

Et elle le sera encore plus, songea Thomas, quand ce monsieur fera son apparition. Car il n'aura pas cette serviette noire. C'est Siméon qui la détient à présent. Il ne la gardera pas. J'en fais mon affaire. Je veillerai à empêcher de nouveaux malheurs, une nouvelle effusion de sang... Vous auriez dû me laisser tranquille, tous, autant que vous êtes ! Maintenant, il est trop tard : je jouerai le jeu, mais à ma façon !

« Madame, dit-il à Jeanne, vous n'ignorez pas que la ville est pleine comme un œuf. Pourriez-vous nous louer deux chambres ?

— Ici ? dit Mimi avec un haut-le-corps.

— Chère enfant, je ne vois pas d'autre possibilité...

(Il fit un sourire enjôleur à Jeanne.) Je vous en prie, madame !

— En principe, je ne loue mes chambres qu'à l'heure...

— Allons, madame, permettez-moi de faire une douce violence à votre cœur de patriote. »

Jeanne prit une expression rêveuse.

« Quel charmant locataire. Eh bien, c'est d'accord. »

Le commandant Débras se fit attendre. Une semaine s'écoula, puis une autre, sans qu'il se montrât. Comme ce serait beau, pensait Thomas, alias Jean, s'il n'arrivait jamais !

Il commença à s'installer confortablement « Chez Jeanne ». Chaque fois que son temps le permettait, il se mettait à la disposition de l'appétissante hôtelière aux cheveux fauves.

« Jean, mon cuisinier s'est sauvé, expliqua Jeanne à son locataire germanique qu'elle prenait pour un Parisien bon teint et qu'elle appelait par son prénom dès le second jour. Et le ravitaillement se fait de plus en plus rare. Imaginez ce que je pourrais gagner, si le restaurant fonctionnait...

— Jeanne, répondit Thomas, qui appelait son hôtesse par son prénom dès le second jour, je vous fais une proposition honnête : je fais la cuisine et je m'occupe du ravitaillement. Les bénéfices, on les partage moitié-moitié. D'accord ?

— Vous allez toujours aussi vite en besogne ?

— Ça vous gêne ?

— Au contraire, Jean, au contraire ! Je suis impatiente de connaître tous vos talents cachés... »

Lors de la tentative de relancer le restaurant de Jeanne, le colonel Siméon finit par apporter la preuve qu'il possédait après tout des dons réels d'agent secret. Après une absence de deux jours, il fit fièrement son rapport à Mimi et à Thomas :

« Les deux mécanos n'ont rien voulu me dire, mais

en fouillant le garage, j'ai découvert divers indices. Une clef. Une carte routière. Un dessin. Et voilà ! Ce vieux Perrier s'était constitué un dépôt d'essence !

— Sans blague ! Où ?

— Dans un bois, près de Villefranche-de-Lauragais. A cinquante kilomètres d'ici. C'est une réserve souterraine. Il y a au moins une centaine de bidons. J'en viens. »

Mimi se leva d'un bond et se pendit avec ostentation au cou du colonel.

Voilà qui résout le problème des matières grasses pour la cuisine, se dit Thomas. Il rendit justice à Siméon : « Mes félicitations, colonel !

— Ah ! mon cher ami, répondit celui-ci avec une touchante modestie, dès qu'il fut à nouveau en mesure de parler, si vous saviez comme je suis content d'avoir enfin accompli quelque chose de sensé ! »

Si le Ciel avait doué tous les agents secrets du même discernement !... pensait Thomas.

Donc, ils allèrent chercher l'essence dans la forêt. Thomas remisa la Chrysler noire dans un garage et investit une part modeste de ses 27 730 dollars dans l'achat d'une petite Peugeot, qui consommait moins de carburant.

Bientôt, Thomas devint une figure familière sur les routes de campagne cahoteuses autour de Toulouse. Tous les paysans le saluaient, souriaient et gardaient bouche cousue. D'abord, Thomas payait bien ; ensuite, il leur procurait des marchandises rares en provenance de la ville...

Thomas se mit à rôtir, braiser et pâtisser à l'envie. Jeanne l'assistait dans son travail. A la cuisine, il faisait chaud. Concernant les vêtements, Jeanne se garantissait de la chaleur aussi radicalement que possible. C'était une heureuse association : les partenaires se vouaient une admiration réciproque. Mimi faisait de longues promenades avec Siméon.

Le restaurant affichait « complet » tous les jours. La clientèle était presque exclusivement masculine : des réfugiés en provenance de tous les pays dont Hitler avait eu l'occasion de s'occuper. Aussi la cuisine de Thomas Lieven était-elle très variée. Les réfugiés se montraient enchantés, d'autant plus que les prix étaient très raisonnables.

Encore plus enchantées étaient les jeunes pensionnaires de la maison. Par son élégance, sa désinvolture, son amabilité et sa sagesse, le jeune et séduisant cuisinier avait fait leur conquête. Il les traitait toujours en femmes du monde et évitait toute trivialité.

Bientôt, Thomas fit fonction, à la fois, de confesseur, de banquier, de conseiller juridique et médical, et, à l'occasion, d'auditeur inlassable, lorsque s'ouvraient à lui les recoins les plus secrets du cœur féminin.

Jeannette avait un bébé en nourrice à la campagne. Les paysans augmentaient leurs prétentions sans vergogne. Thomas les en dissuada.

Sonia avait droit à un héritage qu'un homme de loi marron refusait de lui remettre. Thomas le persuada.

Bébé avait un ami brutal qui la trompait et la battait sans cesse. Au moyen d'une délicate allusion à certains règlements de police et d'une moins délicate prise de judo, Thomas le convertit à une conduite meilleure.

L'ami s'appelait Alphonse. Il était destiné à causer bien du souci à Thomas...

Parmi les habitués du restaurant se trouvait un banquier du nom de Lindner. Hitler l'avait contraint à fuir Vienne d'abord, Paris ensuite.

Lindner avait été séparé de sa femme au cours de l'exode et attendait maintenant qu'elle réapparût. Ils étaient convenus de se retrouver à Toulouse.

Walter Lindner se prit d'une grande sympathie pour Thomas. Lorsqu'il apprit que celui-ci était également banquier, il lui fit la proposition suivante : « Venez avec moi en Amérique du Sud. Je pars dès que ma femme arrive. J'ai de la fortune là-bas. Vous serez mon associé... » Et il montra un relevé de compte de la banque du

Rio de la Plata. Le relevé était récent et confirmait l'existence d'un avoir de plus d'un million de dollars.

Ce fut le moment où Thomas Lieven, en dépit des expériences du passé, reprit encore une fois courage et se mit à croire à la raison humaine et à un avenir meilleur.

Il lui restait encore à régler, aussi convenablement que possible, l'« affaire de la serviette noire ». Abwehr ou Deuxième Bureau : aucun des deux n'aurait les dossiers.

Mais après, adieu l'Europe ! La vieille Europe sanguinaire et pourrie ! Un monde nouveau ouvrait ses bras ! Redevenir banquier, bon citoyen et honnête homme ! Quel rêve !

Ce rêve était destiné à demeurer un rêve. Bientôt, Thomas serait libéré du remords d'avoir travaillé pour les Français contre les Allemands. Bientôt, il travaillerait pour les Allemands contre les Français. Puis, de nouveau pour les Français. Puis, contre les Anglais. Puis, pour les Anglais. Puis, pour tous les trois. Puis, contre tous les trois. La démence n'en était qu'à ses débuts. L'homme vertueux en Thomas Lieven, celui qui aimait la paix et détestait la violence, ne savait tout bonnement pas encore ce que l'avenir lui réservait...

Juin passa, puis juillet. Ils étaient installés à Toulouse depuis bientôt deux mois. Par une chaude matinée, Siméon, Jeanne et Thomas tinrent un conseil de guerre restreint.

Siméon se montra un peu agité, mais Thomas ne s'en aperçut qu'après coup.

« Cher ami, il faut élargir notre rayon d'action, exposa le colonel. Mme Perrier a trouvé une nouvelle adresse pour vous. (Il se pencha sur la carte :) Voyez, c'est ici, à cent cinquante kilomètres environ au nord-ouest de Toulouse, dans la vallée de la Dordogne, près de Sarlat.

— C'est un petit château, expliqua Jeanne, qui fumait avec nervosité — ce détail échappa également sur le moment à Thomas —, en bordure de la commune de

Castelnau-Fayrac. Il y a une ferme, un tas de vaches, de cochons, tout, quoi... »

Trois heures plus tard, la petite Peugeot cahotait sur les routes poussiéreuses, en direction du nord-ouest. Sur les bords de la Dordogne, le paysage devint romantique. Romantique était également l'aspect du château des Milandes, haute enceinte blanche du XV° siècle, avec deux grandes tours et deux plus petites, dominant toute la chaîne de collines et entourée d'un vieux parc bordé de prés et de champs.

Thomas laissa la voiture près du portail qui s'ouvrait sur le parc et appela plusieurs fois en élevant la voix. Personne ne répondit.

Il atteignit une vaste esplanade recouverte de gravier. En haut du perron, une porte monumentale de chêne antique était entrebâillée.

« Holà ! » s'écria Thomas une fois de plus.

Un rire aigu et strident le fit sursauter, car ce qu'il entendait là n'avait rien d'un rire humain.

A l'instant suivant, un petit singe brun émergea en trombe de la porte entrouverte, sautilla en jacassant de marche en marche et escalada en gymnaste consommé la personne de Thomas Lieven. Avant que celui-ci eût eu le temps de se remettre de sa frayeur, le singe était déjà juché sur son épaule gauche d'où, toujours jacassant, il lui couvrait la figure de baisers.

Une voix féminine se fit entendre : « Glou-glou ! Où es-tu, Glou-glou ? Qu'est-ce que tu fais encore comme bêtises ? »

La porte de chêne s'ouvrit. Dans l'encadrement parut une beauté radieuse, à la peau basanée. Elle portait un étroit pantalon blanc et un chemisier blanc et blousant. Des bracelets d'or tintaient aux fins poignets. Séparée au milieu par une raie, sa chevelure noire était coiffée en bandeaux serrés.

Thomas reprit sa respiration, car il connaissait cette femme et l'admirait depuis des années. La surprise lui clouait la bouche. Il s'était attendu à tout, mais pas à se trouver face à face, au milieu de cette folle époque, au milieu d'une France bouleversée par la guerre et la défaite, avec l'une des idoles du monde entier, avec la plus parfaite incarnation de la beauté exotique : bref, avec la célèbre danseuse noire, Joséphine Baker.

« Bonjour, monsieur, dit-elle avec un sourire d'une merveilleuse douceur. Veuillez nous pardonner cette fougueuse réception. Mais vous semblez plaire à Glou-glou.

— Madame... vous êtes... vous avez... vous habitez ici ?

— J'ai loué la maison, oui. Que puis-je faire pour vous ?

— Je m'appelle Jean Leblanc. Il me semble que j'étais venu ici dans l'intention d'acheter des victuailles. A vous voir, madame, la mémoire me fait défaut, dit Thomas. (Puis, le petit singe toujours sur l'épaule, il gravit les marches du perron, s'inclina profondément devant Joséphine et lui baisa la main.) Peu importe, d'ailleurs, pourquoi je suis venu, puisque j'ai le bonheur de rencontrer l'une des plus grandes artistes de notre temps.

— Vous êtes trop gentil, monsieur Leblanc.

— J'ai tous vos disques ! Je possède *J'ai deux amours* en trois exemplaires ! J'ai assisté à tant de vos revues... »

Thomas Lieven dévisagea la « Vénus Noire » avec vénération. Il savait qu'elle était née aux Etats-Unis, à Saint-Louis. Il savait qu'elle avait eu des débuts difficiles. Sa gloire mondiale, elle l'avait conquise à Paris où, vêtue exclusivement d'un pagne de bananes, elle exécutait des danses frénétiques devant un public délirant d'enthousiasme.

« Vous êtes de Paris, monsieur ?

— Je suis un réfugié, oui...

— Il faudra tout me raconter. J'aime tellement Paris ! C'est votre voiture qui est là-bas, près du portail ?

— Oui.

— Vous êtes seul ?

— Certainement. Pourquoi ?

— Pour rien. Voulez-vous me suivre, monsieur Leblanc ? »

L'ameublement du château était ancien. Thomas constata que l'édifice hébergeait toute une ménagerie. En plus de la petite guenon Glou-glou, il fit connaissance avec les hôtes suivants : Mica, un babouin fort digne ; Gugusse, un moustachu minuscule aux mouvements rapides comme l'éclair ; Bonzo, un énorme dogue danois ; Agathe, un python paresseux qui se prélassait dans le hall, devant une cheminée sans feu ; Hannibal, le perroquet ; et enfin, deux petites souris que Joséphine Baker lui présenta comme Mademoiselle Bigoudi et Mademoiselle Point d'Interrogation.

Toutes ces bêtes menaient une coexistence des plus pacifiques. Bonzo était couché sur le tapis, tandis que Mademoiselle Point d'Interrogation dansait sur son grand nez. Mica et Hannibal jouaient au football avec une petite boule de papier argenté.

« Quel monde heureux, dit Thomas.

— Les animaux savent vivre en paix, dit Joséphine Baker.

— Les hommes, malheureusement pas.

— Ils apprendront bien un jour, dit la vedette. Mais maintenant racontez-moi Paris ! »

Thomas raconta. Il était tellement fasciné par cette rencontre qu'il perdit totalement la notion du temps. Finalement, il consulta avec remords sa montre.

« Mon Dieu ! Six heures déjà !

— J'ai passé un très agréable après-midi. Vous ne voulez pas rester et dîner avec moi ? Malheureusement, je n'ai pas grand-chose dans la maison. Je n'attendais pas de visite. Et ma bonne est sortie...

— Vraiment ? demanda Thomas avec un enthousiasme juvénile. Je peux rester ? Dans ce cas, il faut me permettre de faire la cuisine ! Avec peu d'éléments, on peut faire de très bonnes choses !

— *C'est vrai, dit Joséphine Baker. Il n'y a pas que le caviar.* »

La cuisine était vaste et installée à la mode ancienne. En bras de chemise, Thomas Lieven se mit à l'ouvrage avec passion. Au-dehors, le soleil se couchait derrière les collines qui bordaient la rivière, les ombres s'allongeaient, le soir était venu.

Joséphine le regarda faire en souriant. Elle manifesta beaucoup d'intérêt pour les œufs pochés que préparait Thomas.

« C'est une composition personnelle, madame ! En votre honneur, je les baptiserai « Œufs Joséphine ».

— Merci ! Je vais vous laisser, à présent, et aller me changer. A tout de suite... » Elle disparut. Thomas vaqua à ses travaux culinaires avec la meilleure humeur du monde. Quelle femme, songea-t-il...

Quand il eut terminé, il se lava les mains dans la salle de bain et se rendit à la salle à manger. Douze bougies y brûlaient dans deux candélabres. Joséphine Baker portait une robe verte qui lui collait à la peau. Elle était debout, aux côtés d'un homme grand et bien charpenté en complet foncé. Le visage de l'homme était tanné par le soleil, ses cheveux grisonnaient aux tempes. Les yeux et la bouche étaient bien dessinés. Joséphine Baker le tenait par la main.

« Pardonnez-moi cette surprise, monsieur Leblanc, dit-elle, mais je suis obligée d'être très prudente. Elle se tourna vers l'homme aux tempes grises.

« Maurice, je voudrais te présenter un ami. »

L'homme au complet sombre tendit la main à Thomas.

« Thomas Lieven, je suis ravi de faire enfin votre connaissance. J'ai beaucoup entendu parler de vous ! »

« Thomas se figea en entendant prononcer à l'improviste son véritable nom. Quelle folie, se dit-il ; donc, je suis tout de même tombé dans le panneau !

« Suis-je bête ! s'écria Joséphine. Vous ne connaissez pas encore Maurice ! Voici Maurice Débras, monsieur Lieven, le commandant Débras, du Deuxième Bureau. »

Nom de Dieu ! pensait Thomas Lieven. Ne sortirai-je donc jamais de cette ronde infernale ? Adieu, charmante soirée en tête-à-tête !

« Le commandant Débras est un de mes amis, proclama Joséphine.

— C'est un homme heureux, dit Thomas avec mauvaise humeur. (Il regarda le commandant :) Le colonel Siméon vous attend depuis des semaines à Toulouse !

— Je ne suis arrivé qu'hier. J'ai eu beaucoup de mal à m'échapper, monsieur Lieven.

— Maurice ne peut pas se montrer à Toulouse, dit Joséphine. Son visage est trop connu. La ville fourmille d'agents allemands et d'indicateurs français.

— Trop heureux de l'apprendre, madame, dit Thomas.

— Monsieur Lieven, dit le commandant avec émotion, je sais ce que vous voulez dire par là. Vous êtes une des personnes qui se sont exposées le plus pour la cause de la France. Quand j'arriverai à Londres, je saurai rapporter au général de Gaulle, avec quelle folle témérité vous avez sauvé la serviette noire des griffes d'un général allemand ! »

La serviette noire...

Depuis des jours et des jours, elle troublait le sommeil de Thomas.

« La serviette est à Toulouse, chez le colonel Siméon.

— Non pas, dit le commandant d'un ton amical. La serviette se trouve sous la sacoche à outils, dans le coffre de votre voiture.

— De ma...

— De votre petite Peugeot, qui est garée près du portail. Venez, monsieur Lieven. Allons vite la chercher avant de nous mettre à table. »

Ils m'ont possédé, se dit Thomas avec rage. Siméon, Mimi et Jeanne m'ont possédé. Que faire, maintenant ? C'est exact : je ne voulais pas que les services allemands mettent la main sur cette serviette. Mais je ne veux pas non plus que ce soient les Français qui l'aient. Une effusion de sang serait le seul résultat... Sang français, sang allemand, je n'en veux voir couler aucun... J'étais un homme paisible. Vous avez voulu faire de moi un agent secret. Si vous m'aviez laissé tranquille... Vous allez voir ce que vous y gagnerez !

Assis à la gauche de Joséphine Baker et face au commandant Débras, voilà quel était le cours des pensées de Thomas Lieven, tandis qu'il chipotait sans joie dans les rondelles de saucisson farcies qu'il avait préparées lui-même.

La serviette noire se trouvait à présent sur la desserte ancienne, près de la fenêtre. Il s'était avéré qu'elle était réellement cachée dans le coffre de la voiture. Débras, qui mangeait avec appétit, expliqua comment elle y était parvenue.

« Hier, j'ai téléphoné à Siméon, monsieur Lieven. J'ai dit : « Comment faire pour récupérer la serviette noire ? » Il a répondu : « Vous ne pouvez pas venir à Tou-« louse, on vous y reconnaîtrait. Mais il y a ce fou « de Lieven, ce type extraordinaire, qui sillonne depuis « des semaines la région pour acheter du ravitaille-« ment. Personne ne sera surpris de le voir appa-« raître. Il peut vous amener la serviette. » (Débras huma son assiette.) Formidable, cette farce. Qu'est-ce que c'est ?

— Oignons, tomates et fines herbes. Pourquoi tous ces mystères, commandant ? Siméon aurait dû me mettre au courant.

— C'est sur mon ordre qu'il ne l'a pas fait. Après tout, je ne vous connaissais pas...

— Monsieur Lieven, encore un peu de saucisson, s'il vous plaît ! (Joséphine gratifia Thomas d'un sourire éblouissant.) Je crois qu'il valait mieux procéder ainsi. Vous voyez d'ailleurs que la serviette a atteint sa destination sans encombre.

— Je le vois, en effet », dit Thomas. Il la regarda, cette serviette idiote, pleine de listes idiotes, qui pouvait coûter la vie à des centaines de gens. Elle trônait sur la desserte. Péniblement arrachée aux Allemands. Atterrie chez les Français.

Dommage, pensa Thomas. Sans politique, ni Services

secrets, ni violence, ni péril de mort, on aurait pu passer
une si bonne soirée !

Un couplet de l'*Opéra de Quat'Sous lui revint* à la
mémoire :

> *Car, hélas ! sur cette planète*
> *Les moyens sont précaires et les hommes brutaux.*
> *Qui n'aimerait pas mener une vie paisible ?*
> *Mais les circonstances ne s'y prêtent pas...*

En effet, se dit Thomas, les circonstances ne s'y prêtaient pas. Et voilà pourquoi, à chaque phrase qu'il allait
prononcer, il eut à part lui des pensées qui n'avaient
aucun rapport avec ses paroles.

Thomas Lieven dit :

« A présent, permettez-moi de vous servir une spécialité
que j'ai baptisée « Œufs Joséphine » en l'honneur de
Madame. »

Pendant ce temps, il pensait : il ne faut pas que Débras
garde cette serviette. Il m'est sympathique. Joséphine
m'est sympathique. Je ne veux pas leur nuire. Mais je
ne peux, ne dois ni ne veux les servir en cette affaire !

Le commandant était enchanté de la cuisine de Thomas :

« Excellent, monsieur, vous êtes un grand homme !

— Avez-vous mis de la muscade ? demanda Joséphine.

Thomas Lieven dit :

« Un soupçon, madame. L'essentiel, c'est de commencer par un roux clair. »

Thomas Lieven pensait : Je comprends Joséphine, je
comprends Débras. Leur pays est en danger, nous les
avons attaqués, ils veulent se défendre et ne pas se
laisser anéantir par Hitler. Mais *moi*, je ne veux pas
avoir de sang sur les mains !

Thomas dit :

« Ce n'est qu'après que vous ajoutez le lait, en remuant
jusqu'à épaississement de la sauce. »

Thomas pensait : Il y a ce bouquin qu'ils m'avaient

passé, dans cette école d'espionnage imbécile, près de Nancy. Au fond, le héros se trouvait dans la même situation que moi. Comment s'appelait-il donc ? Ah oui ! *Le Comte de Monte-Cristo...*

« Vous allez en Angleterre, commandant ? dit Thomas d'une voix angélique. Quel est votre itinéraire ?

— Par Madrid et Lisbonne.

— C'est plutôt dangereux, non ?

— J'ai un faux passeport.

— Quand même. Comme madame l'a dit tout à l'heure, le pays fourmille d'indicateurs. Si on trouve cette serviette avec vous...

— Je suis obligé de courir le risque. On a besoin de Siméon à Paris. Il faut qu'il rentre. Je n'ai personne.

— Si !

— Qui ?

— Moi !

— *Vous ?* »

Au diable tous les Services de renseignements du monde, pensa Thomas qui répondit avec ardeur :

« Oui, moi. L'idée que les Allemands pourraient s'emparer de ces dossiers m'est insupportable ! (Il m'est tout aussi insupportable de savoir que c'est vous autres qui les avez !) Vous me connaissez à présent, vous savez que vous pouvez me faire confiance. (Si tu savais à quel point tu ne peux pas me faire confiance !) En outre, ça m'amuse. Je me suis piqué au jeu ! (Misère, quand pourrai-je redevenir un paisible citoyen ?)

— Maurice, dit Joséphine, levant les yeux de son assiette, M. Lieven a raison. Pour les Allemands et leurs mouchards, tu es comme un chiffon rouge qu'on agiterait devant un taureau.

— Bien sûr, ma chère amie ! Mais comment protéger cette serviette contre l'Abwehr ? »

Contre l'Abwehr et tous les autres, pensa Thomas.

« A Toulouse, dit-il, j'ai fait la connaissance d'un banquier du nom de Lindner. Il attend sa femme, puis il part pour l'Amérique du Sud. Il m'a proposé une asso-

Rondelles de saucisson farcies
Œufs Joséphine
Fruits rafraîchis
19 août 1940

LES ŒUFS DE THOMAS
EMERVEILLERENT LA « VENUS NOIRE »

Rondelles de saucisson farcies

Prenez une sorte de saucisson qui puisse se découper en tranches épaisses et solides. Coupez des rondelles de 1 cm d'épaisseur, sans ôter la peau. Faites chauffer de la graisse dans une poêle et attendez que les rondelles s'arrondissent en forme de dôme. Retirez rapidement du feu, placez dans un plat de service et garnissez les unes de la composition suivante : raifort râpé, pommes râpées, vinaigre et sel ; les autres, d'une farce composée d'oignons revenus avec de la tomate et des aromates, auxquels vous aurez ajouté persil, ciboulette et huile d'olive. Servez accompagné de pain de campagne.

Œufs Joséphine

Préparez d'abord une béchamel, avec 110 g de beurre, 50 g de farine et 1/4 de l. de lait, à laquelle on ajoutera par la suite 2 jaunes d'œufs. Il est important de mélanger la farine au beurre fondu de façon que les deux restent blonds. Ajoutez le lait en remuant sans cesse le mélange. La sauce doit être assez épaisse. Incorporez les jaunes d'œufs hors du feu. Relevez la saveur avec un peu de muscade.
Complétez cette béchamel avec du jambon finement haché et du parmesan râpé. Nappez-en des œufs pochés, parsemez encore de parmesan et de quelques flocons de beurre et gratinez pendant 5 minutes au four.
Petit truc pour réussir les œufs pochés : un œuf poché doit être mollet, tout en tenant sans coquille. Pour obtenir ce résultat, laissez glisser les œufs hors de la coquille, directement dans l'eau bouillante additionnée de vinaigre. Retirez au bout de 3 minutes à l'aide d'une passoire et mettez à rafraîchir dans l'eau froide. Après refroidissement complet, essuyez prudemment avec un torchon.
Concernant l'achat de la noix de muscade, que nous employons à maintes reprises, il faut savoir que les bonnes noix sont rondes, lourdes et huileuses, et qu'elles ne doivent pas s'émietter au râpage. Les noix légères sont généralement sans arôme et souvent piquées aux vers. La petite couche farineuse qui recouvre les noix est un dépôt de l'eau de chaux où on les baigne avant expédition, afin de les préserver des insectes.

Fruits rafraîchis

Une boîte de fruits mélangés, bien rafraîchis au réfrigérateur et arrosés de rhum et de beaucoup de crème fraîche.

ciation. Nous voyagerons donc ensemble, en passant par Lisbonne.

— Vous pourriez vous retrouver à Lisbonne, dit Joséphine à Débras.

— Et pourquoi voulez-vous faire tout cela ? » demanda Débras.

Par conviction, pensa Thomas.

« Par conviction, répondit-il.

— Je vous aurais des obligations infinies... dit Débras d'un air songeur. (Attendons la suite, pensa Thomas.) De plus, ce double voyage nous offrirait des possibilités particulières. (A moi, sûrement, pensa Thomas.) Si j'attire l'attention des intéressés sur ma personne, vous et la serviette, vous serez à l'abri des poursuites. (Parfaitement exact, pensa Thomas.) Bon. Donc, je prendrai le train par Madrid. Quant à vous, avec votre visa de transit, vous trouverez bien encore un avion à Marseille... »

Vous êtes des gens bien, pensa Thomas. Si braves et pleins de projets ! J'espère que vous ne m'en voudrez pas plus tard. Mais, dans ma situation, un honnête homme peut-il faire autre chose que ce que je fais ? Je ne veux pas voir mourir des agents français. Mais je ne veux pas voir mourir non plus des troufions allemands ! Il n'y a pas que des nazis, chez moi !

« C'est une question de simple bon sens, commandant, dit Thomas. Vous avez la meute à vos trousses. Tandis que moi, je ne suis pas encore dans les petits papiers de l'Abwehr. »

Par un curieux caprice de l'insondable hasard, ce même soir, environ à la même heure, le général Otto von Stülpnagel, gouverneur militaire en France, levait son verre de champagne à l'hôtel Majestic, siège de l'état-major allemand à Paris, pour trinquer avec deux hommes. Le premier était l'amiral Wilhelm Canaris, chef de l'Abwehr. Le second était le petit commandant grisonnant du corps des blindés, le général Erich von Felseneck.

Les coupes de cristal tintaient. Devant un grand portrait de Napoléon Ier, ces messieurs buvaient à leur santé respective. Les uniformes de toutes les armes formaient un spectacle bigarré. Les décorations jetaient des éclairs.

« Aux héros inconnus et invisibles de votre organisation, amiral ! dit le général von Stülpnagel.

— A la gloire infiniment plus grande de vos soldats, messieurs ! »

Le général von Felseneck était déjà entre deux vins. Il rit d'un air rusé.

« Trêve de modestie, amiral ! On est drôlement futé, chez vous ! (Il était d'excellente humeur.) Malheureusement, je ne peux pas vous raconter ça, Stülpnagel. J'ai dû promettre le secret. Mais croyez-moi : il n'a pas la cervelle creuse, notre Canaris ! »

Ils burent.

Les généraux von Kleist et Reichenau s'approchèrent du groupe et enlevèrent leur collègue Stülpnagel.

Canaris examina le général von Felseneck avec un intérêt subit. Il lui offrit un cigare.

« A quoi faisiez-vous allusion, monsieur von Felseneck ? demanda-t-il sur le ton de la conversation.

— Voyons, monsieur Canaris, dit Felseneck avec un petit rire. J'ai juré le secret ! Vous ne m'arracherez pas un seul mot !

— Qui donc vous a imposé ce silence absolu ? s'enquit l'amiral.

— Un de vos hommes. Un type inouï, vraiment ! Chapeau ! »

Canaris sourit, mais ses yeux restaient graves.

« Allez, racontez-moi ! Je suis curieux de savoir lequel de nos petits tours de passe-passe vous a laissé une telle impression !

— Bon, bon ! Il est vrai que ce serait idiot de ne pas vous en parler, à *vous !* D'ailleurs, il suffit d'un mot : la serviette noire !

— Oui, oui. (Canaris hocha la tête avec amabilité.) Bien sûr, la serviette noire !

— Mais quel type, amiral ! Cette façon de se présenter comme diplomate américain ! Ce sang-froid ! Ce calme absolu, une fois que l'un de mes hommes l'avait arrêté ! (Von Felseneck riait de bon cœur.) Voilà un rombier qui nous ramène deux espions français, *plus* tous les dossiers du Deuxième Bureau, et qui prend encore le temps de m'expliquer comment on prépare le goulasch aux pommes de terre ! J'y pense sans arrêt, à ce zèbre. J'aimerais bien en avoir un comme ça dans mon état-major !

— Ma foi, dit l'amiral, nous avons quelques garçons assez vifs, dans notre branche. Je me souviens de cette histoire... (Bien entendu, il n'avait pas la moindre idée de « cette histoire ». Mais son instinct lui disait qu'il avait dû se passer quelque chose de monstrueux. Conservant son air anodin, il fit mine de réfléchir :) Attendez donc, comment s'appelait-il encore ?

— Lieven, Thomas Lieven ! Circonscription de Cologne. Il a fini par me montrer sa carte. Thomas Lieven ! Voilà un nom que je n'oublierai jamais !

— Bien sûr, Lieven ! Vous avez raison, c'est un nom dont il faut se souvenir ! »

Canaris fit signe à une ordonnance et prit deux coupes de champagne sur le lourd plateau d'argent. « Venez, général, buvons encore un verre et asseyons-nous dans ce coin. Il faut que vous me racontiez en détail votre rencontre avec notre ami Lieven. Je suis toujours content quand j'ai l'occasion d'être fier de mes hommes... »

La grêle sonnerie du téléphone retentit sans pitié.

Baigné de sueur, le commandant Fritz Loos fit un bond dans son lit. Toujours ces émotions, pensa-t-il, à moitié endormi. Foutu métier !

Il trouva enfin l'interrupteur de la lampe de chevet et décrocha en croassant : « Ici Loos. »

La ligne grésillait et craquait : « Une communication urgente de Paris. Je vous passe l'amiral Canaris... »

Au dernier mot, une douleur fulgurante traversa le

corps du commandant. La vésicule, se dit-il avec amertume. Bravo. Il ne manquait plus que ça.

« Le commandant Loos ? demanda une voix familière.

— Amiral ?

— Dites-moi, il s'est produit ici un gâchis sans nom !

— Gâchis, amiral ?

— Vous connaissez un certain Thomas Lieven ? »

Le récepteur échappa de la main du commandant et tomba sur la couverture. La membrane émit des coassements. Loos ramassa le récepteur et le colla avec agitation contre son oreille.

« Oui, amiral, bégaya-t-il. Je connais le... le nom...

— Donc, vous connaissez l'individu. C'est vous qui lui avez donné une carte de l'Abwehr ?

— Oui, amiral.

— Pourquoi ?

— Je l'avais... J'avais recruté ce Lieven pour nos services, amiral. Mais, ça... ça n'a pas marché... Il a disparu. Je me suis déjà fait du souci...

— A juste titre, commandant, à juste titre ! Prenez le premier train ou le premier avion. Je vous attends à l'hôtel Lutétia. Le plus vite possible, compris ? »

L'hôtel Lutétia, boulevard Raspail, était le quartier général de l'Abwehr à Paris.

« A vos ordres, amiral, dit le commandant Loos avec résignation. Je partirai à la première heure. Puis-je savoir, amiral, ce que cet homme a fait ? »

Canaris lui apprit ce que cet homme avait fait. Loos pâlit au fur et à mesure. Finalement, il ferma les yeux. « Non, non, non, c'est impossible ! Et tout cela par ma faute... »

La voix de Paris résonna comme les trompettes de Jéricho : ...Il possède des listes avec les noms, les adresses et les signes de reconnaissance de tous les agents français ! Vous savez ce que cela signifie ? Cet homme détient des documents qui peuvent être vitaux ou mortels pour nous ! Il faut que nous l'attrapions à n'importe quel prix !

« Certainement, amiral, j'amènerai mes meilleurs hommes... (Dans son lit, le commandant Loos prit une pose martiale, dont l'effet fut quelque peu ruiné par la chemise de nuit.) Nous aurons ces listes ! Nous mettrons cet énergumène hors d'état de nuire, devrais-je l'abattre de ma propre main...

— Vous êtes devenu fou, ou quoi, commandant ? fit tout doucement la voix de Paris. Je le veux vivant ! Il est bien trop précieux pour qu'on le fusille ! »

20 août 1940, 02 h 15 ;

- Attention affaire intéressant services sécurité - urgence un romain - expéditeur chef abwehr - destinataires tous services police militaire en france - recherchons citoyen allemand thomas lieven - 30 ans - mince - visage maigre - yeux foncés - cheveux bruns, courts - tenue civile élégante - parle couramment allemand, français, anglais - possède carte authentique abwehr, établie par commandant loos, centre recrutement cologne - authentique passeport allemand n° 543 231 1 série c - faux passeport diplomatique américain nom william s. murphy - personne recherchée a quitté paris 15 juin 1940 dans chrysler noire avec écusson cd et drapeau américain sur le toit - possédait laissez-passer, établi par général erich von felseneck - voyageait en compagnie d'une jeune française et d'un français - personne recherchée se trouve en possession de documents ennemis de la plus haute importance - adresser immédiatement informations et rapports négatifs à commandant loos, chef groupe spécial z, quartier général police militaire paris - en cas d'arrestation, faire usage de vos armes seulement si nécessité absolue - terminé -

Thomas Lieven ignorait que la Wehrmacht et l'Abwehr du Grand Reich s'étaient mises à sa recherche avec acharnement. Aussi était-il tout prêt à se réjouir lorsque Walter Lindner, rouge et hors d'haleine, se rua deux jours

plus tard dans la cuisine de Jeanne. Thomas était occupé
à confectionner de la soupe à l'oignon.

Lindner se laissa tomber sur un tabouret, renversa un
bocal de cornichons et s'écria :

« Ma femme... ma femme... J'ai trouvé ma femme !

— Où ? Comment ?

— Ici, à Toulouse ! (Lindner riait et pleurait à la fois.
Il semblait s'agir d'un bon ménage.) Allez, ouste, en route
pour le consulat ! s'écria-t-il. Maintenant, nous pouvons
partir, monsieur Lieven. Une vie nouvelle nous attend. Si
vous saviez comme je suis heureux ! »

Et moi donc ! pensait Thomas.

Les futurs sociétaires d'une future banque sud-améri-
caine se jetèrent dans les préparatifs de voyage. A cette
époque, aucun des pays voisins de la France n'accordait
de visa d'entrée. Un visa de transit était ce qu'on pouvait
obtenir de mieux. Mais pour cela, il fallait posséder le
visa d'immigration d'un pays d'outre-mer.

Lorsque Walter Lindner eut prouvé au consul d'Argentine à Marseille qu'il avait en dépôt un million de dollars
à la Banque du Rio de la Plata, il obtint immédiatement
un visa pour lui-même et sa femme. Lindner manifesta
son intention d'emmener M. Jean Leblanc à Buenos Aires,
à titre d'associé. Sur quoi, on apposa également un
authentique visa d'immigration sur le faux passeport
que ce M. Jean Leblanc avait reçu des mains d'un certain Jupiter à l'école d'espionnage de Nancy. Le 26 août,
tous trois obtinrent ainsi les visas de transit portugais.
Plus rien ne s'opposait à leur départ.

A présent, Thomas Lieven établit un horaire précis
pour son projet. Cet horaire devrait être respecté, car
beaucoup de choses en dépendaient, entre autres, sa vie.
Après une dernière conversation téléphonique avec le
commandant Débras, aux Milandes, le calendrier se présenta de la manière suivante :

28 août : départ pour Marseille de Thomas Lieven et
du couple Lindner.

29 août : départ pour Lisbonne, en chemin de fer, du

commandant Débras, par Perpignan, Barcelone et Madrid.

30 août : départ de Marseille à destination de Lisbonne, en avion, de Thomas Lieven et du couple Lindner.

10 septembre : départ de Lisbonne à destination de Buenos Aires de Thomas Lieven et du couple Lindner à bord du paquebot portugais « General Carmona ».

A partir du 3 septembre, le commandant Débras et Thomas Lieven étaient convenus d'un rendez-vous permanent à dix heures du soir, au casino d'Estoril, en vue de la remise de la fatale serviette noire. Entre le 30 août et le 3 septembre, Thomas Lieven espérait trouver suffisamment de loisirs pour procéder à certaines modifications de son contenu...

Dans la matinée du 29 août, un jeune homme élégamment vêtu pénétrait dans les bureaux de la compagnie d'aviation américaine « Rainbow Airways », rue de Rome à Marseille. Soulevant son chapeau noir avec un sourire engageant, il s'approcha du guichet des réservations et dit, dans un français impeccable :

« Bonjour, monsieur, je m'appelle Leblanc. Je viens prendre mon billet pour Lisbonne et ceux de M. et Mme Lindner.

— Un instant, s'il vous plaît. (L'employé compulsa ses listes.) Voilà. Demain, 15 h 45... » (Il se mit à remplir les billets.)

Un petit car s'arrêta devant la porte de l'agence. Deux pilotes et une hôtesse firent leur entrée. D'après leur conversation, Thomas comprit qu'ils venaient d'atterrir et qu'ils repartaient demain, à 15 h 45, pour Lisbonne. L'inspiration vint aussitôt.

L'hôtesse, qui avait tout au plus vingt-cinq ans, était en train de se refaire une beauté. Elle avait le galbe d'un yacht de course, les yeux bridés, les pommettes hautes et un teint de bronze et d'or ; une souple vague de superbes cheveux châtains retombait sur son joli front. Elle avait un air distant et réservé. Une biche...

Thomas connaissait le genre. Il savait exactement à qui il avait affaire. Une fois que cette sorte de glaçon ambulant se mettait à fondre, il n'y avait plus de cesse.

Thomas consacra trente secondes émues au souvenir des adieux qu'il avait faits à Mimi, à Siméon, à Jeanne et aux dames de la rue des Bergères. Toutes l'avaient embrassé, de même que le colonel : « Vive la liberté, mon cher camarade ! » Et au départ du taxi Jeanne avait éclaté en sanglots. Ah, le beau, l'émouvant tableau de famille !

Les trente secondes étaient passées. Ma foi, songea Thomas, les circonstances ne s'y prêtaient pas !

La biche continuait de parfaire son maquillage. La biche laissa tomber son bâton de rouge.

Mes mobiles sont de noble essence, se rassura Thomas, désireux d'asseoir ses intentions sur une base morale. Puis, il ramassa le bâton de rouge à lèvres et le tendit à la biche timide aux yeux marron, où luisaient des paillettes d'or.

« Merci beaucoup, dit la biche.

— Est-ce qu'on peut partir ? demanda Thomas.

— Je ne comprends pas.

— Ou avez-vous encore à faire, ici ? Ça ne m'ennuie pas d'attendre. Je pensais que nous pourrions d'abord prendre l'apéritif au Grand-Hôtel, où j'habite. Pour déjeuner, nous ferons sans doute mieux d'aller chez Guido, rue de la Paix. Et après le déjeuner, nous irons nous baigner.

— Ecoutez...

— Vous ne voúlez pas vous baigner ? Très bien, nous irons nous reposer à l'hôtel.

— Jamais une chose pareille ne m'est arrivée !

— Mademoiselle, je ferai tout mon possible pour que vous en disiez autant demain ! (Thomas tira sa montre à répétition de la poche de son gilet et la fit sonner.) Onze heures et demie. Je vois que ma présence vous rend nerveuse. Je n'ignore pas à quel point les femmes sont impressionnées par moi. Voilà, je vous attends au bar du Grand-Hôtel. Disons, à midi ? »

La biche rejeta la tête en arrière et s'éloigna avec hauteur. Ses hauts talons martelaient le carrelage avec la force de l'indignation.

Thomas se rendit au Grand-Hôtel, s'assit au bar et commanda un whisky. La biche arriva à midi trois. Elle avait apporté un costume de bain.

Aux côtés du couple replet des Lindner, Thomas Lieven — costume de flanelle grise, chemise blanche, cravate bleue, souliers noirs, chapeau noir à bords relevés, parapluie — traversait avec les autres passagers la piste en direction de l'appareil qui les attendait. Sa mine, en dépit d'une certaine lassitude, exprimait la satisfaction.

En haut de la passerelle roulante, à l'entrée de la cabine, se tenait Mabel Hastings, l'hôtesse. Sa mine, en dépit d'une certaine lassitude, exprimait la satisfaction.

« Hello ! dit Thomas en montant les marches de la passerelle.

— Hello ! » dit Mabel. (Les paillettes d'or brillaient dans ses beaux yeux.)

Il s'était avéré qu'elle n'avait jamais rien connu de tel que Thomas Lieven. Après le déjeuner chez Guido, ils avaient fini par renoncer au bain et étaient allés se reposer à l'hôtel. Par hasard, ils habitaient le même.

Au matin du 30 août, lorsqu'il aida Mabel Hastings à faire sa valise, elle lui rendit — sans le savoir, il est vrai — un nouveau service, intimement lié à une certaine serviette noire...

Passant devant les bâtiments de l'aéroport, l'appareil roula vers la piste de départ. A travers le hublot, Thomas aperçut le gazon bien taillé où paissait paisiblement un grand troupeau de moutons. Les moutons, pensait-il, portent bonheur. Puis, il vit une voiture s'arrêter devant les bâtiments. Un homme en descendit. Il portait un costume bleu et froissé, et un imperméable beige, tout aussi froissé. Son visage luisait de sueur. Il agitait les deux bras.

Quelle malchance, songea Thomas avec compassion. L'avion va partir, et ce pauvre type en sera pour ses frais.

En effet, le pilote était en train d'emballer les deux moteurs, dernier contrôle avant le décollage.

Une main de glace frôla le dos de Thomas Lieven : cet homme, là-bas, qui faisait des signes... il connaissait cette tête, il l'avait déjà vue...

Et subitement Thomas Lieven sut où il avait vu cette tête : au quartier général de la Gestapo, à Cologne ! L'homme en question était un officier du renseignement allemand et s'appelait le commandant Loos !

« On dirait qu'ils sont à mes trousses, pensa Thomas. Mais apparemment il existe un Bon Dieu ! Je vais fausser compagnie pour la seconde fois à ce commandant Loos. Car l'avion va partir dans les cinq secondes qui suivent, et alors... »

L'avion ne partit point. Le grondement des moteurs qui tournaient à plein régime se tut. La porte du poste de pilotage s'ouvrit. Mabel Hastings apparut avec son air distant et dit d'une voix de velours :

« Mesdames et messieurs, n'ayez aucune inquiétude. La radio vient de nous informer qu'un passager attardé est arrivé qui ne doit manquer l'avion sous aucun prétexte. Nous allons l'attendre et nous reprendrons le départ dans quelques minutes. »

Le commandant Fritz Loos monta à bord peu après, s'excusa en anglais auprès des passagers de l'inconvénient qu'il leur avait causé et s'inclina avec componction devant Thomas Lieven. Celui-ci lui prêta autant d'attention que si le commandant eût été fait de verre transparent...

Lisbonne ! Etroit promontoire de liberté et de paix, dans une Europe de plus en plus ravagée par la guerre et la barbarie.

Lisbonne !

Paradis fantasmagorique de la richesse, de l'abondance, de la beauté et de l'élégance, au milieu d'un monde rempli de détresse et de misère.

Lisbonne !

Eldorado des Services secrets, théâtre d'intrigues aussi monstrueuses que monstrueusement ridicules.

Dès son atterrissage, Thomas Lieven s'y était trouvé enfoncé jusqu'au cou. Poursuivi, guetté par un commandant Loos au bord de l'épuisement — il s'était même endormi au cours du vol, sa bouche ouverte exhalant un léger râle — Thomas Lieven fut immédiatement soumis à un contrôle douanier étonnamment strict. On le déshabilla entièrement, on mit ses bagages sens dessus dessous et on fouilla toutes ses poches. Les services de sûreté portugais avaient apparemment reçu un petit tuyau.

Bizarrement, on ne trouva en sa possession ni son considérable avoir en dollars ni une certaine serviette noire. Les douaniers le relâchèrent avec toute la courtoisie voulue. Les Lindner avaient depuis longtemps gagné leur hôtel.

Thomas se dirigea vers le guichet des passeports. Le commandant Loos marchait sur ses talons. Thomas se dirigea vers la station de taxis de l'aéroport. Le commandant Loos marchait sur ses talons. Aucune parole n'avait été échangée entre eux.

Maintenant, mon vieux, se dit Thomas, je vais te procurer un peu de mouvement. Il sauta dans un taxi, Loos sauta dans un autre. Les deux taxis démarrèrent en trombe vers le centre de la ville aux sept collines. Six semaines de merveilleuses vacances avaient familiarisé Thomas avec l'imposante capitale du Portugal.

Praça Dom Pedro, il fit arrêter son taxi et descendit. Le taxi du commandant s'arrêta derrière lui. Les terrasses des cafés qui entouraient la grande place débordaient de Portugais et d'émigrés, tous engagés dans des discussions passionnées. Au passage, Thomas Lieven entendit parler tous les idiomes européens.

Il plongea dans la foule, tout comme le commandant, qui faisait des efforts désespérés pour ne pas le perdre de vue.

A présent, mon vieux, pensa Thomas, nous allons faire un peu de marche à pied. Le mouvement, c'est la santé.

D'un pas vif, Thomas descendit vers les rues étroites et anguleuses proches de la mer, remonta en direction des raides artères principales, emprunta des passages et des arcades, contourna subitement des angles, mais veilla toujours à ne pas imposer au commandant une tâche surhumaine. Il voulait que celui-ci le maudisse, mais non pas qu'il le perde.

Thomas prolongea pendant plus d'une heure ce jeu des gendarmes et des voleurs, puis il prit un taxi et se fit conduire, suivi du commandant, au port de pêche de Cascais, près de la luxueuse station balnéaire d'Estoril. Là, il connaissait un élégant restaurant avec terrasse.

Un soleil rougeoyant s'apprêtait à plonger dans la mer. Une brise tiède annonçait le soir. Le petit village de pêcheurs situé dans une anse de l'embouchure du Tage était le lieu le plus pittoresque des environs de Lisbonne. Thomas Lieven se faisait une joie d'assister au spectacle dont il pouvait jouir ici tous les soirs : le retour de la flottille de pêche.

Il descendit du taxi devant le restaurant. L'antique véhicule branlant du commandant freina derrière lui. L'officier de l'Abwehr en émergea, essayant de reprendre son souffle. Il avait mauvaise mine.

Thomas décida de mettre fin à ce jeu cruel. Il se dirigea vers Loos, souleva son chapeau et lui parla gentiment, comme à un enfant perdu :

« Nous allons nous reposer un peu ici. Ces dernières journées ont dû être très éprouvantes pour vous.

— Vous pouvez le dire. (Le commandant s'efforça de préserver l'auréole de sa profession.) Vous ne m'échapperez plus, Lieven, dit-il d'un ton cassant, même si vous allez au bout du monde !

— Mais non, mon petit vieux, mais non ! Nous ne sommes plus à Cologne. Ici, un commandant allemand ne vaut pas grand-chose, mon cher Loos ! »

L'officier en civil avala sa salive avec difficulté.

« Ayez l'obligeance de m'appeler Lehmann, monsieur Leblanc.

— Voilà. Je préfère ce ton-là. Prenez place, monsieur Lehmann. Regardez : n'est-ce pas magnifique ? »

En contrebas, la flotte de pêche, un fourmillement de barques à voile latine semblable à un immense essaim de papillons, regagnait l'embouchure du Tage. Comme il y a mille ans, avec des cris et des chants, les marins halaient leurs bateaux sur la grève sur des rouleaux de bois. Les femmes et les enfants leur prêtaient la main et des feux s'allumaient de toutes parts dans des petits poêles de terre sur le sombre rivage.

« Comment m'avez-vous trouvé ? demanda Thomas, le regard fixé sur la plage.

— Nous avons suivi votre trace jusqu'à Toulouse. Je vous tire mon chapeau ! Les filles de chez Mme Jeanne ont été impeccables. Menaces ou promesses, elles n'ont pas dit un mot.

— Qui m'a donné ?

— Un triste individu... Il s'appelle Alphonse... Vous avez dû lui faire quelque chose.

— Oui, oui. A cause de cette pauvre Bébé. (Thomas rêva un instant à ses souvenirs. Puis, il regarda le commandant dans les yeux.) Le Portugal est un pays neutre, monsieur Lehmann. Je saurai me défendre, je vous en préviens.

— Mais, cher monsieur Liev... pardon cher monsieur Leblanc, vous vous faites une idée complètement fausse de la situation. L'amiral Canaris m'a chargé de vous assurer d'une impunité totale, si vous rentrez en Allemagne. En outre j'ai ordre de vous acheter la serviette noire en question.

— Ah !

— Combien en voulez-vous ? (Le commandant se pencha par-dessus la table.) Je *sais* que vous avez toujours les listes. »

Thomas baissa les yeux. Puis, il se leva en s'excusant brièvement. « Il faut que je donne un coup de téléphone. »

Il n'utilisa pas l'appareil du restaurant. Vu les circonstances, cela lui paraissait peu prudent. Il descendit la rue jusqu'à une cabine publique et appela l'hôtel Palacio do Estoril-Parque. Il demanda Miss Hastings. L'hôtesse américaine répondit immédiatement.

« Jean, qu'est-ce que tu fabriques ? J'ai tellement envie de te voir !

— Je serai sans doute, euh ! très en retard. Une conversation d'affaires. Ecoute, Mabel, ce matin à Marseille, en t'aidant à faire tes bagages, j'ai mis par mégarde une serviette noire dans ta valise. Sois un amour et descends-la chez le concierge. Dis-lui de la mettre dans le coffre.

— Bien sûr, darling... Et tâche de ne pas rentrer *trop* tard. Je pars pour Dakar, demain ! »

Tout en écoutant, Thomas eut soudain l'intuition infaillible que quelqu'un prêtait l'oreille devant la cabine. Il poussa violemment la porte. Avec un grand cri, un homme émacié tituba en arrière, tenant son front endolori.

« Oh ! pardon », dit Thomas Lieven.

Puis il haussa les sourcils et eut un sourire résigné. Il connaissait cet homme qui aurait pu passer pour un proche parent du commandant Loos. Il l'avait rencontré à l'aéroport de Londres, au mois de mai 1939, le jour où il avait été expulsé par ce même homme.

III

ENFIN ça y est, se dit Thomas Lieven, j'ai perdu la raison. Cet homme dont je viens de cogner le crâne avec une porte de cabine téléphonique portugaise, j'imagine reconnaître en lui un certain Mr. Lovejoy, du Secret Service. C'est évidemment une idée absolument démente. Car cet homme ne peut pas être Lovejoy. Pourquoi Lovejoy quitterait-il Londres pour se promener dans la banlieue de Lisbonne ? Qu'y ferait-il ?

Thomas décida de tenter une extrême expérience. Ce phantasme, se dit-il, ce produit de mon imagination morbide, je vais l'appeler « Lovejoy ». Comme ça, je saurai tout de suite si je suis réellement devenu fou.

« Comment allez-vous, monsieur Lovejoy ? dit Thomas Lieven en relevant les sourcils.

— Moins bien que vous, monsieur Lieven, répondit promptement le personnage émacié. Croyez-vous que c'était un plaisir de vous courir après, à travers tout Lisbonne ? Et maintenant cette porte, pour couronner le tout ! » Lovejoy essuya avec son mouchoir la sueur qui baignait sa nuque. La bosse sur son front croissait lentement, mais sans cesse.

Ce n'est donc pas moi qui suis fou, pensa Thomas Lieven. C'est le monde où je vis ! Et la folie continue ! Il semblerait même qu'elle s'organise.

Il respira profondément, s'adossa contre la cabine téléphonique et dit :

« Qu'est-ce qui vous amène à Lisbonne, monsieur Lovejoy ? »

Le représentant des intérêts britanniques fit une grimace et répondit :

« Je vous serais obligé de m'appeler Ellington. C'est mon nom, au Portugal.

— Une main lave l'autre. Donc, vous m'appellerez Leblanc. Car c'est mon nom, à moi, au Portugal. Mais tout ceci ne répond pas à ma question.

— Vous continuez à nous prendre pour des imbéciles, nous autres du Secret Service ? s'enquit avec colère l'homme qui se nommait momentanément Ellington.

— Veuillez me dispenser de répondre à cette question purement rhétorique », répliqua poliment l'homme qui se nommait momentanément Leblanc.

L'agent anglais s'approcha tout près :

« Croyez-vous que nous ignorons que l'amiral Canaris en personne est à vos trousses ? Croyez-vous qu'à Londres nous n'écoutons pas les messages-radio allemands ?

— Je pensais qu'ils étaient chiffrés ?

— Nous avons leur code.

— Et les Allemands ont le vôtre, dit Thomas, pris soudain d'une grande gaieté. Vous devriez tous vous réunir et jouer au chien de pique !

— Je sais, dit l'Anglais avec férocité, que vous êtes un cynique sans cœur. Je sais que pour vous rien n'est sacré. Je vous ai jugé immédiatement, à cette époque déjà, à l'aéroport de Londres. Vous êtes un individu sans honneur, sans morale, sans patrie, sans scrupule...

— Flatteur !

— Et voilà pourquoi j'ai dit tout de suite : laissez-moi négocier avec ce type ! Il ne comprend qu'un seul langage ; celui-ci ! » Lovejoy frotta le pouce contre l'index.

« Un instant, je vous prie ! Chaque chose en son temps. Dites-moi enfin ce que vous venez faire ici ! »

Lovejoy le lui dit. A l'en croire — et il le fallait bien — le Service de renseignements britannique avait en effet écouté tous les messages que le commandant Loos avait expédiés pour retrouver Thomas Lieven. Le dernier en date avait apporté la bonne nouvelle que Loos était sur le point de suivre son gibier à Lisbonne.

« ...à Lisbonne ! conclut Lovejoy. J'ai immédiatement pris un avion spécial. Je suis arrivé deux heures avant vous. De l'aérodrome, je vous ai suivi jusqu'ici. Vous, et l'autre monsieur, qui est assis là-bas, à la terrasse du restaurant. Je suppose qu'il s'agit du commandant Loos.

— Quelle perspicacité ! Vous ne connaissez pas encore le commandant ?

— Non.

— Dans ce cas, venez donc avec moi. Je vous présenterai. Nous dînerons ensemble. Bien entendu, nous aurons des moules ; à Cascais il *faut* manger des moules...

— Cessez vos stupidités ! Nous savons que vous jouez double jeu !

— Ah !

— Vous possédez une serviette qui contient la liste des principaux agents français en France et en Allemagne. Je ne vous permettrai pas de brader ces papiers au dénommé Loos. Il va vous proposer de l'argent, certainement beaucoup d'argent...

— Le Ciel vous entende !

— ...mais moi, j'en offre autant, j'en offre davantage ! (Lovejoy eut un rire méprisant.) Car je sais que vous ne vous intéressez qu'à l'argent ! Vous ne connaissez ni foi ni loi, ni conscience ni remords ; aucun idéal, aucune décence...

— Bien, dit Thomas posément. Ça suffit comme ça. Maintenant, fermez vite votre gueule. Qui donc m'a empêché de retourner en Angleterre et de continuer à vivre en paisible citoyen ? Qui a contribué à ruiner mon existence ? Vous et vos satanés Services secrets, que la peste les emporte. Pensez-vous, *sir*, que vous m'êtes particulièrement sympathique ? »

Je vais vous donner de la besogne, tas de sagouins ! se dit-il. A tous !

« Excusez cette interruption, dit Thomas Lieven en rejoignant trois minutes plus tard ce commandant Fritz Loos qu'on aurait pu prendre pour un proche parent de son homologue anglo-saxon.

— Vous avez rencontré un ami, hein ? Je vous ai vu bavarder près de la cabine téléphonique.

— Oui, une vieille connaissance. Et un concurrent à vous, monsieur Lehmann. »

A présent, des douzaines de lampions brûlaient à la terrasse du restaurant. En bas, sur la grève, retentissait toujours le chant rauque et solennel des pêcheurs. Une douce brise de suroît soufflait de l'embouchure du Tage. Avec le crépuscule, le fleuve avait pris une teinte de nacre fumée.

« Un concurrent ? répéta Loos avec nervosité.

— Ce monsieur travaille pour le Secret Service. »

Le commandant frappa du poing sur la table et perdit son sang-froid.

« Espèce de salaud ! s'écria-t-il.

— Allons, Lehmann, voyons ! dit Thomas avec désapprobation. Si vous n'êtes pas capable de vous conduire convenablement, je vous laisse ! »

Le commandant fit un effort pour se dominer.

« Vous êtes Allemand, dit-il. J'en appelle à vos sentiments patriotiques...

— Lehmann, pour la dernière fois : surveillez vos manières !

— Rentrez avec moi en Allemagne. Je vous donne ma parole d'officier : il ne vous arrivera aucun mal. On n'a pas le droit de mettre en doute la parole d'un officier...

— Aussi vaut-il mieux ne pas y croire du tout », dit Thomas avec bonté.

Le commandant avala sa salive.

« Alors, rendez-moi la serviette noire. Je vous en offre trois mille dollars.

— Le monsieur de Londres m'en offre déjà le double.

— Et combien en voulez-vous ?

— Question ridicule. Le plus possible.

— Vous êtes un bandit sans scrupules.

— Oui, votre confrère a fait la même constatation. »

L'expression du commandant changea.

« Quel dommage, murmura-t-il admirativement, que vous ne vouliez pas travailler avec nous...

— Alors, Lehmann, combien ?

— Je ne... Il faut d'abord que je rende compte à Berlin et que je demande de nouvelles instructions.

— Demandez, Lehmann. Demandez, et dépêchez-vous. Mon bateau part dans quelques jours.

— Dites-moi une seule chose : comment avez-vous fait pour passer la serviette, puisque les douaniers portugais vous ont fouillé jusqu'à la peau ?

— J'ai fait appel à un concours extérieur. (Thomas songeait avec reconnaissance à sa biche timide.) Vous savez, Lehmann, ce genre de trucs exige une simple bagatelle. Mais elle n'est pas à votre portée, ni à celle de vos semblables.

— A savoir ?

— Un certain charme.

— Vous me détestez, hein ?

— Monsieur Lehmann, ma vie était heureuse, j'étais un homme comblé. Si je me trouve ici, aujourd'hui, c'est par votre faute et celle de vos collègues anglais et français. Et vous voudriez que je vous aime ? Ce n'est pas moi qui ai voulu avoir affaire avec vous autres. Maintenant, arrangez-vous comme vous pourrez. Où habitez-vous ?

— *Casa Senhora de Fatima.*

— Moi, au *Palacio do Estoril-Parque.* Le monsieur de Londres aussi. Demandez à votre patron combien la serviette noire vaut pour lui. Votre confrère posera la même question cette nuit... Bon. Et maintenant je voudrais enfin pouvoir manger ! »

La nuit demeura chaude.

Thomas Lieven rentra à Lisbonne dans un taxi ouvert. Au clair de lune, il vit les lames couronnées d'écume se briser sur le rivage ; il vit les villas de luxe qui bordaient l'autostrade, les sombres forêts de pins et les palmiers ; sur la douce pente des collines, il vit des tavernes romantiques, perçut des rires de femmes et des flonflons de musique.

Le taxi traversa Estoril, station à la mode, longea le casino brillamment illuminé et les deux grands palaces.

L'Europe tombait en ruine et en cendre, mais ici on vivait encore comme au paradis.

Paradis empoisonné, songeait Thomas, éden mortel, où s'entre-guettaient, pour se dévorer, les reptiles de toutes les nations. La capitale du Portugal était leur lieu de rendez-vous. C'est là qu'ils s'assemblaient en masse pour faire les importants et ourdir leurs complots, ces messieurs des cinquièmes colonnes, ces pantins du diable...

Thomas fit arrêter le taxi au cœur de Lisbonne, sur la superbe Praça Dom Pedro, pavée de mosaïque noire et blanche. Les terrasses-jardins des grands cafés qui bordaient l'immense place étaient toujours remplies d'autochtones et d'étrangers.

Les clochers des églises environnantes annoncèrent à coups puissants la onzième heure de la nuit. Alors que les cloches résonnaient encore, Thomas vit avec stupéfaction bondir de leurs chaises et se précipiter vers l'extrémité basse de la place des centaines de Portugais et de réfugiés autrichiens, allemands, polonais, français, belges, tchécoslovaques, hollandais et danois. Thomas se laissa emporter par la foule.

Au bout de la place se trouvait le vaste building d'un journal quotidien. Au-dessous du toit, une bande lumineuse annonçait les dernières nouvelles. Fascinés, des milliers de regards étaient braqués sur les lettres brillantes dont le message prononçait, pour beaucoup, un arrêt de vie ou de mort.

Thomas lut :

... (DNB) Au château du Belvédère, à Vienne, von Ribbentrop et Ciano, ministres allemand et italien des Affaires étrangères, ont définitivement résolu le problème de la nouvelle frontière hongro-roumaine au moyen d'un arbitrage germano-italien...

(UP) La Luftwaffe poursuit ses attaques massives sur les îles britanniques. Dommages considérables et lourdes pertes en vies humaines à Liverpool, Londres, Weybridge et Felixtown...

(INS) Attaque massive de bombardiers italiens sur Malte. Attaques sur des dépôts militaires britanniques en Afrique du Nord...

Thomas Lieven se retourna et examina les visages de la foule. Il en vit peu d'indifférents. La plupart exprimaient la torture de l'âme, l'angoisse, la hantise de la mort et la perte de tout espoir.

Sur le chemin de l'hôtel, Thomas fut abordé à quatre reprises par des femmes jeunes et belles, dont une Viennoise, une Praguoise et une Parisienne. A la plus jeune, presque une enfant, avec un air de madone, il offrit argent et encouragements. Elle lui dit qu'elle avait fui l'Espagne et Franco.

Dans les jardins de l'Estoril-Parque, les fleurs exhalaient des senteurs enivrantes. Le hall, également, ressemblait à une mer de floraisons exotiques. Thomas le traversa, épié par des douzaines de regards attentifs, sournois, soupçonneux ou alarmés.

Comme sur la grande place, il entendit parler toutes les langues de l'Europe.

Mais les gens qui se trouvaient ici n'étaient ni torturés, ni anxieux, ni sans espoir. C'était la foule des « agents » et des « agentes », qui pratiquaient ici leur basse et inepte besogne dans le luxe et l'opulence, au nom de leurs patries respectives.

Lorsque Thomas pénétra dans son appartement, des bras pleins de douceur enlacèrent son cou et il perçut le parfum de Mabel Hastings. La jeune hôtesse arborait un collier de perles blanches et était chaussée d'escarpins à talons hauts. C'est tout ce qu'elle avait sur elle.

« Jean ! Enfin, enfin !... J'ai tellement attendu ! »

Elle l'embrassa avec tendresse. Il s'enquit posément :

« Où est la serviette noire ?

— Dans le coffre de l'hôtel, comme tu me l'as demandé...

— Fort bien, dit Thomas Lieven. Dans ce cas, il ne nous reste plus qu'à parler d'amour. »

Le lendemain matin, vers huit heures trente, une Mabel Hastings lasse mais pleine de bonne humeur s'envola pour Dakar. Le même matin, vers dix heures, Thomas Lieven, plein de bonne humeur et nullement las, s'apprêtait, après un copieux petit déjeuner, à régler, avant son départ d'Europe, ses comptes avec ses bourreaux des services secrets allemands, anglais et français...

Dans la plus grande librairie de la ville, avenida da India, un homme élégamment vêtu recherchait au matin du 31 août des plans de villes allemandes et françaises. Il eut la chance d'en trouver, de même qu'un Baedeker de l'année 1935. Thomas Lieven se rendit ensuite à la poste centale. Une employée d'un certain âge succomba à son charme et à sa force de persuasion. Les annuaires téléphoniques de cinq villes allemandes et quatorze villes françaises furent mis à sa disposition pendant une heure. La poste principale de Lisbonne possédait une collection complète de tous les registres téléphoniques européens.

Thomas y glana au total cent vingt noms et adresses. Dans la rua Augusta, il acheta une machine à écrire et du papier. Puis, il retourna à l'hôtel, fit retirer la serviette noire du coffre et se rendit à son appartement du

premier étage. Il y régnait une fraîcheur agréable. Devant
les fenêtres s'étendait un parc avec des plantes et des
arbres de conte de fées, des fontaines et des perroquets
bigarrés.

Pour avoir l'esprit clair, il se fit rapidement servir un
cocktail à la tomate par le garçon d'étage, puis il se mit
au travail.

Il ouvrit la serviette noire. Elle contenait toute sa
fortune liquide. Elle contenait en outre six listes aux
lignes serrées, ainsi que les plans de construction récents
concernant des chars lourds, des lance-flammes et un
bombardier de chasse.

Le mieux, songea Thomas, ce serait d'expédier toute
cette saloperie dans les cabinets. Mais il y a fort à parier
que Débras connaît l'existence de ces plans et qu'il
s'apercevrait de leur disparition. MM. Lovejoy et Loos,
en revanche, n'en savent rien. Ils ne veulent que les
listes.

Des listes, ils en auront...

Il examina les six feuillets tapés à la machine. Ils
citaient les noms des officiers et agents civils du
Deuxième Bureau, ceux des agents français en Allemagne,
ceux des contacts en Allemagne et en France, en tout,
cent dix-sept noms.

A la suite des noms se trouvaient les adresses. Après
chaque adresse, il y avait deux phrases. La première
servait d'introduction auprès de l'agent. La seconde
constituait sa réponse. Ce n'est qu'après qu'on pouvait
être certain de ne pas avoir affaire à une autre personne.

Thomas Lieven lut, par exemple : Willibald Lohr, Düsseldorf, Sedanstrasse 34 ; 1. « Auriez-vous aperçu un cani-
che nain gris, avec un collier rouge ? » 2. « Non, mais à
Lichtenbroich ils vendent encore du miel. »

Adolf Meier-Wilke, Berlin-Grunewald, Bismarckallee
145 ; 1. « Ces pigeons sur le toit de cuivre du kiosque,
sont-ils à vous ? » 2. « Ne détournez pas la conversation.
Votre braguette est ouverte. »

Et ainsi de suite.

Thomas secoua la tête en soupirant. Puis, il engagea une feuille de papier dans la machine neuve et déplia le plan de Francfort-sur-le-Main. Dans l'annuaire de Munich, il avait sélectionné entre autres le nom de Friedrich Kesselhuth.

Il tapa ce nom, puis il se pencha sur le plan.

Prenons la Erlenstrasse, se dit-il. C'était une rue proche de la route de Mayence. Elle était courte. Thomas vérifia l'échelle de la carte : 1 : 16 000.

Combien peut-il y avoir de maisons dans cette rue ? se demanda Thomas. Trente. Quarante. Mais sûrement pas soixante. Quand même. Il vaut mieux prendre toutes les précautions.

Il tapa : Friedrich Kesselhuth, Francfort-sur-le-Main, Erlenstrasse 77. Ensuite : 1. « La petite vendeuse de chez Fechenheim est-elle blonde ou brune ? » 2. « Dépêchez-vous de manger ce livarot, il nous empeste. »

Voilà. Maintenant, au suivant !

Thomas transporta un certain Paul Giggenheimer, de Hambourg-Altona, à Düsseldorf, dans l'immeuble n° 51 de la très courte Rubensstrasse. 1. « John Galsworthy a eu 66 ans. » 2. « Il faut récupérer nos colonies. »

Et de deux, se dit Thomas. Il ne m'en faut plus que cent quinze. Et il faudra que je retape toutes ces conneries trois fois. Pour Lovejoy. Pour Loos. Pour Débras. Quel boulot. Mais bien payé !

Il continua de taper. Au bout d'une demi-heure, une dépression paralysante s'empara de lui. Il s'approcha de la fenêtre et jeta un coup d'œil sur le parc.

Nom de nom, songea-t-il, je n'y arriverai pas comme ça ! J'ai résolu de faire disparaître les listes authentiques parce qu'elles ne peuvent que causer de nouveaux malheurs. Par ailleurs, je veux me venger de tous ces crétins qui ont brisé ma vie. Mais est-ce que je me venge vraiment ? Empêcherai-je vraiment que de nouveaux malheurs se produisent ?

Quand les Français et les Anglais voudront se servir de

mes listes falsifiées, ils constateront tout bonnement que tout est faux. Ça, ça va !

Mais les Allemands ?

Imaginons que Friedrich Kesselhuth, de Munich, possède un homonyme à Francfort, mais que celui-ci n'ait tout simplement pas le téléphone. Ou bien encore, imaginons qu'on ait prolongé l'Erlentrasse, à Francfort, et qu'il existe vraiment, à présent, un immeuble n° 77 : la Gestapo ramassera tous les gens qui s'appellent Kesselhuth. On va les coffrer, les torturer, les tuer...

Et tout cela ne fait qu'un seul nom, une seule adresse. Il y en a cent seize autres, sur ces listes !

Il est possible que les hommes des trois services secrets s'aperçoivent que je les ai possédés, et qu'ils jettent les listes. Il est possible qu'ils soient suffisamment intelligents pour ça. Mais, après tout ce que j'ai vécu, je ne peux pas m'y fier !

Seulement, voilà ! Débras arrive le 3 septembre, et il voudra la serviette. Que faire, nom d'un chien !

Comme il est simple de trahir et de tuer les gens. Et comme il est compliqué de préserver les gens du malheur, de la persécution et de la mort...

Le téléphone sonna.

Interrompu dans ses réflexions, Thomas Lieven eut un sursaut et décrocha le combiné. En entendant la voix familière, il ferma les yeux.

« Ici, Lehmann. Je me suis mis en rapport avec le monsieur en question. Voilà : 6 000 dollars.

— Non, dit Thomas.

— Comment, non ? (On sentait percer la panique dans la voix de l'homme de Cologne.) Avez-vous déjà vendu ?

— Non.

— Alors ? »

Thomas contempla tristement le feuillet qui se trouvait sur la machine.

« Je poursuis mes négociations, dit-il. Je prends note

de votre offre. Rappelez-moi demain. » Il raccrocha sans ajouter un mot.

Fritz Loos, se dit-il avec colère, voilà comment je devrais appeler l'un des types sur mes listes. Puis, il rangea tous les papiers dans la serviette noire et descendit celle-ci chez le concierge qui l'enferma dans le coffre. Thomas avait l'intention de faire une petite promenade pour mieux réfléchir. Il *devait* exister une solution à son problème...

Lovejoy était assis dans le hall. Une bosse énorme ornait toujours son front. Il bondit de son siège et s'approcha, l'œil chargé de convoitise.

« La serviette, hein ? Je l'ai bien vue. Alors ?

— Je poursuis mes négociations. Je vous verrai demain.

— Ecoutez : moi, je vous offre plus que votre nazi ! En tout état de cause !

— D'accord, d'accord », dit Thomas Lieven en continuant son chemin. Plongé dans ses pensées, il gagna la rue ensoleillée. Plongé dans ses pensées, il marcha au hasard dans la ville. Avenida da Liberdade, il fut obligé de s'arrêter. Un convoi funéraire passait sous les palmiers. La police bloquait la circulation. Le Portugais défunt avait été apparemment un personnage connu, car des centaines d'hommes et de femmes en noir l'accompagnaient avec émotion jusqu'à sa dernière demeure. Beaucoup pleuraient. Les passants ôtaient leur chapeau. On priait tout haut et l'air embaumait d'encens.

Oyez ! Un rauque ricanement retentit au milieu des murmures attristés. Cet énorme manque de tact était imputable à un jeune homme élégamment vêtu.

« Sale étranger, dit une vieille femme en crachant par terre.

— Mais oui, grand-mère, mais oui », dit Thomas Lieven.

Le parapluie sur l'épaule, il se hâta ensuite vers la gare toute proche.

Dans le hall, un grand stand vendait les journaux et les illustrés du monde entier. Churchill et Hitler, Gœring et Roosevelt s'y côtoyaient en paix, encadrés de pin-up, d'éphèbes naturistes et de gros titres martiaux exprimés en beaucoup de langues différentes.

« Des journaux, je vous prie, dit Thomas, tout essoufflé, au vieux vendeur ridé. Tous les journaux français, et tous les journaux allemands.

— Mais ils sont d'avant-hier.

— Aucune importance. Donnez ce que vous avez. Même ceux de la semaine dernière. Et de la semaine d'avant.

— Vous êtes soûl, peut-être ?

— Pas le moins du monde. Allez, pépère ! »

Le vieil homme haussa les épaules. Puis il se mit à trier tous ses vieux rossignols.

Thomas retourna à l'hôtel avec son paquet de vieux journaux et s'enferma dans son appartement. Il commença d'étudier les gazettes poussiéreuses, mais seulement les dernières pages, celles où figuraient les avis de décès. Beaucoup de gens mouraient quotidiennement à Paris et à Cologne, à Toulouse et à Berlin, au Havre et à Munich. La Gestapo ne pouvait rien contre les morts.

Thomas Lieven se mit à taper. Le travail avançait rapidement. Car il pouvait utiliser les vraies adresses, sans le moindre remords...

Le 2 septembre 1940, Thomas Lieven fit l'acquisition de deux serviettes noires dans une maroquinerie de l'avenida Duarte Pacheco. Portant l'une d'elles, il apparut au début de l'après-midi dans les salons élégants de senhor Gomes dos Santos.

Le senhor dos Santos, l'un des meilleurs tailleurs de Lisbonne, l'accueillit personnellement et lui serra la main avec un rire bon enfant. Le rire lui donnait un air d'opulence. Car le senhor dos Santos avait la bouche pleine d'or.

Dans une cabine d'essayage tapissée de soie rose pâle, Thomas Lieven trouva le commandant Loos, vêtu d'un élégant costume neuf de flanelle sombre.

« Dieu soit loué ! » dit Loos avec soulagement lorsqu'il aperçut Thomas.

Depuis trois jours, ce Lieven lui mettait sans cesse les nerfs à vif. Il l'avait constamment rencontré dans des bars, des halls d'hôtel et à la plage. Et chaque fois cet individu l'avait fait traîner : « Je ne peux pas encore prendre une décision. Il faut que je reparle avec l'Anglais. »

Thomas Lieven avait joué le même jeu à l'égard de Lovejoy. Celui-là aussi, il l'avait lanterné, en lui faisant remarquer que son concurrent offrait davantage, toujours davantage. De cette manière, l'un et l'autre de ces messieurs avaient finalement offert 10 000 dollars. Thomas avait décidé de s'en contenter.

« Jusqu'à votre départ, avait-il gravement déclaré à chacun des deux hommes, il faut à tout prix conserver le secret sur le fait que c'est à *vous* que j'ai vendu la serviette. Sinon, votre vie serait menacée. Par conséquent, la transaction doit se faire dans un lieu discret. »

Loos avait opté pour une cabine d'essayage au royaume du senhor dos Santos.

« Formidable, ce tailleur ! dit-il à Thomas. Il vous fait un costume en trois jours, et dans le meilleur tissu anglais, encore. (Il tapota sa manche :) Touchez moi ça !

— En effet, excellente qualité.

— Nous nous habillons tous ici.

— Qui ça, « tous » ?

— Tous les agents qui résident à Lisbonne.

— Et c'est ce que vous appelez un endroit discret ?

— Mais justement ! dit Loos, enthousiasmé par sa propre astuce. Vous ne saisissez pas ? Aucun de mes chers confrères n'aurait l'idée de penser que je me trouve ici pour une question de service !

— Ah !

— D'ailleurs, j'ai refilé cent escudos à José.

— Qui est José ?

— Le coupeur. Personne ne nous dérangera.

— Avez-vous l'argent ?

— Bien sûr. Voilà l'enveloppe. Et les listes ?

— Dans cette serviette. »

Le commandant inspecta six listes comportant cent dix-sept adresses, et Thomas Lieven une enveloppe contenant deux cent coupures de cinquante dollars. L'un et l'autre parurent satisfaits.

« Mon avion part dans une heure, dit le commandant en serrant la main de Thomas. Bonne chance, vieux bandit. J'avoue que vous m'êtes devenu sympathique. Nous nous reverrons, peut-être.

— J'espère bien que non.

— Tant pis. Eh bien, Heil Schicki ! » Loos leva le bras droit.

« Plaît-il ?

— C'est la formule des types de notre mission militaire, au Portugal. Puisqu'il paraît que cet Adolf-là s'est appelé Schicklgruber, dans le temps... Ce sont tous de bons bougres, ici. Vraiment ! Vous devriez faire connaissance.

— Non, non, grand merci.

— Ils ne sont pas nazis du tout !

— Bien entendu, dit Thomas Lieven. Bon voyage, monsieur Lehmann. Et veuillez transmettre mes salutations à l'amiral, bien que je n'aie pas l'honneur de le connaître. »

Vu la situation politique particulière du Portugal, notre programme ne comporte pas d'actualités.

Voilà ce que proclamait un panneau affiché dans le foyer du cinéma de l'*Odéon*, à Lisbonne.

En revanche, l'*Odéon* montrait le film allemand « Baptême du Feu » !

Au cours de la séance de quatre heures, Thomas Lieven y retrouva l'agent anglais Lovejoy dans une loge. Tandis que, sur l'écran, des stukas allemands se déchaînaient au-dessus de Varsovie, une serviette noire et 10 000 dollars changèrent une fois de plus de mains. Pendant qu'explosaient les bombes, que les maisons volaient en l'air et que retentissait une musique martiale, Lovejoy se pencha vers l'oreille de Thomas pour dominer le vacarme de la bataille.

« J'ai fait exprès, cria-t-il, de choisir ce cinéma. On peut parler sans crainte. Personne ne peut nous entendre. Futé, hein ?

— Très futé !

— Il va exploser, ce nazi !

— Quand rentrez-vous à Londres ?

— Ce soir.

— Dans ce cas, bon voyage.

— Comment ?

— J'ai dit : bon voyage ! » fit Thomas en s'égosillant.

Quant aux listes authentiques, il va sans dire qu'il les avait fait disparaître depuis belle lurette dans les cabinets de son appartement, après les avoir déchirées en petits morceaux. Dans la serviette noire authentique, qui reposait au coffre de l'hôtel, un troisième exemplaire des fausses listes attendait le commandant Débras, avec les noms de cent dix-sept chers disparus.

Débras se trouvait à Madrid. Il devait arriver à Lisbonne le 3 septembre. Dès le 3 septembre, avait-il convenu avec Thomas, nous nous attendrons tous les soirs à partir de vingt-deux heures à la salle de jeux du casino d'Estoril.

Au soir du 3 septembre, Thomas Lieven prit une micheline pour Estoril. Reste encore ce commandant, songea-t-il. Ensuite de quoi nous irons nous mettre à l'abri dans une petite pension de famille jusqu'au 10 septembre !

C'était la date de départ de son navire, le *General Carmona*. Mieux valait se rendre invisible, jusque-là. Car il était à présumer qu'on découvrirait rapidement — à Berlin, tout au moins — l'étendue de ses méfaits.

Il était peu vraisemblable que Débras s'aperçoive de quoi que ce soit. Il était censé poursuivre sa route vers Dakar sans délai. Evidemment, se dit Thomas, lui aussi sera bientôt fort déçu de mes procédés. Le pauvre ! Je l'aime bien. Mais, honnêtement, que pouvais-je faire ? Dans ma situation, il aurait eu sans doute la même idée. Quant à Joséphine, c'est une femme. Elle comprendra...

« Mesdames, messieurs, faites vos jeux ! »

La roue tournait lentement. D'un geste élégant, le croupier lança la petite bille blanche dans une course affolante, à rebours de la rotation.

La dame en robe du soir rouge la suivit du regard, comme fascinée. Elle était assise immédiatement à côté du croupier. Ses mains tremblantes reposaient sur quelques petites piles de jetons. Elle était très pâle et très belle. Elle pouvait avoir trente ans. Séparés au milieu par une raie, ses cheveux bruns adhéraient à sa tête comme une calotte. La dame possédait une bouche aux courbes sensuelles et des yeux noirs brillants. Elle avait un air réservé et aristocratique. Mais la roulette l'avait réduite en esclavage.

Thomas Lieven l'observait depuis une heure. Buvant du whisky, il était assis au bar rutilant de l'immense salle de jeu. La lumière des lustres retombait sur les tableaux précieux qui pendaient aux murs, les glaces monumentales blanc et or, les tapis moelleux, les domestiques en escarpins, les hommes en smoking, les épaules nues des femmes, la roue tournoyante et la bille en mouvement...

Clic !

« Le zéro ! » cria le croupier à côté de la dame en rouge. Elle avait perdu. Elle perdait depuis une heure. Thomas l'avait vue faire. La dame perdait une fortune. De plus, peu à peu, elle perdait contenance. D'une main agitée, elle alluma une cigarette. Ses paupières battaient. Elle ouvrit un petit sac brodé d'or, en tira des coupures qu'elle lança au croupier. Celui-ci les échangea contre des jetons. La dame en rouge se remit au jeu.

Les tables étaient nombreuses. On jouait également au chemin de fer. La salle était remplie de jolies femmes.

Mais Thomas Lieven n'avait d'yeux que pour une seule :
la dame en rouge. Ce mélange de réserve et d'exaltation,
de bonnes manières et de passion l'émoustillait, l'avait,
en fait, toujours émoustillé.

« Vingt-sept, rouge, impair et passe ! » annonça le croupier.

La dame en rouge avait encore perdu. Thomas vit que
le barman secouait la tête. Lui aussi observait la dame.

« Quelle poisse, dit-il avec compassion.

— Qui est-ce ?

— Une dingue de la roulette. Vous ne pouvez pas imaginer ce qu'elle a déjà perdu !

— Comment s'appelle-t-elle ?

— Estrella Rodriguès.

— Mariée ?

— Veuve. Le mari était avocat. On l'appelle « la consulesse ».

— Pourquoi ?

— Parce qu'elle est consul. D'une république à bananes
quelconque.

— Ah !

— Cinq, rouge, impair et manque ! »

La « consulesse » avait encore perdu. Devant elle, il
n'y avait plus que sept maigres jetons.

Thomas s'aperçut soudain que quelqu'un lui adressait
la parole à voix basse : « Monsieur Leblanc ? »

Il se retourna lentement. Un petit homme replet se
tenait devant lui. Il était tout rouge et transpirait d'énervement. Il parlait français.

« Vous êtes bien M. Leblanc, n'est-ce pas ?

— Oui.

— Venez me rejoindre aux lavabos.

— Pourquoi ?

— Parce qu'il faut que je vous parle. »

Crénom, mes listes... Quelqu'un a éventé le truc. Mais
qui ? Lovejoy, ou Loos ? Thomas fit un geste de refus.

« Vous pouvez parler ici.

— Le commandant Débras, chuchota le petit gros, est

en difficulté à Madrid. On lui a pris son passeport. Il ne peut pas quitter le pays. Il vous demande de lui faire parvenir au plus vite un faux passeport.

— Où le prendrais-je ?

— Vous en aviez des tas, à Paris.

— Je les ai tous donnés. »

Le petit gros ne semblait pas entendre.

« Je viens de glisser une enveloppe dans votre poche, murmura-t-il d'un ton pressé. Elle contient les photos de Débras et mon adresse à Lisbonne. C'est là que vous m'apporterez le passeport.

— Si j'en trouve un ! »

Le petit gros inspecta les alentours avec nervosité.

« Il faut que je parte... Faites ce que vous pourrez. Téléphonez-moi. » Il s'éloigna à la hâte.

« Mais, écoutez donc... » appela Thomas. Le petit gros avait disparu. Et voilà ! Les enquiquinements continuaient !

Que faire, maintenant ? Il est très bien, ce Débras. Mes principes m'obligent à lui faire un enfant dans le dos, mais de là à le laisser tomber... pas question ! Comment le faire sortir d'Espagne ? Où trouver si vite un faux passeport ?

Le regard de Thomas tomba sur la dame en rouge. Elle se levait, blême et agitée. Apparemment elle avait tout perdu.

Thomas eut subitement une idée...

Dix minutes plus tard, il occupait en compagnie de madame le consul Estrella Rodriguès la plus belle table de l'élégant restaurant du casino. Un petit orchestre féminin frayait laborieusement son chemin à travers une partition de Verdi. Trois garçons exécutaient un véritable ballet autour de la table. Ils étaient occupés à servir le plat principal : du foie de veau à la portugaise.

« Excellente, cette sauce au paprika, dit Thomas avec approbation. Vraiment excellente. Vous ne trouvez pas, madame ?

MENU

Toasts aux sardines
Foie de veau à la portugaise
Melon au champagne
3 septembre 1940

APRES CE REPAS, LA BELLE «CONSULESSE» MOLLIT

Toasts aux sardines

Prenez des sardines à l'huile de la meilleure qualité, sans peaux ni arêtes. Faites-les frire rapidement dans leur huile. Dressez sur des toasts frais et chauds que vous servez entourés de rondelles de citron. A table on les arrosera de jus de citron et on ajoutera un peu de poivre.

Quand il s'agit d'un hors-d'œuvre, ne servez pas plus de deux toasts par personne, car ce plat est destiné à stimuler l'appétit, non pas à l'assommer.

Foie de veau à la portugaise

Farinez une tranche de foie par personne. N.-B. : le foie se sale toujours *après* la cuisson. Hachez deux gros oignons. Débarrassez une livre de cosses de paprika de leurs tiges, leurs pépins et leur pelure blanche. Coupez-les en bandes fines et courtes. Ensuite, écrasez une livre de tomates pelées et exprimez-en le jus. Faites revenir les oignons dans une demi-tasse d'huile jusqu'à ce qu'ils prennent couleur. Ajoutez d'abord le paprika, puis les tomates écrasées.

Lorsque le paprika est cuit, mouillez avec le jus des tomates et laissez encore cuire 5 minutes. Tamisez la masse, ajoutez un peu de crème fraîche et faites réchauffer le tout. Salez, poivrez. Faites sauter les tranches de foie au dernier moment. Nappez-les de la sauce et garnissez le plat d'olives dénoyautées.

Servez avec du riz blanc.

Melon au champagne

Décapitez un beau cantaloup bien mûr et utilisez la partie découpée comme couvercle. Détachez la chair à l'intérieur en laissant une couche de 1 cm. Otez les pépins, découpez la chair en dés de taille moyenne dont vous remplirez à nouveau le fruit. Versez-y du champagne brut, de façon à recouvrir les dés sans qu'ils flottent dans le liquide. Bouchez avec le « couvercle », mettez à rafraîchir et servez très froid. Il existe beaucoup de façons de varier ce dessert ; par exemple, en y ajoutant des cerises — ou autres fruits macérés dans l'alcool. Le gourmet préfère la manière décrite ci-dessus, car c'est celle qui fait ressortir le mieux l'arôme naturel du melon.

— C'est très bon.

— Grâce au jus, madame. Le jus des tomates... Quelque chose ne va pas ?

— Pourquoi donc ?

— Vous venez de me regarder d'une manière si bizarre, si... sévère !

— Monsieur, répondit la consulesse avec dignité, je ne voudrais pas que vous vous mépreniez en aucune manière. Il ne correspond pas à mes habitudes d'accepter l'invitation d'un étranger.

— Toute précision est superflue, madame. Un homme bien élevé sait reconnaître une femme du monde. N'oublions pas que c'est moi qui vous ai pratiquement imposé ce petit souper ! »

La consulesse poussa un soupir, et son regard sévère devint soudain extraordinairement sentimental. Depuis combien de temps peut-il être décédé, ce senhor Rodriguès ? se demanda Thomas, tout en poursuivant :

« Dans les moments de grande tension nerveuse et de dépression psychique, on doit toujours augmenter ses réserves de calories. Avez-vous... euh... beaucoup perdu ?

— Beaucoup. Vraiment beaucoup.

— Vous ne devriez pas jouer, madame. Encore quelques olives ? Une femme de votre apparence est obligée de perdre. Ce n'est que justice.

— Oh !... (Le beau décolleté de la consulesse trahit son agitation intérieure.) Vous ne jouez pas ?

— Pas à la roulette, non.

— Heureux mortel !

— Je suis banquier. Tout jeu qui échappe au contrôle de l'intelligence m'ennuie. »

Avec une soudaineté stupéfiante, la brune Estrella reprit son masque de farouche sévérité.

« Je déteste la roulette ! dit-elle. Je la déteste, et je me déteste moi-même, quand je joue ! »

Thomas Lieven commençait d'avoir les sens agités. Cette femme, d'abord douce comme un agneau, qui se transformait d'un coup en tigresse féroce... Préparons-nous à un drôle de cinéma ! se dit-il. Mais ça sera formidable !

« Il y a deux choses au monde que je déteste, monsieur !

— A savoir ?

— La roulette et les Allemands, dit Estrella, comme si elle crachait ses paroles.

— Ah !

— Vous êtes Français, monsieur. Je sais que vous me comprendrez, tout au moins en ce qui concerne les seconds...

— Absolument, madame, absolument. Euh... pourquoi cette haine pour les Allemands ?

— Mon premier mari était Allemand.

— Je comprends.

— Et, qui plus est, directeur de casino. Ai-je besoin d'en dire davantage ? »

La conversation s'égare, pensait Thomas Lieven. Aussi dit-il :

« Certes pas. Pourtant, j'aurais aimé que vous me fassiez un grand plaisir, pour mon amusement personnel...

— Lequel ?

— Je voudrais que vous me permettiez de commanditer votre jeu, ce soir.

— Monsieur !

— Si vous gagnez, nous partagerons.

— C'est impossible — c'est totalement exclu — après tout, je ne vous connais absolument pas... » (Voilà quels furent, de prime abord, les arguments de la consulesse.)

Petit interlude. Dix minutes plus tard :

« Bon, dit-elle. Puisque vous y tenez... Mais seulement à la condition que nous ferons réellement moitié-moitié, si je gagne !

— C'est entendu. »

Les yeux d'Estrella se mirent à briller, son souffle devint inquiet, ses joues rosissaient.

« Que font-ils donc avec ce dessert ? Je suis tellement énervée, je sens très bien que je vais gagner, maintenant, je gagnerai ce que je voudrai... »

Une heure plus tard, la dame impétueuse qui détestait les Allemands et la roulette avait perdu vingt mille escudos. Décomposée, semblable à une Madeleine, elle rejoignit Thomas au bar.

« Mon Dieu, j'ai tellement honte !

— Et pour quelle raison, s'il vous plaît ?

— Comment vous rendre l'argent ? Je... je suis plutôt gênée en ce moment...

— Considérez ça comme un cadeau.

— Il n'en est pas question ! (Elle avait de nouveau son air d'ange vengeur taillé dans le marbre.) Pour qui me prenez-vous ? J'ai l'impression que vous vous êtes trompé d'adresse, monsieur ! »

Le boudoir était dans la pénombre. Seules brûlaient des petites lampes à abat-jour rouges. La photographie d'un monsieur sérieux à lorgnon et à grand nez reposait sur une console. En format réduit et serti d'argent, M. Pedro Rodriguès, défunt depuis plus d'un an, contemplait sa veuve, Estrella.

« Oh ! Jean, Jean, je suis si heureuse...

— Moi aussi, Estrella, moi aussi. Cigarette ?

— Laisse-moi tirer une bouffée de la tienne... »

Il lui tendit sa cigarette et dévisagea la belle personne d'un air songeur. Minuit était passé depuis longtemps. Dans la grande villa de la consulesse tout était calme. Les domestiques dormaient.

Elle se pelotonna contre lui et le caressa.

« Estrella, ma chérie...

— Oui, mon cœur ?

— As-tu beaucoup de dettes ?

— Enormément... La maison est hypothéquée..., j'ai mis une partie de mes bijoux au mont-de-piété. C'est que j'espère toujours tout regagner ! »

Thomas examina la photographie :

« Il t'a laissé beaucoup d'argent ?

— Une fortune modeste... Cette infâme roulette, comme je la déteste !

— Et les Allemands.

— Et les Allemands, oui !

— Dis-moi, ma chérie, de quel pays es-tu consul ?

— Du Costa Rica. Pourquoi ?

— T'est-il déjà arrivé d'établir un passeport costaricain ?

— Non, jamais...

— Mais à ton mari, sûrement ?

— Lui, oui... Tu sais, personne n'est plus venu ici depuis le début de la guerre. Je crois même qu'il n'y a plus de Costaricains au Portugal.

— Mais, mon ange, euh ! il te reste certainement encore quelques formulaires de passeport ?

— Aucune idée... Après la mort de Pedro, j'ai rangé formulaires et cachets dans une valise que j'ai fait porter au grenier... En quoi tout cela t'intéresse-t-il ?

— Je voudrais établir un passeport, mon petit chat.

— Un passeport ?

— Ou plusieurs, dit-il doucement, s'en remettant au triste état des finances de la dame.

— Jean ! (Elle était épouvantée.) Est-ce une plaisanterie ?

— Je suis tout ce qu'il y a de plus sérieux.

— Mais quel genre d'homme es-tu ?

— Le fond est bon.

— Mais... qu'en ferions-nous, de ces passeports ?

— Nous pourrions les vendre, belle enfant. Les acheteurs ne manquent pas, ici. Ils paieraient un bon prix. Et avec cet argent, tu pourrais... Ai-je besoin de continuer ?

— Oh ! » Estrella respira profondément. Respirer profondément lui seyait à merveille. Estrella se tut. Estrella réfléchit — longuement. Puis, elle se leva d'un bond et courut à la salle de bain. Lorsqu'elle revint, elle apportait un peignoir.

« Mets ça !

— Où veux-tu aller, mon trésor ?

— Au grenier, évidemment ! » s'écria-t-elle. Butant sur les hauts talons de ses pantoufles de soie, elle courait déjà vers la porte.

Le grenier était vaste et encombré. Ça sentait les copeaux de bois et la naphtaline. Estrella tenait une lampe de poche, tandis que Thomas s'efforçait, en ahanant, d'extraire une vieille malle de dessous un énorme tapis roulé. Il se cogna le crâne contre une poutre et jura. Estrella s'agenouilla à côté de lui. A eux deux, ils parvinrent à soulever le couvercle grinçant. Dans la malle, il y avait des formulaires, des livres, des cachets et des passeports. Des douzaines de passeports.

Estrella s'en empara de ses doigts fébriles, feuilleta l'un, feuilleta l'autre, feuilleta cinq, huit, quatorze passeports. Tous étaient vieux et maculés. Ils contenaient les photographies d'inconnus ; d'innombrables tampons recouvraient les pages. Rien que des passeports périmés.

Périmés... Périmés... sans valeur...

Estrella se redressa, profondément déçue.

« Pas un seul passeport neuf, rien que des vieux... On ne peut rien en tirer...

— Au contraire, dit Thomas Lieven tout bas, en l'embrassant. Les vieux passeports périmés, ce sont les meilleurs !

— Je ne comprends pas...

— Tu comprendras tout de suite », promit avec allégresse Thomas Lieven, dit Jean Leblanc. Il ne sentit pas le souffle glacial de son Destin, lequel se dressait derrière lui, tel le djinn de la bouteille dans le conte oriental, prêt à frapper de nouveau et à le lancer dans un tourbillon de nouvelles aventures et de nouveaux dangers.

D'un pas mesuré, une grande sacoche de cuir à la main, un jeune homme d'apparence fort avantageuse se déplaçait, le 4 septembre vers midi, à travers le labyrinthe d'Alfama, le vieux quartier de Lisbonne.

Dans les méandres des petites rues, avec leurs palais lézardés du XVIIIe siècle et leurs maisons bourgeoises à carreaux de couleur, jouaient des enfants aux pieds nus, discutaient des hommes à la peau basanée et circulaient des femmes qui se hâtaient vers le marché, portant sur la tête des paniers remplis de fruits ou de poisson.

Une lessive blanche comme neige pendait sur d'innombrables cordes. Des grilles de ferronnerie noire reluisaient devant de hautes fenêtres mauresques. Les arbres aux difformités bizarres poussaient sur les marches fendues des escaliers de pierre. De place en place, les murs s'ouvraient sur le fleuve tout proche.

L'élégant jeune homme entra dans une boucherie, où il acheta un filet de veau de bonne taille. Dans l'échoppe voisine, il fit acquisition d'une bouteille de madère, de plusieurs bouteilles de vin rouge, d'huile d'olive, de farine, d'œufs, de sucre et d'épices diverses. Enfin, sur la place du marché qui brillait de mille couleurs, il acheta encore une livre d'oignons et deux belles salades.

Il prit congé de la marchande en soulevant son chapeau et en s'inclinant avec un aimable sourire.

Puis il se dirigea vers l'étroite et sombre rua do Poço des Negros, où il pénétra dans la cour d'une maison à moitié en ruine.

Les installations sanitaires de ce taudis se présentèrent aussitôt à sa vue, sous la forme d'un certain nombre de cahutes de bois délabrées, rangées tout au long d'un balcon étroit. Un réseau de tuyaux correspondants parcourait les murs. On dirait les ramifications généalogiques du certificat d'aryanisme, songeait Thomas.

Un vieillard aveugle était assis dans un coin ensoleillé de la cour. Pinçant une guitare, il chantait, d'une voix haute et grêle :

> *Le lot du destin*
> *jamais ne me fuit.*

Je ne connais que le deuil,
car il est créé pour moi,
et moi pour lui...

Thomas Lieven mit de l'argent dans le chapeau du chanteur et lui adressa la parole en portugais :

« *Diga-me, por favor,* où habite Reynaldo, le peintre ?

— Prenez la deuxième entrée. Reynaldo habite tout en haut, sous le toit.

— *Muito obrigado* », dit Thomas Lieven. De nouveau il souleva courtoisement son chapeau, bien que l'aveugle ne fût pas en mesure de s'en apercevoir.

Dans l'escalier de la seconde entrée il faisait sombre. Mais, d'étage en étage, la lumière s'accrut. Thomas percevait les rumeurs d'un grand nombre de voix. Ça sentait l'huile d'olive et la misère. Au dernier étage, il n'y avait plus que deux portes. L'une conduisait au grenier, sur l'autre une inscription était barbouillée en grandes lettres rouges :

REYNALDO PEREIRA

Thomas frappa. Aucune réaction. Il frappa plus fort. Rien ne bougeait. Il appuya sur la poignée. La porte s'ouvrit en grinçant.

A travers un sombre vestibule, Thomas pénétra dans un grand atelier de peintre. Il y faisait très clair. L'aveuglante lumière du soleil entrait à travers une fenêtre immense, éclairant des douzaines de toiles plutôt incohérentes, une table surchargée de tubes de couleurs, de pinceaux et de flacons, des cendriers remplis à ras bord et, enfin, un homme d'environ cinquante ans qui dormait tout habillé sur un divan.

L'homme avait d'épais cheveux bruns. Ses joues blêmes et hâves n'étaient pas rasées. Ses ronflements sonores observaient un rythme régulier. Une bouteille de cognac vide s'étalait au pied du divan.

« Pereira ! » cria Thomas. (Le barbu ne bougea pas.)

Hé ! Pereira ! (Le barbu renâcla très fort et se jeta sur le côté.) « Bon, marmonna Thomas Lieven. Dans ce cas, occupons-nous du déjeuner... »

Le peintre Reynaldo Pereira s'éveilla une heure plus tard. Il y avait trois raisons à cela : le soleil tombait directement sur son visage ; dans la cuisine régnait un bruit de casseroles ; une forte odeur de soupe à l'oignon s'était répandue dans la pièce.

« Juanita ? appela-t-il d'une voix pâteuse. (Encore étourdi, il se mit debout, releva son pantalon, y enfonça les pans de sa chemise et se dirigea en chancelant vers la cuisine.) Juanita, mon cœur, ma vie, tu es revenue ? »

Il ouvrit la porte de la cuisine. Revêtu d'un vieux tablier, un homme qu'il n'avait jamais vu s'affairait auprès du fourneau.

« *Bom dia*, dit l'inconnu avec un grand sourire. Bien dormi ? »

Le peintre fut subitement pris de tremblements convulsifs. A tâtons, il trouva un fauteuil et s'y laissa choir.

« Saloperie d'alcool... gémit-il. Ça y est. Nous y sommes arrivé... »

Thomas Lieven versa du vin rouge dans un verre, le tendit à l'homme abattu et lui posa paternellement la main sur l'épaule.

« Calmez-vous, Reynaldo, ce n'est pas encore le délire, je suis fait de chair et d'os. Je m'appelle Jean Leblanc. Buvez un petit coup, c'est tonifiant. Après, nous allons déjeuner. »

Le peintre but et s'essuya les lèvres.

« Que faites-vous dans ma cuisine ? demanda-t-il d'une voix éteinte.

— Une soupe à l'oignon, des médaillons de veau sauce madère...

— Vous êtes fou ?

— ...et, comme dessert, j'ai pensé à des crêpes. Je sais que vous avez faim. Et il faudra que vous ayez la main ferme.

— Pour quoi faire ?

— Pour me fabriquer un passeport, après le déjeuner », dit Thomas avec douceur.

Reynaldo se leva et empoigna une lourde poêle à frire. « Dehors, mouchard, ou je te fends le crâne !

— Du calme, du calme, j'ai une lettre pour vous. » Thomas s'essuya les mains avec le tablier et tira une enveloppe de la poche intérieure de son veston. Il la tendit à Reynaldo. Celui-ci l'ouvrit et en arracha un feuillet qu'il étudia fixement. Après un moment, il leva les yeux.

« Comment connaissez-vous Luis Tamiro ?

— Nos chemins se sont croisés hier soir, au casino. Le petit gros, je veux dire Luis, m'a appris qu'un de mes vieux amis se trouvait en difficulté à Madrid. On lui a pris son passeport. Donc, il lui en faut un nouveau. Et rapidement. Tamiro estime que vous êtes l'homme qu'il nous faut. Un véritable artiste. Supérieurement doué, expérimenté, et tout.

— Je regrette, dit Reynaldo en secouant la tête, il n'en est plus question. C'est ce que j'ai dit à Juanita. Juanita est ma femme, vous savez...

— ...et elle est partie parce que vous êtes dans la mouise. Luis m'a tout raconté. Ne la regrettez pas. Une femme qui quitte un homme sous prétexte qu'il est fauché ne vaut rien. Vous verrez comme elle rappliquera, quand vous aurez à nouveau de l'argent.

— Quel argent ?

— Le mien, entre autre. »

Reynaldo passa la main sur sa barbe et secoua de nouveau la tête. Il parla comme un professeur qui s'adresse à un enfant attardé.

« Ecoutez-moi bien. C'est la guerre. On ne peut imiter un passeport que si on possède le papier à filigrane. Et ce papier-là, il faut chaque fois le piquer dans le pays même, auquel le passeport est destiné...

— Vous ne m'apprenez rien.

— Dans ce cas, vous devez savoir que ce genre de papier ne voyage pas en temps de guerre. Donc, on ne

MENU

Soupe gratinée à l'oignon
Médaillons de veau sauce madère
Crêpes flambées
4 septembre 1940

CE MENU AMENE UN FAUSSAIRE
AU MAXIMUM DE SA FORME

Soupe gratinée à l'oignon

Emincez des oignons en grande quantité et faites revenir dans du beurre ou de l'huile. Mouillez avec de l'eau chaude — un peu plus qu'il ne vous faut de soupe —, laissez cuire quinze minutes, salez. On peut aussi utiliser du bouillon. Entre-temps, coupez des tranches minces de pain de mie que vous placez sur la soupe, hors du feu. Saupoudrez d'une couche épaisse de gruyère râpé. Faites gratiner à four chaud.

La présentation dans des terrines de terre à feu individuelles est plus plaisante.

Médaillons de veau sauce madère

Coupez de belles tranches de filet bien épaisses et aplatissez-les légèrement. Faites-les sauter rapidement des deux côtés, de sorte qu'elles restent légèrement roses en dedans. Salez seulement après cuisson.

Auparavant, vous aurez émincé finement et fait revenir dans du beurre ou de l'huile une moitié d'oignon, cinq amandes et une poignée de champignons. Mouillez avec un grand verre de madère et laissez étuver à petit feu pendant quinze minutes. Salez, poivrez. Versez cette sauce sur les médaillons de veau et servez avec des pommes frites et une salade verte.

Crêpes flambées

Préparez des crêpes ordinaires, pas trop minces, dont le diamètre corresponde à celui de l'assiette sur laquelle elles seront servies. Saupoudrez largement de sucre. A table, versez une large rasade d'un rhum de bonne qualité et allumez. Roulez les crêpes pendant qu'elles flambent et arrosez de jus de citron.

peut plus imiter de passeports. Donc, on ne peut plus que falsifier des passeports existants. Et comment fait-on, pour cela ?

— Généralement, je présume, dit Thomas en goûtant la sauce au madère, on soûle les gens, ou on les assomme, et on leur enlève leur passeport pour le modifier.

— Exactement ! Et ça n'est pas mon genre, voyez-vous. Très peu pour moi. Si je ne peux pas faire du travail honnête, je m'abstiens. Je suis pacifiste, moi !

— Tout comme moi. Allez voir, sur le rebord de la fenêtre. Il y a un cadeau pour vous. »

Reynaldo se leva et s'approcha en chancelant de la fenêtre :

« Qu'est-ce que c'est ?

— Quatre passeports périmés du Costa Rica. Trois vous appartiennent, si vous modifiez le quatrième pour mon compte. »

Le faussaire saisit l'un des passeports, prit sa respiration et dévisagea Thomas avec une admiration craintive.

« D'où sortent ces passeports ?

— Je les ai trouvés. La nuit dernière.

— La nuit dernière, vous avez trouvé quatre passeports costaricains ?

— Non.

— Ah !

— La nuit dernière, je n'ai pas trouvé quatre passeports costaricains, mais quarante-sept, dit Thomas Lieven, en retirant la soupe gratinée du four. Le déjeuner est prêt, Reynaldo. »

Quelle chance, se dit-il, que ma jolie, jeune consulesse ait conservé tant de jolis, vieux passeports !

À présent se dit-il encore, j'ai atterri chez M. Pereira, dans la rua do Poco des Negros. Je m'apprête par conséquent à apprendre la manière professionnelle de falsifier les passeports. Moi. Moi, qui fus naguère le plus jeune banquier privé de Londres. Ah ! mes aïeux ! Et dire que je ne peux rien raconter de tout cela au club !

Les quatre passeports étaient ouverts sur la grande table de travail près de la fenêtre. Ils contenaient les photographies de quatre différents citoyens costaricains : l'un était vieux et gras, l'autre, jeune et mince, le troisième portait des lunettes, le quatrième, une moustache.

A côté des quatre passeports s'alignaient quatre photos du commandant Débras, officier de renseignements français, qui attendait impatiemment du secours à Madrid. C'était le petit Luis Tamiro qui avait remis ces photos à Thomas, au casino d'Estoril.

Le déjeuner était terminé.

Avec sa blouse de travail blanche, Reynaldo Pereira avait à présent l'allure d'un chirurgien célèbre, d'un Ambroise Paré de la falsification, qui se serait préparé avec sobriété et concentration à une intervention difficile.

« Vous connaissez personnellement l'homme de Madrid, dit-il d'une voix contenue. Vous savez à quoi il ressemble. Lisez les descriptions et dites-moi laquelle colle le mieux avec la physionomie de votre ami. Je préfère évidemment choisir le passeport sur lequel il y aura le moins à modifier.

— Ce serait plutôt celui-ci, dit Thomas en désignant le second, à partir de la gauche. Ce document portait le nom d'un certain Rafaelo Puntareras. »

Etabli le 8 février 1934, ce passeport avait perdu sa validité en date du 7 février 1939. Il contenait un grand nombre de visas et d'estampilles d'entrée et de sortie. Il restait peu de pages vierges. Voilà sans doute la raison pour laquelle le négociant n'avait pas fait prolonger son passeport, mais avait préféré s'en faire établir un nouveau par feu le consul Rodriguès.

« La description, poursuivit Thomas, convient à mon ami, sauf qu'il a des cheveux bruns et des yeux bleus.

— Alors, il faudra corriger la couleur des cheveux et des yeux, échanger les photos, reproduire le cachet sur

celle de votre ami, modifier les dates de validité, ainsi
que les dates des visas antérieurs à cette période.

— Et le nom de Puntareras ?

— Votre ami compte-t-il séjourner à Lisbonne ?

— Non. Il reprendra immédiatement l'avion pour
Dakar.

— On peut garder le nom, alors.

— Mais il lui faudra un visa de transit pour Lisbonne
et un visa d'entrée pour Dakar.

— Et alors ? J'ai une armoire pleine de cachets. Probablement la plus grande collection d'Europe. Non, non,
c'est une affaire de trois fois rien !

— Et qu'est-ce que c'est qu'une affaire difficile ?

— Un passeport où il faut tout changer et dont la
photo porte, pour tout arranger, un cachet en relief.
Pour ça, il m'aurait bien fallu deux jours.

— Et pour M. Puntareras ?

— Il faut tenir compte de ma mauvaise condition psychique, de mon désarroi moral, de mes malheurs conju-
gaux, putain de merde, n'empêche que vous aurez tout de
même votre tartine d'ici sept heures, au maximum ! »

Détendu et chantonnant, Reynaldo Pereira se mit au
travail. Il prit une pointe de métal conique à manche de
bois — une sorte d'alène de cordonnier — et l'introduisit,
côté face, dans le premier œillet de la photo, jusqu'à ce
qu'elle y fût fermement assujettie. Puis, à l'aide d'un
petit canif, il se mit à ouvrir prudemment le bord posté-
rieur de l'œillet.

Le maître expliqua : « Il faut toujours commencer par
enlever la photo pour éviter de détériorer l'empreinte
du cachet, en cours de travail, au hasard d'une fausse
manœuvre. (Il se soulagea en rotant discrètement.)
Remarquable, votre soupe à l'oignon ! »

Thomas se tenait immobile près de la fenêtre. Il ne
répondit pas, craignant de porter préjudice à la concentration du maître.

La photo de Rafaelo Puntareras tenait avec deux

œillets. Trois quarts d'heure plus tard, le maître en eut déroulé les bords. Prudemment, il retira les petits tubes de métal au moyen de la pointe.

Puis, il brancha une plaque électrique, y plaça une vieille couverture de livre, sur laquelle il posa le passeport.

Dit le maître : « Dix minutes de réchauffage. Nous appelons ça « faire revivre le passeport ». Le papier s'assouplit, devient plus élastique, plus réceptif aux liquides et se travaille mieux à tous égards. »

Après avoir fumé une cigarette, Pereira reprit le passeport. En dehors du rayon du cachet, il saisit un angle du portrait de M. Puntareras avec une pincette et le souleva précautionneusement d'un millimètre. Ensuite, il humecta un pinceau très fin avec le contenu fortement odorant d'un petit flacon.

Dit le maître : « Il faut utiliser exclusivement des pinceaux de blaireau ou de martre de la meilleure qualité, format 0. »

Il introduisit doucement le liquide entre la photo et la page, en écartant l'image avec la pincette. La colle fut dissoute. Cinq minutes plus tard, le maître retira la photo et alla la poser sur un rayonnage éloigné. Pour éviter les accidents.

Il revint à la table, ferma les yeux, détendit les doigts et, visiblement, se recueillit.

Dit le maître : « Pour entrer en relation avec mon passeport, je commence par une modification insignifiante : j'enlève un point. »

Il plaça le document sous une grande loupe fixe. Il prit un autre pinceau très fin et le trempa dans un liquide transparent.

A l'instant où il humectait un point d'encre de la page signalétique, il appuya sur le bouton d'un chronomètre.

Il attendit que le point fût presque complètement effacé, puis, avec la rapidité de l'éclair, il résorba le reste du liquide à l'aide du bord effilé d'un buvard.

« Trois secondes. Maintenant, nous avons un point de

repère. Avec le temps de référence pour un point, nous pouvons nous attaquer à un délié. »

Il fit disparaître tous les déliés de la page, en les tamponnant de liquide comme s'il s'agissait d'un grand nombre de points. Puis, il s'attaqua aux pleins, plus épais, qu'il enlevait en les badigeonnant de la liqueur mystérieuse de côté et d'autre, en direction de l'axe. Dans notre branche, nous appelons ça « travailler vers le noyau ».

Après deux heures de « travail vers le noyau » selon le procédé du point, toutes les indications inutilisables avaient disparu, de même que les dates trop précoces des visas et de la période de validité.

Le maître fit alors relâche pendant une demi-heure. Il dansa un peu, pour détendre ses muscles.

Thomas fit du café. Avant de le boire, Pereira cassa un œuf et versa le blanc dans une assiette plate. Il faut que l'air dispose d'une grande surface d'attaque. Nous disons : « Laisser reposer. »

Dix minutes plus tard, il remplit minutieusement les rainures et les vallonnements — creusés par les mordants en dépit de toute précaution — de blanc d'œuf collant, à prise rapide. Les surfaces étaient redevenues absolument planes. Il y vaporisa un fixatif mat.

Il alla chercher la photo détachée du négociant Puntareras et l'enveloppa d'un papier de soie diaphane, qu'il colla au dos de la photo pour l'empêcher de glisser. Avec une pointe d'agate, il retraça sur le papier de soie les contours du cachet qui figurait sur la photo.

Ensuite, il découpa l'une des quatre photos du commandant Débras de telle manière qu'elle fût d'un cheveu plus grande que celle de Puntareras. Il y plaça un carbone dont la couleur était exactement semblable à celle du cachet. De la vieille photo, il détacha le papier de soie, le posa sur le carbone et le colla de nouveau au dos de la photo de Débras. Une fois de plus, il retraça les contours avec la pointe d'agate.

Il ôta prudemment papier et carbone. Le portrait de Débras portait à présent le cachet.

Le maître fixa rapidement son œuvre, qui risquait de s'effacer.

Avec une pince pointue, il perfora la photo de Débras en deux endroits exactement calculés et l'assujettit au passeport avec de la gomme arabique et deux œillets de cordonnier. Il ferma les œillets à l'aide d'une autre pince.

Ensuite de quoi, il récrivit au lavis par-dessus toutes les ratures. Instructions du maître : « On transforme, si possible, les anciens chiffres en chiffres approchants, c'est-à-dire, le 3 en 8, le 1 en 4... »

Après six heures et demie de travail intense, Pereira apposa sur le passeport un visa de transit portugais et un visa d'entrée pour Dakar. Il les remplit.

« Terminé ! »

Thomas applaudit avec enthousiasme. Le maître s'inclina avec dignité. « Toujours à votre disposition. »

Thomas lui serra la main.

« Je ne serai plus là, pour profiter à nouveau de vos talents exceptionnels. Mais qu'à cela ne tienne, Reynaldo. Je vous enverrai une belle cliente, avec laquelle, j'en suis sûr, vous vous entendrez à merveille... »

Praça Dom Pedro IV, les dernières nouvelles passaient en lettres lumineuses sous le toit du grand immeuble de presse. Avec une attention soutenue et angoissée, mille paires d'yeux suivaient les caractères scintillants.

(UP) Madrid - Rumeurs persistantes concernant de prétendues négociations secrètes franco-espagnoles - La Wehrmacht exigerait le libre passage pour attaquer Gibraltar et verrouiller la Méditerranée - Franco décidé à demeurer neutre - Avertissement sérieux à l'Espagne de la part de l'ambassadeur britannique - Démonstrations anti-britanniques à Barcelone et Séville...

Devant leurs verres de Pernod, deux hommes étaient

assis à une table de café en bordure de la place. Le petit Luis Tamiro feuilletait le passeport fabriqué au cours de l'après-midi.

« Vraiment du beau travail ! murmura-t-il avec admiration.

— Quand part votre avion ?

— Dans deux heures.

— Saluez Débras de ma part. Qu'il se dépêche d'arriver. Mon bateau appareille dans cinq jours.

— J'espère qu'il pourra.

— Que voulez-vous dire ? »

Luis Tamiro aspira soucieusement la fumée d'un petit cigare brésilien :

« En apparence, les Espagnols sont neutres. Ça ne les empêche pas de couvrir le travail des agents allemands. A Madrid, trois « touristes allemands » suivent le commandant pas à pas et le surveillent jour et nuit. Huit heures chacun. Il le sait. Rien à faire pour s'en débarrasser. Ils s'appellent Loffler, Weise et Hart. Ils habitent au Palace-Hôtel, comme lui.

— Quel est leur but ?

— Depuis qu'on lui a pris son passeport, le commandant n'a pas le droit de quitter Madrid. Les trois Allemands savent qui il est, mais ils ne peuvent pas encore le prouver. Ils veulent savoir, aussi, ce qu'il fabrique à Madrid. Par ailleurs, s'il quitte la ville, la police espagnole aura un prétexte pour le coffrer. Une fois en prison, il deviendra possible de le transporter en Allemagne sans que cela fasse beaucoup d'histoires.

— Donc, il faut qu'il se débarrasse des trois types.

— Oui, mais comment ? Ils l'attendent au coin du bois pour avertir la police dès la première tentative de fuite ! »

Thomas Lieven dévisagea le petit gros avec curiosité.

« Quelle est votre profession, Tamiro ? »

Le petit gros poussa un soupir et fit la moue :

« Bonne à tout faire pour tout ce qui est interdit. La contrebande des armes, des hommes, des marchandises prohibées. Pour de l'argent. Il fut un temps où j'étais joaillier à Madrid.

— Et alors ?

— La guerre civile m'a ruiné. La boutique a été bombardée, la marchandise volée. Par-dessus le marché, j'ai eu des ennuis politiques. Non, non, j'en ai marre. Pour moi, chaque chose a son prix, à présent. Ils peuvent aller se torcher, avec leur idéalisme.

— Connaîtriez-vous d'autres gens à Madrid qui pensent comme vous ? demanda Thomas tout bas.

— Des tas.

— Et vous dites que chaque chose a son prix ?

— Exactement. »

Thomas contempla la bande lumineuse en souriant.

« Dites-moi, Luis, murmura-t-il doucement, quel serait le prix — d'ami, s'entend — d'un petit soulèvement populaire spontané ?

— Qu'avez-vous en tête ? »

Thomas lui dit ce qu'il avait en tête.

Madrid, 5 septembre 1940.

Rapport confidentiel du commissaire Filippo Aliados, de la police secrète d'Etat, à son supérieur :

URGENT

« Aujourd'hui, à 14 h 03, j'ai reçu un appel téléphonique du responsable du 14ᵉ secteur de police urbaine. On m'annonça qu'une cinquantaine de personnes s'étaient rassemblées devant l'immeuble de l'ambassade de Grande-Bretagne, 16, calle Fernando el Santo, pour se livrer à une manifestation antianglaise.

« Avec cinq hommes, je me suis rendu immédiatement à l'ambassade, où j'ai constaté que les manifestants étaient des membres des couches moins aisées de la population. Ces personnes lançaient en chœur des invectives contre l'Angleterre. 4 (quatre) vitres ont été brisées et 3 (trois) caisses de fleurs ont été arrachées au rez-de-chaussée. Sur instructions de S.E. l'ambassadeur de Grande-Bretagne, M. l'attaché commercial était descendu dans la rue pour demander raison aux manifestants.

« A mon arrivée, M. l'attaché commercial britannique, que j'ai trouvé dans un grand état d'agitation, m'a fait savoir ce qui suit : Ces hommes admettent que cette sédition a été payée par les Allemands.

« Tandis que la plus grande partie des manifestants prenaient la fuite devant l'intervention rapide de la police, nous avons réussi à arrêter trois personnes : les dénommés Luis Tamiro, Juan Mereira et Manuel Passos.

« Les individus appréhendés ont répété devant moi l'assertion qu'ils avaient été payés par des agents allemands. Ils ont nommé ces agents : 1. Helmut Loffler 2. Thomas Weise 3. Jakob Hart, résidant tous les trois au Palace-Hôtel.

« M. l'attaché commercial britannique insista pour faire procéder à une enquête immédiate et annonça une démarche de protestation diplomatique de son gouvernement.

« Ayant été constamment avisé par les instances supérieures de veiller à la stricte neutralité de notre pays, je me suis aussitôt rendu au Palace-Hôtel, où j'ai procédé à l'arrestation des susnommés touristes allemands. Les trois intéressés ayant opposé de la résistance, il a fallu leur passer les menottes pour les conduire au dépôt.

« Au cours de l'interrogatoire, les trois citoyens allemands nièrent avec indignation avoir subventionné la manifestation. Une confrontation avec les trois manifestants fut sans résultat, à la suite de quoi j'ai relâché les manifestants. Une plainte pour troubles sur la voie publique est en cours d'instruction.

« Nos services connaissent les trois Allemands. Il s'agit en effet d'agents de l'Abwehr et il est évidemment fort possible que l'action qui s'est produite leur soit imputable.

« Les trois Allemands sont gardés à vue dans mon service. Je demande des instructions rapides à leur sujet, car M. l'attaché commercial britannique demande toutes les heures des explications téléphoniques sur les mesures que je compte prendre. »

Signé : Filippo Aliados,
commissaire.

Un poing allemand cogna avec fracas sur un bureau en chêne allemand. Le bureau se trouvait dans une pièce d'un immeuble situé au bord de la Tirpitz, à Berlin. Le poing appartenait à l'amiral Canaris. Il était debout derrière le bureau. Devant le bureau se tenait le bilieux commandant Fritz Loos, de Cologne.

Le visage du commandant était blême. Le visage de l'amiral était rouge. Le commandant était très silencieux. L'amiral était très bruyant :

« Je commence à en avoir ma claque, commandant ! Trois de nos hommes expulsés d'Espagne ! Protestations du gouvernement britannique ! La presse ennemie s'en pourlèche les babines. Quant à votre Lieven, ce joli coco, il crève de rire à Lisbonne !

— Amiral, je ne saisis vraiment pas le rapport !

— Pendant que nos hommes ont été retenus pendant des heures à Madrid, dit Canaris avec amertume, le commandant Débras a quitté le pays. De toute évidence, avec un faux passeport. Il est arrivé sans encombre à Lisbonne. Et savez-vous qui il a publiquement embrassé sur les deux joues au casino d'Estoril ? Votre ami Lieven ! Et savez-vous avec qui il a pris ensuite un énorme dîner ? Avec votre ami Lieven !

— Non... Mon Dieu ! non... C'est impossible !

— C'est non seulement possible, mais c'est ainsi. Nos hommes ont assisté à cette émouvante scène de retrouvailles. Que pouvaient-ils faire ? Rien ! »

Le commandant sentit ses viscères brûler et se tordre

d'une manière épouvantable. Ma vésicule, évidemment, se dit-il avec désespoir. Ce fumier de Lieven ! Pourquoi l'ai-je fait sortir de la prison de la Gestapo ?

« Connaissez-vous votre sobriquet, commandant ? « Loos-sans-moelle » !

— Je vous demande pardon, amiral, mais je trouve cela très injuste !

— Injuste ! Vous payez dix mille dollars à cet individu pour des listes contenant les noms des principaux agents français, en échange de quoi nous avons le droit de constater qu'il s'agit uniquement de cadavres ! Vous aviez ordre de le ramener !

— Le Portugal est un pays neutre, amiral...

— Je m'en fous ! J'en ai plein le dos ! Je veux voir ce M. Lieven ! Ici, dans cette pièce ! Et vivant ! Compris ?

— A vos ordres, amiral. »

6 septembre 1940, 22 h 30.

Une conférence a lieu à la Casa Senhora de Fatima, la confortable résidence du chef du Service de renseignements de l'ambassade d'Allemagne à Lisbonne. Le maître de maison a renvoyé sa ravissante amie Dolorès, une danseuse aux jambes fuselées et au teint de châtaigne. Autour d'une bouteille de champagne, il a réuni l'attaché naval et l'attaché de l'air de l'ambassade. Ces deux derniers ont également donné congé à leurs petites amies pour la soirée.

« Messieurs, dit le chef du Service de renseignements, le temps presse. Berlin réclame Lieven, et vite. J'attends vos suggestions.

— Je propose, dit l'attaché de l'air, de le doper et de l'emmener par avion à Madrid. De là, à Berlin, en avion spécial.

— Je suis contre, dit l'attaché naval. Nous venons d'avoir des ennuis à Madrid. Nous savons que l'aéroport y fourmille d'agents anglais et américains. Nous ne pouvons pas risquer de nouvelles difficultés diplomatiques à Madrid.

— Tout à fait mon avis, dit le chef du Service de renseignements.

— Aussi, dit l'attaché naval, je propose de l'enlever en sous-marin, messieurs. Prenons contact par radio avec Werner « antiblocus ». Werner « antiblocus » travaille en liaison avec le commandant de la flotte sous-marine et peut déterminer facilement l'emplacement de chaque unité. Il est en mesure de réquisitionner à tout moment et par les voies les plus rapides un sous-marin pour une aire déterminée, en dehors des eaux territoriales portugaises.

— Et comment amenons-nous Lieven jusqu'au sous-marin ?

— Nous affréterons un cotre de pêche.

— Et comment l'amenons-nous jusqu'au cotre ?

— J'ai mon idée. »

L'attaché naval exposa son idée.

Un vieil homme traversait le restaurant de l'aérodrome, essayant de vendre des poupées folkloriques, grandes ou petites. Il n'avait pas de chance. Il était presque minuit, ce 8 septembre 1940, et seule une douzaine de passagers à moitié endormis attendaient le départ de leur appareil.

Le vieil homme s'approcha d'une table auprès de la fenêtre. Deux hommes s'y trouvaient, qui buvaient du whisky.

« Poupées costumées : Gitanes, Espagnoles, Portugaises...

— Non, merci, dit Thomas Lieven.

— C'est de la marchandise d'avant-guerre !

— Merci quand même », dit le commandant Débras, qui s'appelait momentanément Rafaelo Puntareras.

Le vieil homme poursuivit son chemin. Au-dehors, l'appareil qui allait transporter Débras de Lisbonne à Dakar faisait son plein d'essence.

« Je n'oublierai jamais ce que vous avez fait pour moi,

dit le commandant à Thomas Lieven, avec un regard ému.

— N'en parlons plus », dit Thomas.

Quand tu t'apercevras, pensait-il, que j'ai falsifié tes listes, tu ne risqueras certes pas de l'oublier !

« Vous avez sauvé les listes, et vous m'avez fait sortir de Madrid. »

C'est exact, pensait Thomas. Voilà pourquoi tu finiras peut-être quand même par me pardonner de t'avoir dupé.

« Où sont les listes ? » demanda-t-il.

Le commandant cligna de l'œil. « J'ai pris exemple sur vous et j'ai lié connaissance avec l'hôtesse. Les listes sont dans ses bagages. »

« Attention, s'il vous plaît, fit un haut-parleur, les passagers du vol Pan American World Airways n° 324, à destination de Dakar, sont priés de se présenter aux contrôles des passeports et des bagages. Mesdames et messieurs, nous vous souhaitons un agréable voyage. »

Débras vida son verre et se leva.

« Cela devient sérieux, mon ami. Merci encore ! Et au revoir.

— Veuillez transmettre mes hommages à Mme Joséphine Baker, dit Thomas Lieven. Et portez-vous bien, commandant. Car nous ne nous reverrons jamais.

— Qui sait ? »

Thomas secoua la tête.

« Mon bateau part après-demain pour l'Amérique du Sud. Je ne retournerai jamais en Europe », dit-il. Il ne s'opposa pas aux embrassades renouvelées du commandant.

Un peu plus tard, il le vit traverser la piste en direction de l'appareil. Thomas agita la main, Débras fit de même, puis disparut à l'intérieur de la cabine.

Thomas commanda un autre whisky. Quand l'appareil roula vers la piste d'envol, il se sentit très solitaire. Après un moment, il régla l'addition et partit.

Il faisait sombre sur l'esplanade de l'aéroport. Les

réverbères éclairés étaient rares. Une grosse voiture rattrapa Thomas à petite allure et s'arrêta. Le chauffeur passa la tête par la fenêtre. « Taxi, senhor ? »

L'endroit était désert.

« Oui », dit Thomas, perdu dans ses pensées. Le chauffeur descendit, ouvrit la portière et s'inclina.

A cet instant, Thomas s'aperçut que ce taxi avait une allure plus que bizarre. Il fit volte-face, mais c'était déjà trop tard.

Le chauffeur lui envoya un coup de pied dans les jarrets. Thomas fut précipité dans le fond de la voiture. Quatre mains vigoureuses l'empoignèrent et le jetèrent par terre. La portière se referma. Le chauffeur sauta derrière le volant et démarra en trombe.

Un grand chiffon humide, contenant un liquide douceâtre et répugnant, fut pressé sur la figure de Thomas. Du chloroforme, se dit-il en suffoquant.

Avec une précision anormale, il perçut une voix qui disait : « Comme sur des roulettes ! Maintenant, on file au port. »

Puis, le sang se mit à bourdonner dans ses tempes. Des cloches résonnaient dans ses oreilles et il sombra dans l'inconscience, de plus en plus profondément, comme dans un puits de velours.

Petit à petit, Thomas Lieven revint à lui. Son crâne semblait vouloir éclater. Il avait des nausées, il avait froid. Les morts, se dit-il, n'ont pas mal au cœur ; les morts n'ont pas froid. J'en déduis que je suis encore en vie.

Thomas ouvrit prudemment l'œil droit. Il était couché à l'avant d'un côtre aux senteurs peu appétissantes, d'où il percevait le « tac-tac » nerveux du moteur.

Vêtu d'une veste de cuir, coiffé d'une casquette à visière, une courte pipe éteinte entre les dents, un petit Portugais fripé tenait la barre. Les lumières de la côte dansaient dans le dos du pilote. La mer était mauvaise.

A travers le roulis, le côtre faisait route vers le large. Avec un soupir, Thomas Lieven ouvrit l'œil gauche.

A ses côtés, deux gorilles étaient assis sur un banc. Tous deux portaient des manteaux de cuir noir et arboraient des mines féroces. Tous deux tenaient de lourds pistolets dans leurs grandes, vilaines mains.

Thomas Lieven se redressa à demi :

« Bonsoir, messieurs, dit-il, non sans peine, mais intelligiblement. Tout à l'heure, à l'aéroport, je n'ai pas eu l'occasion de vous saluer. C'est un peu de votre faute ! Vous auriez dû moins vous presser de m'assommer et de me chloroformer. »

Dit le premier gorille, avec l'accent de Hambourg :

« Thomas Lieven, vous êtes prévenu : un geste de travers, et on vous descend ! »

Dit le second gorille, avec l'accent saxon :

« Les vacances sont terminées, Lieven. Maintenant, on rentre à la maison.

— Vous êtes de Dresde ? demanda Thomas avec intérêt.

— Non, de Leipzig. Pourquoi ?

— Simple curiosité. Ce n'est pas que je reproche quoi que ce soit à ce chalutier, messieurs, mais le chemin de la mère patrie est assez long, par mer. Y arriverons-nous ?

— Toujours une grande gueule, hein ? dit l'homme de Hambourg. Ne vous faites pas de soucis, Lieven. Ce rafiot ne sert qu'à sortir des eaux territoriales.

— Jusqu'au quadrilatère 135 Z », ajouta l'homme de Leipzig.

Thomas remarqua que le chalutier se déplaçait sans feux de position. La mer devint de plus en plus agitée. Thomas aussi. Mais il essaya de dissimuler son état.

« Et que se passera-t-il dans le quadrilatère 135 Z, messieurs ?

— Un sous-marin y fera surface dans un quart d'heure. Tout va fonctionner comme sur des roulettes, vous verrez. Ric-à-rac.

— Organisation allemande, opina Thomas courtoisement.

— Nous avons quitté les eaux territoriales, dit le petit pilote en portugais. Où est mon argent ? »

L'homme de Leipzig se mit debout, s'approcha en tanguant du pilote et lui tendit une enveloppe. Le pêcheur amarra la barre et compta les coupures. La suite se passa très rapidement.

Thomas fut le premier à apercevoir la grande ombre, car lui seul regardait en direction de la poupe. Sans avertissement, la sombre apparition surgit de la nuit, se dirigeant à toute vitesse sur le chalutier ballotté par les lames. Thomas voulut crier, mais au dernier instant il se mordit la langue. Non, se dit-il. Pas crier, maintenant. Silence, silence...

Des projecteurs flambèrent. Une sirène de bateau hurla, une fois, deux fois, trois fois. L'ombre s'était subitement muée en un yacht de course, proche, tout proche, mortellement proche. Le pilote portugais poussa un cri sauvage et donna un grand coup de barre. Trop tard. Dans un crissement écœurant, le yacht aborda la petite embarcation en angle aigu, à bâbord. Le monsieur de Hambourg perdit son pistolet. Le monsieur de Leipzig chut.

Ensuite, tout fut sens dessus dessous et le cotre chavira, tandis que l'étrave du yacht labourait son flanc. Comme par le poing d'un géant invisible, Thomas se sentit propulsé en l'air, puis plongé dans les eaux noires et glaciales.

Il perçut un tohu-bohu de voix : cris, jurons, commandements. La sirène du yacht hurlait toujours.

Thomas avala de l'eau de mer, coula, remonta à la surface en essayant de reprendre son souffle et vit voler dans sa direction une bouée de sauvetage, au bout d'un filin. L'anneau blanc frappa l'eau. Thomas le saisit. Au même instant, le filin se tendit et on le halait vers le yacht.

Clignant les yeux, il fixa les caractères inscrits sur la bouée, qui portait le nom du bateau. BABY RUTH, lut Thomas.

Bigre, se dit-il, si je raconte ça au club, ils s'imagineront que je mens...

« Whisky, ou rhum ?
— Whisky, je vous prie.
— De la glace et du soda ?
— Seulement de la glace, s'il vous plaît, dit Thomas Lieven. Vous pouvez verser jusqu'à mi-hauteur du verre, je m'enrhume facilement. »

Un quart d'heure était passé, un quart d'heure des plus mouvementés.

Prisonnier de l'Abwehr quinze minutes auparavant, puis naufragé au beau milieu de l'Atlantique, Thomas, enveloppé de chaudes couvertures, était à présent assis sur le lit admirablement moelleux d'une admirable cabine de luxe. Un homme qu'il n'avait jamais vu s'affairait devant un bar mural et lui préparait à boire. Ce sont les hasards de la vie... se dit Thomas avec un reste d'hébétement.

L'homme lui apporta son scotch. Celui qu'il s'était versé était, également, bien tassé. Il leva son verre en souriant : « Cheerio ! »

« Cheerio », dit Thomas, qui avala une énorme gorgée. Ça va m'enlever cet infâme goût de chloroforme de la bouche, pensa-t-il. Des clameurs sauvages se faisaient entendre au-dehors.

« Qui est-ce ?
— Notre pilote et le vôtre. Une conversation d'experts concernant le problème des responsabilités, répondit l'inconnu, qui portait un costume bleu irréprochable et des lunettes d'intellectuel à monture d'écaille. Bien entendu, c'est votre pilote qui a tort. On ne navigue pas sans feux de position. Encore un peu de glace ?
— Non, merci. Où sont les deux... mes compagnons ?
— Dans la cale. Je présume que cet arrangement vous convient. »

Rien à faire, pensait Thomas. Le mieux, c'est encore de prendre le taureau par les cornes. Donc :

« Je vous remercie, dit-il, vous m'avez préservé de la mort. Et ce n'est pas à la mort par noyade que je fais allusion.

— A votre santé, Négociant Jonas.

— Plaît-il ?

— Pour nous, vous êtes « Négociant Jonas ». Nous ignorons encore votre véritable identité. » Dieu merci ! se dit Thomas. « D'ailleurs vous ne me la direz certainement pas...

— Certainement pas ! Encore une chance que j'aie déposé tous mes papiers dans le coffre de la consulesse. J'avais sans arrêt la prémonition d'un incident de ce genre.

— Je vous comprends très bien. Il est clair que vous ne pouvez parler qu'aux instances supérieures. Un homme comme vous ! Un V.I.P. !

— Un quoi, s'il vous plaît ?

— Un *Very Important Person !*

— Moi, je suis un personnage important ?

— Voyons, Négociant Jonas ! Un homme pour lequel l'Abwehr mobilise un sous-marin ? Vous n'imaginez pas le tintouin qu'il y a eu, à cause de vous, pendant les dernières quarante-huit heures ! Ces préparatifs ! Monstrueux ! Abwehr Berlin ! Abwehr Lisbonne ! Sous-marin dans le quadrilatère 135 Z ! Les Allemands ont fait marcher la radio comme des fous. Ça faisait des mois que ce n'était pas arrivé. Négociant Jonas... Négociant Jonas... Amener à tout prix Négociant Jonas à Berlin... Et vous qui me demandez pourquoi vous êtes un V.I.P. ! Elle est bien bonne ! Qu'est-ce qu'il vous arrive, Négociant Jonas ?

— Pourrais-je... pourrais-je avoir un autre whisky ? »

Un autre whisky fut servi à Thomas. Un grand. L'homme aux lunettes d'écailles s'en versa un, lui aussi, tout en réfléchissant tout haut :

« Pour cinq mille dollars, Baby Ruth peut bien nous payer une bouteille de scotch !

— Quelle Baby ? Quels cinq mille dollars ?

— Négociant Jonas, dit l'homme aux lunettes en riant, vous avez compris, je présume, que je fais partie du Secret Service ?

— Je l'ai compris, oui.

— Appelez-moi Roger. Ce n'est pas mon nom, bien sûr. Mais un faux nom en vaut bien un autre, n'est-ce pas ? »

Mille tonnerres, voilà que ça repart ! se dit Thomas Lieven. Prudence, prudence. J'ai échappé aux Allemands. Maintenant, il faut que je me débarrasse des Anglais. Gagnons du temps. Réfléchissons. Faisons attention où nous mettons les pieds.

« Vous avez parfaitement raison, Mr. Roger, dit-il. Je répète ma question : quels cinq mille dollars ? Quelle Baby Ruth ?

— Dès que nous nous sommes rendu compte de l'hystérie télégraphique des Allemands — par « nous », j'entends les services du contre-espionnage britannique à Lisbonne — nous avons immédiatement avisé M 15, à Londres...

— Qui est M 15 ?

— Le chef du contre-espionnage.

— Ah ! » dit Thomas. Il but une gorgée. Ce jardin d'enfants européen, songea-t-il, est une institution meurtrière. Comme je serai heureux, quand j'aurai quitté ce continent grotesque et mortel.

« Et M 15 a câblé : feu vert !

— Je comprends.

— Nous avons réagi aussitôt...

— Bien sûr.

— ... Pas question que ce Négociant Jonas tombe entre les pattes des Allemands ! Hahaha ! Reprenez un scotch, à la santé de Baby Ruth !

— Vous ne voulez pas enfin me dire qui est Baby Ruth ?

— Mrs. Ruth Woodhouse. Soixante-cinq ans. Sourde aux trois quarts. Elle a survécu à deux attaques d'apoplexie et à cinq maris.

— Mes compliments.

— Ça ne vous dit rien, les aciers Woodhouse ? Les chars blindés Woodhouse ? Les mitrailleuses Woodhouse ? L'une des plus anciennes dynasties de marchands de canons américaines ! Jamais entendu parler ?

— Je crains que non.

— Dites donc, c'est une lacune, dans votre éducation.

— Mais vous l'avez comblée. Merci.

— De rien. Donc, cette dame est la propriétaire du yacht. Pour le moment, elle habite Lisbonne. Quand nous avons pigé l'histoire du sous-marin, nous sommes allés la voir. Elle a immédiatement mis son bateau à notre disposition, moyennant cinq mille dollars. (L'homme qui se faisait appeler Roger retourna au bar.) Tout a fonctionné comme sur des roulettes, Négociant Jonas ! Ric-à-rac ! »

J'ai déjà entendu ça, ce soir, pensa Thomas Lieven.

« Organisation britannique », dit-il courtoisement.

Roger tombait sur les réserves d'alcool de la reine américaine de l'acier comme le loup sanguinaire sur un troupeau de moutons. Ce qui ne l'empêchait pas de poursuivre son joyeux récit.

« Nous vous avons suivi pas à pas, Négociant Jonas. Vous étiez sous surveillance constante. Moi, je croisai dans le quadrilatère 135 Z. J'ai été avisé par radio que les Allemands vous avaient attaqué et enlevé à l'aéroport, puis, que le cotre avait appareillé. Hahaha !

— Et maintenant ?

— Comme sur des roulettes ! Bien entendu, nous allons porter plainte contre le pilote portugais. Pour négligence caractérisée. Il n'y a aucun doute qu'il porte la responsabilité de l'accident ! Nous avons déjà informé les autorités par radio. Un garde-côte va apparaître sans tarder, qui prendra en charge le pilote et vos deux amis allemands.

— Que va-t-il leur arriver ?

— Rien. Ils ont déjà expliqué qu'ils faisaient une simple promenade.

— Et moi ?

— J'ai ordre de vous protéger, en risquant ma peau, si nécessaire, et de vous conduire à la villa du chef du Service de renseignements britannique au Portugal. A moins que vous ne préfériez partir en compagnie de vos amis allemands ?

— Du tout, Mr. Roger, du tout », dit Thomas en grimaçant un sourire.

Pendant ce temps, il s'interrogeait : ce qui coule sur mon front, est-ce encore de l'eau de mer, ou — une fois de plus — des sueurs froides ?

Les Allemands avaient enlevé Thomas Lieven de Lisbonne dans une limousine archaïque, les Anglais l'y ramenèrent dans une Rolls-Royce neuve. Noblesse oblige.

Enveloppé d'une robe de chambre de soie bleue brodée de dragons d'or, chaussé de pantoufles assorties, Thomas était assis dans le fond de la voiture. C'était tout ce que la garde-robe du BABY RUTH avait pu fournir. Le costume et le linge trempé de Thomas se trouvaient à côté du chauffeur.

Près de lui se tenait Roger, une mitraillette sur les genoux.

« Soyez sans crainte, Négociant Jonas, dit-il à travers ses dents. Il ne vous arrivera aucun mal. Les tôles de la voiture sont blindées et les vitres en verre pare-balles. Personne ne peut nous tirer dedans.

— Et, le cas échéant, demanda Thomas, comment feriez-vous pour tirer *dehors* ? L'agent britannique ne fournit pas de réponse.

A travers les rues endormies d'Estoril, la voiture se dirigea vers l'est, où le soleil se levait dans toute sa gloire. Ciel et mer avaient les teintes chatoyantes de la nacre. Des navires en grand nombre étaient amarrés au port. Aujourd'hui, c'est le 9 septembre, pensa Thomas Lieven. Demain, le « General Carmona » appareille pour l'Amérique du Sud. Arriverai-je à temps pour monter à bord ?

Une palmeraie entourait la confortable villa du chef des Services de renseignements britanniques. La maison elle-même était aménagée dans le style mauresque et appartenait à un prêteur sur gages, nommé Alvarez, qui possédait encore deux autres villas similaires. L'une était louée au chef des Services de renseignements de l'ambassade d'Allemagne, l'autre à son homologue américain...

Le fronton de la villa britannique portait, en lettres d'or, l'inscription « Casa do Sul ». Un maître d'hôtel en pantalon rayé et gilet de velours vert ouvrit la lourde porte en fer forgé. Il releva ses épais sourcils blancs et s'inclina devant Thomas sans prononcer un mot. Ensuite, il verrouilla la porte, précéda les deux visiteurs à travers le vaste hall, où ils longèrent la cheminée, le grand escalier, ainsi que les portraits de famille du senhor Alvarez, et les conduisit à la bibliothèque.

Là, devant un rayonnage bigarré, les attendait un gentleman entre deux âges, aux allures magnifiquement britanniques, telles qu'on n'en observe que dans les magazines de modes masculines anglais. Son élégance toute militaire, son impeccable complet de flanelle grise et sa moustache soignée d'officier colonial suscitèrent la sincère admiration de Thomas Lieven.

« Mission accomplie, sir, dit Roger.

— Bravo, Jack, dit le monsieur en gris qui serra la main de Thomas. Bonjour, Négociant Jonas. Soyez le bienvenu sur le sol anglais. Je vous attendais avec impatience. Un whisky, pour vous remettre en forme ?

— Je ne bois jamais avant le déjeuner, monsieur.

— Je comprends. Un homme qui a des principes. Ça me plaît. Ça me plaît beaucoup. (Le monsieur en gris s'adressa à Roger.) Montez chez Charley. Qu'il se mette en rapport avec M 15. Code Cicéron. Message : Le soleil se lève à l'ouest.

— Très bien, sir. » Roger disparut. Le monsieur en gris dit à Thomas :

« Appelez-moi Shakespeare, Négociant Jonas.

— Volontiers, Mr. Shakespeare. »

Pourquoi pas ? En France, j'ai bien dû appeler l'un de tes confrères « Jupiter », pensait Thomas. Si ça vous amuse...

« Vous êtes Français, Négociant Jonas, n'est-ce pas ?

— Euh !... oui.

— C'est ce que j'ai pensé tout de suite. On a l'œil, vous savez. L'expérience, ça ne trompe pas. Vive la France, monsieur !

— Vous êtes très aimable, Mr. Shakespeare.

— Monsieur Jonas, quel est votre vrai nom ? »

Si je le dis, adieu mon bateau, pensa Thomas.

« Je regrette, répondit-il, mais ma position est trop dangereuse. Je suis obligé de taire ma véritable identité.

— Monsieur, je vous garantis sur l'honneur que nous vous acheminerons à Londres en toute sécurité, si vous consentez à travailler pour mon pays. Nous vous avons arraché aux griffes des nazis, ne l'oubliez pas ! »

Quelle vie ! pensa Thomas.

« Je suis épuisé, Mr. Shakespeare, dit-il. Je... je n'en peux plus. Il faut d'abord que je dorme, avant de prendre une décision quelconque.

— C'est entendu, monsieur. Une chambre d'ami est à votre disposition. Considérez-vous comme mon hôte. »

Une demi-heure plus tard, Thomas Lieven était couché dans un lit confortable et douillet, dans une chambre agréable et tranquille. Le soleil était levé, les oiseaux chantaient dans le parc. Des rayons traversaient la fenêtre grillagée. La porte était fermée de l'extérieur. L'hospitalité anglaise, songea Thomas, est renommée dans le monde entier. Elle est sans égale...

« Voici l'heure : au coup de gong, il sera huit heures ! Bonjour, mesdames, bonjour, messieurs. Radio Lisbonne vous présente son second bulletin d'informations. Londres : Comme toutes les nuits, de fortes unités de la Luftwaffe ont poursuivi au cours de la nuit dernière leurs attaques massives contre la capitale britannique... »

Se tordant les mains avec agitation, Estrella Rodriguès, la belle et brune « consulesse », faisait à vive allure les cent pas dans sa chambre à coucher. Elle paraissait épuisée. Sa bouche sensuelle tremblait.

Estrella était proche de la crise de nerfs. Elle n'avait pas fermé l'œil de la nuit. Elle avait vécu des heures terribles. Jean, son Jean chéri, n'était pas rentré à la maison. Elle savait qu'il avait accompagné à l'aéroport son ami mystérieux, ce commandant français. Elle avait téléphoné à l'aéroport. On n'y avait pas de nouvelles d'un certain M. Leblanc.

En pensée, Estrella vit son amant enlevé, prisonnier, torturé, aux mains des Allemands, mort ! Son sein se soulevait et retombait au rythme violent de ses émotions. Elle crut mourir...

Subitement, elle prit conscience que la radio marchait toujours. Elle fit halte et écouta la voix du speaker :

« ... du yacht américain BABY RUTH qui a abordé et fait chavirer ce matin à l'aube un bateau de pêche portugais, en bordure des eaux territoriales. L'équipage du yacht a recueilli plusieurs naufragés à son bord. A la même heure, nos unités de gardes-côtes ont décelé la présence d'un sous-marin, qui plongea aussitôt et prit la fuite.

« Le capitaine Edward Marks, commandant du BABY RUTH, a porté plainte contre le pilote du bateau de pêche pour négligences graves. Les trois passagers du cotre, deux Allemands et un Français...

Estrella poussa un cri.

« ... se refusent à toute explication. On soupçonne que cet incident se rattache à une tentative d'enlèvement manquée, dans laquelle seraient impliqués au moins deux services secrets étrangers. Une enquête est en cours. Le BABY RUTH a été mis sous séquestre jusqu'à plus ample informé. Le yacht appartient à la milliardaire américaine Ruth Woodhouse qui réside depuis quelque temps à l'hôtel Aviz. Vous avez entendu les dernières nouvelles. Pour les journées d'aujourd'hui et de demain, les prévisions météorologiques... »

La consulesse émergea de son état de stupeur. Elle éteignit le poste et s'habilla en toute hâte. Jean... Ses pressentiments ne l'avaient pas trompée. Il était arrivé quelque chose, quelque chose d'odieux, de terrifiant... Comment s'appelait encore cette milliardaire ?

Woodhouse. Ruth Woodhouse. Hôtel Aviz.

Relevant ses blancs sourcils broussailleux, le maître d'hôtel pénétra dans la bibliothèque de la luxueuse « Casa do Sul ».

« La senhora Rodriguès est arrivée, sir », annonça-t-il d'une voix sonore au chef des Services secrets britanniques au Portugal.

L'homme qui se faisait appeler Shakespeare se leva. D'un pas élastique, il alla au-devant de la belle consulesse, dont les formes à la fois pleines et élancées étaient moulées dans une robe de lin blanc, peinte à la main de fleurs et d'oiseaux aux couleurs vives. Elle était un peu trop maquillée et avait l'allure d'une superbe biche aux abois.

Shakespeare lui baisa la main. Le maître d'hôtel se retira.

Le chef du Service de renseignements britannique offrit un siège à Estrella. Hors d'haleine, le sein palpitant, elle se laissa choir dans un fauteuil de prix. L'agitation la rendait muette, ce qui était, chez elle, un rare phéno- mène.

« Il y a une demi-heure, dit, d'un ton compatissant l'homme qui se plaisait à adopter le nom du plus grand poète anglais, j'ai parlé au téléphone avec Mrs. Wood- house. Je sais, senhora, que vous lui avez rendu visite... »

Toujours incapable de proférer un mot, Estrella hocha la tête.

« ... Mrs. Woodhouse est une de nos, euh ! très bonnes amies. Elle m'a appris que vous vous inquiétiez du sort de l'un de vos, euh ! très bons amis ? »

Estrella ne soupçonna pas la portée de ses paroles :

« Oui, c'est Jean, mon pauvre Jean !...

— Jean ?

— Jean Leblanc, un Français. Il a disparu depuis hier...
Je suis à moitié folle d'angoisse. Pouvez-vous m'aider ?
Savez-vous quelque chose ? Dites-moi la vérité, je vous
en supplie ! »

Shakespeare balança la tête d'un air significatif.

« Vous me cachez quelque chose ! explosa la consulesse. Je le sens. Je le sais. Parlez, senhor, par pitié ! Mon
pauvre Jean est-il tombé entre les mains des Boches ?
Est-il mort ? »

Shakespeare leva une main mince, racée et blanche
comme le lait :

« Non pas, chère madame, non pas. Je crois que j'ai
de bonnes nouvelles pour vous...

— Est-ce vrai, sainte Madone de Bilbao ?

— Le hasard, hum ! fait bien les choses. Un monsieur
est venu chez nous, il y a quelques heures, qui pourrait
bien être celui que vous cherchez...

— Mon Dieu, mon Dieu, mon Dieu !

— Le maître d'hôtel est allé le réveiller. D'un instant...
à l'autre (on frappa) ... le voilà. Entrez ! »

La porte s'ouvrit. Le maître d'hôtel hautain apparut.
Passant devant lui, Thomas Lieven entra dans la bibliothèque. En pantoufles, les jambes nues, il était revêtu de
la robe de chambre orientale trouvée à bord du BABY
RUTH.

« Jean ! »

Le cri d'Estrella déchira l'air. Elle courut vers son
amant, figé par la surprise, se jeta sur sa poitrine, l'em-
prisonna dans ses bras, le caressa, l'embrassa.

« O Jean, Jean, proclama-t-elle en bégayant, mon chéri,
mon trésor... Tu es vivant ! Je suis folle de bonheur ! »

Shakespeare s'inclina avec un sourire compréhensif.

« Je vous laisse avec Madame, dit-il discrètement. A
tout à l'heure, monsieur Leblanc. »

Thomas Lieven ferma les yeux. Fini ! pensa-t-il avec
désespoir, tandis que les baisers d'Estrella s'abattaient
sur lui comme des grêlons. Terminé ! Je suis foutu.

Adieu la liberté. Adieu le « General Carmona ». Adieu, belle Amérique du Sud...

Charley, le radio, était installé dans une mansarde de la « Casa do Sul ». Devant la fenêtre, les palmiers s'agitaient dans la brise du matin. Charley se faisait les ongles, lorsque Shakespeare fit irruption dans la pièce.

« Vite ! Un message pour M 15. Urgent : vrai nom de Négociant Jonas est Jean Leblanc. Stop. Demandons instructions. »

Charley chiffra le message, brancha le poste et commença la transmission.

Entre-temps, Shakespeare avait pris place auprès d'un grand haut-parleur. Il appuya sur le bouton correspondant à l'inscription « Micro Bibliothèque ».

Le haut-parleur crépita. Et Shakespeare entendit le dialogue suivant, entre Thomas et Estrella :

« ... mais pourquoi t'ai-je mis en danger, mon chéri ? Pourquoi ?

— Tu n'aurais jamais dû venir ici !

— Mais j'étais presque folle de souci et d'inquiétude, j'ai cru mourir...

— Tu n'aurais jamais dû prononcer mon nom ! »

(Les lèvres minces de Shakespeare esquissèrent un sourire.)

« Pourquoi pas ? Pour quelle raison ?

— Parce que personne ne doit connaître mon nom !

— Mais puisque tu es Français ! Un ami des Anglais... un allié...

— Quand même. Tais-toi, maintenant... » Des pas résonnèrent.

« ... Il y a sûrement un de ces machins, ici... Ah ! le voilà, sous la table. »

Le haut-parleur émit un sifflement aigu, suivi d'un craquement sinistre. La communication était rompue.

« Futé, ce coco-là, dit Shakespeare avec admiration. Il a trouvé le micro et l'a arraché ! »

Peu de minutes plus tard, il vit que le radio prenait rapidement un message. Déjà la réponse de M 15 ?

Charley hocha la tête. Il déchiffra la réponse de Londres. Son frais visage d'adolescent changea de couleur.

« Nom de Dieu ! dit-il en blêmissant.

— Qu'y a-t-il ? » Shakespeare lui arracha la feuille et lut :

- m 15 à shakespeare lisbonne - prétendu jean leblanc s'appelle réellement thomas lieven et est un agent de l'abwehr - vient de nous rouler avec fausses listes des services secrets français - retenez cet homme à tout prix - agent spécial vous rejoint par avion - suivez ses instructions - terminé - terminé -

Avec un juron bien senti, Shakespeare jeta la feuille par terre et se rua hors de la mansarde. Quatre à quatre, il descendit l'escalier en direction de la bibliothèque.

Dans le hall, un spectacle effrayant s'offrit à son regard. La lourde porte d'entrée était ouverte, de même que la porte de la bibliothèque. Entre les deux, la forme immobile du maître d'hôtel distingué était étendue, figure en bas, sur un splendide tapis d'Orient.

Shakespeare courut à la bibliothèque. Elle était vide. Un reste de parfum flottait encore dans l'air, Shakespeare courut vers le parc. Un taxi rouge démarrait dans la rue, en faisant hurler son moteur. Toujours en courant, Shakespeare retourna dans le hall. Le maître d'hôtel distingué était revenu à lui. Assis sur le tapis, il geignait en massant son cou.

« Comment est-ce arrivé ?

— Cet homme est un expert de judo, sir. Je l'ai vu sortir de la bibliothèque avec la dame. Je me suis mis en travers du chemin. Puis, tout s'est passé très vite. Je suis tombé, j'ai perdu connaissance, sir... »

Le téléphone sonna, sonna, sonna.

Toujours en pantoufles et en robe de chambre, Thomas Lieven accourut dans la chambre à coucher d'Estrella.

Au cours du dernier quart d'heure, le chauffeur du taxi rouge, de nombreux passants et la femme de chambre d'Estrella avaient été fort surpris de son étrange accoutrement. Mais Thomas, qui avait passé sa vie à se vêtir avec recherche, s'en fichait. Il se fichait de tout ! Il savait qu'il jouait sa tête.

« Allô ? » fit-il en arrachant le combiné.

Puis il sourit avec soulagement, car il connaissait la voix qui lui répondit. Elle appartenait à un ami, le dernier ami qui lui restait.

« Leblanc ? Lindner à l'appareil...

— Le ciel soit loué, Lindner, j'allais vous appeler. Où êtes-vous ?

— A l'hôtel. Ecoutez, Leblanc, cela fait des heures que j'essaie de vous joindre.

— Oui, oui, je sais. J'ai eu une aventure désagréable, *plusieurs* aventures désagréables... Lindner, j'ai besoin de votre aide... Il faut que je me cache jusqu'au départ du bateau...

— Leblanc !

— ...il ne faut pas qu'on me voie, je...

— Leblanc ! Laissez-moi enfin parler !

— Je vous en prie.

— Le bateau ne part pas. »

Thomas se laissa tomber sur le lit de la consulesse, laquelle se tenait derrière lui et pressait anxieusement son petit poing contre sa bouche sensuelle.

« Que dites-vous là ? gémit Thomas.

— Le bateau ne part pas ! »

Des gouttes de transpiration apparurent sur le front de Thomas.

« Que s'est-il passé ? »

La voix du banquier viennois avait une note hystérique :

« Depuis des jours déjà, j'avais un mauvais pressentiment. Ils avaient un drôle d'air, à la compagnie de navigation. Je ne vous en ai rien dit, pour ne pas vous inquiéter. Je l'ai appris ce matin...

MENU

Toasts aux champignons
Lecso hongrois
Poires au fromage
9 septembre 1940

LA CUISINE HONGROISE PORTE CONSEIL

Toasts aux champignons

Prenez des petits champignons bien fermes, nettoyez, lavez et émincez. Etuvez au beurre, salez et poivrez légèrement, et disposez sur des tranches minces de pain de mie que vous aurez fait rôtir des deux côtés dans du beurre. Arrosez de jus de citron, saupoudrez de persil finement haché et servez sur des assiettes chaudes. Une excellente variante consiste à faire étuver un peu d'échalote hachée avec les champignons, en ajoutant ensuite de la crème fraîche. On saupoudre les tranches de pain rôties de fromage râpé et on les gratine rapidement au four.

N.-B. Thomas Lieven a choisi le premier mode de préparation, car, avant le plat principal, assez consistant, il ne veut servir qu'une bouchée apéritive.

Lecso hongrois

Emincez une demi-livre d'oignons. Découpez en dés 100 g de lard maigre, 100 g de saucisson à l'ail et — en morceaux un peu plus gros — une livre de mouton. Epépinez deux livres de piments verts, découpez-les en rubans de la longueur et la largeur d'un doigt et pelez une livre de tomates.

Faites revenir ensemble oignons, lard et saucissons, ajoutez ensuite la viande qui devra être saisie de tous côtés. Ajoutez les piments et, un peu plus tard, les tomates. Laissez mijoter à petit feu, couvercle fermé, jusqu'à ce que tout soit bien cuit. Une demi-heure avant de servir, ajoutez une demi-tasse de riz, qui ne sert qu'à lier légèrement le jus de cuisson. Si vous prenez trop de riz, vous aurez une bouillie épaisse. Assaisonnez avec sel et poivre rouge.

Poires au fromage

Prenez des poires mûres, fermes, mais juteuses, et servez-les accompagnées d'un fromage peu fermenté, du genre gervais ou port-salut. Pelez la poire à table, coupez-la en morceau et consommez chaque bouchée avec un petit morceau de fromage. Après un repas lourd et relevé, ce mélange de fruits frais et de fromage constitue un dessert agréable et digeste.

— Appris quoi ?

— Le bateau a été pris par les Allemands ! »

Thomas ferma les yeux.

« Qu'est-ce... qu'est-ce qu'il se passe ? s'écria, toute tremblante, la pauvre consulesse.

— Et... et un autre bateau ? gémit Thomas dans la coquille de l'appareil.

— Exclu ! Tout est complet. Et pour des mois ! Ne nous leurrons pas, Leblanc, nous sommes bloqués à Lisbonne — allô — vous avez compris, Leblanc ?

— Chaque mot, dit Thomas. Je vous rappellerai, Lindner. Portez-vous bien, si les circonstances vous le permettent. »

Il raccrocha et se prit la tête entre les mains. De nouveau, il sentit une odeur de chloroforme. De nouveau, il eut des nausées. Sa tête tournait. Il était à bout.

Que faire, maintenant ?

Le piège s'était refermé sur lui. Plus question d'échapper à tous ceux qu'il avait roulés : les Allemands, les Anglais, les Français.

« Jean ! Jean (La voix de la consulesse parvint à son oreille. Il leva la tête. Tremblante, sanglotante, elle était tombée à genoux auprès de lui.) Parle-moi ! Dis-moi quelque chose ! Raconte à ta pauvre Estrella ce qu'il est arrivé ! »

Il la regarda en silence. Puis, son visage s'éclaircit.

« Donne congé à la bonne, chérie, dit-il avec douceur.

— La bonne...

— Je veux être seul avec toi.

— Mais le déjeuner...

— Je ferai la cuisine moi-même, dit Thomas. (Il se leva, comme se lève pour le round suivant un boxeur sévèrement touché, mais loin d'être K-O.) Il faut que je réfléchisse à tout cela. Et les meilleures idées me viennent toujours pendant que je fais la cuisine. »

Il prépara un lecso hongrois. D'un air songeur, il éminça une demi-livre d'oignons. Modestement et en silence, il épépina deux livres de piments verts.

La consulesse ne le quittait pas des yeux. Nerveusement, elle triturait sans cesse son bracelet, un bijou en or, fort pesant et précieux, où étaient sertis des brillants de la plus belle eau.

« Tu es d'un calme ! s'écria Estrella en secouant la tête. Comment peux-tu faire la cuisine dans un moment pareil... »

Il sourit légèrement. Son regard tomba sur le large bracelet dont les joyaux flamboyaient à la lumière, blanc, bleu, vert, jaune et rouge. Il découpa les piments en lamelles.

« Pourquoi ne dis-tu rien, Jean ?

— Parce que je réfléchis, mon cœur.

— Jean, tu ne veux toujours pas te confier à moi ? Tu ne veux pas me dire la vérité ? Pourquoi es-tu menacé de tous côtés ? Pourquoi as-tu peur, même des Anglais ? »

Il commença de peler les tomates.

« La vérité, mon cœur, est si terrible que je ne puis la confier à personne, même pas à toi.

— Oh ! (Elle se mit à faire tourner très vite son bracelet qui scintillait et lançait des flammes.) Mais je veux t'aider, te protéger ! Fais-moi confiance, Jean, je ferais n'importe quoi pour toi !

— N'importe quoi ? Vraiment ?

— Vraiment n'importe quoi, mon amour ! »

Il laissa tomber la tomate qu'il tenait à la main. Son visage prit une expression de profonde tendresse et de tranquille assurance.

« Fort bien, dit Thomas Lieven d'un ton amical. Dans ce cas, nous allons faire une petite sieste après le déjeuner, et ensuite tu me dénonceras. »

Qui s'étonnera de l'effet renversant de ces paroles ? Estrella, la toute belle, demeura sans voix. Les yeux écarquillés, la bouche grande ouverte, elle regarda fixement Thomas Lieven.

« Qu'as-tu dit là ? haleta-t-elle, quand elle eut récupéré

l'usage de la parole. Que dois-je faire ? Te dénoncer ? Où ?
A qui ?

— A la police, mon trésor.

— Mais pourquoi, au nom du Ciel ?

— Parce que je t'ai volée, ma chérie, répondit Thomas
Lieven. Où est donc passé le saucisson à l'ail ? »

LIVRE DEUXIÈME

I

9 SEPTEMBRE 1940.

Extrait du registre du commissariat de police, 17ᵉ secteur, avenida E. Duarte Pacheco, Lisbonne :

15 h 22 : Appel téléphonique en provenance d'un immeuble sis 45, rua Marqués da Fronteira. Une voix féminine réclame du secours contre un voleur. Les sergents Alcantara et Branco se mettent en route avec la voiture du poste.

16 h 07 : Retour des sergents Alcantara et Branco, en compagnie de :

a) Estrella Rodriguès, religion : cath. rom., veuve, née le 27 mars 1905, nationalité portugaise, consul du Costa-Rica, domicilié 45, rua Marqués da Fronteira.

b) Jean Leblanc, religion : prot., né le 2 janvier 1910, nationalité française, banquier, sans domicile fixe (réfugié, visa de transit portugais).

Dans l'affaire la concernant, Estrella Rodriguès déclare ce qui suit : « Je demande l'arrestation de Jean Leblanc, qui m'a volée. Je connais Leblanc depuis deux semaines. Il m'a souvent rendu visite chez moi. Il y a cinq jours, j'ai remarqué l'absence d'un lourd bracelet d'or (18 carats, finement articulé, 150 g, avec petits et gros brillants), fabriqué par l'orfèvre Miguel da Foz, rue Alexandre-Herculano. Valeur marchande : environ 180 000 escudos. J'ai accusé Leblanc du vol, qu'il a admis. Je lui ai fixé aujourd'hui, douze heures, comme dernier délai pour me restituer l'objet m'appartenant. Il ne l'a pas fait. »

Interrogatoire de l'étranger Jean Leblanc :

« Je n'ai pas volé le bracelet. Il m'a été confié par la senhora Rodriguès pour que je le vende. Je le lui ai rendu depuis longtemps, n'ayant pas trouvé d'acheteur. »

QUESTION : « La senhora Rodriguès déclare ne plus posséder le bracelet. Pouvez-vous produire l'objet, ou en indiquer l'emplacement ? »

RÉPONSE : « Non, car la senhora Rodriguès l'a dissimulé dans le but de me nuire. Elle veut me faire arrêter. »

QUESTION : « Pour quelle raison ? »

RÉPONSE : « Par jalousie. »

REMARQUE : Au cours de l'interrogatoire, l'étranger Leblanc fait une impression peu favorable. Son comportement est impertinent et arrogant. De temps à autre, il se livre à des menaces voilées. Ses propos attentent à l'honneur féminin de la plaignante et il insulte grossièrement le commissaire qui l'interroge. Pour terminer, il simule l'aliénation mentale, rit, prononce des paroles sans suite et chante des chansons satiriques françaises.

Déclaration des sergents Alcantara et Branco :

L'étranger s'est opposé à son arrestation par la force. Il a fallu lui mettre les menottes. Lors de son transfert au commissariat, nous avons constaté la présence de plusieurs individus louches, dans la rue, devant la villa, qui observait attentivement nos actes.

REMARQUE : Il est à présumer que l'étranger Leblanc entretient des relations avec les milieux criminels de Lisbonne. Il se trouve en état d'arrestation et passera la nuit au poste. Demain, il sera transféré à la préfecture de police et mis à la disposition de la brigade des vols.

Il était près de six heures du soir, quand la très belle

— sinon très intelligente — Estrella Rodriguès, consul et germanophobe de son état, rentra rua Marqués da Fronteira. Recrue de fatigue et d'énervement, elle avait pris un taxi.

Respirant avec peine, les yeux brillants et les joues enfiévrées, elle était assise dans le fond de la voiture. Tout avait marché comme Jean le désirait et l'avait prévu. Mais, grand Dieu ! dans quelle situation me met cet homme imprévisible, merveilleux, mystérieux...

Ils l'ont enfermé. En prison, il est à l'abri de ses poursuivants. Mais pourquoi le poursuit-on ? Il ne me l'a pas dit. Il m'a embrassée et m'a demandé de lui faire confiance.

Que pourrais-je faire d'autre ? Je l'aime tant ! C'est un Français plein de bravoure. Il est sûrement chargé d'une mission ultra-secrète ! Oui, je veux lui faire confiance et suivre toutes ses instructions : laisser le bracelet dans sa cachette, à la cave ; aller au port tous les jours et essayer de lui trouver un passage pour l'Amérique du Sud ; ne parler de lui avec personne. Si je parviens à réserver un passage sur un bateau, je me précipite chez le juge d'instruction, je montre le bracelet, je déclare que je l'avais égaré et je retire ma plainte... Ah ! que de jours et de nuits pénibles en perspective, sans lui, sans Jean, mon amant chéri !

Le taxi s'arrêta. La consulesse descendit et régla sa course. Lorsqu'elle approcha de l'entrée de sa maison, un homme pâle et soucieux, revêtu d'un complet poivre et sel, émergea de derrière un palmier. L'individu salua Estrella en ôtant son vieux chapeau et lui adressa la parole en mauvais portugais :

« Senhora Rodriguès, je vous prie de m'accorder de toute urgence un entretien.

— Non, non, s'écria la voluptueuse consulesse avec un mouvement de recul.

— Si, si, insista-t-il en la suivant. Il s'agit, dit-il en baissant la voix, de Jean Leblanc.

— Qui êtes-vous ?

— Je m'appelle Walter Lewis. J'arrive de Londres. Il était exact qu'il arrivait de Londres. Son avion avait atterri une heure auparavant. Mais son nom n'était pas Walter Lewis. Il s'appelait Peter Lovejoy, dépêché à Lisbonne par M 15, son patron, pour en finir avec les agissements du dénommé Thomas Lieven...

— Que me voulez-vous, Mr. Lewis ?

— Je veux savoir où est Jean Leblanc.

— En quoi cela vous concerne-t-il ?

L'homme qui, momentanément, se faisait appeler Lewis, essaya d'hypnotiser Estrella au moyen d'un regard sans éclat, mélancoliquement terni par des années d'impécuniosité et de mauvaise chère.

« Il m'a escroqué, il a escroqué mon pays. C'est un forban...

— Taisez-vous !

— ...un individu sans honneur, sans morale, sans scrupule...

— Disparaissez, ou je crie au secours !

— Comment pouvez-vous aider un Allemand ? Voulez-vous qu'Hitler gagne la guerre ?

— Hit... (Le mot resta coincé dans la gorge blanche comme lait de la passionnée, mais malchanceuse, joueuse de roulette.) Qu'avez-vous dit ?

— Comment pouvez-vous aider un Allemand ?

— Un Allemand ? Non ! Non ! (La consulesse se prit la tête des deux mains.) Vous mentez !

— Je ne mens pas ! Ce misérable fasciste s'appelle Thomas Lieven ! »

Prise de vertige, Estrella essaya de rassembler ses idées : Jean, un Allemand ? Impossible. Impensable. Après tout ce que nous avons vécu ensemble. Ce charme. Cette tendresse. Ce... Non, il ne peut être que Français !

« Impossible ! gémit Estrella.

— Senhora, il vous a menti comme il m'a menti, comme il nous a menti à tous. Votre Jean Leblanc est un agent allemand !

— Epouvantable !

— Il faut écraser la tête de ce serpent, senhora ! »

La consulesse rejeta sa belle tête en arrière, son beau corps se tendit.

« Suivez-moi dans la maison, Mr. Lewis. Montrez-moi vos preuves ! Je veux des faits, rien que des faits indéniables ! Si vous pouvez me les fournir, alors...

— Alors, senhora ?

— Alors, je me vengerai ! Aucun Allemand ne se moquera d'Estrella Rodriguès. Aucun ! Jamais ! »

Manha, tel était le mot que Thomas Lieven était destiné à entendre le plus fréquemment au cours des semaines de son emprisonnement. *Manha*, en français : demain... « Demain », promettaient les gardiens, « demain », promettait le juge d'instruction, « demain », se consolaient les prisonniers qui attendaient depuis des mois qu'on prenne une mesure quelconque à leur égard.

Il ne se passait rien. Mais peut-être que demain il se passerait quelque chose ! Gardiens, juge d'instruction et prisonniers haussaient les épaules avec fatalisme, souriaient d'un air significatif et usaient d'un proverbe qui pourrait servir d'axiome à toute la procédure pénale des pays méridionaux : *Eh-eh, ate a manha !* Ce qu'on peut traduire par : Demain, c'est demain, et demain, pensez donc à tout ce qui peut arriver jusque-là, et laissez-vous surprendre !

Après son arrestation, Thomas Lieven atterrit tout d'abord dans la prison criminelle, sur le « Torrel », l'une des sept collines sur lesquelles est bâtie Lisbonne. Il apparut que le « Torrel » était plein à craquer.

Aussi Thomas fut-il transféré après quelques jours à l'« Aljube », un palais médiéval de cinq étages, situé dans la plus ancienne partie de la ville. Les armes de l'archevêque Dom Miguel de Castro surmontaient le portail. Ayant demeuré dans notre vallée de larmes — comme le savent toutes les personnes instruites — de 1568 jusqu'à 1625, celui-ci avait décrété que l'horrible vieille bâtisse servirait de prison aux ecclésiastiques coupables de quelque action répréhensible.

Au moment des formalités d'écrou, Thomas se dit que le clergé portugais du XVe siècle avait dû comprendre un important pourcentage de brebis galeuses, car l'« Aljube » était une prison monumentale !

C'était là que la police reléguait à présent ses prévenus, entre autres un grand nombre d'étrangers. Mais il y résidait également une quantité au moins égale de messieurs qui avaient violé, en toute simplicité, des articles totalement apolitiques du code pénal portugais. Les uns en détention préventive, les autres déjà condamnés, ils occupaient soit des cellules communes, soit des cellules individuelles, soit des cellules dites pour « détenus aisés ».

Celles-ci occupaient les derniers étages et possédaient l'installation la plus confortable. Toutes les fenêtres donnaient sur la cour. Dans l'immeuble voisin, un sieur Teodoro dos Repos se livrait à la fabrication des valises et des sacs, occupation indissolublement liée à certaines odeurs désagréables, qui incommodaient fortement, surtout par temps chaud, les détenus « non aisés » des étages inférieurs.

En haut, les « aisés » vivaient nettement mieux ! Ils payaient le loyer de leur chambre à la semaine, comme à l'hôtel. Le montant du loyer se calculait d'après le montant de la caution fixée par le juge d'instruction. La note était salée. Mais, comme dans un vrai hôtel, on soignait les détenus argentés le mieux possible. Le personnel s'efforçait de satisfaire leur moindre désir. Bien entendu, il y avait des journaux et des cigarettes ; bien entendu, les détenus avaient le droit de commander leurs repas dans des restaurants voisins, recommandés par les gardiens.

Thomas, qui avait déposé au greffe une certaine quantité d'argent liquide en prévision de ces aimables mœurs, organisa le problème de la nourriture de la façon suivante : chaque matin, il convoquait Francesco, le gros cuistot, et discutait avec lui en détail le menu du jour. Ensuite de quoi, Francesco envoyait son aide faire le marché. Le cuisinier était enthousiasmé par « senhor

Jean » : le monsieur de la cellule 519 était une mine de
recettes nouvelles et de tours de main culinaires.

Thomas Lieven se portait à merveille. Il considérait le
séjour en prison comme une petite cure de repos bien
méritée, avant son départ pour l'Amérique du Sud.

Le fait qu'Estrella ne lui donnait pas de nouvelles ne
l'inquiétait nullement. La douce créature passait sûrement ses journées à chercher une place sur un paquebot...

Une semaine après son incarcération, Thomas Lieven
toucha un compagnon de cellule. Ce fut l'aimable gardien
Juliao, que Thomas comblait de pourboires, qui lui
amena le nouveau au matin du 21 septembre.

Thomas fit un bond sur son grabat. De sa vie, il n'avait
vu un homme plus laid !

Le nouveau était le portrait de Quasimodo, le sonneur
de Notre-Dame. Il était petit. Il avait une bosse. Il boitait.
Il était complètement chauve. Son visage était d'une
pâleur cadavérique, mais avec des joues de hamster bien
remplies. Un tic nerveux tordait sa bouche.

« *Bom dia*, dit le bossu en grimaçant un sourire.

— *Bom dia*, murmura Thomas d'une voix étouffée.

— Je m'appelle Alcoba. Lazare Alcoba. » Le nouveau
tendit à Thomas une griffe velue.

Thomas la serra avec effroi et dégoût. Avec le personnage de Lazare Alcoba, il ne soupçonnait pas qu'un ami
véritable était entré dans sa vie — un cœur d'or.

Pendant qu'il établissait ses quartiers sur le deuxième
châlit, Lazare Alcoba déclara d'une voix enrouée et grin-
çante :

« Moi, ils m'ont alpagué pour contrebande, les porcs
— mais ce coup-ci ils ne peuvent rien prouver. Faudra
bien qu'ils me relâchent, une fois ou l'autre. Je ne suis
pas pressé... *Eh-eh, ate a manha !* » Il grimaça un nouveau
sourire.

« Moi aussi, je suis innocent, commença Thomas, mais
Lazare l'interrompit d'un geste poli de la main.

— Oui, oui, tu es censé avoir fauché un bracelet garni

de brillants. Pure calomnie, hein ? Tsitt, tsitt, comme les gens sont méchants !

— Comment savez-vous...

— Je suis au courant de tout ce qui te concerne, petit ! Tu peux me tutoyer. (Le bossu se gratta à loisir.) Tu es Français. Tu es banquier. La nana qui t'a mis dedans est consul et s'appelle Estrella Rodriguès. Tu aimes faire la cuisine...

— Comment sais-tu tout cela ?

— Puisque je t'ai choisi, petit !

— Choisi ?

— Sûr ! » Lazare rayonnait. (Son faciès hideux doubla de largeur au cours du processus.) « Le seul homme intéressant de toute la cabane ! Même en taule, on aime bien se cultiver l'esprit, pas ? (Il se pencha confidentiellement et toucha le genou de Thomas Lieven du doigt.) Petit tuyau pour l'avenir, Jean : la prochaine fois qu'on t'enchriste, tu te présentes tout de suite chez le gardien-chef. Moi, je le fais à tous les coups.

— Pourquoi ?

— Je lui propose de tenir ses registres, à ce feignant. Comme ça, j'ai tous les dossiers sous la main. Et, au bout de quelques jours, je connais tous les détenus par cœur. Ça me permet de choisir un copain de cellule au poil. »

Thomas commença à se plaire dans la compagnie du bossu. Il lui offrit une cigarette.

« Et pourquoi m'as-tu choisi, moi ?

— Toi, tu es un gars de la haute. Un bleu, malheureusement, mais avec des manières. On peut apprendre des trucs, avec toi. Un banquier. Peut-être que tu me fileras des tuyaux de bourse. Tu aimes bien faire la cuisine. Là aussi, il y a quelque chose à apprendre. Tu sais, tout ce qu'on apprend, dans la vie, peut servir...

— Oui, dit Thomas d'un air songeur, c'est exact. » J'en ai appris, des choses, pensa-t-il, depuis que le sort m'a poussé hors de ma paisible carrière ! Qui sait ce qui m'attend encore. Que sont devenus ma sécurité et mon existence bourgeoise, mon club de Londres et mon bel appartement de Mayfair ? Disparus au loin, dans une mer de nuages incertaine...

« Je te fais une proposition, dit Lazare. On fait part à deux. Tu m'apprends tout ce que tu sais, et moi je fais pareil. Ça te va ?

— Ça me va très bien, dit Thomas avec enthousiasme. Qu'est-ce que tu veux pour ton déjeuner, Lazare ?

— J'ai bien une idée, mais je ne sais si tu connais ça... Ce crétin de cuistot ne le connaît sûrement pas.

— Dis toujours.

— Tu comprends, j'ai travaillé presque dans tous les pays d'Europe. J'avoue que j'aime bien bouffer. Ce que je préfère, c'est la cuisine française. Mais je n'ai rien contre l'allemande ! Un jour, j'étais à Münster, où j'ai vidé les poches à quelques messieurs. Mais avant, j'ai mangé un carré de porc farci. Un carré de porc, je te dis, comme j'en rêve encore ! » Il roula des yeux blancs et fit claquer ses lèvres.

« C'est tout ? dit Thomas Lieven avec douceur.

— Tu connais ?

— Moi aussi, j'ai travaillé en Allemagne, dit Thomas en toquant contre la porte de la cellule. Donc, carré de porc farci. Très bien. On va se faire une journée de cuisine allemande. Peut-être une soupe de quenelles de foie, pour commencer, et après — hum — des châtaignes à la crème chantilly... »

Juliao, l'aimable gardien, passa la tête par l'entrebâillement de la porte.

« Envoie-moi le chef, dit Thomas en lui mettant un billet de cent escudos dans la main. J'ai besoin de lui pour composer le menu du jour. »

« Alors, c'est bon ? demanda Thomas Lieven quatre heures plus tard. Aussi bon qu'à Münster ? »

Dans sa cellule, le bossu et lui étaient installés, face à face, devant une table bien garnie. Le bossu s'essuya la bouche et poussa des gémissements enthousiastes.

« C'est meilleur, petit, c'est meilleur ! Après un carré de porc pareil, je me sens capable de piquer son porte-feuille au vénéré président Salazar en personne !

— Le chef aurait dû mettre un peu plus de rhum.

— Ces mecs-là, ils sifflent tout eux-mêmes, dit Lazare. Pour te remercier de la bonne tortore, je vais te donner un premier tuyau.

— C'est très aimable à toi, Lazare. Encore un peu de purée ?

— Avec plaisir. Tu vois, nous, on est riches, on a de l'oseille. Comme ça, pas de problèmes pour obtenir une bonne gamelle. Mais qu'est-ce que tu fais si on te met au gnouf et que tu es raide ? Ce qui compte le plus, en taule, c'est d'être bien nourri. Et on te nourrit bien si tu es diabétique.

— Mais comment deviens-je diabétique ?

— C'est justement ce que je vais te dire, déclara Lazare en remplissant ses bajoues de hamster. Pour commencer, tu te présentes sans arrêt à la visite médicale. Tu es tout le temps patraque. Au bon moment, tu fau-ches une seringue à injections au toubib. Puis, tu fais copain-copain avec le cuistot. Surtout toi, tu n'auras jamais de mal. Le cuistot, tu lui demandes un peu de vinaigre. Pour assaisonner ta bouffe, tu lui dis. Puis, tu demandes un peu de sucre. Pour ton café.

— Je comprends, dit Thomas. (Il frappa à la porte. Le gardien parut.) Vous pouvez desservir, dit Thomas. Le dessert, je vous prie. »

Lazare attendit que Juliao eût disparu avec la vaisselle.

« Tu mélanges une part de vinaigre avec deux parts d'eau, poursuivit-il et tu satures la solution avec du sucre. Puis, tu t'en envoies deux centicubes dans la cuisse.

— Intramusculaire ?

— Oui. Mais mollo, tu m'entends, mollo, mollo, sinon tu vas récolter un phlegmon de première !

— Compris.

MENU

Potage souabe aux quenelles de foie
Carré de porc farci à la mode de Westphalie
Châtaignes badoises à la crème Chantilly
21 septembre 1940

LA CUISINE BOURGEOISE DONNE DES FORCES POUR L'APPRENTISSAGE DU CRIME

Potage souabe aux quenelles de foie

Emulsionnez 60 g de beurre, incorporez 200 g de foie de bœuf râpé, 3 œufs, un petit pain trempé et pressé, 50 g de chapelure, 5 g de marjolaine, sel et poivre. Au-dessus d'une casserole d'eau bouillante, faites passer la masse à travers un tamis à quenelles. Laissez bouillir 10 à 15 minutes, jusqu'à ce que les quenelles montent à la surface. Retirez avec l'écumoire, laissez égoutter, et servez avec un bon consommé.

Carré de porc farci à la mode de Westphalie

Faites désosser un beau carré de porc frais. Coupez des pommes en petites tranches, mélangez avec des pruneaux légèrement pochés au préalable, ajoutez un peu de zeste de citron râpé, une mesure de rhum et un peu de chapelure. Remplissez de cette farce le carré désossé, salé et poivré. Cousez tout le tour.

Faites d'abord saisir la viande de tous côtés. Lorsqu'elle aura pris couleur, achevez la cuisson au four. Servez avec des pommes de terre en purée.

Châtaignes badoises, à la crème Chantilly

Prenez de belles châtaignes bien fermes, entaillez l'écorce en croix, du côté arrondi, et grillez légèrement au four, de manière à pouvoir retirer l'écorce. Pochez ensuite à l'eau bouillante jusqu'à ce que la peau intérieure se détache facilement.
Ensuite, faites cuire les châtaignes dans du lait additionné de sucre et d'un petit morceau de gousse de vanille. Les châtaignes doivent être moelleuses, sans plus. Passez-les à la moulinette et, si possible, directement dans le plat de service, ceci afin de préserver la légèreté de leur consistance.
Nappez ce riz de châtaignes de crème Chantilly et garnissez de cerises confites légèrement parfumées au cognac.

— Tu te piques une heure et demie avant la visite. Et tu te passes de pisser. Vu ?

— Vu. »

Juliao apporta le dessert, reçut sa part et se retira satisfait.

« Chez le toubib, conclut Lazare en mangeant des châtaignes à la crème fouettée, tu te plains que tu as toujours soif la nuit. Illico, il gamberge que tu as du sucre dans le sang. Il te demande de pisser dans un bocal. Tu pisses. A l'analyse, ils trouvent tout plein de sucre. On te met au régime : grillades, beurre, lait, pain blanc. C'est la récompense de ton petit turbin. »

Voilà ce qu'apprit Thomas Lieven au premier jour de ses relations avec Lazare, le bossu. Pendant les jours et les semaines qui suivirent, il en apprit davantage. Il eut droit à un véritable cours sur le crime et la vie en prison. Avec une précision mathématique, son cerveau enregistrait chaque tuyau, chaque recette qu'il apprenait.

Par exemple : Comment obtenir rapidement une température élevée pour être transféré à l'infirmerie, où l'évasion est plus facile ?

Réponse :

Prenez du savon de Marseille et râpez-le en fins copeaux. Une heure avant la visite, avalez-en trois cuillerées à café. Un violent mal de tête sera la conséquence, et la température montera jusqu'à 41° dans l'heure qui suit. Il est vrai que cet accès ne durera qu'une heure. Pour des périodes de fièvre plus longues, avalez des boulettes de savon.

Ou : Comment simuler la jaunisse ?

Prenez une cuillerée à café de suie et deux cuillerées à café de sucre, mélangez, mouillez avec du vinaigre. Laissez reposer pendant la nuit et absorbez la mixture le matin, à jeun. Les symptômes de jaunisse apparaîtront un ou deux jours plus tard.

« Tu sais, Jean, dit Lazare, nous vivons des temps troublés. Peut-être auras-tu envie, un jour, d'éviter la mort au champ d'honneur. Tu piges ?

— Parfaitement », dit Thomas.

Ce furent des semaines heureuses. Lazare devint un parfait cuisinier, Thomas un parfait simulateur de maladies. Il apprit, en outre, l'argot international du crime et des douzaines de combinaisons intéressantes, telles que le « gilet blanc », le « prêt », l'« achat de voiture », l'« accroc du parapluie », le « commerce des brillants », les « dommages et intérêts », la « fuite au chiqué », le « service de dépannage », et bien d'autres.

Il avait le sentiment — juste Ciel, quelle déchéance, déjà ! — que toute cette science lui serait un jour fort utile. Ce sentiment devait se révéler juste à cent pour cent !

A la fois professeurs et élèves, Thomas et Lazare vécurent en bonne entente et en paix, jusqu'au matin de l'épouvantable, du terrible 5 novembre 1940...

Dans la matinée du 5 novembre 1940, Thomas Lieven fut conduit de nouveau — pour la première fois depuis longtemps — devant le juge d'instruction. Ce magistrat se nommait Eduardo Baixa. Toujours vêtu de noir des pieds à la tête, il portait un pince-nez au bout d'un ruban de soie noire. Le juge Baixa était un homme cultivé. Il parlait toujours français avec Thomas. Il fit de même, ce jour-là :

« Alors, monsieur, êtes-vous enfin décidé à avouer ?

— Je n'ai rien à avouer. Je suis innocent.

— Dans ce cas, monsieur, dit Baixa en nettoyant son pince-nez, vous avez une forte chance de rester encore très, très longtemps à l'Aljube. Nous avons transmis votre signalement à tous les postes de police du Portugal. Maintenant, il nous faut attendre.

— Attendre quoi ?

— Ma foi, les réponses ! Nous ignorons les autres crimes que vous avez commis sur notre sol.

— Je n'ai commis aucun crime ! Je suis innocent !

— Mais oui, mais oui. Bien sûr... Malgré tout, nous

devons attendre, monsieur Leblanc. Surtout que vous
êtes étranger... (Baixa feuilleta un dossier.) Etrange personne, hum ! Je dois dire.

— Qui donc ?

— La plaignante, senhora Rodriguès. »

Un fourmillement de mauvais augure envahit la
colonne vertébrale de Thomas.

« Pourquoi étrange, monsieur le juge ? interrogea-t-il,
la bouche sèche.

— Elle ne vient pas.

— Je ne vous suis pas.

— Je l'ai convoquée. Mais elle ne vient pas.

— Mon Dieu, dit Thomas, j'espère qu'il ne lui est rien
arrivé ! » Il ne manquerait plus que ça ! pensa-t-il.

Retourné dans sa cellule, il fit immédiatement appeler
Francesco, le gros cuistot.

Celui-ci se présenta, la figure rayonnante.

« Qu'est-ce que ce sera pour aujourd'hui, senhor Jean ? »
Thomas secoua la tête.

« Il ne s'agit pas de cuisine. Il faut que tu me rendes
un service. Peux-tu t'absenter pendant une heure ?

— Bien sûr.

— Prends de l'argent à mon compte. Achète vingt
roses rouges, prends un taxi et va à l'adresse que j'ai
notée. Une certaine senhora Estrella Rodriguès y habite.
Je me fais du souci pour elle. Elle est peut-être malade.
Prends des nouvelles, demande si tu peux faire quelque
chose !

— C'est d'accord, senhor Jean ! » Le gros disparut.

Francesco revint au bout d'une heure. Il avait l'air
embêté. Lorsqu'il entra dans la cellule avec une splendide
gerbe de vingt roses rouge sang, Thomas sut aussitôt que
quelque chose d'épouvantable s'était produit.

« La senhora Rodriguès est partie », dit le cuisinier.

Thomas retomba sur le châlit.

« Comment partie ? interrogea Lazare.

— Partie c'est partie, couillon, répliqua le chef. Partie.
En voyage. Disparue. Plus là, quoi.

— Depuis quand ? demanda Thomas.

— Depuis cinq jours, senhor Jean. (Le chef dévisagea Thomas avec compassion.) Et la dame ne semble pas décidée à revenir. Pas de si tôt, en tout cas.

— Qu'est-ce qui te fait dire ça ?

— Elle a emporté toutes ses robes, ses bijoux, son argent...

— Elle n'en avait pas !

— Le coffre était ouvert...

— Le coffre ? (Thomas se sentit chanceler.) Comment as-tu pu approcher du coffre ?

— La bonniche m'a fait visiter la maison. Une métisse. Très mignonne, ma foi. Première qualité ! Des yeux ! » Le chef esquissa devant sa poitrine le geste correspondant.

« C'est Carmen, murmura Thomas.

— C'est ça, Carmen. Je l'emmène au ciné ce soir. Elle m'a montré la garde-robe, tous les placards étaient vides, la chambre à coucher, le coffre était vide...

— Tout à fait vide ? gémit Thomas.

— Tout à fait. Une petite culotte de soie noire était pendue à la porte ouverte, c'est tout. Diable, senhor Jean, vous ne vous sentez pas bien ? De l'eau... Buvez un verre d'eau.

— Couche-toi sur le dos et ne bouge pas », conseilla Lazare.

Thomas se laissa retomber en arrière, sur son lit.

« Tout mon argent était dans ce coffre, balbutia-t-il. Tout ce que j'avais. Toute ma fortune.

— Ces bonnes femmes ! grommela Lazare avec colère. Tout ce qu'elles savent faire, c'est nous emmerder. Et pas de déjeuner, avec ça !

— Mais pourquoi ? chuchota Thomas. Pourquoi ? Je ne lui ai rien fait... Qu'a dit Carmen ? Sait-elle où se trouve la senhora ?

— Carmen dit qu'elle a pris l'avion pour le Costa-Rica.

— Juste ciel ! gémit Thomas.

— Carmen dit que la villa a été mise en vente.

— Cesse de m'agiter ces sacrées roses sous le nez !
hurla soudain Thomas avec une fureur démente. (Il se
reprit.) Excuse-moi, Francesco. Ce sont les nerfs. Et... et
pas de message pour moi ? Pas de lettre ? Rien ?

— Si, senhor. » Le chef tira deux enveloppes de sa
poche.

La première était de son ami viennois, le banquier
Walter Lindner :

Lisbonne, le 29 octobre 1940.

Cher Monsieur Leblanc,

    *Je vous écris ces quelques lignes avec hâte et inquié-
tude. Il est onze heures. Il faut que je me rende à bord,
car mon bateau part dans deux heures. Et toujours aucun
signe de vie de vous ! Où donc êtes-vous passé, mon
Dieu ? Etes-vous toujours vivant ?*

    *Je ne sais rien d'autre que ce que m'a raconté votre
malheureuse amie, Madame le consul : à savoir que vous
êtes sorti, après notre conversation téléphonique du
9 septembre, et que vous n'êtes jamais revenu.*

    *Pauvre Estrella Rodriguès ! Voilà une personne qui
vous aime de tout cœur. Le chagrin, l'angoisse de cette
femme ! Je l'ai vue tous les jours, depuis que j'ai réussi
à réserver pour nous trois des passages pour l'Amérique
du Sud. Jour après jour, nous avons espéré un signe de
vous, en vain.*

    *Je vous écris ces lignes dans la villa de votre belle amie
désespérée. Elle est à mes côtés, en larmes. Même
aujourd'hui — le dernier jour — aucune nouvelle ! Je
vous écris dans l'espoir que vous vivez encore et qu'un
jour vous retournerez dans cette maison, auprès de cette
femme qui vous est tant attachée. Si le Ciel vous l'ac-
corde, vous trouverez à ce moment-là ma lettre.*

    *Je vais prier pour vous. Espérant, envers et contre tout,
vous retrouver un jour, je reste*

Amicalement vôtre,
Walter Lindner.

C'était la première lettre.

Thomas la laissa tomber à terre. Il étouffait. Sa tête menaçait soudain d'éclater.

Pourquoi Estrella n'a-t-elle pas dit à mon ami où je me trouve ? Pourquoi n'est-elle pas venue me sortir d'ici, comme convenu ? Pourquoi a-t-elle fait ça ? Pourquoi, pourquoi ?

La seconde lettre fournissait la réponse.

Sale voyou !

Maintenant, ton ami Lindner a quitté le pays. Maintenant, il n'y a plus personne pour t'aider. Maintenant, je vais achever ma vengeance.

Tu ne me reverras jamais. Dans quelques heures, un avion m'emporte au Costa-Rica.

Ton ami t'a écrit une lettre. J'y joins la mienne. Un jour, le juge d'instruction me fera rechercher. Alors tu recevras les deux lettres.

Pour le cas où le juge commencerait par lire les lettres, ce qui est vraisemblable, je déclare une fois de plus :

Tu m'as volé, canaille !

Et je dis également (cela vous intéresse sûrement, monsieur le juge !) pourquoi je te quitte à présent pour toujours : parce que j'ai appris que tu es Allemand, un agent secret allemand, un sale voyou d'Allemand, sans scrupules, cynique et cupide ! Ah ! comme je te hais, salaud !

E.

« Ah ! comme je t'aime encore, salaud ! » gémit la passionnée, la junonienne Estrella Rodriguès.

Au moment où Thomas Lieven lisait sa lettre d'adieu dans sa cellule de l'« Aljube » à Lisbonne, une sensation de froid glacial au creux de l'estomac, de l'autre côté du globe terrestre la brune et belle consulesse était assise dans le salon de l'appartement le plus cher de l'hôtel le plus cher de San José, capitale de la république du Costa-Rica.

Estrella avait les yeux rouges. Elle se donnait de l'air avec un éventail. Son cœur battait la chamade, sa respiration était angoissée.

Jean, Jean, sans cesse je pense à toi, qui t'appelles Thomas Lieven, salaud ! qui m'as menti, escroc !... Mon Dieu, comme je t'aime !

Confrontée avec ce tragique état de choses, la consulesse entonna avec le courage du désespoir un double cognac costaricain. Frissonnante, elle ferma les yeux, frissonnante, elle se remémora le passé récent.

Une fois de plus, elle revit en pensée l'agent britannique qui lui avait raconté la vérité, la vérité sur Thomas Lieven. Et Estrella se revit soi-même, quand l'Anglais l'eut quittée : une femme prostrée, brisée, anéantie...

Dans cet état d'abattement, Estrella s'était traînée, au soir du 9 septembre 1940, jusqu'au grand coffre-fort de la chambre à coucher. En pleurant, elle avait manipulé la combinaison. En tremblant, elle avait ouvert la lourde porte. La fortune de cette canaille s'étalait devant elle. Marks, escudos, dollars. Désespérée, presque aveuglée par les larmes, la femme trahie fit l'inventaire.

Ce soir-là, les visiteurs du casino d'Estoril eurent le privilège d'assister à un spectacle sensationnel !

Plus belle que jamais, plus pâle que jamais, plus décolletée que jamais, Estrella Rodriguès apparut nantie d'un capital d'environ 20 000 dollars. Elle, l'éternelle perdante, elle, que plaignaient employés et croupiers, elle gagna ce soir-là. Elle gagna, gagna, gagna !

Comme en transe, elle jouait l'argent de Thomas Lieven. Elle jouait exclusivement le maximum de la mise. Elle joua le 11. Le 11 sortit trois fois de suite. Elle joua le 29, en plein et les chevaux. Le 29 sortit. Elle joua la deuxième douzaine, rouge, impair, passe, et le 23, en plein et les chevaux, le tout avec des mises maxima. Le 23 sortit !

Estrella jouait. Estrella gagnait, quel que fût son jeu.

Ses beaux yeux s'embuèrent de larmes. Les messieurs en smoking et les dames avec leurs précieuses étoles de vison observaient avec curiosité cette étrange favorite de la fortune qui sanglotait à chaque coup gagné.

Les joueurs désertaient les autres tables de la salle. Ils arrivaient de tous côtés, en rangs serrés, pour regarder fixement la belle dame en robe du soir rouge qui gagnait, gagnait sans cesse, tout en montrant des signes de désespoir de plus en plus manifestes.

« Vous êtes trop belle. Vous avez trop de chance en amour ! Il serait injuste que vous ayez en plus de la chance au jeu ! » Ces paroles, prononcées par Thomas Lieven le soir où ils avaient fait connaissance, brûlaient dans la mémoire d'Estrella comme un tison ardent. Trop de chance en amour, voilà pourquoi elle avait toujours perdu, et à présent, et à présent...

« 27, rouge, impair et passe ! »

La foule s'exclame.

Estrella sanglote. Car elle a gagné une fois de plus, gagné autant que peut rapporter d'un seul coup, au casino d'Estoril, le 27, rouge, impair et passe.

« Je... n'en... peux... plus », gémit la belle. Il fallut le concours de deux valets chaussés d'escarpins pour la conduire jusqu'au bar. Il fallut le concours de deux autres valets munis de caissettes de bois pour charrier jusqu'au guichet du changeur les montagnes de jetons qu'elle avait gagnées. Le montant de ses gains équivalait à la somme de 82 734 dollars et 26 *cents*. Qui donc disait que bien mal acquis ne profite jamais ?

Estrella se fit remettre un chèque. Au fond de son sac du soir brodé d'or, elle retrouva un jeton de 10 000 escudos. Du bar, elle le lança, par-dessus la tête des joueurs, sur le tapis vert de la table. Le jeton retomba sur le rouge. « Pour les amours trahies ! » s'écria-t-elle en sanglotant.

Le rouge sortit...

Le rouge sortit, se souvint Estrella le 5 novembre 1940, les yeux mouillés de larmes, dans le salon de l'appartement le plus cher de l'hôtel le plus cher de San José. A San José, il était neuf heures et demie du matin, selon le

fuseau horaire costaricain. A Lisbonne, il était midi et
demie, selon le fuseau horaire portugais. A Lisbonne,
Thomas Lieven buvait son premier double cognac, pour
se remettre de ses terribles émotions. A San José, la belle
consulesse en était déjà au second de la journée. Le
premier, elle l'avait siroté tout de suite après le petit
déjeuner.

Depuis quelques jours, elle sirotait de plus en plus
souvent, de plus en plus tôt et de plus en plus volontiers.
Elle avait des palpitations épouvantables. Il *fallait* qu'elle
boive !

Car, lorsqu'elle ne buvait pas, le souvenir de Jean —
Jean, mon unique chéri ! Jean, mon merveilleux trésor !
salaud de Jean ! — lui devenait tout à fait insupportable.
Avec du cognac, ça pouvait aller à la rigueur.

A présent elle était riche. Elle n'avait plus de soucis.
Jamais elle ne reverrait son amant. Elle était lavée de la
honte de s'être donnée à lui.

Les doigts tremblants, Estrella pêcha dans son sac en
crocodile un flacon doré et dévissa le bouchon. Les doigts
tremblants, elle remplit à nouveau son verre. Et, tandis
que les larmes se remettaient à couler, elle s'écria, au
beau milieu du salon luxueux et désert : « Jamais je
n'oublierai cet homme ! »

« Jamais, dit Thomas Lieven, jamais je n'oublierai
cette femme ! »

La chute du jour enveloppait Lisbonne d'un crépuscule
nacré. Thomas Lieven arpentait la cellule comme un tigre
furieux.

Il avait dit la vérité à Lazare. Lazare connaissait à
présent le vrai nom de Thomas, était au courant de ses
manigances et savait ce qui l'attendait s'il tombait entre
les mains des services secrets allemands, anglais ou
français.

Fumant une cigarette, le bossu observait son ami d'un
air soucieux.

« Rien de pire qu'une bonne femme hystérique ! dit-il. On ne sait jamais ce qui peut encore lui passer par la tête ! »

Thomas interrompit son marathon :

« Justement ! dit-il. Peut-être que, demain, cette dame écrira au préfet de police pour me mettre sur le dos un meurtre non éclairci !

— Ou plusieurs.

— Comment ?

— Ou plusieurs meurtres.

— Ah, oui ! En tout cas, ma situation est désespérée. Il est évident qu'elle a emporté ce sacré bracelet. On ne le trouvera pas. Je suis bon pour moisir ici !

— C'est juste, dit Lazare. Voilà pourquoi tu dois en sortir au plus vite.

— Sortir d'ici ?

— Avant qu'elle n'en rajoute.

— Lazare, ici, c'est une prison !

— Et alors ?

— Avec des murs, des grilles et des portes blindées ! Avec des juges, des gardiens et des chiens policiers !

— Exact. Aussi, tu auras plus de mal à en sortir que tu n'en as eu pour y entrer.

— Mais il y a un moyen ? demanda Thomas en s'asseyant sur le bord du lit.

— C'est sûr. Il faudra simplement qu'on se triture un peu les méninges. Tu m'as bien dit que tu avais appris à fabriquer des faux papelards ?

— Et comment !

— Hum ! Il y a une imprimerie au sous-sol. C'est là qu'on imprime tous les formulaires pour les tribunaux. Le cachet qu'il nous faut, on le trouvera bien. Ma foi, petit, tout dépend uniquement de toi.

— De moi ? Pourquoi ?

— Il va falloir que tu te transformes.

— Dans quel sens ?

— Le mien, dit Lazare avec un sourire mélancolique. Tu dois rapetisser. Tu dois boiter. Tu dois avoir une

bosse, des bajoues et un tic. Et, bien entendu, un crâne
aussi chauve qu'une boule de billard. Je t'ai fait peur,
petit ?

— P... pas du tout ! mentit bravement Thomas. Qu'est-
ce qu'on ne f... ferait pas, en échange de la liberté !

— C'est le bien le plus précieux, déclara Lazare. Et
maintenant, ouvre bien tes oreilles et écoute ce que je
vais te raconter. »

Il raconta.

Et Thomas Lieven ouvrit ses oreilles.

« Evidemment, dit le bossu, il est plus facile d'atterrir
en taule que d'en sortir. Mais on en sort !

— J'en suis ravi !

— On a du pot d'être en cabane au Portugal, et non
pas dans ton pays. Chez toi, ça ne marcherait pas, c'est
trop bien organisé.

— Tiens, tiens. Si je comprends bien, les prisons allemandes sont les meilleures du monde ?

— Moi qui te parle, j'ai été deux fois à Moabit ! (Lazare
se frappa le genou.) Je peux te le dire : les Portugais ne
sont pas dans la course ! Ils se laissent vivre. Il leur
manque le sens prussien du devoir, la discipline allemande !

— C'est juste. »

Le bossu frappa à la porte de la cellule. Juliao, le bon
gardien farci de pourboires, apparut aussitôt, comme s'il
eût été garçon d'étage dans un bon hôtel.

« Fais monter le cuistot, vieux, lui dit Lazare. (Juliao
s'inclina et disparut.) Car, poursuivit Lazare, ton évasion
commence par la cuisine... »

« Ecoute, dit un peu plus tard le bossu à Francesco,
le gros chef, il y a bien une imprimerie à la cave, n'est-ce
pas ?

— Oui. Elle imprime les formulaires de l'administration judiciaire.

— Aussi les ordres d'élargissement du Parquet ?

— Sûrement.

— Connais-tu l'un des détenus qui y travaillent ?

— Non, pourquoi ?

— Nous avons besoin d'un ordre d'élargissement.

— Je vais me renseigner, dit le chef.

— Renseigne-toi, dit Thomas Lieven. Pour celui qui nous rend ce petit service, il y a huit jours de bonne nourriture à la clef. »

Le chef revint deux jours plus tard :

« J'en ai trouvé un, mais il veut bien bouffer pendant un mois entier.

— Pas question, dit Lazare avec froideur. Deux semaines, pas plus.

— Faudra que je demande », dit le chef.

Lorsqu'il fut parti, Thomas dit au bossu :

« Ne sois pas si avare ! C'est mon argent après tout.

— Question de principe, répliqua le bossu. Je ne veux pas que tu gâches les prix. Autre chose : j'espère qu'il est exact que tu sais reproduire un cachet ?

— Le cachet que je ne puisse pas reproduire n'existe pas, dit Thomas. J'ai fait mon apprentissage chez le meilleur faussaire du pays. » Quelle chose monstrueuse, songea-t-il, que la déchéance d'un homme : voilà que j'en suis fier !

Le chef revint le lendemain :

« Le type est d'accord, annonça-t-il.

— Où est le formulaire ?

— Il dit qu'il veut d'abord ses quinze jours de becquetance.

— Donnant, donnant, grogna Lazare. Ou bien il nous file son imprimé tout de suite, ou bien il peut oublier l'affaire. »

Une heure plus tard, le formulaire était entre leurs mains.

Depuis son incarcération, Lazare se présentait journellement chez le gardien-chef de la prison pour tenir les registres à jour et expédier les affaires courantes. Il tapait des douzaines de lettres à la machine, tandis que le gardien-chef lisait son journal sans s'occuper de lui.

Aussi, le bossu eut-il toute latitude pour remplir, à son nom, un ordre de levée d'écrou. Il tapa son nom, sa date de naissance et le numéro de son dossier. Il data le document du 15 novembre 1940, bien qu'on ne fût que le 8. Lazare et Thomas avaient besoin d'une bonne semaine de préparatifs. Il faudrait d'ailleurs un jour de plus pour acheminer la lettre à travers les diverses instances de la prison. Donc, si tout allait bien, Thomas pourrait être libéré le 16 novembre. Le 16 était un samedi, et samedi était le jour de congé du bon gardien Juliao, et... Mais prenons les choses dans l'ordre !

Pour terminer, Lazare orna l'ordre d'élargissement de la signature du procureur de la République, qu'il copia facilement à l'aide d'une lettre affichée sur le mur du bureau.

« As-tu bien travaillé ? demanda-t-il à Thomas au retour.

— J'ai répété tout l'après-midi. »

Il avait été convenu que Thomas se présenterait à la place de Lazare, dès que le faux ordre d'élargissement parviendrait à la chancellerie de la prison et qu'on appellerait le « détenu Alcoba ». Pour cela, il fallait que Thomas ressemblât le plus possible à ce dernier, une tâche ardue, quand on se représente le physique de Lazare Alcoba. Aussi le bossu insistait-il sur des répétitions quotidiennes...

Thomas s'introduisit des boulettes de pain entre les joues et les gencives, ce qui lui procura en effet des bajoues de hamster. Puis, il commença de tiquer nerveusement de la bouche. Embarrassé par le pain, il essaya d'imiter la voix du bossu.

« Arrête de bredouiller, petit ! Et qu'est-ce que c'est que ce tic ? C'est beaucoup trop haut ! (Lazare montra sa bouche.) Voilà où je tique, moi ! Plus bas, mon gars, plus bas !

— Impossible ! (Thomas tiquait à s'en tordre les muscles.) Ces sacrées boulettes me gênent !

— Pas de pain, pas de bajoues ! Donne-toi un peu de mal, tu arriveras plus bas ! »

Thomas essuya la sueur qui perlait à son front :

« Je n'ai pas de veine, avec ta bouille.

— Tout le monde ne peut pas être comme toi. Et ce n'est qu'un début ! Attends un peu que je te flambe les cheveux.

— Flamber ?

— Tu t'imagines peut-être qu'ils vont nous passer un rasoir et des ciseaux, ici ?

— Ne raconte pas de salades. Répète, plutôt. Fais-toi plus petit. Mets mon manteau, pour te rendre compte jusqu'où tu dois plier les genoux. Prends l'oreiller. Arrange-toi une bosse convenable ! Et ne me dérange plus, il faut que j'aille aux renseignements.

— Pourquoi ?

— Pour savoir qui possède une lettre du procureur de la République. Pour que tu puisses imiter le cachet. »

Tandis que Thomas revêtait le vieux manteau du bossu et boitillait, les genoux repliés, à travers la cellule, Lazare se mit à frapper sur la cloison, sa chaussure à la main. Il utilisait le plus simple des codes : a = trois coups, b = deux coups, c = un coup, puis, d = six coups, e = cinq coups, f = quatre coups, puis, g = neuf coups, h = huit coups, i = sept coups. Et ainsi de suite.

Lazare frappa sa question puis il attendit la réponse en observant Thomas qui tiquait, bredouillait et s'exerçait à marcher, les genoux repliés.

Une heure plus tard, l'occupant de la cellule voisine frappa à la cloison. Lazare écouta et hocha la tête.

« Au troisième étage, dit-il, se trouve un dénommé Maravilha. Il a une lettre de refus du procureur, en réponse à une demande de mise en liberté provisoire. Il la garde comme souvenir. Elle porte un cachet.

— Parfait. Offre-lui une semaine de repas convenables », bredouilla Thomas en tiquant violemment de la bouche.

Le mois de novembre de l'année 1940 fut très chaud. On pouvait encore se baigner dans l'Atlantique ou se bronzer au soleil sur la plage d'Estoril — à condition d'être vêtu avec la décence prescrite par les autorités portugaises. Pour les hommes, la police exigeait un costume de bain complet. Pour les dames, elle était encore plus sévère !

Le 9 novembre, vers midi, un monsieur d'aspect morose avec des jambes en sabres turcs loua sur la plage un engin nommé « gaivola », c'est-à-dire un antique pédalo, composé de deux flotteurs en bois, d'une sorte de chaise longue à pédales et d'une roue à aubes. A la force du jarret, il se mit à pédaler en direction du large.

Ce monsieur, qui pouvait avoir cinquante ans, portait un costume de bain brun et un chapeau de paille. Après un quart d'heure de route, il distingua une autre « gaivola » que la houle de l'Atlantique balançait doucement au loin. Il mit le cap sur elle. Au bout d'un autre quart d'heure, il fut suffisamment proche pour reconnaître l'occupant du second pédalo, qui lui ressemblait comme un proche parent : aigri et surmené.

« Enfin ! s'écria l'autre monsieur, qui portait un costume de bain noir. Je pensais déjà que vous ne viendriez pas ! »

Le monsieur en brun se rangea le long du flanc du deuxième pédalo.

« Au téléphone, dit-il, vous m'avez laissé entendre qu'il s'agissait d'une question de vie ou de mort. Donc, je suis venu.

— N'ayez crainte, commandant Loos, dit le monsieur en noir, personne ne peut surprendre notre conversation. Ici, il n'y a pas de micros. Idée géniale que j'ai eue là, hein ? »

Le monsieur en brun le considéra sans aménité.

« Géniale. Que me voulez-vous, Mr. Lovejoy ?

— Vous faire une proposition, dit en souriant l'agent du Secret Service. Il s'agit de ce Thomas Lieven...

— C'est bien ce que j'avais pensé ! » L'officier de l'Abwehr hocha farouchement la tête.

« Vous êtes à ses trousses, dit Lovejoy avec humeur. Il vous a eu. Moi, il m'a eu aussi... Nous sommes ennemis, très bien. Nous sommes censés nous détester. Néanmoins, commandant, je vous propose une coopération pour ce cas particulier.

— Coopération ?

— Commandant, nous exerçons le même métier. J'en appelle à votre solidarité confraternelle. N'êtes-vous pas d'avis que les choses vont un peu loin quand surgit dans notre profession un amateur sans expérience, un outsider impertinent qui gâche les prix, nous rend ridicules et se comporte comme si nous étions des minus ?

— Je risque d'être saqué à cause de ce type, dit sombrement le commandant.

— Et moi ? dit Lovejoy avec rage. Si je ne le mène pas à Londres, ils me verseront dans la Territoriale ! Savez-vous ce que cela signifie ? J'ai femme et enfants, commandant. Vous aussi, sans doute.

— Ma femme a divorcé.

— Il est vrai qu'on ne gagne pas grand-chose, mais faut-il permettre à cet individu de briser nos carrières ?

— Si je l'avais seulement laissé entre les pattes de la Gestapo, à l'époque ! Maintenant, il a disparu.

— Il n'a pas disparu.

— Quoi !

— Il est en prison.

— Mais...

— Je vous expliquerai. Il n'y restera pas éternellement. J'ai graissé la patte d'un employé de l'administration, pour être prévenu dès qu'il sortira. (Lovejoy jeta les bras en l'air.) Seulement, qu'est-ce qu'il se passe à ce moment-là ? C'est le cirque qui recommence, entre vous et moi, avec des yachts, des sous-marins, du chloroforme, des revolvers ! Commandant, commandant, je vais être tout à fait franc avec vous : je ne supporte plus ce genre de choses !

« — Croyez-vous que ce soit si bon pour mon foie ?

— D'où ma proposition : collaborons ! Dès qu'il sort il a un accident. J'ai un homme sous la main pour — vous savez bien — le sale boulot. Comme ça, je pourrai raconter chez moi que c'est vous autres, Allemands, qui l'avez descendu, et vous direz à votre amiral que c'étaient les Anglais. Vous n'irez pas au front, ni moi dans la Territoriale. Qu'en pensez-vous ?

— Cela semble trop beau pour être vrai... (Le commandant poussa un profond soupir.) Soudain : Des requins ! dit-il d'une voix blanche.

— Non ! ! !

— Là-bas. » Loos se figea. A travers les eaux bleues, deux ailerons dressés se dirigeaient à vive allure sur eux. Puis trois. Puis cinq.

« Nous sommes perdus, dit Lovejoy.

— Du sang-froid, ordonna le commandant. Faites le mort. »

Le premier animal les avait atteints ; il glissa sous les pédalos et les souleva, comme par jeu. Les « gaivolas » bondirent en l'air, retombèrent sur l'eau dans un claquement de flotteurs et se mirent à tanguer dangereusement. Un autre animal s'approcha et les souleva de nouveau.

Le commandant fit un vol plané. Il coula, remonta et fit immédiatement la planche. La gueule grande ouverte, une bête énorme passa près de lui sans lui prêter attention. Versé en zoologie, le commandant fit une constatation rassurante.

Puis, il entendit un cri terrible et vit son collègue britannique voler à travers les airs et amerrir à ses côtés.

« Ecoutez donc, Lovejoy, ce ne sont pas des requins, ce sont des dauphins !

— Dau-dau-dau...

— Oui. Nous sommes au milieu d'un troupeau... Les dauphins n'attaquent pas l'homme, ils ne font que jouer. »

C'est ce qu'ils firent en effet. Sans cesse, ils tracèrent des cercles autour des deux hommes, bondissant par-dessus eux, de temps à autre, dans un jaillissement d'eau.

Les agents ennemis s'agrippèrent à un flotteur de la « gaivola » chavirée de Lovejoy et tentèrent de pousser l'engin vers la côte.

« Je ne peux pas respirer... haleta Lovejoy. Que me disiez-vous, Loos ? »

Un énorme dauphin se cabra derrière le commandant, sauta par-dessus avec élégance et le submergea d'un petit déluge. Le commandant recracha une grande quantité d'eau de mer.

« Je disais, cria-t-il à l'oreille de Lovejoy, que j'ai bien envie de descendre ce fumier moi-même, quand il sortira ! »

Au Portugal, on mange peu de pommes de terre. Néanmoins, Francesco en trouva une douzaine de fort belles, les riches détenus, Leblanc et Alcoba, ayant commandé des pommes de terre en robe des champs pour le déjeuner du 15 novembre.

D'après les instructions reçues, Francesco fit bouillir les pommes de terre avec la peau et jusqu'à mi-cuisson. Il les monta, toutes chaudes, au cinquième étage, où il les servit à MM. Leblanc et Alcoba avec des sardines portugaises à l'huile et au vinaigre. Selon le désir des détenus, le gardien Juliao coupa en deux ces pommes de terre bien fermes, à l'aide d'un couteau bien aiguisé.

Une fois seuls, les deux hommes délaissèrent leur déjeuner. Thomas avait du travail. Sur une petite table près de la fenêtre, il plaça côte à côte l'ordre d'élargissement rempli à la machine par Lazare et la lettre adressée au détenu Maravilha. Cette lettre portait le cachet du procureur de la République...

Sous les yeux intéressés du bossu, Thomas se mit à l'œuvre en se rappelant les précieuses leçons de Reynaldo Pereira, peintre et faussaire.

Thomas prit une demi-pomme de terre encore chaude et appliqua la surface de section sur le cachet du Parquet. Après un quart d'heure, il souleva la pomme de terre. L'empreinte du cachet y figurait à l'envers.

« Le plus dur reste à faire », dit Thomas. Par la force

de l'habitude, il le dit en bredouillant. Il avait même un petit tiraillement au coin des lèvres. Depuis deux jours, il n'était plus maître de ses réflexes. On ne peut pas tiquer et bredouiller impunément pendant une semaine. Passe-moi la bougie, Lazare !

De sa paillasse, le bossu extirpa une bougie et des allumettes qu'il avait volées dans le bureau du gardien-chef. Ces objets étaient destinés à resservir pour faire disparaître les cheveux de Thomas.

Lazare alluma la bougie. Avec les dents, Thomas trancha prudemment la partie inférieure de la pomme de terre. Ensuite, il passa ce morceau sur la flamme de la bougie pour le réchauffer.

« C'est ce que les spécialistes appellent : « Faire le « moule », expliqua Thomas à Lazare, pétri de respect. — Nom de Dieu ! aurais-je jamais l'occasion de raconter tout ça à mon club ? — La pomme de terre se réchauffe. Tu peux voir que l'empreinte redevient humide. On dit : elle reprend vie. Encore quelques secondes, et maintenant... » D'un geste habile, Thomas renversa le « moule », muni de l'empreinte chaude et humide, sur l'ordre d'élargissement, l'appliquant sur l'emplacement réservé au cachet. Sous la pression légère de ses doigts, il laissa refroidir la pomme de terre pendant un quart d'heure. Puis, il la retira. Le document était muni de la réplique exacte du cachet.

« Fantastique ! dit Lazare.

— Mangeons en vitesse, dit Thomas. On s'occupera du reste après. »

Le reste se présentait de la manière suivante : au cours de la matinée, Lazare avait ouvert un grand nombre d'enveloppes en provenance du Parquet, dans le bureau du gardien-chef. Il en ouvrait tous les jours. Ce jour-là, il avait pris la peine d'ouvrir minutieusement une enveloppe mal collée. Il y avait réussi. Il avait emporté l'enveloppe et un tube de colle.

Après le déjeuner, Thomas plia soigneusement l'ordre d'élargissement de Lazare Alcoba, le mit dans l'enveloppe verte qui portait le cachet de la poste de la veille et recolla l'enveloppe. Dans l'après-midi, Lazare le glissa parmi le courrier du soir du gardien-chef...

« C'est parti, mon kiki ! dit le bossu à Thomas dans la soirée. Le gardien-chef a déjà transmis mon ordre d'élargissement aux levées d'écrou. Demain matin, ils établiront le bulletin réglementaire, et, d'après ma vieille expérience, ils viendront me chercher vers les onze heures. Ce qui signifie qu'il faut t'opérer des tifs cette nuit ! »

L'opération de brûlage dura à peine une demi-heure — la pire demi-heure, il est vrai, que Thomas Lieven eût passée de sa vie. Tête baissée, il se tenait assis devant Lazare qui lui flambait le crâne comme on flambe une volaille plumée. De la main droite, il tenait la bougie, dont la flamme mordait les mèches jusqu'à proximité de la racine. De la main gauche, Lazare tenait un chiffon humide. Avec la vitesse de l'éclair, il tamponnait sans cesse la peau pour la préserver des brûlures. Mais, parfois, même la vitesse de l'éclair fut insuffisante....

Thomas gémissait de souffrance.

« Fais donc attention, bougre d'imbécile !

— Qui veut la liberté doit la mériter ! » rétorqua Lazare, faisant allusion à un vieux dicton portugais.

Enfin, la séance de torture prit fin.

« De quoi ai-je l'air ? demanda Thomas, épuisé.

— Avec du pain dans les joues et un bon tic, tu me ressembleras comme un frère », dit Lazare avec fierté.

Tous deux dormirent extraordinairement mal, cette nuit.

Le lendemain matin, ce fut un gardien inconnu qui apporta le petit déjeuner, car on était le samedi 16, et samedi, comme nous l'avons dit, était le jour de sortie du brave Juliao.

Le bossu prit réception du petit déjeuner à la porte de la cellule. Thomas ronflait, la couverture sur la tête.

Après le petit déjeuner, Lazare avala trois pilules blanches et se coucha sur le lit de Thomas. Thomas revêtit le court manteau du bossu et se livra, de huit à dix, à une répétition générale privée. Ensuite de quoi, il conserva définitivement les boulettes de pain dans la bouche et le gros oreiller entre dos et chemise. Il l'avait attaché, pour empêcher la bosse de glisser. En attendant, il tiquait avec résignation...

Le gardien inconnu revint à onze heures. Lazare dormait, la tête dissimulée par la couverture. Le gardien inconnu tenait à la main un bulletin de levée d'écrou :

« Lazare Alcoba ! »

Thomas se leva, genoux repliés, et cligna les yeux en tiquant.

« Présent », bredouilla-t-il.

Le gardien l'examina attentivement. Thomas se mit à transpirer.

« C'est vous, Lazare Alcoba ?

— Oui.

— Qu'est-ce qu'il a, l'autre, à roupiller comme ça ?

— Il a passé une mauvaise nuit, déclara Thomas d'une voix peu intelligible. De quoi s'agit-il, chef ?

— Vous êtes libéré. »

Thomas porta la main à son cœur, gémit et retomba sur le lit. Il parut bouleversé.

« J'ai toujours su que la justice finirait par l'emporter, bredouilla-t-il.

— Pas de salades, suivez-moi. Allez ! » Le gardien le tira pour le redresser. Ce fut tout juste s'il ne le redressa pas trop. Thomas fléchit de nouveau les genoux. Merde, ça fait mal ! Heureusement qu'il n'y en a pas pour long-temps. Au long des grands couloirs, il suivit le gardien jusqu'à l'aile où logeait l'administration de la prison. Avant et après son passage, on ouvrait et refermait des lourdes grilles de fer. Pour le tic, ça va, ça vient tout seul, maintenant. Mais ces genoux pliés... Pourvu que je n'attrape pas une crampe, que je ne me casse pas la figure...

Monter des marches, descendre des marches, je n'y arriverai pas. Je ne tiendrai pas le coup.

Encore des couloirs. Le gardien le dévisagea :

« Vous avez chaud, Alcoba ? Vous transpirez. Retirez donc votre manteau !

— Non, non, merci. C'est... c'est l'énervement... Au contraire, j'ai... j'ai froid... »

Enfin, ils atteignirent le bureau des levées d'écrou. Une barrière de bois séparait la pièce en deux. Derrière la barrière s'activaient trois fonctionnaires. Devant la barrière se trouvaient deux autres détenus qui étaient, eux aussi, libérables. Thomas fit une double constatation : les fonctionnaires étaient des fainéants et, devant la barrière, il n'y avait pas de siège. Ça promet, se dit-il avec angoisse. Une horloge murale indiquait l'heure : onze heures dix.

A midi moins cinq, les fonctionnaires n'en avaient toujours pas terminé avec les deux autres détenus. Des roues de feu tournaient à présent devant les yeux de Thomas. Il pensa s'évanouir à chaque instant, tant était vive la douleur qu'il ressentait dans les genoux. Et pas seulement dans les genoux : dans les mollets, les cuisses, les chevilles et les hanches. Discrètement, il appuya d'abord un coude sur la barrière, puis les deux. Ciel, quel soulagement, quelle volupté...

« Hé ! aboya le plus petit des fonctionnaires. Vous là-bas ! Otez vos bras de la barrière ! Vous ne pouvez pas vous tenir convenablement, pour quelques minutes ? Bande de feignants !

— Je vous demande pardon, messieurs », dit Thomas, tiquant avec déférence. Il retira les bras de la barrière. L'instant d'après, il s'écroula. « Ne t'évanouis pas, se dit-il avec désespoir, surtout ne t'évanouis pas ! Sinon, ils t'enlèvent le manteau et ils découvrent le pot aux roses : les jambes, la bosse... »

Il ne s'évanouit pas. Comme il était établi que l'accès de faiblesse du pauvre détenu avait été causé par son état d'énervement, on lui donna même une chaise. Il s'assit, en se disant : j'aurais pu avoir ça plus tôt, crétin que je suis !

A midi et demie, deux des employés allèrent déjeuner. Le troisième s'occupa enfin de Thomas. Il glissa un imprimé dans la machine.

« Simple formalité, dit-il doucement. Je suis obligé de réenregistrer votre signalement. Pour éviter les confusions. »

Faites-y bien attention ! pensait Thomas. Depuis qu'il avait obtenu le droit de s'asseoir, il se sentait de nouveau en pleine forme. Il récita l'état civil de son ami, qu'il avait appris par cœur : Alcoba, Lazare, célibataire, catholique romain, né à Lisbonne, le 12 avril 1905...

« Dernier domicile ?

— 51, rua Pampulha. »

L'employé compara ces indications avec celles qui étaient portées sur un second imprimé et continua de taper : « Cheveux gris. clairsemés. Vous êtes devenu chauve très jeune !

— J'ai eu beaucoup de chagrins.

— Hum ! Yeux bruns. Taille ? Levez-vous ! »

Thomas se mit debout en fléchissant les genoux. Le fonctionnaire l'examina.

« Signes particuliers ?

— La bosse, et puis, à la figure...

— Oui, oui, ça va bien. Hum ! Rasseyez-vous. »

Le fonctionnaire tapa et écrivit. Ensuite, il conduisit Thomas dans une pièce attenante et le remit entre les mains du préposé aux objets personnels. A titre de prévenu, il avait pu conserver son costume, son linge et sa bien-aimée montre à répétition en or. A présent, on lui remit le passeport et les papiers d'identité de son ami, de même que l'argent, le canif et la mallette de Lazare.

« Signez le reçu », dit le préposé. D'une main malhabile, Thomas signa : « Alcoba, Lazare. »

Donc, mon dernier argent et mon beau faux passeport français au nom de Jean Leblanc sont partis au diable,

songea-t-il avec tristesse. Il faudra que mon ami le peintre m'en fabrique vite un autre.

Si Thomas se flattait, à 14 h 15, d'en avoir enfin terminé avec ses horribles efforts, cet espoir se révéla vain.
A travers des couloirs sans fin, on le conduisit chez
l'aumônier de l'établissement. Celui-ci, un prêtre âgé, lui
parla avec beaucoup de sentiment et fut très ému lorsque
le prisonnier libéré — visiblement bouleversé — lui
demanda brusquement la permission d'entendre ses
exhortations à genoux...

Plus mort que vif, Thomas Lieven se traîna, à trois
heures moins dix, heure portugaise, en chancelant à
travers la cour de la prison, où se répandait la puanteur
du tan utilisé à la maroquinerie voisine. A la porte, il dut
montrer une dernière fois ses papiers. Son tic était
effrayant à voir. Sa bosse dessinait un angle aigu sous le
manteau élimé.

« Bonne chance, mon vieux », dit l'homme qui ouvrit
la lourde porte de fer. Thomas la traversa et prit, en
titubant, le chemin d'une liberté plus qu'incertaine. Il
eut la force de contourner le premier angle de la rue.
Puis, il s'écroula de nouveau, gagna à quatre pattes l'abri
d'une porte cochère, s'assit sur les marches d'un escalier
et, de rage et d'épuisement, fondit en larmes. Plus de
passeport. Plus d'argent. Plus de fortune. Plus de bateau.

L'évasion du détenu Jean Leblanc fut découverte le soir
même. Dans sa cellule, le gardien ne retrouva que le
détenu Lazare Alcoba, qui dormait d'un sommeil de
plomb.

Un médecin mandé à la hâte constata qu'Alcoba ne
faisait pas semblant de dormir, mais qu'il avait été drogué au moyen d'un somnifère puissant. Le diagnostic
était exact, sauf que Lazare s'était drogué lui-même, à
l'aide des trois pilules qu'il avait subtilisées au cours
d'une visite à l'infirmerie...

Avec des piqûres et du café noir, on réussit à réveiller

tant bien que mal le détenu et à l'interroger. Qu'il s'agissait bien d'Alcoba, et de nul autre, on en eut la certitude
en déshabillant le petit homme : sa bosse ne souffrait
pas de discussion.

« Ce salaud de Leblanc, dit Alcoba, a sûrement glissé
quelque chose dans mon petit déjeuner. Le café était
drôlement amer. J'ai eu mal à la tête, des vertiges, puis,
plus rien. Je lui avais raconté que je serais libéré
aujourd'hui. C'est le gardien-chef, pour lequel je travaille,
qui me l'a dit.

— Mais j'ai parlé avec vous, s'écria le gardien de jour,
confronté avec Alcoba, ce matin, en apportant le petit
déjeuner ! Et, plus tard, c'est vous que je suis venu chercher !

— Si vous étiez venu me chercher ce matin, répliqua
Lazare Alcoba avec une puissance de raisonnement qui
impressionna les enquêteurs, je ne serais pas ici ce
soir. »

Il devint évident que Jean Leblanc s'était évadé sous
l'identité de Lazare Alcoba. Celui-ci, qui bâillait encore
violemment sous l'emprise de la drogue, poursuivit
néanmoins le cours de son raisonnement avec une logi-
que implacable :

« C'est *moi* que concerne l'ordre d'élargissement. Donc,
il faudra voir à me relâcher dare-dare.

— Oui, hum ! bien sûr, mais, pour la durée de l'enquête...

— Ecoutez-moi bien, s'écria Alcoba, ou bien vous me
libérez demain matin, ou bien je me plains au procureur
des mœurs qui règnent ici ! »

« Pereira ! Hé, Pereira ! » criait Thomas Lieven au
même instant. Il frappa à la porte de l'atelier de son ami,
le faussaire. Pas de réponse.

Ou il est encore soûl, ou alors il n'est pas chez lui,
raisonna Thomas qui s'était à peu près rétabli de son
accès de faiblesse. Il se souvint que le peintre bohème ne
fermait jamais à clef. Il appuya sur la poignée et la porte

MENU

PLATS FROIDS POUR UNE BILE ÉCHAUFFÉE

Pain de mosaïque

Prenez un pain bis ou un pain de mie, coupez les deux entames et retirez-en toute la mie à l'aide d'une fourchette, sans mutiler la croûte.

Pour la farce, ayez 125 g de beurre, 100 g de jambon, 100 g de langue de bœuf bouillie, le jaune d'un œuf dur, 75 g de fromage. Une demi-cuillerée à café de câpres, 25 g de pistaches, quelques anchois, moutarde, sel et poivre.

Travaillez le beurre, écrasez le jaune d'œuf, hachez les pistaches et les câpres, coupez le reste en petits dés et incorporez l'assaisonnement. Introdui-sez la masse dans le pain creusé et tassez fermement. Mettez le pain au réfrigérateur pendant plusieurs heures, puis coupez en tranches minces et dressez sur un plat que vous garnirez de tomates farcies pour lui donner encore plus de couleur.

Tomates farcies

Creusez des belles tomates bien fermes, saupoudrez l'intérieur de fromage râpé, garnissez chacune d'un demi-œuf dur, la tranche vers le haut. Salez, poivrez avec du piment doux et saupoudrez largement de persil et de ciboulette finement hachés.

s'ouvrit. Il entra dans l'atelier dont l'immense vitrage
laissait pénétrer les dernières lueurs du jour. Les mêmes
toiles atroces jonchaient le local, où le ménage n'était
toujours pas fait. Cendriers pleins, tubes, pinceaux, plumes et palettes inquiétaient le regard par la multitude
des couleurs.

Thomas jeta un coup d'œil à la cuisine. Le barbu n'y
était pas non plus. Donc, pas à la maison et soûl dans un
coin quelconque?

C'était bien embêtant. Pendant combien de temps
Pereira avait-il l'habitude de boire ? Une nuit ? Deux
jours ? Trois ? D'après ce que Thomas savait de lui, il
fallait escompter le pire. Une bonne cuite demande du
temps.

Je suis obligé d'attendre Pereira, réfléchit Thomas.
Peut-être a-t-on déjà découvert ma fuite ; je ne peux pas
me montrer dans la rue. Puis, il porta la main à son
estomac. Tiens ! Il avait faim. Le pire moment de dépression semblait révolu. Il rit un peu de son propre sort. Ce
faisant, il constata que sa bouche continuait de tiquer.
Et ses genoux étaient toujours endoloris. N'y pensons
pas, surtout n'y pensons plus !

Voyons un peu ce que contient la cuisine de Pereira.
Du pain blanc, des tomates, des œufs, du jambon et de
la langue, des pistaches, des câpres, du piment, du poivre,
des anchois.

Le coloris des produits stimula l'imagination de Thomas. Je vais faire du pain de mosaïque et des tomates
farcies. Il y en aura assez pour Pereira. En rentrant, il
aura besoin de se restaurer...

Thomas se mit au travail. Pendant qu'il hachait des
pistaches et des câpres, il abattit soudain le couteau sur
la planche avec une violence frénétique. Il venait de
penser à Estrella. Cette brute. Cette sorcière. Cette
diablesse. Thomas décapita les pistaches, en pensée — il
décapitait Estrella.

Le poivre rouge augmenta sa colère. Le monde entier
se ligue contre moi ! je n'ai que des ennemis ; qu'est-ce

que j'ai donc fait ? J'étais un honnête homme, un bon citoyen. Et maintenant...

Mettons-y du poivre. Plein de poivre ! Qu'il brûle comme la rage que j'ai au ventre !

Ah ! messieurs les agents secrets, bande de salopards ! A quoi m'avez-vous réduit ? Je suis allé en prison. Je me suis évadé de prison. Je sais falsifier des documents. Je sais utiliser le poison, un revolver, l'encre sympathique. Je sais tirer, lire le morse, je connais le judo, la boxe, la lutte, j'ai appris à courir, à sauter, à camoufler des microphones, à simuler la jaunisse, la fièvre et le diabète. Sont-ce là des connaissances dont un banquier ait lieu d'être fier ?

Plus de pitié pour rien ni personne. Maintenant, c'est terminé ! Maintenant, j'en ai marre ! Maintenant, vous allez voir ce que vous allez voir ! Tous ! Le monde entier !

Je tomberai sur vous comme un loup affamé, avec ma science de criminel. C'est *moi*, maintenant, qui ferai les faux, qui enverrai des messages-radio, qui camouflerai des microphones. C'est *moi* qui vous menacerai et vous abuserai, comme vous m'avez abusé et menacé. C'est ma guerre à moi qui commence ! La guerre d'un homme contre tous. Et il n'y aura ni trêve, ni traités, ni alliances... avec personne !

Et encore du poivre. Et encore du piment. Et du sel. Et hachons le tout en pâté, comme j'en ferais volontiers de même avec vous, salopards...

La porte de l'atelier claqua.

Voilà Pereira, se dit Thomas en émergeant de ses divagations.

« Venez par ici ! cria-t-il. Je suis à la cuisine ! »

Une personne apparut dans l'encadrement de la porte. Mais ce n'était pas le peintre barbu et ivrogne. Ce n'était même pas un homme. C'était une femme.

Elle portait un manteau de cuir rouge, des souliers rouges et un béret d'où jaillissait une chevelure brune aux reflets bleutés. La bouche de la jeune femme était grande et rouge, les yeux grands et noirs. Le teint du visage était très cair. Les mains enfoncées dans les poches du manteau, elle examina Thomas avec attention. Sa voix avait un timbre métallique, avec un rien de vulgarité :

« 'soir, Pereira. Vous ne me connaissez pas ?

— Je... commença Thomas, mais elle l'interrompit d'un mouvement de tête dominateur qui fit voler ses beaux cheveux :

— Tranquillisez-vous. Je n'ai rien d'un flic, moi. Au contraire. »

Elle me prend pour Reynaldo Pereira, se dit Thomas, c'est évident !

« Qui... bégaya-t-il, qui vous a donné l'adresse ? »

La femme en rouge ferma un œil pour mieux le scruter.

« Qu'est-ce qu'il vous arrive ? Les nerfs ? La coco ? La gnôle ?

— Pourquoi, s'il vous plaît ?

— Vous avez le museau qui danse la gigue !

— Ça va passer. Ça... ça m'arrive parfois, le soir. Je vous ai demandé qui vous avait donné l'adresse ? »

La femme en rouge s'approcha tout près. Elle sentait extrêmement bon. Et elle était très belle.

« L'adresse, dit-elle à voix basse, c'est un certain M. Débras qui me l'a donnée. »

Le commandant Maurice Débras, du 2ᵉ Bureau, se dit Thomas, atterré. Il ne manquait plus que ça. Ma troisième victime. Evidemment, il fallait bien que ça arrive. Maintenant, j'ai les trois à mes trousses : Français, Anglais, Allemands. Je suis un homme mort, ce n'est plus qu'une question d'heures...

Thomas eut l'impression subite que la voix de la femme en rouge lui parvenait d'une distance très lointaine. Ses yeux ne voyaient qu'une silhouette indistincte. Car la question suivante confirma ses pires appréhensions.

« Connaissez-vous un certain Jean Leblanc ? »

Thomas fit entendre un grand bruit de poêles et de couverts. Puis, il murmura peu intelligiblement :

« Jean Leblanc ? Connais pas !

— Ne me racontez pas d'histoires, Pereira. Bien sûr, vous le connaissez ! (La belle brune s'installa sur un escabeau de cuisine et croisa ses jambes longues et minces.) Vous n'allez pas faire dans votre culotte, non ? »

Comme cette femme me traite, songea Thomas. Ma situation est indigne, totalement indigne. Ai-je mérité cela ? Moi, le plus jeune banquier indépendant de Londres ? Moi, membre d'un club anglais si select ? Moi, un homme d'honneur, bien élevé et de bonnes mœurs... Me voilà au beau milieu d'une crasseuse cuisine portugaise, à me laisser dire par une garce belle à croquer de ne pas faire dans ma culotte. Attends un peu, toi !

« Ferme ton clapet, poupée, dit cet homme de bonnes mœurs, et tire-toi, si tu ne veux pas avoir d'ennuis ! »

L'instant suivant, la scène changea d'aspect. Des pas résonnèrent et un homme barbu, vêtu d'un pantalon de velours taché et d'un chandail noir déformé, apparut dans la cuisine. L'homme était extraordinairement ivre. Mais quand il aperçut Thomas, sa large face d'ivrogne s'éclaircit d'un grand sourire.

« Bienvenu sois-tu dans ma modeste demeure ! Mais, *amigo meu*, qu'ont-ils fait de tes cheveux ? »

Reynaldo, le peintre, était rentré à la maison...

Subitement, trois personnes parlèrent en même temps dans la petite cuisine. La femme en rouge se leva d'un bond et regarda fixement Thomas.

« Comment ? s'écria-t-elle. Alors vous n'êtes pas Pereira ?

— Bien sûr qu'il n'est pas Pereira ! s'écria à son tour l'artiste intempérant. Vous êtes soûle, ou quoi ? C'est moi, Pereira ! Lui, c'est...

— La ferme !

— ...mon vieil ami Leblanc !

— Ah ! »

— Et vous — hic —, belle dame, qui êtes-vous ?

— Je m'appelle Chantal Tessier, dit la jeune femme sans cesser de regarder Thomas. (Son visage félin prit une expression avide.) M. Jean Leblanc en personne ? dit-elle lentement. Quel heureux hasard !

— Que me voulez-vous ?

— Un jour, il vous est arrivé de procurer un faux passeport à votre ami Débras. Débras m'a dit : « Si jamais « tu as besoin d'un faux passeport, va voir Reynaldo « Pereira, rua do Poço des Negros, et dis-lui que tu viens « de la part de Jean Leblanc... »

— C'est ce qu'a dit votre ami Débras ?

— C'est ce qu'a dit mon ami Débras.

— Et c'est tout ce qu'il a dit ?

— Seulement que vous étiez un chic type qui lui a sauvé la vie. »

Allons, se dit Thomas, il n'y a que demi-mal !

« Voulez-vous dîner avec nous, mademoiselle Tessier ? demanda-t-il avec amabilité. Permettez-moi de prendre votre manteau.

— Chantal, pour vous ! » Le visage félin sourit, découvrant ainsi une forte denture de bête de proie. Chantal Tessier avait de l'aplomb, de l'astuce et la tête froide. Mais elle n'était visiblement pas habituée à ce qu'un homme l'aide à retirer son manteau.

La bête de proie portait une étroite jupe noire et un corsage de soie blanc. Mille dieux, pensait Thomas, quelle silhouette ! Voilà une fille qui a les pieds à l'abri, quand il pleut...

L'instant du danger était passé. Thomas pouvait se permettre de redevenir lui-même. C'est-à-dire, bien élevé et chevaleresque avec les dames. Avec n'importe quelle sorte de dames !

Ils prirent place aux côtés de l'ivrogne qui avait déjà commencé à manger. Il mangeait avec les doigts et parlait la bouche pleine.

« Si je savais peindre comme vous savez faire la cuisine, Goya ne serait qu'un méchant barbouilleur en com-

paraison avec moi ! (Il rota.) Y a-t-il des pi-pis-taches
là-dedans ?

— Oui, et des câpres. Vous pourriez mettre la main
devant la bouche ! Donc, vous avez besoin d'un passeport,
Chantal ?

— Non. (A présent, ses yeux étaient légèrement embués.
Et l'aile gauche de son nez tremblait. Ce phénomène lui
était habituel.) Ce n'est pas d'*un* passeport que j'ai besoin, mais de *sept* passeports.

— Puis-je faire une remarque ? s'enquit, la bouche
pleine, le peintre barbu.

— Avalez avant de parler, dit Thomas avec humeur.
Et cessez de nous interrompre à tout bout de champ.
Tâchez plutôt de dessoûler un tout petit peu. Et pour qui,
demanda-t-il à la belle chatte, vous faut-il sept passeports, Chantal ?

— Pour deux Allemands, deux Français et trois Hongrois.

— Vous semblez avoir des relations très cosmopolites.

— Ça n'a rien d'étonnant, dit Chantal en riant, vu que
je fais le métier de guide pour étrangers.

— Et où conduisez-vous vos étrangers ?

— De France au Portugal, en passant par l'Espagne.
C'est un travail qui rapporte.

— Et combien de voyages faites-vous ?

— Un par mois. Ça se passe par groupes. Ils ont des
faux passeports. Ou ils n'en ont pas du tout, c'est selon...

— En parlant de passeports... reprit le peintre. Mais
Thomas lui fit signe de se taire.

— Je n'accepte que des clients riches, exposa Chantal.
Je leur prends cher. Mais personne ne s'est jamais fait
prendre, avec moi. Je connais chaque centimètre de frontière ! Et chaque douanier ! Bon. Donc, avec la dernière
fournée, j'ai amené sept types qui ont besoin d'un nouveau passeport. (Elle poussa le peintre du coude.)
C'est l'occasion de te faire un bon petit paquet de
fric, pépère.

— Moi aussi, j'ai besoin d'un passeport, dit Thomas.

— Sainte Vierge ! dit le peintre. Juste au moment où je n'en ai pas !

— Sur les trente-sept passeports que je vous ai apportés... dit Thomas avec colère.

— Apportés ? Apportés quand ? Il y a six semaines ! Qu'est-ce que vous imaginez ? Au bout de quinze jours, il n'y avait plus rien ! Je suis désolé, mais je n'en ai plus la queue d'un ! Plus un seul ! C'est ce que je voulais vous expliquer tout à l'heure ! »

Les « Pastelerias Marqués », petits cafés pour dames, aux friandises renommées, étaient situées tout autour du Largo de Chiado, une place paisible qu'ombrageaient des arbres centenaires. Dans la soirée de ce 16 novembre 1940, deux hommes étaient assis dans une niche de la pâtisserie « Caravela ». L'un buvait du whisky, l'autre mangeait une glace à la crème Chantilly. Le buveur de whisky était l'agent britannique Peter Lovejoy. Le mangeur de glace, un bon, gros géant avec des petits yeux porcins et rigolards et une figure rose de bébé, se nommait Luis Guzmao.

Peter Lovejoy et Luis Guzmao se connaissaient depuis deux ans. A plusieurs reprises, il leur était arrivé de collaborer avec succès...

« Nous y sommes, dit Lovejoy. J'ai appris qu'il s'est évadé aujourd'hui.

— Alors, il faut se dépêcher si on veut encore l'attraper à Lisbonne », dit Guzmao.

Il avala une cuillerée de glace et fit claquer ses lèvres. Il aimait la glace à la crème Chantilly. Il n'en avait jamais assez.

« Justement, dit Lovejoy en sourdine. Comment comptez-vous procéder ?

— Un pétard avec silencieux, je suppose. Et l'argent ? Vous l'avez apporté ?

— Oui. Vous aurez cinq mille escudos maintenant, et cinq mille autres quand... c'est-à-dire après. »

Lovejoy avala une grande gorgée de whisky. Il m'a donné cinq mille escudos, se dit-il avec humeur. Il veut bien participer au financement de l'affaire, ce Loos, ce bel officier. Mais, pour ce qui est de parler avec Guzmao, il s'est défilé. Pour *ça*, il est trop distingué !

Lovejoy fit passer la colère que lui inspirait cet Allemand si délicat avec une autre gorgée de whisky.

« Ecoutez-moi bien, Guzmao, dit-il ensuite. Pour s'évader de prison, Leblanc a pris l'apparence d'un certain Lazare Alcoba. Cet Alcoba est bossu, petit, presque chauve. »

Lovejoy décrivit Alcoba avec autant de minutie que le lui avait décrit son homme de confiance à la prison.

« Leblanc sait, dit-il, que les Anglais et les Allemands sont à ses trousses. Il est donc certain qu'il va se cacher.

— Où ça ?

— Il a un copain, une espèce de peintre ivrogne, au 16, rua do Poco des Negros, dans le Vieux Quartier. Je parie qu'il ira chez lui. Ou bien il continuera à faire le bossu — parce qu'il a peur de nous —, ou alors il se retransformera en Jean Leblanc — par peur de la police.

— A quoi ressemble Jean Leblanc ? »

Lovejoy décrivit l'apparence de Thomas Lieven avec la même précision.

« Et le vrai bossu ?

— Ne vous en faites pas, il est toujours au trou ! Si vous attrapez au 16 de la rua do Poco des Negros un bossu qui n'a presque plus un cheveu sur le crâne et qui réagit au nom de Leblanc, vous n'aurez pas besoin de poser d'autres questions... »

Le 17 novembre 1940, quelques minutes après huit heures du matin, Lazare Alcoba, onze condamnations, célibataire, né à Lisbonne le 12 avril 1905, fut conduit chez le directeur de la prison de l'« Aljube ».

« Alcoba, dit le directeur, un homme grand et maigre, j'ai appris que vous aviez prononcé hier soir quelques propos menaçants. »

Pendant qu'il répondait, la bouche du petit bossu se tordait sous l'emprise du tic :

« J'ai seulement réclamé mes droits, monsieur le directeur, quand on m'a dit que je ne serais pas relâché parce que, soi-disant, j'aurais quelque chose à voir avec l'évasion de ce Jean Leblanc.

— Je suis intimement convaincu, Alcoba, que vous avez quelque chose à y voir. Vous auriez manifesté l'intention de vous adresser à M. le procureur de la République ?

— Uniquement au cas où on ne me relâcherait pas, monsieur le directeur. Après tout, ce n'est pas ma faute si ce Leblanc s'est évadé sous mon nom !

— Ecoutez bien, Alcoba, nous allons vous libérer aujourd'hui...

— Alors, tout va bien, dit Alcoba avec un large sourire.

— ... non pas parce que nous vous faites peur, mais parce qu'il existe, en effet, un ordre d'élargissement. Vous vous présenterez tous les jours au commissariat de police de votre quartier et vous ne quitterez pas Lisbonne.

— Très bien, monsieur le directeur.

— Et cessez de sourire comme un imbécile, Alcoba ! Votre cas est désespéré. Je suis certain que nous vous reverrons bientôt. Tant qu'à faire, vous pourriez tout aussi bien rester ici. La place d'un homme comme vous est derrière les barreaux. »

L'heure méridienne de la sieste plongeait dans le silence les ruelles biscornues de la vieille ville.

De la grande fenêtre de l'atelier, Thomas Lieven contemplait le panorama du fleuve. Chantal Tessier se tenait à côté de lui. Elle était revenue rua do Poco des Negros pour prendre congé. Elle devait rentrer à Marseille. Et elle pressait Thomas de l'accompagner.

Chantal manifestait une étrange agitation et l'aile gauche de son nez s'était remise à trembler. Elle posa la main sur le bras de Thomas Lieven.

« Venez avec moi, vous serez mon associé. J'ai plusieurs

affaires pour vous : rien à voir avec le « tourisme ». Ici,
vous êtes cuit. Mais à Marseille... On pourrait travailler
en grand ! »

Thomas secoua la tête et tint son regard fixé sur les
eaux du Tage. Lentement, paresseusement, elles s'écou-
laient vers l'Atlantique. Et tout là-bas, près de l'embouchure, mouillait maint navire prêt à appareiller pour des
ports éloignés, prêt à transporter les persécutés, les hu-
miliés, les angoissés dans des pays libres et lointains.
C'était là-bas qu'ancraient ces navires. Ils étaient réservés aux gens avec passeport, avec visa, avec argent.

Thomas n'avait plus de passeport. Il n'avait pas de visa.
Il n'avait pas d'argent. Il possédait le costume qu'il portait sur le dos. Ni plus, ni moins.

Il se sentait soudain mortellement fatigué. Son existence était confinée dans un cercle infernal sans issue.

« Votre offre m'honore, Chantal. Vous êtes belle. Et
vous êtes sûrement une merveilleuse amie. » Il la regarda
en souriant, et la femme aux allures de chat sauvage
rougit comme une écolière amoureuse. Elle frappa du
pied avec humeur.

« Laissez tomber le baratin, murmura-t-elle.

— Sans doute, vous avez beaucoup de cœur, insista
néanmoins Thomas. Mais, voyez-vous, il y avait un temps
où j'étais banquier. Et je voudrais redevenir banquier ! »

Reynaldo Pereira était assis près de la table jonchée de
couleurs, de tubes, de pinceaux, de cendriers et de bouteilles. Tout à fait sobre, à présent, il travaillait à une de
ses croûtes.

« Jean, dit-il, la proposition de Chantal a du bon. Avec
elle, vous êtes sûr d'arriver sain et sauf à Marseille. Et à
Marseille vous aurez moins de mal à trouver un faux
passeport qu'ici, où la police vous recherche. Sans parler
de vos autres amis.

— Mais, bon Dieu, j'en viens, de Marseille ! Aurai-je
fait tous ces efforts pour n'aboutir à rien ?

— Si vous ne voulez pas voir les choses comme elles
sont, dit Chantal avec une brutalité agressive, c'est que

vous n'êtes qu'un cave sentimental. Vous avez eu de la poisse. Et alors ? Ça arrive à tout le monde, dans la vie ! Il n'y a pas deux façons : avant toute chose, il faut trouver de la douille et vous resaper convenablement. »

Si, songea Thomas, je n'avais pas bénéficié des leçons particulières d'Alcoba, dans notre cellule, je ne saurais comprendre ce que cette dame veut dire.

« Avec l'aide de Pereira, dit-il tristement, je trouverai un nouveau passeport, même à Lisbonne. Pour ce qui est de l'argent, j'ai un ami en Amérique du Sud. Je lui écrirai. Non, non, laissez, j'y arriverai bien, je... »

Il n'acheva pas sa phrase, car au même instant des coups de feu assourdis déchirèrent le silence de la sieste.

Chantal étouffa un cri. Pereira eut un sursaut et renversa un pot de peinture. Ils s'entre-regardèrent avec effarement. Trois secondes passèrent...

Puis, des voix d'hommes alarmées résonnèrent dans la rue. Des femmes poussaient des cris perçants. Des enfants piaillaient.

Thomas se précipita à la cuisine et ouvrit violemment la fenêtre. Il se pencha et regarda dans la vieille cour. En bas, hommes, femmes et enfants s'assemblaient en courant, faisaient le cercle autour d'une forme étendue sur le pavé crasseux, une forme de petite taille, tordue par la souffrance et bossue.

« Lazare, Lazare, tu m'entends ? »

Thomas était agenouillé près du petit homme couché sur le pavé. Derrière lui se bousculait une foule d'inconnus. Le sang s'écoulait sans cesse des blessures d'Alcoba. Plusieurs balles l'avaient atteint, à la poitrine et au ventre. Il était immobile, les yeux fermés. Le rictus de la bouche avait disparu.

« Lazare... » gémit Thomas Lieven.

Le petit bossu ouvrit les yeux. Les pupilles étaient déjà ternies, mais Lazare reconnut l'homme qui se penchait sur lui.

« Fous le camp, fit-il avec effort. Fous le camp en vitesse, Jean ! C'est toi qu'ils visaient... » Un flot de sang jaillit de sa bouche.

« Ne parle pas, Lazare », supplia Thomas. Mais le bossu chuchota : « Le type a crié « Leblanc », avant de... Il m'a pris pour toi... »

Thomas avait les larmes aux yeux, des larmes de rage et de chagrin.

« Il ne faut pas parler, Lazare... Le médecin va arriver... Ils vont t'opérer...

— C'est, c'est trop tard... (Le bossu regarda Thomas. Soudain, il eut un sourire goguenard.) Dommage, petit... Nous deux, on aurait monté des chouettes combines... » (Le sourire s'effaça. Les yeux devinrent vitreux.)

Lorsque Thomas se leva pour quitter le cadavre de son ami, les gens reculèrent et le laissèrent passer en silence. Car ils voyaient qu'il pleurait.

A travers un voile de larmes, Thomas distingua Chantal et Pereira qui se tenaient à distance de la foule excitée. Il les rejoignit en chancelant. Il trébucha et serait tombé si le peintre ne l'eût rattrapé.

Venant de la rue, deux agents de police et un médecin pénétrèrent dans la cour au pas de course. Tandis que le médecin examinait le cadavre, les assistants submergèrent les agents de paroles. La foule des curieux enfla sans cesse. Un brouhaha de voix perçantes emplissait la cour.

Thomas s'essuya les yeux et regarda Chantal. Il savait que, s'il n'agissait pas à l'instant même, il serait trop tard. En une fraction de seconde, en un battement de cils, il décida de son sort...

Deux minutes plus tard, les agents en étaient venus à la conclusion, d'après le récit des témoins agités, qu'un inconnu s'était préoccupé du mourant et lui avait adressé la parole en dernier.

« Où est-il ?

— Il est allé par là ! » cria une vieille femme. D'un doigt osseux, elle indiqua la seconde entrée. Pereira s'y tenait. Il était seul, à présent.

« Vous, là-bas ! héla un agent. Où est l'homme qui a parlé avec la victime ?

— Aucune idée », dit Pereira.

Le médecin ferma les yeux du mort. Le vilain visage du défunt Lazare Alcoba était empreint d'une grande dignité.

Dans les Pyrénées, il faisait froid. Un vent d'est glacial balayait la chaîne de terres rouges et ingrates qui séparaient l'Aragon espagnol du Midi de la France.

A l'aube du 23 novembre 1940, deux voyageurs solitaires, une jeune femme et un jeune homme, cheminaient vers le nord, en direction du col de Roncevaux. Tous deux portaient des chaussures de montagne, des chapeaux de feutre et des vestes molletonnées. Chacun coltinait un sac pesant arrimé à son dos. La femme marchait devant. A travers la forêt et les taillis épais, l'homme suivait sa progression en amont.

De sa vie entière, Thomas Lieven n'avait eu aux pieds de lourds souliers cloutés, ni porté des vestes molletonnées. Jamais encore il n'avait escaladé des sentiers de montagne pénibles et périlleux. Cette heure matinale, à laquelle il emboîtait péniblement le pas à Chantal Tessier en direction de la frontière française, les talons et la plante des pieds couverts d'ampoules, lui semblait enveloppée du même irréel, avec ses brouillards et ses ombres grises que les autres événements des cinq derniers jours.

Chantal Tessier, c'était quelqu'un ! Un compagnon de route hors pair ! Il avait eu l'occasion de le constater au cours de ces cinq journées. Elle connaissait le Portugal et l'Espagne comme sa poche, elle connaissait les douaniers, les patrouilles de police qui contrôlaient les trains, elle connaissait les paysans disposés à héberger et restaurer un étranger sans poser de questions.

Le pantalon qu'il portait, les chaussures, la veste, le chapeau, tout cela lui venait de Chantal ; c'était elle qui les avait achetés pour lui. L'argent qu'il avait dans la

poche était le sien aussi. Elle le lui avait donné...
« avancé », disait-elle.

De Lisbonne, ils avaient pris le train jusqu'à Valence.
Il y avait eu deux contrôles. Avec l'aide de Chantal, Thomas y avait échappé. Pendant la nuit, ils avaient traversé
la frontière espagnole et poursuivi leur route par Vigo,
León et Burgos. En Espagne, il y avait beaucoup plus de
contrôles et beaucoup plus de police. Mais tout s'était
bien passé, grâce à Chantal...

Restait encore la dernière frontière, puis ils seraient en
France. Les courroies du sac entaillaient les épaules de
Thomas Lieven ; chaque os lui faisait mal. Il était recru
de fatigue. Tandis qu'il suivait les pas de Chantal, sa
pensée, légère et embrouillée, errait à l'abandon.

Pauvre Lazare Alcoba... Qui donc l'a abattu ? Qui l'a
fait abattre ? Les Anglais ? Les Allemands ? Trouvera-t-on
jamais l'assassin ? Un autre assassin me trouvera-t-il,
moi ? Combien de temps me reste-t-il à vivre ? Moi, qui
me faufile ici à travers une sombre forêt comme un
contrebandier, comme un criminel... Folie, folie que tout
cela, délire, cauchemar insensé et grotesque, et pourtant
c'est la réalité dans toute son horreur...

Le sentier s'aplanit, la forêt s'éclaircit, et ils atteignirent une clairière. Une grange délabrée s'y trouvait. Sur
les traces de l'infatigable Chantal, Thomas se traînait
auprès du grand fenil, lorsque trois coups de feu très
rapprochés éclatèrent à proximité.

Avec la rapidité de l'éclair, Chantal fit volte-face et se
retrouva à côté de Thomas. Son souffle le heurta au
visage :

« Entrez là-dedans ! »

Elle l'entraîna brutalement sous le toit de la grange, et
ils tombèrent dans le foin. Ils se regardèrent en haletant.

Un nouveau coup partit en tonnant ; puis, encore un
autre. Le vent leur transmit les accents d'une voix masculine, mais les paroles prononcées étaient inintelligibles.

« Silence ! chuchota Chantal. Ne bougeons pas. Ce sont
peut-être des douaniers. »

C'est peut-être quelqu'un d'autre, pensa Thomas avec amertume. Probablement ! Il n'aura pas fallu longtemps à ces messieurs de Lisbonne pour constater qu'ils ont commis une erreur. Une erreur réparable...

Thomas perçut la présence de Chantal à ses côtés. Elle ne bougeait pas, mais Thomas ressentit la tension nerveuse que lui coûtait l'effort de se tenir tranquille.

Il prit aussitôt sa décision. Il n'avait pas le droit de mettre en danger une autre vie humaine ! Il savait que la mort du pauvre Lazare pèserait sur sa conscience jusqu'à la fin de ses jours.

Terminons-en, se dit Thomas. Je ne joue plus. Mieux vaut une fin horrible qu'une horreur sans fin. Cessez de me chercher, imbéciles assassins ! Cessez de me poursuivre, assassins imbéciles ! Je me rends, mais n'entraînez pas d'autres innocents dans votre jeu infect...

Il se débarrassa rapidement des courroies du sac et se mit debout. Chantal bondit. Dans son visage pâle, ses yeux lançaient des éclairs.

« Reste couché, siffla-t-elle, espèce de cinglé ! »

De toutes ses forces, elle essaya de le retenir.

« Désolé, Chantal », murmura Thomas en utilisant une prise de judo qui, il le savait, ferait perdre conscience à la jeune femme pendant quelques secondes. Elle poussa un soupir et retomba en arrière.

Thomas sortit de la grange.

Ils arrivaient sur lui. Deux hommes avec des fusils. Ils arrivaient à travers la clairière, l'herbe morte et les nappes de brouillard. Ils arrivaient.

Il alla à leur rencontre. Avec un grotesque sentiment de triomphe, il se dit : comme ça, au moins, vous ne pourrez pas me tirer dans le dos, « en cours de fuite ».

A présent, les deux hommes l'avaient aperçu et relevaient leurs fusils. Thomas fit un autre pas en avant. Puis, encore un autre.

Les hommes abaissèrent leurs fusils. Ils s'approchèrent. Thomas ne les avait jamais vus. Comme lui, ils portaient des pantalons de velours côtelé, des chapeaux, des vestes imperméables et des chaussures de montagne. Tous deux étaient râblés et plutôt petits. L'un avait une moustache, l'autre des lunettes.

Ils étaient tout près. Ils s'arrêtèrent. L'homme aux lunettes tira son chapeau.

« Bonjour, dit-il poliment en espagnol.

— L'avez-vous aperçu ? » demanda l'homme à la moustache.

Tout se mit à tourbillonner devant les yeux de Thomas : les hommes, la clairière, les prés, les arbres, tout.

« Qui ? demanda-t-il d'une voix sans timbre.

— Le cerf, dit l'homme aux lunettes.

— Je l'ai touché, dit l'homme à la moustache. Je suis certain que je l'ai touché : je l'ai vu tomber. Puis, il s'est rembuché.

— Il ne peut pas être loin, dit son ami.

— Je n'ai rien vu, dit Thomas dans son mauvais espagnol.

— Ah ! un étranger !... Un réfugié de là-bas, sans doute », dit l'homme aux lunettes.

Thomas eut la force de hocher la tête.

Les deux Espagnols échangèrent un regard.

« Nous oublierons que nous vous avons rencontré, dit l'homme à la moustache. Au revoir, et bon voyage ! » Tous deux tirèrent leurs chapeaux. Thomas en fit autant. Les chasseurs poursuivirent leur chemin et disparurent dans la forêt.

Thomas passa un moment à respirer profondément. Puis, il retourna à la grange. Chantal était assise dans le foin et se frottait le cou en geignant. La peau était rouge et contusionnée. Thomas s'assit à côté d'elle.

« Je vous demande pardon pour tout à l'heure, dit-il, mais je ne voulais pas... Je ne voulais pas que vous... (Il se mit à bégayer et termina lamentablement :) Ce n'étaient que des chasseurs. »

Soudain, elle l'enlaça et se pressa violemment contre lui. Ils retombèrent sur le foin.

« Tu voulais me protéger, chuchota-t-elle, penchée sur lui. Tu ne voulais pas m'exposer. Tu as pensé à moi. (Ses mains caressaient avec tendresse le visage de Thomas.) Aucun homme ne l'a jamais fait... de toute ma vie...

— Fait quoi ?

— Pensé à moi », chuchota Chantal.

Dans la douceur et la violence de ses baisers, Thomas perdit jusqu'à la notion de toute misère, de toute angoisse, du sombre passé, du sombre avenir...

En 1942, six mille soldats allemands cernèrent le Vieux Quartier du port de Marseille et obligèrent les habitants — environ vingt mille personnes — à abandonner leurs habitations dans un délai de deux heures. Ils furent autorisés à emporter au maximum trente kilos de bagages. Plus de trois mille délinquants furent arrêtés. Le vieux quartier tout entier fut miné et détruit. Ainsi disparut le haut lieu du vice le plus pittoresque d'Europe, la plus dangereuse pépinière d'entreprises criminelles.

Mais, au cours des années 1940-1941, le vieux quartier du port vivait l'époque de son plus grand essor. Dans les sombres maisons derrière l'hôtel de ville habitaient des ressortissants de toutes les nations : réfugiés, trafiquants de marché noir, assassins recherchés par la police, faussaires, conspirateurs politiques et des légions de femmes de mœurs légères.

La police était impuissante et évitait autant que possible, en règle générale, de paraître au « Vieux Quartier ». Les potentats de ce sombre royaume étaient les chefs de plusieurs gangs qui se livraient, entre eux, à une guerre sans merci. Parmi les membres de ces gangs on trouvait des Français, des Nord-Africains, des Arméniens, un grand nombre de Corses et d'Espagnols.

Les chefs de gang étaient des personnages connus. A travers les étroites ruelles bigarrées, ils ne se déplaçaient qu'accompagnés de leurs gardes du corps. En file indienne, deux ou trois messieurs marchaient à la droite du patron, deux ou trois autres messieurs à gauche, la main dans la poche, l'index sur la détente.

L'Etat institua un « Service du contrôle économique » dont les fonctionnaires avaient pour tâche de lutter contre le marché noir florissant. Mais la plupart des commissaires désignés à cet effet se révélèrent vénaux. D'autres étaient tout bonnement lâches. Après la tombée de la nuit, ils n'osaient plus se montrer dans la rue. A cette heure-là commençait la valse des meules de fromage qu'on roulait d'une maison à l'autre, et des quartiers de viande qu'on livrait aux restaurants à partir des abattoirs clandestins.

Le superbe gigot d'agneau, le beurre, les haricots verts, de même que les autres ingrédients dont se servit Thomas pour préparer, dans la soirée du 23 novembre, un excellent repas dans la cuisine de Chantal Tessier, provenaient des mêmes sources obscures.

Chantal habitait dans la rue Chevalier-Roze. En se penchant par la fenêtre, on apercevait les eaux sales du Vieux Port quadrangulaire et les lumières multicolores des innombrables cafés qui le bordaient.

Thomas avait été surpris par la taille et l'aménagement de l'appartement de Chantal. Bien des choses lui parurent barbares : ainsi la combinaison que formaient des luminaires coûteux et modernes avec des meubles anciens authentiques. Il était évident que Chantal avait grandi en fleur sauvage, en dehors des atteintes de tout vernis de culture.

Ce soir-là, elle portait une robe raffinée, montante et très ajustée, en soie de Chine brodée. Mais, singulièrement, elle avait sanglé le tout avec une lourde ceinture de cuir, large comme la main. D'ailleurs, elle avait une prédilection pour le cuir brut et son odeur.

Courtoisement, Thomas s'abstint de toute critique quant aux errements de Chantal dans le domaine du bon goût. Lui-même portait — pour la première fois de sa vie — un costume qui n'avait pas été fait pour lui, mais qui, nonobstant, lui allait comme un gant.

Dès leur arrivée, Chantal avait ouvert un grand placard, rempli de chemises d'homme, de lingerie d'homme, de cravates et de complets.

« Prends ce qu'il te faut, avait-elle dit. Pierre était de ta taille. »

A contrecœur, Thomas avait pris ce qu'il lui fallait. En fait, il lui fallait de tout pour être vêtu décemment, car lui-même ne possédait plus rien.

Quand il avait essayé d'en apprendre davantage sur Pierre, Chantal avait répondu avec humeur : « Ne pose pas tant de questions. C'était mon ami. Nous sommes séparés depuis un an. Il ne reviendra plus... »

D'ailleurs, au cours des dernières heures, Chantal avait eu un comportement très froid. Comme si les moments de folie près de la frontière n'avaient jamais existé. Même maintenant, pendant le dîner, elle restait assise en silence, perdue dans de sombres pensées. Tout en mangeant des moules, elle ne cessait de dévisager Thomas. Lorsqu'ils en furent au tendre gigot d'agneau, l'aile gauche de son nez se mit à frémir. Au dessert, une horloge toute proche sonna dix coups.

Soudain Chantal se couvrit le visage des deux mains et marmonna des paroles inintelligibles.

« Qu'y a-t-il, chérie ? » demanda Thomas qui remuait les fruits au caramel.

Elle leva la tête. La narine frémissait toujours, mais le reste du beau visage n'était qu'un masque figé.

« Dix heures », dit-elle. Maintenant, sa voix était calme et claire.

« Et alors ?

— Ils sont sur le pas de la porte. Dès que je mettrai le phono en route et que je jouerai *J'ai deux amours*, ils monteront. »

Thomas posa la petite cuiller en argent.

« Qui montera ? s'enquit-il.

— Le colonel Siméon et ses hommes. »

MENU

Moules marinières
Gigot d'agneau rôti, haricots verts et pommes dauphines
Fruits au caramel
25 novembre 1940

AVEC UN GIGOT, THOMAS LIEVEN
DÉLIE UNE LANGUE FÉMININE

Moules marinières

Prenez des moules bien fraîches, nettoyez-les bien et placez-les dans une casserole avec un fond de liquide bouillant, moitié eau, moitié vin blanc. Couvrez et laissez cuire — en secouant à plusieurs reprises la casserole — jusqu'à ce que les moules soient ouvertes. Versez dans une passoire et détachez les moules de la coquille. — Entre-temps, vous aurez préparé un roux blanc au beurre et à la farine que vous mouillerez avec la cuisson tamisée des moules. Laissez bouillir. Ajoutez un peu de vin blanc, assaisonnez de sel, de poivre et d'un peu de jus de citron et liez avec un jaune d'œuf. — A présent, incorporez à la sauce la chair des moules, et du persil finement haché. Tenez au chaud sans laisser bouillir.

Gigot d'agneau garni

Prenez un gigot d'agneau bien tendre, incisez-le près de l'os et glissez une gousse d'ail dans l'ouverture. — Faites saisir le gigot de tous côtés dans la casserole et arrosez largement de beurre de cuisson. Salez, poivrez. Achevez la cuisson au four, à bon feu, en arrosant souvent.

Prenez des haricots verts frais, nettoyez-les et faites-les cuire dans peu d'eau. Si vous utilisez des haricots de conserve, versez le contenu de la boîte dans une passoire, laissez égoutter et arrosez ensuite d'eau bouillante, ce qui supprime le goût de saumure. Faites réchauffer les haricots bien égouttés dans du beurre fondu. Salez en servant. Passez à la moulinette des pommes de terre bouillies, travaillez la purée en pâte avec des œufs entiers, assaisonnez avec un peu de muscade. Formez des boulettes que vous faites frire à la graisse très chaude jusqu'à ce qu'elles gonflent et prennent couleur.

Fruits au caramel

Dans une casserole, faites fondre du sucre en poudre. Remuez sans cesse. Le caramel doit être jaune clair. A ce moment, ajoutez de l'eau et laissez cuire. — Prenez des pêches et des poires pelées et coupées en quartiers, ainsi que des grains de raisin, et étuvez-les dans le caramel. Une fois refroidie, servez cette compote dans des coupes. Décorez avec des touches de crème fouettée et saupoudrez d'amandes hachées.

— Le colonel Siméon ? répéta-t-il d'une voix blanche.
— Du 2ᵉ Bureau, oui. (La narine frémissait.) Je t'ai vendu. Je suis la reine des salopes. »

Il y eut un silence.

« Veux-tu une autre pêche ? dit enfin Thomas.

— Jean ! Ne sois pas comme ça ! Je ne peux pas le supporter ! Crie ! Casse-moi la gueule ! Fais quelque chose !

— Chantal, dit-il, envahi par une immense fatigue, pourquoi as-tu fait ça ?

— Les flics me tiennent. Une vilaine histoire qui remonte à Pierre. Escroquerie, et cætera... Là-dessus, se pointe ce colonel, ce Siméon, qui me dit : « Si vous nous « amenez Leblanc, on s'arrangera pour faire classer l'af- « faire ! » Qu'aurais-tu fait à ma place, Jean ? Je ne te connaissais pas, après tout ! »

Ainsi va la vie, songea Thomas. Et ça continue, et ça continue. L'un donne la chasse à l'autre. L'un trahit l'autre. Et l'un tue l'autre, pour ne pas être tué lui-même.

« Que me veut Siméon ? demanda-t-il doucement.

— Il a des ordres... Il paraît que tu les as blousés avec une histoire de listes. C'est vrai ?

— C'est vrai. »

Elle se leva, s'approcha de lui et lui posa la main sur l'épaule.

« Je voudrais pleurer. Mais je n'ai pas de larmes. Bats-moi. Tue-moi. Fais quelque chose, Jean ! Ne me regarde pas comme ça. »

Immobile, Thomas réfléchissait.

« Redis-moi le nom du disque que tu dois jouer ? demanda-t-il à voix basse.

— *J'ai deux amours* », répondit-elle.

Subitement, un étrange sourire éclaira la pâleur de son visage. Il se leva. Chantal eut un mouvement de recul. Mais il ne la toucha pas. Il se rendit dans la pièce voisine où se trouvait le phonographe. En apercevant l'étiquette du disque, il sourit à nouveau. Il mit l'appareil en marche et posa l'aiguille sur le premier sillon. Une mélodie retentit, et la voix de Joséphine Baker chanta *J'ai deux amours*.

Un bruit de pas se rapprocha au-dehors. De plus en plus près. Tout près. Chantal se tenait devant Thomas. Un souffle rauque passait entre ses lèvres ouvertes. Les dents de fauve lançaient un éclair humide. Sa poitrine haletait sous la mince soie verte de la tunique chinoise.

« File, murmura-t-elle d'une voix sifflante. Il est encore temps... La fenêtre de la chambre à coucher donne sur un toit plat... »

Thomas fit non de la tête en souriant.

Elle fut prise de colère.

« Imbécile ! Ils vont te transformer en passoire ! D'ici dix minutes tu seras un macchabée et tu flotteras dans le vieux port !

— Il eût été aimable de ta part, dit Thomas d'un ton amical, d'y songer un peu plus tôt, mon cœur. »

D'un geste frénétique, elle leva le bras comme pour le frapper.

« Arrête ton charre, dit-elle, le souffle court. C'est bien le moment... » Elle se mit à sangloter.

On frappa.

« Ouvre », dit-il avec dureté. Chantal pressa le poing contre sa bouche et ne bougea pas.

On frappa de nouveau, avec plus d'impatience. Joséphine Baker chantait toujours.

« Ouvrez, ou nous tirons dans la serrure ! cria une voix masculine, familière à Thomas.

— Brave Siméon, murmura Thomas. Toujours aussi soupe au lait ! » Il quitta Chantal qui tremblait de tous ses membres et se dirigea vers le vestibule.

La porte d'entrée vibrait sous les coups. La chaîne de sûreté était mise. Thomas appuya sur la poignée. La porte s'ouvrit brutalement, mais seulement dans la mesure permise par la chaîne d'acier. Une chaussure se glissa dans l'entrebâillement, ainsi qu'un pistolet. Thomas marcha de tout son poids sur la chaussure et repoussa le canon de l'arme.

« Ayez l'amabilité de retirer ces deux objets, colonel, dit-il.

— Et quoi encore ! cria Siméon de l'autre côté de la porte. Ouvrez immédiatement, ou ça va barder !

— Dans ce cas, il faudra que ça barde, dit Thomas avec douceur. Car, tant que vous aurez la main et le pied dans la porte, je ne peux pas retirer la chaîne. »

Après une brève hésitation, le colonel se soumit au désir de Thomas. Chaussure et automatique disparurent. Thomas ouvrit. L'instant d'après le canon de l'arme labourait son estomac et il se trouvait face à face avec l'héroïque Jules Siméon, moustache hérissée, noble tête au nez romain rejetée en arrière.

Le pauvre, pensa Thomas, il n'a pas fait fortune, pendant ces derniers mois ; il porte toujours la même vieille gabardine râpée.

« Quelle joie, colonel, dit Thomas Lieven. Comment vous portez-vous ? Et comment va notre belle Mimi ?

— Fini de jouer, vendu ! dit le colonel, les lèvres serrées par le mépris.

— Cela vous ennuierait-il beaucoup d'appuyer le canon de votre pistolet ailleurs, sur ma poitrine par exemple ? Vous comprenez, je sors de table.

— Dans une demi-heure, vous n'aurez plus de problèmes de digestion, salopard », répondit Siméon avec feu.

Un autre homme pénétra dans le vestibule, grand, élégant, tempes grisonnantes, yeux intelligents, col relevé, mains dans les poches, une cigarette au coin de la bouche : Maurice Débras.

« Bonsoir, dit Thomas. Je me doutais que vous n'étiez pas loin, quand Chantal m'a cité le titre du disque. Comment allez-vous, commandant Débras ?

— *Colonel* Débras ! » dit Siméon d'une voix sifflante.

Débras ne répondit pas. De la tête, il fit un mouvement bref et péremptoire en direction de la porte.

Un cri de rage retentit l'instant d'après. Tous trois se retournèrent. Comme un chat-tigre prêt à bondir, Chantal se tenait à l'entrée du salon, un poignard malais recourbé à la main.

« Dehors, gronda-t-elle avec fureur. Sinon, je vous ouvre le ventre à tous les deux. Laissez-le tranquille ! »

Alarmé, Siméon fit deux pas en arrière.

Dieu merci, pensa Thomas, tu n'es plus le même héros gâteux qu'à l'époque de la prise de Paris !

« Arrête ces bêtises, Chantal, dit-il ensuite d'un ton cassant. Après tout, tu avais promis au colonel de me trahir.

— Ça m'est égal, murmura-t-elle d'une voix rauque. Je me suis conduite comme une vraie salope, mais je peux encore tout arranger...

— De la merde, tu peux ! dit Thomas. Tu ne réussiras qu'à te faire coffrer, pauvre conne !

— Qu'ils me bouclent !... Je me fous de tout, je n'ai encore jamais donné personne. Passe derrière moi, Jean, vite, dans la chambre... »

A présent, elle était près de lui. Thomas poussa un soupir et secoua la tête. Son pied droit se détendit. La pointe de la chaussure heurta le poignet de Chantal. Avec un cri de douleur, elle lâcha le poignard qui vola en l'air et se ficha en vibrant dans le montant de la porte.

Thomas prit son chapeau et son pardessus, arracha le poignard du bois et le tendit à Débras.

« Vous ne pouvez pas savoir, dit-il, à quel point il m'est pénible d'attaquer une femme. Mais avec Mlle Tessier la brutalité paraît être l'unique moyen... Partons-nous ? »

Muet, Débras hocha la tête. Siméon poussa Thomas sur le palier.

La serrure de la porte claqua. Chantal se retrouva seule. Secouée de crampes, elle tomba sans forces sur le tapis où elle se roula avec des sanglots et des cris. Enfin, elle put se lever et se traîner jusqu'au salon. Le disque était terminé et l'aiguille faisait entendre son bruit de va-et-vient rythmé. Soulevant le phonographe avec violence, Chantal le lança contre le mur, où il se brisa avec fracas.

Cette nuit, la pire de sa vie, elle ne put trouver le sommeil. Agitée, coupable, désespérée, elle se tourna et se retourna dans son lit. Elle avait trahi son amant. Elle avait sa mort sur la conscience. Car elle se rendait fort bien compte que Siméon et Débras allaient le tuer.

L'aube la plongea dans un sommeil troublé.

Le chant d'une voix mâle, aussi vigoureuse que fausse, l'en arracha. Elle bondit dans son lit. Elle avait mal à la tête et ses membres étaient de plomb. La voix d'homme était clairement audible : J'ai deux amours...

Folle ! se dit-elle, je suis devenue folle ! Voilà que j'entends sa voix — la voix d'un mort — mon Dieu, j'ai perdu la raison...

« Jean », cria-t-elle.

Pas de réponse.

Elle se leva en chancelant. En chemise de nuit, elle se précipita hors de la chambre. Fuir, il faut fuir...

Soudain, elle tomba en arrêt. La porte de la salle de bain était ouverte. Thomas Lieven était assis dans la baignoire.

Chantal ferma les yeux. Chantal rouvrit les yeux. Thomas était toujours assis dans la baignoire.

« Jean... gémit-elle.

— Bonjour, charogne », dit-il.

Plus morte que vive, elle se traîna auprès de lui et s'abattit sur le bord de la baignoire.

« Comment, que fais-tu là ? balbutia-t-elle.

— J'essaie de me savonner le dos. Tu me rendrais service en te chargeant de l'opération.

— Mais, mais, mais...

— Plaît-il ?

— Mais ils t'ont descendu... Tu es mort...

— Si j'étais mort, dit-il avec réprobation, je n'en serais plus à me savonner le dos. Quelle sottise ! Vraiment, Chantal, tu devrais te conduire un peu plus raisonnablement. Tu ne vis pas dans une maison de fous, ni dans la jungle. Du moins, tu n'y vis plus. »

Il lui tendit un morceau de savon. Elle le saisit et le jeta dans l'eau.

« Dis-moi immédiatement ce qui s'est passé ! cria-t-elle d'une voix perçante.

— Récupère le savon, répliqua Thomas tout bas, d'un ton dangereusement contenu. Immédiatement. Tout à l'heure, tu auras la raclée. Le Ciel m'est témoin, Chantal, que je n'ai jamais battu une femme. Mais pour toi je vais renoncer à mes principes les plus sacrés. Allez, frotte-moi le dos, et plus vite que ça ! »

Chantal plongea le bras dans l'eau, trouva le savon et fit ce qu'il lui demandait, tout en le contemplant avec une admiration craintive.

« Je commence à comprendre comment il faut te traiter, dit-il avec férocité.

— Que s'est-il passé, Jean ? demanda-t-elle d'une voix rauque. Raconte...

— On dit : raconte, s'il te plaît.

— S'il te plaît, Jean, s'il te plaît...

— Voilà qui est mieux, grogna-t-il en s'étirant voluptueusement. Plus haut. Plus à gauche. Plus fort. Bien : une fois sortis dans la rue, ces deux-là m'ont conduit au port... »

Siméon et Débras conduisaient Thomas Lieven au port. Un vent glacial sifflait à travers les rues étroites du Vieux Quartier. Des chiens aboyaient à la lune. Tout était désert.

Débras était au volant de la Ford délabrée. Siméon, le pistolet toujours à la main, était assis à l'arrière, à côté de Thomas. Personne n'ouvrait la bouche.

La voiture atteignit le Vieux Port. Dans les bistrots de marché noir, sur le quai du Port, la lumière était encore allumée. A la hauteur de l'Intendance sanitaire, Débras prit le quai de la Tourette à droite, dépassa en trombe le vénérable édifice de la cathédrale et se dirigea vers le nord, jusqu'à la place de la Joliette... Par le boulevard de Dunkerque désert il contourna la masse gigantesque et noire de la gare maritime. Puis, ils se retrouvèrent au bord de l'eau, près du bassin de la gare maritime. La Ford passa en cahotant sur les rails et les traverses du chemin de fer et s'arrêta à l'entrée du sombre môle A.

« Dehors ! » dit Siméon.

Thomas Lieven obéit. Le souffle glacé du mistral le frappa de plein fouet. L'endroit puait la marée. Les rares lampadaires du môle dansaient furieusement dans la tempête. Quelque part, une sirène de navire hurlait. A présent, Débras avait, lui aussi, un gros calibre à la main. Du menton, il fit un geste significatif.

Résigné, Thomas se mit en mouvement et s'avança sur le môle désert. Le sourire qu'il avait aux lèvres se figea peu à peu.

L'eau reflétait la pâle lumière de la lune. Sur les courtes vagues dansaient des couronnes d'écume. L'odeur de marée se fit plus forte. Thomas continuait d'avancer. Dans son dos, il entendit Siméon trébucher et jurer. Horreur, se dit Thomas, il a sûrement le doigt sur la détente ! Espérons qu'il ne butera plus. Un malheur est si vite arrivé...

Le colonel Débras n'avait toujours pas prononcé une seule parole. Ils étaient loin maintenant, loin de la vie, loin des hommes.

Qui tombe à l'eau ici, songea Thomas, on ne le retrouve pas de sitôt. Surtout s'il a quelques balles dans le ventre.

L'extrémité du môle apparut subitement : une bande de béton, puis l'eau. L'eau noire.

« Halte », dit Siméon.

Thomas s'arrêta.

La voix de Débras se fit entendre pour la première fois :

« Retournez-vous. »

Thomas se retourna. Il dévisagea Débras et Siméon, entendit le son grêle et lointain des horloges marseillaises qui sonnaient les trois quarts de l'heure. Aussitôt après, il perçut la voix de Siméon qui disait d'un ton inquiet et zélé :

« Déjà onze heures moins le quart, patron. Il faut faire vite, puisqu'on doit l'amener chez Madame à onze heures ! »

Thomas reprit son souffle. Son sourire figé se décontracta et il toussa discrètement en entendant un colonel dire à l'autre : Bougre d'imbécile !

« Ne lui en veuillez pas, dit Thomas à Débras. Il vous a gâché votre numéro ? Ma foi, moi aussi, il m'a mis une fois dans une situation terriblement embarrassante, en présence d'un lieutenant allemand... Mais c'est un brave type ! » Il frappa sur l'épaule de Siméon qui pensait mourir de honte.

Débras empocha son arme et détourna la tête. Il ne voulait pas que Siméon ou Thomas le voient sourire.

« D'ailleurs, messieurs, poursuivit Thomas, j'avais pensé tout de suite que vous vouliez surtout me faire très peur et, sans doute, m'amener à retravailler pour vous.

— Co-comment le saviez-vous ? bégaya Siméon.

— En entendant le disque de Joséphine Baker, j'ai deviné que M. Débras n'était pas loin. Et je me suis dit : si le commandant — pardon, le *colonel* ; toutes mes félicitations ! — donc, que, si vous vous déplaciez tout exprès de Casablanca, ce n'était pas dans le seul but d'assister à ma fin sans gloire. Me suis-je trompé ? »

Débras fit demi-tour et opina de la tête.

« Sacré boche ! dit-il.

— Dans ce cas, quittons ces lieux inhospitaliers. Je suis incommodé par l'odeur qui règne ici. D'ailleurs, nous n'avons pas le droit de faire attendre Madame. Et j'aimerais passer à la gare.

— Pourquoi la gare ? demanda Siméon, l'œil hagard.

— Parce qu'il y a là un fleuriste ouvert la nuit, lui

apprit Thomas avec amabilité. Il faut que j'achète quelques orchidées... »

Joséphine Baker parut à Thomas plus belle que jamais. Elle le reçut dans le salon de son appartement de l'hôtel de Noailles sur la Canebière.

Ses cheveux noirs bleutés formaient sur sa tête une couronne brillante. D'énormes anneaux blancs ornaient ses oreilles. Sa peau sombre luisait comme du velours. Lorsqu'il baisa la main de cette femme qu'il admirait, son regard fut ébloui par les feux irisés d'une grande bague garnie d'une rosace de diamants.

D'un air sérieux, elle reçut le coffret de cellophane qui contenait trois orchidées roses. D'un air sérieux, elle dit :

« Merci, monsieur Lieven. Asseyez-vous. Tu veux ouvrir le champagne, Maurice ? »

Ils étaient à trois, car dans un accès d'impatience Débras avait renvoyé le colonel Siméon chez lui.

Thomas Lieven inspecta le salon du regard. Il y avait une grande glace, ainsi qu'un piano où s'accumulaient les partitions. Thomas vit également une affiche :

Opéra de Marseille
JOSEPHINE BAKER
dans
LA CREOLE
Opérette en trois actes
de Jacques Offenbach
Première représentation
24 décembre 1940

Le colonel Débras remplit les coupes de cristal.

« Buvons à la santé de la femme, dit-il, à laquelle vous devez la vie, monsieur Lieven ! »

Thomas s'inclina profondément devant Joséphine.

« J'ai toujours espéré, madame, que vous sauriez comprendre mon comportement. Vous êtes une femme.

Certainement vous détestez la violence et la guerre, le sang et l'assassinat encore plus que je ne le fais moi-même.

— Certes, dit sa belle interlocutrice, mais j'aime aussi mon pays. Vous nous avez causé un grand préjudice en détruisant les vraies listes.

— Madame, répondit Thomas, le préjudice n'aurait-il pas été plus considérable si, au lieu de détruire les listes, je les avais remises aux Allemands ?

— C'est exact, intervint Débras. N'en parlons plus. Après tout, c'est vous qui m'avez sorti de Madrid. Vous êtes un cas-limite, Lieven. Mais je peux vous jurer ceci : la prochaine fois que vous nous roulerez, il n'y aura plus de champagne, quel que soit le pouvoir de compréhension de Joséphine pour votre comportement. La prochaine fois, vous ne reviendrez pas du môle !

— Ecoutez, Débras, je vous aime bien ! Sincèrement. j'aime aussi la France. Mais je vous le jure dès à présent : si vous m'obligez de nouveau à travailler pour vous, je vous roulerai une fois de plus, car je ne veux nuire à aucun pays, même au mien.

— Et la Gestapo ? demanda Joséphine tout bas.

— Pardon ?

— Auriez-vous aussi scrupule de nuire à la Gestapo ?

— Au contraire, madame, je m'en ferais une fête. »

Le colonel Débras leva la main.

« Vous savez qu'avec des Anglais nous mettons sur pied en ce moment, dans la zone occupée comme dans la zone non occupée, un nouveau service de renseignements et une organisation de résistance ?

— Je le sais.

— De ses nouveaux chefs, à Paris, le colonel Siméon a reçu l'ordre de vous attirer à Marseille et de vous liquider. Mais il en a d'abord parlé à Joséphine. Joséphine m'a informé de la chose et m'a prié d'intervenir...

— Madame, dit Thomas en s'inclinant, permettez-moi de vous verser encore un peu de champagne.

— Lieven, il faut que je retourne à Casa. Joséphine

me suivra dans quelques semaines. Nous avons reçu des instructions de Londres. Siméon restera seul ici. Que pensez-vous de Siméon ?

— Ne m'obligez pas à mentir, dit Thomas poliment.

— C'est un cœur d'or, dit Débras en soupirant. Un patriote fervent.

— Un soldat héroïque ! enchérit Thomas.

— Un casse-cou ! enchérit Joséphine.

— Oui, oui, dit Débras. Malheureusement, il lui manque quelque chose. Nous savons tous ce que c'est, je n'ai pas besoin de le formuler. »

Thomas hocha la tête avec compassion.

« Le courage ne se prouve pas uniquement avec les poings, dit Joséphine. Il faut aussi une tête. Vous, monsieur Lieven, et le colonel Siméon, la tête et les poings, quelle belle équipe vous feriez !

— Seul, dit Débras, il ne sera pas à la hauteur de sa tâche.

— Quelle tâche ?

— La situation est sérieuse, Lieven, dit Débras en se mordant les lèvres. Je ne veux pas flatter mes compatriotes plus qu'il ne faut. Chez nous aussi, il y a des salauds.

— Il y en a partout, dit Thomas.

— Nos salauds français collaborent avec les nazis dans les deux zones. Ils trahissent nos hommes. Ils vendent leur pays. Des salauds français à la solde de la Gestapo. J'ai dit « Gestapo », monsieur Lieven...

— J'ai entendu, dit Thomas.

— Vous êtes Allemand. Vous connaissez les façons des Allemands. En même temps, vous êtes capable de passer pour un Français de naissance..

— Voilà que ça recommence !

— Ces hommes ne se contentent pas de trahir leur pays, dit Débras, ils le pillent. Voyez-vous, il y a seulement quelques jours, deux hommes sont arrivés de Paris : des trafiquants d'or et de devises.

— Des Français ?

— Des Français qui travaillent pour le compte de la Gestapo.

— Comment s'appellent-ils ?

— Jacques Bauvier et Paul de Lentier. »

Thomas réfléchit longuement en silence...

« D'accord, Débras, dit-il enfin. Je vous aiderai à trouver vos traîtres. Mais me promettez-vous de me lâcher, après ?

— Où voulez-vous aller ?

— En Amérique du Sud, vous le savez bien. Un ami m'y attend, le banquier Lindner. Je n'ai plus d'argent, mais il en a suffisamment...

— Lieven...

— ...Il a un million de dollars. Si vous me donnez un nouveau passeport, j'aurai un visa, sous sa caution...

— Lieven, écoutez-moi...

— ...Et si j'ai un visa, je trouverai un bateau... (Thomas s'interrompit) : Qu'y a-t-il ?

— Croyez que je suis vraiment désolé, Lieven, mais je crains que vous ne revoyiez jamais votre ami Lindner.

— Qu'est-ce que cela veut dire ? Racontez, ne me cachez rien. De toute façon, je me découvre une ressemblance de plus en plus grande avec feu Job. Qu'est-il arrivé à mon ami Lindner ?

— Il est mort.

— Mort ? répéta Thomas. (Il changea de couleur et devint gris.) Walter Lindner est mort. Mon dernier espoir. Mon dernier ami. Ma dernière chance de quitter ce continent en folie...

— Vous ne pouviez pas le savoir, dit Débras, vous étiez en prison. Le 3 novembre 1940, le bateau de Lindner a heurté une mine flottante auprès des Bermudes. Il a sombré en l'espace de vingt minutes. Il n'y eut presque pas de survivants. En tout cas, Lindner et sa femme n'étaient pas parmi eux... »

Tassé sur lui-même, Thomas Lieven faisait tourner la coupe de champagne entre ses doigts.

« Si vous aviez pris ce bateau, fit remarquer Débras, vous aussi, vous seriez sans doute mort à présent.

— Oui, dit Thomas, voilà, en effet une pensée éminemment réconfortante. »

Dans les premières heures de l'aube du 26 novembre 1940, ce fut un Thomas Lieven silencieux et méditatif qui quitta l'hôtel de Noailles pour regagner le Vieux Quartier : plus précisément, un appartement du second étage de l'immeuble de la rue Chevalier-Roze. Il avait beaucoup bu, en compagnie de Joséphine et du colonel, tout en discutant des mesures à prendre pour l'avenir immédiat.

Pendant quelques secondes, il subit la tentation de réveiller Chantal, endormie sur son lit défait, au moyen d'une bonne correction. Puis, il décida de prendre tout d'abord un bain chaud. C'est là que le découvrit sa belle amie, alertée par ses exercices vocaux.

Pendant que Chantal s'employait à savonner et à frotter, il lui raconta quelques circonstances de son mystérieux sauvetage, mais seulement le strict nécessaire, car sa confiance en elle était devenue limitée.

« Ils m'ont lâché, conclut-il, parce qu'ils ont besoin de moi. Ils ont une mission à me confier. Et pour cette mission, j'ai, à mon tour, besoin de toi. Sur cette base, nous pourrions éventuellement nous réconcilier. »

Pleins d'humilité jusque-là, les yeux de Chantal se mirent à briller :

« Tu me pardonnes ?

— Il faut bien, puisque j'ai besoin de toi...

— Peu importe la raison, pourvu que tu le fasses, chuchota-t-elle en l'embrassant. Et je ferai tout ce que tu voudras. Que te faut-il ?

— Quelques lingots d'or.

— Des le-lin-gots... d'or ? Combien ?

— Pour cinq à dix millions de francs environ.

— Des vrais ?

— Mais non : avec des noyaux de plomb.

— S'il n'y a que ça pour te faire plaisir !

— Sale garce ! dit-il. Fumier ! C'est par ta faute que j'ai atterri de nouveau dans cette panade. Arrête de frotter si fort ! »

Elle frotta encore plus fort.

« Je suis si contente, s'écria-t-elle, que tu ne te sois pas fait descendre, mon chéri !

— Arrête de frotter, je te dis ! »

Avec un rire de gorge, elle se mit à le chatouiller.

« Arrête, ou gare à ta culotte !

— Elle ne risque rien, je n'en ai pas !

— Attends un peu ! »

Il l'empoigna, elle poussa un glapissement, l'eau jaillit, et elle se retrouva couchée sur lui dans l'eau tiède et mousseuse de la baignoire, criant, glapissant, riant, crachant, puis enfin, silencieuse dans ses bras.

Le mercredi 4 décembre 1940, un déjeuner végétarien réunit trois messieurs dans un salon particulier de l'hôtel Bristol, sur la Canebière. L'un des trois en avait composé le menu avec le soin d'un gourmet averti. De plus, il en avait minutieusement surveillé la préparation dans les cuisines de l'hôtel.

Les trois messieurs se nommaient Jacques Bauvier, Paul de Lentier et Pierre Hunebelle.

Maigre, avec des allures renfermées et des traits aigus, Paul de Lentier pouvait avoir trente-sept ans.

Jacques Bauvier était plus âgé, plus rose et plus gras. Vêtu avec un peu trop de recherche, ses gestes étaient maniérés, sa voix haut perchée et sa démarche trottinante. Avec son complet bleu marine il portait un gilet de velours rouge foncé. Il utilisait un parfum peu discret.

Quant à Pierre Hunebelle, l'homme qui avait organisé le déjeuner, il ressemblait à Thomas Lieven comme un frère. Nul miracle à cela, car il s'agissait bien de lui, sauf qu'il s'appelait à présent Hunebelle, et non plus Leblanc. L'aimable lecteur aura subodoré la raison de ce

changement d'identité : Thomas avait en poche un nouveau faux passeport du S.R. français...

C'était la première fois que MM. Bauvier et de Lentier
rencontraient M. Hunebelle, et Bauvier surtout contemplait ce charmant jeune homme avec un délice croissant.
Son regard langoureux ne le quittait plus. Thomas avait
invité les deux hommes à déjeuner, après s'être présenté
à maître Bauvier, avocat à la Cour, comme un associé
éventuel.

« Déjeunons ensemble pour parler de nos affaires,
avait-il proposé par téléphone.

— Bien volontiers, monsieur Hunebelle, avait répondu
de sa voix de fausset l'éclectique Bauvier, mais surtout
pas de viande, je vous prie.

— Vous êtes végétarien ?

— A cent pour cent. D'ailleurs, je ne fume ni ne bois. »

Quant aux femmes, s'était dit Thomas, tu ne dois
pas non plus en faire grand cas, mon petit trésor.
Mais travailler pour la Gestapo, ô pur esprit, ça,
ça va...

Au cours du hors-d'œuvre — du céleri à la genevoise —
ces messieurs entamèrent la conversation.

« Une merveille, monsieur Hunebelle, dit le pimpant
Bauvier, une vraie merveille ! Les tranches vous fondent
sur la langue.

— Il le faut, dit Thomas avec sérieux. Prenez toujours
de beaux céleris, mais pas trop gros.

— Ah ! pas trop gros, dit Bauvier en dévorant Thomas
des yeux.

— Lavez-les et brossez-les bien ; faites cuire à l'eau
salée, mais pas trop.

— Mais pas trop, répéta l'avocat, dont le parfum montait aux narines de Thomas. Il faudra me noter la recette,
monsieur. » Ses mains soignées portaient quatre bagues
serties de pierres de couleur. Le regard qu'il posait sur
Thomas était empli d'émoi.

Son cas est clair, songea ce dernier, il ne me donnera
aucun mal. Mais ce Lentier doit être plus coriace.

MENU

Céleri à la genevoise
Escalopes de champignons
Poire Belle-Hélène

4 décembre 1940

UNE ESCALOPE INSOLITE
RAPPORTE DES MILLIONS...

Céleri à la genevoise

Prenez des céleri-raves moyens, lavez-les et brossez-les énergiquement et mettez-les à bouillir dans l'eau salée, sans excès de cuisson. Epluchez ensuite et découpez en tranches minces. Mettez un peu de beurre frais dans un plat profond, rangez-y une couche de tranches de céleri, garnissez de flocons de beurre, saupoudrez de fromage râpé. Rajoutez une autre couche de céleri, et ainsi de suite. Terminez par le beurre et le fromage, recouvrez le plat et faites étuver pendant une bonne heure au bain-marie. Servez dans le même plat, sans remuer.

Escalopes de champignons

Prenez une livre de girolles fraîches, nettoyez et coupez en quatre. Emincez deux gros oignons, hachez une bonne quantité de persil et faites revenir oignons, persil et champignons dans une poêle, jusqu'à ce que les champignons commencent à frire. Ajoutez de la mie de pain trempée et bien pressée, et laissez-la revenir un peu. Passez le tout à la moulinette en terminant par une pomme de terre sèche. — Remuez bien la masse. Lorsqu'elle est refroidie, incorporez un œuf entier. Si la consistance est trop molle, ajoutez un peu de chapelure. — L'assaisonnement doit être très relevé : un peu de pâte d'anchois, quelques gouttes de soja ou d'un autre extrait à base de levure (et non pas de viande). Salez et poivrez seulement à la fin. — Formez des escalopes pas trop plates, panez avec farine, œuf et chapelure et faites sauter au beurre. Garnissez de tranches de citron et de câpres.

Poire Belle-Hélène

Placez une boule de glace à la vanille dans des coupes ou timbales suffisamment grandes, recouvrez avec une ou deux demi-poires de conserve. Nappez le tout d'une sauce au chocolat épaisse et très chaude. Servez immédiatement. — Pour la sauce au chocolat, prenez 100 g de chocolat à croquer amer et laissez fondre dans un peu d'eau au bain-marie. En aucun cas, il ne faut râper ou piler le chocolat. Ajoutez suffisamment de lait ou de crème fraîche pour obtenir une sauce épaisse.

« En quoi pouvons-nous vous être utiles, monsieur ? demanda justement Lentier sans transition.

— Marseille est une petite ville, messieurs. On sait que vous êtes venus de Paris pour conclure certaines affaires. »

Un vieux serveur apporta le plat principal et Thomas s'interrompit. L'avocat examina le plat.

« Mais, j'avais bien spécifié : pas de viande ! » se lamenta-t-il.

Lentier lui coupa la parole :

« Quelles affaires, monsieur Hunebelle ?

— Ma foi ! euh... des devises et de l'or. On dit que ces articles vous intéressent. »

Lentier et Bauvier échangèrent un regard. Pendant un moment, le salon particulier fut plongé dans le silence. Enfin, Lentier — accusé de collaboration par le gouvernement français, il fut condamné en 1947 — dit d'un ton froid :

« C'est ce qu'on dit, hein ?

— C'est ce qu'on dit, oui. Prenez de la sauce au soja, maître Bauvier.

— Mon ami, dit l'avocat en regardant Thomas profondément dans les yeux, je suis touché ! Ce plat que j'avais pris pour de la viande et qui n'est pas de la viande a une saveur exquise ! Qu'est-ce que c'est donc ?

— Monsieur Hunebelle, dit Lentier avec humeur, nous parlions d'or et de devises. Et si la chose nous intéressait vraiment ?

— Ce sont des escalopes de champignons, dit Thomas à Bauvier. Excellentes, n'est-ce pas ? (Il se tourna vers Lentier) : J'aurais de l'or à vendre.

— Vous avez de l'or ? questionna Lentier d'un ton dubitatif.

— Oui.

— De quelle provenance ?

— Quelle importance ? dit Thomas avec hauteur. Est-ce que je vous demande, moi, pour le compte de qui vous opérez ? »

Lentier l'épiait avec des yeux de requin :

« Combien d'or pouvez-vous nous fournir ?

— Cela dépend de la quantité que vous désirez.

— Je me permets de douter, fit observer Lentier, que vous disposiez d'une réserve pareille.

— Car, proclama soudain avec un petit rire le gandin du barreau, nous sommes acheteurs jusqu'à concurrence de deux cents millions ! »

Nom de Dieu, se dit Thomas, c'est la grosse galette, cette histoire !

Nom de Dieu, se dit également le vieux serveur qui avait l'oreille collée à la porte du salon particulier, c'est la grosse galette, cette histoire ! Faisant claquer sa langue, il se dirigea vers le petit bar de l'hôtel, presque désert à cette heure. Un grand costaud aux cheveux taillés en brosse buvait un Pernod au comptoir.

« Hé ! Bastien », lui dit le garçon.

L'homme releva la tête. Il avait des petits yeux d'éléphant et des grosses mains de déménageur.

« De quoi parlent-ils ? » questionna-t-il.

Le garçon lui raconta de quoi parlaient les messieurs du salon particulier. L'homme, qui se nommait Bastien Fabre, siffla entre ses dents.

« Deux cents millions ! Bonne mère ! (Il glissa un billet dans la main du garçon.) Ouvre bien tes oreilles. Rappelle-toi chaque mot. Je reviens.

— C'est d'accord, Bastien », dit le vieux garçon.

Bastien — il portait une veste de cuir, un béret basque et un pantalon gris — quitta le bar, enfourcha une vieille bicyclette et pédala le long du Vieux Port jusqu'au quai des Belges. Là, se trouvaient les deux cafés les plus renommés de la ville : le Cintra et le Brûleur de Loups. Dans l'un et l'autre établissement se concluaient des transactions illégales de toute sorte. Le Cintra était plus moderne et rassemblait une clientèle plus aisée de riches négociants grecs, turcs, hollandais et égyptiens.

Bastien entra au Brûleur de Loups, plus vieillot et plus petit. Ici, la salle sombrement lambrissée, dont les grandes glaces ternies reflétaient faiblement la lumière grise de la rue, était occupée presque exclusivement par une clientèle indigène, dont la majeure partie buvait à cette heure-là un pastis qui coûtait à présent dix francs, au lieu de deux en 1939 : ce renchérissement était une source d'indignation permanente pour tous les patriotes marseillais.

Il y avait là des marchands de vin, des faussaires, des contrebandiers, des émigrés et des trafiquants. Bastien en connaissait un grand nombre. Il salua et fut salué en retour. Au bout de la salle, il y avait une porte ; une pancarte « Réservé » était accrochée au bouton.

Le géant frappa quatre coups espacés et deux courts. La porte s'ouvrit, et Bastien pénétra dans la pièce.

La lumière était allumée, car il n'y avait pas de fenêtres. Un épais brouillard de fumée de cigarettes saturait l'atmosphère. Quinze hommes et une femme étaient assis autour d'une longue table. Les hommes avaient des allures hardies ; certains étaient barbus, d'autres arboraient des nez cassés et des cicatrices. Parmi eux, il y avait des Africains, des Arméniens et des Corses.

La femme était assise en bout de table. Elle était coiffée d'un béret rouge d'où jaillissait une chevelure noire aux reflets bleutés. Elle portait un pantalon et une veste en cuir brut. Un observateur impartial eût compris du premier coup d'œil que Chantal Tessier était la maîtresse absolue de cette étrange assemblée de canailles : une louve solitaire, une reine sans merci.

« Pourquoi es-tu en retard ? aboya-t-elle immédiatement à l'adresse de Bastien qui la regardait d'un air coupable. Ça fait une demi-heure qu'on t'attend !

— Ils ont pris leur temps, ces trois-là... L'avocat n'est pas arrivé à l'heure...

— Quand te décideras-tu à acheter un autre béret ? interrompit Chantal d'une voix cassante. Vous m'emmerdez, à la fin ! On dirait que vous tenez tous à montrer que vous sortez d'un égout !

— Excuse-moi, Chantal », dit Bastien avec bonhomie en dissimulant maladroitement son béret graisseux. Puis, il rapporta ce que le garçon du Bristol lui avait appris. Lorsqu'il mentionna les deux cents millions, une vague d'excitation balaya la pièce. Certains de ces messieurs émirent un sifflement, un autre frappa sur la table et tous se mirent à parler en même temps.

« La ferme ! (La voix glaciale de Chantal dominait le brouhaha. Le silence se fit.) Vous parlerez quand vous serez interrogés, compris ? (Chantal s'adossa à son siège.) Cigarette », commanda-t-elle.

Deux hommes s'empressèrent de la servir. Chantal souffla une bouffée de fumée.

« Ecoutez-moi bien, tout le monde. Je vais vous expliquer ce qu'il faut faire. »

Chantal Tessier, chef de gang et amateur de cuir brut, l'expliqua. Et tous l'écoutèrent avec attention...

On était le jeudi 5 décembre 1940. Le froid s'était abattu sur Marseille. Deux hommes se tenaient au comptoir d'une quincaillerie de la rue de Rome.

« Je voudrais quatre moules à cake, dit l'un.

— Et vous, monsieur ? demanda la vendeuse à l'autre.

— Je voudrais trois moules à cake, s'il vous plaît, belle enfant. »

Le premier homme, un géant musculeux aux courts cheveux roussâtres, s'appelait Bastien Fabre, ce qui était son vrai nom.

L'autre homme était vêtu avec recherche et avait des façons distinguées. Il s'appelait momentanément Pierre Hunebelle, mais ce n'était pas son vrai nom. Auparavant, il s'était fait appeler Jean Leblanc, mais à la vérité il se nommait Thomas Lieven.

Au prix excessif du temps de guerre, les deux hommes firent l'acquisition de sept moules de tôle. Mais il ne semblait pas qu'ils eussent l'intention d'y faire cuire des gâteaux. Car, en guise de beurre, de sucre, de safran et de farine, ils achetèrent chez un marchand de la petite rue Mazagran, neuf kilos de plomb, une grande plaque de chamotte et une bouteille de propane.

Puis, ils dirigèrent leurs pas vers le Vieux Quartier. Ils échangèrent peu de paroles, car ils venaient seulement de faire connaissance.

Me voilà donc sur le point, songea Thomas Lieven, de fabriquer de faux lingots d'or dans la société de cet orang-outan. Idée monstrueuse ! Le pire, c'est que je suis vraiment curieux de connaître le vrai procédé professionnel !

Quant au comportement de Chantal, il était incompréhensible. Car, lorsqu'il lui avait parlé des deux acheteurs, elle avait commencé par dire : « Formidable, mon chéri ! Mon organisation est à ta disposition. Quinze spécialistes de premier ordre. On va se payer la fiole des deux saligauds de la Gestapo, *plus* celle de ton colonel Siméon, et on fourguera les listes à celui qui paie le plus !

— Non, pas le colonel. J'ai promis de l'aider.

— Tu te sens bien, dans ta tête ? C'est ça, l'idéalisme allemand ? Tu vas me faire pleurer, tiens. Fais-la donc tout seul, ta combine ! Fabrique-le, ton jonc. Ce n'est pas un de mes hommes qui t'aidera ! »

Voilà quelle avait été la situation trois jours plus tôt. Mais depuis, Chantal semblait avoir radicalement révisé son opinion. Elle était plus tendre et plus passionnée que jamais.

« Tu as raison, avait-elle concédé la nuit dernière dans les bras de Thomas, au cours des rares minutes d'accalmie. Il faut que tu tiennes ta promesse... (Un baiser.) Je t'aime encore plus, parce que tu es honnête... (Deux baisers.) Je te donne Bastien... Je te donne tous mes hommes... »

Aux côtés du gigantesque Bastien Fabre, qui poussait une brouette contenant les articles achetés, Thomas déambulait à présent à travers les ruelles crasseuses du Vieux Quartier. Puis-je me fier à cette canaille de Chan-

tal ? se demanda-t-il. Une fois déjà, elle m'a menti et elle
m'a trompé. Elle a une idée en tête. Mais laquelle ?

Bastien aurait pu fournir une réponse exhaustive à
cette question. Poussant sa brouette aux côtés de la mince
et élégante silhouette de Thomas Lieven, le cours de
ses pensées était le suivant : Me plaît pas, ce mirliflore.
Habite chez Chantal. Pas besoin de se demander ! Ce n'est
pas le premier qui habite chez Chantal. Mais ce Pierre
Hunebelle-là, on dirait qu'elle l'a dans la peau, la patronne. Elle prend ses crosses, merde alors !

Bastien se souvenait des paroles que Chantal avait
prononcées sur le « mirliflore » au cours de la réunion au
Brûleur de Loups :

« Un cerveau génial. Aucun de vous autres couillons ne
lui vient à la cheville.

— Allons, allons », avait osé intervenir Bastien.

Chantal avait explosé comme une fusée :

« Ta gueule ! A partir d'aujourd'hui, tu feras tout ce
qu'il te dira de faire !

— Minute, Chantal...

— Ta gueule, j'ai dit ! C'est un ordre, compris ? Tu
l'accompagneras chez Boule pour fabriquer les faux lingots de jonc ! Et vous autres, vous vous relayerez pour
lui filer le train. Je veux savoir ce qu'il fait, jour et nuit !

— Pour la nuit, tu dois être au courant.

— Encore une vanne, et je te balance une beigne ! C'est
mon homme, vu ? Il n'a qu'un seul défaut : il est trop
honnête. Dans cette affaire, c'est à *nous* de penser pour
lui. Il ne sait pas ce qui est bon pour lui... »

Moi, pensait Bastien avec aigreur en trottant à travers
le Vieux Quartier à côté de Thomas, j'ai l'impression que
ce gars-là sait bougrement bien ce qui est bon pour lui !

Voilà ce que pensait Bastien. Mais il ne le dit point.
« Nous y sommes », dit-il à la place. Et il s'arrêta devant
l'immeuble numéro 14 de la rue d'Aubagne. A droite de
la porte, une vieille plaque d'émail écaillée portait l'inscription :

RENE BOULE
CHIRURGIEN-DENTISTE
9 h 12 h et 15 h 18 h

Ils entrèrent dans la maison et sonnèrent à une porte. La porte s'ouvrit.

« Vous voilà enfin », dit le docteur René Boule. C'était l'homme le plus petit et le plus gracieux que Thomas eût vu de sa vie. Il portait une blouse blanche, un pince-nez à monture d'or et un râtelier de toute beauté qui lançait des éclairs.

« Entrez, mes enfants. » Le docteur accrocha une pancarte à la porte, où on lisait :

PAS DE CONSULTATIONS AUJOURD'HUI

Puis, il referma la porte et les conduisit, à travers la salle de consultation avec fauteuil tournant et instruments luisants, jusqu'à un laboratoire qui avoisinait une petite cuisine. Bastien fit rapidement les présentations.

« Le docteur, précisa-t-il à Thomas, travaille régulièrement pour nous. Il a un contrat d'exclusivité avec la patronne.

— Mais seulement pour les faux lingots, grommela le petit homme. Quand vous avez mal aux dents, vous allez ailleurs. (Il dévisagea Thomas.) Comment se fait-il que nous ne nous soyons jamais vus ? Vous êtes nouveau dans la bande ? »

Thomas hocha la tête.

« Il sort de taule, expliqua Bastien avec aménité. La patronne s'est toquée de lui. Ce boulot-ci marche sur son compte personnel.

— Je n'ai rien contre. Avez-vous apporté les moules ? Très bien, très bien. Comme ça, je pourrai fondre sept lingots d'un coup sans devoir attendre que cette saloperie refroidisse. (Le docteur Boule déballa les moules à cake et les plaça les uns à côté des autres.) Pour la longueur, ça va, dit-il. Vous voulez des lingots d'un kilo, je suppose ? C'est ce que j'avais pensé. (Il se tourna vers Thomas.) Si cela vous intéresse, vous pouvez regarder, jeune homme. On ne sait jamais à quoi ça peut servir.

— Vous avez raison, dit Thomas en levant au ciel un regard auto-accusateur.

— J'ai vu ça cent fois, grommela Bastien. Je vais plutôt chercher quelque chose à bouffer.

— Quelque chose de fortifiant, je vous prie, dit le dentiste. Ce travail de fonderie est très éprouvant.

— C'est la patronne qui paie. Qu'est-ce que vous voulez ?

— Henri, au rez-de-chaussée, a reçu quelques canards de la campagne. Il les vend au noir, avant que le type du Contrôle économique ne tombe dessus. Des jolis petits canards, dit le petit homme en faisant claquer sa langue. Peu de graisse et des os bien tendres. Trois livres, tout au plus.

— Bien, dit Bastien. Je vais en décrocher deux pour nous. » Il disparut.

« Dans la fabrication des faux lingots, dit le docteur René Boule, la difficulté provient du fait que l'or et le plomb ont des points de fusion et des poids spécifiques fort différents. Le plomb fond déjà à 327 degrés. L'or seulement à 1063. Les moules à gâteaux ne supporteraient pas une température pareille. Il faut donc les garnir de chamotte. »

Le petit homme mesura les moules avec précision, puis il dessina les contours des fonds et des parois sur la plaque de chamotte, amorça les lignes avec une lime et brisa sans peine la plaque en morceaux conformes au dessin. Tout en travaillant, il poursuivit son cours :

« A présent, nous allons fabriquer des formes de plâtre, semblables à des briques, qui auront les dimensions voulues pour glisser dans les moules garnis de chamotte en laissant un espace de trois millimètres de chaque côté. Avant que le plâtre ne durcisse, nous munirons la base de quatre petits pieds en enfonçant des allumettes dans la masse. Celles-ci reposeront sur la fourrure réfractaire inférieure, de sorte que, là aussi, il y aura un espace de trois millimètres entre plâtre et chamotte... Voulez-vous prendre des notes ?

— J'ai bonne mémoire.

— Oui ? Tant mieux... Lorsque la brique de plâtre est installée dans le moule, nous faisons fondre de l'or dans un creuset.

— Comment obtenez-vous une température aussi élevée ?

— A l'aide d'un chalumeau et de la bouteille de propane que vous avez apportée, jeune homme.

— Et quelle sorte d'or utilisez-vous ?

— Du vingt-deux carats, bien entendu.

— Où l'obtient-on ?

— Dans toutes les affineries. Je fais des réserves de fragments d'or que j'échange contre du vingt-deux carats. Quand l'or est fondu, nous en remplissons les espaces entre les plaques de chamotte et le plâtre et nous laissons refroidir par la voie naturelle. Pas d'eau froide, surtout.

— Vous devriez quand même prendre des notes. — Ensuite, je retire le noyau de plâtre et, à ce moment, je dispose d'une cuve en tôle d'or mince qui a les dimensions d'un lingot. Et ce moule, je le remplis de plomb.

— Un instant, dit Thomas. Le plomb, c'est plus léger que l'or.

— Jeune homme, un kilo, au poids. Il n'y a que le volume qui varie. Et je me permets quelques légères modifications, dans le sens de la largeur. Pour des lingots d'affinerie, ça n'a rien d'extraordinaire... »

Bastien revint. Il apportait deux petits canards bien fermes et deux livres de châtaignes et se rendit à la cuisine.

Pendant un moment, Thomas observa le talentueux dentiste qui confectionnait des briques de plâtre. Puis il alla à la cuisine pour voir ce qu'il s'y passait. L'écœurement le figea sur place. Il n'entendait rien à la contrefaçon des lingots d'or. Quant aux canards, il y entendait un certain nombre de choses. Et le traitement qu'on infligeait ici à un canard était une insulte à sa dignité de gourmet. Secouant la tête, il s'approcha de Bastien qui, manches relevées, était installé près de la fenêtre. Il avait vidé la bête et était occupé à saler la viande à l'extérieur et à l'intérieur.

« Qu'est-ce que c'est que ça ? demanda Thomas Lieven avec sévérité.

— Ça se voit, non ? grogna Bastien avec irritation. Je vais faire cuire un canard. Quelque chose qui ne convient pas à monsieur ?

— Massacreur.

— Qu'avez-vous dit ? » Le géant avala sa salive.

« J'ai dit : massacreur. Je présume que vous prétendez faire ce canard au gril.

— En effet !

— C'est ce que j'appelle un massacre.

— Voyez-vous ça ! » Bastien appuya les poings sur les hanches, oublia les recommandations de Chantal, devint tout rouge de colère et se mit à gueuler :

« Qu'est-ce que vous connaissez à la cuisine, monsieur je-sais-tout ?

— Je m'y connais un peu, dit Thomas avec dignité. Suffisamment, en tout cas, pour savoir que vous êtes sur le point de commettre un crime.

— J'ai navigué comme cuistot, moi ! J'ai passé ma vie à préparer des canards. Au gril !

— Alors, vous avez passé votre vie à commettre des crimes. Sans parler des autres. »

Au dernier instant, Bastien se souvint des ordres de Chantal et fit un immense effort pour se contenir. Il plaça ses deux battoirs derrière son dos pour les empêcher de se rendre indépendants et de commettre l'irréparable.

« Et quelle serait donc *votre* façon, demanda-t-il d'une voix oppressée, de préparer un canard, monsieur Hunebelle ?

— A la chinoise, bien entendu...

— Ha !

— ... car seule la préparation à l'ananas et aux épices conserve, ou plutôt, fait ressortir et souligne la saveur très fine de la viande !

— Grotesque ! dit le géant. Le gril. Il n'y a que ça !

— Parce que vous êtes dépourvu de toute culture culinaire, dit Thomas. Les hommes de goût préfèrent le canard à la chinoise.

— Dites donc, petit merdeux, si vous voulez insinuer par là... » commença Bastien. Il fut interrompu par le petit dentiste qui le tirait par la manche.

« Qu'est-ce qu'il y a, Bastien ? Pourquoi se disputer ? Nous avons deux canards ! Essayez donc les deux manières, au gril et à la chinoise ! J'en ai encore pour des heures, moi.

— Un concours ? grogna Bastien.

— Exactement, dit le petit homme en faisant de nouveau claquer ses lèvres. Je ferai l'arbitre. »

La mine de Bastien s'éclaircit.

« D'accord ? demanda-t-il à Thomas.

— Bien sûr. Mais il me faut des ingrédients : champignons, ananas, tomates, riz.

— Descendez chez Henri, dit le dentiste en riant. Chez Henri, on trouve de tout. (Il battit joyeusement des mains.) Ça devient sympa ! Je vous ai appris quelque chose ! Vous m'apprenez quelque chose à votre tour ! Aux armes, citoyens ! »

Là-dessus, une activité fébrile se déploya à la cuisine et au laboratoire du docteur René Boule.

Tandis que Bastien frottait d'ail *son* canard, y ajoutait des aromates et le plaçait, poitrine en bas, sur le gril du four, Thomas désossait le *sien*, hachait les os et les abats et s'en servait pour préparer un bouillon. En attendant que celui-ci réduise, il se rendit au laboratoire pour observer l'œuvre du petit artiste.

Entre-temps, au moyen des sept moules à gâteau, le docteur Boule avait produit sept minces cuves d'or. Il remplissait la première de plomb fondu. Dit le dentiste :

MENU

Canard au riz, à la chinoise
Canard grillé aux marrons
Délice des dieux

5 décembre 1940

THOMAS LIEVEN FONDE UNE AMITIE LEGENDAIRE

Canard à la chinoise

Préparez un canard pas trop gras comme à l'ordinaire et désossez-le. Avec les os pilés et les abats, faites un bouillon bien concentré. — Coupez la viande en morceaux, faites revenir dans une casserole, saupoudrez de farine et laissez prendre couleur. Mouillez avec le bouillon, ajoutez une tomate fraîche pelée, quelques champignons hachés et 4 g de glutamate. Laissez mijoter à petit feu pendant une demi-heure. — Coupez en huit quelques tranches d'ananas, incorporez-les à la viande et laissez cuire encore un quart d'heure. — Servez avec du riz aux grains bien détachés.

Canard grillé

Préparez un jeune canard pas trop gras comme à l'ordinaire et frottez l'extérieur de sel. On peut également frotter l'intérieur d'ail et y introduire divers aromates. — Posez le canard, poitrine en bas, sur le gril du four et versez un peu d'eau dans la lèchefrite. Faites griller à four moyen et badigeonnez souvent avec la graisse qui s'assemble dans la lèchefrite. Comme temps de cuisson, comptez une heure à, tout au plus, une heure et demie, selon grosseur. Pendant les 20 dernières minutes, tournez la poitrine du canard vers le haut. — Lorsque le canard est cuit, badigeonnez la peau bien rôtie d'eau froide et laissez griller encore cinq minutes à bon feu. La peau devient encore plus croquante. — Servez avec une garniture de marrons bouillis : Prenez une quantité de marrons correspondant à la quantité de pommes de terre que vous auriez utilisée et débarrassez-les de l'écorce et de la peau. Faites cuire à l'eau salée, en veillant à ce qu'ils ne se cassent pas. Mélangez avec du beurre frais et servez.

Délice des dieux

Emiettez du pain très noir, recouvrez-en le fond d'un grand compotier en verre et humectez de cognac ou de kirsch. Par-dessus, rangez une couche de cerises anglaises de conserve bien égouttées. Recouvrez de crème Chantilly. Puis, de nouveau le pain, et ainsi de suite, la crème Chantilly formant la dernière couche. — Saupoudrez de chocolat râpé et décorez avec des cerises. Mettez à rafraîchir et laissez macérer.

« Attendez que le plomb refroidisse. A présent, la garniture d'or ne manque que d'un seul côté. Placez-y une plaque de chamotte pour que le plomb ne se liquéfie pas à nouveau en entrant en contact avec l'or fondu. On évite ainsi les variations de la couleur de l'or, que tout expert trouverait suspectes. »

Thomas retourna à la cuisine pour surveiller son consommé. Il coupa la viande en morceaux et revint au laboratoire pour surveiller ses lingots.

Dans un creuset, le docteur Boule avait fait fondre de l'or qu'il versa dans le moule, sur la plaque de chamotte.

« Attendez, dit-il, que l'écume ait disparu. L'or se dépose de lui-même. La surface doit avoir une petite bordure surélevée, comme un morceau de savon noir. Et maintenant — mais vite, avant que le métal ne soit refroidi — vient le plus important : le poinçon.

— Quoi donc ?

— Le poinçon. L'estampille de contrôle qui garantit l'authenticité et la teneur en or. (Le docteur Boule éleva la voix) : Quel poinçon, Bastien ?

— Affinerie de Lyon ! cria le géant de la cuisine. (Il badigeonnait sa bestiole de graisse de cuisson.)

— Très bien, dit le docteur Boule. Il faut vous dire que je possède les poinçons d'un grand nombre d'affineries et de banques. (Il les montra à Thomas.) Je les ai découpés dans du linoléum et j'ai collé les morceaux de lino sur des bouts de bois. Regardez bien ! »

Il prit le poinçon correspondant et enduisit le linoléum d'huile d'olive. Ensuite, il appuya le poinçon sur la surface encore molle du premier lingot. L'écran d'huile brûla en sifflant. Le docteur Boule retira vite le poinçon, avant que le métal en fusion ne puisse détruire le linoléum. Le bref instant avait suffi. Le lingot portait à présent l'empreinte du poinçon comme si elle y eût été frappée.

« Les aspérités, dit le dentiste, la cendre, les bavures, vous les laissez. On ne nettoie pas, non plus, les lingots authentiques.

— Et les chances d'être pris ?

— Elles sont pratiquement nulles, dit le docteur Boule en secouant la tête. Le noyau de plomb est recouvert de tous côtés par une couche d'or de trois millimètres d'épaisseur. L'acheteur effectue son contrôle avec une pierre à huile et de l'acide chlorhydrique. Avec la pierre, il érafle le bord du lingot. Il obtient ainsi un trait d'or sur sa pierre. Il badigeonne celui-ci de plusieurs concentrations d'acide qui correspondent, en carats, aux diverses teneurs en or. Si le trait subsiste, il s'agit d'or à vingt-deux carats. Et, chez nous, il s'agit en effet d'or à vingt-deux carats ! (Le dentiste se mit soudain à humer l'air.) Sainte Mère, que ça sent bon ! C'est *votre* canard, ou le *sien* ? »

Le repas eut lieu une heure plus tard. Les trois hommes mangèrent sans parler. Ils commencèrent par le canard grillé et passèrent ensuite au canard à la chinoise. Dans la pièce à côté refroidissaient les trois premiers lingots. Un silence religieux régnait dans la petite salle à manger du docteur René Boule.

Enfin, Bastien s'essuya la bouche, plissa les yeux et regarda le dentiste.

« Alors, René, lequel était le meilleur ? »

D'un air malheureux, le docteur Boule laissa errer son regard d'un cuisinier à l'autre : de Thomas à Bastien, de Bastien à Thomas. Les énormes poignes de Bastien s'ouvraient et se refermaient convulsivement.

« Mon cher Bastien, balbutia le petit docteur, c'est difficile à dire en trois mots... D'un côté, ton canard... mais de l'autre, bien sûr...

— Oui-oui-oui, dit Bastien. Tu as peur que je te botte les fesses, hein ? Alors, c'est moi qui vais faire l'arbitre. Le chinois était meilleur ! (Bastien sourit et allongea une tape sur le dos de Thomas qui en avala de travers.) C'est moi l'aîné, je crois. Tu peux me tutoyer, pour ton canard. Mon nom, c'est Bastien.

— Appelle-moi Pierre.

— J'ai été un crétin toute ma vie, avec mon canard au

gril ! Pierre, mon garçon, j'aurais voulu te rencontrer plus tôt ! Tu connais d'autres recettes ?

— Quelques-unes, oui », dit Thomas avec modestie.

Bastien rayonnait. Subitement, il considérait Thomas avec déférence et sympathie. La gourmandise l'avait emporté sur la jalousie :

« Sais-tu, Pierre, je crois qu'on va être copains ! »

Bastien le croyait à raison. En 1957, dans la villa de la Cecilien-Allee à Düsseldorf, cette amitié se manifesterait toujours avec la même force et la même vivacité qu'au premier jour. Au cours des dix-sept années intermédiaires, bien des puissants de la terre auraient appris à trembler devant cette amitié...

« Ton canard n'était pas mauvais non plus, Bastien, dit Thomas. Sincèrement. J'y pense : j'ai confectionné un « Délice des dieux », comme dessert. Servez-vous. Moi, je n'en peux plus. Si j'avale encore une bouchée, je tombe mort ! »

A propos de mort...

Cologne, le 4 décembre 1940.

EXP : ABWEHR COLOGNE
DEST : CHEF ABWEHR BERLIN
CONFIDENTIEL 135892/VC/LU

« Amiral, à l'occasion de mon retour de Lisbonne, je me permets de vous informer du décès du traître et agent double Thomas Lieven, dit Jean Leblanc.

« Le susnommé a été tué par balle en date du 17 novembre 1940, à 9 h 35 (heure locale), dans la cour de l'immeuble sis au numéro 16 de la rua do Poco des Negros.

« Au moment de sa mort, Thomas Lieven portait les vêtements et l'apparence extérieure d'un certain Lazare Alcoba, son ex-compagnon de cellule pendant son séjour en prison.

« Bien que les autorités portugaises aient fait, compréhensiblement, tout leur possible pour étouffer cet incident et pour en camoufler les circonstances, j'ai réussi à établir, sans aucun doute possible, que Lieven a été liquidé par un tueur à gages, sur ordre des services secrets britanniques. Vous n'ignorez pas, amiral, que Lieven avait également vendu aux Anglais ses listes falsifiées, avec les noms et adresses d'agents français.

« A mon vif regret, je me suis trouvé dans l'impossibilité d'exécuter mes instructions et de ramener Lieven vivant. D'un autre côté, sa fin méritée représente un souci de moins pour nos services.

« Heil Hitler !

« Fritz Loos,

« Commandant et Chef de Commando. »

II

Dans l'après-midi du 6 décembre 1940, MM. Hunebelle et Fabre se rendirent à l'hôtel Bristol, chez le rose et gras maître Bauvier qui les reçut dans le salon de son appartement. L'acheteur français de la Gestapo arborait une robe de chambre en satin bleu, une pochette de soie, et sa personne exhalait les senteurs d'une eau de toilette rafraîchissante.

Il commença par élever des protestations contre la présence de Bastien.

« Comment, monsieur Hunebelle ? Mais je ne connais pas ce monsieur ! Je ne veux avoir affaire qu'à vous seul !

— Ce monsieur est un ami. Je transporte une marchandise plutôt précieuse, maître. Je préfère me sentir en sécurité ! »

L'avocat céda. Il contempla la silhouette élégante de Thomas avec un regard de vieille fille offensée.

« Mon ami Lentier, proclama ensuite le végétarien non-fumeur et misogyne, n'est malheureusement pas ici. Quelle malchance !

— Quelle chance, se dit Thomas.

— Où est-il donc ? demanda-t-il.

— A Bandol. (Bauvier troussa ses lèvres roses comme

pour siffler.) Il est allé chercher un lot important dans la région, vous comprenez : or et devises.

— Je comprends. » Thomas fit signe à Bastien. Celui-ci balança une petite mallette à bout de bras, la posa sur la table et fit claquer les serrures. Elle contenait sept lingots d'or.

Bauvier les soumit à un examen attentif. Il déchiffra le poinçon. Hum ! hum... Affinerie de Lyon. Très bien.

A la dérobée, Thomas fit un autre signe à Bastien.

« Pourrais-je me laver les mains ? dit Bastien.

— La salle de bain est là-bas. »

Bastien se rendit à la salle de bain où s'étalait tout un amas de flacons et de pots. Quel homme soigné que maître Bauvier ! Bastien fit couler un robinet, sortit sans bruit dans le couloir, retira la clef de la chambre de la serrure, prit une vieille boîte de fer remplie de cire d'abeille dans sa poche, pressa les deux côtés de la clef contre la cire, replaça la clef dans la serrure et la boîte dans sa poche.

Au salon, entre-temps, Bauvier s'était mis en devoir de contrôler les lingots. Il procéda à cette opération exactement de la manière prévue par le petit dentiste, c'est-à-dire qu'il utilisa une pierre à huile et diverses concentrations d'acide chlorhydrique.

« En règle, dit-il après avoir contrôlé les sept lingots. (Puis il regarda Thomas d'un air rêveur.) Que vais-je faire de vous ?

— Pardon ? » Thomas respira, car Bastien venait de rentrer au salon.

« Vous comprenez, je dois rendre compte à mes mandants des circonstances de chaque achat. Nous... nous tenons des listes, concernant nos correspondants... »

Des listes ! Thomas sentit son cœur battre plus vite. C'étaient les listes qu'il cherchait ! Les listes avec les noms et les adresses des collabos de la zone non occupée, des gens qui vendaient leur pays à la Gestapo, et bien souvent leurs compatriotes par-dessus le marché.

« Bien entendu, dit tout doucement Bauvier, nous

n'obligeons personne à nous fournir des indications...
D'ailleurs, comment le pourrions-nous ! (Il rit.) Mais si
vous désirez continuer à faire des affaires avec nous, il
serait sans doute utile que je prenne quelques notes...
à titre strictement confidentiel, bien sûr... »

Strictement confidentiel pour la Gestapo, pensait Thomas Lieven.

« Comme vous voudrez, dit-il. J'espère avoir l'occasion
de vous fournir d'autres lots de marchandise. Des devises, également.

« Veuillez m'excuser un instant », dit Bauvier.

Avec des allures efféminées, il disparut dans la chambre à coucher.

« Tu as l'empreinte ? demanda Thomas.

— Sûr. (Bastien hocha la tête.) Dis-moi, ce petit mec-
là, il ne serait pas de la...

— On ne peut rien te cacher », dit Thomas.

Bauvier revint. Il apportait une serviette munie de quatre serrures, qu'il ouvrit, non sans peine. Puis il en tira
plusieurs listes qui portaient un grand nombre de noms
et d'adresses. Il brandit un stylo en or. Thomas Lieven
indiqua son faux nom et une fausse adresse. Bauvier les
nota.

« Maintenant, l'argent, dit Thomas.

— Ne craignez rien, dit Bauvier en riant, ça vient.
Puis-je vous prier de me suivre dans la chambre... »

Dans la chambre à coucher, il y avait trois énormes
malles-armoires. Dans l'une d'entre elles, l'avocat ouvrit
un tiroir plat, rempli à ras bord de coupures de mille et
de cinq mille francs. Thomas comprenait fort bien que
MM. Bauvier et de Lentier étaient obligés de transporter
de grandes quantités d'argent liquide. Sans doute les
autres tiroirs des malles contenaient-ils également de
l'argent. Aussi Thomas repéra-t-il avec le plus haut intérêt l'endroit où Bauvier rangea la serviette avec les listes...

Bauvier   paya   360 000   francs   par   lingot,   donc
2 520 000 francs pour les sept.

En alignant les liasses devant Thomas, Bauvier chercha à capter son regard avec un sourire enjôleur et plein de promesses. Mais Thomas comptait ses francs...

« Quand vous reverrai-je, cher ami ? interrogea enfin Bauvier.

— Pourquoi ? demanda Thomas, surpris. Vous ne rentrez pas à Paris ?

— Pas moi. Seulement Lentier. Il passera par Marseille demain après-midi avec le rapide de quinze heures trente.

— Il passera seulement ?

— Oui, il ramène la marchandise de Bandol à Paris. Je lui porterai votre or à la gare. Mais après nous pourrions peut-être dîner ensemble, qu'en pensez-vous, cher ami ? »

« Quinze heures trente, gare Saint-Charles », dit Thomas une heure plus tard dans la bibliothèque d'un grand appartement ancien du boulevard de la Corderie. L'appartement était la propriété d'un dénommé Jacques Cousteau qui, bien des années plus tard, allait connaître une grande renommée comme explorateur des fonds marins et comme auteur du livre et du film *Le monde du silence*. En 1940, cet ancien commandant d'artillerie de marine était un élément important du S.R. français renaissant : un jeune homme plein d'énergie, aux cheveux et aux yeux bruns, bien entraîné et d'allure sportive.

Cousteau était assis dans un vieux fauteuil devant la bibliothèque et fumait une vieille pipe qui contenait un maigre fond de tabac.

Le colonel Siméon était assis à ses côtés. Son costume foncé luisait lamentablement aux coudes et aux genoux. Lorsqu'il croisait les jambes, on voyait que sa semelle gauche était trouée.

Pauvre, ridicule, lamentable S.R. français, songeait Thomas. Moi, amateur contraint au travail d'agent, je suis plus riche pour l'instant que le 2e Bureau tout entier !

Elégant et soigné, il se tenait à côté de la mallette qui avait servi à transporter les lingots chez Bauvier. A présent, elle contenait 2 520 000 francs...

« Il faudra faire très attention à l'arrivée du train, dit Thomas. J'ai vérifié l'horaire : il ne s'arrête que huit minutes.

— Nous ferons attention, dit Cousteau. Ne vous faites pas de souci, monsieur Hunebelle. »

Siméon tiraillait sa moustache à la Menjou.

« Et vous pensez que Lesseps transporte une grosse quantité de marchandise ? s'enquit-il avec un regard affamé.

— D'après Bauvier, une masse énorme d'or, de devises et d'autres valeurs. Il en achète depuis des jours. Il y en a sûrement beaucoup, sinon il n'irait pas à Paris. Bauvier lui remettra mes sept lingots. Je crois que le mieux serait de les faire arrêter tous les deux à ce moment-là...

— Tout est prêt, dit Cousteau. Nous avons passé le tuyau à certains amis de la police.

— Mais comment ferez-vous pour mettre la main sur les listes ? demanda Siméon.

— Ne vous cassez pas la tête, Siméon, dit Thomas en souriant. Mais rendez-moi un service : j'ai besoin de trois valets en livrée de l'hôtel Bristol. »

Siméon ouvrit la bouche et écarquilla les yeux. On voyait qu'il réfléchissait avec application.

« C'est faisable, dit Cousteau, avant que l'effort du colonel eût abouti à un résultat. Le Bristol fait laver à la blanchisserie Salomon. C'est eux, aussi, qui nettoient les livrées. Le sous-directeur de la blanchisserie est un homme à nous.

— Parfait », dit Thomas.

Il regarda le maigre Siméon, avec ses souliers troués et son costume râpé. Il regarda Cousteau, qui tirait parcimonieusement sur sa pipe mâchonnée, pour économiser le peu de tabac qui restait dans sa blague. Il regarda sa mallette. Puis il eut un geste qui prouvait l'excellence de son cœur, mais aussi qu'il n'avait toujours pas appris à vivre selon les règles égoïstes du monde inhumain où l'avait précipité le sort...

En quittant une demi-heure plus tard la maison du boulevard de la Corderie, il vit une ombre se détacher d'un renfoncement du mur, et qui le suivit à travers les ténèbres glacées. Thomas contourna l'angle d'une rue et s'arrêta brusquement. L'homme qui le suivait ne tarda pas à se cogner contre lui.

« Oh ! pardon », dit-il poliment en tirant un vieux chapeau crasseux. Thomas le reconnut. C'était un des hommes de Chantal. Il marmonna des paroles inintelligibles et s'éloigna en traînant les pieds.

La Chatte brune de la rue Chevalier-Roze accueillit son amant avec des caresses et des baisers impétueux. Elle s'était faite très belle pour lui. Elle avait allumé des bougies, le champagne rafraîchissait dans le seau à glace.

« Te voilà enfin, mon chéri ! Je t'ai tellement attendu !

— Je suis allé...

— Chez ton colonel, je sais, Bastien me l'a dit.

— Où est Bastien ?

— Sa mère est tombée malade, il a dû y aller. Il rentrera demain.

— Ah ! demain », dit Thomas sans défiance. Il ouvrit la mallette encore pleine ; moins pleine, cependant, qu'au moment où Bauvier l'avait remplie. Chantal siffla joyeusement à travers ses dents.

« Ne siffle pas trop tôt, chérie, dit-il. Il manque un demi-million.

— Quoi ?

— J'en ai fait cadeau à Cousteau et à Siméon. Ils sont fauchés, ces gens-là. Ils faisaient vraiment pitié, tu sais... Mettons que ce demi-million représentait ma part. Voilà deux millions et vingt mille francs pour toi et tes collaborateurs... »

Chantal l'embrassa sur le bout du nez. En fait, elle surmontait son accès de philanthropie avec une facilité suspecte :

« Mon gentilhomme ! Quel amour... Maintenant tu n'en tires plus rien, de cette affaire !

— Mais je t'ai, toi, dit-il avec courtoisie. (Puis, sans transition :) Chantal, pourquoi me fais-tu filer ?

— Te filer ? Moi ? Toi ? (Elle écarquilla ses yeux de chatte.) Qu'est-ce que tu me racontes là, mon chéri ?

— L'un de tes types m'est pratiquement rentré dedans.

— Ça ne peut être qu'un hasard... Mon Dieu, pourquoi es-tu si méfiant ! Que faut-il donc faire pour que tu croies enfin que je t'aime ?

— Dire la vérité, ma garce, répondit-il. Mais je sais bien qu'il s'agit là d'une exigence totalement déraisonnable. »

Le 7 décembre 1940, quand le rapide de Paris fit ponctuellement son entrée sur la voie n° 3 à la gare Saint-Charles, un homme de trente-sept ans environ passa la tête par la fenêtre abaissée d'un compartiment de première classe.

Le regard de Paul de Lentier inspectait le quai. Puis il reconnut la silhouette replète et voyante de Bauvier, lequel attendait à côté d'une petite valise.

Paul de Lentier leva la main.

Jacques Bauvier leva la main.

Le train stoppa. Bauvier courut vers le wagon de son ami. A partir de cet instant, tout se passa très vite. Avant qu'un seul passager ait pu descendre, trente policiers en civil surgirent de la foule et relevèrent deux longues cordes qui avaient été placées de côté et d'autre des rails. Ces cordes condamnaient ainsi les portières des wagons.

Un commissaire de police interpella Bauvier et arrêta l'avocat blêmissant comme suspect de trafic d'or et de devises. Bauvier avait encore à la main la mallette avec les sept lingots.

Entre-temps, deux autres policiers s'étaient élancés dans le wagon, un à chaque bout, et avaient procédé à l'arrestation de Paul de Lentier dans son compartiment.

A la même heure, trois valets revêtus de la livrée verte de leur état longeaient un couloir du quatrième étage de l'hôtel Bristol. Deux d'entre eux ressemblaient à des membres de la bande de Chantal, le troisième ressemblait à Thomas Lieven. Les livrées ne leur allaient pas particulièrement bien.

Sans difficulté, le valet qui ressemblait à Thomas Lieven ouvrit la porte d'un appartement. Avec une rapidité peu habituelle aux gens de leur profession, ces hommes sortirent trois énormes malles de la chambre à coucher de l'appartement, les traînèrent jusqu'au monte-charge, descendirent leurs fardeaux dans la cour, les chargèrent dans une camionnette de la blanchisserie Salomon et démarrèrent sans encombre. Non pas, il est vrai, en direction de la blanchisserie en question, mais vers une maison de la rue Chevalier-Roze...

Une heure plus tard, ce fut un Thomas Lieven rayonnant et normalement vêtu qui pénétra dans l'appartement de Jacques Cousteau, boulevard de la Corderie. Cousteau et Siméon l'attendaient.

Du porte-documents de l'exquis maître Bauvier, Thomas tira les listes où figuraient les noms et adresses des mouchards, collaborateurs et trafiquants d'hommes. Triomphalement, il brandit les feuillets. Mais, curieusement, c'est à peine si Cousteau et Siméon remuèrent le petit doigt.

« Qu'y a-t-il ? demanda Thomas avec inquiétude. Vous les avez attrapés ? »

Cousteau hocha la tête.

« Ils sont à la préfecture.

— Les sept lingots ?

— Nous les avons.

— Et alors ?

— Mais c'est tout ce que nous avons, monsieur Hunebelle », dit Cousteau lentement. Ses yeux restèrent fixés sur Thomas. Le colonel Siméon, également, ne le lâchait pas du regard.

« Comment : c'est tout ce que vous avez ! Lentier devait transporter une véritable fortune en or, devises et autres valeurs !

— C'est bien ce que nous pensions. » Cousteau se mordillait la lèvre.

« Il n'avait *rien* ?

— Pas un gramme d'or, monsieur Hunebelle. Pas un dollar, pas un objet de prix. Amusant, n'est-ce pas ?

— Mais... mais... il a dû les cacher ! Dans le wagon, ou quelque part dans le train. Il doit y avoir des cheminots qui travaillent pour lui. Il faut fouiller le train ! Tous les voyageurs !

— C'est ce que nous avons fait. Nous avons même fait retirer le charbon du tender. Rien.

— Où se trouve le train, maintenant ?

— Il est reparti. Impossible de le retenir plus longtemps. »

Sous les yeux de Siméon et de Cousteau, Thomas se mit soudain à sourire avec férocité, à branler du chef et à remuer les lèvres en silence. Si Siméon et Cousteau avaient su lire sur les lèvres, ils auraient compris les paroles esquissées par Thomas, à savoir : « La salope ! »

Mais Siméon ne les comprit point. Il se redressa, gonfla la poitrine et demanda sur un ton de sombre ironie et de menace :

« Alors, Lieven, vous avez peut-être une idée, où cet or pourrait se trouver ?

— Oui, dit Thomas Lieven lentement. Je crois que j'ai une idée. »

Mâchoires serrées, épaules rabattues et la rage au ventre, Thomas Lieven luttait contre le mistral glacé en tournant, au crépuscule du 7 décembre 1940, dans la rue Paradis.

Cette salope de Chantal !

Ce fumier de Bastien !

La tempête augmenta d'intensité. Elle soufflait, sifflait,

gémissait, mugissait à travers les rues, et ce temps s'accordait parfaitement avec la sombre humeur de Thomas Lieven.

A côté de l'ancienne Bourse s'élevait, dans la rue Paradis, un immeuble crasseux de plusieurs étages. Au premier étage de cet immeuble se tenait un établissement hospitalier à l'enseigne de Chez-Papa.

Chez-Papa appartenait à un monsieur dont tout le monde ignorait le nom de famille et que toute la ville appelait « Olive ». Olive était rose et gras, comme les cochons qu'il saignait clandestinement.

Des nuages de fumée emplissaient les locaux de Chez-Papa, sur lesquels les lampes jetaient une lumière fluorescente. A cette heure, les clients d'Olive prenaient l'apéritif en parlant de leurs affaires et achevaient leur préparation psychologique pour le dîner de marché noir qui allait suivre.

Lorsque Thomas fit son entrée, Olive, un mégot au coin des lèvres, s'appuyait contre le comptoir humide. Ses petits yeux clignaient avec bonhomie.

« Bonsoir, monsieur. Qu'est-ce que ce sera ? Un petit pastis ? »

Il était venu aux oreilles de Thomas qu'Olive fabriquait lui-même son apéritif, et cela sur la base d'un produit quelque peu sinistre : de l'alcool en provenance de l'institut d'anatomie. Rien à dire contre l'alcool ! Mais il semblait qu'il employât la sorte qui, avant qu'on ne la vole, avait déjà servi à la conservation des cadavres. On disait que le « pastis » d'Olive avait provoqué chez certains consommateurs des accès de démence caractérisée.

« Donnez-moi un double cognac, dit en conséquence Thomas. Mais un vrai ! »

Il l'obtint.

« Ecoutez, Olive, il faut que je parle à Bastien.

— Bastien ? Connais pas.

— Bien sûr que vous le connaissez. Il habite derrière chez vous. Je sais qu'il faut passer par votre bistrot pour aller chez lui. Je sais aussi que c'est vous qui lui annoncez tous ses visiteurs. »

Olive gonfla ses joues. Ses yeux prirent une expression mauvaise :

« Un petit fouille-merde de la maison poulaga, hein ? Tire-toi en vitesse, mon garçon. J'ai là une douzaine d'amis : je n'ai qu'à siffler, et ils se feront un plaisir de t'arranger le portrait.

— Je ne suis pas un flic », dit Thomas. Il but une gorgée. Puis, il tira sa chère montre à répétition. Il l'avait préservée de tous les dangers et même des griffes de madame le consul du Costa-Rica. Saine et sauve, il l'avait transportée du Portugal à Marseille, à travers toute l'Espagne. Il la fit sonner.

Le patron le regardait faire avec surprise.

« Comment sais-tu qu'il habite ici ? demanda-t-il.

— Parce qu'il me l'a dit. Allez, va lui dire que son cher ami Pierre veut lui parler. Et s'il ne reçoit pas immédiatement son cher ami Pierre, dans cinq minutes ça va barder, ici... »

Bras tendus, visage rayonnant, Bastien Fabre vint à la rencontre de Thomas Lieven. Les deux hommes se trouvaient face à face dans l'étroit couloir qui faisait communiquer la cuisine du bistrot avec le logement de Bastien. Ses énormes épaules étreignirent les épaules de Thomas.

« Tu me fais plaisir, petit ! J'allais te chercher !

— Bas les pattes, arsouille ! » dit Thomas avec colère. Il repoussa Bastien et pénétra dans l'appartement.

L'entrée était un véritable tohu-bohu. Elle était jonchée de pneus de voiture, de bidons d'essence et de cartouches de cigarettes. Dans la pièce suivante, il y avait une grande table ; un train électrique miniature y était installé au grand complet, avec rails courbes, passages à niveau, collines, vallées, tunnels et ponts.

« Tu tiens un jardin d'enfants ? demanda Thomas d'un ton sarcastique.

— Ça me distrait, dit Bastien, vexé. Ne t'appuie pas sur le coffret, s'il te plaît ; tu vas casser le transfo... Dis-moi, pourquoi es-tu tellement en rogne ?

— Tu me le demandes ? Hier, tu as disparu. Aujourd'hui, c'est Chantal qui disparaît. Il y a deux heures, la police a arrêté les deux acheteurs de la Gestapo, Bauvier et Lentier. Lentier est parti de Bandol avec de l'or, des bijoux, des napoléons et des devises. Mais il est arrivé à Marseille sans devises, sans napoléons, sans bijoux et sans or. Les flics ont fouillé le train de fond en comble, et ils n'ont rien trouvé.

— Tiens, tiens, pas possible ! » Bastien ricana et appuya sur un bouton. Un train se mit en mouvement et pénétra à toute vitesse dans un tunnel.

Thomas arracha la fiche de la prise murale. Le train s'arrêta. A l'intérieur du tunnel, on apercevait encore les deux derniers wagons.

Bastien se redressa avec des allures d'orang-outan irrité.

« Tu vas recevoir ma main sur la gueule, petit ! Qu'est-ce que tu me veux, au juste ?

— Je veux savoir où est Chantal ! Je veux savoir où est l'or !

— A côté, bien sûr. Dans ma chambre.

— Quoi ? » Thomas avala sa salive.

« Qu'est-ce que tu t'étais imaginé, couillon ? Qu'elle s'était fait la malle avec la camelote ? Elle voulait simplement tout arranger bien gentiment, avec des bougies et tout, pour que tu aies plus de plaisir. (Bastien éleva la voix :) Tu es prête, Chantal ? »

Une porte s'ouvrit. Plus belle que jamais, Chantal apparut dans l'encadrement. Elle portait un étroit pantalon de cuir vert, un chemisier et une ceinture noire. Un sourire radieux faisait briller ses dents de fauve.

« Bonjour, mon chéri, dit-elle en prenant Thomas par la main. Viens avec moi. Le Petit Noël est arrivé ! »

Eberlué, Thomas se laissa conduire dans l'autre pièce. Cinq bouts de chandelle y brûlaient, fixés sur des soucoupes par les soins de Chantal. Leur douce lueur éclairait la chambre vieillotte et l'énorme lit à deux places.

Lorsque Thomas inspecta cette couche de plus près, sa gorge se resserra et il avala avec peine sa salive. Car ce qui scintillait sur le lit, c'étaient deux bonnes douzaines de lingots d'or, un nombre incalculable de pièces et de bagues, de colliers et de bracelets modernes ou anciens, à côté desquels s'étalaient un antique crucifix serti de pierreries, une petite icône incrustée d'or et des liasses de dollars et de livres sterling.

Thomas Lieven eut le sentiment que ses jambes s'étaient transformées en gélatine. Dans un accès de faiblesse, il s'abattit sur un vieux fauteuil à bascule qui se mit aussitôt en mouvement avec son fardeau.

Bastien s'était approché de Chantal, se frottait les mains et poussait sa patronne du coude.

« Il a son compte ! grogna-t-il joyeusement. Regarde-le ! Il en est blanc comme un linge, le petit !

— Une belle journée, pour nous tous », dit Chantal.

Dans son hébétude, les deux visages apparurent à Thomas comme deux ballons blancs dansant sur l'eau. Il cala ses pieds au sol. Le fauteuil cessa son balancement. A présent, il distinguait clairement les visages de Chantal et de Bastien : deux visages d'enfants heureux, sans artifice, sans ruse, sans tromperie.

« J'avais donc raison, gémit-il. C'est vous qui avez tout fauché.

— Pour toi et pour nous ! hennit Bastien en se frappant le ventre. On a gagné notre hiver ! Mes amis, quel coup de filet ! »

Chantal se précipita sur Thomas et le couvrit de petits baisers passionnés.

« Si tu savais comme tu as l'air mignon ! s'écria-t-elle. Je te boufferais ! Je suis folle de toi ! » Elle s'assit sur ses genoux, le fauteuil se remit en mouvement et Thomas fut envahi par une nouvelle vague de faiblesse. La voix

de Chantal lui parvenait comme à travers une mer de
coton :

« J'ai dit à mes gars : Ce coup-là, il faut qu'on le fasse
tout seuls. Mon grand trésor, il a trop de moralité, trop
de scrupules. On ne va pas l'embêter avec ça. Quand on
lui collera le magot sous le nez, il sera aussi content que
nous ! »

Toujours affaibli, Thomas secoua la tête.

« Comment avez-vous fait, questionna-t-il, pour mettre
la main dessus ?

— Hier, rapporta Bastien, cette lope de Bauvier a dit
que son copain Lentier se trouvait à Bandol avec un
chargement mahousse. Donc, trois collègues et moi, on
est descendus fissa à Bandol. J'ai des amis là-bas, tu
comprends ! On m'apprend que Lentier traficote avec
des cheminots. Il a la trouille d'être contrôlé. Il veut
faire enterrer le magot sous le charbon de la locomotive
qui l'emmènera à Paris. Au tender, quoi ! »

Bastien fit effort pour maîtriser un rauque accès d'hilarité.

« On l'a laissé faire, poursuivit-il. Et, pour la soirée, on
lui a fourni une chouette nana — heureusement que ce
gonze-là est plus facile à satisfaire que son petit copain
Bauvier ! La petite avait reçu des ordres et elle y a mis
le paquet. Tant et si bien que, quand il a pris son train
le lendemain matin, il était encore beurré et qu'il avait les
genoux qui jouaient les castagnettes !

— Hou ! fit Chantal en griffant passionnément les cheveux de Thomas avec ses ongles incarnats.

— Vous me faites mal aux seins, tous les deux, com-
menta Bastien avec tristesse. (Il se ressaisit :) Bon, donc,
pendant que le sieur de Lentier était occupé par ailleurs,
les collègues et moi, on a joué au chemin de fer. Je te
l'ai dit, c'est mon petit plaisir. Il y en a, des tenders, dans
une gare ! Et ils sont tous pareils.

— Mais, est-ce que Lentier ne faisait pas garder le
sien ?

— Si. Par deux cheminots. (Bastien leva les mains et

les laissa retomber.) Il leur avait donné un lingot à chacun. Nous, on leur en a donné encore deux par tête de
pipe — puisqu'on pouvait se le permettre — et l'affaire
était dans le sac...

— La puissance de l'or, dit Chantal en mordant Thomas dans le lobe de l'oreille gauche.

— Chantal.

— Oui, mon trésor ?

— Lève-toi, s'il te plaît », demanda Thomas. Troublée,
elle se mit debout et se plaça à côté de Bastien qui lui
posa un bras sur les épaules. Ils se tinrent ainsi sans
bouger, deux enfants, gais un instant plus tôt, apeurés
à présent. Et lingots de rutiler, pièces d'or de scintiller,
colliers, bagues et joyaux de chatoyer.

Thomas se leva aussi. Il ressentait une immense tristesse.

« Ça me fait mal au cœur, dit-il, de vous gâcher votre
plaisir et d'abîmer la surprise que vous m'aviez préparée.
Mais, malheureusement, il ne peut en être question.

— Il ne peut pas être question de quoi ? demanda Bastien. (Sa voix était sèche et sans sonorité.)

— De garder tout ça. Il faut le remettre à Cousteau et
à Siméon.

— Ce... ce... cinglé. (La mâchoire de Bastien tomba. Il
regarda Chantal, semblable à un saint-bernard plongé
dans un abîme de perplexité.) Il est devenu cinglé ! »

Chantal restait là, sans bouger. Seule sa narine gauche
frémissait...

« Je viens de voir Siméon et Cousteau, dit Thomas calmement. J'ai conclu avec eux un accord très précis. Ils
reçoivent les listes des mouchards et collaborateurs, plus
tout ce que Lentier et Bauvier ont volé et pillé par ici.
Nous, nous avons l'argent des trois malles que nous avons
sorties de la chambre de Bauvier. Ce qui fait, après tout,
près de soixante-huit millions.

— Soixante-huit millions de francs ! cria Bastien en

se tordant les mains. Des francs ! Des francs bidon qui baissent de jour en jour !

— Et c'est ce que tu échanges contre *ça* ? (Chantal parlait tout bas, chuchotait presque, en montrant le lit du doigt.) Là, il y en a au moins pour cent cinquante millions, imbécile ! »

Thomas se mit en colère :

« Ce sont des valeurs françaises ! Des valeurs qui appartiennent à la France, qui ont été volées à la France. L'argent des malles est l'argent de la Gestapo, on peut le garder. Mais ça, les bijoux, le crucifix, l'or de la Banque de France... Mais, nom de Dieu ! est-ce à moi, un boche, de vous rappeler votre devoir de Français ?

— C'est notre magot, dit Bastien d'une voix enrouée. C'est *nous* qui l'avons fauché. La Gestapo, elle l'a dans le cul. Je trouve que nous en avons fait assez, pour la patrie ! »

Bastien et Thomas poursuivirent la dispute. Ils s'énervèrent de plus en plus. Chantal, en revanche, devint de plus en plus calme. D'un calme inquiétant.

Les mains aux hanches, les pouces dans la ceinture, elle faisait balancer son soulier droit, et l'aile de son nez frémissait.

« Ne te fais pas de mousse, intervint-elle enfin à voix basse. C'est chez toi, ici, Bastien ! Le petit con, faudrait d'abord qu'il puisse sortir. Et Cousteau et Siméon, faudrait qu'ils puissent entrer ! »

Thomas haussa les épaules et se dirigea vers la porte. D'un bond, Bastien lui barra le chemin. Il tenait un lourd revolver à la main.

« Où vas-tu ?

— Chez Papa, pour téléphoner.

— Encore un pas, et je te descends. » Bastien respirait par saccades. Le cran d'arrêt fit « clic ».

Thomas avança de deux pas. Le canon de l'arme frôlait à présent sa poitrine. Il avança de deux autres pas.

Bastien poussa un gémissement et recula de deux pas :

« Sois raisonnable, petit... Je... je vais te descendre pour de bon...

— Laisse-moi passer, Bastien. » Thomas avança d'un autre pas. Bastien avait maintenant le dos appuyé contre la porte. Thomas saisit la poignée.

« Attends ! haleta-t-il. Qu'est-ce qu'ils feront du beau magot, ces bons à rien ? Trafiquer et gaspiller, voilà ce qu'ils feront ! Police - Etat - S.R. - Patrie... Mon œil, tout ça, c'est voyou et compagnie. »

Thomas appuya sur la poignée. Derrière le dos de Bastien, la porte s'ouvrit. Bastien était blême. Il fixa Chantal d'un air implorant :

« Mais fais quelque chose, Chantal, aide-moi... je... je ne peux quand même pas lui tirer dedans... »

Thomas entendit un bruit et se retourna. Chantal s'était affaissée sur le bord du lit. Ses petits poings martelaient les lingots, le crucifix, les pièces d'or.

« Laisse-le partir, ce cave, dit-elle d'une voix haute et brisée, laisse-le aller... (Les larmes inondaient son beau visage félin. Elle regarda Thomas en sanglotant :) Vas-y... Appelle ton Siméon... Qu'il vienne chercher tout le lot... Salaud, pourquoi t'ai-je rencontré ? Je m'étais fait une telle joie...

— Chantal !

— ... je voulais en finir — partir avec toi — loin, en Suisse. Je n'ai pensé qu'à *toi*... Et maintenant...

— Chantal, chérie.

— Il n'y a pas de « chérie », espèce de fumier ! » cria-t-elle. Anéantie, elle tomba en avant. Avec un bruit écœurant, son front heurta l'amas de pièces d'or. Chantal demeura ainsi. Elle pleurait comme si elle ne pourrait plus jamais s'arrêter.

« Déshabillez-vous », dit à la même heure le beau et jeune brigadier Louis Dupont. On venait de lui amener deux prisonniers au dépôt de la préfecture de Marseille : Jacques Bauvier, rose, soigné et parfumé, et Paul de Lentier, plus jeune et plus maigre.

« Que nous fassions *quoi* ? » demanda Lentier d'une voix menaçante. Ses yeux froids de requin n'étaient plus que deux fentes, ses lèvres deux traits exsangues.

« Il faut vous déshabiller, dit Dupont. Il faut que je contrôle vos vêtements. Et que je voie ce que vous avez sur vous. »

Bauvier eut un petit rire :

« Que croyez-vous donc que nous ayons sur nous, mon jeune ami ? (Il s'avança et ouvrit son gilet.) Venez, fouillez-moi. Cherchez mes armes ! » Il ôta sa cravate et déboutonna sa chemise. Dupont l'aida.

« Non, non, mon jeune ami, glapit Bauvier. Je suis horriblement chatouilleux !

— Ça suffit comme ça, dit Paul de Lentier.

— Eh ? » Dupont se retourna.

« J'en ai assez. Appelez le commissaire. Immédiatement.

— Dites-donc, ce ton-là... »

La voix de Paul de Lentier n'était guère plus qu'un chuchotement :

« La ferme. Vous savez lire ? Voilà ! » Il tendit une carte au jeune policier. C'était un « ausweis », qui certifiait, en allemand et en français, que M. Paul de Lentier travaillait pour le compte des services de sûreté allemands.

« A propos », dit Bauvier en tirant de la poche arrière de son pantalon un portefeuille mauve qui sentait le cuir de Russie. D'un geste affecté, il en extirpa également un « ausweis ». Les deux documents avaient été établis par un certain Walter Eicher, Sturmbannführer, SD-Paris.

« Faites *immédiatement* informer le Sturmbannführer de notre arrestation, dit Lentier avec arrogance. J'ai dit *immédiatement*, sinon, c'est vous qui aurez à subir les conséquences.

— Je... je vais rendre compte à mes supérieurs », bégaya Louis Dupont. Depuis qu'il avait vu les « ausweis », ces deux individus lui répugnaient encore plus. Marseille se trouvait en zone non occupée. Mais quand même... SD...

Gestapo... Dupont ne voulait pas d'ennuis. Il décrocha le téléphone.

- 7 déc. 1940 - 17 h 39 - préfecture marseille à police judiciaire paris - avons arrêté aujourd'hui 15 h 30 gare saint-charles 1) paul de lentier et 2) jacques bauvier - motif trafic or et devises - 1) possède ausweis sd n° 456832 série rouge et 2) ausweis sd n° 11165 série bleue - établis par sd sturmbannführer walter eicher - prière vérifier sans délai si personnes appréhendées sont réellement employées par sd - terminé - terminé -

« De Lentier ? Bauvier ? (Le Sturmbannführer Walter Eicher se recula dans son fauteuil et devint rouge comme un homard.) Oui, je les connais, cria-t-il rageusement dans le téléphone. Oui, ils travaillent pour nous ! Demandez à Marseille qu'on retienne ces messieurs. Nous irons les chercher. »

A l'autre bout de la ligne, le fonctionnaire français remerciait poliment.

« De rien. Heil Hitler ! » Eicher raccrocha violemment. « Winter ! » hurla-t-il.

Son officier d'ordonnance sortit précipitamment de la pièce voisine. Ces messieurs exerçaient leur macabre activité au quatrième étage d'un somptueux immeuble de l'avenue Foch.

« Oui, Sturmbannführer ? dit Winter d'une voix martiale.

— De Lentier et cette vieille tantouse de Bauvier se sont fait poisser à Marseille, dit Eicher, exaspéré.

— Nom de Dieu ? Et pourquoi ?

— Je n'en sais rien, pour le moment. C'est à désespérer. Il faut croire qu'on emploie exclusivement des crétins ! Imaginez que l'affaire vienne aux oreilles de Canaris ! Il s'en pourlécherait les babines. Le SD pille la zone non occupée ! »

La Sûreté allemande et les services de contre-espionnage de l'amiral Canaris se haïssaient comme chien et chat. Les craintes du Sturmbannführer Eicher étaient parfaitement fondées.

« Faites vérifier la Mercedes noire, Winter, grogna-t-il. Nous allons à Marseille.

— Aujourd'hui ?

— Comment « aujourd'hui » ? Je veux qu'on parte dans une heure, compris ? Nous serons à Marseille demain matin. Il faut sortir ces deux crétins du violon avant qu'ils ne se mettent à table !

— A vos ordres, Sturmbannführer ! » tonitrua Winter. Il claqua la porte en sortant. « Toujours la même histoire ! Quel métier de merde ! Faudra décommander Zouzou une fois de plus. Douze heures de bagnole avec le singe. Une nuit de foutue. A chialer ! »

Vingt-quatre heures plus tard, dans l'arrière-salle du Brûleur de Loups, à Marseille, Chantal Tessier présida une assemblée générale de son gang qui se déroula — pour dire le moins — dans une atmosphère houleuse.

Les trafiquants marseillais, les faussaires espagnols, les filles légères de partout, les conspirateurs et assassins marocains, qui négociaient leurs affaires dans la grande salle du café, jetaient sans cesse des regards réprobateurs vers la porte du fond où pendait la pancarte :

RESERVE

Réservé, mais bruyant ! Enfin, la porte s'ouvrit, et les clients (ils totalisaient au bas mot cinq cents ans de travaux forcés) virent Bastien Fabre, connu de tous, pénétrer dans la cabine téléphonique près du comptoir. Il avait un air troublé...

Bastien forma le numéro de Chez-Papa. Olive répondit. Bastien essuya son front humide de transpiration et tira nerveusement sur son cigare de tabac noir.

« Bastien à l'appareil, dit-il rapidement. Le type qui est venu me voir hier après-midi est-il chez toi ? Il avait prié Thomas d'attendre l'issue de la réunion au Chez-Papa.

— Il est là, oui, dit Olive d'une voix sombre. Il joue au poker avec mes habitués. Il n'arrête pas de gagner.

— Appelle-le, tu veux ? » Bastien aspira une autre bouffée et ouvrit la porte de la cabine pour laisser sortir la fumée. Salaud de Pierre. Il ne méritait vraiment pas le mouron qu'on se faisait pour lui.

La veille, ce type-là avait fait venir les pantins du S.R., et le beau magot était parti. Pas *tout*, heureusement, se dit Bastien. Pendant que Thomas téléphonait, Chantal et lui avaient vite raflé quelques babioles et un bon paquet de napoléons... Mais qu'est-ce que c'était, en comparaison avec les millions que valait le reste ? Mieux valait ne pas y songer...

« Allô, Bastien ? Ça se passe bien, mon vieux ? »

C'est avec colère que Bastien perçut la voix désinvolte de ce cave.

« Pierre, dit-il, je suis ton copain... malgré tout. Un conseil : disparais ! Mais tout de suite. Sans perdre une minute.

— Tiens, tiens, pourquoi donc ?

— La réunion se passe mal. Chantal a proposé sa démission.

— Mon Dieu !

— Elle a pleuré...

— Si tu savais, Bastien, comme tout cela m'est pénible...

— Arrête de m'interrompre, fada. Elle a dit qu'elle t'aime, qu'elle comprend tes raisons... Là-dessus, une bonne partie des gars ont molli...

— Vive l'amour ! Vive la France !

— ... mais pas tous. Il y a le groupe de François le boiteux, tu le connais, « Pied fourchu » qu'on l'appelle... »

Thomas ne le connaissait pas, mais en avait entendu parler. Pied fourchu était le plus ancien membre de la bande. Il devait son surnom à la fois à sa boiterie, à sa brutalité et aux méthodes qu'il employait pour conquérir une personne du sexe féminin.

« ... Pied fourchu est d'avis de te liquider...

— Charmant.

— ... il n'a rien contre toi, qu'il dit, mais ton influence sur Chantal est désastreuse. Tu en fais une chiffe...

— Allons, allons !

— ... tu représentes la fin de notre bande. Pour la protection de Chantal, il faut te liquider, qu'il dit... Casse-toi, Pierre ! Tire-toi des pieds !

— Au contraire.

— Quoi !

— Ecoute bien, Bastien », dit Thomas Lieven. Son ami l'écouta, d'abord avec répugnance, puis avec scepticisme, et enfin avec approbation.

« Très bien, grogna-t-il. Si tu t'en sens capable. A dans une heure, alors. Mais sous ta propre responsabilité ! »

Il raccrocha et retourna dans l'arrière-salle enfumée, où François le boiteux, dit Pied fourchu, prononçait un réquisitoire passionné ayant pour but l'expédition dans un monde meilleur de ce Jean Leblanc, ou Pierre Hunebelle, ou... peu importait son nom.

« ... dans l'intérêt de tous, disait-il en plantant dans la table la pointe d'un couteau à cran d'arrêt particulièrement mince et particulièrement bien aiguisé. (Puis, il s'adressa à Bastien avec brutalité :) Ou étais-tu ?

— Je viens de téléphoner à Pierre, dit Bastien sans broncher. Il nous invite tous à dîner. Chez moi, dans deux heures. Il dit qu'on pourra causer tranquillement. »

Chantal poussa un cri. Tous s'exclamèrent en même temps. « Silence ! » hurla François le boiteux. Chacun se tut.

« Il a des couilles au cul, celui-là, dit François, impressionné. (Puis, il eut un vilain sourire.) Très bien, les amis, on ira... »

« Soyez les bienvenus, messieurs », dit Thomas Lieven.

Il baisa la main de l'Egérie de la bande, qui était blême et à bout de nerfs.

Les quinze arsouilles s'entassèrent dans le logement de Bastien, les uns rigolards, les autres moroses et menaçants. Ils aperçurent un couvert de fête. Avec l'aide d'Olive, Thomas l'avait dressé... sur la grande table du train électrique de Bastien. Les collines, les vallées, les ponts, les fleuves et les gares avaient disparu, mais il subsistait *une* voie qui courait d'un bout à l'autre de la nappe blanche, entre les verres et les assiettes.

« Fort bien, dit Thomas en se frottant les mains. Si vous voulez bien prendre place. Chantal, en bout de table. Certaines raisons m'obligent à occuper l'autre extrémité. Mettez-vous à l'aise, messieurs. Oubliez un moment vos intentions meurtrières. »

Les hommes s'assirent en chuchotant entre eux. Ils étaient sur leurs gardes. Devant la place de Chantal se trouvait un vase rempli de roses de serre rouges. Thomas avait pensé à tout...

Olive et deux de ses garçons servirent le premier plat : une soupe au fromage. Thomas l'avait préparée à la cuisine de Chez-Papa. La vaisselle et les couverts provenaient également du bistrot.

« Bon appétit », dit Thomas. A sa place, en bout de table, il y avait des objets mystérieux, impossibles à définir, car recouverts de serviettes. Les rails prenaient fin sous cet amas de linge.

Ces messieurs mangèrent leur soupe en silence. En bons Français, ils savaient rendre honneur à un plat de qualité.

Pas une seconde Chantal ne quitta Thomas des yeux. Dans son regard se reflétait une gamme complète de sentiments divers. « Pied fourchu » mangeait tête baissée, mauvais comme la gale et silencieux.

Ensuite, il y eut du civet de lapin. Puis, Olive et ses garçons coltinèrent péniblement un plat qui ressemblait à une tourte géante. Ils le déposèrent à côté de Thomas

Lieven, sur une table de service. Thomas saisit un énorme couteau.

« Messieurs, dit-il en l'aiguisant, je me permets, à présent, de vous servir une nouveauté. Une invention de mon cru, si je puis dire. Je n'ignore rien de la diversité de vos tempéraments. Certains d'entre vous possèdent une nature conciliante qui les porte à me pardonner ; d'autres sont coléreux et veulent me supprimer. (Il leva la main.) Je vous en prie. Des goûts et des couleurs on ne peut discuter. Et justement, puisqu'on ne le peut pas, je me suis permis de confectionner un plat qui rende justice à *tous* les goûts. (Il montra la tourte.) Voilà : c'est un pâté-surprise ! »

S'adressant à Chantal : « Que préfères-tu, chérie ? demanda-t-il. Du filet de bœuf, de porc, ou de veau ?

— Du fi... fi... filet de veau, dit Chantal d'une voix enrouée. (Elle s'éclaircit énergiquement la gorge et répéta, trop haut :) Du filet de veau !

— Certainement. A l'instant même. » Thomas examina la tourte, la tourna légèrement, découpa dans un tiers déterminé une belle tranche de filet de veau en croûte et la déposa dans une assiette.

A présent, il ôta les serviettes et découvrit les objets disposés à côté de lui : la locomotive électrique de Bastien avec tender, à laquelle était accroché un grand wagon à marchandises, et le pupitre de commande du train.

Thomas posa l'assiette avec le filet de veau sur le wagon et mit le contact. La locomotive démarra en ronronnant, traînant tender, wagon et assiette le long de la table, sous le regard ahuri des quinze arsouilles. Le convoi stoppa devant Chantal. Elle retira l'assiette du wagon. La surprise déclencha quelques rires. L'un des hommes applaudit.

Thomas fit revenir la locomotive avec le wagon vide.

« Le monsieur à la gauche de Chantal désire ? » demanda-t-il avec calme. La bouche de l'intéressé, un forban qui portait un bandeau sur l'œil, grimaça un grand sourire.

« Du porc ! cria-t-il.

— Du porc, voilà », dit Thomas. Il examina de nouveau le pâté, le fit tourner, découpa dans un autre tiers une tranche de filet de porc et l'expédia par les mêmes moyens.

Les hommes s'animèrent. L'idée les amusait. Tous parlaient en même temps.

« Du bœuf, pour moi ! cria l'un.

— Volontiers », dit Thomas. Il le servit. Plusieurs hommes applaudirent.

Thomas regarda Chantal et cligna de l'œil. Elle sourit malgré elle. La gaieté s'empara de l'assemblée, qui devint de plus en plus turbulente. Les commandes fusèrent de tous côté. La petite locomotive circulait sans cesse.

Finalement, la seule assiette vide fut celle de François, dit « Pied fourchu ».

« Et vous, monsieur ? » demanda Thomas en aiguisant de nouveau son couteau.

François le fixa longuement, d'un air méditatif. Puis, il se leva avec lenteur et mit la main à la poche. Chantal poussa un cri d'effroi ; Bastien tira son revolver en cachette lorsqu'il vit apparaître le surin redouté dans la main de « Pied fourchu ». La lame jaillit en lançant un éclair. En boitant, « Pied fourchu » avança d'un pas en direction de Thomas. Puis, un autre pas. Et encore un. A présent, les deux hommes étaient face à face. Un silence de mort régnait dans la pièce. Thomas demeurait imperturbable. François le regarda dans les yeux autant de temps qu'il faut pour compter jusqu'à dix. Puis, sa mine s'éclaircit subitement.

« Prends mon couteau, dit-il. Il coupe mieux. Et donne-moi du porc, mon cochon ! »

Le 8 décembre 1940, le Sturmbannführer Eicher et son officier d'ordonnance Winter firent leur apparition à

MENU

Soupe au fromage
Civet de lapin aux nouilles
Pâté-Surprise à la sauce aux champignons

8 décembre 1940

UN DINER BURLESQUE SAUVE LA VIE
A THOMAS LIEVEN

Soupe au fromage

Prenez une bonne quantité de parmesan râpé, faites tremper dans du lait et battez bien le mélange. Incorporez prudemment ce fromage — il a tendance à se coaguler — à un consommé en ébullition. Retirez du feu et liez avec un jaune d'œuf.

Civet de lapin

Prenez un gros lapin bien jeune et découpez-le en portions de taille moyenne. — Dans une casserole mettez à fondre 125 g de lard maigre coupé en dés, faites-y dorer la viande de tous côtés, ajoutez le foie, quelques échalotes et oignons émincés, ainsi qu'une gousse d'ail écrasée. — Lorsque la viande a pris couleur, farinez, mélangez bien et mouillez petit à petit avec un demi-litre d'eau bouillante ou de bouillon. Assaisonnez avec sel, poivre, épices, baies de genièvre, un peu de zeste de citron, et ajoutez la moitié d'une demi-bouteille de vin rouge. — Laissez mijoter à petit feu jusqu'à ce que la viande soit bien cuite. Ajoutez alors le reste du vin rouge et laissez cuire encore un peu. — Servez avec des nouilles larges, cuites à l'eau salée et passées au beurre.

Pâté-Surprise

Selon le nombre de personnes, prenez, respectivement, un grand morceau de filet de veau, de porc et de bœuf, dont la longueur devra correspondre au rayon d'un grand moule à tarte. Faites saisir la viande de tous côtés, salez et poivrez. — Foncez la tourtière avec une pâte feuilletée et rangez-y les morceaux de viandes refroidis de manière que les extrémités plus étroites se placent au centre. Autant que possible, chaque sorte de viande doit recouvrir un tiers du fond. Marquez les séparations sur la bordure de la pâte et reportez ces marques sur la couche de feuilleté dont vous recouvrez le tout. A partir de ces marques, tracez une ornementation de pâte jusqu'au centre, de manière à délimiter les trois secteurs du pâté. Découpez également un cochon, un veau et un bœuf dans la pâte et décorez-en le tiers correspondant. — Badigeonnez le pâté avec du jaune d'œuf. Faites dorer à four moyen.

Servez avec une sauce aux champignons que vous préparez de la façon suivante :

Prenez des échalotes hachées, faites-les revenir au beurre et ajoutez une bonne quantité de champignons émincés. Saupoudrez de farine, mélangez et mouillez avec du bouillon. Laissez étuver à petit feu jusqu'à ce que les champignons soient cuits. La sauce doit rester claire. Ajoutez de la crème fraîche, assaisonnez avec du sel, poivre et un peu de jus de citron, et liez avec un jaune d'œuf. — Si vous le désirez, vous pouvez ajouter un peu de vin blanc.

Marseille — en civil, bien entendu — pour réclamer MM. de Lentier et Bauvier. Ils les ramenèrent immédiatement à Paris, où les deux acheteurs subirent un interrogatoire serré.

Le 10 décembre 1940, le SD-Paris lança un mandat d'arrêt, dont l'objet fut communiqué à tous ses services.

Les choses se déclenchèrent le 13 décembre, dans une chambre du Lutétia, hôtel parisien réquisitionné à l'usage des services de l'Abwehr.

Le capitaine Brenner, de la division III, lut le mandat émis par l'administration concurrente. Il lut d'abord hâtivement, buta sur une phrase et relut avec plus d'attention.

On recherchait un certain Pierre Hunebelle ; le motif était traduit par la vague définition : « Dénonciation d'agents du SD aux autorités françaises. »

Le capitaine Brenner relut une fois de plus : Pierre Hunebelle. Visage mince. Yeux bruns. Cheveux bruns, coupés court. Environ 1,75 m. Mince. Possède une montre à répétition en or avec laquelle il a l'habitude de jouer. Signes particuliers : fait volontiers la cuisine.

Hum !

Fait volontiers la cuisine.

Hum ! ! !

Le capitaine Brenner se gratta le front. N'y avait-il pas ?... N'était-ce pas ?... N'y avait-il pas un général qui s'était fait posséder par un individu qui aimait faire la cuisine ? Ça s'était passé au moment de la prise de Paris. Il existait un dossier...

Un dossier... un dossier...

Une heure plus tard, le capitaine Brenner avait trouvé aux archives ce qu'il cherchait. Le dossier était mince. Mais sa mémoire ne l'avait pas trompé. Voilà : Thomas Lieven, dit Jean Leblanc. Environ 1,75 m. Yeux bruns. Cheveux bruns. Possède une montre à répétition ancienne en or. Signes particuliers : est passionné de cuisine.

Le capitaine Brenner sentit monter en lui la fièvre du

chasseur. Il avait ses contacts personnels au SD. Il passa trois jours à fouiner, puis il sut les griefs que nourrissait le Sturmbannführer Eicher contre le dénommé Hunebelle, alias Leblanc, alias Lieven. Avec un sourire sarcastique, Brenner rédigea un rapport pour le grand patron de ses services...

Dans son bureau de Berlin, au bord de la Tirpitz, l'amiral Wilhelm Canaris prit connaissance du rapport de son subordonné avec un plaisir de moins en moins dissimulé. Il fut saisi de la même liesse que son homme à Paris. Voyez-vous ça ! Le SD qui met à sac la France non occupée ! Voilà de quoi mettre le nez de M. Himmler dans son caca !

Et celui qui les a roulés, c'est un certain Hunebelle, alias Leblanc, alias...

L'amiral reprit son sérieux. Il relut le dernier alinéa. Il le lut une troisième fois. Puis, il appela sa secrétaire :

« Donnez-moi donc le dossier Lieven, mademoiselle. »

Le dossier fut sur son bureau un quart d'heure plus tard. La chemise était ornée d'une grande croix noire. Canaris l'ouvrit et lut le premier feuillet...

Cologne, le 4 décembre 1940.

EXP : ABWEHR COLOGNE
DEST : CHEF ABWEHR BERLIN
CONFIDENTIEL 135892/VC/LU

Amiral, à l'occasion de mon retour de Lisbonne, je me permets de vous informer du décès du traître et agent double Thomas Lieven, dit Jean Leblanc...

Canaris demeura longtemps immobile. Puis, il décrocha le téléphone. Sa voix était basse et dangereusement contenue :

« Passez-moi l'Abwehr Cologne, s'il vous plaît, mademoiselle. Le commandant Fritz Loos... »

Le 28 décembre, par une nuit de tempête, Thomas Lieven écoutait le bulletin de 22 h 30 d'informations en langue française de la BBC. Thomas écoutait Londres tous les soirs, car il fallait qu'un homme dans sa situation soit bien informé.

Il se trouvait dans la chambre de Chantal. Sa belle amie était déjà au lit. Elle avait relevé ses cheveux et son visage ne portait aucun maquillage. C'était ainsi que Thomas la préférait.

Il était assis auprès d'elle ; elle lui caressait la main, tandis que tous deux écoutaient la voix du speaker :

« ... en France, la résistance contre les nazis se fait sentir de plus en plus. Hier après-midi, un transport de troupes allemandes a sauté près de Varades, sur la section de voie Nantes-Angers. La locomotive et trois wagons ont été complètement détruits. Au moins vingt-cinq soldats allemands ont été tués. Plus de cent ont été blessés, en partie grièvement. »

Les doigts de Chantal effleuraient toujours la main de Thomas Lieven.

« ... à titre de représailles, les Allemands ont fait immédiatement fusiller trente otages français... »

Les doigts de Chantal marquèrent un arrêt.

« ... mais le combat continue : il ne fait que commencer. Une organisation clandestine sans merci pourchasse et traque les Allemands jour et nuit. De source bien informée, nous apprenons que le réseau marseillais de la résistance vient de mettre la main sur une quantité très considérable d'or, de devises et d'objets de valeur provenant des opérations de pillage nazies. Ces moyens serviront à étendre l'envergure du combat. L'attentat de Varades ne sera pas le seul... »

Thomas était devenu blanc. Cette voix lui devenait insupportable ; il coupa le contact. Couchée sur le dos, immobile, Chantal le dévisageait. Et subitement ce regard aussi lui devint insupportable.

Avec un gémissement de souffrance il appuya sa tête sur ses mains. Son crâne résonnait. Vingt-cinq Allemands. Trente Français. Plus de cent blessés. Ce n'est qu'un début. Le combat continue. Financé par d'énormes quan-

tités d'or nazi et de devises nazies récupérées à Marseille...
Détresse, sang et larmes. Financé par qui ? Avec l'aide de
qui ?

Thomas Lieven leva la tête. Chantal le regardait toujours sans bouger.

« C'est vous qui aviez raison, dit-il tout bas, Bastien et
toi. Nous aurions dû garder cette camelotte. Votre
instinct était plus juste que le mien. Tromper Siméon et
le S.R. eût été le moindre mal.

— Toutes nos combines à *nous*, dit Chantal sur le
même ton, n'ont jamais coûté la vie à un innocent. »

Thomas hocha la tête.

« Je le vois bien, dit-il : il faut que je change mes
habitudes. J'ai des idées démodées, des conceptions fausses et dangereuses concernant l'honneur et la parole
donnée. Te rappelles-tu, Chantal, ce que tu m'avais proposé à Lisbonne ?

— De devenir mon associé ? dit-elle en se redressant.

— Voilà. C'est fait : je le suis, à partir d'aujourd'hui.
Sans pitié ni faiblesse. J'en ai marre. A nous la bonne
douille !

— Mais tu parles comme moi, mon chéri ! »

Elle lui jeta les bras autour du cou et l'embrassa avec
fougue.

Ce baiser scella une étrange alliance, un traité de coopération dont on parle encore aujourd'hui à Marseille, et
à juste titre. Car entre janvier 1941 et août 1942, le midi
de la France fut le théâtre d'une trombe, ou plutôt, d'un
déluge d'incidents criminels qui, par miracle, possédaient
tous une caractéristique commune : aucun des spoliés
n'éveilla la compassion du public.

La première victime fut Marius Pissaladière, joaillier
marseillais. S'il n'avait pas plu, à Marseille, le 14 janvier 1941, il est possible que cet homme eût évité une
perte tragique de plus de huit millions de francs. Mais
voilà ! La pluie tomba à verse, du matin au soir ; et la
fatalité suivit son cours.

L'élégante boutique de Marius Pissaladière était sise

sur la Canebière. M. Pissaladière, quinquagénaire richissime, avait tendance à l'obésité, mais était toujours vêtu selon les ultimes préceptes de la mode.

Dans le passé, Pissaladière avait traité ses affaires avec les cercles internationaux de la Côte d'Azur. Mais depuis peu il avait acquis une nouvelle clientèle, tout aussi cosmopolite : les réfugiés des pays envahis par les troupes d'Hitler. Pissaladière achetait leurs bijoux. Ils avaient besoin d'argent pour fuir plus loin, pour acheter des fonctionnaires, pour obtenir des visas d'entrée, pour commander des faux passeports.

Pour payer les réfugiés le plus mal possible, le joaillier mettait en pratique un système extrêmement simple : il marchandait avec les vendeurs pendant des jours et des semaines, jusqu'à ce que le désespoir les saisisse et qu'ils soient réduits aux abois. En ce qui concernait Pissaladière, la guerre aurait pu durer encore dix ans !

Non, M. Marius n'avait pas à se plaindre. Ses affaires étaient brillantes. Et tout aurait sans doute continué pour le mieux, s'il n'avait pas plu à Marseille le 14 janvier 1941...

Le 14 janvier 1941, vers onze heures du matin, un homme d'environ quarante-cinq ans pénétra dans la joaillerie de Marius Pissaladière. Cet homme portait un chapeau noir à bords relevés, une coûteuse pelisse de ville, des guêtres et un pantalon rayé gris et noir conforme aux meilleures convenances. Ah ! oui, et un parapluie, bien entendu !

A l'avis de Pissaladière, ce pâle et mince visage aristocratique sentait son grand seigneur. Vieille fortune. Fin de race. C'était comme cela que le joaillier aimait ses clients...

Pissaladière était seul dans son magasin. Se frottant les mains, il s'inclina avec un regard déférent devant l'acheteur en puissance.

Le monsieur élégant répondit à l'accueil de Pissaladière par un mouvement de tête languissant et accrocha son parapluie (avec manche d'ambre) au rebord du comptoir.

Lorsqu'il ouvrit la bouche, son langage se révéla empreint d'un léger accent méridional. Mœurs d'aristocrate, se dit Pissaladière. Ça fait social. Des gens comme toi et moi. Formidable !

« J'aimerais acheter quelques bijoux, dit le monsieur. On m'a dit, au Bristol, que vous aviez un beau choix.

— Les plus belles pierres de Marseille, monsieur. Monsieur est-il fixé sur le genre ?

— Ma foi, attendez donc... un... euh... bracelet avec des brillants, ou quelque chose de semblable...

— Nous en avons à tous les prix. Combien monsieur veut-il mettre ?

— Entre... euh... deux et... euh... trois millions », répondit le monsieur en bâillant.

Sainte Mère ! pensait Pissaladière. La belle matinée ! Il se dirigea vivement vers le grand coffre-fort et manipula la combinaison.

« Dans ces prix-là, dit-il, on trouve évidemment déjà de bien belles pièces. »

La lourde porte d'acier s'ouvrit. Pissaladière sélectionna neuf bracelets ornés de brillants et les posa sur un plateau de velours noir qu'il présenta ensuite au client.

Les bracelets brillaient et scintillaient de toutes les couleurs de l'arc-en-ciel. Le monsieur les contempla longuement en silence. Puis il en prit un dans sa main étroite et soignée. C'était une pièce particulièrement belle, avec des baguettes plates précieuses et six pierres de deux carats.

« Combien vaut... euh... celui-ci ?

— Trois millions, monsieur. »

Le bracelet avait appartenu à l'épouse d'un banquier israélite de Paris. Avec ses méthodes de chantage habituelles, Pissaladière l'avait conquis pour quatre cent mille francs.

« Trois millions, c'est trop », dit le monsieur.

Pissaladière reconnut aussitôt l'amateur éclairé. Seuls les ignorants acceptent sans protester le premier prix nommé par un joaillier. Ce fut le début d'un formidable marchandage, d'un va-et-vient coriace.

La porte du magasin s'ouvrit. Pissaladière leva la tête. Un second monsieur fit son entrée. Moins richement vêtu que le premier, mais tout de même, tout de même... Discret. Convenable. Un pardessus à chevrons. Gants, guêtres et chapeau. Parapluie.

Pissaladière allait prier le second monsieur de patienter un peu, mais celui-ci déclara :

« Il ne me faut qu'un bracelet neuf pour ma montre. » Et il accrocha son parapluie tout à côté de celui du monsieur en pelisse, qu'il ne semblait connaître ni d'Eve ni d'Adam.

Dès cet instant, Marius Pissaladière pouvait être considéré comme vendu, trahi et livré...

A la vérité, les deux messieurs qui feignaient ainsi de ne pas se reconnaître étaient des amis de toujours. Mais, au cours des deux dernières semaines, tous deux avaient subi une transformation radicale, au-dedans comme au-dehors.

Il y avait deux semaines encore, ces messieurs juraient comme des charretiers, crachaient par terre, portaient des souliers et des vestons jaune vif, avec des épaules magnifiquement rembourrées. Jusqu'à il y avait deux semaines, leurs ongles étaient toujours noirs, leurs cheveux toujours trop longs. Dans l'existence, l'un et l'autre faisaient figure de membres de cette caste asociale et enveloppée de mystère que le bon citoyen englobe en frissonnant dans le terme « bas-fonds ».

A qui donc revenait le mérite d'avoir transformé en si peu de temps — dans le cadre, il est vrai, d'un stage accéléré extrêmement pénible — deux voyous confirmés en hommes du monde frais émoulus ?

A qui ? A Pierre Hunebelle, alias Jean Leblanc, alias Thomas Lieven.

En guise de préparation psychologique au coup de filet

projeté chez le joaillier Pissaladière, Thomas Lieven avait organisé un déjeuner quinze jours auparavant.

Le repas fut servi dans une arrière-salle de Chez-Papa. En dehors de Thomas Lieven et de sa belle maîtresse, n'y figuraient que les deux voyous en question, et cela sous leur apparence authentique et leur véritable identité : Fred Meyer et Paul de la Rue.

Ils faisaient partie de la bande de Chantal depuis de longues années, mais leur mission les retenait à Toulouse. L'organisation de Chantal possédait des succursales. C'était une entreprise construite sur des bases solides.

Paul de la Rue, descendant d'une famille huguenote, était grand et mince. De profession, il était faussaire de tableaux. Il avait l'accent du Midi. En dépit de son aspect peu soigné, sa tête mince avait un certain caractère aristocratique.

Quant à Fred Meyer, il avait appris le métier de perceur de coffres-forts. Mais il avait eu l'occasion d'opérer dans d'autres spécialités, comme le vol avec effraction, le cambriolage des chambres d'hôtel et la fraude des douanes. Lui aussi parlait avec l'accent méridional.

Paul et Fred avaient retrouvé Thomas et Chantal en se frottant les mains, un large sourire aux lèvres.

« Un petit pastis, hein, éructa le descendant des Huguenots, avant de bouffer ?

— Avant de manger, répliqua Thomas d'un ton glacial, ces messieurs ne prendront pas de petit pastis, mais ils se rendront chez le coiffeur. Ils se feront raser, couper les cheveux, et ils se laveront le cou et les mains. On ne se met pas à table dans un état pareil.

— Ta gueule, toi ! grogna Fred, qui — tout comme Paul — connaissait fort peu ce Pierre Hunebelle. Va te faire voir. C'est Chantal, la patronne.

— Faites ce qu'il dit, intervint Chantal, les lèvres serrées. Allez chez le coiffeur. A vous voir, on dirait deux porcs. »

Ils se retirèrent en grommelant. Restée seule avec Thomas, Chantal démontra que, si elle avait renoncé à certaines particularités vestimentaires pour lui plaire, au fond elle était restée fidèle à elle-même. Elle l'apostropha avec une colère de chat sauvage.

« Je ne voulais pas avoir l'air de te laisser tomber. Car, si on disait que nous deux, on s'engueule, l'autorité que j'ai sur ces frères-là, on pourrait faire une croix dessus ! Mais c'est toujours *ma* bande, compris ?

— Désolé. Dans ce cas, il vaut mieux laisser tomber cette affaire.

— Qu'est-ce que ça veut dire ?

— Je ne suis pas ton employé. Ou bien nous sommes associés, avec des droits équivalents, ou bien nous ne sommes rien du tout. »

Elle le regarda à travers ses yeux mi-clos, murmurant des choses inintelligibles. Puis, elle lui heurta l'épaule du poing.

« Très bien, mon salaud ! grogna-t-elle, irritée et amusée à la fois. Mais, ajouta-t-elle rapidement, ne te fais pas d'idées comme quoi j'en pincerais pour toi, des fois ! Ne me fais pas rire. Il se trouve simplement qu'il me manque un homme à la coule, vu ?

— Vu », dit Thomas avec un clin d'œil. Pour sceller leur réconciliation, ils burent un cognac d'âge canonique.

Paul et Fred revinrent au bout de trois quarts d'heure. Leur aspect était devenu plus civilisé. Dès le début du repas, Chantal fit une proclamation :

« Ecoutez bien. Celui qui cherche à contrer Pierre aura affaire à moi, compris ?

— Mais qu'est-ce qu'il y a, Chantal ? C'est la première fois que tu...

— Boucle-la ! Pierre est mon associé.

— Putain de sort ! fit observer le perceur de coffres-forts. Tu m'as l'air bien malade, pauvre femme ! »

En guise de réponse, il reçut aussitôt une gifle retentissante.

« Occupe-toi de tes fesses, dit Chantal d'un ton hargneux.

— Si on ne peut plus causer, alors !

— De la crotte, tu peux ! (En dépit de sa nature récalcitrante, Chantal avait appris un certain nombre de choses à l'école de Thomas :) Tu ferais mieux de bouffer convenablement, espèce de cochon ! Tu te rends compte ? Voilà ce type qui coupe les spaghetti avec son couteau !

— Mais ça me glisse parmi la fourchette !

— Permettez-moi de vous donner un conseil, dit Thomas avec amabilité. Si vous ne réussissez pas à enrouler les spaghetti sur votre fourchette, piquez-en la valeur d'une bouchée, prenez la cuiller dans votre main gauche et appuyez-y les dents de la fourchette : comme ça. (Thomas fit la démonstration.) A présent, vous tournez la fourchette. Ça marche très bien, vous voyez ? »

Fred l'imita. Ça fonctionnait.

« Par le fait, messieurs, dit Thomas, il sera nécessaire que nous ayons une longue conversation concernant les bonnes manières, car elles sont à la base même de toute escroquerie qui se respecte. Avez-vous jamais rencontré un banquier qui eût de mauvaises manières, par hasard ?

— Un *banquier* ! Moins j'y penserai, mieux ça vaudra.

— Des bonnes manières, parfaitement, dit Chantal d'un ton sans réplique. D'ailleurs, on a changé de méthode ici, mettez-vous ça dans la tête. Mon associé et moi, nous nous sommes mis d'accord. A partir de maintenant, on va chercher l'affure... je veux dire, nos opérations ne s'adresseront plus au premier venu...

— Mais à qui ?

— Mais seulement aux salopards qui le méritent : nazis, collabos, agents secrets, peu importe. Le premier sur la liste est donc ce Pissaladière... » Chantal s'interrompit, car Olive, le gros patron, apportait en personne le plat principal.

Thomas répartit les côtelettes et haussa aussitôt les sourcils :

« Ma parole, vous utilisez la fourchette à entremets, monsieur de la Rue !

— On s'y mélange les pieds, dans tous vos couverts !

— Pour ce qui est des couverts, messieurs, dit Thomas,

on procède de l'extérieur vers l'intérieur : les couverts les plus proches de l'assiette sont ceux du dernier plat.

— Je serais curieuse d'apprendre dans quel trou à rats vous avez été élevés, dit Chantal avec hauteur. (Elle s'adressa à Thomas, pleine de distinction :) Je te prie de poursuivre, mon chéri.

— Comme suite à la modification de nos statuts, messieurs, nous avons donc tout d'abord en vue le joaillier dont je vous ai parlé. C'est un triste individu... Monsieur Meyer, il ne peut absolument pas être question de prendre la côtelette à la main et de ronger l'os ! Où en étais-je ?

— « Pissaladière », souffla Chantal. Elle observait Thomas avec beaucoup de tendresse. Elle l'aimait et le détestait tour à tour. Ses sentiments étaient sujets à de brusques renversements ; elle-même ne s'y reconnaissait plus très bien. Une seule chose était certaine : elle ne voulait pas vivre sans ce salaud !

« En effet, Pissaladière. » Thomas expliqua pourquoi le joaillier était un triste individu.

« Je déteste la violence, poursuivit-il. Je me refuse à toute effusion de sang. Par conséquent, il est exclu de percer le plafond du magasin, d'organiser un hold-up à main armée et autres choses semblables. Croyez-moi, messieurs : à temps nouveaux, méthodes nouvelles. Seuls survivront les imaginatifs. La concurrence est trop importante. Monsieur de la Rue, les pommes de terre frites ne se mangent pas avec les doigts mais avec la fourchette.

— Et comment va-t-on l'opérer, le Pissaladière ? s'enquit Fred Meyer.

— A l'aide de deux parapluies. »

Olive apporta le dessert.

« Je vous le dis tout de suite, messieurs, déclara Thomas. La tarte se mange avec la petite fourchette, et non pas avec la cuiller.

— Il faudra bûcher la question, vous deux, pendant les jours qui suivent, dit Chantal. Pas question de pinter,

MENU

Spaghetti bolonaise
Côtelettes Robert aux pommes frites
Tarte « Sacher »

3 janvier 1941

THOMAS LIEVEN ECHANGE JOYAUX ET PLATINE CONTRE BONNES MANIERES...

Spaghetti bolonaise

Pour une livre de spaghetti, comptez une livre de viande — de préférence, bœuf, porc et veau mélangés — et découpez-la en dés. — Prenez la même quantité d'oignons émincés, faites-les revenir à l'huile ou au beurre, ajoutez la viande, une gousse d'ail écrasée et des fines herbes hachées. Quand tout est bien rissolé, ajoutez des tomates pelées et débarrassées de leurs pépins, ou bien du concentré de tomates, et laissez mijoter à tout petit feu jusqu'à ce que vous ayez obtenu une sauce assez épaisse. — Faites cuire les spaghetti à l'eau salée — pas trop longtemps ! —, versez dans la passoire, passez à l'eau froide et laissez égoutter. Faites réchauffer dans la sauce préalablement salée et poivrée à votre goût. — Servez avec du parmesan râpé.

Côtelettes Robert

Prenez des côtelettes de porc moyennes, incisez légèrement la bordure de graisse et aplatissez-les. Placez-les dans une poêle très chaude sans adjonction de corps gras. Faites revenir environ trois minutes de chaque côté, salez et poivrez, mettez un bon morceau de beurre dans la poêle et laissez cuire encore une minute de chaque côté. Retirez les côtelettes et rangez-les sur un plat chauffé. — Entre-temps vous aurez mélangé, à parts égales, du vin rouge et de la crème aigre avec une cuillerée de moutarde blanche. Déglacez la poêle avec ce mélange et nappez les côtelettes avec la sauce obtenue. Servez aussitôt, avec une garniture de pommes frites.

Tarte « Sacher »

Travaillez 125 g de beurre, incorporez-y 150 g de sucre, 150 g de farine tamisée, 5 jaunes d'œufs, un peu de vanille et, enfin, 150 g de chocolat fondu au bain-marie. Mélangez bien, ajoutez les 5 blancs battus en neige, versez dans un moule à tarte et laissez cuire une demi-heure à four moyen. — Pour le glaçage de la tarte, prenez 90 g de chocolat fondu, 125 g de sucre glacé et deux cuillerées d'eau chaude. Mélangez vigoureusement sur le feu. — Quand la tarte est cuite, garnissez-la de confiture d'abricots, versez le glaçage par-dessus et laissez sécher pendant 1 minute à four chaud. Laissez bien refroidir avant de servir.

de jouer aux cartes et de cavaler après les filles, compris ?

— Nom de Dieu ! Chantal, pour une fois qu'on est à Marseille...

— D'abord réussir le coup ; l'amusement passe après, mes amis, dit Thomas. Il faudra apprendre à vous habiller comme des hommes du monde, à marcher, vous tenir et parler comme eux. Sans accent, si possible ! il faudra également apprendre à faire disparaître des objets sans attirer l'attention.

— Ce ne sera pas du nougat, je vous préviens ! s'écria Chantal. Vous serez à la disposition de mon associé du matin au soir...

— Mais pas la nuit », dit Thomas en lui baisant la main.

Aussitôt, elle se fâcha tout rouge et voulut le frapper.

« Ne fais pas ça ! explosa-t-elle. Devant les gens, espèce de !... C'est débecquetant, ce léchouillage ! »

Ses yeux étincelaient. C'était de nouveau la chatte sauvage qui montrait ses griffes.

A une extrémité du comptoir, le joaillier montrait un assortiment de bracelets de cuir à Fred Meyer. A l'autre, Paul de la Rue se penchait sur les neuf bijoux ornés de brillants. Les deux parapluies se trouvaient à côté de lui.

Ainsi qu'il l'avait appris des heures sous la supervision de Thomas Lieven, il saisit silencieusement le bracelet à trois millions et le fit glisser tout aussi silencieusement dans le parapluie entrouvert de son ami Meyer. Bien entendu, les baleines avaient été enveloppées de coton. Ensuite, il prit deux autres bracelets et procéda de la même manière.

S'éloignant des parapluies, il se promena jusqu'à l'autre bout du magasin pour y admirer des gourmettes en or. Ce faisant, il passa la main droite sur sa chevelure, bien soignée depuis peu.

Sur ce signe convenu, Fred Meyer fixa très rapidement son choix sur un bracelet de montre valant 240 francs. Il régla son achat avec un billet de cinq mille.

Pissaladière se dirigea vers la caisse. Il enregistra le prix et ouvrit le tiroir. S'adressant à Paul de la Rue :

« Je suis à votre disposition dans un instant, monsieur ! » dit-il à la cantonade.

Pissaladière rendit la monnaie à l'acheteur du bracelet de montre. Celui-ci prit son parapluie et quitta le magasin. Si le joaillier l'avait suivi du regard, il eût remarqué que l'acheteur de bracelet n'ouvrait pas son parapluie, bien que la pluie tombât à verse. Pas tout de suite, en tout cas...

D'un pied ailé, Pissaladière retourna à son client aristocratique.

« Et maintenant, monsieur... » dit-il, mais il s'interrompit aussitôt. Du premier coup d'œil, il constata que trois des plus précieux bracelets manquaient à l'appel.

Le joaillier crut d'abord à une plaisanterie. Un aristocratique dégénéré peut être sujet à des accès d'humour macabre. Il grimaça un sourire forcé.

« Ah ! dit-il, monsieur m'a fait peur ! »

Supérieurement entraîné par les soins de Thomas Lieven, Paul haussa les sourcils d'une manière inimitable.

« Comment dites-vous ? s'enquit-il. Seriez-vous souffrant ?

— Allons, monsieur, ne poussez pas la plaisanterie plus loin. Veuillez remettre les trois bracelets sur le plateau.

— Auriez-vous bu, par hasard ? Vous voulez dire que j'ai... Mais en effet, sapristi ! Où sont donc passées ces trois belles pièces ? »

Le visage de Pissaladière prit une teinte bleuâtre. Sa voix se fit perçante :

« Monsieur, si vous ne remettez pas immédiatement les trois bijoux sur la table j'appelle la police ! »

Là-dessus, Paul de la Rue sortit légèrement de son rôle. Il se mit à rire.

Cette hilarité fit perdre au joaillier ses ultimes vestiges de sang-froid. Il lança sa main sur le bouton sous le comptoir qui déclenchait le système d'alarme. De lourdes grilles d'acier s'abattirent avec fracas devant les vitrines, la porte d'entrée et l'issue de l'arrière-boutique.

Marius Pissaladière avait soudain un gros pistolet à la main :

« Les mains en l'air ! glapit-il. Pas un pas... pas un mouvement !

— Pauvre fou, dit nonchalamment Paul de la Rue en levant les mains, vous allez le regretter. »

La police arriva peu après.

Avec un calme olympien, Paul de la Rue présenta un passeport français établi au nom du vicomte René de Toussant, Paris, Bois de Boulogne. Ce passeport était un faux impeccable, dû à la science des meilleurs spécialistes du Vieux Quartier. Néanmoins, les policiers déshabillèrent Paul de la Rue jusqu'à la peau, fouillèrent ses vêtements et défirent les coutures de son pardessus.

Ensuite, ils mirent le faux vicomte en demeure de prouver qu'il eût été en mesure de payer trois millions.

En souriant, le suspect les pria de téléphoner au directeur de l'hôtel Bristol. Le directeur de l'hôtel Bristol confirma que le vicomte avait déposé une somme de six millions dans le coffre de l'hôtel. Forcément. Puisque Paul de la Rue était réellement descendu au Bristol et qu'il avait déposé au coffre six millions pris sur le capital de la bande !

La courtoisie des policiers augmenta considérablement.

Enfin, lorsque la police parisienne, consultée, répondit qu'il résidait en effet près du Bois de Boulogne un vicomte René de Toussant, grosse fortune, relations avec les nazis et le gouvernement de Vichy, momentanément absent de Paris et voyageant, semblait-il, dans le Midi, alors les inspecteurs relâchèrent Paul de la Rue avec force excuses.

Anéanti, blanc comme un linge, Marius Pissaladière balbutia ses regrets.

Quant à l'acheteur du bracelet de montre, personnage

falot que Pissaladière ne put décrire d'une manière efficace, il avait disparu...

Lorsqu'il choisit Paul de la Rue à cause de son apparence physique et qu'il fit fabriquer un faut passeport au
nom du vicomte, Thomas Lieven avait parfaitement prévu
le cours des événements. Il est vrai que le *Courrier de
Perpignan* du 2 janvier 1941 avait contribué à la réussite
de l'affaire. Dans la chronique locale, Thomas avait découvert une photographie de l'aristocrate pronazi ainsi
que l'information suivante :

« Le vicomte René de Toussant, industriel parisien, est
arrivé à Font-Romeu pour y prendre quelques semaines
de repos... »

Il n'était pas question, bien entendu, de répéter le coup
du parapluie à Marseille. Ce genre de choses finit par se
savoir. En revanche, Bordeaux, Toulouse, Montpellier,
Avignon et Béziers connurent une période de grande ani-
mation. Au cours des semaines suivantes, certains bijoutiers et antiquaires de ces villes firent des expériences
aussi déplaisantes que préjudiciables avec des clients
munis de parapluie. Mais, fait étrange, les victimes présentaient sans exception le même caractère louche et
mesquin que Marius Pissaladière.

Ce trait était commun à tous ces incidents, de sorte
que personne ne plaignait les dupes. Bien au contraire !
Dans les régions méridionales, on commençait à chuchoter que tout ceci était l'œuvre d'un mouvement clandestin
particulier, commandé par une espèce de Robin-des-Bois.

Un enchaînement de circonstances lança la police sur
une fausse piste. Thomas Lieven portait une certaine
responsabilité dans la naissance de cette conjoncture. La
police pensait devoir rechercher les auteurs de ces impu-
dents vols de bijoux dans les rangs de la bande du
« Chauve ».

Une des plus anciennes organisations marseillaises se
trouvait sous les ordres d'un dénommé Dante Villaforte,
un Corse qui avait été baptisé, pour des raisons évidentes,
du sobriquet « le Chauve ».

Puis vint l'affaire des transports de réfugiés à destination du Portugal. Villaforte et ses gens s'étaient mis,
eux aussi, de la partie. Mais soudain Chantal activa énormément ses entreprises. Or, ce qu'elle faisait était
contraire à toutes les règles de la corporation. Elle fit
sienne une devise injustement tombée en désuétude :
bas prix, gros chiffre d'affaires, bon rendement. Ou,
même : fuyez maintenant, payez plus tard.

Il est compréhensible que l'humeur du « Chauve » se
ressentît du fait que Chantal lui gâchait son commerce.
Car, à présent, la clientèle affluait chez Chantal. Personne, ou presque, ne s'adressait plus au « Chauve ».

Un beau jour, « le Chauve » apprit que toutes ces inno-
vations étaient imputables à la largeur de vues et à
l'intelligence de l'amant de Chantal. Un homme auquel
celle-ci accordait une confiance entière. Un homme qui,
disait-on, était le cerveau de sa bande, et un cerveau de
qualité, semblait-il.

« Le Chauve » décida de s'occuper de cet homme.

Au mois de juillet 1942, Dante Villaforte convoqua une
assemblée plénière de son gang à son appartement de
la rue Mazenod.

« Messieurs, déclara le Chauve, Chantal Tessier, à elle
seule, était déjà une calamité publique. Elle nous a arna-
qués. Elle n'a pas cessé de nous faire du tort. Mais maintenant, en plus, ce merdeux de Pierre, ou quel que soit
son nom... c'est trop ! »

Murmures approbateurs.

« Je le dis : avec Chantal, nous arrivons tout juste à
nous en tirer. Elle est coriace ! Mais il paraît qu'elle
est mordue pour ce type. Aussi, quelle est la meilleure
façon de lui porter un coup terrible ?

— C'est de dessouder son bonhomme, dit quelqu'un.

— Comment ! rétorqua Villaforte avec humeur. Dessouder, dessouder ! C'est tout ce que vous avez en tête.
Et nos relations avec la Gestapo ? Elles ne servent à

rien ? J'ai appris que le type s'appelle « Hunebelle »,
entre autres. Et la Gestapo cherche un Hunebelle. Il y
a un bon paquet à ramasser si nous... Faut-il en dire
plus ? »

Ce ne fut pas nécessaire.

Au soir du 17 septembre 1942, il y eut un gros orage.
Chantal et Thomas avaient eu l'intention d'aller au cinéma, mais ils y renoncèrent et décidèrent de rester à la
maison.

Ils burent du calvados, passèrent des disques, et Chantal fut extraordinairement tendre, sentimentale et lan-
goureuse.

« Qu'as-tu fait de moi... chuchota-t-elle. Parfois, je ne
me reconnais plus...

— Chantal, dit Thomas, il faut partir d'ici. Les nouvelles sont mauvaises. Marseille risque d'être occupée
par les Allemands.

— Nous irons en Suisse, déclara-t-elle. Nous y avons
assez d'argent. On vivra comme des rois.

— Oui, ma chérie, dit-il en l'embrassant.

— Ah ! mon trésor, soupira-t-elle, les larmes aux yeux,
je n'ai jamais été aussi heureuse. Ça ne durera pas toujours, rien ne dure toujours, mais encore un moment,
j'espère, encore un petit moment... »

Plus tard, Chantal eut faim... de raisin.

« Les magasins sont fermés, réfléchit Thomas tout haut.
Mais à la gare j'en trouverai peut-être... »

Il se leva et s'habilla.

« Tu es fou, protesta-t-elle. Par un temps pareil !

— Non, non, tu auras ton raisin. Parce que tu aimes le
raisin et parce que je t'aime. »

Soudain, elle eut de nouveau les yeux pleins de larmes.
En jurant, elle abattit son petit poing sur son genou :

« Idiote que je suis ! Merde alors, voilà que je pleure
parce que je t'aime trop...

— Je reviens tout de suite », dit Thomas en partant.

Il se trompait.

Car, vingt minutes après avoir quitté la maison de la

rue du Chevalier-Roze, Thomas Lieven, alias Jean Leblanc, alias Pierre Hunebelle, se trouva entre les mains de
la Gestapo.

Curieux, à quel point je me suis habitué à Chantal,
songea Thomas. Je n'arrive même plus à imaginer la vie
sans elle. Ses folies, ses allures de bête fauve, sa façon de
prétendre m'avaler tout cru, tout cela m'enchante au
plus haut point. De même, son courage et son intuition.
Et elle ne ment pas. Ou si peu...

Franchissant la place Jules-Guesde déserte, où la pluie
faisait briller l'asphalte, Thomas enfila la petite rue Ber-
nard-du-Bois. C'est là que se trouvait le petit cinéma
vieillot qu'il visitait souvent en compagnie de Chantal.

Une peugeot noire était garée devant le cinéma. Thomas ne remarqua rien. Il poursuivit son chemin. Deux
ombres lui emboîtèrent le pas. Passant devant la Peugeot
noire, l'une des ombres heurta la vitre de la portière.
Là-dessus, les phares de la Peugeot clignotèrent pour
s'éteindre aussitôt. A l'autre extrémité de la rue étroite et
mal éclairée, deux autres ombres se mirent en mouvement.

Thomas ne les aperçut pas. Il ne vit ni les hommes qui
venaient à sa rencontre ni ceux qui le suivaient. Il était
perdu dans ses pensées... Il faudra que je parle tranquillement avec Chantal. Je le sais de source certaine : les
troupes américaines débarqueront en Afrique du Nord
avant la fin de l'année. La Résistance française harcèle
les nazis de plus en plus. Ses bases essentielles sont situées dans la moitié sud du pays. Il est évident que les
Allemands seront amenés à occuper également la zone
libre. Aussi Chantal et moi partirons-nous le plus vite
possible pour la Suisse. En Suisse, il n'y a pas de nazis,
il n'y a pas de guerre. Nous pourrons vivre en paix...

Les deux ombres devant lui se rapprochaient. Les deux
ombres derrière lui se rapprochaient. Le moteur de la
Peugeot noire se mit en marche. A présent, la voiture

roulait au pas, tous feux éteints. Et Thomas Lieven ne remarquait toujours rien.

Pauvre Thomas ! Intelligent, loyal, séduisant, serviable : il était tout cela. Mais il n'était ni Zorro, ni Napoléon, ni une Mata Hari mâle, ni encore un nouveau Superman. Il ne ressemblait à aucun des héros que l'on rencontre dans les livres, ces archi-héros archi-héroïques, jamais inquiets, toujours vainqueurs. Ce n'était qu'un homme pourchassé, jamais en paix, obligé, pour survivre, de tirer le meilleur parti possible d'une situation odieuse.

Voilà pourquoi il n'aperçut nullement le danger qui le menaçait. Il ne pensa pas à mal lorsque deux hommes apparurent subitement devant lui. Ils portaient des imperméables. C'étaient des Français.

« Bonsoir, monsieur, dit l'un deux. Pourriez-vous nous dire l'heure, s'il vous plaît ?

— Volontiers », répondit Thomas. D'une main, il tenait son parapluie. De l'autre, il tira sa montre à répétition de la poche du gilet. Il libéra le ressort du couvercle. A cet instant, les deux ombres qui l'avaient suivi le rejoignirent également.

« Il est exactement huit heures... » commença Thomas.

Là-dessus, il reçut un coup terrible sur la nuque.

Le parapluie s'envola. La montre — fort heureusement, elle était retenue par une chaîne — échappa à sa main. Il tomba à genoux. Il ouvrit la bouche pour crier. Une main s'avança aussitôt, munie d'un énorme tampon de coton. Le coton s'appliqua sur la figure de Thomas. En percevant l'odeur répugnante et douceâtre, il fut pris de nausées. Il connaissait tout cela : la même chose était arrivée à Lisbonne. A l'époque, tout s'était bien terminé. Tandis qu'il perdait la notion des choses, un éclair d'intuition lui dit que, cette fois-ci, ce ne serait pas pareil...

Puis, il sombra dans l'inconscience et ses ravisseurs n'eurent plus qu'à mettre au point les modalités techniques de son installation à l'arrière de la Peugeot. Un problème pour déménageurs.

La prison centrale de Fresnes se trouvait à dix-huit kilomètres de Paris. Des hautes murailles ceignaient l'édifice vétuste, réparti en trois corps de bâtiment principaux flanqués de nombreuses ailes complémentaires. Solitaire et massive, la prison s'élevait dans une morne plaine parsemée d'arbres rabougris, de prés pourrissants et de champs incultes.

Dans le premier corps de bâtiment se trouvaient des Allemands : détenus politiques et déserteurs. Le second contenait des résistants français et allemands. Dans le troisième, il n'y avait que des Français.

La prison de Fresnes était dirigée par un capitaine de réserve allemand. Le personnel était mixte. Il y avait des gardiens français et des gardiens allemands, ces derniers généralement des sous-officiers d'un certain âge, originaires de Bavière, de Saxe ou de Thuringe.

Dans l'aile C du bâtiment I, tous les gardiens étaient allemands. Cette aile était réservée au SD-Paris. La lumière électrique brûlait nuit et jour dans les cellules individuelles. Jamais on ne conduisait les prisonniers dans la cour pour la promenade. La Gestapo avait découvert une méthode très simple pour soustraire ses prisonniers à toute autre administration, quelque puissante qu'elle fût : les occupants de l'aile C n'étaient pas mentionnés sur les registres. C'étaient des âmes mortes. Pratiquement, ils n'existaient plus...

Dans la matinée du 12 novembre, un jeune homme au visage mince et aux yeux bruns intelligents était assis, immobile, sur sa paillasse, dans la cellule 67 de l'aile C. Thomas Lieven avait mauvaise mine. Le teint gris, les joues creusées, il portait un vieil uniforme de détenu, beaucoup trop grand pour lui. Thomas avait froid. Les cellules n'étaient pas chauffées.

Cela faisait sept semaines qu'il avait passées dans cette abominable cellule puante. Dans la nuit du 17 au 18 septembre, ses ravisseurs l'avaient remis, près de Chalonsur-Saône, à deux agents de la Gestapo. Ceux-ci l'avaient conduit à Fresnes. Et, depuis, il attendait que quelqu'un vînt l'interroger. Il attendait en vain. Et cette attente commençait à lui faire perdre ses moyens.

Thomas avait essayé de prendre contact avec les gardiens allemands, en vain. Usant de charme et de corruption, il avait essayé d'obtenir une meilleure nourriture, en vain. Jour après jour, on lui donnait de la soupe à l'eau et aux rutabagas. Il avait essayé de faire passer un mot pour Chantal. En vain.

Pourquoi ne venaient-ils pas enfin pour le coller contre un mur ? Tous les matins, à quatre heures, ils venaient tirer des hommes de leurs cellules, puis on entendait retentir un bruit de bottes, des ordres, puis les cris impuissants et les gémissements de ceux qu'on traînait le long des couloirs. Et les coups de feu, lorsqu'on fusillait les prisonniers. Et rien du tout, lorsqu'on les pendait. Généralement, on n'entendait rien du tout.

Thomas sursauta. Des pas résonnaient au-dehors. La porte s'ouvrit. Dans le couloir se tenait un adjudant allemand, en compagnie de deux énormes gaillards revêtus de l'uniforme du SD.

« Hunebelle ?

— Oui.

— Interrogatoire ! »

Nous y sommes, se dit Thomas ; maintenant nous y sommes...

Menottes aux mains, il fut conduit dans la cour où stationnait un énorme autobus sans fenêtres. Un agent du SD fit passer Thomas dans l'étroit et sombre couloir central de l'autobus, où se trouvaient beaucoup de portes. Derrière chaque porte, il y avait une cellule minuscule, capable de contenir un homme assis ou, plutôt recroquevillé.

Thomas fut poussé à l'intérieur de l'une de ces cellules. Derrière lui, on verrouilla la porte. D'après les bruits extérieurs, toutes les autres cellules étaient occupées également. Ça sentait la sueur et l'angoisse.

L'autobus s'ébranla et emprunta en cahotant une route parsemée de trous d'obus. Le trajet dura une demi-heure. Puis, le véhicule fit halte. Thomas perçut des voix, des pas et des jurons. La porte de sa cellule s'ouvrit. « Dehors ! »

Titubant de faiblesse, Thomas suivit l'agent du SD à l'air libre. Il sut immédiatement où il se trouvait : avenue Foch. Thomas n'ignorait pas que le SD y avait réquisitionné des immeubles.

A travers le hall de l'immeuble n° 84, l'agent du SD le conduisit à une pièce ayant servi de bibliothèque et transformée à présent en bureau.

Deux hommes en uniforme y étaient assis. L'un était trapu, jovial et rougeaud, l'autre avait un teint blême et malsain. Le premier était le Sturmbannführer Walter Eicher, le second son officier d'ordonnance, Fritz Winter.

Thomas se présenta devant eux en silence.

« Alors, Hunebelle, aboya le Sturmbannführer dans un français détestable, un petit cognac ? »

Thomas avait le cœur sur les lèvres.

« Non, merci, dit-il néanmoins. Mon estomac est malheureusement trop vide pour le supporter. »

Eicher eut du mal à suivre le français de Thomas. Son officier d'ordonnance fit l'interprète. Eicher éclata de rire.

« Je pense, poursuivit Winter, les lèvres serrées, que nous pouvons parler allemand avec ce monsieur, n'est-ce pas ? »

Dès en entrant, Thomas avait aperçu sur un guéridon un dossier portant la suscription HUNEBELLE. Toute dénégation était superflue.

« Oui, je parle également l'allemand.

— Parfait, parfait. Peut-être que vous seriez même un compatriote à nous, hein ? (Avec un air malicieux, le Sturmbannführer menaça Thomas du doigt.) Alors, petit coquin ? Allez, avouez-le ! »

Il souffla un nuage de fumée de cigare dans la figure de Thomas. Thomas se tut. Le Sturmbannführer reprit son sérieux.

« Voyez-vous, monsieur Hunebelle — peu importe votre nom —, vous vous imaginez peut-être que ça nous amuse de vous coffrer et vous interroger. Avec tous ces horribles contes de bonne femme qui courent à notre propos ! Notre devoir est pénible et je puis vous assurer que nous l'accomplissons à contrecœur. Un Allemand, monsieur Hunebelle, n'est pas fait pour ce genre de choses. (Eicher hocha la tête avec mélancolie.) Mais le service de la nation l'exige. Nous avons prêté serment au Führer. Après la victoire finale, notre peuple devra assumer la tâche de diriger tous les autres peuples de la terre. Il faut s'y préparer. Et chacun doit y contribuer.

— Vous aussi, intervint Winter.

— Pardon ?

— Vous nous avez roulés dans la farine, Hunebelle. A Marseille. Avec cette histoire d'or, de bijoux et de devises. (Le Sturmbannführer eut un rire gras.) Inutile de dire le contraire, nous sommes au courant. Je dois dire que vous avez bien manigancé votre coup. Un garçon astucieux.

— Et puisque vous êtes un garçon si astucieux, dit Winter tout bas, vous allez nous raconter maintenant comment vous vous appelez réellement et ce qu'il est advenu de la camelote de Lentier et de Bauvier.

— Et avec qui vous avez travaillé, bien entendu, dit Eicher. Nous avons occupé Marseille. Comme ça, pas de difficultés pour ramasser vos collègues. »

Thomas se tut.

« Alors ? » dit Eicher.

Thomas secoua la tête. Les choses se passaient comme il les avait imaginées.

« Vous ne voulez pas parler ?

— Non.

— Chez nous, tout le monde finit par parler ! (Sur le visage d'Eicher, le masque de bonhomie souriante s'effaça soudain.) Espèce de petit merdeux ! dit-il d'une voix rauque. J'ai déjà perdu trop de temps à causer avec vous ! (Il se leva, fléchit les genoux et jeta le cigare dans la cheminée.) Allez, dit-il à Winter, occupez-vous de lui. »

Winter conduisit Thomas dans la cave surchauffée. Il appela deux hommes en civil. Ils attachèrent Thomas à la chaudière du chauffage central. Puis, ils s'occupèrent de lui.

Cela dura trois jours. Trajet en voiture cellulaire de Fresnes à Paris. Interrogatoire. Intermède à la cave. Retour à la cellule non chauffée.

La première fois, ils commirent l'erreur de le frapper trop vite et trop fort. Thomas s'évanouit.

La seconde fois, ils évitèrent cette erreur. Et la troisième aussi. Après la seconde fois, il manquait deux dents à Thomas et son corps présentait des contusions multiples. Après la troisième fois, il fut transporté à l'infirmerie de Fresnes pour une durée de quinze jours.

Puis, tout recommença.

Le 12 décembre, lorsque la voiture sans fenêtres l'emmenait une fois de plus à Paris, Thomas était au bout de son rouleau. La pensée qu'il allait être maltraité à nouveau lui était insupportable. Je vais sauter par la fenêtre, se dit-il. Maintenant, Eicher m'interroge toujours là-haut, au troisième étage. Oui, je vais sauter par la fenêtre. Avec un peu de chance, je me tuerai. Ah ! Chantal ! ah ! Bastien ! comme j'aurais aimé vous revoir...

Ce 12 décembre 1942, Thomas fut introduit vers dix heures dans le bureau d'Eicher. Le Sturmbannführer se trouvait en compagnie d'un homme que Thomas n'avait jamais vu : grand, maigre, avec des cheveux blancs. Cet homme portait l'uniforme d'un colonel de la Wehrmacht, constellé de décorations. Sous le bras, il tenait un gros dossier où Thomas put déchiffrer le mot GEKADOS.

Eicher semblait de mauvaise humeur.

« Voilà votre homme », dit-il d'un air maussade. Il toussa.

« Je l'emmène tout de suite, dit le colonel décoré.

— Comme il s'agit d'une « Gekados », je ne peux pas m'y opposer, colonel. Veuillez signer la décharge. »

Thomas Lieven eut l'impression que la pièce, que les hommes, que tout tournait autour de lui. Il eut du mal à se tenir debout, dans son misérable uniforme de prisonnier. Il chancelait, étouffait, ravalait sa salive et se remémorait les mots qu'il avait lus autrefois dans un livre du philosophe Bertrand Russell : « En notre siècle, seul l'imprévu arrive... »

Menottes aux mains, Thomas était assis aux côtés du colonel à cheveux blancs dans une limousine de la Wehrmacht. Le colonel demeura silencieux jusqu'à ce qu'ils eussent atteint les hauteurs de Saint-Cloud.

« J'ai entendu dire que vous aimiez faire la cuisine, monsieur Lieven », dit-il alors.

Thomas se figea lorsqu'il s'entendit appeler par son véritable nom. Survolté, rendu méfiant par des semaines de tortures, il se creusa la tête. Qu'est-ce que cela signifie ? Quel est ce nouveau piège ? Il jeta un regard sur le profil de son compagnon. Une tête intéressante. Intelligente et sceptique. Sourcils broussailleux. Nez en bec d'aigle. Bouche sensible. Et puis ? Bien des assassins jouent du Bach, dans ma patrie !

« Je ne sais pas de quoi vous voulez parler, répondit Thomas Lieven.

— Mais si, mais si, dit l'officier, vous le savez fort bien. Je suis le colonel Werthe, de l'Abwehr-Paris. J'ai le pouvoir de vous sauver la vie, ou de ne pas vous la sauver. Cela dépend uniquement de vous. »

La voiture s'arrêta devant une haute muraille qui entourait une vaste propriété. Le chauffeur klaxonna trois fois. Un lourd portail s'ouvrit sans qu'on vît apparaître une âme. La voiture démarra et s'arrêta devant une rampe couverte de gravier qui conduisait à une maison avec des portes-fenêtres, des murs ocre et des volets verts.

« Levez les mains, dit le colonel qui s'était présenté sous le nom de Werthe.

— Pour quoi faire ?

— Pour que je puisse vous retirer les menottes. Sinon, je ne vois pas très bien comment vous arriveriez à faire la cuisine. Je mangerais volontiers des escalopes « cordon bleu », si vous le voulez bien. Et des crêpes Suzette. Je vais vous montrer la cuisine. Nanette, la bonne, vous aidera.

— Escalopes « cordon bleu », dit Thomas faiblement. Le monde se remit à tourner autour de lui tandis que le colonel déverrouillait les menottes.

« S'il vous plaît ? »

Je suis encore vivant pensait Thomas. Je respire encore. Qui sait ce qu'on peut tirer de cela ?

« Très bien, dit-il, se sentant lentement renaître. Et peut-être des aubergines farcies, comme entrée. »

Une demi-heure plus tard, Thomas expliquait à Nanette comment on prépare les aubergines. Nanette était une jeune personne brune, extrêmement appétissante, qui portait un tablier blanc sur une robe de laine noire fort ajustée. Thomas était assis à côté de Nanette devant la table de cuisine. Le colonel Werthe s'était retiré. Il est vrai que la fenêtre de la cuisine était grillagée...

A plusieurs reprises, Nanette s'approcha tout près de Thomas. Une fois, son bras nu effleura sa joue,

MENU

Aubergines farcies

Escalopes « cordon bleu » aux petits pois

Crêpes Suzette

Paris, 12 décembre 1942

THOMAS LIEVEN SIGNE UN PACTE
AVEC L'AMIRAL DU DIABLE

Aubergines farcies

Prenez de grandes aubergines bien fermes, épluchez-les et coupez-les en deux dans le sens de la longueur. Creusez-les avec précaution et passez la chair au moulin avec de la viande de bœuf et de porc, de la mie de pain trempée et un oignon. — Travaillez avec un œuf, du sel, du poivre, du paprika et un peu de pâte d'anchois, de manière à obtenir une farce relevée. Remplissez-en les aubergines. — Versez un peu de bouillon de viande dans le fond d'un plat de terre à feu bien beurré, rangez-y les aubergines farcies, saupoudrez de fromage râpé et de flocons de beurre et faites cuire une demi-heure à four moyen.

Escalopes « cordon bleu »

Prenez des escalopes de veau bien tendres, aplatissez-les bien et recouvrez la moitié de chaque escalope d'une tranche de jambon, puis d'une tranche de gruyère, de manière à réserver une bordure de la largeur d'un doigt. — Badigeonnez de blanc d'œuf les bords de l'escalope, rabattez la moitié libre sur la moitié garnie et pressez bien les bords pour les faire adhérer l'un à l'autre. — A présent, panez la viande et faites-la dorer des deux côtés de la poêle, avec beaucoup de beurre. — Servez avec des petits pois très fins, légèrement saupoudrés de sel et de persil haché.

Crêpes Suzette

Préparez des crêpes en nombre suffisant. A table, faites chauffer du beurre au-dessus d'un réchaud à alcool, mais en veillant à ce qu'il ne prenne pas couleur, et versez-y le jus et le zeste râpé d'une mandarine ou d'une orange. Ajoutez, selon goût, un filet de kirsch, de marasquin, de curaçao ou de cointreau et un peu de sucre. Dans ce mélange, faites réchauffer une crêpe à la fois. Roulez-la rapidement et servez sur une assiette chaude.

une autre fois, sa hanche rebondie toucha son bras.

En femme avisée, Nanette se doutait à qui elle avait affaire. En dépit des mauvais traitements et des privations, Thomas ressemblait toujours à ce qu'il était réellement : un homme, un vrai.

« Ah ! Nanette ! soupira-t-il enfin.

— Oui, monsieur ?

— Je vous dois des excuses. Vous êtes si jolie, si jeune. Croyez bien qu'en d'autres circonstances je ne resterais pas planté là, comme un bout de bois. Mais je suis lessivé. Moulu...

— Pauvre monsieur », chuchota Nanette. Elle lui donna un baiser rapide et rougit.

Le repas eut lieu dans une grande pièce aux sombres lambris, dont les fenêtres s'ouvraient sur le parc. Le colonel était à présent en civil et portait un complet de flanelle d'excellente coupe.

Nanette faisait le service. Son regard s'arrêtait sans cesse avec compassion sur l'homme revêtu d'une tenue de forçat crasseuse et fripée, et qui se comportait pourtant comme un lord anglais. Il dut manger avec la main gauche, car deux doigts de sa main droite étaient bandés...

Le colonel Werthe attendit que Nanette eût servi les aubergines, puis :

« Succulent, monsieur Lieven, dit-il. Vraiment délicieux. Comment obtenez-vous le gratin, si je ne suis pas indiscret ?

— Avec du fromage râpé, colonel. Que désirez-vous de moi ? » Thomas mangea peu. Après les semaines de famine qu'il avait passées, il ne voulait pas surcharger son estomac. Le colonel, en revanche, mangeait avec appétit.

« On m'a dit que vous étiez un homme à principes. Vous préférez vous laisser tuer plutôt que de révéler quoi que ce soit au SD ou de travailler pour ces sa... pour cet organisme.

— Oui.

— Et pour l'organisation Canaris ? (Le colonel prit une autre aubergine.)

— Comment m'avez-vous tiré des griffes d'Eicher ? demanda Thomas à voix basse.

— C'était très simple. Nous avons ici un très bon élément, à l'Abwehr : le capitaine Brenner. Il y a longtemps qu'il suit votre carrière avec intérêt. Vous n'en êtes pas à votre coup d'essai, monsieur Lieven. (Thomas baissa la tête.) Pas de fausse modestie, je vous prie ! Lorsque Brenner eut découvert que le SD vous avait arrêté et incarcéré à Fresnes, nous avons monté une petite affaire fictive...

— Une petite affaire fictive ? »

Werthe indiqua de la main le dossier avec la suscription GEKADOS qu'il avait rangé sur une petite table près de la fenêtre.

« C'est la méthode que nous avons inventée pour récupérer certains prisonniers du SD. Nous reprenons de vieilles affaires d'espionnage quelconques et nous les utilisons pour en fabriquer de toutes pièces une nouvelle, inexistante. Nous dactylographions quelques témoignages récents, en ajoutant des signatures et tous les cachets possibles. Ça fait toujours impression. Dans ces nouveaux témoignages, les gens affirment, par exemple, qu'un certain Pierre Hunebelle est impliqué dans une série de dynamitages dans la région de Nantes. »

Nanette apporta les escalopes.

Elle jeta un tendre regard à Thomas et, avant de se retirer, découpa sa viande en silence. Le colonel Werthe sourit :

« Vous avez fait une conquête. Où en étais-je ? Ah oui ! L'affaire fictive. Quand notre faux dossier a été au point, je suis allé voir Eicher et je lui ai demandé si le SD aurait par hasard arrêté un certain Pierre Hunebelle. J'ai fait l'innocent, quoi. Oui, me dit-il aussitôt, il est à Fresnes. Alors, je lui ai mis sous le nez mon dossier « Gekados », initiales qui signifient « affaire secrète relevant du commandement militaire ». Avec ça — et en fai-

sant ronfler les noms de Canaris, d'Himmler, etc. — je
lui ai fait jurer le secret, puis lui ai permis de lire le
dossier. Le reste, c'est-à-dire le transfert d'Hunebelle,
espion d'intérêt primordial pour la cause allemande,
était tout à fait facile...

— Mais pourquoi tout cela, colonel ? Que voulez-vous
de moi ?

— Voilà la meilleure escalope « cordon bleu » de ma
vie ! Bon, voilà ; nous avons besoin de vous, monsieur
Lieven. Sérieusement. Nous avons un problème que seul
un homme comme vous peut résoudre.

— Je hais les services secrets, dit Thomas Lieven. (Il
songea à Chantal, à Bastien, à tous ses amis, et son
cœur se crispa de chagrin.) Je les hais tous. Et je les
méprise.

— Il est deux heures et demie, dit le colonel Werthe.
A quatre heures, j'ai rendez-vous à l'hôtel Lutétia avec
l'amiral Canaris. Il veut vous parler. Vous pouvez venir
avec moi. Si vous acceptez de travailler pour nous, la
« Gekados » nous fournit l'instrument nécessaire pour
vous tirer des pattes du SD. Si vous refusez, je ne pourrai
plus rien pour vous. Je serai obligé de vous rendre à
Eicher... »

Thomas le dévisagea fixement. Cinq secondes passèrent.

« Alors ? » demanda le colonel Werthe.

« En avant, roulez ! » cria l'adjudant Adolf Bieselang
dans l'énorme salle de gymnastique.

Ahanant, Thomas Lieven fit une culbute en avant.

« En arrière, roulez ! » cria l'adjudant Adolf Bieselang.

Ahanant, Thomas Lieven exécuta une culbute en
arrière. Onze autres messieurs ahanaient de conserve
avec lui : six Allemands, un Norvégien, un Italien, un
Ukrainien et deux Indiens.

L'adjudant Bieselang portait l'uniforme de la Luftwaffe. Il avait quarante-cinq ans, était maigre, pâle et
constamment sur le point d'éclater de rage. Sa bouche

grande ouverte, laissant apparaître de nombreuses obtu-
rations dentaires, faisait peur à voir. Or, la bouche de
l'adjudant Bieselang était presque continuellement grande
ouverte : le jour, pour gueuler, la nuit, pour ronfler.

La sphère d'activité de l'adjudant Bieselang — veuf
depuis deux ans, père d'une fille pubère exceptionnellement jolie — était située à 95 km au nord-ouest de Berlin, près de la localité de Wittstock, sur la Dosse.

L'adjudant Bieselang était instructeur de parachutistes, non pas, et c'est ce qui provoquait son ire, de parachutistes en uniforme, mais de parachutistes en civil :
des énergumènes plus que louches, avec des fonctions
encore plus louches. Des Allemands et des métèques.
Une racaille infecte. Des civils, quoi.

« En avant, rouleeeeez ! »

Thomas Lieven, alias Jean Leblanc, alias Pierre Hunebelle, culbuta en avant.

On était le 3 février 1943.

Il faisait froid, et le ciel surplombait la province de
Brandebourg comme un suaire gris.

Thomas Lieven, le pacifiste, le gourmet, l'admirateur du
beau sexe, le contempteur du métier des armes, l'homme
qui haïssait les Services secrets, s'était décidé à travailler, une fois de plus, pour le compte d'un Service secret.

En compagnie du colonel Werthe, il s'était rendu à
l'hôtel Lutétia. Il y avait rencontré l'amiral Canaris,
l'homme-mystère du contre-espionnage allemand.

Thomas le savait : remis entre les mains de la Gestapo,
il serait mort un mois plus tard. Déjà, on avait découvert des traces de sang dans ses urines.

La vie la plus atroce, se dit-il, est malgré tout préféra-
ble à la plus glorieuse des morts. Néanmoins, mis en présence de l'amiral à cheveux blancs, il ne cela nullement
ses principes.

« Monsieur Canaris, je vais travailler pour vous parce
que je n'ai pas le choix. Mais je me permets de vous faire
remarquer que je refuse de tuer, de menacer, de tour-
menter ou de kidnapper qui que ce soit. Si ce sont là

les tâches que vous avez prévues pour moi, je préfère retourner avenue Foch. »

L'amiral secoua la tête avec un regard mélancolique.

« Monsieur Lieven, la mission dont j'aimerais vous charger a pour but d'éviter l'effusion de sang et de sauver des vies humaines, dans la mesure où cela est encore en notre pouvoir. (Canaris éleva la voix :) Des vies allemandes et des vies françaises. La chose vous paraît-elle sympathique ?

— Sauver des vies humaines me paraît toujours sympathique. Sans distinction de nationalité ou de religion.

— Il s'agit de lutter contre de dangereux rassemblements de partisans français. Un de nos hommes nous a avisés qu'un fort groupe de résistance, nouvellement formé, s'efforce d'entrer en communication avec Londres. Vous n'ignorez pas que le War Office soutient la Résistance française et qu'il dirige un grand nombre de ces groupes. Le groupe qui nous préoccupe manque encore d'un émetteur-radio et d'un code. C'est vous qui leur fournirez l'un et l'autre, monsieur Lieven.

— Ah ! dit Thomas.

— Vous parlez couramment l'anglais et le français. Vous avez vécu en Angleterre pendant des années. Vous serez donc parachuté dans ce secteur de résistance en tant qu'officier britannique et vous emporterez un poste-émetteur. Un poste-émetteur spécial.

— Ah ! dit Thomas pour la seconde fois.

— Un avion anglais vous amènera au-dessus de la région. Nous possédons quelques appareils capturés de de la R.A.F. que nous utilisons dans ces cas-là. Auparavant, bien entendu, il vous faudra accomplir un stage de parachutage.

— Ah ! » dit Thomas Lieven pour la troisième fois.

Les Allemands avaient occupé Marseille. Qu'était-il advenu de Chantal ? Etait-elle vivante ? Avait-elle été arrêtée ? Torturée, peut-être, comme lui ?

Quand un cauchemar de ce genre l'éveillait en sursaut, Thomas restait couché, les yeux ouverts, dans le noir de l'horrible chambre de caserne où ronflaient et geignaient six hommes. Chantal ! Nous qui voulions gagner la Suisse pour y vivre en paix, en paix, nom de Dieu !...

Thomas essayait depuis des semaines de faire parvenir une lettre à Chantal. Déjà, à Paris, le colonel Werthe avait promis de faire parvenir une missive à destination. A l'école de langues vivantes, Thomas avait remis une autre lettre à un interprète qui partait pour Marseille. Mais Thomas avait sans cesse changé d'adresse au cours des dernières semaines. Comment une réponse de Chantal lui parviendrait-elle ?

Le frénétique adjudant Bieselang continuait à dresser ses douze hommes sans merci. Après les exercices en salle, vinrent les exercices sur les champs durcis et givrés par le gel. On y harnachait l'élève d'un parachute ouvert. On mettait en marche un moteur d'avion monté sur socle. Sous l'impulsion puissante des tourbillons d'air, le parachute se gonflait, traînant impitoyablement l'apprenti sur le sol. Il fallut s'entraîner à prendre l'engin à revers et à se laisser tomber dessus pour en chasser l'air.

Il y eut des bosses et des plaies, des genoux enflés et des articulations luxées. L'adjudant Bieselang persécutait ses douze hommes de six heures du matin jusqu'à six heures du soir. Ensuite, à partir de la porte de cabine reconstituée d'un Junker 52, il les faisait sauter d'une grande hauteur sur des toiles tendues par quatre élèves.

« Les genoux droits, crétin ! Les genoux droits ! » hurlait-il.

Si on ne raidissait pas complètement les genoux, on risquait d'atterrir sur la figure, ou de se déchirer tous les muscles. L'adjudant Bieselang enseignait à ses élèves tout ce qu'ils avaient besoin de savoir, mais il l'enseignait avec cruauté.

La veille de leur premier vrai saut en parachute, il leur fit faire, à tous, leur testament qui fut glissé dans une enveloppe cachetée. Avant de se coucher, ils durent également emballer leurs affaires :

« C'est pour les envoyer à votre famille, si vous tombez sur la gueule demain et que vous restez sur le carreau. »

Bieselang s'imaginait qu'il leur tendait là un piège psychologique : voyons un peu lesquels de ces types vont se laisser impressionner ! Ils se laissèrent tous impressionner, à une exception près :

« Où est votre testament, n° 7 ? tempêta Bieselang.

— Je n'en ai pas besoin, répondit Thomas, doux comme un agneau. Un homme qui a suivi votre entraînement, mon adjudant, peut sauter sans crainte ! »

Le lendemain, l'adjudant Bieselang excéda définitivement ses compétences. Avec les douze hommes de son groupe, il prit l'air vers neuf heures du matin dans un antique Ju 52 délabré. A deux cents mètres d'altitude, l'appareil survola le terrain de parachutage. Enfilés sur leurs cordes, les douze hommes faisaient la queue dans la cale de l'avion. Le signal du pilote retentit.

« Préparez-vous à sauter ! » hurla Bieselang qui se tenait sous le vent de la porte ouverte. Tous avaient des casques, à présent. Les Indiens portaient les leurs sous les turbans. Tous étaient munis de lourdes mitraillettes.

L'Italien était le premier. Il s'avança. Bieselang lui frappa l'épaule, l'homme étendit les bras et sauta dans le vide en direction de l'aile gauche. La corde attachée à un rail d'acier se tendit et arracha la housse de protection du parachute. Dans l'air, l'Italien disparut immédiatement vers le bas et l'arrière.

Le numéro 2 sauta. Puis le numéro 3. Comme ma bouche est sèche, se dit Thomas. Vais-je m'évanouir dans l'air ? Vais-je tomber et me tuer ? Bizarre : j'ai subitement une terrible envie de foie gras. Ah ! pourquoi n'ai-je pas pu rester auprès de Chantal ! Nous étions si heureux ensemble...

Puis, ce fut le tour du numéro 6, l'Ukrainien. L'Ukrainien s'éloigna soudain de Bieselang et se heurta à Thomas.

« Non, non, non... » glapit-il dans un subit accès de panique.

Crise de phobie. Cas typique. Assez compréhensible, enregistra le cerveau de Thomas. D'après le règlement, on ne pouvait obliger personne à sauter. Ceux qui s'y refusaient au cours de deux vols consécutifs étaient renvoyés du stage.

Mais l'adjudant Adolf Bieselang s'en torchait, lui, du règlement.

« Salopard ! braillia-t-il, espèce de chie-culotte, tu vas... » Il empoigna l'homme tremblant, l'attira à lui et lui expédia un énorme coup de pied au derrière. L'Ukrainien s'envola dans un hurlement.

Avant que Thomas soit remis de son indignation, il se sentit empoigné à son tour. La botte de l'adjudant le frappa de la même manière et il tomba dans le vide, tomba, tomba, tomba...

Lorsque Thomas regagna ses quartiers dans la soirée du 27 février, il passa devant une haute clôture de fil de fer barbelé qui séparait les agents secrets des troupes de l'armée de l'air. De l'autre côté de la barrière, un parachutiste le héla.

« Hé !

— Qu'est-ce qu'il y a ?

— Tu ressembles au type que ce Bastien m'a décrit.

— Bastien ? sursauta Thomas.

— Tu t'appelles Pierre Hunebelle ?

— Oui, c'est moi... Tu... tu n'aurais pas par hasard des nouvelles d'une certaine Chantal Tessier ?

— Tessier ? Non... je ne connais que ce Bastien Fabre... Il m'a filé trois pièces d'or pour que je remette la lettre... Faut que je me tire, vieux, voilà le juteux qui passe... »

Thomas Lieven eut l'enveloppe dans la main. Il s'assit sur une borne du champ. La nuit tombait. Il faisait froid. Mais Thomas ne sentit pas le froid. Il ouvrit l'enveloppe, en retira la lettre et se mit à lire, tandis que son cœur battait, battait comme un marteau de forge...

Marseille, le 5 février 1943.

Mon cher vieux Pierre,

Je ne sais même pas comment commencer cette lettre. Peut-être que tu bouffes déjà les pissenlits par la racine, pendant que je t'écris.

Ces semaines-ci, j'ai fouiné un peu partout et j'ai rencontré un mec qui marche à la voile et à la vapeur : il bosse pour la Résistance et pour les Allemands. Il avait su à Paris tout ce qui t'est arrivé. Si j'en attrape un, de ces fumiers du SD, je me l'étrangle ! Maintenant, m'a dit le mec, tu as changé de corporation. Je me demande comment tu as fait ! Il paraît qu'on fait de toi un parachutiste, quelque part près de Berlin. Je me pisse parmi, tu sais ! Mon Pierre, un para allemand ! On en rigolerait si on n'avait pas plutôt envie d'en chialer.

A Montpellier, j'ai fait connaissance avec un Frisé réglo. Je lui ai filé la pièce. C'est un troufion qui part pour Berlin. Il emporte la lettre.

Chantal a reçu deux lettres de toi, mais on n'avait personne sous la main pour expédier les réponses.

Mon cher Pierre, tu sais que je t'aime bien, c'est pourquoi j'ai beaucoup de mal à écrire ce qui s'est passé ici. Le 24 janvier, la Kommandantur a déclaré qu'il fallait évacuer le vieux quartier.

Dans la même journée, ils ont coffré près de six mille collègues — il y en a beaucoup que tu connais — et ils ont fermé mille bistrots et boxons. Fallait voir la défense de ces dames. Du catch comme tu n'en as jamais vu !

Les Fridolins ne nous ont donné que quatre heures pour évacuer, puis les sapeurs sont arrivés. Chantal, le vieux François (« Pied fourchu », tu te rappelles ?) et moi, on est restés ensemble jusqu'à la fin. Chantal était comme soûle, comme une qui a reniflé de la coco. Elle

n'avait qu'une seule idée dans le crâne : descendre le
« Chauve » ! Dante Villaforte, tu sais ? Car c'est cette
salope qui t'a donné à la Gestapo.

Donc, ce soir-là on l'a attendu dans une porte cochère
de la rue Mazenod, en face de la maison où il créchait.
On savait qu'il était planqué à la cave. Chantal a dit :
« Maintenant que les Frisés font sauter les maisons, il
sera bien obligé de sortir. » On a fait le pet pendant des
heures. Bonne Mère, quelle soirée ! L'air plein de fumée
et de poussière, les maisons qui sautaient partout, les
hommes qui gueulaient, les femmes qui criaient, les
mômes qui piaillaient...

L'air était rempli de fumée et de poussière. On entendait gronder le tonnerre des explosions. Les hommes hurlaient, les femmes criaient, les enfants pleuraient...

La nuit était tombée. Seule la sinistre lueur des maisons en flammes éclairait le Vieux Quartier. Chantal se
tenait immobile à l'ombre d'une porte. Elle portait un
pantalon étroit, une veste de cuir et un foulard rouge sur
les cheveux. Sous la veste, elle dissimulait une mitraillette. Pas un trait ne bougeait dans le blanc visage félin.

Une autre maison sauta. Une pluie de gravats s'abattit.
Des cris retentirent, puis des jurons en allemand et un
bruit de bottes.

« Nom de Dieu, Chantal, il faut filer d'ici ! dit Bastien
d'une voix pressante. Les Frisés vont arriver d'une
seconde à l'autre ! S'ils nous piquent... avec nos sulfa-
teuses... »

Chantal secoua la tête.

« Tirez-vous ; moi, je reste. (Sa voix était enrouée. Elle
toussa.) Le « Chauve » est là, dans la cave. Faudra bien
qu'il sorte, l'ordure. Et alors, je le descendrai. Je me suis
juré de le descendre. Même si c'est la dernière chose que
je fais ! »

Des cris perçants frappèrent leurs oreilles. Ils regardèrent vers le haut de la rue. Des soldats chassaient

devant eux une horde de filles. Une partie des filles
n'étaient vêtues que de peignoirs. Elles frappaient, mor-
daient, griffaient, donnaient des coups de pied et résis-
taient, bec et ongles, à l'évacuation.

« C'est celles de chez Yvonne, dit « Pied fourchu ». Le
charivari passa devant eux. L'air résonnait de jurons et
de noms d'oiseaux impossibles à reproduire.

— Voilà ! » s'écria Bastien subitement.

Accompagné de trois autres hommes, Dante Villaforte
apparut dans la porte de la maison d'en face. Le
« Chauve » portait une veste en peau de mouton. Ses
hommes d'escorte avaient d'épais pull-overs. Des crosses de pistolets dépassaient des poches de leurs pantalons.

Bastien leva son arme, mais Chantal abattit sa main
sur le canon.

« Non ! cria-t-elle. Tu vas blesser la fille ! »

Devant eux, les femmes continuaient à se battre avec
les soldats.

Puis, tout se passa très rapidement.

Ramassé sur lui-même, Dante Villaforte courut vers
l'un des militaires, un sous-officier, en veillant constamment à s'abriter derrière un Allemand ou une des filles.

Au sous-officier, il montra une carte signée par un certain Sturmbannführer Eicher, du SD-Paris. Le « Chauve »
parla rapidement et indiqua la porte où se trouvaient
Chantal, Bastien et François.

Au même instant, Chantal découvrit sa mitraillette et
s'apprêta à faire feu. Puis, elle hésita, car il restait toujours des filles dans son champ.

Cette hésitation coûta la vie à Chantal. Avec un sourire sardonique, Villaforte, masqué par l'une des filles,
leva son arme et vida son chargeur.

Sans proférer un son, Chantal se tassa sur elle-même et
s'abattit sur le sol souillé. Un jet de sang teignit la veste
de cuir en rouge. Elle ne bougea plus. Ses beaux yeux
s'étaient éteints.

« Allez ! cria François. Par la cour ! Le mur ! »

Bastien savait que chaque seconde comptait à présent. Il fit volte-face, ouvrit le feu sur Villaforte, vit le gangster tressaillir et s'empoigner le bras gauche, l'entendit crier comme un cochon qu'on saigne.

Puis, Bastien et François coururent comme des dératés. Ils connaissaient chaque pierre du Vieux Quartier et chaque passage. Derrière le mur, il y avait une grille d'égout. En la franchissant, on pouvait sortir du quartier et remonter à la surface par une autre issue...

... Nous avons atteint le vieux canal et nous nous en sommes tirés, écrivait Bastien Fabre.

Thomas laissa retomber la lettre, fixa son regard sur le crépuscule et la brume violette qui montait avec le soir, et essuya ses larmes.

Puis, il continua sa lecture :

Je me suis planqué à Montpellier. Si jamais tu viens par ici, demande-moi chez Mlle Duval, 12, boulevard Napoléon : c'est ma nouvelle femme.

Pierre, misère de nous, elle est morte, notre bonne Chantal ! Vous vous aimiez bien, je le sais. Elle m'avait dit que vous alliez peut-être vous marier. Tu sais que je suis ton ami et que j'ai le désespoir au cœur, tout comme toi. La vie n'est qu'une merde. Est-ce qu'on se reverra un jour ? Quand ? Où ? Porte-toi bien, mon vieux. J'ai envie de dégueuler. Je ne peux plus écrire.

                                                            Bastien.

Il faisait sombre. Thomas était assis sur la borne, sans ressentir la morsure du froid. Des larmes coulaient sur son visage.

Le 4 avril 1943, peu après minuit, un avion britannique du type Blenheim survola une région déserte et boisée entre Limoges et Clermont-Ferrand à une altitude de 250 mètres. Il décrivit une vaste courbe et survola le secteur une seconde fois. Deux feux s'allumèrent au sol, puis trois points lumineux rouges ; enfin, le signal blanc d'une lampe de poche.

Dans la carlingue de l'appareil, qui arborait la cocarde bleu-blanc-rouge de la R.A.F., se trouvaient deux pilotes et un radio de la Luftwaffe. Derrière eux se tenait un homme en combinaison marron, *made in England,* harnaché d'un parachute de fabrication anglaise.

Cet homme possédait de faux papiers britanniques, remarquablement imités, au nom de Robert Almond Everett, de même qu'un livret militaire certifiant son grade de capitaine. Son visage était orné d'une moustache de phoque et de longs favoris touffus. En outre, il avait des cigarettes anglaises, des conserves anglaises et des médicaments anglais.

Le commandant de bord se retourna et lui fit signe de la tête. Thomas Lieven consulta sa montre à répétition : 0 h 28.

Le radio l'aida à larguer un volumineux paquet muni d'un parachute de frêt. Puis, il s'approcha lui-même de l'ouverture. Le radio lui serra la main.

Se ramassant sur lui-même, ainsi qu'il l'avait appris, Thomas fit un serment : si je m'en tire et si j'ai un jour l'occasion de rencontrer Dante Villaforte, je te vengerai, Chantal, je jure que je te vengerai ! Et il prononça, à part lui, ces mots absurdes : « Je t'aime tant ! »

Ensuite, il écarta les bras et sauta, vers l'aile gauche, dans la nuit...

Voici les réflexions qu'il fit au cours des dix premières secondes de sa chute : Il faut que j'atterrisse dans le triangle formé par les points rouges. Il y a là une clairière dégagée. Si je rate le triangle, j'ai une bonne chance d'attraper une branche de chêne dans le cul. Dire que je n'aurai que trente-quatre ans ce mois-ci ! Ramons un peu avec les bras. Bravo. Me revoilà au-dessus du triangle. Ce sont de bons résistants français, qui tiennent les lampes rouges, là, en-bas. Ils croient que c'est le colonel Buckmaster de Londres qui m'envoie. S'ils savaient que c'est l'amiral Canaris de Berlin...

Et voici les réflexions qu'il fit au cours des dix dernières secondes de sa chute : Il n'y a rien de plus infect que cette moustache de phoque. Quelle idée ! On a tout le temps des poils dans la bouche. Et les favoris, en plus. Les types de l'Abwehr m'ont obligé à laisser pousser tout ça. C'est bien la mentalité S.R. ! Pour me donner un air anglais. Comme si un authentique capitaine anglais, sur le point d'exécuter une mission secrète en France occupée, ne se dépêcherait pas de raser ses côtelettes et sa moustache de phoque pour avoir, justement, l'air moins anglais ! Bande de couillons. Qu'ils aillent se faire...

Le contact que Thomas Lieven, alias le capitaine Everett, prit avec la terre fut brutal et douloureux. Il tomba sur la figure, avala une bonne ration de poils de moustache et se souvint juste à temps qu'il devait jurer en anglais.

Il se redressa lentement. Eclairés par les deux brasiers, quatre personnes se tenaient devant lui : trois hommes et une femme. Ils portaient tous des vestes de chasse.

La femme était jeune et jolie. Cheveux blonds, sobrement tirés en arrière. Pommettes saillantes, yeux bridés. Belle bouche.

L'un des trois hommes était petit et gros, le second grand et maigre et le troisième poilu comme un homme des cavernes.

Le petit gros s'adressa à Thomas en anglais :

« Combien de lapins jouent dans le jardin de ma belle-mère ?

— Deux blancs, onze noirs et un tacheté, répondit Thomas avec un impeccable accent d'Oxford. Ne tardez pas à rendre visite à Fernandel. Le coiffeur vous attend.

— Aimez-vous Tchaïkovsky ? » demanda la beauté sévère en français. Ses yeux étincelaient, ses dents reflétaient la lueur du feu et sa main serrait, braqué sur lui, un pistolet de gros calibre.

Il s'empressa de prononcer, avec l'accent anglais, la phrase française que le colonel Werthe lui avait enseignée avant son départ de Paris : « Je préfère Chopin. » La blonde parut satisfaite, car elle rangea son engin de mort.

« Pourrions-nous voir vos papiers ? » demanda le petit gros.

Thomas leur montra ses faux papiers.

« Cela suffit, dit le grand maigre d'une voix où perçait l'habitude du commandement. Soyez le bienvenu, capitaine Everett. »

Tous lui serrèrent cérémonieusement la main.

Ce n'est donc pas plus compliqué que ça, songea Thomas. Si je m'étais permis, une seule journée durant, de pareilles gamineries à la Bourse de Londres, j'aurais été en faillite le soir même. Et comment !

L'affaire, en effet, n'avait pas présenté de grosses difficultés. D'après ce qu'avait appris l'Abwehr, dans la région boisée d'aspect romantique et sauvage qui surplombe la vallée de la Creuse, il s'était constitué un nouvel et important groupe de résistance, surnommé « maquis de Crozant » à cause de la proximité de la petite localité de Crozant, au sud de Gargilesse.

Le maquis de Crozant était possédé de l'ardent désir d'entrer en contact avec Londres et de combattre les Allemands selon des directives anglaises. Le groupe était considéré comme extrêmement dangereux, étant donné qu'il opérait dans un secteur pratiquement incontrôlable, rempli de voies ferrées importantes, de routes de communication et de centrales électriques. Les vallées abruptes et les collines rocheuses interdisaient toute contre-initiative allemande mettant en jeu des armes motorisées ou blindées.

Le nouveau groupe était en relation avec le maquis de Limoges. Cette organisation possédait un émetteur-radio et était en communication avec Londres. Il est vrai que le radio était un agent double qui travaillait également pour les Allemands. C'est ainsi que l'Abwehr-Paris fut informée que le maquis de Crozant désirait obtenir son propre émetteur.

Le radio félon, qui avait notifié ce désir, non pas à Londres, mais aux Allemands, reçut ensuite des messages qui émanaient prétendument de Londres, mais en réalité de l'Abwehr-Paris. Ainsi, le maquis de Limoges fut prié d'informer le maquis de Crozant que le capitaine Robert Almond Everett serait parachuté, le 4 avril 1943, un peu après minuit, au-dessus d'une clairière située dans les bois de Crozant...

« Où est le parachute avec le poste ? » demanda à présent Thomas Lieven, alias le capitaine Everett. Il était inquiet sur le sort de l'instrument. Les techniciens allemands l'avaient trafiqué à grand-peine.

« A l'abri, répondit la sévère beauté, qui ne lâchait pas Thomas du regard. Permettez-moi de vous présenter mes amis. »

Elle parlait vite et avec assurance. Elle dominait ces hommes comme Chantal avait dominé sa bande. Sauf que la blonde, en place de passion et de tempérament, opérait avec une froideur toute intellectuelle.

Il se révéla que le petit gros était un certain Robert Cassier, maire de Crozant. L'homme maigre et silencieux, avec la tête intelligente, était un ex-lieutenant, nommé Bellecourt. L'étrange blonde présenta le troisième homme sous le nom d'Emile Rouff, potier à Gargilesse.

Ce petit bas-bleu culotté me jette un drôle d'œil, songeait Thomas. Je me demande, pourquoi. Ou ce regard aurait-il une signification plus sensuelle qu'hostile ? Elle me donne froid dans le dos, cette bonne femme !

« Il y a neuf mois, déclara le potier, qui portait une grande barbe et une chevelure qui flottait au vent, j'ai juré que je ne me ferais pas couper les cheveux avant la destruction de l'engeance hitlérienne.

— Gardons-nous d'être trop optimiste, monsieur Rouff. Vos chances de voir un coiffeur avant un ou deux ans sont réduites. (Thomas s'adressa à la jeune femme.) Et vous, mademoiselle, qui êtes-vous ?

— Yvonne Deschamps. Je suis l'assistante du professeur Débouché.

— Débouché ? (Thomas leva les yeux.) Le célèbre physicien ?

— Je vois qu'on le connaît également en Angleterre », dit la blonde Yvonne avec fierté.

Et on le connaît également en Allemagne, pensait Thomas. Mais ce n'est pas une chose à dire.

« Je croyais, reprit-il, que le professeur enseignait à l'université de Strasbourg ? »

Le maigre Bellecourt lui fit face.

« L'université de Strasbourg, dit-il d'une voix sans timbre, a été transférée à Clermont-Ferrand. L'ignore-t-on à Londres, mon capitaine ? »

Merde, pensait Thomas. Ça m'apprendra à bavasser.

« Cela m'étonnerait, répondit-il froidement. C'est *moi* qui l'ignorais. *Sorry*, j'étais mal informé. »

Il y eut un silence glacial. Marchons au culot, pensait Thomas, je n'ai pas le choix. Il dévisagea le lieutenant avec hauteur.

« Le temps presse, dit-il d'un ton bref. Où allons-nous ? »

Le lieutenant lui rendit calmement son regard.

« Chez le professeur Débouché, dit-il avec lenteur. Il nous attend au moulin de Gargilesse.

— Toutes les agglomérations sont truffées de miliciens vichyssois », expliqua Yvonne. Au grand déplaisir de Thomas, elle échangea un bref regard avec le lieutenant. Le maire et le potier sont sans conséquence, se dit-il. Le lieutenant et Yvonne sont dangereux. Mortellement dangereux.

« Qui est le radio de votre groupe ? demanda-t-il.

— Moi », répondit la blonde, les lèvres serrées.

Bien sûr. Il ne manquait plus que ça.

Le professeur Débouché ressemblait à Albert Einstein : un petit homme râblé avec un énorme crâne de savant. Il avait des yeux tristes et doux, et un occiput protubérant. Il examina Thomas Lieven longuement, sans dire un mot. Thomas s'efforçait de supporter avec sang-froid ce regard calme et pénétrant. Il eut chaud et froid à tour de rôle. Cinq personnes l'entouraient en silence.

Soudain, le professeur posa les deux mains sur les épaules de Thomas Lieven.

« Soyez le bienvenu ! dit-il. (Puis, s'adressant aux autres :) Tout va bien, mes amis. Je sais reconnaître un brave homme. »

L'attitude des quatre résistants changea d'une seconde à l'autre. Guindés et silencieux un instant plus tôt, ils parlaient à présent tous à la fois, appliquaient des claques sur l'épaule de Thomas et se comportaient comme s'il eût été un vieil ami.

Yvonne s'avança. Ses yeux brillants étaient verts comme la mer et très beaux. Elle passa ses bras autour du cou de Thomas et l'embrassa sur la bouche. Le sang lui monta à la tête, car Yvonne embrassait avec la passion d'une patriote qui exprime, dans son baiser, les remerciements de la nation. Puis :

« Le professeur Débouché, dit-elle, rayonnante, ne se trompe jamais, quand il s'agit d'apprécier la valeur d'un homme. Nous lui faisons entièrement confiance. C'est notre Bon Dieu à nous. »

Le vieil homme leva les mains en signe de protestation.

Yvonne était toujours près de Thomas.

« Vous avez risqué votre vie pour notre cause, dit-elle d'une voix rauque et excitante. Et nous nous sommes défiés de vous. Cela vous a sans doute blessé. Pardonnez-nous. Je vous en prie ! »

Thomas contempla le doux savant aux cheveux blanchis, l'homme des cavernes, le lieutenant avare de paroles, le gros maire rigolo : tous ces gens qui aimaient leur pays. Ce serait à vous de me pardonner, pensait-il. J'ai honte. Que devais-je faire ? Que pouvais-je faire ? Je voulais — et je veux toujours — vous sauver la vie. Et la mienne en même temps.

Thomas avait apporté de vraies conserves de l'armée anglaise, de vraies cigarettes anglaises, du tabac à pipe et du scotch avec l'étiquette « For Members of His Majesty's Royal Air Force Only ». Toutes ces belles choses provenaient des prises de l'armée allemande.

Les partisans débouchèrent une bouteille et le fêtèrent comme un héros. Il se sentit de plus en plus honteux.

Pour paraître plus anglais, il fuma la pipe, ce qui ne lui était jamais arrivé. La fumée lui raclait la gorge. Le whisky avait un goût d'huile. D'être considéré par tous comme un ami, un camarade, lui donnait des nausées. Ils le traitaient avec admiration et respect. Et la façon qu'avait Yvonne de le dévisager ! Cette froide intellectuelle, dont les yeux brillaient à présent d'un éclat humide, dont les lèvres étaient entrouvertes...

« Ce qu'il nous faut d'urgence, dit le potier chevelu, c'est de la dynamite et des munitions pour nos armes. »

Le lieutenant Bellecourt l'informa que les membres du maquis de Crozant, environ soixante-cinq personnes, avaient pillé deux dépôts d'armes français et un dépôt allemand.

« Nous possédons, dit-il, non sans fierté, trois cent cinquante carabines Lebel, soixante-huit mitraillettes anglaises, marque Sten, trente lance-grenades allemands de cinquante millimètres, cinquante fusils mitrailleurs, modèle FN, et vingt-quatre autres de l'armée française. »

Bon appétit, pensait Thomas.

« Sans compter dix-neuf mitrailleuses Hotchkiss à trépied.

— Mais pas de munitions », dit le maire de Crozant.

C'est déjà mieux, pensait Thomas.

« Nous informerons Londres en détail, dit le vieux professeur. Ayez la bonté de nous expliquer le code et le fonctionnement du poste, mon capitaine. »

Thomas commença d'expliquer. Yvonne comprit immédiatement le système de chiffrage, basé sur l'interversion multiple des lettres et l'introduction de groupes de plusieurs lettres à la place d'une seule. Thomas devint de plus en plus triste. C'est moi qui ai manigancé tout ça, pensait-il. Et ça marche. J'espérais que ça marcherait. Et maintenant...

Il brancha l'appareil.

« Il est deux heures moins cinq, dit-il. A deux heures précises, Londres attend notre premier message. Sur la fréquence de sept cent soixante-treize kilohertz. (C'était le réglage effectué par les techniciens allemands.) Vous vous annoncerez toujours comme « Rossignol dix-sept ». Vous appelez le poste deux cent trente et un, au War Office, Londres. C'est le bureau du colonel Buckmaster, de la Special Operation Branch. (Il se leva.) A vous, mademoiselle. »

Ils avaient chiffré le premier message en commun. Maintenant, tous surveillaient leurs montres. Les aiguilles des secondes faisaient le tour de la dernière minute avant deux heures du matin. Encore quinze secondes. Encore dix. Encore cinq. Encore une...

Voilà !

Yvonne se mit à transmettre. Les hommes se serraient autour d'elle : le gros maire, le maigre lieutenant, le vieux professeur, le potier hirsute.

Thomas se tenait légèrement en dehors du groupe.

C'est parti, pensait-il. Irrémédiablement. Que le Ciel vous protège, tous. Et moi aussi...

« Coucou, dit le caporal Schlumberger, originaire de Vienne, les voilà ! » Muni de ses écouteurs, il était assis devant le poste. A une autre table, le caporal Raddatz examinait avec l'intérêt d'un connaisseur les photographies d'un magazine « artistique » français.

Schlumberger lui fit signe.

« Laisse tomber les pépées. Viens par ici ! »

En soupirant, le caporal Raddatz, de Berlin-Neukölln, détourna son regard d'une beauté à peau d'ébène et prit place à côté de son collègue.

« Encore quelques conneries comme ça », grogna-t-il en coiffant son casque d'écoute, et la victoire finale est dans la poche !

Tous deux notèrent le texte qui leur parvenait sous forme de signaux longs et courts, à travers nuit et brouillard et des centaines de kilomètres, transmis par une main de femme à partir d'un vieux moulin sur les bords de la Creuse.

Le texte correspondait exactement à celui que Schlumberger avait sous les yeux et que lui avait remis Thomas Lieven, leur nouveau et étrange patron, en quittant Paris huit heures auparavant.

« gr 18 34512 etkgo nspon crags », commençait le texte étalé sur la table du caporal viennois. Et c'était bien « gr 18 34512 etkgo nspon crags » qu'il recevait sur la fréquence 1773.

« Ça marche comme sur des roulettes, grommela le Viennois.

— Et si les gars de Londres étaient à l'écoute, eux aussi ? s'enquit le caporal de Neukölln.

— Sur cette fréquence-là, ça m'étonnerait », dit Schlumberger.

Ils se trouvaient dans une mansarde de l'hôtel Lutétia. Schlumberger notait les signaux. Raddatz bâillait.

« Dis donc, Karl, demanda-t-il, ça t'est déjà arrivé de t'envoyer une négresse ?

— Tu veux enfin la boucler, oui ?

— Si nous autres Allemands, dit sombrement Raddatz, on s'intéressait un peu plus aux bonnes femmes, on ferait un peu moins la guerre. »

Schlumberger écrivait toujours.

« De la crotte, tout ça, dit Raddatz. Le dernier minus le comprendrait, qu'on ne peut plus la gagner, cette guerre. Pourquoi qu'ils n'en finissent pas, ces généraux de merde ? »

Dans les écouteurs de Schlumberger, les signaux cessèrent. Il se pencha en arrière, puis transmit, conformément à ses instructions : « Restez à l'écoute. »

« Je te demande, grogna Raddatz, pourquoi qu'ils n'en finissent pas, ces salauds-là ?

— Impossible. Hitler, il les collerait tous au mur.

— Hitler ! Hitler ! Quand j'entends ça ! Hitler, c'est nous tous. Parce qu'on l'a élu. Et qu'on a gueulé « Heil ». Ce qu'on a pu être cons ! Fallait réfléchir, au lieu de tout gober. »

Ils poursuivirent encore quelque temps cette conversation peu martiale, puis Schlumberger se mit à transmettre le message chiffré que lui avait laissé le « Sonderführer Lieven ». En clair, le texte en était le suivant :

« Poste 231 war office london à rossignol 17 — bien reçu message — vous saluons comme nouveau membre de notre special operation branch — prenez contact tous les jours à l'heure convenue — vos instructions vous seront notifiées — le capitaine Everett sera recueilli aujourd'hui 4 avril 1943...

-... vers 18 heures dans la clairière par appareil lysandre — vive la France, vive la liberté — buckmaster — terminé - », déchiffrèrent cinq hommes et une jeune femme dans un moulin des bords de la Creuse. Puis, ils firent des bonds d'enthousiasme, s'embrassèrent à tour de rôle et dansèrent de joie.

Vers trois heures du matin, tout le monde alla se coucher.

Yvonne avait prié Thomas de lui monter le mode d'emploi du poste dans sa chambre. La brochure anglaise à la main, il frappa à sa porte. Il était fatigué. Il était triste. La pensée de Chantal ne le quittait pas...

« Un instant ! » fit la voix d'Yvonne de l'autre côté de la porte. Elle vient de se déshabiller, pensait-il, et est en train de passer un peignoir. Il attendit. Puis, il entendit : « Entrez, capitaine ! »

Il ouvrit la porte.

Il s'était trompé. Si Yvonne avait eu un peignoir sur elle au moment où il avait frappé, elle s'en était débarrassée depuis. Car elle se tenait devant lui, dans la petite chambre rustique et surchauffée, comme le Bon Dieu l'avait créée.

Oh ! non, se dit Thomas, pas ça ! D'abord, elle s'est défiée de moi. A présent, elle me fait confiance et veut me le prouver... Non, je ne peux pas faire ça. Chantal, ma pauvre chérie...

Il posa la brochure sur une commode, rougit comme un collégien et dit vivement :

« Je vous demande mille fois pardon. »

Puis, il quitta la chambre.

Yvonne demeura immobile. Ses lèvres frémissaient. Mais elle ne pleura pas. Elle serra les poings. Ses sentiments subirent un brusque changement. Ce salaud. Ce pisse-froid britannique. Il va me payer ça.

Le temps d'ouvrir et de refermer une porte, une femme, prête à l'amour, était devenue une ennemie mortelle.

Au matin, Yvonne avait disparu, aucun des hommes ne savait où. Dans sa chambre, ils découvrirent un mot : « Vous ai précédés à Clermont-Ferrand. Yvonne. »

« Quelle idée ! dit le gros maire avec humeur. Qui va faire la cuisine, maintenant ? Nous qui voulions vous offrir un repas d'adieu, mon capitaine !

— Si ces messieurs voulaient me laisser la disposition du fourneau...

— Non ? Vous savez donc faire la cuisine ?

— Un peu », dit Thomas avec modestie. Par conséquent, il prépara le repas. Comme il n'avait guère le choix, ce fut un repas très, très anglais. Il n'ignorait pas, pourtant, que ce mode culinaire risquait de ternir sa réputation auprès de convives français.

Mais son roast-beef rencontra une approbation unanime. Seuls les légumes qui accompagnaient la viande suscitèrent la critique du maire :

« Dites-moi, tout cela est cuit uniquement à l'eau salée ?

— Oui, dit Thomas en retirant quelques poils de moustache de sa bouche. C'est ainsi que nous l'aimons, nous autres Anglais. »

Il poursuivait une double conversation, car en même

MENU

Roast-beef avec garniture de légumes et « dripping-cake »
Pouding anglais aux pommes

4 avril 1943

LA CUISINE DE THOMAS LIEVEN APPRIVOISE
MEME DES RESISTANTS...

Roast-beef

Placez dans la poêle un morceau de
côte de bœuf désossé et bien rassis,
arrosez-le largement de beurre bouillant additionné d'un peu de graisse de
rognons et faites saisir rapidement de
tous côtés. Salez et poivrez. — Intro-
duisez la poêle dans le four préalablement chauffé et laissez cuire la
viande pendant 45 minutes, d'abord à
feu vif, puis à feu moyen. Arrosez
souvent, mais évitez, autant que possible, d'ajouter de l'eau. Vous pouvez
retourner la viande à plusieurs reprises, mais vers la fin de la cuisson la
barde devra être placée vers le haut.
Ne découpez pas la viande aussitôt
que vous l'aurez retirée de la poêle,
sinon elle perdra son jus et prendra
un aspect grisâtre. Laissez reposer le
rôti pendant quelques minutes. —
Vous pouvez également faire cuire
le roast-beef sur le gril et utiliser la
graisse de cuisson pour le « dripping-
cake ».

« Dripping-cake »

Battez 5 à 6 œufs avec 125 g de
farire, un bon demi-litre de lait et
un peu de sel. Versez dans la graisse
de cuisson chaude du roast-beef. Laissez cuire 10 minutes à peine, à bon
four. Le fond aura pris couleur et la
surface devra être légèrement prise.
— Coupez le « dripping-cake » en
morceaux et garnissez-en le roast-beef

détaillé en tranches. — Vous pouvez
préparer le même plat sans le roast-
beef : dans ce cas, vous le ferez
cuire avec des dés de lard fondu
et le présenterez comme « Yorkshire
pudding ».

Pouding aux pommes

Prenez une livre de farine tamisée,
une demi-livre de graisse de rognons
ferme, trempée dans l'eau pendant
une nuit et hachée très fin, une bonne cuillerée de gingembre en poudre,
un peu de sel. Mélangez bien le
tout. Ensuite, avec de l'eau froide,
faites-en une pâte qui ne doit pas
coller aux doigts. Etendez-la au rouleau, placez une serviette dans un
plat profond, saupoudrez-la d'un peu
de farine et rangez-y la pâte. Remplissez celle-ci de pommes acides,
pelées et coupées en quartiers, rabattez la pâte par-dessus et pressez bien
les bords. Nouez la serviette. Laissez
cuire 2 heures sans interruption, à
gros bouillons, dans de l'eau additionnée de deux cuillerées à bouche de
sel. — Servez sans sauce, avec du
sucre en poudre. — On peut considérablement améliorer le pouding en
faisant étuver pendant quelques minutes les pommes coupées — avant
de les placer dans la pâte — avec
du beurre, des raisins secs (100 g de
Smyrne et 100 g de Corinthe), 50 g
de citronnat et d'orangeat haché, un
peu de sucre et un peu de rhum.

temps le professeur Débouché lui racontait les déboires rencontrés à Clermont-Ferrand par la Résistance avec les faux papiers :

« Depuis peu, les patrouilles de contrôle exigent à la fois la carte d'identité et la carte d'alimentation. A votre avis, capitaine, quelle serait la meilleure façon de nous protéger ?

— De quoi est faite la garniture du roast-beef ? demanda le maire goulu.

— Une chose après l'autre, répondit Thomas Lieven. La pâte est faite d'œufs, de lait et de farine, le tout battu ensemble. *Sans* roast-beef, nous appelons ce plat « Yorkshire pudding » ; *avec* roast-beef, « Dripping cake ».

Puis, il consacra de nouveau son attention au professeur. Les secondes qui suivirent firent de lui le fondateur d'une super-officine de faux documents.

« Etablissez vos faux papiers sans faille, monsieur le professeur, dit-il. Vous avez sûrement des hommes dans toutes les administrations, n'est-ce pas ? Tout doit correspondre : carte d'identité, livret militaire, bulletin de recensement, cartes d'alimentation et de tabac. *Un seul* faux nom pour le tout, enregistré auprès de *tous* les services... »

La suggestion de Thomas Lieven fut adoptée et bientôt exploitée d'une manière qui fit se dresser les cheveux sur la tête des Allemands ! Une avalanche de « faux vrais papiers » submergea la France et sauva bien des vies humaines.

Le 4 avril 1943, entre chien et loup, un Lysandre de la R.A.F. atterrit dans la petite clairière, au-dessus de laquelle Thomas Lieven avait été largué dix-huit heures auparavant. Un pilote revêtu d'un uniforme britannique se tenait aux commandes. Ce pilote était originaire de Leipzig. Il avait été choisi par l'Abwehr parce qu'il parlait l'anglais, malheureusement avec l'accent saxon.

Aussi parlait-il peu et se contentait-il surtout de saluer...

à l'allemande, ce qui fit se figer le sang dans les veines de Thomas Lieven.

D'un geste martial, le pilote levait sa main droite à la tempe, la paume dirigée vers la joue, et non pas vers l'avant comme faisaient les Anglais.

Aucun des nouveaux amis français de Thomas Lieven ne parut le remarquer. Il y eut des accolades, des poignées de main viriles et des échanges de bons vœux.

« Bonne chance ! crièrent les hommes. (Thomas grimpa dans l'appareil, apostrophant à voix basse le pilote :) Espèce de crétin ! »

Puis il leva les yeux. Là-bas, à l'orée du bois, se tenait, immobile, Yvonne. Ses mains étaient enfouies dans les poches de sa veste. Il agita le bras. Elle ne bougea pas. Il répéta le geste. Elle demeura de marbre.

Alors, tandis qu'il se laissait retomber sur le siège, il sut que cette femme n'en avait pas terminé avec lui. Loin de là !

L'opération « Rossignol 17 » se déroulait sans bavures, comme Thomas l'avait espéré.

Tous les soirs, vers vingt et une heures, le maquis de Crozant s'annonçait auprès des caporaux Schlumberger et Raddatz à l'hôtel Lutétia, attendait le déchiffrage de ses communications et recevait ensuite les réponses appropriées du « colonel Buckmaster, poste 231, War Office, Londres ».

Deux autres hommes assistaient également à ce rituel : le colonel Werthe, et ce même capitaine Brenner qui suivait depuis si longtemps et avec tant d'intérêt la carrière de Thomas Lieven.

En la personne du capitaine Brenner, Thomas fit connaissance avec le type même du soldat de métier : froid, borné, pédant, ni malhonnête ni nazi, mais un vrai « fayot », très service-service, qui travaillait comme une machine, sans sentiments, sans idées critiques et pratiquement sans cœur.

Aussi Brenner, un petit homme avec une raie tirée au

cordeau, des lunettes à monture d'or et des gestes éner-
giques, ne comprit-il rien, dès le départ, à «tout ce
cinéma Rossignol 17 », comme il s'exprimait.

Au début, Thomas expédiait aux gens du maquis de
Crozant des instructions dilatoires. Cependant, « Rossignol 17 » demandait à agir. Les partisans voulaient prendre l'offensive. Ils réclamaient des munitions pour leurs
armes !

Là-dessus, l'équipage allemand d'un avion anglais
capturé largua, par une tiède nuit de mai, quatre para-
chutes avec des caisses de munitions au-dessus des
forêts entre Limoges et Clermont-Ferrand. Ces munitions
n'avaient qu'un seul défaut : ni leur type ni leur calibre
ne correspondaient aux armes du maquis de Crozant...
La conséquence fut un échange interminable de messages-radio. De nouveau, les jours passèrent. « Londres »
regrettait l'erreur qui avait été commise. On la répare-
rait aussitôt qu'on mettrait la main sur les munitions
adéquates pour ces armes qui provenaient, en partie,
des stocks allemands et français.

« Londres » chargea le maquis de Crozant de constituer
des dépôts de vivres. C'était un fait connu que la population de cette région d'accès difficile souffrait de la faim.
Et des hommes affamés pouvaient se transformer en
fanatiques dangereux...

De nouveaux appareils anglais prirent l'air, dirigés par
des pilotes allemands. Cette fois-ci, ils parachutèrent
des conserves de prise anglaises, des médicaments
anglais, du whisky, des cigarettes et du café.

Le capitaine Brenner ne comprenait plus rien à un
semblable univers :

« Nous, nous buvons du Pernod falsifié, et MM. les
Résistants boivent du whisky d'origine ! Moi, je fume
des gauloises, et ces terroristes sans doute des Henry
Clay ! Ne voilà-t-il pas que nous les dorlotons, ces gaillards, pour qu'ils deviennent gros et gras ! C'est de la
démence, messieurs, de la démence pure !

— Ce n'est pas de la démence, rétorqua le colonel

Werthe. Lieven a raison. C'est la seule manière d'empêcher ces gens de devenir dangereux. Une fois qu'ils
auront fait sauter des voies de chemin de fer et des centrales électriques, ils s'égailleront dans toutes les direc-
tions et nous n'en attraperons aucun. »

En juin 1943, « Rossignol 17 » s'agita tellement que
Thomas changea de tactique : à présent, des avions
anglais à équipages allemands parachutèrent au-dessus
de la région des munitions qui correspondaient réellement aux armes.

Mais peu de temps après, le maquis de Crozant reçut
les ordres suivants :

« Le maquis de Marseille a été chargé d'opérations de
sabotage et de commando de grande envergure, il
est indispensable que vous mettiez passagèrement vos
armes et vos munitions à la disposition de vos camarades. »

L'émetteur-radio de Crozant poussa de hauts cris.

Mais « Londres » demeura inflexible. Le maquis de
Crozant fut informé avec précision du lieu et de l'heure
où devrait être effectuée la remise des armes.

Aussi celles-ci changèrent-elles de propriétaire par une
nuit d'orage, dans les bois bordant la route de Bellac à
Mortemart. Les nouveaux propriétaires, qui avaient pris
des allures très françaises, s'éloignèrent à bord de plusieurs camions. Lorsqu'ils furent de nouveau entre eux,
ils conversèrent, comme à l'ordinaire, dans le jargon du
troufion allemand.

Début juillet, le colonel Werthe apprit par le truchement du radio félon du maquis de Limoges que le maquis
de Crozant « en avait marre de Londres ». Une certaine
Yvonne Deschamps excitait les hommes. Etaient-ils vraiment en rapport avec Londres ? Car ce capitaine Everett,
clamait cette Yvonne de malheur, ne lui avait pas paru
bien catholique. Et encore moins le pilote de la R.A.F.
qui était venu le chercher. Car celui-là avait salué comme
un boche.

« Merde alors, dit Thomas lorsqu'il apprit la chose. Je

savais bien que ça arriverait un jour. Il ne reste plus qu'une solution, colonel.

— A savoir ?

— Il faut que nous donnions à « Rossignol 17 » l'ordre et la possibilité d'exécuter un acte de sabotage *authentique* et *sérieux*. Nous devons sacrifier *un* pont, *une* ligne de chemin de fer ou *une* centrale électrique, pour sauver, le cas échéant, *beaucoup* de centrales, de ponts ou de lignes. »

Le capitaine Brenner, qui assistait à l'entretien, ferma les yeux.

« Il a perdu la boule ! gémit-il. Le Sonderführer Lieven a perdu la boule. »

Le colonel Werthe manifesta également une certaine agitation :

« Il y a des limites à tout, Lieven. Vraiment ! Mais qu'est-ce que vous me demandez là !

— Je vous demande un pont, colonel ! se mit à hurler soudain Thomas. Sans blague, il doit bien exister un pont, en France, dont nous puissions nous passer ! »

LIVRE TROISIÈME

1

L'ascenseur s'arrêta au dernier étage de l'hôtel Lutétia, réquisitionné par les services de l'Abwehr. Un homme âgé de trente-quatre ans en sortit. Il était mince, de taille moyenne et possédait une moustache de phoque.

Le maigre caporal berlinois Raddatz glissa dans sa poche le dernier numéro du magazine de nus « Régal » et se leva d'un bond en claquant les talons :

« Heil Hitler, chef !

— Les caporaux Raddatz et Schlumberger du service radio, à vos ordres, chef ! beugla le Viennois en adoptant une attitude exagérément martiale.

— Heil Hitler ! bande de trous du cul, répondit en souriant celui qui était sans conteste le plus bizarre des chefs d'opérations spéciales que le Troisième Reich eût produits. Avez-vous écouté Londres, déjà ?

— Oui, chef, annonça le Viennois, toujours au garde-à-vous. A l'instant même. »

Les trois hommes se voyaient tous les soirs depuis des semaines, et tous les soirs, avant l'arrivée des autres, ils faisaient un usage parfaitement illégal des remarquables installations radio de l'armée allemande. Ils écoutaient Londres chaque jour.

« Churchill a fait un discours, dit le gros Schlumberger. Si les Italiens continuent à marcher avec nous, maintenant que Mussolini l'a dans l'os, ils auront droit à leur correction. »

Le 25 juillet, cinq jours auparavant, Victor-Emmanuel, roi d'Italie, avait fait arrêter Mussolini. A la même date eurent lieu des attaques de jours sur Cassel, Remscheid, Kiel et Brême.

« Nom de nom, ce que ça va vite, soupira Raddatz. En Russie, on se fait botter les fesses au lac Ladoga et, à Orel, on met les bouts à toute pompe. Les Italiens, ils en prennent plein la gueule en Sicile.

— Et ces messieurs, à Berlin, dit Thomas en s'asseyant, continuent à faire les farauds. Et pas question d'en finir. Pas question. »

Schlumberger et Raddatz, deux planqués de la première heure qui connaissaient toutes les ficelles, hochèrent la tête d'un air sombre. Ils avaient recueilli quelques informations sur Thomas Lieven. Ils savaient qu'il avait été torturé par la Gestapo, avant que le colonel Werthe l'eût sauvé d'une mort certaine dans les caves du SD, avenue Foch.

Entre-temps, il s'était d'ailleurs fort bien remis de sa détention et des terribles séances d'interrogatoire. A plusieurs endroits, son corps présentait encore d'épouvantables cicatrices, mais elles étaient recouvertes par les vêtements impeccables dont, une fois de plus, il disposait à présent.

« Le colonel Werthe et le capitaine Brenner ne vont pas tarder, dit Thomas. En attendant, je vous prie de chiffrer ce message. »

Il posa une feuille de papier sur la table de Raddatz. Le Berlinois lut avec stupéfaction.

« Nom de nom, dit-il. De plus en plus fort ! Comme ça, on va évidemment finir par la gagner quand même, cette guerre. Regarde-moi ça, Karl. »

Le Viennois lut et se gratta la tête :

« Moi, j'y renonce, fut son bref commentaire.

— Mais non, mais non, dit Thomas. Chiffrez-moi ce texte plutôt. »

Ce texte était le suivant :

- à rossignol 17 - bombardier raf larguera le 1er août entre 23 heures et 23 h 15 un container de plastic au-dessus du carré 167 - le 4 août à 00 h 00 précise vous ferez sauter pont noir entre gargilesse et eguzon - soyez exacts - bonne chance - buckmaster -

« Eh bien, messieurs, dit Thomas, que signifient ces regards éperdus ?

— C'est encore une des blagues du patron, Georges, dit le Viennois. Ça doit être un petit pont de merde, tu comprends ?

— Ce pont, messieurs, dit Thomas avec un sourire fatigué, franchit la Creuse, rejoint la nationale 20 et est l'un des plus importants de tout le Massif central. Il commande la localité d'Eguzon où se trouve le barrage de la centrale électrique qui alimente en courant la majeure partie du Centre de la France.

— Et c'est justement ce pont-là qui va prendre le paquet ?

— Que Dieu le veuille ! dit Thomas. J'ai eu assez de mal à le trouver, ce pont-là. »

Thomas s'était mis en quête d'un pont dès le 4 juillet 1943. Il se fixa comme premier but le Q.G. du général von Rundstedt, commandant en chef dans les territoires de l'ouest. Là, il s'entretint avec trois commandants auxquels il fit solennellement jurer le secret de présenter sa modeste requête.

Le premier commandant l'adressa au second qui l'envoya chez le troisième. Le troisième commandant le flanqua à la porte et fit un rapport à son général. Le général expédia ce rapport à l'hôtel Lutétia, en faisant savoir qu'il était fermement opposé à toute ingérence de l'Abwehr dans toutes les questions d'ordre militaire, dont relevait, de toute évidence, une affaire telle que la destruction d'un pont !

Entre-temps, les pieds ailés de Thomas l'avaient déjà porté à la section technique de l'état-major, où il exposa sa demande à un certain commandant Ledebur. Il était 11 h 18.

A 11 h 19, le téléphone sonna sur le bureau du pédant et ambitieux capitaine Brenner, à l'hôtel Lutétia. Le petit officier de carrière à la raie tirée au cordeau et aux lunettes à monture d'or décrocha le combiné et s'annonça. Puis, il s'inclina avec raideur, car il apprit qu'il se trouvait en communication avec un certain commandant Ledebur.

Les paroles de son supérieur hiérarchique firent affluer le sang au visage du capitaine.

« M'y suis toujours attendu, mon commandant ! aboyat-il. Tout à fait mon avis ! Mais, moi, j'ai les mains liées ! A mon grand regret, mon commandant, je suis obligé de vous mettre en rapport avec le colonel Werthe. »

Ce qu'il fit. Contrairement au capitaine, le colonel blêmit lorsqu'il entendit ce que le commandant avait à dire.

« Merci de m'avoir informé, commandant, dit-il enfin avec peine. Très aimable à vous. Mais je puis vous rassurer : le Sonderführer Lieven n'est pas fou. En aucune façon ! Je viendrai le chercher moi-même. »

Il raccrocha. Le capitaine Brenner s'était approché. Ses verres de lunettes jetaient des éclairs.

« Mon colonel, je me permets respectueusement de vous faire remarquer que j'ai prodigué les avertissements en ce qui concerne cet homme. Il n'est *vraiment* pas normal !

— Il est aussi normal que vous et moi ! En plus, Canaris ne jure que par lui. Entre nous : son idée de lutter contre la Résistance par des moyens pacifiques n'était-elle pas la meilleure de toutes ? Réveillez-vous, Brenner, nom de Dieu ! Rien qu'au cours du dernier mois, les maquis français ont perpétré deux cent quarante-trois meurtres, trois cent quatre-vingt-onze attaques de trains et huit cent vingt-cinq actes de sabotage

dans l'industrie ! Le calme ne règne que dans un seul secteur : à Gargilesse. *Son* secteur ! »

Le 11 juillet, Thomas Lieven atterrit au Q.G. de l'Organisation Todt. Il était censé s'y adresser à un ingénieur
du nom de Heinze. Et c'était bien *Heinze* qu'il lut sur la
porte qu'il ouvrit ce jour-là vers onze heures du matin.
Le bureau où il pénétra contenait deux grandes tables à
dessin, devant lesquelles se disputaient deux hommes de
haute taille. Ils se disputaient si fort que l'apparition de
Thomas Lieven passa inaperçue. Tous deux portaient
des blouses blanches par-dessus leurs uniformes et ges-
ticulaient en criant.

« Je décline toute responsabilité ! Le premier tank qui
y passe peut provoquer l'effondrement !

— Bravo ! Le prochain pont qui franchit la Creuse, il
faut aller le chercher à Argenton !

— Je m'en fous ! Ces messieurs feront le détour ! Je
vous le répète : le Pont Noir de Gargilesse représente un
danger public ! Le soutènement de la chaussée est fissuré
sur des mètres et des mètres ! Mon vérificateur a failli
avoir une attaque !

— Renforcez la construction avec des étais de fer.

— Quelle idée ! Vous savez très bien que ça ne sert à
rien. »

Le pont de Gargilesse, pensait Thomas. Fantastique.
Absolument fantastique. Ne dirait-on pas que la vérité a
couru à la poursuite de mes désirs et de mes rêves ? Et
voilà qu'elle m'a rattrapé...

« Songez à la centrale électrique ! Au barrage ! Si le
pont saute, la panne d'alimentation est inévitable.

— Pas si c'est *nous* qui le faisons sauter ! Rien ne nous
empêche de modifier les branchements auparavant. Mais
si, demain, ce machin s'effondre de lui-même, *alors* vous
pourrez parler de panne ! Je... qu'est-ce que c'est ? »

La présence de Thomas Lieven avait été enfin remar-
quée. Il s'inclina.

« J'aurais voulu avoir un entretien avec M. Heinze, dit-il doucement.

— C'est moi. De quoi s'agit-il ?

— Monsieur, dit Thomas, je crois que notre future collaboration s'annonce sous les meilleurs auspices... »

Cette collaboration, en effet, se déroula d'une manière absolument parfaite. Dès le 15 juillet, les plans de l'organisation Todt et ceux de l'organisation Canaris concernant l'avenir du Pont Noir, au sud de Gargilesse, avaient été entièrement coordonnés. A présent, Thomas, alias le « colonel Buckmaster, War Office, Londres », transmit au maquis de Crozant les instructions suivantes :

- établissez immédiatement une liste des ponts importants de votre secteur - notez type et fréquence des mouvements de troupes -

Pendant des jours et des nuits, les résistants se tinrent aux aguets, embusqués sous des arches de ponts, camouflés dans des couronnes d'arbres, perchés dans des greniers de moulins et de fermes. Ils avaient des jumelles, du papier et un crayon. Ils comptaient les tanks, les camions et les motocyclettes. Et tous les soirs, à vingt et une heures, ils transmettaient à « Londres » le résultat de leurs observations. Il y avait le pont de Feurs. Le pont de Mâcon. Le pont de Dompierre. Le pont de Nevers. Et le grand Pont Noir, au sud de Gargilesse, devant le barrage de la centrale d'Eguzon.

Le 30 juillet, vers vingt et une heures, Yvonne Deschamps, le professeur Débouché, Cassier, le maire, le lieutenant Bellecourt et Emile Rouff, le potier, étaient assemblés dans la salle du vieux moulin de Gargilesse. Epaisse à couper au couteau, la fumée des cigarettes flottait dans la pièce.

Yvonne avait coiffé ses écouteurs. Elle prenait le message chiffré que le gros caporal Schlumberger lui expédiait de Paris :

« sv. 54621 lhvhi rhwea ctbgs twoee...

Les hommes qui entouraient Yvonne Deschamps avaient le souffle court. Le professeur polissait les verres de ses lunettes. Le lieutenant Bellecourt passait sans arrêt sa langue sur ses lèvres sèches.

« ... sntae siane krodi lvgap », transmettait Schlumberger de l'étage supérieur de l'hôtel Lutétia à Paris. Les hommes qui l'entouraient — Thomas Lieven, le petit capitaine Brenner et le colonel Werthe — avaient le souffle court. Brenner retira ses lunettes à monture d'or et se mit à polir les verres avec minutie.

A 21 h 20, « Londres » cessa de transmettre. Dans l'antique et pittoresque moulin sur les bords de la Creuse, les chefs du maquis de Crozant déchiffrèrent le message reçu, ce message qui commençait par les mots :

- à Rossignol 17 - bombardier raf larguera le 1er août entre 23 heures et 23 h 15 un container de plastic au-dessus du carré 167 - le 4 août à 00 h 00 précise vous ferez sauter pont noir entre gargilesse et eguzon... -

Une fois le radiogramme déchiffré, ils parlèrent tous en même temps. Seule Yvonne garda le silence. Les mains croisées sur les cuisses, elle demeura assise devant le poste. Sa pensée allait à ce bizarre capitaine Everett, dont la personne avait tant éveillé sa méfiance.

Le professeur parlait avec les hommes. Yvonne l'entendait à peine. Le cours que suivaient ses pensées, ses pressentiments, était déraisonnable, insensé même. Et pourtant, et pourtant ! Avec une certitude douloureuse, elle savait qu'un jour — Dieu sait où, Dieu sait quand — elle reverrait ce capitaine Everett...

Autour d'elle, le ton montait. Yvonne sursauta. Elle comprit qu'une dispute avait éclaté entre le maire, le potier et le professeur.

« C'est *mon* pays, ici ! dit l'ambitieux Cassier en frappant sur la table. Je le connais comme ma poche ! C'est *moi* qui dirigerai le plasticage !

— On ne cogne pas sur la table ici, mon ami, dit calmement le savant. C'est le lieutenant Bellecourt qui sera chargé de la conduite des opérations. C'est un spécialiste. Vous suivrez ses ordres.

— Toujours Bellecourt ! s'agita le maire. C'est dégueulasse ! Qui a fondé le maquis de Crozant ? Rouff, moi et quelques cultivateurs.

— Parfaitement ! s'écria le potier. Des gens d'ici ! Vous autres, vous n'êtes arrivés qu'après. »

Yvonne s'obligea à ne plus penser au capitaine Everett.

« Cessez de vous disputer, dit-elle d'un ton froid. Nous ferons comme le professeur a dit. Il est exact que nous nous soyons joints à vous plus tard. Mais c'est *nous* qui avons monté ce maquis dans les règles de l'art. C'est grâce à *nous* que vous avez eu le poste. Et c'est *moi* qui vous ai appris à vous en servir. »

Le maire et le potier se turent. Mais par-dessus la tête d'Yvonne, ils échangèrent un regard rusé et malicieux, comme font les vieux paysans...

Le 1er août 1943, vers 23 h 10, un bombardier britannique récupéré par l'armée allemande largua, au-dessus du carré 167 mt, un grand container spécial, rempli de plastic « made in England ».

Le 2 août 1943, un certain Heinze, membre des services parisiens de l'Organisation Todt, se présenta à la centrale d'Eguzon et convint avec les ingénieurs responsables de toutes les mesures imposées par la destruction du pont qui avoisinait le barrage.

Le 3 août, le même Heinze se présenta chez le commandant d'un bataillon allemand et lui prescrivit, sous le sceau du secret, d'éloigner, le 4 août entre 23 h 30 et 0 h 30, tous les postes de garde du Pont Noir.

Le 4 août à 0 h 08, le Pont Noir explosa, comme prévu, dans un fracas de tonnerre. Personne ne fut blessé.

Le 5 août, vers 21 heures, les caporaux Schlumberger et Raddatz, baignés de sueur, étaient assis devant leurs appareils à l'hôtel Lutétia. Derrière eux se tenaient Thomas Lieven, le colonel Werthe et le capitaine Brenner.

« Rossignol 17 » fut exact au rendez-vous.

« Aujourd'hui, marmonna Schlumberger tout en écrivant, ce n'est pas la fille qui transmet. Ce doit être l'un des gars... »

Le texte transmis par « Rossignol 17 » fut long, plus long que jamais. Le message n'en finissait plus. Tandis que Schlumberger continuait de transcrire les signaux, Raddatz se mit au déchiffrage. La première partie du message correspondait aux prévisions de Thomas :

- ... mission pont noir accomplie conformément instructions reçues - le pont tout entier s'est écroulé suite explosion - vingt hommes ont participé directement à l'opération - lieutenant bellecourt s'est cassé la jambe avant début action - est soigné par amis à eguzon - présent message transmis par émile rouff - professeur débouché et yvonne deschamps se trouvent clermont-ferrand...

Werthe, Brenner et Thomas regardaient par-dessus l'épaule de Raddatz qui déchiffrait toujours.

Ce triple abruti, là-bas, pensait Thomas en blêmissant, pourquoi faut-il qu'il cite des noms ?

Avant qu'il ait pu intervenir d'une manière quelconque, il sentit que Raddatz lui marchait sur le pied. Il dévisagea le caporal. Les yeux du Berlinois reflétaient une expression de stupeur atterrée. Au même instant, Schlumberger lui tendit une nouvelle feuille. Raddatz renâcla avec désespoir.

« Qu'y a-t-il ? demanda Brenner en s'approchant brusquement.

— Je... je... rien ! déclara le Berlinois.

— Donnez-moi ça ! »

Brenner lui arracha la feuille de la main et la souleva. Ses lunettes lançaient des éclairs.

« Ecoutez bien, mon colonel ! »

Une main de glace étreignit le cœur de Thomas,

pendant que Brenner lisait à haute voix le texte déchiffré par Raddatz :

« ... vous prions informer général de gaulle de notre action et lui faire connaître les noms des principaux et plus braves parmi nos camarades - éloges et distinctions influeraient heureusement sur le moral des combattants... »

Dieu du ciel, pensait Thomas, ça ne peut pas être vrai !

- ... après l'accident du lieutenant bellecourt le mérite essentiel de l'opération revient à cassier maire de crozant - au même titre à émile rouff de gargilesse - ont participé en outre... -

D'un air égaré, le caporal Schlumberger leva les yeux de son bloc-sténo.

« Continuez à transcrire ! » beugla Brenner.

Puis, le capitaine se tourna vers Thomas.

« Vous disiez, me semble-t-il, qu'il était impossible de s'emparer de cette racaille parce que nous ignorions les véritables noms et adresses, hein ? dit Brenner avec un ricanement métallique. Et bien, nous n'allons pas tarder à les apprendre ! »

Thomas était pris de vertige. Cette bande de saligauds, là-bas. Ces tristes jobards gonflés de vanité. J'ai toujours cru que *nous* étions les seuls à nous conduire comme ça. Les Français ne valent pas mieux. En vain. Tout avait été en vain.

Le colonel Werthe n'avait plus de bouche, tant ses lèvres étaient serrées.

« Veuillez quitter la salle de radio, monsieur Lieven, dit-il tout bas.

— Colonel, commença Thomas, je vous prie de considérer... »

Il s'interrompit, car il lisait dans les yeux gris de Werthe que rien de ce qu'il pourrait dire à présent n'influencerait cet homme.

En vain. Tout avait été en vain, à cause de quelques

imbéciles possédés par la rage de vouloir arborer, après la guerre, des bouts de ferblanterie sur leur poitrine...

Conformément au tour de garde, les caporaux Schlumberger et Raddatz furent relevés cinq minutes plus tard. Ils descendirent dans le hall de l'hôtel, où Thomas les attendait.

Schlumberger avait une mine d'enterrement.

« Cette andouille n'arrête pas de dégoiser, dit-il. Il en est à vingt-sept noms.

— A ces vingt-sept-là, dit Raddatz, ils leur tireront sans mal les noms des autres.

— Vous voulez dîner avec moi, les copains ? » demanda Thomas.

Comme souvent, au cours des derniers mois, ils allèrent Chez-Henri, un bistrot que Thomas avait découvert dans la rue Clément-Marot. Le patron vint en personne à leur table pour leur souhaiter chaleureusement la bienvenue. Chaque fois qu'il apercevait Thomas, il avait les larmes aux yeux.

Henri avait une belle-sœur juive allemande. Munie de faux papiers, celle-ci était cachée à la campagne. C'était Thomas qui lui avait procuré les papiers. A l'hôtel Lutétia, les occasions de mettre la main sur de faux documents étaient nombreuses et excellentes. Thomas en profitait de temps en temps. Le colonel Werthe le savait et gardait le silence.

« Quelque chose de léger, Henri », dit Thomas.

L'heure était déjà tardive, et il avait besoin de calmer ses nerfs. Ils composèrent le menu. Schlumberger présenta une requête.

« Dites-lui donc qu'il nous fasse des crêpes, s'il vous plaît ! »

Thomas traduisit. Henri disparut. Le silence s'abattit sur la table des trois amis. Un silence de plomb. Ce ne fut qu'à l'arrivée des rognons de mouton sur canapé que le Viennois s'avisa de murmurer :

« Brenner a appelé Berlin. Une opération spéciale est

prévue, là-bas, pour demain matin au plus tard. Ces types sont cuits, c'est clair comme de l'eau de roche. »

Le professeur Débouché, songeait Thomas. La belle Yvonne. Beaucoup, beaucoup d'autres. Pour l'instant, ils sont en vie. Pour l'instant, ils respirent encore. Bientôt, on les arrêtera. Bientôt, ils seront morts.

« Putain, dit Raddatz, voilà quatre ans que je me planque. J'ai jamais tué personne. C'est chiant de devoir se dire, tout à coup, que c'est aussi notre faute...

— Ce n'est pas notre faute », dit Thomas.

Pas la vôtre, en tout cas, pensait-il. Mais moi ? Moi qui suis empêtré sans recours dans une toile d'araignée tissée de mensonges et de duperies, de mauvaise foi et d'artifices ? Suis-je toujours innocent ?

— Ecoutez, monsieur Lieven, dit Schlumberger, c'est quand même pas possible qu'on donne un coup de main à ces résistants qui descendent nos copains !

— Non, dit Thomas, ce n'est pas possible. »

Que reste-t-il à faire ? se demandait-il avec désespoir. Que *faudrait-il* faire ? Comment fait-on pour demeurer un homme digne de ce nom ?

« Karl a raison, dit le Berlinois. Voyez-vous, moi non plus, j'suis pas nazi. Mais, entre nous : imaginez que, ces partisans, ils me mettent le grappin dessus. Est-ce qu'ils me croiraient si je leur disais que j'suis pas nazi ?

— Ils s'en foutraient. Ils te feraient ton affaire. Pour eux, un Allemand, c'est un Allemand. »

Songeur, Thomas piquait dans son assiette. Soudain, il se leva.

« Il existe encore *une* possibilité, dit-il. Une seule !

— Quelle possibilité ?

— De faire quelque chose, tout en restant un homme intègre », dit Thomas.

Il passa dans la cabine téléphonique, appela l'hôtel Lutétia et demanda le colonel Werthe. Celui-ci répondit avec nervosité.

Thomas entendit un brouhaha de voix. Apparemment, le colonel était en conférence. La sueur coulait sur le

MENU

Rognons de moutons sur canapé
Sole grenobloise
Crêpes à la confiture de merises

Paris, le 5 août 1943

AU POISSON, SURGIT L'IDÉE QUI SAUVA 67 VIES HUMAINES...

Rognons de mouton sur canapé

Prenez de petits rognons de mouton, retirez la graisse et la peau et coupez-les en deux dans le sens de la longueur. — Découpez de petites tranches de pain de mie, beurrez légèrement des deux côtés et recouvrez chaque tranche d'un demi-rognon. — Préparez une émulsion composée de moutarde forte, crème aigre, un petit morceau de beurre, un jaune d'œuf, sel et poivre de Cayenne, et nappez-en les rognons. — Faites cuire ces canapés pendant dix minutes environ à four moyen. Piquez les rognons avec une fourchette bien pointue. S'il n'apparaît pas de sang, ils sont cuits. Servez chaud.

Sole grenobloise

Demandez au poissonnier de retirer la peau et de détacher les filets. — Ensuite, laissez mariner pendant une demi-heure au moins dans du jus de citron additionné de sel et de poivre, afin que la peau reste ferme et blanche. Séchez bien et faites cuire rapidement dans du beurre très chaud ; réservez dans un plat chauffé d'avance. — Dans le beurre de cuisson, faites chauffer rapidement de petits dés de citron avec quelques câpres. — Versez cette sauce sur les filets de sole et servez avec des pommes de terre à l'anglaise saupoudrées de persil.

Crêpes à la confiture de merises

Préparez des crêpes minces, de taille moyenne. — Badigeonnez d'un côté de confiture de merises, roulez et retournez ensuite encore une fois dans le beurre chaud. Servez immédiatement, en saupoudrant, selon goût, d'amandes râpées. — Vous réussirez mieux vos crêpes si vous avez laissé préalablement reposer la pâte pendant une heure au moins.

visage de Thomas. Demeurer intègre, pensait-il. Contre
les gens intègres de mon pays. Contre les gens intègres
de ce pays-ci. Ne pas tomber dans le piège de la trahison...
de la chimère... du sentimentalisme Tout ce qui compte,
c'est de sauver des vies humaines... sauver des vies
humaines...

« Lieven à l'appareil, colonel, dit-il d'une voix rauque.
Je voudrais vous faire une proposition de la plus haute
importance. Vous ne serez pas en mesure de prendre une
décision vous-même. Aussi, je vous prie de bien vouloir
m'écouter et, ensuite, d'informer immédiatement l'amiral
Canaris.

— Qu'est-ce que c'est que ce charabia ?

— A quand est fixé le début de l'opération, là-bas,
colonel ?

— A demain matin. Pourquoi ?

— Je vous prie instamment de me confier la direction
de cette opération.

— Lieven ! Je ne suis pas d'humeur à plaisanter. Ma
patience est à bout !

— Ecoutez-moi, colonel, s'écria Thomas. Ecoutez ce que
j'ai à vous proposer... »

A quatre heures quarante-cinq, au matin du 6 août, un
Lysandre britannique faisait route vers Clermont-Ferrand,
à l'instant où le globe scintillant du soleil émergeait de
l'écume du brouillard.

Le pilote, qu'une cloison séparait de son passager,
saisit le combiné du téléphone de bord.

« Atterrissage dans vingt minutes, Sonderführer, dit-il.

— Merci », répondit Thomas Lieven.

Il raccrocha. Immobile dans la minuscule cabine, il
contemplait le ciel pur et les voiles de brouillard blancs
et gris qui, pour l'instant, dissimulaient encore cette terre
malpropre, remplie de luttes et d'intrigues, de bassesse
et de sottise.

Thomas Lieven avait mauvaise mine. Dans son visage
hâve, ses yeux creusaient deux sombres cavernes. Il

venait de passer la nuit la plus dure de sa vie et se préparait à affronter la plus pénible journée.

Dix minutes plus tard, le pilote appuya sur le manche à balai. Perdant de l'altitude, le Lysandre traversa le plafond de brume matinale. Au sol, on apercevait les rues encore inanimées de Clermont-Ferrand endormi.

A cinq heures quinze, Thomas Lieven buvait du café bouillant dans le bureau du capitaine Œllinger, pendant que celui-ci, petit Tyrolien râblé qui commandait l'unité de chasseurs de montagne postée près de Clermont-Ferrand, examinait attentivement les papiers de Thomas.

« J'ai reçu un long message du colonel Werthe, dit-il. De plus, il m'a téléphoné, il y a une heure. Mes hommes et moi, nous sommes à votre disposition, Sonderführer.

— Avant toute chose, je vais vous demander une voiture qui m'emmène en ville.

— Je vous donnerai une escorte de dix hommes.

— Non, merci. Ce que j'ai à faire, je dois le faire seul.

— Mais...

— Voici une enveloppe cachetée. Si d'ici à huit heures vous n'avez pas reçu de mes nouvelles, ouvrez-la. Elle contient toutes les instructions du colonel Werthe concernant les mesures que vous aurez à prendre dans ce cas. Adieu.

— Au revoir, plutôt...

— Oui, dit Thomas en touchant du bois, espérons-le ! »

Une Citroën — réquisitionnée, mais sans marques distinctives allemandes — traversa en cahotant la place Blaise-Pascal déserte. Thomas était assis à côté du conducteur mal réveillé et silencieux. Il portait un trench-coat sur son costume de flanelle grise, et un chapeau blanc.

Son but, à cette heure matinale, était de rencontrer le professeur Débouché, chef spirituel de la Résistance française dans les régions du Centre. Celui-ci occupait un logement de fonction dans la vaste cité universitaire. Thomas descendit de voiture devant l'entrée principale de l'avenue Carnot.

« Tournez à l'angle de la rue et attendez-moi », dit-il.

Puis, il se dirigea vers le portail. A présent, songeait-il, que le Ciel me vienne en aide ! Qu'il nous vienne en aide à tous...

Il attendit longtemps, sonna et resonna. Enfin, un vieux concierge apparut en jurant, chaussé de pantoufles, un manteau jeté sur sa chemise de nuit.

« Etes-vous fou, nom de Dieu ? Qu'est-ce que vous voulez ?

— Je veux parler à M. le professeur Débouché.

— A cette heure-ci ? Dites donc... »

Le concierge s'interrompit. Un billet de cinq mille francs venait de changer de propriétaire.

« Bon, bon. Si c'est urgent... Qui dois-je annoncer ?

— Avez-vous le téléphone chez vous ?

— Oui, monsieur.

— Alors, je vais lui parler moi-même. »

Dans le sous-sol encombré où logeait le concierge, la sueur perlait au front de Thomas. Ecouteur à l'oreille, il entendait retentir la sonnerie du téléphone chez le professeur Débouché.

La femme du concierge s'était levée. Se pressant contre son mari, elle chuchotait à son oreille, et tous deux examinèrent Thomas avec effroi. Puis Thomas reconnut une voix familière :

« Ici, Débouché. Que se passe-t-il ?

— Everett à l'appareil », dit Thomas d'une voix rauque. Il entendit le professeur reprendre son souffle.

« Everett ? Où... où êtes-vous ?

— A l'université. Dans l'appartement du concierge.

— Dites-lui de vous conduire chez moi, immédiatement... Je... je vous attends... »

Thomas raccrocha.

« Venez, monsieur », dit le concierge.

En sortant, Thomas le vit adresser un signe de tête à sa femme. Mais il ne vit pas celle-ci, une femme grisonnante et fanée, s'approcher du téléphone et décrocher l'appareil...

« Au nom du Ciel ! capitaine Everett, qu'est-ce qui vous a poussé à commettre cet acte de folie ? »

Le célèbre physicien qui ressemblait à Albert Einstein faisait face à Thomas dans le studio de son appartement, devant l'immense bibliothèque qui recouvrait l'un des murs.

« Monsieur le professeur, le maquis de Crozant a fait sauter le pont de Gargilesse.

— Conformément aux instructions reçues, oui.

— Avez-vous revu vos hommes, depuis ?

— Non. Mon assistante et moi, nous sommes ici depuis une semaine, déjà. J'avais des conférences à faire.

— Mais vous savez que ce sont Cassier et Rouff qui ont remplacé le lieutenant Bellecourt dans la conduite de l'opération ?

— Ce sont de braves gens.

— Ce sont de vilaines gens, dit Thomas avec rancœur, de sottes gens. Pourris de vanité, monsieur le professeur ! Irresponsables !

— Mais enfin, mon capitaine...

— Savez-vous ce que ces maudits imbéciles ont fait hier soir ? Ils se sont installés à la radio et ont indiqué les noms et adresses des membres du maquis de Crozant ! Cassier ! Rouff ! Le professeur Débouché ! Yvonne Deschamps ! Le lieutenant Bellecourt ! Plus de trente noms et adresses...

— Mais pourquoi, au nom du Ciel ? »

Le vieil homme avait blêmi.

« Pour se faire valoir. Pour que le général de Gaulle sache à coups sûr quels sont les plus grands héros, ceux qui méritent les plus grosses décorations... Vos hommes, là-bas, sont des crétins, monsieur le professeur ! »

Le vieil homme dévisagea longuement Thomas en silence.

« Certes, dit-il ensuite, c'était une erreur d'indiquer les noms. Mais était-ce un crime ? La position de Londres a-t-elle été mise en danger ? Cela me paraît peu probable... Donc, ce n'est pas la raison qui vous amène ici, au péril de votre vie... »

Le professeur s'approcha de Thomas, jusqu'à ce qu'il fût tout près de lui. Les yeux du savant étaient grands et interrogateurs.

« Pourquoi risquez-vous votre vie, capitaine Everett ? » murmura-t-il d'une voix enrouée.

Thomas respira profondément. Même s'il me descend, se dit-il. Même si je ne suis pas destiné à voir la fin de cette journée. Au moins, dans les temps malpropres que nous vivons, je serai mort en essayant de me comporter comme un individu convenable.

Subitement, un grand calme l'envahit, tout comme le jour où il avait décidé de se soustraire par le suicide aux nouveaux interrogatoires de la Gestapo.

« Parce que, dit-il tranquillement, je ne suis pas le capitaine Everett. Je m'appelle Thomas Lieven. »

Le vieil homme ferma les yeux.

« Parce que je ne travaille pas pour Londres, mais pour l'Abwehr. »

Le vieil homme rouvrit les yeux et dévisagea Thomas avec une expression de tristesse infinie.

« Et parce que, depuis des mois, le maquis de Crozant n'est pas en rapport avec Londres, mais avec les Allemands. »

Là-dessus, le silence régna dans le studio. Les deux hommes se fixèrent mutuellement.

« Ce serait trop horrible, chuchota enfin Débouché. Je ne peux ni ne veux y croire ! »

Brusquement, la porte s'ouvrit. Hors d'haleine, sans maquillage, insuffisamment vêtue sous un imperméable bleu, Yvonne Deschamps, l'assistante de Débouché, se tenait sur le seuil. Ses abondants cheveux blonds retombaient librement sur ses épaules. Ses yeux vert émeraude étaient écarquillés par l'épouvante. La belle bouche tressaillait.

« C'est donc vrai... capitaine Everett... c'est vraiment vous... »

En trois pas, elle fut auprès de Thomas. Débouché fit un geste convulsif. Elle avait le regard braqué sur Thomas.

« La femme du concierge m'a prévenue..., dit-elle avec précipitation. Moi aussi, j'habite ici... Que s'est-il passé, capitaine ? Qu'est-il donc arrivé ? »

Thomas serra les lèvres et se tut. Subitement, elle lui prit la main et la maintint entre les deux siennes. A ce moment seulement, elle remarqua l'attitude brisée, sénile, désespérée du professeur.

« Qu'y a-t-il, monsieur ? s'écria-t-elle dans un brusque accès de panique.

— Mon enfant, l'homme dont vous tenez la main est un agent allemand... »

Lentement, très lentement, Yvonne Deschamps s'éloigna de Thomas. Tanguant comme sous l'effet de l'ivresse, elle s'abattit dans un fauteuil. D'une voix rauque, Débouché lui répéta les révélations de Thomas.

Yvonne écouta, le regard toujours fixé sur Thomas. Ses yeux verts prirent une teinte de plus en plus foncée et se chargèrent de haine et de mépris. Lorsqu'elle parla, ses lèvres bougèrent à peine :

« Je crois que vous représentez le comble de la malpropreté et de la bassesse, monsieur... Lieven. Je crois que vous êtes, en vérité, la plus grande et la plus méprisable crapule qui puisse exister.

— Ce que vous pensez de moi m'est indifférent, répondit Thomas. Ce n'est pas ma faute s'il existe également chez vous — et pas seulement chez nous — des imbéciles aussi vaniteux et imbus d'eux-mêmes que ce Rouff et ce Cassier. Des mois durant, tout s'est bien passé...

— C'est ce que vous appelez « bien passé », espèce de salaud ?

— Oui, dit Thomas. (Il se sentait de plus en plus calme.) Exactement. Depuis des mois, personne n'a été tué dans cette région. Aucun Allemand. Aucun Français. Les choses auraient pu continuer ainsi. Je vous aurais tous protégés, jusqu'à la fin de cette foutue guerre... »

Yvonne, soudain, poussa un cri. Un cri aigu et hystérique, comme celui d'un enfant. Elle se leva d'un bond, vacilla sur ses jambes, puis cracha au visage de Thomas. Le professeur la tira brutalement en arrière.

Thomas passa son mouchoir sur sa joue. Il regarda Yvonne en silence. Elle a raison, se dit-il. De son point de vue, elle a raison. Tous ont raison, de leurs points de vue. Moi aussi. Puisque ce qui m'importe, c'est leur bien à tous...

Yvonne fit mine de se précipiter vers la porte. Thomas la tira en arrière et l'envoya buter contre le mur avec fracas. Haletante, elle lui montra les dents.

« Vous ne bougerez pas d'ici, dit Thomas en barrant le chemin de la porte. Hier soir, après la transmission de tous ces noms, l'Abwehr a immédiatement informé Berlin. Il fut décidé d'engager une unité de chasseurs stationnée dans la région. Sur quoi, j'ai eu un nouvel entretien avec le patron de l'Abwehr-Paris...

— Pourquoi ? demanda le professeur.

— Ça, c'est mon affaire, dit Thomas en secouant la tête.

— Je n'avais pas l'intention de vous blesser... » dit le professeur avec un regard étrange.

Cet homme-là, pensait Thomas, cet homme admirable commence à me comprendre, à suivre mon idée... Si j'ai de la chance, si nous avons tous de la chance...

« J'ai fait remarquer au colonel Werthe que l'intervention des chasseurs ferait certainement des victimes, et cela des deux côtés. Nos hommes procéderont avec détermination. Les vôtres se défendront avec l'énergie du désespoir. Le sang coulera. Des hommes mourront. Des Allemands et des Français. La Gestapo torturera les prisonniers. Ils livreront leurs camarades.

— Jamais ! » s'écria Yvonne.

Thomas fit volte-face.

« Taisez-vous ! dit-il.

— Il existe des tortures effrayantes », dit le vieil homme.

Soudain, il leva les yeux vers Thomas, sage et triste comme un prophète de l'Ancien Testament.

« Vous le savez bien, monsieur Lieven, n'est-ce pas ? Je crois que je commence à comprendre bien des choses. Je sens que mon intuition était juste. Vous souvenez-vous ? J'ai dit, un jour, que je vous tenais pour quelqu'un de bien... »

Thomas demeura silencieux. La respiration d'Yvonne était sifflante.

« Que d'autre avez-vous dit à votre colonel, monsieur Lieven ? demanda le professeur.

— Je lui ai fait une proposition. Entre-temps, cette proposition a été approuvée par l'amiral Canaris.

— Quelle est-elle ?

— Vous êtes le chef spirituel de ce maquis. Les hommes font ce que vous leur dites de faire. Vous convoquez le groupe au moulin de Gargilesse et vous leur exposez le caractère inéluctable de la situation. Ce qui permettra aux chasseurs de les faire prisonniers sans tirer un coup de feu.

— Et ensuite ?

— Dans ce cas, l'amiral Canaris vous donne sa parole d'honneur que personne ne sera livré au SD, mais que vous serez tous internés dans un camp militaire, tout comme des prisonniers de guerre réguliers.

— Ce n'est pas exactement une perspective souriante.

— Vu les circonstances, c'est la meilleure de toutes les éventualités envisageables. La guerre ne durera pas toujours. »

Le professeur ne répondit pas. Tête baissée, il se tenait devant ses livres. Enfin, il demanda :

« De quelle manière puis-je me rendre à Gargilesse ?

— Avec moi, en voiture. Le temps presse, monsieur le

professeur. Si vous refusez cette proposition, l'intervention des chasseurs débutera à huit heures, sans nous.

— Et... et Yvonne ? C'est la seule femme du groupe...
Une femme, monsieur Lieven... »

Thomas sourit avec tristesse.

« En ce qui concerne mademoiselle Yvonne, je compte
la mettre sous clef comme ma prisonnière personnelle...
Laissez-moi finir, je vous prie... dans une cellule de la
préfecture. Elle y restera jusqu'à ce que l'opération soit
terminée. Ceci, afin que sa passion patriotique ne l'in-
cite pas à causer un malheur. Ensuite, j'irai la chercher
pour l'emmener à Paris. En route, elle échappera à ma
surveillance.

— Quoi ! dit Yvonne en le regardant fixement.

— Vous réussirez à prendre la fuite, dit Thomas à voix
basse. C'est la deuxième faveur que j'aie obtenue du
colonel Werthe. Il s'agit, pour ainsi dire, d'une évasion
autorisée par l'Abwehr ! »

Haletante d'émotion, Yvonne s'approcha de Thomas.

« S'il existe un Dieu, dit-elle, il vous punira... Vous
périrez, lentement, misérablement... Je ne prendrai pas
la fuite ! Et le professeur n'acceptera jamais votre proposition, m'entendez-vous, jamais ! Nous allons nous battre et mourir, tous !

— Bien sûr, dit Thomas avec lassitude. Et maintenant,
allez vous rasseoir et bouclez-la un peu, espèce d'héroïne
à la gomme ! »

- confidentiel - 14 h 35 - 9 août - abwehr-paris à chef
abwehr-berlin - le 7 août vers 22 h bataillon de chasseurs
secteur clermont-ferrand sous commandement sonderführer lieven a fait prisonnier maquis de crozant près
moulin de gargilesse - membres du maquis conduits par
professeur débouché n'ont opposé aucune résistance -
67 (soixante-sept) hommes arrêtés - conformément instructions prisonniers ont été dirigés sur camp prisonniers
militaires 343 - terminé -

Le 27 septembre 1945, le professeur Débouché déclara textuellement, devant une commission d'enquête alliée à Paris :

« Tous les membres du maquis de Crozant furent humainement traités au stalag 343. Tous ont survécu à la guerre et retrouvé leurs foyers. Il est vraisemblable, je dois le souligner, que nous ne devons tous la vie qu'au courage et aux sentiments d'humanité d'un Allemand, qui nous trompa d'abord sous l'apparence d'un capitaine britannique et qui me rendit visite le 6 août 1943 à Clermont-Ferrand. Il me dit à cette époque qu'il se nommait le Sonderführer Thomas Lieven... »

Là-dessus, les membres de la commission d'enquête alliée se mirent à la recherche de ce « Sonderführer Lieven ». Ils ne le trouvèrent point. Car, à cette époque, des organisations tout autres qu'une commission d'enquête alliée donnaient la chasse à Thomas Lieven. Aussi venait-il de... Mais n'anticipons pas. Nous sommes toujours en août 1943...

« Messieurs, dit le colonel Werthe, je viens à l'instant de recevoir des instructions de Berlin. Capitaine Brenner, vu la part que vous avez prise dans la liquidation du maquis de Crozant, vous êtes promu au grade de chef de bataillon, avec effet rétroactif à dater du 1er août. En outre, au nom du Führer et commandant en chef, je vous confère la croix de première classe de l'ordre du Mérite militaire. »

Pour le petit capitaine, c'était la grande heure de sa vie ! Derrière les lunettes scintillantes, ses yeux brillaient comme ceux d'un enfant comblé, au soir de Noël. Il se tenait au garde-à-vous, rentrant le ventre et bombant le torse.

« Bravo ! dit le pékin Thomas Lieven, qui portait ce jour-là un costume d'été bleu, remarquablement coupé, une chemise blanche et une cravate discrètement rayée de gris et de rose. Toutes mes félicitations, commandant !

— Bien entendu, dit avec confusion le commandant frais émoulu, c'est à vous que je dois tout cela.

— Bêtises !

— Pas de bêtises du tout. A vous seul ! Et je dois avouer que, dans cette opération, j'ai été souvent contre vous, que toute cette affaire me semblait démente, que je ne vous faisais pas confiance...

— Si vous me faites confiance à partir de maintenant, tout va bien », dit Thomas d'un ton conciliant.

Par le fait et à partir de cette minute, Thomas allait disposer, en la personne du commandant Brenner, d'un admirateur dévoué que les entreprises — même les plus folles et les plus téméraires — de son étrange chef d'opérations spéciales ne rebuteraient plus jamais.

Le colonel Werthe avait reçu l'agrafe de la Croix de fer de première classe.

« La Croix, je l'ai eue en 14-18, expliqua-t-il.

— Vous le voyez, dit Thomas à Brenner. Nous avons mis en route deux guerres mondiales à si peu d'années d'intervalle que tout homme robuste et bien portant a pu connaître le bonheur de les vivre l'une et l'autre dans toute leur héroïque grandeur !

— La ferme, dit le colonel. Et qu'allons-nous faire de vous, espèce de phénomène bizarre ? Vous êtes un civil !

— Et j'espère bien le rester.

— Mais Berlin me pose la question. Quelle distinction aimeriez-vous obtenir ?

— Ce n'est pas une décoration qui ferait mon bonheur, colonel, répondit Thomas. Mais, si je puis me permettre d'exprimer un désir...

— Dites !

— ...J'aimerais changer d'activité. Je ne tiens plus à participer à la lutte contre la Résistance, messieurs. Moi, j'aime bien rire et vivre gaiement. Ces dernières semaines m'ont coupé le goût de la rigolade. Puisque je suis obligé de travailler pour vous, je préférerais un travail plus agréable et plus distrayant.

— Je crois que j'ai exactement ce qu'il vous faut, Sonderführer Lieven.

— A savoir, colonel ?

— Le marché noir français, dit Werthe. Car, depuis les origines de l'humanité, il n'a jamais existé un marché noir comparable en dangereuse folie à celui qui fonctionne aujourd'hui à Paris. »

C'est avec surprise que Thomas apprit ce qu'il se passait derrière la plaisante façade de la Ville Lumière aux bords de la Seine.

« Ici, tout le monde achète : l'Organisation Todt, la Marine, la Luftwaffe, l'Armée, les Transports militaires, et maintenant, le SD s'est mis lui aussi de la partie. »

Le maréchal Gœring, raconta Werthe, recommandait de lutter contre le marché noir. Car la surenchère mutuelle des acheteurs allemands avait fait monter les prix à un niveau astronomique. Par le détour de cinq ou six intermédiaires, le prix d'une machine-outil courante, qui valait normalement 40 000 francs, grimpait jusqu'à un million !

Par conséquent, le SD installa, rue des Saussaies, un service antimarché noir, sous la direction d'un Untersturmbannführer des S.S. De toutes les régions de la France, on fit venir à Paris des agents du SD pour les préparer à leurs nouvelles fonctions.

Mais le SD n'eut pas de chance avec son nouveau département. Car, une fois formés, les agents antimarché noir s'aperçurent rapidement que la soupe était meilleure de l'autre côté de la barricade ! Ils collaborèrent donc avec les Français. Le volume des combines prit des proportions monstrueuses.

C'est ainsi, par exemple, que 50 000 pull-overs furent vendus en une seule journée, non pas une fois, mais quatre fois. Puis, on liquida trois des acheteurs. De toute manière, le quatrième était du parti des mercantis. Cette méthode permettait de remettre les pull-overs en vente le lendemain. Quant au prix, il avait été encaissé trois fois...

Des gens disparaissaient. Des locomotives disparaissaient. Des centaines de milliers de kilogrammes de papier à cigarettes superfin disparaissaient. Le tohu-bohu déchaîné par les services « antimarché noir » du SD devint de plus en plus insensé. Des agents s'arrêtaient, se supprimaient mutuellement. Des fonctionnaires de la Gestapo se faisaient passer pour français, des Français pour des gestapistes...

Voilà ce que raconta le colonel Werthe à Thomas Lieven, auditeur éberlué.

« Est-ce dans vos cordes, Lieven ? demanda-t-il enfin.

— Tout à fait, je crois, colonel.

— Pas trop dangereux ?

— Ma foi, dit Thomas, dans ce domaine, j'ai acquis une formation très sérieuse durant mon séjour à Marseille. De plus, les conditions de base sont à ma disposition. J'ai toujours une maison au bois de Boulogne. Et je possède, depuis l'avant-guerre, certains intérêts dans une petite banque parisienne. Je serais en mesure d'inspirer toute confiance... »

Voilà ce qu'il disait. Tout en pensant : ... et de jouir enfin de nouveau d'une vie privée ; et de prendre enfin un peu mes distances, de m'éloigner un peu de vous, mes chéris. Qui sait ? Peut-être arriverai-je tout de même à filer en Suisse...

Thomas Lieven retrouva sa banque comme cet homme de la fable qui retourne à son village après un long sommeil magique et qui constate que sept années ont passé. Dans le cas de Thomas Lieven, trois ans seulement avaient passé. L'associé principal et la plupart des employés plus âgés étaient toujours là. Les rangs des jeunes éléments étaient plus clairsemés.

Thomas se rendit au bois de Boulogne. Il fut pris d'un accès de nostalgie à la vue de la petite villa où il avait passé tant d'heures agréables en compagnie de la charmante Mimi Chambert.

Une femme de chambre jeune et jolie lui ouvrit la porte. Il demanda à voir le maître de maison. La domestique le fit entrer au salon.

« Le capitaine vient tout de suite. »

Thomas inspecta la pièce. C'étaient bien ses meubles, ses tapis, ses tableaux, usés, mal entretenus, hélas ! mais c'étaient les siens...

Un trésorier d'état-major fit son apparition, gonflé de lard et d'importance.

« Je m'appelle Höpfner. Heil Hitler ! En quoi puis-je vous être utile ?

— Thomas Lieven. En déménageant immédiatement d'ici. »

La figure du trésorier prit une teinte lie-de-vin.

« Z'êtes soûl, ou quoi ?

— Absolument pas.

— Une plaisanterie idiote, alors ?

— Non, il s'agit simplement de ma maison.

— Foutaises ! La maison est à moi ! Ça fait un an que j'y habite.

— Cela se voit dans l'état de crasse où vous l'avez mise.

— Dites donc, monsieur Lieven, ou qui que vous soyez ! Vous allez me faire le plaisir de disparaître, sinon j'appelle la police.

— Je m'en vais, dit Thomas en se levant. Je vous signale cependant que vous devriez boutonner votre braguette. »

Il rendit visite au colonel Werthe. Deux heures plus tard, le trésorier d'état-major Höpfner reçut, de son supérieur hiérarchique, l'ordre d'évacuer immédiatement la villa du bois de Boulogne. Il passa la nuit à l'hôtel. Pour lui, le monde était devenu une énigme.

Si le capitaine-trésorier perdit une villa, le colonel Werthe perdit à la même époque une employée de maison de tout premier ordre : la belle Nanette — qui avait fait la connaissance de Thomas le 12 décembre 1942, au sortir des cachots de la Gestapo — demanda brusquement son congé. Quelques jours plus tard, le colonel la trouva dans la maison de Thomas.

« Ne soyez pas fâché, colonel, susurra-t-elle mélodieusement. Trouver une place au bois de Boulogne, ç'a toujours été mon rêve... »

Vers le début du mois de septembre 1943, Thomas était installé d'une manière conforme à ses goûts. Sa cave était garnie de vins et d'alcools de marché noir, son garde-manger empli de victuailles d'identique provenance. La lutte contre le marché noir pouvait commencer !

Le personnage clef — une figure assez mystérieuse — que le colonel Werthe lui indiqua comme premier objectif fut un certain Jean-Pierre Ferroud, géant à cheveux blancs et propriétaire, comme Thomas, d'une banque privée à Paris. On soupçonnait que les combinaisons les plus importantes et les plus effrontées se déroulaient par son intermédiaire.

Thomas invita le banquier à dîner.

En 1943, il existait deux gestes que les Français n'accomplissaient que dans des circonstances tout à fait exceptionnelles : rendre visite à des Allemands, ou les inviter chez eux. On se rencontrait au restaurant, dans un bar, au théâtre, mais pas à la maison. Ou alors, on avait de très bonnes, d'excellentes raisons...

Aussi l'affaire Ferroud débuta-t-elle par une surprise : le banquier accepta l'invitation de Thomas.

Pendant cinq jours, Thomas Lieven, assisté de Nanette, se consacra aux préparatifs de ce dîner. Ferroud arriva à huit heures et demie. Les deux hommes étaient en smoking.

On dégusta les Martini extra-dry au salon. Puis, on passa à table.

Nanette servit le jambon à la lueur des bougies.

Ferroud mangeait en connaisseur.

« Absolument superbe, monsieur, dit-il en se pourléchant avec discrétion. Mariné au vin rouge, n'est-ce pas ?

— Oui, pendant cinq jours. Mais l'essentiel, c'est le trai-

MENU

Jambon mariné au vin rouge
Salade de céleri et pommes de terre à l'anglaise
Savarin aux fruits

Paris, le 10 septembre 1943

THOMAS LIEVEN INAUGURE LE GRAND CIRQUE DU MARCHÉ NOIR AVEC DU JAMBON

Jambon mariné

Prenez un jambon frais entier, débarrassez-le de sa couenne et d'une partie de sa graisse. — Préparez une purée composée d'oignons râpés, de poivre concassé, de gingembre, de graines de genièvre et de feuilles de laurier, et frottez-en fortement le jambon avec la main, de manière à lui donner une teinte brun foncé. — Rangez le jambon dans une terrine — où il restera pendant 5 à 8 jours — et arrosez-le d'une bouteille de vin rouge et d'une demi-bouteille de vinaigre. Retournez de temps à autre. — Avant la cuisson, frottez fortement de sel et mettez au feu avec la moitié de la marinade. Après réduction du liquide, mettez le jambon au four et ajoutez, petit à petit, le reste de la marinade. Laissez cuire jusqu'à obtention d'une belle couleur brune, déglacez le fond de cuisson et liez-le en sauce. Servez avec du céleri en salade et des pommes de terre à l'anglaise. — Temps de cuisson : 3 à 5 heures, selon grosseur.

Savarin aux fruits

Prenez une demi-livre de farine, à peine un huitième de litre de lait, 15 g de levure, 125 g de beurre, 30 g de sucre, 3 œufs et un peu de sel. — Faites un levain avec un quart de la farine tiédie et laissez lever. Mélangez avec le beurre fondu et les autres ingrédients, et battez jusqu'à ce que des bulles d'air apparaissent dans la pâte. — Beurrez un moule, remplissez-le aux trois quarts de pâte et laissez lever jusqu'à ce que le moule soit rempli. Laissez cuire pendant 30 minutes. Entre-temps, faites réchauffer des moitiés de pêches, en conserve ou fraîchement cuites (on peut également utiliser d'autres fruits), de même que 60 g de confiture d'abricots épaisse. Composez le mélange suivant : un huitième de litre du jus des fruits, 2 cuillerées de vin blanc, 1 cuillerée, respectivement, de kirsch, de marasquin et de jus de citron, 1/2 cuillerée à café de rhum et un petit morceau de vanille concassée. — Renversez le savarin, dès sa sortie du four, sur un plat chaud, arrosez-le du liquide chaud, badigeonnez de confiture d'abricots chaude, saupoudrez de 2 cuillerées de pistaches hachées et dressez les fruits chauds au milieu. Il est possible de faire cuire le savarin la veille, mais, dans ce cas, il faut le réchauffer avant de l'arroser et de le décorer.

tement : genièvre, gingembre, laurier, poivre en grains et oignons. Il faut en frotter le jambon jusqu'à ce qu'il prenne une teinte presque noire.

— Et vous n'utilisez que du vin rouge ? »

Ferroud avait grande allure : un vrai « père noble » de théâtre.

« J'y ajoute une demi-bouteille de vinaigre. Je suis très heureux que vous ayez bien voulu accepter mon invitation.

— Je vous en prie, voyons ! dit l'autre en entassant du céleri en salade sur sa fourchette. Après tout, ce n'est pas tous les jours qu'on est invité par un agent de l'Abwehr. »

Thomas poursuivit tranquillement son repas.

« J'ai pris des renseignements sur vous, monsieur. En vérité, les rares indications que l'on possède sur votre véritable personnalité ne peuvent qu'inciter à la méfiance. Mais une chose est certaine : on vous a orienté vers moi parce qu'on me considère comme un rouage essentiel du marché noir. N'est-ce pas ?

— C'est exact, dit Thomas. Allons, il faut reprendre un peu de jambon ! Cependant, une chose m'échappe.

— Et quoi donc, s'il vous plaît ?

— C'est que vous soyez venu chez moi, et cela en dépit de votre méfiance et de vos informations concernant mes véritables buts. Il doit y avoir une raison à cela.

— Bien sûr qu'il y a une raison. Je voulais faire la connaissance de l'homme qui — éventuellement — deviendra mon ennemi. En outre, j'aimerais savoir votre prix, monsieur, car nous pourrions peut-être trouver un arrangement... »

Les sourcils de Thomas remontèrent.

« Il doit y avoir une faille dans vos informations, dit-il d'un ton arrogant. Quel dommage, monsieur ! J'avais espéré un adversaire à ma mesure... »

Le banquier rougit et posa son couvert.

« Donc, aucun arrangement n'est possible entre nous ? A mon tour de dire : dommage ! Je crains que vous ne sous-estimiez les dangers qui vous guettent dès à présent, monsieur. Vous comprendrez qu'il m'est impossible de montrer mes cartes à qui que ce soit. Surtout, à un incorruptible... »

Thomas Lieven s'apprêtait à faire la sieste lorsque le téléphone sonna. Il était 13 h 46, et on était le 13 septembre 1943 — un moment historique ! Car, en considérant la suite des événements à vol d'oiseau, cet appel téléphonique allait déclencher une avalanche de péripéties qui, si Thomas avait été à même de les prévoir, l'eussent incité à laisser sonner le téléphone jusqu'au jour du Jugement dernier. Toutefois, comme il ne prévoyait rien de semblable, il décrocha l'appareil.

« Oui ?

— M. Lieven ? »

Thomas reconnut la voix de Jean-Pierre Ferroud et s'enquit avec amabilité de la santé du banquier. Ferroud répondit qu'il se portait bien.

« Et Mme Ferroud ?

— Egalement, merci. Ecoutez, monsieur Lieven, je voudrais vous dire que je regrette d'avoir eu chez vous un comportement — euh, aussi froid et agressif...

— Allons donc !

— Si, si, si. Et tout cela avec ce merveilleux jambon... J'aimerais essayer de réparer cette incongruité... »

Tiens ? se dit Thomas.

« ... Voudriez-vous nous faire le grand plaisir, à ma femme et à moi-même, de dîner chez nous ce soir ? »

Tonnerre ! se dit Thomas.

« ... Je présume, dit le banquier avec une douce ironie, qu'en tant qu'agent de l'Abwehr, vous connaissez mon adresse exacte, n'est-ce pas ? »

Depuis bien longtemps, les petites boutades de ce genre avaient cessé de faire perdre contenance à Thomas.

« Mais certainement, répondit-il du tac au tac. Vous habitez 24, avenue Malakoff, tout près de chez moi. Votre épouse est une très jolie femme. Prénom : Marie-Louise.

Nom de jeune fille : Kléber. Elle possède les plus beaux bijoux de Paris. Vous avez un domestique chinois, nommé Shen T'aï, une cuisinière, nommée Thérèse, une femme de chambre, nommée Suzette, et deux bouledogues, nommés Cicéron et César.

— Voulez-vous vers huit heures ? demanda Ferroud en riant.

— Fort bien, monsieur. Huit heures. »

Thomas raccrocha.

Avant qu'il eût le temps de réfléchir au côté insolite de cette invitation, on frappa à la porte. Hors d'haleine, la jolie Nanette se précipita dans la pièce.

« Monsieur, monsieur !... La radio vient d'annoncer que Mussolini a été délivré... Ils ont dit : le Duce est en route pour Berlin, où il va retrouver Hitler pour reprendre le combat à ses côtés...

— Benito doit être bien content », dit Thomas.

Nanette éclata de rire. Elle s'approcha tout près de lui.

« Ah ! monsieur !... Vous êtes si gentil !... Je suis si heureuse chez vous...

— Allons, Nanette, pensez à votre Pierre !

— Oh ! Pierre, dit-elle en faisant la moue. Je m'embête avec lui...

— C'est un très gentil garçon », répondit Thomas d'un ton pédagogique.

Il se leva pour échapper à cette proximité physique excessive.

« Allez, hop, à la cuisine, ma belle ! » dit-il en lui donnant une tape sur les fesses.

Elle eut un rire de femme chatouillée et fila en ruminant sa déception.

Qu'est-ce qu'il me veut, ce banquier ? songea Thomas.

La maison de l'avenue Malakoff se révéla comme un haut lieu de la culture empli d'objets précieux, européens et orientaux. Ce Ferroud devait être millionnaire !

Certes, le petit domestique chinois reçut le visiteur en

arborant le sempiternel sourire de sa race, mais son comportement et sa voix étaient pleins d'arrogance et de froideur. Arrogante et froide fut également la femme de chambre à laquelle Thomas tendit la boîte de cellophane contenant trois orchidées roses destinées à la maîtresse de maison.

Arrogant et froid, enfin, le maître de maison lui-même. Il fit attendre Thomas pendant un bon moment — sept minutes, constata celui-ci à l'aide de sa montre à répétition — dans un salon. Puis, il parut, toujours fort élégant, tendit la main à Thomas et se mit à confectionner des Martini.

« Ma femme ne tardera pas. »

Bizarre, se dit Thomas, très bizarre ! Il examina successivement le bouddha, les meubles de marqueterie, le grand lustre à quatre branches et les tapis. Ce Jean-Pierre Ferroud, pensait-il, occupe une position indépendante. D'un type comme moi, il s'en tamponne. Mais s'il s'en tamponne, pourquoi m'invite-t-il ? Et s'il m'invite, pourquoi se conduit-il de manière à me faire monter tout doucement la moutarde au nez ?

Le banquier aux cheveux blancs laissa échapper soudain deux petits cubes de glace. Il se tenait devant un bar dont les miroirs étaient recouverts de peintures hautement imaginatives, et était occupé à remplir un shaker d'argent. Il s'éclaircit la gorge.

« Je sucre les fraises, dit-il avec un rire confus. On se fait vieux, à force de picoler. »

Thomas eut une illumination subite : cet homme-là n'était nullement arrogant. Il était énervé, voilà ce qu'il était ; terriblement énervé ! De même, le Chinois. De même, la femme de chambre... Il avait commis une erreur de jugement. Tous étaient à bout de nerfs, comme figés dans une expectative angoissée. Mais qu'était-ce donc qu'ils attendaient ?

La maîtresse de maison fit son entrée. Marie-Louise Ferroud était grande, mince et d'une beauté sans défaut. Des yeux bleus brillaient sous les longs cils, et ses cheveux blonds étaient coiffés avec un art consommé. Sa robe noire découvrait ses épaules. Ses merveilleux bijoux scintillaient à son cou et à ses poignets. Aucun rapport, pensa Thomas machinalement, avec la camelote dont on a soulagé, à l'époque, ce bijoutier marseillais, Pissaladière. Nom de nom, j'ai vraiment pris une mentalité de truand !

« Madame... »

Il se pencha, lui baisa la main et constata que cette main élégante, blanche et parfumée était agitée de tremblements.

Il se redressa, plongea son regard dans les yeux bleus et froids, y décela également des symptômes de panique, ainsi qu'un grand effort pour se contraindre au calme. Pourquoi ?

Madame remercia pour les orchidées. Madame était très heureuse de faire la connaissance de Thomas. Madame prit le Martini que lui tendait son époux. Madame posa soudain le verre sur une table de bronze hexagonale, pressa son poing contre ses lèvres et éclata en sanglots.

D'un bond, Ferroud fut auprès de sa femme.

« Mais, Marie-Louise, mon Dieu, qu'est-ce que... Il faut vous dominer, voyons ! Que va penser M. Lieven ?

— Ah ! sanglota, Mme Ferroud, je vous demande pardon, Jean-Pierre, je vous demande pardon...

— Ce sont les nerfs, chérie...

— Non, ce ne sont pas les nerfs... D'ailleurs, ce n'est pas à cause de *cela*... Il y a *autre* chose ! »

Les traits de Ferroud se durcirent.

« Comment cela, autre chose ?

— Le dîner... le dîner est raté ! »

Sanglotant de plus belle, la maîtresse de maison saisit son mouchoir et se moucha.

« Thérèse a fait tomber le turbot », s'écria-t-elle.

Ferroud perdit patience.

« Marie-Louise, je vous en prie ! Vous connaissez l'enjeu de cette soirée ! Vous savez de quoi il s'agit ! Et vous éclatez en larmes pour une histoire de turbot ? Vous vous conduisez comme...

— Monsieur Ferroud ! interrompit Thomas.

— Qu'est-ce que vous voulez ? Je veux dire : Plaît-il ?

— Me permettez-vous de poser quelques questions à Madame ?

— Je... euh... mais oui, certainement.

— Merci. Vous dites, madame, que Thérèse a laissé tomber le turbot...

— C'est ce qu'elle a fait. Elle est bien âgée, maintenant. Sa vue a beaucoup baissé. Le poisson est tombé sur la plaque du fourneau pendant qu'elle le retirait de l'eau. Il s'est cassé — ah ! j'en suis malade ! — en tout petits morceaux !

— Dans la vie, madame, il n'existe qu'un seul péché : c'est de perdre courage. Allons ! vous avez eu l'intrépidité de convier un agent allemand à votre table ; vous laisserez-vous mettre en déroute par un turbot français ?

— C'en est trop ! s'exclama Ferroud en prenant sa belle tête des deux mains.

— Mais non, mais non, dit Thomas. Veuillez me pardonner une question indiscrète, poursuivit-il à l'adresse de la maîtresse de maison. Quel est le plat qui devait précéder le turbot ?

— Du jambon sauce Cumberland. »

Le visage de Thomas ressemblait à celui d'Archimède avant la découverte de la vis sans fin.

« Hum ! Et... euh, après ?

— Une crème au chocolat.

— Oui, oui, dit Thomas en dégustant une olive, ça va très bien.

— Qu'est-ce qui va très bien ? chuchota la dame aux soixante-dix carats de brillants.

— Il me semble, madame, dit Thomas en s'inclinant, que deux soucis vous tourmentent. Il me sera facile de vous débarrasser, en tout cas, de l'un d'entre eux, à condition que vous m'autorisiez à pénétrer dans votre cuisine.

— Vous... vous croyez pouvoir tirer quelque chose d'un turbot en morceaux ? »

Le regard de Marie-Louise exprimait une vénération quasi religieuse.

« Mais certainement, madame, dit Thomas Lieven. Si nous emportions les verres et le shaker ? Une petite gorgée facilite les travaux culinaires. Excellent, ce Martini. De l'authentique gin « Gordon » anglais. Comment l'avez-vous déniché, monsieur Ferroud, après quatre années de guerre ?... »

Qu'était-ce donc qui n'allait pas, dans cette maison ?

Thomas ne l'apprit pas davantage dans l'immense cuisine carrelée de faïence. Ayant noué un tablier sur son smoking, il était occupé à remédier élégamment aux malheurs du turbot sinistré, sous les yeux d'un public admiratif : la vieille cuisinière, myope et coupable, et les maîtres de maison, pâles d'émotion. Pour un temps, au moins, le couple bizarre avait oublié son état d'extrême nervosité. Je ne suis pas pressé, pensait Thomas. En ce qui me concerne, ce cinéma peut continuer jusqu'à demain matin. Vous finirez bien par vous déboutonner !

Il retira les arêtes et la peau du malheureux poisson et découpa les filets. Puis, il s'arrêta pour boire une gorgée.

« Les années difficiles que j'ai vécues, mesdames, dit-il, m'ont fait aboutir à la constatation que la vie nous offre généralement une dernière chance. Un turbot cassé vaut mieux que pas de turbot du tout. A présent, nous allons préparer une excellente sauce. Avez-vous du parmesan, Thérèse ?

— Autant que vous voulez, monsieur, dit la vieille cuisinière avec empressement. Dire qu'il fallait que ça m'arrive, à moi, un malheur pareil ! Ça me crève le cœur !

— Remettez-vous, ma bonne dame. Buvez un coup, ça vous calmera. »

Le maître de maison remplit le verre de la cuisinière.

MENU

Jambon cuit sauce Cumberland
Gratin de poisson
Crème au chocolat

Paris, le 13 septembre 1943

THOMAS LIEVEN SAUVE UN POISSON
ET UNE JEUNE FEMME BLONDE

Sauce Cumberland

Mélangez un quart de litre de gelée de groseilles, un huitième de litre de vin rouge, le jus de deux oranges, une cuillerée à café de moutarde anglaise en poudre et le zeste d'une orange coupée en fines lanières. Conservez au frais. — Cette sauce convient à toutes les viandes froides et, tout particulièrement, au gibier.

Gratin de poisson

Faites cuire le poisson entier au court-bouillon, laissez égoutter, retirez la peau et les arêtes et débitez-le en morceaux. — Préparez un roux clair, ajoutez-y de la crème aigre, du vin blanc, du parmesan râpé et un peu de court-bouillon. Laissez réduire de façon à obtenir une sauce blanche et épaisse. Salez, poivrez, et ajoutez des champignons revenus au beurre et quelques câpres. — Placez les morceaux de poisson dans un moule à soufflé bien beurré, versez-y la sauce, saupoudrez abondamment de parmesan râpé, de chapelure, de flocons de beurre et laissez dorer au four. Avant de servir, garnissez de demi-lunes et de fleurons de pâte feuilletée cuite. — Tous les poissons à chair ferme conviennent à la confection de ce plat, particulièrement l'aiglefin et le cabillaud.

Crème au chocolat

Faites bouillir 1 litre de lait avec 150 g de chocolat de ménage et un peu de sucre. — Dans un plat creux, battez 3 jaunes d'œufs avec une cuillerée à café rase de fécule ou de Maïzena et versez-y le liquide bouillant en remuant sans cesse. — Renversez le tout dans la casserole et faites épaissir à tout petit feu, en remuant et sans laisser bouillir. — Hors du feu, ajoutez une cuillerée à potage de café grossièrement moulu — jamais de café en poudre — et de blanc d'œuf monté en neige. Mettez la crème au frais.

« Du vin blanc, de la crème fraîche et du beurre, je vous prie », dit Thomas.

Il obtint ce qu'il demandait. Tous l'observaient, tandis qu'il confectionnait la sauce. Soudain, un vacarme éclata dans la maison. On entendait retentir les accents également aigus d'une voix de femme et d'une voix d'homme. La maîtresse de maison pâlit encore davantage. Le maître de maison se précipita vers la porte. Sur le seuil, il entra en collision avec le domestique chinois. Celui-ci avait une manière fort simple de conserver secrètes les paroles qui jaillissaient de sa bouche : elles jaillissaient en chinois.

En même temps, il pointait l'index vers l'intérieur de la maison. La maîtresse de maison, qui possédait visiblement le chinois, poussa un cri. Le maître de maison la tança vertement en chinois. Elle s'affala sur un tabouret de cuisine. Sans un mot d'excuse, le maître de maison emboîta le pas à Shen T'aï. La porte claqua derrière lui.

Voilà, se dit Thomas, les manières du grand monde. Qu'y faire ?

Il décida de planer au-dessus des événements.

« Avons-nous des câpres, Thérèse ?

— Sainte Vierge, pauvre madame !...

— *Thérèse !*

— Des câpres... oui, monsieur.

— Et des champignons ?

— Au... aussi... qu'est-ce que je peux faire, madame ? » La maîtresse de maison reprit ses esprits.

« Je vous demande pardon, monsieur Lieven, dit-elle en levant la tête. Shen T'aï est avec nous depuis dix ans. Nous n'avons pas de secrets pour lui. Il est entré à notre service à l'époque où nous vivions à Shangaï... »

Un bruit de voix résonna dans la maison. Quelque chose se renversa avec fracas. Comme dirait mon ami Schlumberger, pensait Thomas : laissons pisser le mérinos.

« Mettez ça au four, Thérèse.

— Ma cousine me cause beaucoup de soucis, monsieur.

— Je suis désolé de l'apprendre, madame. Faites gratiner ce plat à feu moyen.

— Il était entendu qu'elle dînerait avec nous. Mais, à
l'instant, elle a tenté de s'enfuir de la maison. Shen T'aï
l'en a empêchée au dernier instant.

— Une soirée agitée, en vérité. Pourquoi votre cousine
voulait-elle prendre la fuite ?

— A cause de vous.

— Hum ! A cause de moi ?

— Oui. Elle... elle voulait éviter de vous rencontrer. »
Marie-Louise Ferroud se leva.

« Elle est au salon, avec mon mari, à présent. Venez
avec moi, s'il vous plaît. Thérèse fera le reste.

— Saupoudrez largement de parmesan, de chapelure et
de beurre, Thérèse », dit Thomas.

Il prit son verre et le shaker.

« Je suis curieux, madame, de faire la connaissance de
votre parente — une dame qui veut me fuir avant de me
connaître. Quel compliment ! »

Il suivit la maîtresse de maison. Lorsqu'il pénétra dans
le salon, il lui arriva une chose qui ne lui était jamais
arrivée de sa vie : il laissa tomber son verre de Martini.
Le liquide se perdit dans l'épaisseur du tapis.

Thomas était comme paralysé, le regard fixé sur la
mince jeune femme qui occupait un fauteuil ancien. A
côté d'elle, Ferroud semblait monter une garde vigilante.
Mais Thomas n'avait d'yeux que pour cette jeune femme
pâle aux lèvres serrées, aux pommettes saillantes, dont
la chevelure était sévèrement tirée en arrière.

« Bonsoir, monsieur le Sonderführer, dit-elle d'une voix
rauque.

— Bonsoir, mademoiselle Deschamps », dit-il péniblement.

Puis, il s'inclina devant l'ex-assistante du professeur
Débouché, l'ex-partisane du maquis de Crozant, cette germanophobe fanatique qui lui avait craché au visage à
Clermont-Ferrand en lui souhaitant la mort, une mort
lente et douloureuse...

Jean-Pierre Ferroud ramassa le verre que Thomas avait laissé tomber.

« Yvonne, dit-il, ignorait le nom de notre visiteur de ce soir. Lorsque nous nous sommes rendus à la cuisine, elle a reconnu votre voix. Elle voulait se sauver... Vous devinez pourquoi.

— Je le devine.

— Fort bien, monsieur Lieven, nous voici en votre pouvoir. Yvonne est en danger de mort. La Gestapo est à ses trousses. Si personne ne lui vient en aide, elle est perdue. »

Les yeux verts d'Yvonne s'étaient à ce point rétrécis qu'ils ne formaient plus que deux fentes, à travers lesquelles elle dévisageait Thomas. Sur son beau visage se lisaient la honte et la colère, la confusion et la haine, la peur et la révolte.

J'ai trahi cette femme à deux reprises, songeait Thomas. Une fois en tant qu'Allemand, une autre fois en tant qu'homme. C'est cette seconde fois qu'elle ne peut pas me pardonner. De là, sa haine. Si j'étais resté dans sa chambre, cette nuit-là, au moulin de Gargilesse...

Ferroud interrompit ses réflexions.

« Vous êtes banquier, dit-il, tout comme moi-même. Ne parlons pas de sentiments. Parlons affaires. Vous désirez des renseignements au sujet du marché noir. Moi, je désire qu'il n'arrive pas malheur à la cousine de ma femme. Est-ce clair ?

— Parfaitement », dit Thomas.

Ses lèvres étaient soudain sèches comme du parchemin.

« Pourquoi la Gestapo vous poursuit-elle ? » demanda-t-il à Yvonne.

Elle rejeta la tête en arrière et regarda ailleurs.

« Yvonne ! s'exclama Mme Ferroud avec colère.

— Votre cousine et moi, dit Thomas en haussant les épaules, nous sommes de bons vieux ennemis. Elle m'en veut toujours de l'avoir laissée s'échapper, à Clermont-Ferrand. Je lui avais d'ailleurs donné l'adresse d'un ami, Bastien Fabre, qui l'aurait cachée. Il semble, malheureusement, qu'elle ne soit pas allée le trouver.

— Elle a contacté les chefs du maquis de Limoges, dit Ferroud, afin de continuer à travailler pour la Résistance.

— Notre petite héroïne patriotique », dit Thomas en soupirant.

Yvonne lui lança soudain un regard calme, franc et, pour la première fois, dénué d'hostilité.

« C'est mon pays, monsieur Lieven, dit-elle avec simplicité. Je voulais continuer à me battre pour mon pays. Qu'auriez-vous fait à ma place ?

— Je n'en sais rien. Peut-être la même chose. Que s'est-il passé ? »

Yvonne baissa la tête.

« Il y avait un traître dans le groupe, dit Ferroud. Le radio. La Gestapo a arrêté cinquante-cinq maquisards. Elle en cherche six autres, dont Yvonne.

— Elle a de la famille à Lisbonne, dit Mme Ferroud. Si elle parvient jusque là-bas, elle est sauvée. »

Les deux hommes s'entre-regardèrent en silence. Thomas savait qu'il était sur le point d'inaugurer une collaboration fructueuse. Mais, se demandait-il, comment vais-je vendre cette salade à mon colonel ?

Le domestique chinois apparut et fit quelques courbettes.

« Passons à table », dit Mme Ferroud.

Elle les précéda à la salle à manger. Les autres suivirent. Ce faisant, la main de Thomas Lieven effleura le bras d'Yvonne. Elle tressaillit comme si elle avait reçu une décharge électrique. Il la regarda. Ses yeux étaient devenus sombres. Le sang lui montait à la tête.

« Il faudra vous dépêcher de perdre cette habitude, dit-il.

— La... laquelle ?

— De sursauter. De rougir. Une agente de l'Abwehr doit savoir se dominer.

— Une *quoi ?* chuchota-t-elle.

— Une agente de l'Abwehr, répondit Thomas. Imaginez-vous, par hasard, que je puisse vous expédier à Lisbonne sous l'étiquette de la Résistance française ? »

L'express de nuit Paris-Marseille, qui quittait la gare de Lyon à 21 h 50, comportait trois wagons-lits. Au soir du 17 septembre 1943, les compartiments centraux de l'une des voitures avaient été réservés pour des membres de l'Abwehr.

Dix minutes avant le départ du train, un civil bien vêtu, accompagné d'une jeune femme élégante, apparut dans le couloir de ce wagon et fit signe au préposé. La dame portait un manteau en poil de chameau dont elle avait remonté le col, et un chapeau d'allure masculine, à larges bords, tel que c'était la mode à cette époque. Il était difficile d'apercevoir son visage.

L'homme montra son bulletin de réservation au contrôleur et lui glissa un gros billet dans la main.

« Merci, monsieur, je vous apporte les verres... »

Le contrôleur ouvrit les portes des deux compartiments réservés à l'Abwehr. Dans l'un des compartiments se trouvait un seau à glace contenant une bouteille de Veuve Clicquot. Un vase avec vingt œillets rouges était disposé sur la tablette de la fenêtre. La porte de communication des compartiments était ouverte.

Thomas Lieven ferma les portes du couloir. Yvonne Deschamps retira son grand chapeau. Une fois de plus, le rouge lui montait au front.

« Ne vous avais-je pas interdit de rougir ? » dit Thomas.

Il remonta le store et inspecta le quai où passaient à cet instant deux sous-officiers allemands du contrôle militaire des chemins de fer.

« Hum ! fit-il en laissant retomber le rideau noir. Qu'y a-t-il ? Pourquoi me regardez-vous comme ça ? Ai-je de nouveau trahi la France ?

— Le champagne... les fleurs... Pourquoi tout cela ?

— Pour vous calmer un peu, paquet de nerfs que vous êtes ! Vous sursautez à chaque bruit. Vous vous retournez sur tout le monde. Pourtant, vous ne courez aucun risque. Vous vous appelez Madeleine Noël, et vous travaillez pour l'Abwehr. Vous êtes munie d'un laissez-passer de l'Abwehr ! »

Pour obtenir ce papier, Thomas avait été obligé de dépenser sa salive à l'hôtel Lutétia pendant une journée entière.

« Lieven, avait déclaré à la fin le colonel Werthe, soupirant et secouant la tête, vous serez le fossoyeur de l'Abwehr-Paris. Il ne nous manquait plus qu'un type de votre espèce ! »

Après la première bouteille de Veuve Clicquot, Yvonne avait perdu ses appréhensions. Sa tension hystérique se relâchait. La conversation devenait presque gaie. Tous deux se mirent à rire, mais subitement Yvonne s'interrompit, s'écarta de Thomas, puis se leva et regarda ailleurs.

Thomas comprenait très bien la signification de son attitude. Une fois, déjà, il avait dédaigné son amour. C'est une situation qu'aucune femme n'oublie, qu'aucune femme ne veut voir se répéter.

Aussi, vers onze heures et demie, se souhaitèrent-ils une bonne nuit. C'est mieux ainsi, pensait Thomas... Est-ce vraiment mieux ainsi ? Il était légèrement gris, et Yvonne lui paraissait très belle. Lorsqu'il lui baisa la main en prenant congé, elle eut un mouvement de recul et son sourire se crispa de nouveau.

Thomas entra dans son compartiment, se déshabilla et fit sa toilette. Il venait d'enfiler son pantalon de pyjama lorsque le train freina brutalement, tout en s'engageant dans un virage en épingle à cheveux. Thomas perdit l'équilibre, valsa à travers le compartiment et buta contre la porte de communication qui s'ouvrit sous le choc. Evitant de justesse la chute, il atterrit dans le compartiment d'Yvonne. Celle-ci était couchée. Avec effroi, elle se redressa sur sa couchette.

« Mon Dieu ! »

Il retrouva son équilibre.

« Je vous demande pardon. Je ne l'ai pas fait exprès, vraiment pas... Je... bonne nuit... »

Il retourna à la porte.

« Attendez ! » dit-elle avec agitation.

Il fit demi-tour. Les yeux mi-clos d'Yvonne avaient pris une teinte très sombre. La bouche était entrouverte, la voix haletante :

« Ces cicatrices... »

Son regard était braqué sur le torse nu de Thomas, dont le côté gauche montrait trois vilaines cicatrices boursouflées, telles que les produit un instrument très spécial : un ressort à boudin revêtu de caoutchouc.

« Ça, dit Thomas, ça m'est arrivé en... C'est un accident... »

Il détourna la tête et leva machinalement le bras pour dissimuler sa poitrine.

« Vous mentez...

— Comment ?

— J'avais un frère. Il a été arrêté à deux reprises par la Gestapo. La deuxième fois, on l'a pendu. La première fois, on l'a torturé. Lorsqu'il... — sa voix se brisa — ...lorsqu'il est rentré de l'hôpital, il avait... il avait les mêmes cicatrices... Et *vous* êtes l'homme que j'ai insulté, soupçonné... *vous*...

— Yvonne... »

Il s'approcha d'elle. Les lèvres d'une belle femme se posèrent sur les cicatrices des blessures qu'un homme brutal avait infligées. Puis, ils prirent conscience l'un de l'autre. Un flot de tendresse balaya craintes et mauvais souvenirs. La locomotive lança un cri strident. Les roues battaient les rails au rythme incessant de la course. Le vase aux œillets rouges tintait doucement.

Le bimoteur spécial muni des insignes allemands prit de la vitesse sur la piste d'envol de l'aérodrome de Marseille. La matinée était maussade. Il pleuvait doucement.

A une fenêtre des bâtiments de l'aéroport se tenait un homme abondamment pourvu de fausses identités. Son vrai nom était Thomas Lieven. Les mains dans les poches de son souple manteau de loden, il serrait les deux pouces.

Dans l'appareil se trouvait Yvonne Deschamps, en route pour Madrid et, de là, pour Lisbonne.

Ils ne s'étaient aimés que pendant une seule nuit, et pourtant, lorsque l'avion disparut dans les nuages, Thomas se sentit solitaire et abandonné. Il eut l'impression d'avoir cent ans.

Il frissonna. Adieu, Yvonne, dit-il en pensée. Dans tes bras, pour la première fois depuis longtemps, je n'ai plus pensé à Chantal. Mais il était écrit que nous ne resterions pas ensemble. Les temps que nous vivons ne se prêtent pas à l'amour. Les temps que nous vivons séparent les amants, ou bien les ·tuent. Tous mes vœux t'accompagnent, Yvonne. Il n'y a guère de chances que nous entendions parler l'un de l'autre.

Là, il se trompait !

Le 22 septembre 1943, Thomas Lieven fut de retour à Paris.

« M. Ferroud a appelé quatre fois, l'informa Nanette. Il veut vous parler de toute urgence.

— Venez à la maison à quatre heures », insista Ferroud quand Thomas lui téléphona de sa banque.

L'élégant financier à la chevelure blanche accueillit Thomas en l'embrassant. Il avait les larmes aux yeux.

« Monsieur, dit Thomas en s'éclaircissant la gorge, Yvonne est en sécurité. Ce qui n'est pas votre cas. Moins que jamais.

— Pardon ?

— Avant de parler de nos affaires — j'ai rempli mes engagements, maintenant c'est à votre tour — je vais vous résumer rapidement les résultats de mon enquête sur vos transactions. »

Thomas avait appris entre-temps que Jean-Pierre Ferroud était un délinquant d'une espèce particulière. Tout comme les mercantis de marché noir, il trafiquait d'une masse énorme de produits dits « stratégiques », non pas pour les vendre aux Allemands, mais, au contraire, pour les mettre à l'abri. Il représentait exactement le contraire des trafiquants habituels qui ne demandaient qu'à brader leur pays. Car il essayait de *sauver* des biens français. Dans ce but, Ferroud avait falsifié des bilans, fourni des fausses indications concernant la production des entreprises administrées par sa banque et fait figurer sur ses livres des ventes fictives aux Allemands qui portaient sur une quantité colossale de marchandises.

Thomas le lui dit, bille en tête. Ferroud pâlit. Il tenta de protester, puis se tut et tourna le dos.

« ... ce que vous avez fait, conclut celui-ci, est tout bonnement grotesque, monsieur. Les conséquences ne se feront pas attendre. Vos entreprises seront confisquées. Ça vous fera une belle jambe. Bien sûr, en me mettant à la place d'un Français, je vous comprends très bien. Aussi vais-je vous donner un conseil d'ami, avant qu'on découvre vos manigances : réclamez immédiatement des administrateurs allemands. A ce moment-là, personne ne s'occupera plus de vos usines. Quant aux administrateurs, je suppose que vous saurez vous en arranger, n'est-ce pas ? »

Ferroud se retourna et hocha la tête en signe d'assentiment. Par deux fois, il avala sa salive.

« Merci, dit-il ensuite.

— De rien. Voilà. Maintenant, passons à nos affaires. Mais je vous préviens, Ferroud : si vos informations ne valent rien, je vous fais sauter ! Je ne suis pas en mesure de me mettre *uniquement* à la place des Français. Car, tout bien pesé, Yvonne a été sauvée grâce à l'aide allemande.

— Je le sais et je suis prêt à le reconnaître, dit Ferroud

en s'approchant. Et ce que je vais vous révéler peut vous aider à écraser l'une des plus grandes organisations de marché noir de tous les temps. Une organisation qui a causé déjà un préjudice considérable à mon pays comme au vôtre. Au cours des derniers mois, une énorme quantité de bons du Trésor allemands a submergé la France. Vous connaissez ces bons ? »

Thomas les connaissait. Il s'agissait d'une sorte de monnaie d'occupation qui existait dans tous les pays envahis par l'Allemagne. Ils étaient destinés à éviter une exportation excessive de billets de banque allemands.

« Ces bons, dit Ferroud, sont munis de numéros de série courants. Deux chiffres de la série, qui figurent toujours au même emplacement, permettent aux spécialistes de déterminer à quel pays les bons sont destinés. Or, cher ami, au cours du dernier semestre une quantité de marchandises françaises valant près de deux milliards a été achetée moyennant de tels bons. Et plus d'un milliard de ces bons présentaient des chiffres-repères roumains, non pas français ! »

Thomas bondit sur sa chaise.

« *Roumains ?* Comment une telle quantité de bons roumains a-t-elle pu arriver en France ?

— Je n'en sais rien. »

Dans le tiroir de son secrétaire, Ferroud prit deux épaisses liasses de bons valant 10 000 marks chacun.

« Tout ce que je sais, c'est que les voilà. Veuillez examiner les chiffres-repères roumains. Et je ne crois pas, monsieur, que des *Français* seraient en mesure de détourner vers leur propre pays ce déluge destiné à la Roumanie... »

« ... Ferroud ne sait pas de quelle manière les bons roumains sont arrivés en France », déclara Thomas deux heures plus tard au bureau du colonel Werthe.

Son débit était rapide. L'exaltation de la chasse l'avait saisi. Il ne remarquait pas que ses deux auditeurs, le

colonel Werthe et l'ambitieux commandant Brenner,
échangeaient de temps à autre des regards étranges.
Il était trop lancé.

« Par contre, Ferroud est convaincu que seuls les Allemands ont pu importer les bons et que, par voie de
conséquence, les chefs de l'organisation sont nécessairement des Allemands !

— Votre M. Ferroud en est convaincu, dites-vous. »

Tout en regardant Brenner, le colonel Werthe parlait
avec une certaine insistance. A ce moment seulement,
Thomas s'aperçut que quelque chose clochait.

« Que se passe-t-il ? Que signifient ces regards ?

— Mettez-le au courant, dit le colonel avec un soupir.

— Votre ami Ferroud, dit Brenner en se mordant les
lèvres, doit s'attendre à de gros ennuis. Depuis une demi-
heure, des hommes du SD sont installés dans sa maison.
Il est aux arrêts, chez lui. Si vous étiez resté un peu
plus longtemps avec lui, vous auriez eu l'occasion de
saluer vos vieux amis, le Sturmbannführer Eicher et son
officier d'ordonnance, Winter. »

Thomas frissonna.

« Qu'est-il arrivé ?

— Il y a deux jours, un certain Erich Petersen, Untersturmführer des SS, a été assassiné à Toulouse. Un coup
de feu a été tiré sur lui à son hôtel. Le coupable a pu
s'échapper. Le SD est convaincu qu'il s'agit d'un attentat
politique, d'une sorte de démonstration. Le Führer a déjà
ordonné des funérailles nationales.

— Himmler exige des représailles impitoyables, dit
le colonel Werthe.

— Le SD-Toulouse s'est adressé à la police française,
poursuivit Brenner, qui lui a remis une liste de cinquante
communistes et de cent juifs. Cette liste servira à sélec-
tionner les otages qui seront fusillés pour venger le
meurtre de Petersen.

— La police française, dit avec amertume le colonel
Werthe, est vraiment d'une serviabilité exquise, n'est-ce
pas ? Quand il s'agit de faire plaisir à la Gestapo, elle

ne recule devant rien, même pas devant la vie de ses propres compatriotes !

— Minute, minute, dit Thomas. Ça va trop vite pour moi. J'ai deux questions à poser. Primo : pourquoi tout ce cirque à propos de Petersen ?

— Parce que, répondit Brenner, ce Petersen était un dignitaire de l'Ordre du Sang. Le ministère de la Sûreté est sens dessus dessous. Bormann en personne a rendu visite à Himmler pour' réclamer des représailles sanglantes.

— Bon, dit Thomas, jusque-là, j'ai compris. Deuxième question : quelle relation existe-t-il entre mon banquier Ferroud et les incidents de Toulouse ?

— Le SD-Toulouse a entendu un certain nombre de témoins. Entre autres, un homme de confiance de la Gestapo : un petit prêteur sur gages nommé Victor Robinson. Ce Robinson a fourni au SD des renseignements tendant à prouver que votre Jean-Pierre Ferroud serait l'instigateur moral de l'assassinat de Petersen. »

Le cerveau de Thomas travaillait à toute vitesse : Petersen, dignitaire de l'Ordre du Sang, est assassiné. On soupçonne Ferroud. Je sais beaucoup de choses sur Ferroud. Mais lui sait également beaucoup de choses sur moi. M'a-t-il roulé ? M'a-t-il dit la vérité ? Que va-t-il arriver ? A lui, à moi, aux cinquante communistes et aux cent juifs ?

Avant de reprendre la parole, Thomas fut obligé de s'éclaircir la gorge.

« Colonel, dit-il, Ferroud est convaincu que ce sont des Allemands qui ont organisé une énorme escroquerie portant sur le trafic des bons du Trésor. »

Il hésita, cherchant ses mots.

« N'est-il pas bizarre que le SD mette le grappin sur Ferroud juste au moment où celui-ci commence à devenir intéressant pour nous ?

— Je ne comprends pas un mot de ce que vous racontez, dit le brave commandant Brenner.

— Je ne m'y attendais guère, répondit Thomas sans

malveillance. Colonel, je ne peux rien prouver de ce que j'avance, mais j'ai le net sentiment qu'il ne faut pas laisser tomber Ferroud maintenant ! En ce qui concerne cette affaire, l'Abwehr doit rester dans le coup !

— Quelles sont vos suggestions ?

— Vous savez que j'ai vécu à Marseille. A cette époque, j'ai fait la connaissance de deux hommes qui résident à Toulouse : Paul de la Rue et Fred Meyer... »

Il s'agissait des deux truands que Thomas avait transformés en gentlemen au cours d'un stage péniblement accéléré, à la suite de quoi ils s'étaient trouvés à même de soulager le joaillier Marius Pissaladière de certains bijoux d'une valeur approximative de huit millions de francs.

Thomas paraphrasa avec décence la véritable nature de ses rapports avec les deux hommes du milieu.

« Par conséquent, dit-il, je vais me rendre à Toulouse !

— A Toulouse ?

— Bien entendu ! Il n'y a pas de crime perpétré dans leur ville dont ces messieurs ignorent les tenants et les aboutissants ! Et à *moi*, ils me diront ce qu'ils savent.

— Et le SD ?

— Il faut aller voir Eicher, colonel. Il faut lui expliquer que nous tenons beaucoup à Ferroud, en ce moment, et lui offrir la coopération de l'Abwehr pour éclaircir l'assassinat de l'Untersturmführer Petersen. »

Le petit commandant Brenner retira ses lunettes et les nettoya minutieusement. Au moment de cette folle affaire de maquisards, songeait-il en se mordant les lèvres, je me suis brûlé les doigts. J'ai voulu contrer Lieven. J'ai même fait du scandale. Résultat ? Le commandant Brenner jeta un coup d'œil sur son épaulette gauche.

« Après mûre réflexion, dit-il, je me rallie à l'avis de M. Lieven. Nous n'avons pas le droit de nous laisser expédier sur la touche. Il faut que nous restions dans le coup. Cette affaire de bons est trop importante... »

Thomas se détourna pour dissimuler un sourire.

Le colonel s'agita :

« Vous voulez encore m'envoyer chez ces porcs pour faire le beau ?

— Il ne s'agit pas de faire le beau, mon colonel ! s'exclama Brenner. Employons la vieille méthode ! Vous vous présentez en grande tenue, avec un dossier ultra-secret sous le bras !

— Vous êtes cinglés, tous les deux, dit Werthe. Eicher va faire une crise d'apoplexie rien qu'en me voyant !

— Mon colonel, nous avons récupéré M. Lieven à l'aide d'un *faux* « Gekados » ! Ce serait bien le diable si nous n'arrivions pas à nous brancher sur l'affaire Petersen avec un *vrai !* »

« Ce Lieven de merde ! » dit le Sturmbannführer Walter Eicher.

Jovial, rougeaud et râblé, il était assis dans son bureau du 84, avenue Foch. Avec lui se trouvaient Winter, son officier d'ordonnance, et l'Obersturmführer Ernst Redecker, un esthète blond qui professait une prédilection pour Rilke et le poète Stefan George.

C'était le 23 septembre 1943, vers dix-neuf heures. Eicher venait de terminer son service. Après les fatigues de la journée, il aimait à bavarder une heure avec son officier d'ordonnance, tout en buvant un bon petit coup. Lors de ces réunions intimes, il avait plaisir à accueillir l'Obersturmführer Redecker, car cet homme de bien était pourvu d'une qualité exceptionnelle : il était le propre beau-frère du Reichsführer des SS et chef de la police allemande, Heinrich Himmler. De temps à autre, Redecker recevait de « Reichsheini » des lettres personnelles, rédigées dans un style très cordial, qu'il montrait à la ronde avec un orgueil légitime. A l'avis d'Eicher, un tel homme valait la peine d'être « conservé au chaud ». Et c'est ce qu'il faisait.

Mais aujourd'hui, l'ambiance n'était pas celle d'une causerie au coin du feu.

« Tous les jours, une nouvelle tracasserie, grogna Eicher. Le colonel Werthe, de l'Abwehr, sort de chez moi. »

Le Sturmbannführer se remit à jurer.

« Ce Lieven de merde !

— S'agit-il de celui que nous avions en main ? demanda Winter avec un regard venimeux.

— En main, oui, mais pas assez, malheureusement. Je vous demande pardon, Obersturmführer, je n'ai pas l'habitude de m'exprimer de cette façon, mais ce salaud-là ne nous a jamais causé que des embêtements.

— De quoi s'agit-il cette fois ? s'enquit Winter.

— De l'assassinat de Petersen. »

Le propre beau-frère de « Reichsheini » reposa brutalement son verre de cognac sur la table. Ses traits se crispèrent et il changea de couleur. Il était de notoriété publique que Redecker avait été intimement lié avec le défunt Erich Petersen. Aussi, son émotion était-elle compréhensible.

Eicher raconta que le colonel Werthe s'était présenté chez lui pour lui faire savoir que l'Abwehr s'intéressait vivement à l'un des suspects de l'affaire, le banquier Ferroud, celui-ci paraissant être le personnage clef d'un gigantesque trafic de devises où, de toute évidence, étaient également impliqués des Allemands.

Redecker but. Sa subite nervosité était telle qu'il renversa un peu de cognac.

« Et alors ? demanda-t-il d'une voix enrouée. Quel rapport entre Petersen et ce trafic de devises ?

— Aucun, bien sûr. Mais Werthe m'a demandé de laisser ses services participer à l'enquête sur l'infâme attentat dont a été victime notre camarade.

— Et vous avez refusé, bien entendu ? dit Redecker avec agitation.

— Evidemment, j'ai refusé, pour commencer ! Là-dessus, il m'a sorti des « Gekados » et des trucs comme ça. Il a insisté pour téléphoner à Canaris de mon bureau. Canaris, apparemment, a parlé avec votre beau-frère. Car.

il y a une demi-heure, nous avons reçu un télégramme du ministère qui nous enjoint de poursuivre l'enquête en collaboration avec l'Abwehr. »

Des gouttelettes de sueur perlaient inexplicablement au front de Redecker. Personne ne s'en aperçut. Il se leva, tourna le dos aux deux autres et s'essuya le front.

« Werthe est déjà parti pour Toulouse, poursuivit Eicher avec colère. Et qui l'accompagne ? Lieven ! Une saloperie d'agent double ! Un fumier qui a roulé nos hommes ! Un individu qu'on aurait dû balancer à la fosse commune depuis des années ! »

Eicher vida son verre avec agitation.

« Si jamais je remets la main sur ce type... Qu'est-ce que c'est ?... »

Un de ses subordonnés venait d'entrer dans la pièce.

II

THOMAS retrouva la rue des Bergères avec un sentiment de nostalgie. Il avait déjà appris que Jeanne Perrier, son ex-logeuse à la crinière léonine, n'habitait plus Toulouse. Pourtant, il l'eût volontiers revue, elle et ses pensionnaires. Uniquement pour échanger de vieux souvenirs, bien entendu...

Il s'arrêta devant un immeuble minable, puis traversa une entrée également minable et monta au troisième étage.

Sur la porte, une pancarte indiquait :

Paul de la RUE - Fred MEYER

agents immobiliers

Thomas sonna en réprimant son envie de rire. Agents immobiliers ! se dit-il. Quand je les ai connus, ils étaient encore faussaires, rats d'hôtel et perceurs de coffres-forts. Quelle carrière !

Il entendit un bruit de pas et la porte s'ouvrit. Paul de la Rue, descendant de huguenots, apparut sur le seuil. Il était vêtu avec goût et impeccablement coiffé. Un

certain charme aristocratique émanait de sa haute taille
et de son mince visage.

« Bonjour, monsieur, dit-il avec distinction, veuillez
vous donner la peine... »

Puis, il poussa un cri.

« Nom de Dieu, c'est Pierre !... »

Il abattit sa main sur l'épaule de Thomas qu'il avait
connu sous le nom de Pierre Hunebelle. Pendant quelques secondes, il oublia ses bonnes manières :

« Putain, j'en suis comme deux ronds de flan ! Te voilà
vivant ? On m'a raconté que la Gestapo t'avait acheté
un costard en sapin ! »

Thomas eut un certain mal à échapper aux accolades
de Paul et à pénétrer dans l'appartement.

« C'est joli chez vous, dit-il. Mon enseignement a porté
ses fruits. Il faudra évidemment vous défaire des
figurines de faïence, là-bas : le faon, le lutin et la danseuse !

— Où diable étais-tu donc passé ? demanda Paul en le
regardant fixement. Comment as-tu atterri ici ? »

Thomas exposa sa situation. Paul l'écouta en silence.
De temps en temps, il hocha la tête.

« ... aussi, dit Thomas pour conclure, j'ai débarqué à
Toulouse avec mon colonel dans l'espoir que vous pourriez m'aider. Mais, maintenant que vous faites partie du
gratin...

— Gratin, mon cul ! « Agents immobiliers », ça fait
bien sur la porte ! A part ça, on a nos combines — comme
tout le monde. Mais, nous, on est plus malins — grâce à
toi, vieux frère. Tu nous as rendu un fier service, avec tes
leçons.

— Oui, dit Thomas, et maintenant vous pouvez m'en
rendre un à votre tour. Il faut que je sache qui a descendu
ce Petersen. Il faut que je sache si c'était un attentat de
la Résistance.

— Ce n'était sûrement pas un meurtre politique.

— Prouve-le-moi. Raconte qui a tué Petersen. Et de
quelle façon. Et pourquoi.

— Mais, Pierre, tu ne peux pas me demander de balancer un compatriote qui a buté un nazi !

— Ecoute-moi bien, Paul. Les nazis ont arrêté cent cinquante personnes : des compatriotes à toi. Ils vont fusiller des otages. Plusieurs ! La seule manière d'éviter ça, c'est de prouver qu'il ne s'agissait pas d'un assassinat politique et que Petersen avait de la merde aux doigts ! Tu as compris, crétin ?

— Arrête de gueuler. Je veux bien me tuyauter un peu... »

Trois jours plus tard, le 27 septembre 1943, trois messieurs déjeunèrent à la table de Paul de la Rue : le maître de maison, Thomas Lieven et Fred Meyer.

Paul avait appelé Thomas à son hôtel :

« Je crois, dit-il, que j'ai quelque chose pour toi. Viens me voir. Fred viendra aussi. Tu ne pourrais pas nous préparer un bon plat ? Les copains de Marseille ont dit que tu leur avais fait, un jour, une graine du tonnerre !

— C'est d'accord », répondit Thomas.

Ce matin-là, il avait travaillé pendant trois heures dans la cuisine de Paul. A présent, ils étaient à table. Pour fêter ces retrouvailles, les deux truands portaient des costumes foncés, des chemises blanches et des cravates argentées. Leurs manières étaient à ce point excellentes qu'ils s'évertuèrent à manger le hors-d'œuvre — du céleri en branches farci — avec le couteau et la fourchette, ce qui n'allait pas sans grandes difficultés.

« Contrairement à la plupart des autres mets, dit Thomas, il est licite et même convenable de manger ces branches avec les doigts.

— Le Ciel soit loué ! dit Fred. Qu'est-ce que c'est que ce fromage ?

— Du roquefort, répondit Thomas. Alors ? Qui a liquidé Petersen ?

— Un certain Louis Monico. Un Corse. On l'appelle Louis le Rêveur.

MENU

Céleri en branches farci
Ragoût de bœuf à l'espagnole
Pêches flambées

Toulouse, le 27 septembre 1943

UN DEJEUNER RELEVE FAIT ECLATER LA GROSSE COMBINE

Céleri en branches farci

Prenez des côtes fermes de céleri blanc et lavez-les bien. Préparez une mixture de beurre frais et de roquefort, à parts égales, et mélangez à fond. — Entaillez légèrement dans le sens de la longueur les courbures naturelles des côtes et farcissez-les. Mettez au frais. — Servez les céleris debout, feuilles en haut, dans un récipient en forme de vase, et remplissez les interstices de petits morceaux de glace.

Ragoût de bœuf à l'espagnole

Taillez de petits biftecks dans du filet de bœuf et aplatissez-les. Badigeonnez de moutarde, salez, poivrez. Émincez ensuite des pommes de terre crues, mais épluchées, et faites dorer au beurre une généreuse quantité d'oignons hachés. — Dans un moule à pouding beurré et parsemé de chapelure, rangez une couche de pommes de terre avec des flocons de beurre, un peu de sel et de poivre ; puis, une couche de viande couverte d'oignons revenus ; puis, une autre couche de pommes de terre, et ainsi de suite. Terminez par des pommes de terre parsemées de flocons de beurre. — Mélangez une demi-tasse de vin rouge, une demi-tasse de crème fraîche et une demi-tasse de bouillon de viande et mouillez-en le contenu du moule. Couvrez bien celui-ci et mettez-le pendant une heure et demie au bain-marie. Sans remuer, renversez le moule directement sur un grand plat.

Pêches flambées

Préparez un caramel clair avec du sucre en poudre, 3 flocons de beurre et des amandes effilées. Arrêtez la cuisson avec du jus d'orange ou du citron fraîchement pressé, dans la proportion de 1 pour 2. Ajoutez un trait de cointreau, de marasquin et de cognac. Placez dans ce mélange des moitiés bien égouttées de pêches en conserve. Arrosez constamment les pêches avec le liquide jusqu'à ce qu'elles soient chaudes, rajoutez ensuite du cognac et faites flamber. — Rangez les pêches chaudes dans l'assiette sur une boule de glace à la vanille, arrosez la sauce et garnissez d'un peu de crème Chantilly. (Pour ce dessert qui se prépare à table, il faut un poêlon très propre, nickelé à l'intérieur, et un réchaud à alcool.)

— Et qui est ce Rêveur ? Résistance ?

— Penses-tu. C'est un vrai affranchi. Il est tout jeune, mais il a les éponges mitées. Il a déjà fait quatre ans de ballon pour meurtre.

— Et pourquoi a-t-il tué Petersen ?

— D'après ce que nous avons pu savoir, dit Fred — et nos informateurs, c'est ce qu'on fait de mieux dans le genre —, ce Petersen était une salope de première. Ordre du Sang, mes fesses ! SD, mes fesses ! Chatouille-moi, tu me feras rire ! Petersen est venu ici comme civil, tu comprends. Et sais-tu ce qu'il faisait ? Il achetait de l'or.

— Tiens, tiens.

— N'importe quelle quantité. Et il payait bien. Ça devait être un énorme combinard. Le Rêveur a fait affaire avec lui à plusieurs reprises. Toujours des petits lots. »

M. Petersen du SD, songea Thomas, un trafiquant d'or ! Et le Führer ordonne des funérailles nationales. Et on veut fusiller des otages. Et l'Allemagne a perdu un héros. Heil !

« Petit à petit, Petersen a su inspirer confiance au Rêveur. Et, un jour, Louis s'est pointé à l'hôtel de Petersen avec un *très* gros paquet de jonc... »

A l'hôtel Victoria, un jeune homme frêle et pâle posa deux lourdes valises remplies de pièces d'or et de lingots sur la table Louis XV de l'appartement 203. Louis Monico haletait sous l'effort. Sa respiration sifflait. Ses yeux étaient brillants de fièvre.

Face au Rêveur se trouvait un homme de petite taille, vêtu de flanelle grise. Il avait des yeux pleurards, une bouche presque dépourvue de lèvres ; une raie géométrique partageait les cheveux courts et blonds. Louis savait que l'homme s'appelait Petersen et qu'il achetait de l'or. C'était tout ce qu'il savait. Mais il pensait que c'était suffisant.

« Combien, aujourd'hui ? demanda Petersen.

— Trois cents napoléons et trente-cinq lingots. »

Le Rêveur ouvrit les deux valises. L'or scintillait à la lumière du plafonnier.

« Où est l'argent ? »

Petersen porta la main à la poche intérieure de son veston. Lorsque la main réapparut, elle tenait une carte.

« Je suis l'Untersturmführer Petersen, du SD, dit Petersen d'une voix glaciale. Je vous arrête. »

Pendant que Petersen parlait, Louis Monico avait gardé la main droite dans sa poche. Il ne l'en retira pas. Il tira à travers la poche. Le dignitaire de l'Ordre du Sang Erich Petersen reçut trois balles en pleine poitrine. Il mourut sur le coup. Ses yeux éteints fixaient le plafond.

« C'est moi que tu voulais arnaquer, pauvre cave ? » demanda le Rêveur au mort.

Il enjamba le cadavre et alla ouvrir la double porte de l'appartement. Le couloir était désert. Le Rêveur empoigna ses deux valises pleines d'or et partit. Dans le hall, personne ne fit attention à lui.

« ... dans le hall, personne ne fit attention à lui, dit Fred Meyer.

— Et d'où tenez-vous ces renseignements ? demanda Thomas.

— Du frère du Rêveur.

— Il vous a raconté tout ça sans la moindre difficulté ?

— Oui. Car, entre-temps, ça ne tire plus à conséquence. Je t'avais dit que le Rêveur était tubard. Il y a trois jours, il a fait une hémoptysie. Il est à l'hôpital. Il passera l'arme à gauche avant la fin de la semaine.

— Tu peux y emmener ton colonel, dit Paul. Il est prêt à faire une déclaration. »

27 septembre 1943, 16 h 15.

Le téléphone sonna sur le bureau du petit commandant Brenner. Il décrocha et reconnut la voix de son chef :

« Ici, Werthe. Je vous appelle de Toulouse. Suivez-moi

bien. Ce que je vais vous dire est d'une importance capitale.

— A vos ordres, mon colonel !

— Nous avons retrouvé l'assassin de Petersen. »

Werthe raconta l'histoire de Louis Monico, de sa maladie et sa confession.

« Lieven, deux agents du SD et moi-même étions à son chevet.

— Formidable, mon colonel ! » s'exclama Brenner.

Son cœur battait la chamade. Ce Lieven ! Ce diable de Lieven ! Dieu merci, j'ai soutenu son idée dès le départ !

« Mais ce Victor Robinson ? rappela Brenner. Ce prêteur sur gages qui a accusé Ferroud ?

— Nous avons éclairci cette affaire. Robinson était le complice de Petersen. C'est un ancien employé de Ferroud. Celui-ci l'avait mis à la porte. Robinson voulait se venger. Mais ce n'est pas tout, Brenner. Nous avons fait une découverte sensationnelle : d'après les investigations de Lieven, Petersen et son or étaient impliqués dans un trafic monstre de bons du Trésor... Allô, Brenner, vous m'entendez ? »

Brenner humectait ses lèvres sèches. Nom de Dieu, les bons du Trésor ! Quel cirque ! Quel... et moi, *moi*, je suis dans le coup !

« Je vous entends, mon colonel, s'écria-t-il d'une voix martiale.

— Nous ignorons encore les tenants et les aboutissants, mais il n'y a plus une seconde à perdre, Brenner ! Si Petersen a réellement trempé dans l'affaire des bons, nous allons vers un scandale de première grandeur ! Le SD fera évidemment tout son possible pour étouffer l'affaire. Nous avons de l'avance sur eux — mais c'est une avance de quelques heures, tout au plus. Prenez cinq hommes auxquels vous puissiez vous fier, commandant...

— Oui ?

— L'appartement de Petersen se trouve 3, avenue de Wagram. Fouillez-le.

— Bien, mon colonel !

— Lieven a appris que Petersen avait un pied-à-terre secret, au 28 de l'avenue Mozart. Il semblerait que le SD ne soit pas au courant... Allez-y également...

— Bien, mon colonel !

— Retournez-moi ces deux appartements sens dessus dessous. Faites comme bon vous semblera ! Lieven viendra vous retrouver, il est déjà sur le chemin du retour. Mettez la main sur le matériel suspect avant que le SD ne le fasse disparaître ! Compris ?

— Oui, mon colonel ! »

C'est ainsi que le petit commandant fut précipité dans une aventure qui allait faire monter le rouge de la honte à son honnête visage joufflu ; une aventure scandaleuse et typiquement parisienne. Tâchons de la relater avec tact.

Faisant crier ses pneus, la Mercédès de la Wehrmacht s'arrêta devant le 3, avenue de Wagram. Le petit commandant Brenner bondit hors de la voiture, bomba le torse et redressa d'un geste décidé ses lunettes à monture d'or.

Un camion militaire se rangea derrière la Mercédès. Cinq hommes en uniforme descendirent dans la rue, que baignaient les derniers rayons de soleil d'une belle journée d'automne. Ceci se passait à 16 h 46, le 27 septembre 1943.

« Suivez-moi ! » ordonna le petit commandant en faisant glisser son pistolet en avant.

A la tête de ses cinq hommes d'élite, il pénétra dans l'immeuble au pas de charge, mais l'appartement de feu Petersen était vide. Les portes étaient ouvertes. Tapis et meubles, tout avait disparu.

« On est venu chercher tout ça ce matin, déclara le gros concierge en haussant les épaules.

— Qui est venu ?

— Ben, des déménageurs, et un officier allemand, un ami de M. Petersen... Il venait souvent ici... Redecker, il s'appelle...

— Redecker ? »

Le commandant Brenner avait des relations au SD. Il connaissait l'Obersturmführer Redecker, beau-frère du Reichsführer des SS et chef de la police allemande, Heinrich Himmler.

Brenner eut un sinistre pressentiment. Redecker aurait-il fait partie commune avec Petersen ? S'il en était ainsi, l'affaire devenait réellement une question de secondes ! Le SD, prétendait le colonel, ne connaissait pas le pied-à-terre de l'avenue Mozart. Donc, c'était là qu'il fallait se rendre, et en quatrième vitesse !

Les cinq hommes d'élite descendirent l'escalier en trombe et suivirent leur commandant dans la rue. Moteurs vrombissants, les véhicules s'élancèrent en avant. Le cœur battant, Brenner avait l'esprit agité d'images rappelant le genre : *c'est moi, Zorro ! j'arrive !*

Quelques minutes après, dans l'élégante avenue Mozart, Brenner tenta de se rappeler les bribes de français qu'il avait apprises au collège, pour expliquer à la concierge du nº 28 qu'il avait mission de fouiller l'appartement de M. Petersen.

« Mais, monsieur, répondit la concierge, ces dames sont là-haut !

— Ces dames ? Quelles dames ?

— Mme Page et sa femme de chambre.

— Qui est Mme Page ?

— L'amie de M. Petersen, bien sûr. Lui, il est parti en voyage depuis quelques jours déjà. »

L'intellect de Brenner conclut avec acuité qu'on ignorait totalement, ici, la triste fin du trafiquant d'or et dignitaire de l'Ordre du Sang. Une fois de plus, il s'élança à la tête de ses cinq hommes et s'arrêta au second étage.

Une soubrette particulièrement avenante répondit à son coup de sonnette. Brenner lui exposa l'objet de sa visite, sans, cependant, souffler mot (soyons malins !) du trépas de Petersen. La jolie soubrette perdit contenance et appela madame.

Lily Page apparut, vêtue d'un semblant de robe dont

la transparence, même dans le demi-jour de l'antichambre, était apte à semer le trouble dans l'esprit des spectateurs. Son corps était plein d'attraits, non dépourvus d'une certaine opulence. Bref, une personne fort intéressante, avec des yeux taillés en amandes et une peau blanche comme neige.

Le commandant remarqua que ses cinq hommes d'élite commençaient d'avoir les yeux qui sortaient de la tête. Il existait une catégorie de dames avec laquelle Fritz Brenner n'avait jamais eu affaire de sa vie. Mme Page en faisait partie. Il s'éclaircit la voix et résuma le but de sa mission avec courtoisie et détermination.

Ensuite, le zèle personnifié, il pénétra le premier dans un salon dont l'aménagement était aussi élégant que coûteux. Aux murs, on pouvait contempler un certain nombre de tableaux aux sujets particulièrement scabreux. Il va de soi que Brenner ne les contempla point.

Entre-temps, Lily Page se dirigea d'un pas gracieux vers la fenêtre et tira le store, bien que ce geste fût parfaitement inutile à cette heure de la journée.

Me prend-elle pour un imbécile ? se demanda Brenner ; ce ne peut être qu'un signe convenu, destiné à quelqu'un qui doit passer dans la rue ! Il rejoignit l'opulente Lily et remonta le store.

« Je préfère, dit-il avec des grâces de petit éléphant, admirer la beauté de madame à la lumière du jour.

— Vous êtes trop aimable, dit Lily en se laissant retomber dans un fauteuil moelleux et profond. Veuillez commencer votre perquisition, commandant. »

Elle croisa les jambes.

Les cinq hommes de Brenner avaient, apparemment, déjà commencé. Le commandant les entendait remuer des objets dans la pièce voisine, pendant qu'ils plaisantaient avec la soubrette. Sacrée bande ! Aucun sérieux, aucun sens du devoir ! Une drôle de conception du service...

Tout à sa mauvaise humeur et troublé, de surcroît, par la présence de Lily, Brenner ouvrit un grand coffret d'acajou. Ce qu'il y découvrit lui fit monter le rouge de la honte au front. Il suffoqua. Dans son fauteuil, la brune Lily eut un sourire sardonique. Le commandant claqua le couvercle du coffret. Il se sentait de moins en moins à l'aise.

Certes, le commandant Brenner avait entendu dire qu'il existait des livres, des dessins, des photos et des objets d'une nature telle qu'on ne pouvait les exposer en public. Mais il avait été bien incapable de se faire une idée quelconque desdits livres, dessins, photos et objets. A présent qu'il avait ouvert le coffret et que son regard dénué de malice était tombé sur des trivialités de cette sorte, tout son être se révolta devant autant de monstruosité et de perversion ! Pas surprenant, se dit-il, qu'une telle nation ait perdu la guerre...

Des hennissements de triomphe à peine réprimés firent sursauter le commandant.

« Vos hommes, dit doucement la dame aux yeux en amandes, semblent avoir découvert la bibliothèque. »

Brenner se précipita dans la pièce voisine. Quatre de ses hommes d'élite étaient occupés à explorer l'armoire-bibliothèque. Le commandant frissonna en découvrant le sujet de leur gaieté. Il chercha des yeux le cinquième homme d'élite. Il était dans la chambre de la soubrette.

Brenner interdit l'exploration de la bibliothèque aux quatre hommes, retrouva le cinquième et lui interdit l'exploration de la soubrette. Il commençait à être débordé par les événements. Car l'appartement se révéla être un véritable musée de l'innommable.

Le visage du commandant prit, et conserva dès lors, la teinte d'une tomate trop mûre. Son front était baigné de sueur. Prenant une résolution désespérée, il courut au téléphone et demanda Toulouse en priorité par un standard de la Wehrmacht.

Dieu soit loué. Werthe était encore là. Brenner poussa un soupir de soulagement en entendant la voix de son colonel. D'une voix essoufflée, il décrivit le marécage où

il s'était embourbé. Il n'entendit pas le colonel soupirer
à son tour.

« Et pas de preuves ? demanda Werthe. Pas de bons ?
Vous n'avez rien trouvé ?

— Rien, mon colonel.

— Ecoutez, Brenner : Lieven sera bientôt à Paris. Ne
quittez pas les lieux. Et ne parlez à personne des incidents de Toulouse...

— Bien, mon colonel. Je ne bougerai pas d'ici. Motus
et bouche cousue.

— Appelez le Lutétia et l'appartement de Lieven. Qu'on
vous l'envoie dès son arrivée. »

Brenner raccrocha. Lieven ! Thomas Lieven ! Le chef
d'opérations spéciales était à présent son seul espoir.
Pourvu qu'il vienne, qu'il vienne vite...

Quelque part, on entendit glapir la soubrette, comme
si on la chatouillait. Avec colère, le commandant se mit
précipitamment à la recherche du coupable. Mon Dieu,
quelle situation répugnante !

Tout ce que le commandant Brenner et ses hommes
avaient trouvé jusqu'alors au pied-à-terre du dignitaire
de l'Ordre du Sang, c'était — les collections innommables
mises à part — des bijoux de valeur, une grande quantité
de pièces d'or, des estampes et des bois sculptés orientaux, mais nul élément tendant à prouver la participation
de Petersen au trafic des bons du Trésor.

A plusieurs reprises, Mme Page tenta de s'activer
auprès du store d'une fenêtre, jusqu'à ce que Brenner le
lui interdît formellement.

Une heure et demie s'était écoulée depuis le début de
la perquisition. Soudain, la sonnette de la porte d'entrée
retentit. Lily devint pâle comme la mort. Brenner tira
son pistolet.

« Pas un mot », souffla-t-il.

Il traversa l'antichambre à reculons, fit volte-face,
ouvrit brusquement la porte et mit la main au collet de
l'homme qui attendait sur le palier.

L'homme était jeune, avec de jolis traits et un teint olivâtre. Il avait une chevelure brune et lisse, une petite moustache, des yeux aux longs cils et, sur la joue droite, deux cicatrices comme des estafilades de couteau. Il était blême.

« Imbécile ! s'exclama l'opulente Lily. Pourquoi es-tu monté ?

— Pourquoi ne serais-je pas monté ? s'écria-t-il à son tour. Le store n'était pas abaissé !

— Ha ! » triompha Brenner.

Il fouilla l'homme pour voir s'il était armé. Il ne l'était pas. D'après son passeport, il se nommait Prosper Longtemps. Profession : artiste dramatique. Age : 28 ans.

Brenner l'interrogea. Le jeune homme se cantonna dans un silence obstiné. Lily éclata en sanglots.

« Je vais tout vous dire, commandant, fit-elle en hoquetant. Prosper, c'est mon... mon grand amour ! J'ai trompé Petersen avec lui, depuis toujours... Me croyez-vous ?

— Non », dit Brenner d'un ton glacial.

Lieven, songeait-il, réagirait avec la même froideur. Puis il enferma Prosper Longtemps dans la salle de bain.

Il était déjà sept heures et demie, et la nuit était tombée. Le commandant rappela le Lutétia, puis l'appartement de Lieven. Non, on n'avait pas encore vu Thomas Lieven.

Brenner n'osait pas envoyer ne serait-ce qu'un seul de ses cinq hommes d'élite à la gare, pour y chercher Lieven directement à la descente du train. Il fallait prévoir une incursion du SD. Dans ce cas, il aurait besoin de tout son monde pour mettre les lieux en état de défense et soutenir un siège en règle.

Que faire d'autre ? Le commandant se creusa la tête. L'opération avait débuté avec tant d'entrain, sous les auspices les plus prometteurs ! Et à présent ? A présent, il était bouclé dans l'atmosphère suffocante d'un appartement rempli de choses innommables, mais vide de preuves. Bien sûr, il avait fait un prisonnier. Mais qui était-ce ? Comment saurait-il jamais la vérité ?

Et, pour tout arranger, il y avait Mme Page, cette personne si troublante... et sa jolie soubrette... et cinq hommes qui ne cherchaient qu'à se jeter sur les choses innommables et sur la soubrette ! Que n'était-il resté à son bureau de l'hôtel Lutétia ! La théorie d'état-major, voilà où était son domaine, et non pas la stratégie et la tactique de la ligne de feu...

Brenner sursauta : Madame proposait de faire préparer quelques sandwiches pour les hommes affamés.

Brenner hésita. Pouvait-il permettre cela ? Madame et la soubrette n'étaient-elles pas l'ennemi ? Par ailleurs, les hommes avaient faim et, en tant que leur supérieur, il désirait se montrer compréhensif. Par conséquent, il autorisa la soubrette à se rendre à la cuisine et détacha un homme pour la surveiller, en lui enjoignant un comportement d'une correction *totale*.

Bientôt, les hommes dévoraient à belles dents, arrosant leur collation du champagne qu'on avait trouvé dans le frigidaire. Tout d'abord, Brenner eut la force de refuser tout ce qu'on lui offrait. Mais, par la suite, il se laissa aller à manger un petit morceau, à boire une petite gorgée...

Il était neuf heures du soir, puis dix. Toujours aucune trace de Thomas Lieven. Les deux femmes exprimèrent le désir de se mettre au lit.

Brenner accéda à leur demande. Il organisa la surveillance : un homme devant la chambre de la soubrette, un homme devant celle de la maîtresse de maison, un autre devant la salle de bain. Deux hommes à l'entrée de l'immeuble. Lui-même demeura au salon, près du téléphone.

Il ne dormirait pas, décida-t-il. L'image qu'il se formait de sa personne était celle d'un rocher dans la tempête. Incorruptible. Inébranlable. In...

Il s'était endormi.

Lorsqu'il s'éveilla, le salon était plongé dans l'obscurité. Il sentit des mains douces qui parcouraient son corps...

« Chut, murmura Lily. Tout le monde dort... Je ferai tout ce que vous voudrez, mais laissez partir Prosper...

— Madame, répliqua Brenner avec fermeté, tandis que ses mains empoignaient le bras de Lily avec la force d'un étau, lâchez immédiatement mon pistolet !

— Ah ! soupira Lily dans l'ombre, ce n'est pas ton pistolet que je veux, gros bêta... »

A cet instant résonna le timbre de la porte d'entrée.

Thomas Lieven fut de retour à Paris vers 22 h 10. Au Lutétia, on l'informa avec agitation que le commandant Brenner l'attendait d'urgence au n° 28, avenue Mozart, et cela depuis des heures. Le commandant, lui apprit-on, s'était rendu à cette adresse à la tête de tout un commando.

« Hum ! » fit Thomas.

Que diable, se demanda-t-il, peut fabriquer Brenner depuis des heures au pied-à-terre clandestin de Petersen ?

Dans le hall de l'hôtel, il tomba sur ses deux vieux amis Raddatz et Schlumberger, caporaux des transmissions et spécialistes émérites de la planque. Le Berlinois et le Viennois l'accueillirent avec joie. Ils venaient de terminer leur tour de garde.

« Vous venez avec nous, chef ? demanda le Viennois. On va faire un tour à Pigalle, chercher des belles mirettes.

— Ecoutez, les copains, dit Thomas Lieven, je vous demande de retarder un peu vos excellents projets et de venir avec moi. J'aurai peut-être besoin de vous. »

C'est ainsi que les trois hommes se retrouvèrent vers vingt-trois heures devant la porte de l'appartement, au 28, avenue Mozart. Thomas sonna. Plusieurs voix se firent entendre. Puis, un bruit de remue-ménage. Puis, des pas s'approchèrent. Puis, la porte s'ouvrit. Dans l'embrasure apparut le commandant Brenner, rouge brique de teint, hors d'haleine, les cheveux en bataille, avec des traces de rouge à lèvres sur le cou. Derrière lui, Thomas et ses amis aperçurent une dame, vêtue, en tout et pour tout, d'une chemise de nuit arachnéenne.

Galamment, Thomas Lieven baisa la main de la dame en chemise de nuit.

Ensuite, le commandant Brenner exposa la situation générale et fit un rapport sur ce qu'il avait malheureusement trouvé dans cet appartement et sur ce qu'il n'avait malheureusement pas trouvé. Pour terminer, il parla de son prisonnier.

« Prosper est mon amant, intervint Lily Page qui avait entre-temps revêtu un peignoir... Il ignore, poursuivit-elle en regardant Thomas profondément dans les yeux, tout ce qui concerne les affaires de Petersen.

— « Concernait », rectifia Thomas. Car je dois vous apprendre qu'Erich Petersen a été tué à Toulouse. Par une de ses relations d'affaires... »

Les belles lèvres de Lily s'ouvrirent sur un beau sourire.

« On lui a enfin réglé son compte, à ce triste salopard ?

— Madame, supplia Thomas, il ne faut pas que la douleur vous égare ! »

Le petit commandant ne comprenait plus rien.

« Mais, dit-il, mais je croyais que...

— Nom d'une pipe ! l'interrompit la voix sonore du caporal Raddatz. Ça alors, c'est quelque chose...

— Qui vous a permis de m'interrompre ? » s'exclama Brenner.

Il se retourna et vit que le caporal se tenait auprès du grand coffret d'acajou que lui-même avait ouvert dans le courant de l'après-midi, pour le refermer ensuite avec dégoût.

Le caporal Raddatz avait également ouvert le coffret, mais, quant à lui, aucun sentiment de répugnance ne l'avait contraint à le refermer. Des deux mains, il retira le contenu des tiroirs du coffret et l'examina avec surprise et bonne humeur. Enfin, il prit tous les tiroirs et les vida par terre. Il riait toujours. Mais subitement sa gaieté se mua en stupéfaction

« Merde alors, dit-il. Quel drôle d'endroit pour planquer des bons du Trésor ! »

Un silence de mort s'abattit sur le salon.

« Eh bien, voilà », dit enfin Thomas à voix basse.

Il s'inclina devant Lily Page.

« Nous permettez-vous de reprendre les recherches, madame ? demanda-t-il.

— Tout le plaisir est pour moi, dit la belle dame avec un sourire las. Je vous dirai même où il faut chercher : dans tous les endroits que le commandant a interdit à ses hommes de fouiller... »

Ils trouvèrent cinq millions de marks en bons du Trésor de l'émission roumaine : dans des coffrets en bois de rose, qui contenaient des objets étranges en provenance de l'Orient inventif, derrière les livres défendus de la bibliothèque, sous les innombrables collections, derrière les tableaux scabreux du salon.

Thomas expédia la maîtresse de maison dans sa chambre et s'occupa du jeune homme blême et effrayé qui se nommait Prosper Longtemps. Dix minutes plus tard, il rejoignit madame dans la chambre à coucher.

Elle était couchée. Thomas s'installa au bord du lit.

« Je dis la vérité, chuchota-t-elle, les yeux brûlants. Prosper est mon seul amour. C'est uniquement à cause de lui que j'ai voulu tenir le coup ici, avec Erich, avec ce porc... Mais vous me ne croyez pas...

— Je vous crois, dit Thomas. Je viens de bavarder avec Prosper. Il m'a raconté qu'il vous connaissait depuis deux ans. Il y a un an, le SD est venu l'arrêter... »

Prosper Longtemps, ce vaurien qui possédait l'art de rendre les dames heureuses, avait un passé chargé. Après son arrestation, il fut interrogé par un certain Untersturmführer Petersen, à qui une dame Lily Page rendit visite afin d'intercéder pour Prosper. La dame en question plut à Petersen. Il promit de se montrer clément à l'égard de Prosper, à condition que... Sous la contrainte des circonstances, Lily devint la maîtresse de Petersen et Petersen relâcha Prosper.

« Ecoutez, madame, dit Thomas. Je suis disposé à

prendre Prosper sous ma protection. Mais à une condition...

— Je comprends, dit-elle avec un sourire oblique et un mouvement alangui.

— Je ne pense pas que vous compreniez, répondit Thomas d'un ton cordial. Petersen était impliqué dans un trafic de bons du Trésor. Je veux savoir comment ces bons sont entrés en France. Si vous nous aidez, je m'occuperai de Prosper. »

Lily se redressa doucement sur son lit. Elle est très belle, songeait Thomas. Et voilà qu'elle aime ce voyou et qu'elle fait n'importe quoi pour lui... Comme la vie est bizarre !

« Vous voyez ce tableau, là-bas, dit Lily. Celui qui représente Léda et le Cygne. Décrochez-le du mur. »

Thomas suivit ses instructions. Derrière le tableau, il aperçut un petit coffre-fort encastré, avec une serrure à combinaison.

« Réglez la combinaison sur le nombre 47132 », dit la femme qui était couchée dans le lit.

Il régla la combinaison sur le nombre 47132. La porte du coffre s'ouvrit. Le compartiment d'acier contenait un volume relié de cuir noir. C'était tout.

« Erich Petersen, dit la femme qui était couchée dans le lit, était d'une pédanterie répugnante. Il tenait ses comptes dans tous les domaines : les hommes, les femmes l'argent... Voilà son journal. Lisez-le, et vous saurez tout. »

Thomas Lieven consacra peu de temps au sommeil, cette nuit-là. Il lut le journal de l'Untersturmführer Erich Petersen. A l'aube, il était renseigné sur le fonctionnement d'une des plus grandes escroqueries du temps de guerre.

Recru de fatigue, il fit son rapport au colonel Werthe qui était rentré à Paris dans la matinée.

« Tous les services sont impliqués dans cette affaire,

dit-il. De hauts fonctionnaires du ministère de la Sûreté,
à Berlin. Des agents de premier plan du SD, en Roumanie.
Probablement, même Manfred von Killinger, ambassadeur d'Allemagne à Bucarest. Et ici, à Paris, l'Obersturmführer Redecker, beau-frère d'Heinrich Himmler !

— Juste Ciel ! dit faiblement le colonel, tandis que
Brenner s'agitait sur son fauteuil et attendait impatiemment la suite.

— C'est Redecker qui est à l'origine de tout, reprit
Thomas. En 1942, il appartenait au SD de Bucarest... »

A cette époque, les Roumains étaient obligés d'accepter
les bons du Trésor comme moyen de paiement, mais si
quelqu'un échangeait ces bons contre des dollars, des
livres sterling ou de l'or, ils étaient aux anges. Peu importaient les cours ! Le tout était de se débarrasser le plus
vite possible de cette saleté !

Redecker fut muté à Paris, où il fit la connaissance
de Petersen. Les deux hommes se découvrirent beaucoup
de points communs. Redecker raconta ses expériences
roumaines. Ensemble, ils montèrent l'opération en grand.

Petersen se mit à voyager à travers la France. Il achetait, volait, extorquait et réquisitionnait de l'or. L'or
prenait le chemin de Berlin, par avion spécial du SD. Là,
dans les bureaux du ministère de la Sûreté, il y avait des
« associés » fidèles. D'autres appareils du SD transportaient l'or français à Bucarest où il était pris en charge
par d'autres « associés » fidèles.

Des hommes du SD de Bucarest échangeaient ensuite,
au plus haut cours, l'or français contre des bons du Trésor de l'émission roumaine, qu'on emballait et camouflait
comme « dossiers hautement confidentiels », avant de les
expédier à Paris, via Berlin.

« ... les choses, conclut Thomas, se passent exactement
comme Ferroud le soupçonnait. Seuls des Allemands
étaient à même de monter une combinaison aussi énorme.
Avec ces bons acquis au meilleur compte, Redecker et
Petersen raflaient tranquillement des biens français. Mais
Petersen n'eut jamais une confiance totale en Redecker.

MENU

Tranches de melon
Côtes de porc au parmesan
Crêpes au chocolat

Paris, le 28 septembre 1943

AU DESSERT, THOMAS LIEVEN PRÉTEND FAIRE ENTENDRE RAISON AU REICHSFUHRER DES S.S. EN PERSONNE

Tranches de melon

Servez les tranches glacées d'un beau melon bien ferme. Chaque convive les assaisonnera à sa convenance de sel et de poivre.

Côtes de porc au parmesan

Prenez des côtes de porc moyennes, un peu grasses, de préférence dans l'échine. Aplatissez-les, salez et poivrez. — Rangez-les dans un plat bien beurré, bas et allant au feu. Saupoudrez largement de parmesan râpé et mouillez (sans recouvrir) de crème aigre épaisse. — Mettez au four pendant 20 à 30 minutes. Servez dans le plat de cuisson avec pommes de terre à l'anglaise et salade verte.

Crêpes au chocolat

Préparez des crêpes minces et fines, après avoir laissé reposer la pâte pendant une heure au moins. — Battez deux jaunes d'œufs avec trois cuillerées à bouche de sucre en poudre. Faites fondre sur le feu trois barres de chocolat avec un verre de lait. Mélangez le tout en ajoutant un peu de sucre vanillé et une pincée de sel. — Remuez à tout petit feu et laissez épaissir, de manière à obtenir une crème épaisse. Badigeonnez-en les crêpes. Roulez celles-ci, saupoudrez de sucre cristallisé et d'amandes ou de pistaches râpées et servez très chaud.

C'est Lily Page qui me l'a dit. Pour cette raison, il avait un logement clandestin. Pour la même raison, également, il tenait un journal où il consignait toutes les opérations auxquelles Redecker était mêlé : il voulait garder barre sur lui. (Thomas ramassa le volume noir.) Le nom de Redecker n'est pas le seul qui soit mentionné dans ces pages. Il y en a beaucoup d'autres. Ce livre, messieurs, va nous permettre de faire éclater toute la machination.

— Dites donc, Lieven, grogna Werthe avec irritation, vous rendez-vous bien compte à qui on s'attaque, ici ? Au beau-frère d'Himmler ! A un ambassadeur ! A de hauts fonctionnaires du SD. Vous l'avez dit vous-même !

— Aussi les mesures à prendre demandent-elles mûre réflexion, colonel. Et où peut-on réfléchir plus mûrement que devant un bon repas ? J'ai donné des ordres, chez moi. Je vous attends dans une heure. »

Hélas ! bien des choses peuvent arriver en une heure...

Lorsque le colonel Werthe et le commandant Brenner apparurent, soixante minutes plus tard, dans la villa du bois de Boulogne, ils étaient blêmes et agités. Le commandant semblait au bord des larmes. Quant au colonel, il fixait la nappe avec obstination, pendant que Nanette servait le hors-d'œuvre. Thomas attendit qu'elle se fût retirée.

« Quel chagrin vous mine, messieurs ? s'enquit-il alors. Eprouveriez-vous des sentiments humanitaires, devant la menace qui pèse sur M. le beau-frère du Reichsführer des SS ?

— S'il n'y avait que lui, dit Werthe d'un ton sinistre.

— Qui d'autre ? demanda Thomas en mangeant du melon.

— Vous », dit Werthe.

Puisqu'il ne faut pas parler la bouche pleine, Thomas avala d'abord son melon.

« C'est une plaisanterie ? demanda-t-il ensuite.

— Malheureusement pas, Lieven. Le SD veut votre

peau. Vous n'ignorez pas que Brenner a des relations au
SD, n'est-ce pas ? Après votre départ, il s'est rendu avenue Foch. Après tout, c'est nous qui avons éclairci l'affaire Petersen, à Toulouse. Il a donc parlé avec Winter.
Tout d'abord, il a fait une constatation rassurante : le
SD-Paris n'a pas le moindre soupçon concernant l'histoire
des bons du Trésor. Mais ensuite Winter s'est mis à parler de vous, Lieven.

— Tiens, tiens, et qu'a-t-il dit ?

— Il a dit... euh, il a dit : « Enfin, on le tient ! »

La porte s'ouvrit.

« Ah ! s'écria Thomas en se frottant les mains, voilà
notre adorable Nanette qui nous apporte les côtes de
porc au parmesan ! »

Nanette rougit jusqu'à la racine des cheveux.

« Monsieur, il ne faut pas dire « adorable Nanette »
quand j'ai un plateau dans les mains. Sinon, je vais tout
laisser tomber et casser votre vaisselle ! »

Elle leur présenta le plat.

« Pas trop poivré ? demanda Thomas. Non ? Bon. Donc,
ils me tiennent ? Et pourquoi, s'il vous plaît ?

— Connaissez-vous une certaine Stabshauptführerin
Mielcke ? » demanda Brenner avec compassion.

Thomas avala de travers.

A l'époque où il cherchait un pont à jeter en pâture
au maquis de Crozant, il avait effectivement eu l'occasion
de rencontrer cette personne, haut fonctionnaire du
ministère du Travail allemand et national-socialiste fanatique. Elle l'avait traité avec une arrogance telle, qu'il
s'était trouvé dans l'obligation de lui rappeler qu'il se
trouvait sous les ordres de l'amiral Canaris, et non pas
sous les siens. Cette dame, semblait-il, ne l'avait pas
oublié. Par un malencontreux hasard, elle l'avait aperçu
dans l'express de Marseille, en compagnie d'Yvonne Deschamps. Par la police militaire de la gare de Lyon, elle
avait appris que la jeune femme possédait des papiers
de l'Abwehr-Paris, au nom de Madeleine Noël.

Nantie de ces renseignements qu'elle considérait

comme suspects, elle avait rendu visite au Sturmbannführer Eicher pour le prier de s'informer davantage...

Eicher, qui haïssait Thomas, lui obéit avec joie. Il
apprit rapidement que Madeleine Noël vivait à présent
à Lisbonne, sous le nom d'Yvonne Deschamps.

Yvonne Deschamps... Le nom avait une résonance familière. Eicher consulta les listes des personnes recherchées.
Et un sourire de triomphe apparut sur son visage.
Yvonne Deschamps, dangereuse terroriste, assistante du
professeur Débouché ! Et c'est Thomas Lieven qui l'avait
soustraite aux recherches de la Gestapo, avec des papiers
de l'Abwehr !

« Winter m'a raconté, dit Brenner en coupant une
pomme de terre avec son couteau (ce qu'il ne faut pas
faire), qu'Eicher s'est déjà mis en rapport avec Berlin.
Avec Himmler.

— Le beau-frère de M. Redecker ! dit le colonel. Et
Himmler s'est adressé à Canaris. Et Canaris m'a appelé,
il y a une demi-heure. Il est fou de rage. Vous savez à
quel point nos relations avec le SD sont tendues. C'est la
goutte qui a fait déborder le vase ! Je suis désolé, Lieven,
vous êtes un brave garçon. Mais ma science a ses limites.
Le SD porte plainte contre vous. Vous passerez en cour
martiale, il n'y a rien à faire. Et...

— Si, si, dit Thomas.

— Comment ?

— Je crois qu'il y a beaucoup à y faire. Ne mangez
pas trop de viande, commandant. Pour le dessert, nous
avons des crêpes au chocolat.

— Vous avez donc juré de me rendre fou, Lieven ! cria
Werthe. Cessez de parler de mangeaille ! Que nous reste-
t-il encore à faire, selon vous ?

— Le SD veut ma peau, dites-vous ? Très bien, dans
ce cas, c'est nous qui aurons la peau de M. Redecker.
Quel jour sommes-nous, aujourd'hui ? Mardi ? Parfait.
Je vais m'annoncer pour demain après-midi chez Eicher
et faire table rase de cette désagréable affaire : je veux
dire, les faux papiers d'Yvonne.

— Vous... vous voulez aller voir Eicher ?

— Bien sûr. Je suis désolé d'avoir causé autant d'embarras à l'amiral Canaris.

— Mais pourquoi ? Pourquoi vous mettre dans la gueule du loup ?

— Parce que demain, c'est mercredi, messieurs, expliqua Thomas avec amabilité. Et, d'après mon petit livre noir, c'est tous les mercredis qu'on expédie des bons du Trésor de Bucarest à Berlin. Après le déjeuner, nous conviendrons d'un horaire précis. Mais, en fait, il ne devrait pas y avoir la moindre anicroche... »

Avec un sourire plein d'adoration, Nanette aida son bien-aimé patron à enfiler son pardessus en poil de chameau. Thomas Lieven jeta un regard sur sa montre à répétition. Il était seize heures trente, en date du 29 septembre 1943. Thomas regarda par la fenêtre.

« Pensez-vous que nous aurons du brouillard aujourd'hui, ma belle enfant ?

— Non, monsieur, je ne crois pas.

— Pourvu que le temps ne se brouille pas ! dit Thomas. Car, ainsi, plusieurs messieurs coucheront en prison dès ce soir.

— Pardon, monsieur ?

— Rien, rien, Nanette. Je suis sur le point d'organiser une petite course contre la montre. Et j'aimerais bien la gagner. »

C'était bel et bien une course, et Thomas était du nombre des partants. L'avalanche qu'il avait déclenchée, il devait veiller à ne pas se laisser engloutir par elle. Car il se préparait à rendre visite au Sturmbannführer Eicher, aux bureaux du SD, avenue Foch...

L'opération, à la conclusion de laquelle Thomas espérait assister en vainqueur, avait débuté vingt-quatre heures auparavant. Sincèrement désireux de sauver la vie de son chef d'opérations spéciales farfelu, le colonel Werthe avait adressé un long télégramme à l'amiral Canaris.

Canaris demanda immédiatement un entretien à Himmler et conféra avec lui durant une heure. Il apportait de mauvaises nouvelles au Reichsführer des SS et chef de la police allemande...

« Je serai sans pitié », tempêta Heinrich Himmler.

Le 28 septembre, à dix-huit heures trente, une commission spéciale composée d'officiers supérieurs des SS se mit au travail. Trois membres du groupe s'envolèrent pour Bucarest dans le courant de la nuit.

Le 29 septembre, à sept heures quinze, ils arrêtèrent à l'aérodrome de Bucarest un certain Unterscharführer Anton Linser, courrier du SD, qui s'apprêtait à partir pour Berlin. Ses volumineux bagages contenaient plusieurs « dossiers hautement confidentiels » qui furent ouverts. On y trouva deux millions et demi de marks en bons du Trésor de l'émission destinée à la Roumanie.

A huit heures trente, les trois officiers firent leur entrée dans les bureaux du SD-Bucarest. Ils y saisirent de grandes quantités de pièces d'or françaises et des sommes énormes en bons du Trésor. Deux personnes furent mises en état d'arrestation.

A treize heures cinquante, l'avion spécial en provenance de Bucarest atterrit sur l'aérodrome de Berlin-Staaken. Des membres de la commission spéciale arrêtèrent un certain Untersturmführer Walter Hansmann, qui demandait à l'équipage des nouvelles du courrier de Bucarest en manifestant une vive inquiétude. Après un bref interrogatoire, Hansmann s'effondra et admit sa complicité dans le trafic des bons. Il indiqua les noms de quatre hauts fonctionnaires du SD qui étaient impliqués dans l'affaire à Berlin. A quatorze heures, ces quatre hommes se trouvèrent derrière les barreaux...

« Allons déjeuner tranquillement, dans ce cas », dit à Paris Thomas Lieven au colonel Werthe.

Ils se tenaient devant un téléscripteur, par le truchement duquel l'amiral informait son colonel, heure par heure, de la marche des événements.

« On dirait que vous avez de la veine, mon cochon ! »
dit Werthe en riant.

Thomas toucha du bois.

« Quand donc sont partis nos anges justiciers et ven-
geurs ?

— Il y a une demi-heure. Un juge SS et deux conseillers de cour martiale. Ils devraient atterrir ici entre seize
heures trente et dix-sept heures. »

A seize heures trente, Thomas se fit aider par Nanette à
passer son pardessus en poil de chameau. Fasse le Ciel,
pensait-il dans la rue, qu'il n'y ait pas de brouillard ! Car,
s'il y a du brouillard, mes trois juges ne pourront pas
atterrir. Et ma revanche sur ces bouchers de l'avenue
Foch, qui ont failli me battre à mort, serait incomplète...

Avenue Foch, les chefs du SD reçurent Thomas avec des
allures graves et sévères. Il s'aperçut immédiatement
qu'ils n'avaient pas la moindre idée de ce qui se tramait.
« Reichsheini » ne les avait pas mis au courant.

Eicher et Winter prononcèrent des paroles martiales
et posées. Ils se conduisirent comme certains généraux,
juges militaires et officiers qui prirent l'habitude, au
cours des dernières années de la guerre, de condamner
à mort des soldats allemands, souvent pour les causes les
plus futiles : avant l'exécution de leur victime, ils expli-
quaient au délinquant, avec des paroles martiales et
posées, pourquoi il était indispensable qu'il fût fusillé.

MM. Eicher et Winter surent trouver de semblables
accents à l'égard de Thomas Lieven, qui était assis en
face d'eux, jambes croisées et vêtu d'un costume d'alpaga
gris (chemise blanche, cravate noire, chaussures et chaussettes noires).

Eicher. — Voyez-vous, Lieven, personnellement, nous
n'avons rien contre vous. Au contraire ! Je suis heureux
que vous ayez trouvé le courage de venir ici ! Mais il
s'agit du Reich, du salut de la communauté...

Winter. — Vous pouvez sourire, Lieven. La cour martiale vous en fera passer le goût.

Eicher. — Le bien, c'est tout ce qui est utile au peuple

allemand. Le mal, tout ce qui lui cause un préjudice. Vous avez porté préjudice à votre peuple. Je veux que vous vous en rendiez compte...

— Puis-je vous poser une question ? demanda Thomas en s'inclinant avec courtoisie. N'est-il vraiment que cinq heures dix, ou ma montre retarderait-elle ? »

Eicher lui lança un regard de haineuse admiration.

« Pourquoi, au lieu de mal tourner, n'êtes-vous pas venu travailler avec nous ? Vous seriez Sturmbannführer, aujourd'hui ! Votre montre est à l'heure. »

Thomas se leva, s'approcha de la fenêtre avec un air dégagé, contempla le jardin, puis leva les yeux vers le ciel d'automne. Aucune trace de brouillard.

« Racontez-moi donc, messieurs, dit Thomas Lieven, comment vous avez réussi à me démasquer. »

Eicher et son officier d'ordonnance racontèrent, avec fatuité, de quelle manière ils avaient découvert l'expédition à Lisbonne, par les soins de Thomas Lieven et sous le couvert de l'Abwehr, d'une dangereuse terroriste française, Yvonne Deschamps.

Thomas les écouta poliment, puis il jeta un nouveau coup d'œil à sa montre.

« De la tenue jusqu'au bout, hein ? grogna Eicher. Ça me plaît, mon vieux, ça me plaît beaucoup.

Winter. — Les preuves rassemblées contre vous ont d'ores et déjà été soumises au Reichsführer des SS. La cour martiale se réunira ces jours-ci.

Eicher. — Et, à présent, personne ne peut plus rien pour vous. Ni le colonel Werthe. Ni l'amiral Canaris. Personne ! »

De nouveau, Thomas regarda sa montre.

On entendait un vague brouhaha dans l'escalier : des voix, des ordres, un bruit de bottes. Thomas sentit son cœur battre plus vite.

« J'espère, dit-il, que ces messieurs me feront l'honneur d'assister à mon exécution. »

Eicher dressa l'oreille.

« Qu'est-ce qu'il se passe, là dehors ? »

La porte s'ouvrit en coup de vent. Une ordonnance apparut, l'air effrayé.

« Trois messieurs de Berlin, Sturmbannführer, dit le soldat d'une voix enrouée. C'est très urgent... Une commission spéciale du ministère de la Sûreté... »

Enfin ! se dit Thomas. Pour la dernière fois de cette journée, il leva son regard vers la fenêtre et le ciel. Merci, mon Dieu !

Eicher et Winter semblaient frappés de paralysie.

« Com... com..., bégaya Eicher, commission spéciale ? »

Ils étaient déjà dans la pièce. Le juge SS portait un uniforme noir et des bottes. Il avait un aspect sinistre. Les deux conseillers de cour martiale étaient plus petits et portaient des lunettes. Ils exécutèrent un salut militaire, alors que le juge SS leva la main pour le « salut allemand ». Sa voix était glaciale.

« Heil Hitler ! Le Sturmbannführer Eicher ? Très heureux. Je vous fournirai toutes explications utiles dans un instant. Votre nom ?

— Untersturmführer Winter...

— Et vous ? »

Eicher reprit ses esprits.

« Ce n'est qu'un visiteur. Vous pouvez partir maintenant, monsieur Lieven.

— Le Sonderführer Thomas Lieven ? demanda le juge SS.

— Lui-même, répondit Thomas.

— Veuillez rester.

— Mais, pourquoi ?... demanda Eicher d'une voix oppressée.

— Sturmbannführer, faites convoquer l'Obersturmführer Redecker à votre bureau. Mais pas un mot d'avertissement, compris ? »

Le beau-frère d'Heinrich Himmler entra peu après, un sourire sur ses lèvres minces. Le sourire se figea lorsqu'il aperçut les visiteurs.

« Fouillez cet homme », dit le juge SS à Winter.

Winter obéit sans comprendre.

Redecker suffoqua, tituba et s'abattit lourdement dans un fauteuil. Le juge SS le contempla avec dégoût.

« Obersturmführer, dit-il, je vous arrête. »

M. le beau-frère éclata en sanglots, tandis que Winter, de plus en plus pâle, avalait nerveusement sa salive.

« Mais pourquoi ? s'exclama soudain Eicher d'une voix de fausset.

— L'Obersturmführer, répondit d'un ton glacial le géant en noir, est mêlé à une affaire de détournement de bons du Trésor qui porte sur des millions. Lui et l'Untersturmführer Petersen, qui a été tué à Toulouse, ont dépouillé leur patrie de la manière la plus basse et la plus ignominieuse. L'enquête nous dira si *d'autres* membres du SD-Paris sont impliqués dans ce trafic. »

Les yeux écarquillés, Eicher dévisagea les juges.

« Je n'y comprends rien... Qui donc a porté cette accusation monstrueuse ? »

Le juge en noir lui dit qui.

La mâchoire d'Eicher retomba. Il fixa son regard vitreux sur Thomas.

« Vous... vous... vous... », balbutia-t-il.

Puis, survint un événement qui faillit coûter la raison au Sturmbannführer Eicher : le juge SS s'approcha de Thomas et lui serra la main.

« Sonderführer, dit-il, permettez-moi de vous exprimer l'appréciation et la reconnaissance du Reichsführer des SS.

— Pas la peine, dit Thomas avec modestie. Tout le plaisir est pour moi.

— Le Reichsführer des SS vous fait dire qu'il s'est déjà mis en rapport avec l'amiral Canaris. Il ne sera pas donné suite à l'affaire que vous savez.

— M. Himmler est bien aimable », dit Thomas Lieven.

Dans l'affaire des bons du Trésor, on procéda en tout à vingt-trois arrestations. Parmi les coupables ne figuraient que deux Français et trois Roumains.

Le procès eut lieu à huis clos. Deux Français, un Roumain et l'Untersturmführer Hansmann furent condamnés à mort. Les autres accusés subirent de lourdes peines de travaux forcés.

Redecker en prit pour huit ans. Mais Himmler prouva, en temps voulu, qu'il avait le sens de la famille : Redecker ne passa que six mois derrière les barreaux. Puis, il fut relâché sur instruction personnelle du Reischführer des SS et muté à Berlin, où il occupa un poste subalterne jusqu'à la fin des hostilités.

Il a fort bien mené sa barque. Aujourd'hui, il est membre éminent d'un parti nationaliste, dans le nord de sa patrie.

Au cours de l'année 1944, diverses missions conduisirent Thomas Lieven à Marseille, où il eut l'occasion de régler ses comptes avec Dante Villaforte, le meurtrier de Chantal, qui fut par la suite, comme mouchard du SD, remis à une commission d'enquête alliée.

Le 28 août au matin, Thomas quitta son hôtel et déposa sa valise à la gare Saint-Charles. On se battait un peu, dans les faubourgs de Marseille, mais ce n'étaient que des escarmouches. Dans l'après-midi du 29, Marseille était libérée. Ayant déchiré ses papiers officiels allemands, Thomas déterra une série de documents qui lui avaient rendu de grands services lors de ses démêlés avec le maquis de Crozant...

Dans la soirée du 29 août 1944, un certain capitaine Robert Almond Everett, agent britannique de renseignements militaires, se présenta chez les Américains. Il expliqua qu'il avait été parachuté en France et demanda à être rapatrié le plus rapidement possible à Londres par la voie des airs. Les Américains régalèrent le brave allié — qui ressemblait à Thomas Lieven comme un frère jumeau — avec du whisky et des rations K.

Des troupes françaises avaient également pris part à la libération de Marseille, de même que des organisations de la Résistance qui avaient convergé sur la ville de toutes les régions du Midi. Deux jours après la victoire, il y eut une grande fête à l'hôtel de Noailles qu'occupaient les Américains. Debout, tous les assistants entonnèrent l'hymne national français. Parmi eux, le capitaine Robert Almond Everett.

Il était occupé à chanter « ... le jour de gloire est arrivé... », lorsqu'il sentit une main lourde se poser sur son épaule. Il fit volte-face. Derrière lui se tenaient deux géants de la police militaire américaine. Et, à leurs côtés, un homme qui ressemblait à Adolphe Menjou, édition grand format.

« Arrêtez cet homme ! dit le colonel Jules Siméon, qui portait à présent un superbe uniforme. C'est l'un des plus dangereux agents allemands de toute la guerre. Les mains en l'air, Lieven ! Vous avez poussé les choses trop loin. Vous êtes fait ! »

Le général de Gaulle et les Américains avaient fait leur entrée à Paris le 25 août. Le 15 septembre, Thomas Lieven atterrit pour la seconde fois de sa vie à la prison de Fresnes. La première fois, c'était la Gestapo qui l'y avait bouclé. Maintenant, c'étaient les Français.

Thomas resta une semaine dans sa cellule, puis deux. Rien ne se passa. Il supporta cette nouvelle captivité avec philosophie. Il songeait aux compromissions des années passées et au juste retour des choses (pour dîner avec le diable, il faut avoir une longue cuiller), mais aussi aux amis qu'il s'était faits en France, aux nombreuses personnes qu'il avait aidées, à qui il avait sauvé la vie.

Combien vont-ils me coller ? se demanda-t-il. Six mois ? J'y survivrai, ma foi. Et après, le Ciel soit loué, je serai enfin libre ! Je pourrai enfin retourner en Angleterre ! Après tant d'années, je vivrai enfin en paix. Plus de services secrets ! Plus jamais ! Plus d'aventures ! J'aurai une vie normale, comme avant. Avec l'argent que j'ai accumulé en Suisse au cours de mon premier séjour à Marseille.

Un bruit de pas s'approcha. La clef tourna dans la serrure et la porte de la cellule s'ouvrit. Deux militaires français se tenaient dans le couloir.

« Préparez-vous, dit le premier.

— Enfin ! dit Thomas Lieven en passant son veston. Il en a fallu du temps, jusqu'à ce qu'on se décide à m'interroger !

— Qui parle d'interrogatoire ? dit le second militaire. Préparez-vous à être fusillé ! »

LIVRE QUATRIÈME

I

Aucun nuage ne ternissait l'azur du ciel d'été. Et il faisait chaud, à Baden-Baden, très chaud, en cette journée du 7 juillet 1945. Pâles et amaigris, les habitants de la ville se traînaient dans les rues, mal vêtus et sans espoir.

Aux alentours de midi, une voiture d'état-major vert olive, dont le fond était occupé par un général à deux étoiles, traversa la Leopoldsplatz. Un gendarme français y réglait la circulation — la circulation française, s'entend, car il n'existait pas d'automobiles allemandes. En revanche, il y avait pléthore d'automobiles françaises ! Baden-Baden était le siège du gouvernement militaire français. Habitants allemands : 30 000. Militaires et fonctionnaires français, avec leurs familles : 32 000.

« Arrêtez », dit le général.

Le chauffeur arrêta la voiture près du gendarme. Celui-ci salua avec une désinvolture qui eût fait sortir un général allemand de ses gonds. Mais, à cette époque, les généraux allemands avaient — provisoirement, du moins — cessé de sortir de leurs gonds.

L'homme aux deux étoiles abaissa la vitre.

« Je ne suis pas d'ici, dit-il. A quel mess mange-t-on le mieux ?

— N'allez surtout pas au mess, mon général ! Allez chez le capitaine Clairmont, au Service de recherche des criminels de guerre. »

Le gendarme expliqua le chemin.

« Allons-y, alors », dit le général, affamé.

La voiture se remit en marche, passa devant l'hôtel Atlantic, le Kurhaus et le Casino. Il est difficile de décrire la désolation de ces lieux, qu'avaient fréquentés jadis les hommes les plus riches du monde, les femmes les plus élégantes, les cocottes les plus ruineuses. La conque de l'orchestre était brûlée, les pelouses dévastées. Le mobilier précieux du Kurhaus et de la salle de jeu s'entassait en plein air.

La voiture de l'état-major fit halte devant une grande villa. C'est là qu'avait été installé, jusqu'à la fin du prétendu « Empire de mille ans », le quartier général de la Gestapo. A présent, le Service de recherche des criminels de guerre avait pris sa place.

Le général pénétra dans la villa et demanda le capitaine Clairmont.

L'homme qui se nommait provisoirement René Clairmont parut : svelte, de taille moyenne, visage mince, avec des cheveux bruns et des yeux intelligents. Il avait environ trente-cinq ans et portait un uniforme de bonne coupe, qui, il faut le dire, avait un aspect plus civil que militaire.

Le capitaine — en fait, il s'appelait Thomas Lieven et avait fait, il y avait très, très longtemps, une brillante carrière de banquier à Londres — serra la main du général à deux étoiles.

« Vous nous faites l'honneur de déjeuner avec nous, mon général ? » dit-il.

Fusillé ? se dit Thomas avec effroi, tandis qu'on le conduisait, menottes aux mains, dans la sombre cour de la prison. Bon sang ! Et moi qui croyais qu'ils allaient m'en coller pour quelques mois !

Les soldats le poussèrent dans le même car malodorant

et dépourvu de fenêtres où l'avaient, naguère, poussé des soldats allemands.

Ça sentait toujours la sueur et l'angoisse. Thomas s'y accroupit, amaigri, pâle et mal rasé, vêtu d'un complet chiffonné, sans bretelles, ni cravate, ni lacets. Une vague de nausée le souleva et ne le lâcha plus.

Lorsque la voiture s'arrêta à Paris — de nouveau dans une sombre cour — il n'aurait su dire où il se trouvait. Sans réagir, il permit aux soldats de le pousser brutalement en direction d'un bureau situé dans un grand immeuble.

La porte du bureau s'ouvrit. Ensuite, la pièce se mit à tourner autour de Thomas, et il suffoqua. Il entendit des voix et des paroles, mais sans saisir leur signification. Il vit l'homme, revêtu d'un uniforme de colonel français, qui était assis derrière le secrétaire : un homme de haute taille, au teint hâlé, aux tempes grisonnantes et aux yeux bien dessinés. Et, tandis que le sang battait tumultueusement dans ses tempes, Thomas sut qu'il était sauvé. Car il avait reconnu l'ami de Joséphine Baker, celui auquel il avait sauvé la vie à Lisbonne : le colonel Débras, du 2e Bureau.

Débras ne bougea pas un cil, ne prononça aucune parole qui pût faire soupçonner qu'il connaissait Thomas Lieven.

« Mettez-vous là-bas ! cria-t-il brutalement. Asseyez-vous ! Fermez votre gueule ! »

Thomas alla s'asseoir là-bas. Thomas ferma sa gueule. Avec beaucoup de complications, les deux soldats le débarrassèrent de ses menottes. Avec beaucoup de complications, ils se firent remettre une décharge pour leur prisonnier. Ils ne disparurent qu'au bout d'une petite éternité. Ensuite, Thomas se retrouva seul avec Débras.

« Espèce de saligaud ! dit Débras en souriant. Joséphine vous envoie ses amitiés.

— C'est fort aimable. Où... où se trouve-t-elle ?

— A Casablanca. J'étais gouverneur de la ville.

— Vraiment ?

— J'avais affaire à Paris. J'ai appris par hasard que vous aviez été arrêté. »

Thomas retrouva lentement ses esprits.

« Oui, dit-il, sur l'instigation de votre collègue, le colonel Siméon. J'étais en train de chanter *La Marseillaise*, à l'occasion d'une fête patriotique. J'aurais mieux fait de la boucler et de rester à mon hôtel : il y a belle lurette que je serais à Londres. Les hymnes nationaux portent malheur !

— J'en sais long sur vous, dit Débras. Je sais ce que vous avez fait contre nous, mais aussi tout ce que vous avez fait *pour* nous. Je ne suis plus au 2e Bureau, mais à la Recherche des criminels de guerre. La seule façon de prendre contact avec vous, c'était de vous mettre sur ma liste de criminels de guerre et de déclarer qu'on allait vous fusiller. C'est ainsi que je vous ai fait sortir de Fresnes. Un bon truc, non ? »

Thomas s'essuya le front.

« Oui, dit-il, un bon truc. Un peu éprouvant pour les nerfs, peut-être.

— C'est la règle générale, de nos jours, dit Débras en haussant les épaules. J'espère que vous ne vous faites aucune illusion. Vous avez déjà compris, je présume, ce que signifie votre sortie de Fresnes.

— Je le crains, en effet, dit Thomas avec résignation. Il faudra que je travaille de nouveau pour vous, n'est-ce pas, colonel ?

— Exactement.

— Une question, si vous permettez : qui vous a dit que j'avais été arrêté ?

— Ferroud, le banquier. »

Brave vieux Ferroud, se dit Thomas. Merci, grand merci !

« Quels sont vos projets en ce qui me concerne ? »

Le colonel dévisagea Thomas avec sympathie.

« Vous êtes Allemand, Lieven. A présent, c'est en Allemagne que nous avons besoin de vous. Mieux que personne, vous saurez faire la différence entre les grands, les véritables salopards et les petits militants anodins. Vous pourriez empêcher des représailles injustes. Cela vous convient-il ?

— Oui, dit Thomas.

— Je vous préviens cependant qu'en Allemagne vous devrez nécessairement porter un uniforme.

— *Non ! ! !*

— Je regrette, c'est le règlement. On vous trouvera un nom français et un grade militaire : capitaine, dirais-je.

— Bon Dieu, mais quel uniforme ?

— C'est votre affaire, Lieven. Choisissez ce que vous voulez. »

Thomas se rendit chez le premier tailleur militaire de Paris et choisit ce qu'il voulait : un pantalon d'aviateur gris tourterelle, une tunique beige à grandes poches, avec un long pli dans le dos, une taille ajustée et un ceinturon. En plus, un baudrier et, sur la manche, une nacelle et trois chevrons.

L'uniforme inventé par Thomas connut une telle vogue qu'il fut adopté, un mois plus tard, comme tenue officielle du Service de recherche des criminels de guerre.

A la suite de l'avance des armées alliées, Thomas Lieven, alias le capitaine René Clairmont, retourna dans sa patrie. A la fin des hostilités, il se trouva à Baden-Baden, où il installa ses bureaux à l'ancien quartier général de la Gestapo, dans la Kaiser-Wilhelmstrasse.

Dix-sept hommes étaient employés au numéro 1 de la Kaiser-Wilhelmstrasse. Ils logeaient dans une villa située en face de leurs bureaux. Leur tâche était pénible et décevante. En outre, pour des raisons d'ordre politique ou autre, ils ne vivaient pas tous en bonne intelligence. C'est ainsi, par exemple, que Thomas Lieven eut d'emblée un accrochage avec le lieutenant Valentine, un beau jeune homme avec des yeux froids et des lèvres minces, qu'on aurait fort bien pu imaginer sous l'uniforme SS.

Valentine réquisitionnait et arrêtait à tout va. Alors que les officiers convenables du Service français de recherche des criminels de guerre — tout comme leurs homologues convenables des services américain et anglais — s'en tenaient strictement à la « liste des personnes recherchées » établie par le gouvernement militaire, Valentine usait de son pouvoir sans aucun scrupule et de la façon la plus arbitraire.

Lorsque Thomas lui fit des remontrances, il se contenta de hausser les épaules avec dédain.

« Je hais tous les Allemands », dit-il.

Thomas Lieven protesta contre une généralisation aussi stupide.

« Je me contenterai de vous citer des chiffres, répondit Valentine avec flegme. Uniquement dans notre secteur, nous avons reçu au cours du dernier mois plus de six mille dénonciations ayant pour auteurs des Allemands qui accusaient d'autres Allemands. C'est dans leur nature. Quand ils envahissent un petit pays, ils sont de la race des Seigneurs. Quand ils viennent d'en prendre plein la gueule, ils jouent du Beethoven et se dénoncent entre eux. Et vous voulez que je respecte ce peuple ? »

Le lieutenant Valentine était un personnage antipathique, mais sur ce point il avait raison : une vague infecte de mouchardage, de bassesse et de malveillance mesquine balaya l'Allemagne après la fin de la guerre.

Le 2 août, Thomas Lieven vécut une expérience qui l'émut profondément. Un homme émacié, à cheveux blancs, apparut à son bureau. Il était sous-alimenté et portait de vieux vêtements chiffonnés. Cet homme ôta son chapeau et prononça les paroles suivantes :

« Bonjour, monsieur. Je m'appelle Werner Hellbricht. Vous me recherchez. J'étais chef de district agricole. (Il nomma l'endroit où il habitait, en pleine Forêt-Noire.) J'étais caché, jusqu'à présent. Mais aujourd'hui je viens vous voir.

— Pourquoi ? demanda Thomas en examinant l'homme avec stupéfaction.

— Parce que je me suis rendu compte, répondit Hellbricht, que d'horribles crimes ont été commis dans mon pays. Je suis prêt à payer ma dette, à construire des

routes, à casser des cailloux : tout ce que vous voudrez.
Je regrette sincèrement d'avoir servi ce régime criminel.
J'y ai cru. J'ai eu tort. J'aurais dû croire moins et réflé-
chir davantage.

— Monsieur Hellbricht, dit Thomas en se levant. Il est
une heure. Avant de reprendre notre conversation, une
question : voulez-vous déjeuner avec moi ?

— Déjeuner ? Avec vous ? Mais je viens de vous dire
que j'étais un nazi !

— Mais vous l'avez dit avec beaucoup d'honnêteté.

— Dans ce cas, je vous demande une faveur : venez
avec moi à la ferme, dit l'ex-chef de district agricole. J'ai
quelque chose à vous montrer. Derrière chez moi, dans la
futaie. »

La misérable soupe claire que Mme Hellbricht avait
préparée pour le déjeuner était à base d'oseille, de cerfeuil, de pissenlit et d'herbes sauvages. La femme était
tout aussi pâle et maigre que le mari. La ferme était à
l'abandon : vitres défoncées, serrures brisées à coups de
pistolet, étables vides, chambres pillées par les travail-
leurs étrangers du service obligatoire.

« On ne peut guère le leur reprocher, dit Hellbricht
avec un demi-sourire. Nous avons été les premiers à aller
les voler, dans leur pays...

— Après la soupe, dit la femme de l'ex-chef de district
agricole en s'activant devant le fourneau de la cuisine
vide, il y a de la purée de pommes de terre et la ration
de fruits secs qui vient d'être distribuée. Je regrette,
mais c'est tout ce que nous avons. »

Thomas sortit dans la cour et ouvrit la malle de sa
voiture. Il revint avec une demi-livre de beurre, une boîte
de lait condensé, une boîte d'extrait de viande et une
boîte de corned-beef.

« Laissez-moi faire, madame Hellbricht », dit-il.

Il s'activa aussitôt, renforça la maigre soupe avec de
l'extrait de viande, ouvrit la boîte de corned-beef et en

émietta le contenu. Ensuite, il découvrit une jatte remplie de fromage blanc au lait écrémé.

« Passez ce fromage au tamis, s'il vous plaît, dit-il. A nous deux, nous allons préparer un excellent déjeuner. »

La femme se mit à pleurer.

« Mon Dieu ! dit-elle. Du corned-beef ! J'en ai souvent rêvé — mais je n'en ai jamais vu !

— Dire qu'il y a des gens, dit Hellbricht, qui rient en nous voyant jeûner. Des gens qui portent la responsabilité de notre misère ! Monsieur le capitaine, je ne suis pas un mouchard, mais il faut que je vous le dise : un énorme dépôt de vivres est enterré dans la futaie, sous la mousse.

— Qui l'a enterré ? Et quand ?

— C'était en automne 1944. L'aide de camp de Darré, le ministre de l'Agriculture, est venu me voir. Avec Zimmermann, le chef de la Gestapo de Karlsruhe. Ils m'ont dit qu'ils avaient reçu l'ordre de constituer un dépôt de vivres clandestins pour... pour la réserve du Führer... pour les gens haut placés... »

Flétrie, minée par le chagrin, Mme Hellbricht tamisait son fromage blanc au lait écrémé.

« Voilà pourquoi nous vous avons prié de venir jusqu'ici, dit-elle. Il faut déterrer ces provisions. Il y a tant de gens qui ont faim... Nous, nous avons au moins un toit sur la tête. Nous nous en tirerons. Mais les sinistrés, les réfugiés, les enfants... »

Cette journée du 2 août 1945 eut une double conséquence. Sans faire de bruit, on déterra un immense dépôt de vivres — des milliers et des milliers de boîtes de conserves contenant des matières grasses, de la viande, de la confiture, du miel synthétique, du café, du thé, du chocolat pour aviateurs, du glucose, de la farine, des légumes et des fruits. On transmit ces trésors à des organisations d'entraide qui les distribuèrent aux malades, aux vieillards et aux enfants.

Aussi rapidement que possible, on remit en état la futaie et la couverture de mousse, de sorte qu'il semblait

MENU

Potage aux herbes
Hachis au corned-beef
Dessert au fromage blanc

Baden-Baden, le 2 août 1945

CE MENU PEUT ENCORE SE CONSOMMER DE NOS JOURS. A L'ÉPOQUE, IL VALUT A THOMAS LIEVEN UNE RÉCOLTE DE « BONZES »

Potage aux herbes

Prenez des herbes, telles que : oseille, jeunes feuilles d'orties, ciboulette, persil, cerfeuil, aneth, feuilles de céleri et de poireau. Hachez-les finement après les avoir lavées. — Mettez-en une petite partie à fondre dans un roux clair, mouillez d'eau ou de bouillon de viande, laissez bouillir, assaisonnez de poivre, de sel et d'un peu de muscade. N'ajoutez le restant des herbes que juste avant de servir. — On peut lier ce potage avec un jaune d'œuf ou de la crème, y incorporer un œuf poché par personne et le garnir de dés de pain grillé.

Hachis au corned-beef

Prenez une bonne quantité d'oignons émincés et faites-les revenir au beurre. Ajoutez le contenu émietté d'une boîte de corned-beef. Faites cuire pendant quelques minutes, mais sans laisser prendre couleur. — Ajoutez ensuite une purée de pommes de terre pas trop ferme. Mélangez bien, assaisonnez et laissez réchauffer le tout à petit feu.

Dessert au fromage blanc

Prenez du fromage blanc, passez-le au tamis, incorporez-y du sucre en poudre, puis de la crème fraîche, jusqu'à obtention d'une crème lisse et pas trop liquide. — Ajoutez des raisins secs et quelques gouttes de citron. Versez dans un plat, décorez de crème Chantilly et mettez au frais.

que personne n'y eût jamais creusé. En suite de quoi, un détachement spécialement sélectionné du Service de recherche des criminels de guerre surveilla jour et nuit le bois derrière la ferme d'Hellbricht.

Au crépuscule du 11 août — Thomas était de service, ce jour-là — un homme s'aventura furtivement dans la voie forestière. Il examinait soigneusement les environs et sursautait au moindre bruit. Il portait un sac de montagne vide sur son dos et une petite pelle à la main. La collection de photos du Service de recherche avait familiarisé Thomas avec la physionomie blême et farouche de cet homme.

Il se mit à creuser, de plus en plus vite, de plus en plus avidement. Il s'aperçut trop tard que trois hommes se tenaient soudain derrière lui. Il se retourna, se mit péniblement sur pied et recula en chancelant. La panique déformait ses traits.

« Zimmermann, de la Gestapo ! dit Thomas Lieven qui tenait un pistolet à la main. Je vous arrête. »

Ils vinrent tous, les « bonzes » qui connaissaient l'existence du dépôt de vivres clandestins, tous, comme un seul homme !

« Sachez-le bien, avait expliqué Thomas Lieven aux gardes. Tous ceux qui viennent creuser ici sont des bonzes nazis. N'en laissez pas réchapper un seul ! »

Grâce à cette simple méthode, dix-sept hauts fonctionnaires nazis furent arrêtés entre août et octobre 1945.

Sur l'intervention de Thomas, Hellbricht fut catalogué comme sympathisant. On ne lui infligea qu'une amende et il put garder sa ferme.

Le 3 décembre, Thomas fut convoqué au quartier général du général Koenig, où il reçut force compliments et expressions de gratitude.

Le 7 décembre, il reçut la lettre suivante, à l'en-tête du ministère de la Défense nationale :

Paris, le 5 décembre 1945.

Capitaine René Clairmont
Matricule S 324 213
Service de recherche des criminels de guerre
Baden-Baden
Réf : CS Hr. Zt. 324/1945

A l'occasion de ...., etc., nous nous sommes fait transmettre votre dossier personnel par le 2ᵉ Bureau.

Il ressort de ce dossier, qui nous a été en outre commenté par un dirigeant du 2ᵉ Bureau, que vous étiez un agent de l'Abwehr-Paris pendant la guerre. Vous comprendrez qu'il nous est impossible d'utiliser un homme avec un passé tel que le vôtre dans le cadre de notre Service de recherche des criminels de guerre. Le colonel Maurice Débras, qui, à l'époque, vous a affecté à cet organisme, n'appartient plus à ce service.

Vous êtes prié, par la présente, d'évacuer vos bureaux de Baden-Baden avant le 15 décembre 1945, à 12 heures, et de remettre à votre supérieur tous documents, dossiers, cachets et pièces à convictions, de même que vos papiers militaires et laissez-passer. Vous êtes suspendu de vos fonctions avec effet immédiat. D'autres instructions suivront.

La signature, illisible, était suivie de la mention dactylographiée : Général de Brigade.

Assis à son bureau, Thomas Lieven chantonna doucement, relut la lettre et chantonna de nouveau. Nous y voilà une fois de plus, se dit-il. Dans ma vie, les événements se répètent avec une monotonie paralysante. Je monte une combine louche — et tout le monde m'adore : il pleut des distinctions, de l'argent, des baisers, et je suis le chéri des patries respectives. Je fais quelque chose de bien — et, paf ! je retombe dans la merde.

Un « dirigeant du 2ᵉ Bureau » a commenté mon dossier personnel à ces messieurs du ministère ? Un dirigeant !

Donc, le colonel Jules Siméon est toujours en vie. Et il me déteste toujours autant...

Une heure plus tard, l'homme qui se nommait encore le capitaine Clairmont remit son bureau et tous ses dossiers à son chef de service. A midi, le même jour, ce capitaine Clairmont disparut. Sans laisser de traces.

Le 22 février 1946, deux messieurs se présentèrent chez le concierge de l'hôtel Crillon, place de la Concorde, et demandèrent un certain M. Hauser.

A contempler le beau sourire du concierge, il y avait fort à parier que ce M. Hauser était un des client préférés de la maison.

« Deux messieurs pour vous voir, monsieur, dit le concierge au téléphone. M. Fabre et M. le baron Koutousov.

— Priez ces messieurs de monter. »

Un chasseur conduisit les deux hommes au second étage. Les crins roux de Bastien Fabre étaient plus raides que jamais. Son compagnon, qui portait le nom d'un célèbre général russe, pouvait avoir quarante-cinq ans environ. Il était large d'épaules et vêtu à la mode bourgeoise.

Dans le salon de l'appartement 213, M. Hauser, vêtu d'un complet remarquablement bien coupé, s'empressa au-devant de ses visiteurs. Bastien attendit que le chasseur se soit retiré, puis il tomba dans les bras de son vieil ami.

« Ce que je suis content de te revoir, mon gars !

— Et moi donc, Bastien, dit Thomas Lieven, et moi donc ! »

Il se dégagea et serra la main du Russe.

« Je suis heureux de faire votre connaissance, baron Koutousov. Il est vrai que je me permettrai, à partir de maintenant, de ne plus vous appeler « baron », mais « camarade commissaire ». « Commissaire Koutousov ! »

— Mais pourquoi ? demanda le Russe en clignant nerveusement les yeux.

— Un peu de patience ! Chaque chose en son temps. J'ai tant de choses à vous raconter, mes enfants ! J'ai commandé le déjeuner ici. On servira dans dix minutes. Entre autres, du borchtch, camarade commissaire ! Prenez place... »

Le calme et le sang-froid de Thomas Lieven étaient surprenants, lorsqu'on songeait que des autorités militaires françaises le recherchaient depuis des semaines et qu'ici, à Paris, il se trouvait pour ainsi dire dans la gueule du loup. Mais il se rassurait grâce à la réflexion que ce n'est pas dans sa propre gueule que le loup a coutume de chercher ses victimes.

Après sa fuite de Baden-Baden, un spécialiste, qui fabriquait jadis de faux passeports pour le contre-espionnage allemand, lui avait confectionné un superbe passeport français au nom de Michel Hauser. Ensuite, il avait expédié une lettre à Marseille, à l'adresse de Bastien Fabre, pour faire savoir au destinataire que lui, Thomas, était complètement fauché.

La réponse était arrivée par retour du courrier :

Tu vois, Pierre, comme nous avons bien fait, dans le temps, de mettre à gauche un peu de la camelote à Lentier. Tu peux en disposer, maintenant. Je me suis fait un copain, ici. C'est le fils d'un baron russe. Il s'appelle Koutousov. Son vieux faisait le taxi à Paris. Il a cassé sa pipe, et maintenant, c'est le fils qui conduit. Il a une Pontiac...

Là-dessus, Bastien avait reçu de Thomas le télégramme suivant :

« Vous attends toi et baron 22 février hôtel Crillon. »

Et c'est là qu'il avait installé à présent ses quartiers.
« Où est la voiture ? demanda-t-il à ses invités.
— Devant l'hôtel.
— Très bien. Je veux qu'on la voie. Mais pendant quel-

que temps il faudra que tu fasses le chauffeur, mon bon Bastien. Le camarade commissaire Koutousov sera assis à l'arrière. Tu as apporté les napoléons ?

— Dans la malle de la voiture. »

Trois garçons apparurent pour mettre le couvert. Puis Thomas, Bastien et Koutousov se trouvèrent à table, mêlant de la crème fraîche au borchtch. Le rejeton de l'aristocratie de taxis marseillais était éberlué.

« C'est comme à la maison ! dit-il. De la crème sur la table !

— Puis-je vous prier, camarade commissaire, de manger d'une manière un peu plus populaire ? Le coude sur la table, par exemple. Et de prêter moins d'attention, pendant quelque temps, à la netteté de vos ongles ?

— Mais pourquoi ? Pourquoi tout cela ?

— Messieurs, je vais vous proposer une affaire importante. Une affaire où vous, baron, aurez à jouer le rôle d'un commissaire du peuple, Bastien, celui d'un chauffeur, et moi, celui d'un négociant de spiritueux en gros.

— Spiri-quoi ? demanda Bastien, la bouche ouverte.

— Avale ce que tu as dans la bouche, avant de parler. Un marchand de gnôle ! L'armée française, messieurs, m'a déçu et blessé de la manière la plus sensible. J'ai l'intention de mettre l'armée française à l'amende.

— Avec de l'alcool ?

— Avec de l'alcool.

— Mais il n'y a pas d'alcool, cher monsieur ! s'exclama Koutousov. Tout est rationné !

— Il y en aura, dit Thomas, et en quantité surprenante, à condition que Bastien soit un bon chauffeur et vous, un bon commissaire. Allez, resservez-vous. Après le déjeuner, nous irons faire des achats.

— Que voulez-vous acheter ?

— Les accessoires indispensables : manteaux de cuir noir, toques de fourrure, gros souliers. (Thomas baissa la voix.) Depuis la fin de la guerre, une délégation soviétique est installée ici, au Crillon. Elle a pour mission

MENU

Borchtch
Bœuf Stroganoff
Soufflé au citron

Paris, le 22 février 1946

APRES LA GUERRE, LA PREMIERE GRANDE AFFAIRE DE THOMAS SE FAIT « A LA RUSSE »

Borchtch

Prenez une livre de bœuf, une livre de porc et une demi-livre de lard fumé mi-gras. Préparez un bouillon concentré. Retirez la viande cuite et découpez-la en petits morceaux. — Dans deux casseroles différentes, faites revenir au saindoux : 1) 2 livres de chou blanc émincé, avec poivre, sel, épices et 1 feuille de laurier ; 2) des betteraves rouges émincées, avec céleri-rave, poireaux, poivre, sel, une feuille de laurier et un piment rouge. Ajoutez un filet de vinaigre aux betteraves, afin qu'elles conservent leur couleur. — Une fois les légumes cuits, jetez-les dans le bouillon avec les morceaux de viande. Laissez cuire un peu. Avant de servir, râpez une betterave rouge au-dessus du potage. — A table, ajoutez une grande cuillerée de crème aigre et épaisse par assiette.

Bœuf Stroganoff

Prenez du filet de bœuf bien rassis, découpez-le en tranches, puis en lamelles. — Faites rissoler au beurre des oignons hachés sans les laisser brunir, ajoutez la viande, faites cuire une minute de chaque côté. Salez, poivrez, et incorporez de la crème aigre épaisse. Laissez chauffer et servez.

Soufflé au citron

Battez trois jaunes d'œufs avec trois cuillerées de sucre. Ajoutez le jus et le zeste râpé d'un demi-citron, une demi-cuillerée à café de fécule ou de Maïzena, enfin les trois blancs d'œufs battus en neige très ferme. — Versez dans un moule à soufflé beurré. Mettez au four à feu moyen et laissez cuire jusqu'à ce que le soufflé monte et que la surface soit très légèrement brunie. Servez immédiatement, avec des biscuits.

de s'occuper des citoyens soviétiques résidant en France. Savez-vous combien il y en a ?

— Aucune idée.

— Plus de cinq mille. Et tous ont le même problème... »

Tandis que ses deux invités lapaient leur borchtch, le meilleur potage du monde, et l'écoutaient dans un silence recueilli, Thomas leur raconta quel était le problème de tous les citoyens soviétiques résidant en France...

Deux jours plus tard, une Pontiac noire s'arrêta devant le ministère du Ravitaillement où se trouvait la Régie française des alcools. Un chauffeur en manteau de cuir noir, une toque de fourrure sur sa tignasse rousse, ouvrit la portière. Un homme en manteau de cuir et toque de fourrure descendit de la voiture, pénétra dans le grand immeuble gris, prit l'ascenseur jusqu'au troisième étage et se rendit au bureau d'un certain Hippolyte Lassandre, qui le reçut à bras ouverts.

« Cher monsieur Koutousov, c'est avec moi que vous avez parlé hier au téléphone. Débarrassez-vous. Prenez place. »

M. Koutousov, qui portait un complet de confection bleu, plutôt fripé, sous son manteau de cuir noir, ainsi qu'une paire de lourds souliers, manifesta aussitôt sa mauvaise humeur.

« L'attitude de votre ministère équivaut à un acte inamical dont je rendrai compte à Moscou...

— Cher monsieur... cher commissaire, je vous supplie de n'en rien faire. J'aurai les pires ennuis avec le comité central !

— Quel comité ?

— Le comité central du parti communiste. Je suis membre du parti, camarade commissaire ! Je vous assure qu'il ne s'agit que d'une négligence.

— Exclure depuis des mois cinq mille citoyens soviétiques des répartitions d'alcool ! dit le faux commissaire avec un rire sardonique. Une négligence ? Bizarre ! Les

Anglais et les Américains qui résident en France ont reçu leur ration d'alcool. Mais les braves ressortissants de mon pays, auquel revient le principal mérite de la victoire sur le fascisme...

— Je vous en prie, camarade commissaire, n'en parlons plus ! Vous avez entièrement raison. C'est impardonnable. Mais la faute sera vite réparée !

— Au nom de l'Union Soviétique, déclara le commissaire Koutousov, je réclame, bien entendu, toutes les rations échues des mois passés.

— Bien entendu, camarade commissaire, bien entendu... »

C'était Zizi qui avait appris à Thomas que les citoyens soviétiques vivant en France ne recevaient pas d'alcool. Zizi était une belle rousse qui travaillait à Paris dans une maison florissante. Thomas la connaissait depuis la guerre. Zizi aimait beaucoup Thomas. Il avait sauvé son petit ami de la déportation. Zizi avait raconté à Thomas à quel point ses affaires étaient prospères. Surtout, depuis que ces Russes étaient arrivés en ville. Les meilleurs clients de son établissement !

« Quels Russes ? s'enquit Thomas.

— Ceux de la Commission qui est installée au Crillon. Cinq types. Costauds comme des ours. Ça, c'est des hommes ! »

Zizi rapporta que les cinq citoyens soviétiques avaient pris goût aux symptômes de décadence de l'Occident capitaliste. Il est vrai qu'ils en négligeaient grossièrement les devoirs de leur charge. Ils avaient pour mission de s'occuper de leurs cinq mille compatriotes et de les inciter au retour dans la mère patrie. Mais ils apportaient peu d'ardeur à remplir cette tâche. Ils préféraient la compagnie de Zizi. Parmi d'autres...

« Imagine-toi, dit Zizi à Thomas, qu'ils ne s'occupent même pas des rations d'alcool !

— Quelles rations d'alcool ? », demanda-t-il.

Zizi le mit au courant. Aussitôt, un projet prit forme dans sa tête : un excellent petit projet...

Accrédité comme fonctionnaire soviétique au moyen de faux documents, le commissaire Koutousov prit livraison de la répartition d'alcool échue. 3 000 hectolitres furent transportés par camion dans une sinistre brasserie à moitié tombée en ruine, proche de l'aérodrome d'Orly. Celle-ci appartenait à un collaborateur en fuite. N'oublions pas qu'en février 1946 la situation de la plupart des pays européens était encore assez confuse. Et la France ne faisait pas exception à cette règle.

Dans cette brasserie, huit hommes se mirent alors au travail. On produisait jour et nuit. Sous la direction de M. Hauser, ces huit hommes confectionnaient du pastis, selon une recette que Thomas devait à l'obligeance d'une dame de couleur, également attachée à l'établissement de Zizi :

Par litre d'alcool chimiquement pur à 90 %, prenez

> 8 grammes de graines de fenouil
> 12 grammes de feuilles de mélisse
> 5 grammes d'anis étoilé
> 2 grammes de coriandre
> 5 grammes de sauge
> 8 grammes de graines d'anis vert.

Laissez macérer pendant huit jours dans l'obscurité. Avant de filtrer, ajoutez dix gouttes d'essence d'anis. Coupez ensuite, de manière à obtenir un alcool à 44°...

Koutousov paya l'alcool avec le produit de la vente des pièces d'or apportées par Bastien. Une fois les bouteilles remplies, on y collait les étiquettes que Thomas faisait fabriquer dans une petite imprimerie.

La production de gros ayant été mise en route, M. Hauser rendit visite, boulevard de Latour-Maubourg, à un intendant militaire d'état-major, auquel il proposa une affaire « officieuse ».

« Je dispose de matières premières en quantité suffisante, et je suis en mesure de produire du pastis. Je sais que votre mess manque d'alcools. Mes prix sont très avantageux. »

Avantageux ? Oui, en fonction d'une époque troublée et pauvre en alcool. De nos jours, bien sûr, les exigences de Thomas Lieven, dit M. Hauser, nous sembleraient un tantinet excessives. Il demandait — en valeur d'achat actuelle — 60 F par bouteille de pastis !

L'intendant d'état-major accepta la proposition comme s'il s'était agi de l'affaire de sa vie. Il est vrai que la bouteille de pastis coûtait alors, toujours en valeur actuelle, près de 100 F au marché noir.

Les affaires florissaient !

Et, surtout, elles se développaient avec la vitesse de l'éclair ! Car, après avoir approvisionné son mess, l'intendant militaire transmit la bonne nouvelle à ses amis. Bientôt, des camions militaires chargés de « Pastis Hauser » s'acheminèrent vers tous les mess de France.

On peut dire que Thomas Lieven était le fournisseur attitré de l'armée française. Et l'armée française payait rubis sur l'ongle. Tout se passa le mieux du monde, jusqu'au 7 mai 1946. Ce jour-là, survint un léger incident...

Le 7 mai 1946, vers dix-neuf heures, M. Andréï S. Chenkov, le robuste chef de la délégation soviétique, parut dans l'appartement du faux commissaire Koutousov à l'hôtel Crillon, et, fort rouge de visage, exigea des explications.

Ayant décidé de prendre ses devoirs un peu plus au sérieux, M. Chenkov s'était proposé, quelques jours auparavant, d'approvisionner enfin ses cinq mille compatriotes en alcool. Mais il apprit au ministère du Ravitaillement que le contingent en question avait été remis depuis belle lurette à un certain commissaire Koutousov, domicilié à l'hôtel Crillon.

« Je veux des explications ! tempêta Chenkov dans un français fortement accentué à la russe. Qui êtes-vous ? monsieur ? Je ne vous connais pas ! Je ne vous ai jamais vu ! Je vais vous faire arrêter. Je...

— Silence » tonna Koutousov en russe, avec une grande pureté d'accent.

Ensuite, il eut avec le camarade Chenkov un entretien

d'une demi-heure, au cours duquel il suivit scrupuleuse-
ment les instructions de Thomas Lieven. Car Thomas
avait évidemment prévu une éventualité de ce genre
depuis le début.

Au bout de cette demi-heure, le camarade Andréï S.
Chenkov regagna sa chambre, blême, agité et le front
baigné de sueur. Ses amis Touchine, Bolkonski, Balachev
et Apalyitch l'y attendaient.

« Camarades, gémit Chenkov en s'abattant dans un fauteuil, nous sommes perdus.

— Perdus ?

— C'est comme si nous étions déjà en Sibérie. Terrible ! Epouvantable ! Savez-vous qui est Koutousov ?
C'est le commissaire qu'ils ont envoyé pour nous surveiller. Il a plein pouvoir. Et il est au courant de tout ce qui
nous concerne.

— Tout ? s'exclama Bolkonski avec effroi.

— Tout, dit sombrement Chenkov. Notre façon de
travailler, nos... occupations, tout ! Notre seule chance de
salut, camarades, c'est de nous en faire un ami et de
travailler comme des bêtes, jour et nuit. Plus de Zizi !
Plus de bas nylon, ni de conserves ni de cigarettes américaines ! Dans ce cas, il se *pourrait* que Koutousov ferme
les yeux, pour cette fois... »

De cette manière, grâce au génie prescient de Thomas
Lieven, le petit incident fut clos et la grande affaire de
pastis put être menée à bonne fin en toute quiétude.

Le 29 mai, Koutousov, ex-camarade commissaire, aristocrate des taxis marseillais, à présent un homme heureux, car financièrement à l'aise, emmena ses deux amis à
Strasbourg dans sa vieille Pontiac. Depuis la bienheu-
reuse époque du Service de recherche des criminels de
guerre, Thomas y connaissait quelques gardes-frontières
bien disposés, tant français qu'allemands. Avec leur aide,
les malles de MM. Lieven et Fabre passeraient d'un pays
à l'autre sans difficulté ni contrôle. Les deux malles
contenaient la récompense de leurs labeurs alcooliques.

Par une belle journée du mois de juillet 1946, un homme en chemise et pantalon de sport arpentait le gazon anglais d'une confortable villa située à Grünwald, dans la proche banlieue de Munich. A ses côtés, tout aussi légèrement vêtu, marchait un géant à l'aspect satisfait. Une tignasse flamboyante se dressait sur sa tête.

« Hein, mon vieux Bastien ? dit Thomas Lieven. C'est une jolie petite maison qu'on a achetée là !

— Et l'armée française a tout payé », grogna l'extruand marseillais qui, depuis quelques semaines, occupait auprès de Thomas les fonctions de valet de chambre.

Ils se dirigèrent vers la maison.

« Cette nuit, dit Thomas, j'ai fait le compte de la somme que nous devons au fisc français, au titre de la taxe sur le chiffre d'affaires.

— Ça fait combien ?

— Environ trente millions de francs, dit Thomas avec simplicité.

— Vive la grande armée ! » s'esclaffa Bastien.

Plusieurs mois plus tard, Thomas et Bastien se prélassaient au coin du feu dans leur villa de Grünwald.

« Je me rouille, dit Bastien. Cette vie inactive ne me vaut rien.

— Rassure-toi, répondit Thomas. J'ai entendu raconter une belle histoire qui m'a donné des idées.

— Dieu soit loué ! De quoi s'agit-il ?

— D'uranium.

— Une mine ? demanda Bastien avec stupéfaction.

— Non. Des cubes d'uranium. On les a vus pour la dernière fois dans un train d'évacuation qui se dirigeait vers le sud, il y a près de deux ans. »

Vers la fin du mois d'avril 1945, les trains en question se dirigeaient vers la frontière autrichienne. Ils étaient bondés de hauts dignitaires des SA et SS, de diplomates et de chefs de départements ministériels. Les voyageurs emportaient de l'or, des bijoux, des plans d'armes inédites et secrètes, une énorme quantité de morphine, cocaïne et autres stupéfiants appartenant aux stocks de l'armée et, enfin, des cubes d'uranium en provenance du Kaiser-Wilhelm-Institut, à Berlin.

Juste avant le passage de la frontière, les bonzes nazis commencèrent à se faire quelques soucis, surtout en ce qui concernait les cubes d'uranium. Ils les jetèrent par la fenêtre.

« Ils n'ont jamais été retrouvés, conclut Thomas. Tout comme les plans des armes-miracles. »

D'après les faux papiers d'excellente qualité qu'il avait confectionnés lui-même, Thomas Lieven s'appelait Peter Scheuner, et Bastien, Jean Lecoq.

La petite ville près de la frontière autrichienne où ils commencèrent leurs recherches était remplie de militaires alliés, de réfugiés et de personnes déplacées. Il n'y avait pas de place pour se loger. Auberges et hôtels étaient pleins à craquer.

Dans un village tout proche, Thomas et Bastien trouvèrent deux chambres tranquilles chez un paysan. Ils s'y installèrent sous leurs fausses identités au soir du 20 février 1947. Ils allaient y demeurer trois mois : une longue période d'intense activité.

Pour commencer, ils consacrèrent plusieurs journées et plusieurs nuits à fréquenter l'hôtel Bristol. Quelle que soit l'heure, on y tombait toujours en plein boum : danse, alcools, flirts et trafics, chuchotements, marchandages et coups de téléphone allaient bon train. Au Bristol, on trouvait des filles légères par légions, des militaires qui dépensaient leur solde, des Polonais obscurs, des Tchèques inquiétants, quelques Russes de l'armée Vlassov et, bien entendu, des Allemands.

Après avoir observé pendant une semaine les conditions qui régnaient dans la petite ville, Thomas et Bastien tinrent un conseil de guerre à la campagne, dans une petite auberge enneigée.

« Mon vieux, dit Thomas, ici, on trouve des demoiselles, des troufions et des personnes déplacées. Mais, avant toute chose, on y trouve des nazis ! Des nazis indigènes et des nazis importés. Moi, je le sais. Les Ricains, eux, n'ont pas l'air de le savoir. Mais toi et moi, nous ne devrons jamais l'oublier ! Notre objectif est le suivant : l'uranium *et* les plans de construction !

— Si la camelote est encore là.

— Selon toute probabilité, elle y est encore. Et je crois avoir mis au point une excellente méthode pour m'en assurer.

— Allez, dégoise », dit Bastien.

Thomas dégoisa. Son plan était aussi simple que génial. En date du 28 février, il l'exposa pour la première fois. En date du 19 avril, il eut en sa possession :

— 28 cubes d'uranium 238 de cinq centimètres de côté, pesant 2,2 kg et frappés, sans exception, de l'estampille du Kaiser-Wilhelm-Institut, à Berlin ;

— Un modèle du mécanisme de pointage secret MKO, plus

— les plans de construction détaillés de ce mécanisme que les Allemands n'avaient construit qu'à un très petit nombre d'exemplaires, sans avoir eu le temps de l'utiliser. Il était destiné à l'aviation de chasse et permettait de frapper l'adversaire dès qu'il apparaissait dans la lunette de visée, sans que le tireur eût besoin de se livrer aux calculs habituels...

Comment Thomas Lieven avait-il fait ?

Comment le prétendu Peter Scheuner avait-il fait ? Voilà la question que se posèrent à bon droit, vers la mi-avril 1947, la troupe nombreuse des agents français, américains, anglais et autres qui hantaient vers cette époque l'Allemagne du Sud, et qui avaient également tenté de retrouver la trace du dispositif disparu et des plans de construction.

La nouvelle que les trésors en question se trouvaient entre les mains de Peter Scheuner se répandit rapidement. Les agents des diverses nations vinrent lui faire des offres, tout d'abord pour les cubes d'uranium.

Le choix de Thomas Lieven se fixa sur un homme d'affaires argentin, confident de Juan Domingo Peron qui avait été élu président de la république Argentine l'année précédente.

« Voilà notre homme, vieux frère, dit Thomas à Bastien. Qu'elle sorte d'Europe, cette camelote ! Le plus loin possible ! Qu'elle aille dans un pays où on ne s'en sert pas pour construire des bombes ! »

L'Argentin paya 3 200 dollars U.S. par cube, ce qui fit, au total, 89 600 dollars. L'uranium partit pour l'Argentine par la valise diplomatique.

Ensuite, les agents s'intéressèrent au dispositif de pointage MKO. En bon pacifiste, Thomas Lieven avait, bien entendu, apporté quelques modifications aux plans, à telle enseigne que même des techniciens de génie y auraient perdu leur latin. Et en bon commerçant qu'il était, il en avait pris des photocopies, car il jouait avec l'idée de les céder à plusieurs clients, et non pas à un seul.

En plein marchandage, M. Grégor Marek fit son apparition. M. Marek était originaire de Bohême. Thomas l'avait souvent aperçu au Bristol. M. Marek semblait prospère. Toujours vêtu avec recherche, il était petit et trapu, avec les larges pommettes et les yeux bridés qui caractérisent les Slaves.

« S'il vous plaît, messieurs, dit-il, pourrais-je bavarder un peu avec vous ? Il paraît que vous avez quelque chose à vendre... »

Devant la mine incompréhensive de Thomas et de Bastien, M. Marek s'exprima avec plus de clarté.

« Je connais des gens en Tchécoslovaquie, de bons amis qui paient bien. Montrez-moi un peu la camelote et les plans. »

Après quelques tergiversations, Thomas et Bastien montrèrent à M. Marek la camelote et les plans. Le Tchèque écarquilla les yeux.

« Incroyable ! Je me suis décarcassé pendant un an pour trouver ces trucs-là ! Comment avez-vous fait ?

— C'était tout simple, cher monsieur, répondit Thomas. J'ai tenu compte de l'orientation politique de la population. C'est plein de nazis, par ici. Mon ami et moi, nous nous sommes promenés pendant plusieurs semaines, d'un nazi à l'autre. Nous avons laissé entendre que nous appartenions à une organisation « Loup-garou »...

— Jésus, Marie et Joseph, vous avez perdu la tête ?

— Nullement, mon cher. Vous voyez, comme tout a bien marché. Nous avons simplement causé entre nazis. Où se trouvait l'uranium ? Où se trouvaient les plans ? Notre organisation avait besoin d'argent. Il devenait nécessaire de vendre l'uranium et les plans ! Ces messieurs l'ont fort bien compris. L'un nous a adressé à l'autre et... voilà !

— Et vous n'avez rien payé, sapristi ?

— Pas un sou. C'étaient tous des idéalistes. Bon. Voyons un peu l'offre de vos amis de l'Est ?

— Il faudra que j'y aille, pour m'informer un peu. »

L'agent tchèque disparut pendant trois jours, puis Thomas le revit. Marek était d'excellente humeur.

« Mes supérieurs, dit-il, aimeraient parler personnellement à l'un de vous. Tout est arrangé. Un garde-frontière vous fera passer. Bien entendu, vous n'emportez pas les plans. Et moi, je resterai ici, avec celui de vous deux qui ne sera pas parti. »

Thomas et Bastien tinrent une brève conférence dans le jardin.

« C'est moi qui pars, dit Bastien. Pendant ce temps, tu auras ce Marek à l'œil. Si quelque chose cloche, tu le refiles aux Ricains. J'espère qu'ils parlent français, là-bas !

— Couramment, messieurs, couramment », répondit Marek lorsqu'on le questionna à ce sujet.

Le 9 mai 1947, Bastien Fabre partit pour la Tchécoslovaquie. Il pensait être de retour vers le 15 mai. Il ne revint pas. Ni le 15 mai ni les jours suivants.

M. Marek se montra encore plus inquiet que Thomas :

« Il s'est passé quelque chose... ça n'est jamais arrivé... mes patrons, c'est des gens corrects...

— Marek, s'il arrive quelque chose à mon ami, vous pouvez faire vos dernières prières ! »

Le 22 mai, Marek reçut la visite d'un compatriote qui s'éclipsa rapidement après lui avoir remis une lettre. Marek pâlit au fur et à mesure qu'il prenait connaissance du message. Thomas l'observait.

« Que se passe-t-il ? » demanda-t-il avec impatience.

Marek était dans un tel état d'agitation qu'il pouvait à peine parler.

« Mon Dieu, mon Dieu ! fit-il.

— Qu'est-ce qu'il y a ? Allez, parlez !

— Les Russes ont arrêté votre ami.

— Les Russes !

— Ils ont découvert que les Tchèques voulaient acheter le dispositif de pointage. Ils le leur ont interdit et ils ont enfermé votre ami. Ils disent qu'ils sont acheteurs eux-mêmes. Mon Dieu, mon Dieu !

— Où les Russes ont-il enfermé mon ami ?

— A Zwickau. Il faut croire qu'il a pénétré en zone soviétique.

— Monsieur Marek, dit Thomas, faites votre valise.

— Vous voulez... vous voulez aller à Zwickau ?

— Evidemment », dit Thomas.

Devant lui, une carte s'étalait sur la mousse. Thomas la consulta une fois de plus. A l'orée du bois s'étendait un pré parsemé de fleurs. Un ruisseau clapotait gaiement au milieu de ce pré.

A ce ruisseau finissait une Allemagne, tandis que l'autre commençait. Les hachures brunes de la carte l'indiquaient clairement. Espérons, se dit Thomas, que la couleur a été choisie pour rappeler qui est responsable du fait qu'il existe actuellement deux Allemagnes.

Le 27 mai, à midi : c'était l'heure convenue. Les trois arbres derrière le ruisseau : c'était le lieu convenu. Un soldat de l'Armée Rouge aurait dû s'y trouver pour accueillir Thomas. Mais il ne s'y trouvait pas...

Nom d'une pipe, se dit Thomas, quelle pagaille ! J'ai les faux plans du dispositif de pointage dans ma serviette. Je suis fin prêt pour aller dédouaner mon copain Bastien à Zwickau. J'ai rendez-vous avec un soldat de l'Armée Rouge pour qu'il me fasse pénétrer en zone soviétique. Et voilà ce type qui ne vient pas ! Rien n'est jamais simple, dans la vie !

Il attendit à l'orée du bois jusqu'à douze heures vingt-huit. Son estomac commençait à crier famine lorsqu'un soldat soviétique apparut sur l'autre rive du ruisseau. Il avait une mitraillette à la main. Il s'arrêta entre les trois arbres et inspecta les alentours. Enfin ! se dit Thomas. Il se leva et traversa le pré. Quand le jeune soldat l'aperçut, la stupéfaction se peignit sur ses traits.

Thomas marchait tranquillement. « Hé ! » cria-t-il, avec un geste amical du bras. Au bord du ruisseau, il s'arrêta pour retirer ses souliers et ses chaussettes, et retrousser les jambes de son pantalon. Puis, il se mit en devoir de traverser les eaux glacées. Parvenu au milieu du ruisseau, il entendit un cri rauque et leva les yeux avec surprise.

« *Stoï* ! » hurla le jeune soldat, sans compter d'autres exclamations inintelligibles.

Thomas ne comprit pas un mot, hocha la tête avec ama-bilité et poursuivit son chemin jusqu'à l'autre rive. Le jeune soldat se précipita vers lui. Les yeux de Thomas se dessillèrent subitement. Nom de Dieu ! Ce n'est pas le soldat qui devait venir me chercher ! C'en est un autre, qui n'a pas la moindre idée du rendez-vous !

Le soldat poussait des clameurs rauques.

« Ecoutez, mon jeune ami », commença Thomas.

Aussitôt, le canon de la mitraillette lui laboura les côtes. Il laissa choir souliers, chaussettes et serviette, et leva les mains. Quelle horreur, se dit-il. Il ne me manquait plus que l'Armée Rouge...

Se rappelant les excellentes leçons de judo qu'il avait reçues jadis, il appliqua ensuite la fameuse « planchette japonaise ». Quelques fractions de seconde après, le sol-dat tourbillonna en hurlant à travers les airs et atterrit dans le ruisseau avec sa mitraillette. Thomas empoigna ses souliers, ses chaussettes et la serviette, et s'apprêta à prendre ses jambes à son cou, en direction de la zone soviétique.

Soudain, un bruit de galopade fit frémir le sol. Il leva les yeux avec effroi. Dans la section soviétique du pré. cinquante personnes au moins — hommes, femmes et enfants — avaient émergé des sous-bois. Courant comme des dératés, ils traversèrent le ruisseau et disparurent en zone américaine.

Eberlué, Thomas les suivit du regard. Il avait aidé tous ces gens à s'enfuir vers l'Ouest ! Ils étaient tous restés à l'affût, à l'Est, comme lui-même à l'Ouest. Il eut un rire égaré. Puis, il vit émerger le Russe des flots et reprendre péniblement sa respiration. Il se mit à courir. Derrière lui, il entendit les cris du jeune soldat. Des coups de feu claquèrent. Les balles sifflaient aux oreilles de Thomas, qui nota mentalement que les mitraillettes soviétiques fonctionnent, même après un bain forcé.

Une jeep russe apparut sur la route. Un capitaine était assis à côté du chauffeur. Le capitaine se leva d'un bond, s'accrocha au pare-brise et hurla sauvagement des ordres en russe à l'adresse du soldat qui tirait comme un fou. Les coups de feu cessèrent. La jeep freina à la hauteur de Thomas Lieven.

« Gospodine Scheuner, n'est-ce pas ? dit le capitaine dans un allemand guttural. Excusez retard. Pneus pas bons, crever ! Mais, à présent : soyez le bienvenu, gospodine, le très bienvenu ! »

Le Palast-Kaffee de Zwickau avait le même triste aspect que tout le reste de cette ville de 120 000 habitants. Six heures après avoir déclenché une fuite collective de grandes dimensions, Thomas était assis dans un angle de cet établissement et buvait de la limonade synthétique.

Il n'avait plus rien à faire, ce 27 mai. Le capitaine qui était venu le chercher à la frontière l'avait déposé au quartier général russe à Zwickau. Le commandant militaire de la ville, un certain colonel Mélanine, s'était fait excuser par un interprète et avait donné rendez-vous à Thomas pour le lendemain, à neuf heures.

Aussi, Thomas s'était-il d'abord rendu dans un hôtel (sinistre) ; puis, il avait échoué ici. Il examina la morne humanité qui l'entourait : les hommes, avec leurs vieux complets croisés et leurs chemises élimées ; les femmes, sans maquillage, avec leurs bas de laine, leurs souliers à semelles de liège, leurs cheveux ternes et plats. Et dire que là d'où je viens, songeait-il, les choses commencent déjà à reprendre tournure ! On trafique, on abat de la besogne, on accapare. Mais vous, pauvres malheureux, on dirait vraiment que vous êtes les seuls à avoir perdu la guerre !

Un couple de belle prestance était installé à la table d'en face : en fait, le seul couple de belle prestance que Thomas avait pu découvrir jusqu'alors à Zwickau. La femme, une beauté aux formes opulentes et fermes, avait une splendide chevelure couleur de blé, des traits slaves et sensuels, et des yeux d'un bleu resplendissant. Elle portait une robe d'été verte, très ajustée. Un manteau de léopard était posé sur une chaise.

Son compagnon était un géant musclé, aux cheveux gris coupés très court. Il portait le complet bleu, typique et standardisé, des Russes, avec des jambes de pantalon très larges. Il tournait le dos à Thomas et conversait avec la dame. Sans aucun doute possible, il s'agissait là de citoyens soviétiques.

Soudain, Thomas tressaillit. Il avait une touche avec la dame aux cheveux couleur de blé ! Elle souriait en découvrant ses petites dents, battait des cils, clignait de l'œil...

Hem !!!

Je ne suis pas fou, se dit Thomas. Il détourna la tête et commanda une autre bouteille de limonade synthétique. Après la troisième gorgée, il jeta tout de même un autre coup d'œil.

La dame sourit. Alors, il sourit aussi, après quoi, les

choses se passèrent très vite. Le compagnon de la dame
se retourna brusquement. Il ressemblait à un Tarzan,
« made in U.R.S.S. ». D'un bond, il fut debout. Quatre pas
le transportèrent auprès de Thomas, dont il empoigna
le veston. La clientèle poussa une clameur. Thomas se
sentit irrité. Son irritation s'accrut lorsqu'il aperçut,
derrière le géant jaloux, la blonde aux cheveux de blé
qui s'était levée et qui semblait goûter la scène avec
délices. Espèce de salope, se dit Thomas, ça doit être
un truc à toi ! Je parie que tu as des sensations, quand...

Il ne pensa pas plus loin, car le poing du géant l'atteignit au ventre. C'en était trop. Il plongea sous le Tarzan
russe et lui arracha les jambes sous le corps. Encore du
judo, pour la seconde fois de la journée !

L'Othello des steppes, qui se tenait devant l'enclos du
vestiaire, exécuta un demi-soleil et disparut derrière la
barrière. Du coin de l'œil, Thomas aperçut un sous-officier soviétique qui tirait son pistolet.

Le courage est une affaire d'intelligence. Il faut savoir
tirer le trait. Thomas se courba en deux et galopa vers la
sortie et la rue. Par chance, il n'y avait aucun militaire à
l'horizon. Quant aux Allemands, ils ne se préoccupaient
pas de Thomas. Tout Allemand qui courait jouissait d'emblée de leur sympathie.

Thomas courut jusqu'au Lac aux Cygnes. Haletant, il se
laissa choir sur un banc du beau, vieux jardin. Quand il
eut récupéré, il retourna par des voies détournées à son
hôtel.

Le lendemain, à neuf heures précises, ce fut un Thomas Lieven élégant, bien rasé et sûr de lui-même que
l'interprète fit pénétrer dans le bureau du commandant
de la place. Il est vrai que l'instant d'après il faillit être
frappé d'apoplexie. Car le commandant de la place de
Zwickau, qui se levait en ce moment pour le saluer,
n'était nul autre que ce Tarzan jaloux que Thomas avait
expédié la veille dans le vestiaire du Palast-Kaffee.

Aujourd'hui le géant était en uniforme. Sa poitrine était
constellée de décorations. Il dévisagea Thomas en silence.

Bureau au troisième étage, réfléchissait celui-ci. La fenêtre ? Ça ne sert à rien. Adieu, l'Europe. Certaines gens prétendent que la Sibérie a son charme...

« Gospodine Scheuner, dit enfin le colonel Vassili S. Mélanine d'une voix gutturale, conduite hier je vous prie excuser. »

Thomas ne put que le fixer d'un œil glauque.

« Je regrette. C'est faute à Dounya. (Soudain, il hurla comme un possédé :) Cette diablesse !

— Colonel, vous faites allusion à madame votre épouse ?

— Cette chienne ! proféra Mélanine à travers ses dents. Général de brigade, je serais. Deux fois m'a-t-on dégradé... à cause d'elle... parce que j'ai causé rixe.

— Calmez-vous, colonel », dit Thomas d'un ton apaisant.

Mélanine abattit son poing sur la table.

« Et pourtant j'aime Dounya, petit pigeon. Mais assez, maintenant. Affaires nous parlons. Mais avant, monsieur Scheuner, il faut boire un peu... »

Par conséquent, ils vidèrent un flacon de vodka. Au bout d'une heure, Thomas était totalement ivre, le colonel, tout à fait lucide, et ils parlèrent de leurs affaires avec éloquence et esprit, sans, pour autant, avancer d'un seul pas.

Le point de vue défendu par le colonel Mélanine était le suivant :

« Vous vouliez vendre aux Tchèques dispositif de pointage MKO. Vous avez envoyé ami. Vous pouvez emmener ami à l'Ouest si plans vous nous remettez.

— *Vendez*, rectifia Thomas avec emphase.

— Remettez, dit le colonel. Nous, pas payer. (Il sourit avec malice.) D'habitude, pourtant, vous avez esprit vif, Thomas Lieven ! »

Parfois, songea Thomas, des genoux, c'est comme de la gelée de cerises.

« Comment disiez-vous, colonel ? murmura-t-il faiblement.

— Je disais : Lieven, Thomas Lieven, c'est votre nom ! Petit frère, vous croyez nous sommes idiots ? Vous croyez notre service secret ne connaît pas dossiers alliés ? Très amusant, vos opérations. Les gens ont beaucoup ri à Moscou. »

Thomas récupéra son sang-froid.

« Mais, dit-il, puisque vous savez qui je suis, pourquoi me laissez-vous en liberté ?

— Que pouvons-nous faire de vous, petit frère ? Vous êtes — pas fâcher, s'il vous plaît — si mauvais agent !

— Grand merci.

— Nous avons besoin agents premier ordre, pas personnages comiques comme vous.

— Très obligé.

— J'apprends vous aimez la cuisine. Moi, j'aime manger ! Venez maison. Dounyacha sera contente. Je fais blinis. Caviar j'ai assez. Ensuite, nous bavardons. D'accord ?

— C'est une excellente idée », dit Thomas Lieven.

Alors comme ça, je suis un très mauvais agent, songeat-il avec humiliation. Un personnage comique. Et il faut se laisser dire des choses pareilles ! Mais qu'est-ce qu'ils me reprochent donc ?

Peu après, il se retrouva à la cuisine d'une villa réquisitionnée, occupé à confectionner des côtelettes Maréchal. Il ne se sentait pas à l'aise. Mélanine avait disparu. La colonelle, en revanche, apparut au moment où il désossait un grand pilon de poulet : elle effectuait, pour ainsi dire, son entrée dans la vie de Thomas Lieven, bien que celui-ci n'en sût encore rien.

Quelle belle femme ! Ces cheveux, ces yeux, cette bouche, ce corps, nom de Dieu ! Et une peau comme du massepain. Quelle fraîcheur, quelle santé, quelle force ! Cette femme était unique. Dans son cas — cela se voyait immédiatement —, bustiers, soutien-gorge et autres appareillages auxiliaires, habituels au sexe faible, étaient parfaitement superflus.

Elle entra, referma la porte et dévisagea Thomas en

MENU

Blinis au caviar
Côtelettes Maréchal, avec garniture de petit pois
et pommes frites
Crème renversée au caramel

Zwickau, le 28 mai 1947

AVEC UN PILON DE POULET, DOUNYA LA RUSSE FAIT SON ENTREE DANS LA VIE DE LIEVEN

Blinis au caviar

Préparez deux petites crêpes par personne et rangez-les sur une assiette chauffée. Etalez une couche de caviar sur la première, recouvrez de la seconde et arrosez de beurre fondu chaud et de crème aigre épaisse. — (Les vrais blinis sont faits de farine de sarrasin.)

Côtelette Maréchal

Sans déchirer la peau, désossez les pilons d'un poulet gras et bien tendre. — Composez une farce avec le blanc du poulet, 1 cuillerée de beurre, un quart de cuillerée à café (respectivement) d'échalote hachée, de persil et d'estragon, un quart de tasse de mie de pain trempée dans du vin blanc, 1 cuillerée de champignons hachés, poivre et sel. — Passez le tout deux fois au moulin. Ensuite, faites fondre doucement, à petit feu et en remuant sans cesse, avec 1 cuillerée de beurre et 1 cuillerée de crème fraîche, sans que la masse devienne ferme. — Remplissez les

pilons avec la farce refroidie, cousez-les, passez-les à la chapelure et faites dorer au beurre. On peut farcir et coudre de la même manière les deux moitiés de la poitrine. Dans ce cas, on prend du filet de veau pour la farce.

Crème renversée au caramel

Faites bouillir 1 litre de lait avec 100 g de sucre et une petite gousse de vanille. Laissez tiédir, battez 5 œufs et incorporez-les au lait avec une pincée de sel. — Préparez un caramel pas trop foncé avec 200 g de sucre, arrêtez la cuisson avec un peu d'eau, versez le caramel dans un moule préalablement chauffé et répartissez-le rapidement de tous côtés, avant qu'il ne se fige. Versez-y ensuite le lait et plongez le moule fermé pendant trois quarts d'heure au bain-marie. — Mettez le moule au frais pendant quelques minutes et renversez-le ensuite sur un plat rond. Le caramel fournira automatiquement la sauce.

silence, avec une expression de sombre intensité. Ses lèvres s'entrouvrirent, ses yeux se fermèrent à moitié...

Une dingue superbe ! se dit Thomas. Dieu tout-puissant, à mon secours ! Si je ne l'embrasse pas, je crois qu'elle va m'étrangler de ses propres mains. Ou bien, elle appellera un agent de la police secrète et m'accusera de sabotage.

Un bruit de pas retentit à l'extérieur de la maison. Ils s'écartèrent vivement l'un de l'autre. Il était grand temps, pensait Thomas.

Dounya tripota le pilon de poulet d'un air absent.

« Sauve-moi, chuchota-t-elle. Prenons la fuite ensemble. Mon mari ne m'aime plus. Il me tuera. Je le tuerai. A moins que tu ne prennes la fuite avec moi.

— Mais, ma-ma-ma... hum ! ! ! Mais, madame, d'où vous vient l'idée que votre mari ne vous aime pas ?

— Hier, au café, dit Dounya avec un sourire démonia-que, c'est toi qui as eu le dessus. Auparavant, il tuait les gens à moitié. Même toi. Maintenant, il ne me bat même plus. Ce n'est pas de l'amour, ça... Je parle bien l'alle-mand, tu ne trouves pas ?

— Très bien.

— Ma mère était allemande. Tu m'as été tout de suite sympathique. Je te rendrai heureux. Emmène-moi là-bas... »

Les pas se rapprochaient.

Lorsque le colonel entra, Dounya caressait toujours le pilon de Thomas.

« Tu es là, pigeon ? dit-il avec un sourire énigmatique. Tu apprends à faire la cuisine comme dans Occident capi-taliste où on opprime classes laborieuses ? Qu'est-ce que c'est, monsieur Lieven, vous pas sentir bien ?

— Ça va passer, colonel. Pourrais-je... pourrais-je avoir de la vodka ? »

Une chose était certaine : Thomas devait s'arranger pour retourner à l'Ouest le plus vite possible. Avec un ménage comme ces deux-là, il ne sentait pas à la hauteur.

Par conséquent, les Russes auraient les faux plans pour rien. Heureusement encore qu'ils étaient sans valeur...

A table, il fit semblant, pour la forme, de se battre avec âpreté, car il savait que les Russes ont du goût pour ce genre de joutes. Le colonel était ravi et lui porta une fougueuse contradiction. Assise entre les deux hommes, Dounya les observait méditativement. L'on mangea et l'on but énormément, mais après les blinis au beurre et à la crème Thomas garda, cette fois, la tête froide.

« Très bien, colonel, dit-il. Je vais vous faire une autre proposition : vous aurez les plans pour rien, mais, en revanche, vous libérez mon ami, plus une autre personne.

— Autre personne ?

— M. Ruben Akhazian. Je ne sais pas si vous le connaissez. Encore un peu de pilon, madame ?

— Encore beaucoup de pilon, monsieur.

— Si je connais Akhazian ! dit le colonel avec mépris. Ce forban ! Ce trafiquant ! Que voulez-vous faire avec ça ?

— Des affaires, dit modestement Thomas. Vous comprendrez bien, colonel, que je dois m'arranger pour en trouver une autre, puisque l'Armée Rouge me bousille celle-ci.

— Ce porc arménien, d'où vous connaissez ?

— J'ai connu ce porc arménien à Zwickau, colonel. »

En effet, M. Ruben Akhazian, petit, gras, avec des yeux de requin et une petite moustache, avait fait ce matin son apparition à l'hôtel du Cerf pendant que Thomas prenait son petit déjeuner. M. Akhazian était venu directement au fait, sans ambages superflus.

« Ecoutez-moi bien, laissez-moi parler, ne m'interrompez pas, je suis pressé, vous aussi. Je sais qui vous êtes.

— Comment le savez-vous ?

— Ruben Akhazian sait tout. Ne m'interrompez pas. Je suis en difficulté ici. Avec les Russes. Pour être tout à fait franc : j'ai trempé dans une grosse combine pas très propre. Maintenant, ils ne me laissent plus travailler.

— Dites donc, monsieur Akhazian...

— Chut. Aidez-moi à passer à l'Ouest, et je ferai de vous un homme riche. Avez-vous entendu parler de la ZVG ?

— Evidemment. »

La ZVG, ou « Zentrale Verwertungs-Gesellschaft » (Société centrale d'Exploitation), avait son siège à Wiesbaden. C'étaient les Américains qui l'avaient montée. La ZVG accumulait dans d'immenses entrepôts les surplus de la guerre, dont la valeur atteignait des millions de dollars : armes et munitions, locomotives et camions, pansements, bois, acier, ponts, médicaments, avions et tissus. La ZVG était administrée par des Allemands. Mais ils n'avaient le droit de vendre qu'à des ressortissants étrangers, exclusivement. C'était la condition posée par les Américains.

« ... la ZVG ne peut vendre qu'à des étrangers, dit rapidement M. Ruben Akhazian à Thomas Lieven, pas à des Allemands. Je suis étranger, moi ! Avec moi, ils ont le droit de traiter ! J'ai un cousin à Londres qui nous avancera l'argent. Vous et moi, nous allons fonder une société. En un an, je fais de vous un millionnaire, si vous m'aidez à passer à l'Ouest.

— Monsieur Akhazian, répondit Thomas Lieven, il faut que j'y réfléchisse. »

Thomas avait réfléchi. Aussi, à l'occasion de ce plantureux déjeuner dans une villa nazie réquisitionnée, demanda-t-il au colonel Vassili Mélanine d'autoriser Akhazian à partir avec lui.

« Akhazian rester ici. Plans j'aurai quand même.

— Vous connaissez, bien entendu, Marek, l'agent tchèque ? Je vous préviens que je l'ai déposé au CIC américain, à Hof. Si je ne reviens pas le chercher, ils le garderont.

— Et alors ? Cela me brise le cœur. Vous donnez plans, ou vous restez ici, aussi.

— Très bien, dit Thomas, alors je reste ici, aussi. »

Le 1ᵉʳ juin 1947, MM. Thomas Lieven, Bastien Fabre et
Ruben Akhazian arrivèrent à Munich. Fatigués, mais en
excellente santé, ils se rendirent immédiatement à la
villa de Grünwald. Pour faire changer d'avis au colonel Mélanine, il avait fallu plusieurs repas et de co-
pieuses libations. Finalement, ils s'étaient séparés
bons amis. Les plans, il est vrai, étaient restés à
Zwickau...

Les trois hommes ne s'attardèrent guère dans la capitale bavaroise.

« Ces plans, expliqua Thomas à Bastien, nous les avons
reflés aux Anglais, aux Français et aux Russes. Ils ne
tarderont pas à s'apercevoir qu'ils ont été dindonnés.
Changeons d'identité et allons à Wiesbaden.

— Ça me va, vieux frère. Mais cet Akhazian me
débecte... Ce combinard veut vendre des armes et des
munitions !

— Il n'en fera rien, dit Thomas. Attends que nous
soyons installés à Wiesbaden. M. Akhazian aura une surprise. »

En parlant de surprise...

Dans la soirée qui précédait leur départ de Munich, les
trois hommes buvaient tranquillement un verre de vin.
Vers sept heures et demie, on sonna à la porte. Bastien
alla ouvrir. Il revint, blanc comme un linge.

« V-v-v-viens voir un peu », bégaya-t-il.

Thomas sortit dans le vestibule. Lorsqu'il aperçut la
personne qui s'y tenait, il ferma les yeux et se retint au
montant de la porte.

« Non, dit-il, *non* !

— Si, dit la blonde épouse du colonel Mélanine, de
Zwickau, si, si, c'est moi. »

C'était bien elle. Elle était là, devant lui. Avec une
énorme valise. Jeune et en bonne santé.

« Comment... comment as-tu... comment avez-vous fait
pour passer ?

— Je me suis échappée. Avec un groupe. Je suis une
réfugiée politique. On m'a accordé le droit d'asile. Et je

veux rester avec toi. Et aller avec toi partout où tu iras.

— Non.

— Si. Je veux rester, sinon je serai tellement malheureuse que j'irai tout droit à la police pour leur raconter que tu as apporté des plans à mon mari... et des tas d'autres choses que je sais sur toi...

— Mais pourquoi... pourquoi veux-tu me trahir ?

— Parce que je t'aime », affirma-t-elle sans vergogne.

L'homme est esclave de ses habitudes.

Deux mois plus tard, en août 1947, Thomas Lieven vivait et travaillait dans un immense appartement qu'il avait loué à Wiesbaden avec Bastien Fabre et Ruben Akhazian.

« Je me demande, dit-il, ce que vous reprochez à Dounya. Elle est charmante. Elle vous fait la cuisine. Elle se donne du mal. Moi, je la trouve absolument délicieuse.

— Oui, mais elle t'en demande un peu trop, répondit Bastien. Regarde tes doigts. Ils tremblent !

— Quelle blague », dit Thomas sans conviction.

Par le fait, il trouvait sa nouvelle amie un peu éprouvante. Dounya logeait à proximité, dans un garni. Il est vrai qu'elle ne venait pas tous les soirs, mais quand elle venait...

Pendant les rares minutes de liberté dont il disposait, Thomas pensait souvent au colonel Mélanine. Il comprenait fort bien que celui-ci n'eût jamais atteint le rang de général de brigade !

A Wiesbaden, Thomas se faisait appeler Ernst Heller. Bien entendu, il possédait les faux papiers correspondants. Il avait constitué une société au nom de son collaborateur étranger. Cette entreprise achetait des quantités considérables de marchandises diverses et les stockait dans les dépôts de la ZVG, dans la périphérie de la ville en ruine.

En plus des fournitures de la Wehrmacht, les immenses magasins de la ZVG contenaient également des jeeps, des camions et des réserves de l'armée américaine : il s'agissait du matériel désuet ou d'éléments dont le transport aux Etats-Unis aurait été trop coûteux.

« Vu notre sombre passé, expliqua Thomas à ses associés, nous ne pourrons pas commercer avec l'Amérique. Il faudra nous adresser à d'autres pays, surtout ceux qui sont en état de guerre, car ils ne peuvent rien acheter à la ZVG. C'est interdit.

— J'ai là sous la main, dit Ruben Akhazian, un certain Aristote Pangalos, représentant des Partisans grecs, et un Indochinois, nommé Ho Irawadi.

— Vous n'allez tout de même pas vendre des armes à ces types-là ! » s'exclama Bastien avec effroi.

Là-dessus, Thomas Lieven fit une déclaration de principe :

« Si *nous* ne leur vendons pas d'armes, d'autres le feront. Par conséquent, nous leur en vendrons, mais ces armes ne leur procureront guère de satisfactions.

— Je ne comprends pas un mot de ce que tu racontes.

— Laisse-moi parler ! J'ai loué, près de Mayence, un hangar d'usine. Nous allons vider les cartouches et remplacer la poudre par de la sciure de bois. Quant aux mitraillettes, elles sont emballées dans des caisses clouées, plombées et marquées au fer rouge. J'ai trouvé une menuiserie qui nous fabriquera les mêmes caisses avec les mêmes marques. Il sera facile d'imiter les plombs. Pour lester les caisses, on prendra du savon noir...

— Et qu'est-ce qu'on fera de la poudre et des mitraillettes ?

— La marchandise sera embarquée à Hambourg, dit Thomas. Devant Hambourg, l'eau est profonde. Vous m'avez compris ? »

En ce mois d'août 1947, le ravitaillement de la ville de Wiesbaden atteignit son niveau le plus bas. Le nombre des calories tomba à 800. La pénurie de pommes de terre était pire que jamais. Les hôpitaux et les camps étaient seuls à recevoir des répartitions. Les denrées alimentaires disponibles se composaient presque exclusivement de produits à base de maïs, peu prisés à cause de leur amertume. La ration de matières grasses tomba de 200 à 150 grammes. Pour ce qui est du sucre, on distribua une livre de sucre blanc et une de sucre roux. On procéda à une répartition supplémentaire de quatre œufs, à cause de la « très mauvaise récolte de fruits et légumes, due à l'excès de sécheresse ». Quant au ravitaillement en lait, il s'effondra complètement. A Wiesbaden, deux adultes sur trois n'en reçurent plus.

Nota bene : Une terrible guerre n'est nullement terminée, une fois qu'on l'a perdue...

En premier lieu, la société Akhazian vendit à MM. Pangalos et Ho Irawadi respectivement 2 000 kilogrammes d'« atébrine », un spécifique antipaludéen en provenance des stocks de la Wehrmacht. Les emballages portaient l'aigle allemand et la croix gammée. Il fallait absolument faire disparaître ces emblèmes ! Thomas et ses associés transportèrent l'« atébrine » dans une fabrique pharmaceutique où on la réemballa. Le médicament était devenu exportable.

Mais le même problème se représenta dans un autre cas, et cette fois sous un aspect apparemment insoluble. MM. Pangalos et Ho Irawadi désiraient acquérir 30 000 casques coloniaux chacun. Or, des casques, il y en avait ! Mais ils étaient frappés d'une croix gammée indélébile, de sorte que les acheteurs durent renoncer à leur projet.

Qu'est-ce qu'on va en foutre, de ces casques de merde, se demanda Thomas. Il réfléchit pendant plusieurs jours à ce problème. Puis, il eut une illumination ! L'intérieur des casques était garni de splendides bandes de cuir, neuves et de première qualité. Or, dans toute l'industrie chapelière allemande, on ne trouvait plus une seule bande de cuir.

Thomas se mit en rapport avec les principaux représentants de cette branche. Et les casques coloniaux se vendirent subitement comme des petits pains chauds !

La société Akhazian gagna davantage sur la vente des cuirs qu'elle n'eût gagné sur la vente des casques. Et Thomas avait ainsi contribué au nouveau démarrage de la chapellerie allemande.

Nonobstant, il avait des soucis qui n'étaient pas d'ordre commercial. Dounya devenait de plus en plus encombrante. Elle lui faisait des scènes : par amour, par jalousie. Elle était exténuante à tous points de vue. Il y avait des disputes et des réconciliations. Pour Thomas, ce fut la plus folle époque de sa vie.

Bastien se faisait également du souci.

« Tu ne peux pas continuer comme ça, mon petit. Cette femme te mène droit au cimetière.

— Que veux-tu que j'y fasse ? Je ne peux pas la flanquer dehors : elle ne partira pas.

— Elle partira !

— Oui, pour se rendre à la police.

— Merde ! dit Bastien. Pourtant, il faut bien que tu penses à l'avenir, nom de Dieu !

— Je ne fais que ça. De toute façon, ça ne durera pas très longtemps, ici. A ce moment-là, il faudra partir, et partir très vite, tu comprends, trop vite pour Dounya...

— Ouais », dit Bastien.

Ensuite, ils vendirent des roulements à billes aux Grecs et aux Indochinois. Et des camions. Et des jeeps. Et des charrues.

« Avec tout ça, ils ne peuvent pas faire de bêtises », dit Thomas.

En automne 1947, ils découvrirent que chaque sac de couchage américain fournissait la matière première d'un pantalon. Ils possédaient 40 000 sacs de couchage américains. Les usines de confection de l'Allemagne du Sud se souviennent encore aujourd'hui de l'avalanche de matériau et de commandes qui les submergea au mois de novembre 1947...

Au printemps 1948, en guise de conclusion, ils mirent la dernière main à leurs affaires d'armes. Les munitions, convenablement « pré-traitées », étaient enfin prêtes. On les embarqua, de même que les caisses pleines de savon noir qui étaient censées contenir des mitraillettes.

Les navires appareillèrent, avec leurs chargements, à destination de la Grèce et de l'Indochine. La route est longue, se dit Thomas. En toute tranquillité, il se mit en devoir de liquider ses bureaux à Wiesbaden, environ à l'époque même où plusieurs firmes cinématographiques y ouvrirent les leurs.

Les thèmes et les titres des films tournés à Wiesbaden portaient tous cette marque anodine, tristement gaie et dépourvue de conséquence qui caractérisait la période de la rééducation allemande, par exemple : *L'amour d'une femme, Nuit de noces au paradis, Akhbar le tigre et les Rêves mortels...*

« Il va être bientôt temps de se tirer, mon vieux, dit Thomas à Bastien le 14 mai 1948.

— Qu'est-ce qu'ils vont faire, à ton avis, ces Grecs et ces Indochinois, quand ils s'apercevront du coup ?

— S'ils nous attrapent, dit Thomas, ils nous feront notre affaire. »

Les acheteurs d'armes n'attrapèrent ni Thomas ni Bastien. Mais on se souviendra, en revanche, que des agents étrangers attrapèrent, en République fédérale, quelques « vrais » trafiquants d'armes au cours des années 1948 à 1956. Ils placèrent des bombes à retardement dans leurs voitures, ou les liquidèrent en pleine rue à coups de revolver.

Lors d'une de ces macabres occasions, Thomas Lieven déclara philosophiquement :

« Qui vend de la violence périt par la violence. *Nous* avons livré du savon noir. *Nous* sommes vivants... »

Mais, comme nous l'avons indiqué, ceci se passa plus tard. Or, le 14 mai 1948, Thomas eut lieu de redouter malgré tout, pendant un court moment, une fin violente pour sa propre personne.

Vers midi, on sonna à sa porte. Bastien alla ouvrir. Il revint, blanc comme un mort.

« Deux messieurs de la commission militaire soviétique.

— Dieu du ciel ! » dit Thomas.

Sévères et rigides, les deux messieurs entrèrent. En dépit du printemps, ils portaient des manteaux de cuir. Thomas eut subitement très chaud. Puis, il eut subitement très froid.

Fini. Terminé. Ils m'ont trouvé.

« Bonjour. dit l'un des Soviétiques. Monsieur Heller ?

— Oui.

— Nous cherchons Mme Dounya Mélanine. On nous dit qu'elle est chez vous.

— Ma foi, hum, euh... (Thomas reprit ses esprits.) Il se trouve en effet que cette dame est par hasard chez moi.

— Vous permettez que nous lui parlions ? Seuls ?

— Mais certainement », dit Thomas.

Il conduisit les deux hommes dans la pièce où Dounya était occupée à se faire les ongles.

Dix minutes plus tard, les messieurs en manteaux de cuir et à la mine impénétrable prirent congé.

Bastien et Thomas se précipitèrent auprès de Dounya.

« Qu'est-ce qu'ils voulaient ? »

Avec un cri de triomphe, la beauté blonde se jeta au cou de Thomas et faillit le renverser du même coup.

« C'est la plus belle journée de ma vie ! (Un baiser.) Mon cœur ! (Un baiser.) Mon seul amour ! (Un baiser.) Nous pouvons nous marier ! »

La mâchoire inférieure de Bastien s'affaissa.

« Nous pouvons quoi ? chevrota Thomas.

— Nous marier ! ! !

— Mais tu *es* mariée, Dounya !

— Je ne le suis plus ! Depuis deux minutes ! Ces hommes m'ont mise en demeure de rentrer immédiatement chez moi. Au nom du tribunal de divorce soviétique, auprès duquel mon mari a porté plainte. J'ai refusé.

Alors, ils m'ont dit : « Dans ce cas, votre mariage est dissous. » Et voilà le document !

— Je ne lis pas le russe », murmura Thomas.

Il avait le vertige. Il regarda Dounya, puis le blême visage de Bastien. Bon appétit ! se dit-il. Les bateaux avec la cargaison de savon noir et de cartouches à la sciure de bois sont en mer, à présent.

Au secours !

Ce que j'aurais de mieux à faire, songea Thomas Lieven avec mélancolie, ce serait de prendre une corde et de me tirer une balle dans la tête. Comment me sortirai-je jamais de cette panade ?

Il faisait peine à voir. Dans la nuit du 18 mai, alors qu'il rentrait chez lui après avoir rendu visite à Dounya dans son garni, il se traîna en geignant jusqu'à la salle de bain. Telle était sa nervosité que, d'un geste incôntrôlé, il fit tomber la petite pharmacie murale. Avec fracas, elle s'abattit sur le sol.

Titubant de sommeil, Bastien Fabre émergea de sa chambre.

« Mais qu'est-ce que tu fabriques ?

— Du bromure... gémit Thomas. Il me faut du bromure, j'ai besoin d'un calmant...

— Tu viens de chez Dounya ?

— Oui. Imagine-toi qu'elle a déjà fait publier les bans ! Toi, tu es un des témoins. C'est pour dans un mois. Et elle veut des enfants. Cinq ! Aussi vite que possible... A moins d'un miracle — d'un miracle *immédiat*, m'entends-tu ! — je suis foutu, Bastien !

— J'ai compris. Allez, bois ton truc. J'ai une idée. Peut-être que ça marchera. Mais il faudra que tu me donnes deux ou trois jours de congé.

— Prends ton temps, mon vieux », dit Thomas.

Bastien s'évanouit dans la nature. Lorsqu'il réapparut six jours plus tard, il se montra inhabituellement silencieux.

« Alors ? insista l'heureux promis avec angoisse. Tu vas l'ouvrir, ton clapet, oui ou non ? As-tu pu faire quelque chose ?

— On verra », répondit Bastien.

Ceci se passait le 25 mai. Ce jour-là, Thomas n'eut aucune nouvelle de Dounya. Le lendemain, non plus. Il essaya de la voir, dans la soirée. Elle n'était pas chez elle.

Le téléphone sonna le 27 mai, vers dix-huit heures quinze. Thomas décrocha. Tout d'abord, il ne perçut qu'un énorme tintamarre de voix et de bruits de moteurs. Puis, il entendit la voix de Dounya, étouffée par les larmes et désespérée :

« Mon trésor ! Mon chéri !

— Dounya ! cria-t-il. Où es-tu ?

— A l'aérodrome de Francfort, au poste de garde de la police militaire...

— La police militaire ? »

A Francfort il y eut un sanglot, puis :

« Je pars pour l'Amérique, mon amour... »

Thomas tomba dans un fauteuil.

« Quoi ? Comment ?

— Mon avion décolle dans dix minutes... Ah ! si tu savais comme je suis malheureuse !... Mais c'est une question de vie ou de mort. Ils me tueront, si je reste ici...

— Ils te tueront », répéta Thomas avec la stupidité d'un automate.

Bastien entra dans la pièce en chantonnant. Il se dirigea vers le bar mural et se versa un petit whisky.

« Ils m'ont écrit des lettres de menaces, poursuivit la voix de Dounya. Ils m'ont attaquée et presque étranglée, ils ont dit qu'ils me tueraient, parce que je n'ai pas voulu rentrer ; d'ailleurs, les Américains disent la même chose !

— Les Américains *aussi* ?

— Mais non, tu as mal compris ! s'exclama hystériquement la voix à Francfort. On m'emmène en Amérique sur instructions du State Department, pour assurer ma sécu-

rité... Il ne faut pas oublier que mon mari est un général
soviétique...

— Dounya, pourquoi ne m'as-tu pas parlé de tout cela
plus tôt ?

— Je ne voulais pas te mettre en danger. Et on m'avait
défendu d'en parler à quiconque... »

Son débit se précipita, à tel point que Thomas fut pris
de vertige. Dounya parla d'amour et de retrouvailles, de
fidélité et de liens éternels, par-delà les océans. Et enfin :
« ... il faut que j'arrête, mon chéri ?... l'avion attend...
adieu !... »

« Adieu », dit Thomas.

La communication avait été interrompue. Thomas raccrocha le combiné. Il dévisagea fixement Bastien en s'hu-
mectant les lèvres.

« Donne-moi à boire aussi. C'est ton œuvre — n'est-ce
pas ? »

Bastien hocha la tête.

« Ça n'a pas été dur, petit », dit-il.

En effet, cela n'avait pas été très dur, une fois que
Bastien eut découvert qu'il existait, près de Nuremberg,
un énorme camp pour étrangers, appelé « Valka ». C'est
là-bas que s'était rendu l'ami fidèle...

Dans les sinistres environs du sinistre camp existaient
beaucoup de bistrots. Le troisième soir, Bastien fit la
connaissance de deux messieurs qui se déclarèrent prêts,
moyennant un prix parfaitement raisonnable, à rédiger quelques lettres de menaces en langue russe. De
plus, ils consentirent à se rendre à Wiesbaden pour
y simuler un petit hold-up, étrangler très légèrement
une certaine dame et lui causer la frayeur de sa
vie...

« ... et la réaction ne s'est pas fait attendre, expliqua
Bastien à son ami en se frottant les mains.

— *Bastien !* s'exclama Thomas avec indignation.

— C'était une strangulation garantie sans danger. Les
deux Popoffs avaient parfaitement compris qu'il ne
devait arriver rien de sérieux !

— Donne-moi vite un autre whisky, sans eau ! gémit Thomas.

— Volontiers. J'admets que la méthode n'était pas très élégante...

— Elle était barbare !

— ... mais il se trouve que je prends tes intérêts à cœur, mon vieux. Sans cesse, je te voyais entouré de cinq lardons... J'espère que tu pourras me pardonner ! »

Plus tard dans la soirée, ils parlèrent de leur avenir. Et Thomas en vint à faire allusion à une nouvelle affaire :

« Nous avons ramassé beaucoup d'argent, ici. Il faut l'investir au plus vite.

— Pourquoi, au plus vite ?

— J'ai entendu une rumeur... Crois-moi, il faut faire vite. On va acheter des voitures américaines : des Pontiac, des Cadillac, etc. »

Thomas se mit à développer son sujet avec enthousiasme. Un dollar, expliqua-t-il, valait actuellement environ 200 R-marks. Après tout, ils ne manquaient pas d'argent ! Evidemment, un Allemand ne pouvait pas obtenir une licence d'importation pour des automobiles américaines. Mais qu'à cela ne tienne ! Thomas connaissait un petit rond-de-cuir du gouvernement militaire américain, qui était sur le point d'achever son temps de service actif. Il s'appelait Jackson Taylor. *Lui* obtiendrait une licence.

« Ce Mr. Taylor montera, pour la forme, un commerce d'automobiles à Hambourg, et il vendra les bagnoles... pour notre compte !

— A qui ? Personne n'a un radis, dans ce pays.

— Ça va changer bientôt.

— Et combien veux-tu acheter de voitures ?

— Une centaine.

— Sainte Mère ! Et tu veux les importer d'un coup ?

— Oui. Non. C'est-à-dire que je veux les acheter et les importer. Mais peut-être pas tout de suite.

— Quand, alors ?

— Ça dépendra de la date de leur machin.

— Quel machin ? »
Thomas lui parla du machin en question...

Le 10 juin 1948, l'*Olivia* quitta le port de New York. Le 17 juin, le navire, avec sa cargaison de cent automobiles américaines, se trouvait au large des côtes françaises, par 10° 15' de longitude Ouest et 48° 30' de latitude Nord. Ce jour, le capitaine reçut, par radio, le message chiffré suivant :

- norddeichradio - 17 juin 1948 - 15 heures 43 - schwert-mann armateurs hambourg à capitaine hannes dröge - conformément instructions affréteur vous prions de conserver pour le moment votre position actuelle et de ne pas pénétrer dans eaux territoriales allemandes jusqu'à nouvel ordre - maintenez contact radio - nouvelles instructions suivront - terminé -

Par conséquent, l'*Olivia* croisa pendant trois jours et trois nuits dans le secteur indiqué. On établit un tour de quart élastique et l'équipage s'adonna avec délices aux joies du poker et de l'alcool. Sans cesse, on buvait à la santé de l'affréteur inconnu.

En date du 20 juin, le premier officier radio, légèrement gris, reçut, toujours en chiffres, le message suivant :

- norddeichradio - 20 juin 1948 - 11 h 23 - schwertmann armateurs hambourg à capitaine hannes dröge - conformément instructions affréteur vous invitons à présent à mettre sans délai cap sur port hambourg - terminé -

Tandis que le premier radio déchiffrait le message pour le capitaine, légèrement gris, le second radio, légèrement gris, écouta le bulletin d'informations de la B.B.C.

« En Allemagne, dit-il en retirant son casque, ils viennent de procéder à une réforme radicale de la monnaie. Les vieux billets ne valent plus rien. On n'échange que 40 marks par tête de pipe.

— Ça va faire des histoires, prédit sombrement le premier radio.

— Tonnerre de Dieu ! dit le capitaine. Mes économies !

— Ceux qui possèdent des marchandises sont riches, maintenant, dit le second radio.

— Dites donc ! s'exclama le premier radio. Notre affréteur, il a cent automobiles !

— Ce n'est pas à nous que cela arriverait, dit le capitaine en hochant mélancoliquement la tête. C'est un mariol, celui-là. J'aimerais bien savoir, qui c'est ! »

Cher capitaine Hannes Dröge, si par hasard vous lisez ces lignes, vous le savez à présent.

Au printemps 1949, Thomas et Bastien menaient une vie agréable à Zurich. Leur lecture favorite et quotidienne était la page financière de la *Nouvelle Gazette de Zurich.*

Avec le bénéfice de ses dernières opérations, Thomas avait acheté une grande quantité d'actions allemandes d'avant la réforme monétaire. Après la guerre, la cote de ces actions était tombée au plus bas, car personne ne savait encore à quel point les puissances victorieuses comptaient détruire et démanteler les centres névralgiques de l'économie allemande.

Les principales installations industrielles avaient été démontées, et les plus gros consortiums, dissous. En 1946-1947, les actions de « Vereinigte Stahlwerke » se négociaient environ à 15 %, les actions « A.E.G. », à 30 %. Quant aux actions « I.G. Farben », leur négociation était interdite.

L'optimisme des personnes qui avaient acheté, malgré tout, de ces actions, et d'autres, similaires, fut richement récompensé ! Une fois les actions R-mark transformées en actions D-mark, les cours se mirent à grimper d'un mois à l'autre. Dans un appartement à Zurich, il y avait un homme qui était loin de se plaindre de cette conjoncture...

Ceci, jusqu'au 14 avril 1949, jour où Thomas accompa-

gna Bastien au cinéma *Scala*. Ils avaient eu envie de voir
le fameux film italien *Le voleur de bicyclette*. Ils virent
la publicité et, ensuite, les actualités, qui comportaient
une séquence sur le Grand Prix du Printemps, couru sur
l'hippodrome de Hambourg.

On pouvait y admirer des chevaux racés, des messieurs
en jaquette, des dames radieusement belles. La caméra
montrait en gros plan des personnalités en renom. Un
gros monsieur. Une dame fascinante. Une autre dame
fascinante. Et encore une. Le miracle économique avait
commencé. Encore un personnage en vue...

« *Marlock !* » hurla soudain un spectateur, dans la loge
n° 5.

Thomas suffoquait. Car, sur l'écran, plus grand que
nature, il apercevait cet associé escroc qu'il avait cru
mort, ce partenaire criminel qui avait ruiné sa paisible
existence pour le jeter dans les griffes des Services
secrets internationaux ! Il était là, devant lui, impeccablement vêtu, en jaquette, les jumelles en sautoir !

« C'est lui ! tempêta Thomas. Je le tuerai, ce porc !
Je le croyais en train de rôtir en enfer, mais il est
vivant !... Attends un peu, nous allons régler nos comptes,
à présent ! »

« Je crains, monsieur, dit le propriétaire du cinéma
Scala, de ne pas avoir très bien compris votre désir. Vous
voulez *quoi* ?

— Si, monsieur, dit Thomas en s'inclinant courtoisement, vous m'avez fort bien compris. Après la dernière
séance, je voudrais louer la bobine d'actualités que vous
avez projetée aujourd'hui.

— Louer ? Mais pour quelle raison ?

— Parce que j'aimerais la faire projeter à nouveau.
En privé. Car j'y ai reconnu une personne de ma connaissance que j'ai perdue de vue depuis le début de la
guerre. »

Quelques heures plus tard, Thomas emporta en trombe

la bobine à travers la nuit zurichoise et se rendit aux studios de la « Praesens-Film », où il s'était arrangé pour disposer d'une salle de montage et d'un monteur. Le monteur fit avancer et reculer la bande sur la table de montage, jusqu'à ce que Thomas fît : « Stop ! »

Le petit écran de la visionneuse montrait une image fixe du Grand Prix du Printemps de Hambourg : une tribune, occupée par quelques messieurs corpulents et quelques dames élégantes. Et, au premier plan, clairement reconnaissable, se tenait le banquier Robert E. Marlock.

Thomas serra les poings. D'émotion, il sentit des gouttelettes de transpiration humecter son front. Du calme ! se dit-il. Pour se venger, il faut être très calme !

« Pourriez-vous me copier ça et m'en faire quelques agrandissements pour demain matin ?

— Mais certainement, monsieur », dit le monteur.

Le lendemain, Thomas Lieven prit l'express de onze heures quarante-cinq pour Francfort-sur-le-Main. Il y rendit visite à deux hauts fonctionnaires de l'Inspection bancaire allemande et leur montra les photos de Robert E. Marlock. Une demi-heure plus tard, il eut sous les yeux une fiche personnelle, telle qu'en possédaient à cet organisme toutes les personnes faisant des affaires de banque en Allemagne.

« Ce salaud, dit Thomas à son ami Bastien Fabre, le soir du 15 avril 1949, habite Hambourg. Il se fait appeler Walter Pretorius. Il a même une petite banque, de nouveau. Le culot ! L'énorme culot de ce forban ! »

Bastien fit tourner entre ses doigts un verre à dégustation rempli de cognac.

« Il doit penser que tu es mort, dit-il. A moins que tu ne sois allé le voir ?

— Tu es fou ? Pas question. Je veux qu'il continue à me croire mort !

— Je croyais que tu voulais te venger...

— Ça ne fait pas l'ombre d'un doute. Mais, vois-tu, Marlock a été agréé comme banquier. Il est installé à Hambourg, au vu et au su de tout le monde. Veux-tu que j'aille me présenter devant un tribunal allemand pour dire : ce monsieur Pretorius s'appelle, en réalité, Marlock ? Ce monsieur m'a escroqué en 1939 ? Comment veux-tu que j'aille le leur dire ? Si je porte plainte, il faut que je le fasse sous le nom de Thomas Lieven, puisque c'est Thomas Lieven qui exerçait la profession de banquier à Londres. Mon nom sera dans tous les journaux...

— Aïe !

— Oui, aïe ! T'imagines-tu que j'aie absolument envie de me faire descendre par une quelconque Main Noire, ou Rouge, ou Verte, ou Bleue ? Un homme qui possède un passé comme le mien doit tout faire pour éviter la publicité.

— Alors, comment vas-tu t'arranger, pour Marlock ?

— J'ai un plan. Il me faudra un homme de paille. Je l'ai, d'ailleurs : c'est Ruben Akhazian, avec qui nous avons fait l'affaire de la ZVG. Je lui ai écrit ; il arrive.

— Et moi ? Qu'est-ce que j'aurai à faire ?

— Toi, mon vieux, dit Thomas en posant la main sur l'épaule de Bastien, il faudra que tu te sépares de moi, pendant quelque temps. Ne prends pas cet air malheureux. C'est indispensable, trop de choses sont en jeu... Prends tout l'argent dont je n'ai pas besoin et va en Allemagne. Je pense que Düsseldorf serait le meilleur endroit. Tu achèteras une maison dans le quartier le plus rupin, plus une voiture, etc. S'il arrivait que cette affaire foire et que je perde tout, j'aurais besoin de crédit. Et de confiance. Et de frais de représentation. Tu comprends ?

— Je comprends.

— L'allée Cécile, dit Thomas d'un air songeur. Ça, c'est sans doute un quartier pour nous. Tu iras jeter un coup d'œil. C'est tout à fait ce qu'il nous faudrait : il n'y a que le dessus du panier qui habite là.

— Dans ce cas, dit Bastien, il est clair que nous ne pouvons pas nous permettre d'habiter ailleurs... »

Il nous appartient maintenant de relater la plus importante — la plus risquée, aussi — des entreprises financières de Thomas Lieven. Nous tenterons de nous y
prendre de telle manière que tout un chacun puisse
saisir l'extrême raffinement de son projet de revanche.

Jetons d'abord un coup d'œil sur la ville de Stuttgart.
Aux portes de cette ville s'étendaient les terrains des
usines « Excelsior ». Pendant la guerre, cette société
employait plus de 5 000 personnes à la fabrication d'arma-
tures et d'instruments divers, destinés à la Luftwaffe de
Gœring. En 1945, la poule aux œufs d'or était morte. Il se
trouvait que — pour quelque temps, du moins — on ne
construisait plus d'avions militaires en Allemagne.

Par conséquent, les usines « Excelsior » réduisirent
leurs effectifs au minimum et se bornèrent à produire
certains appareillages techniques. Mais, après la réforme
monétaire de l'été 1948, le dépôt de bilan semblait être
devenu une nécessité inéluctable. Les actions « Excelsior » se traitaient largement au-dessous de la valeur
nominale ; leur cours variait entre 18 et 25. Au printemps 1949, l'effondrement de l'entreprise n'était plus,
pour les experts, qu'une question de semaines.

Au beau milieu de cette situation désespérée, les membres du conseil d'administration des usines « Excelsior »
firent connaissance, le 9 mai 1949, avec un Arménien,
nommé Ruben Akhazian, qui leur rendit visite à Stuttgart.

M. Akhazian, vêtu avec recherche et possesseur d'une
Cadillac neuve, modèle 1949, fit devant le conseil assem-
blé, la déclaration suivante :

« Messieurs, je représente une société suisse qui désire
conserver l'anonymat. Cette société est très désireuse de
transférer une partie de sa production en Allemagne... »

Les administrateurs voulurent savoir pourquoi.

« ... parce que le prix de revient des appareillages
techniques est notablement plus bas, ici. Messieurs, mes
mandants helvétiques songent à vous offrir un contrat
de longue durée. Ils seraient disposés, et ceci à des

conditions favorables, à contribuer à l'assainissement de votre situation financière. Afin de vous prouver qu'il s'agit d'une proposition sérieuse, je suis autorisé à vous faire savoir que le groupe suisse en question reprendra à son compte les traites échues de votre entreprise jusqu'à concurrence d'un million de D M. »

Un million de D M ! Pour une société acculée à la faillite, c'était l'aube de l'espoir qui se levait à l'horizon. Il est compréhensible que les administrateurs n'exigèrent pas un long délai de réflexion.

Le 25 mai 1949, les usines « Excelsior » reçurent ponctuellement la somme de DM 900 000. Ce montant représentait la fortune que Thomas Lieven investissait dans sa vengeance. Il travaillait dur, à cette époque. Après diverses entrevues avec des rédacteurs économiques et autres journalistes, des articles parurent dans la presse où l'on disait que certains milieux industriels suisses examinaient la possibilité d'installer des succursales dans la République fédérale d'Allemagne occidentale. Cette nouvelle, à laquelle s'ajoutait le fait que toutes les traites « Excelsior » échues étaient honorées sans difficulté, fit sensation sur les places financières d'Allemagne de l'Ouest. Une vive demande d'actions « Excelsior » s'y amorça. Les cours se tendirent jusque vers 40 à 50.

Sur l'instigation de Thomas Lieven, des hommes de paille s'inquiétèrent auprès de la Banque Pretorius, à Hambourg, des renseignements que l'on pouvait y posséder à propos de ce qu'il se passait aux usines « Excelsior ». Ceci ne manqua pas d'éveiller l'intérêt et l'extraordinaire avidité du prétendu Walter Pretorius...

Quelque temps après, un certain monsieur Ruben Akhazian se présenta à la Banque Pretorius, où il eut un entretien avec le propriétaire de cet établissement. (Pour la clarté du récit, nous l'appellerons à partir de maintenant par son véritable nom de Marlock.) M. Akhazian n'avait pas manqué d'emmener sa superbe Cadillac dans la libre ville hanséatique.

« Au nom de mes amis suisses, dit-il, je me permets

de vous demander si vous seriez disposé à participer à un assainissement de grande envergure de la situation financière des usines « Excelsior ».

Vu la tendance positive du cours des actions, Marlock n'hésita pas. Il promit une participation de principe. Là-dessus, il fit acheter sous la main d'importantes quantités d'actions « Excelsior », ce qui stimula les cours encore davantage. Marlock continua d'acheter, même au prix gonflé de la surcote, car il avait la conviction absolue qu'il faisait l'affaire de sa vie.

Le 19 septembre, à Zurich, Thomas Lieven eut un entretien avec Ruben Akhazian.

« Maintenant, dit-il, je le tiens, ce fumier. Il a enfoncé toutes ses disponibilités dans cette affaire pourrie, les usines « Excelsior » ! Il faut que je m'emploie, à présent, à récupérer les neuf cent mille marks — et davantage, si possible — que j'ai déboursés pour couvrir les traites.

— Comment vous y prendrez-vous ? demanda l'Arménien aux yeux humides en forme d'amandes.

— En utilisant des marks bloqués, mon cher », répondit Thomas Lieven avec douceur.

A cette époque, pour assurer la permanence de la stabilité monétaire, les avoirs étrangers en Allemagne n'étaient pas librement transférables. Pour pouvoir disposer de leur argent, les propriétaires de ces comptes bloqués devaient obtenir des autorisations spéciales.

A partir de 1951, ces marks bloqués ne se traitaient à l'étranger qu'au marché noir, et cela au très mauvais cours de 8 à 10 dollars pour 100 marks. En Suisse, Thomas découvrit des entreprises industrielles qui possédaient des comptes en marks bloqués, dont une partie remontait aux années 1931-1936 ! Ces firmes lui cédèrent volontiers leurs avoirs, même aux cours ci-dessus indiqué. Pour elles, c'était un moyen de récupérer au moins *une partie* de leur argent !

Thomas possédait donc maintenant des marks bloqués. Une fois de plus, il envoya Akhazian à Hambourg.

« Le renflouement des usines « Excelsior », expliqua le

petit Arménien à Marlock, sera financé, dans une large mesure, par les comptes bloqués que possèdent mes commettants suisses. Cette opération est possible, d'après le règlement en vigueur, sous réserve de l'autorisation de la Banque fédérale. J'ai pouvoir de virer ces comptes, jusqu'à concurrence de deux millions trois cent mille marks, à votre banque. »

Marlock se frotta les mains. Il ne s'était donc pas trompé, en flairant l'affaire de sa vie ! Il se rendit à Francfort. Pendant plusieurs jours, il négocia âprement avec la Banque fédérale. Sous la foi du serment, il prit l'engagement d'utiliser cette somme *exclusivement* dans le but de renflouer la société « Excelsior ». Là-dessus, on lui débloqua ses marks.

« Retournez le voir, dit Thomas le même jour à Akhazian. Je vous donnerai à emporter les pouvoirs des firmes suisses soi-disant intéressées à l'opération de renflouement : il s'agit de faux documents de première qualité. Ce salopard, à Hambourg, vous lâchera les millions sans difficultés, puisqu'ils ne lui appartiennent pas. Retirez le tout en liquide et rapportez l'argent ici. »

Le petit Arménien contempla Thomas Lieven avec admiration.

« Ah ! si j'avais votre cerveau ! dit-il. Combien les avez-vous payés, ces marks bloqués.

— Environ cent soixante mille dollars. »

Thomas sourit modestement ; mais il ne put empêcher ses mains, pour ainsi dire, de se frotter d'elles-mêmes.

« Et quand vous aurez ramené l'argent à Zurich, mon cher, dans votre belle Cadillac, les marks bloqués seront devenus de vrais D-marks ! Il faudra faire plusieurs voyages. Vous cacherez l'argent dans le pneu de secours et le châssis. Ensuite, nous ferons sauter les usines « Excelsior ». Pas question de les renflouer. Et l'autre salaud, à Hambourg, se trouvera en faillite ! »

M. Ruben Akhazian partit le 7 décembre 1949, après avoir annoncé son retour pour le 16. Le 16 décembre était le jour où la République fédérale obtint des Etats-Unis un crédit d'un milliard de D-marks.

M. Ruben Akhazian ne revint pas, au cours de cette journée historique de la renaissance allemande. M. Ruben Akhazian ne revint jamais...

Le 28 décembre, le banquier Walter Pretorius fut arrêté à Hambourg par la police allemande. Au même moment, des inspecteurs de la police fédérale suisse arrêtèrent Thomas Lieven dans son appartement de Zurich. Ils agissaient sur la base d'un mandat urgent d'« Interpol » et de l'Agence fédérale de la police judiciaire allemande, à Wiesbaden. MM. Lieven et Pretorius étaient accusés d'avoir mis en œuvre un immense trafic de marks bloqués.

« Qui m'accuse ? demanda Thomas Lieven aux inspecteurs suisses.

— Un certain Ruben Akhazian vous a dénoncé aux autorités allemandes, auxquelles il a fourni des preuves documentées. Entre-temps, il a d'ailleurs disparu. »

Quant à mes deux millions trois cent mille DM, se dit Thomas, je les ai dans le baba ! Hum. J'ai tout de même fini par commettre une erreur. Pourtant, ce Ruben Akhazian était un Arménien *tellement* sympathique...

Thomas Lieven fit presque une année de détention préventive. Ce fut une année de bouleversement intense, qui apporta l'été le plus chaud depuis un siècle, la suppression des restrictions alimentaires et, le 28 juin, le début de cette guerre de Corée qui allait plonger, pendant des mois, l'Europe entière dans une psychose de stockage.

Le 19 novembre 1950, la deuxième haute cour pénale du tribunal de Francfort condamna Thomas Lieven à une peine de trois années et demie de prison. Le président exposa oralement les attendus suivants : la franchise et la sincérité de l'accusé Lieven ne faisaient pas de doute. La cour avait acquis l'impression que *seuls* des motifs inexpliqués et, apparemment, d'ordre psychologique avaient poussé l'accusé à sa blâmable activité. « Cet homme cultivé et hautement intelligent, déclara textuellement le président, ne représente pas le type habituel du criminel... »

Quant au second accusé, le banquier Walter Pretorius, le président ne prononça pas à son égard des paroles pareillement lénifiantes. Il fut condamné à quatre ans de prison. Sa banque dut déposer son bilan. Et l'Inspection bancaire raya son nom de la liste des banquiers dignes de foi, mesure qui l'excluait à tout jamais de l'exercice de sa profession.

Deux traits intéressants caractérisèrent le procès de Francfort. Nous savons que les deux accusés se connaissaient intimement. Pourtant, aucun d'eux ne prononça une parole ni ne fit un geste qui pût révéler cette connaissance à la cour.

Ensuite, le président fut amené à proclamer le huis clos dès la deuxième journée des débats, l'accusé Lieven ayant déclaré vouloir expliquer dans le détail la manière dont il était entré en possession des marks bloqués. Ainsi, la presse se trouva placée dans l'impossibilité de publier un compte rendu exhaustif du procès Lieven-Pretorius, et la publicité, tant redoutée par Thomas, lui fut épargnée.

Dans un sens, il avait atteint son but : Walter Pretorius, alias Robert E. Marlock, était ruiné à jamais. Ce fut une épave pâle et tremblante qui se présenta devant la cour.

Au cours du procès, les deux accusés ne s'adressèrent pas une seule parole. Ils écoutèrent la sentence sans faire de commentaire. Ensuite, Thomas dévisagea son ex-associé en souriant. Robert E. Marlock dut trouver ce sourire insupportable, car il détourna la tête...

Thomas fut libéré le 14 mai 1954. Bastien l'attendait devant la porte de la prison. Ils partirent immédiatement pour la Côte d'Azur, et Thomas fit une longue cure de repos à Saint-Jean-Cap-Ferrat.

Thomas Lieven ne revint en Allemagne qu'au cours de l'été 1955. Il s'installa alors à Düsseldorf, dans sa belle maison de l'avenue Cécile.

Quant à la suite de ses aventures, jusqu'à sa rencontre avec la belle Hélène de Couville, nous l'avons relatée au début de ce récit.

THOMAS ne revit pas la belle Hélène avant le petit déjeuner. Elle était pâle et agitée. Ses yeux étaient bordés de cernes noirs.

« Peux-tu me pardonner ? demanda-t-elle.

— J'essaierai, ma chère enfant, répondit-il avec douceur.

— Et... et... tu travailleras pour nous ?

— J'essaierai également. »

Elle poussa un cri de joie aigu, lui sauta au cou et renversa ses œufs à la coque.

« Bien entendu, reprit-il, je poserai mes conditions. Je ne veux pas être embauché par toi ni par ton supérieur, le colonel Herrick, mais par le grand patron du F.B.I.

— Par Edgar Hoover ? dit-elle en riant. C'est drôle, car lui aussi veut absolument te parler ! Nous avions l'ordre de t'amener à Washington en tout état de cause... »

Ainsi va la vie !

Le 23 mai 1957, Thomas Lieven était installé au restaurant de l'aéroport Rhin-et-Main. Il était passablement inquiet. Sa montre à répétition indiquait six heures vingt.

Le Superconstellation qui devait l'emmener à New York décollait à sept heures moins le quart. Et ce sacré agent, nommé Faber, n'était toujours pas arrivé !

C'était le colonel Herrick, à son départ de Zurich, qui avait mentionné ce sacré agent, nommé Faber. « Faber, avait-il dit, vous conduira auprès d'Edgar Hoover. » Et maintenant, ce Faber n'arrivait pas ! Thomas dirigea un regard courroucé vers l'entrée du restaurant.

Au même instant, une jeune femme passa la porte. Thomas exhala une plainte légère. Une vague de chaleur et une sensation de picotement inondèrent son corps.

La jeune femme venait en droite ligne sur lui. Elle portait un manteau rouge, des souliers rouges et un béret rouge, d'où jaillissait une chevelure noire aux reflets bleutés. Sa bouche était grande et rouge, ses yeux, grands et noirs, la peau du visage, très blanche. Le cœur de Thomas battait à tout rompre. Non, non ! pensait-il. Pitié ! C'est impossible, ça n'existe pas ! C'est Chantal qui vient à moi, ma chère Chantal, la seule femme que j'aie jamais aimée ! Voilà qu'elle me sourit. Mais elle est morte, bon Dieu ! puisqu'elle a été tuée à Marseille...

La jeune femme s'approcha de sa table. Thomas se leva, tandis qu'il sentait la sueur inonder son dos. Elle était là, à portée de sa main.

« Chantal... gémit-il.

— Alors, Thomas Lieven, dit la jeune femme d'une voix enrouée de grande fumeuse, ça va ?

— Chantal... balbutia-t-il de nouveau.

— Comment ? »

Il reprit son souffle. Non, ce n'était pas elle. Evidemment, ce n'était pas elle. Sottises. Elle était plus petite, plus délicate et plus jeune, plus jeune de plusieurs années. Mais la ressemblance, cette ressemblance fantastique...

« Qui êtes-vous ? demanda-t-il avec effort.

— Je m'appelle Pamela Faber. Je voyage avec vous. Je vous prie d'excuser mon retard : j'ai eu une panne de voiture.

— C'est vous, Faber ? (Thomas vivait toujours en plein vertige.) Mais... mais le colonel Herrick m'a parlé d'un *homme* !

— Le colonel Herrick ne me connaît pas. On lui a parlé d'un agent, donc il a pensé à un homme. (Elle lui fit un grand sourire.) Venez, monsieur Lieven. Notre appareil est prêt à partir. »

Il la regarda fixement, comme si elle eût été une apparition. Et c'est bien ce qu'était Pamela Faber : une réminiscence, douce et mélancolique ; un signe surgi du passé, du lointain royaume des morts...

A six mille mètres au-dessus de l'Atlantique, ils passèrent la majeure partie de la nuit à se parler tout bas, comme de vieilles connaissances.

Au contact de Pamela, Thomas se sentait devenir sentimental. Pourquoi cette femme l'émouvait-elle à ce point ? Uniquement, parce qu'elle ressemblait à Chantal ? D'où lui venait donc cette impression de la connaître depuis des années, de lui être attaché de toute éternité ?

Pamela raconta qu'elle avait des parents allemands, mais qu'elle était née en Amérique. Depuis 1950, elle travaillait pour le Service de renseignements américain. Comment en était-elle venue là ? Pamela haussa les épaules.

« Je suppose, répondit-elle avec sincérité, que c'est surtout le goût de l'aventure. Mes parents sont morts. J'avais envie de voyager, de voir des pays étrangers, de vivre, quoi !... »

Vivre, songea Thomas. Voir des pays étrangers. Les parents sont morts. Si l'on avait demandé à Chantal, pourquoi elle était devenue une aventurière, elle eût répondu de la même façon. Chantal, toujours Chantal ! Pourquoi aussi cette femme lui ressemblait-elle autant ?

« Mais maintenant, j'en ai assez, vous savez. Cette vie n'est pas faite pour moi, je me suis trompée. A moins que je ne sois trop vieille.

— Quel âge avez-vous ?

— Trente-deux ans.

— Eh bien, dit-il en pensant à ses quarante-huit ans, à lui.

— Je voudrais m'arrêter. Me marier. Faire des enfants, fonder un petit foyer et faire la cuisine pour ma famille.

— Vous... vous aimez faire la cuisine ? demanda Thomas d'une voix enrouée.

— C'est ma passion ! Pourquoi me regardez-vous comme ça, monsieur Lieven ?

— Hum ! Pour rien... pour rien !

— Mais les Services secrets vous enferment dans une ronde diabolique, à laquelle on ne peut pas échapper. Arrêter ? Qui de nous peut s'arrêter ? Le pouvez-vous ? Personne ne le peut. Personne n'en a la permission... »

L'enchantement qui prit possession de Thomas Lieven au cours de cette nuit ne le lâcha plus. Cette magie, bien au contraire, ne fit que grandir, et Thomas s'y plongea comme dans une mer de délices, un nuage de senteurs enivrantes.

A New York, ils prirent un autre avion pour Washington. A présent, il observait Pamela Faber d'un regard scrutateur, avec un intérêt quasi clinique. Elle possédait également le côté félin de Chantal, sa sauvagerie et sa force. Mais elle était mieux élevée et plus intelligente. Pourquoi ai-je du chagrin, se demanda Thomas, chaque fois que je la regarde ?

Edgar Hoover, le chef sexagénaire du F.B.I., reçut Thomas dans son bureau, à Washington. La première entrevue ne dura que quelques minutes. Cet homme râblé, aux yeux intelligents, toujours empreints d'une légère mélancolie, lui souhaita cordialement la bienvenue.

« Ici, on ne peut pas parler tranquillement, dit-il. Mais j'ai une idée. Miss Faber, vous et moi, on va s'offrir un bon week-end ! J'ai une maison de campagne, pas loin d'ici. »

La maison de campagne d'Edgar Hoover se trouvait

dans l'Etat de Maryland et dominait une chaîne de collines harmonieuses et boisées. Dans cette région, il existait beaucoup de maisons confortables du même style. Celle-ci était ornée de beaux meubles anciens.

Le samedi matin, au petit déjeuner, le patron du F.B.I. se frotta les mains.

« Pour le menu d'aujourd'hui, dit-il, je vous propose une belle dinde. Il est vrai que ce n'est pas encore la saison, mais j'ai aperçu quelques belles, jeunes bêtes, au village. Tout à l'heure, j'irai en chercher une. Et je ramènerai également des airelles.

— Des airelles ? »

Thomas fronça les sourcils.

Ce matin-là, Pamela portait une chemise de bûcheron et des jeans, ce qui lui donnait une allure encore plus excitante.

« C'est ainsi qu'on mange la dinde chez nous, monsieur Lieven, expliqua-t-elle en souriant.

— Quelle horreur ! Eh bien, moi, je prépare toujours la dinde...

— ...avec une farce, n'est-ce pas ? dit Pamela en hochant la tête avec approbation. Ma mère, également. La farce se composait de foies de dinde et d'oie hachés...

— ...de veau, de lard et de jaune d'œuf, interrompit Thomas avec agitation.

— Puis, des truffes — il faut râper la pelure et hacher les truffes — et de la mie de pain...

— ...et le lard doit être maigre ! »

Tous deux se turent, subitement, et se regardèrent en rougissant.

« Dites donc ! s'esclaffa Edgar Hoover. Vous vous complétez drôlement bien ! N'est-ce pas, monsieur Lieven ?

— Oui, dit Thomas. Cela fait un moment que j'y pense... »

Deux heures plus tard, ils se trouvèrent à la cuisine. Pamela aida Thomas à nettoyer et vider l'oiseau, et à préparer la farce. Quand il voulait du poivre, elle avait déjà le poivrier à la main. Quand il constatait que la

MENU

THOMAS LIEVEN FAIT LA CUISINE
POUR L'AMÉRIQUE ET DÉCIDE DE MOURIR...

Dinde farcie aux truffes

Prenez 150 g de porc maigre, 100 g de veau, 200 g de saindoux frais, le foie de la dinde, 125 g de foie d'oie cru. Passez le tout au moulin et préparez une farce avec de la mie de pain trempée et deux jaunes d'œuf. — Ajoutez la pelure hachée de deux truffes, les truffes elles-mêmes, coupées en morceaux, 125 g de foie d'oie revenu au beurre, également coupé en morceaux, du sel, des épices et un peu de madère. — Farcissez la dinde, salez-la, enveloppez la poitrine de bardes de lard de grosseur moyenne que vous retirez une demi-heure avant la fin de la cuisson, pour laisser prendre couleur à la peau. — Couchez la bête sur le côté dans la poêle, avec beaucoup de beurre et un peu d'eau bouillante. Retournez et arrosez souvent, mais couchez la dinde sur le dos pendant la dernière demi-heure seulement. Le temps de cuisson dépend de la grosseur. On peut également réserver la farce aux truffes pour le gésier seulement, et utiliser, pour le corps, une farce plus simple, où l'on remplacera le foie d'oie par du foie de veau. — Comme garniture, prenez du maïs de conserve jaune, à petit grain, passé au beurre. Préparez, en outre, une sauce aux airelles et la salade suivante : coupez en dés des pommes crues, des oranges et du céleri-rave cuit ; mélangez le tout avec de la mayonnaise et de la noix de coco râpée.

Lemon Sponge Cake

Prenez 2 tasses de sucre, 6 œufs, une demi-tasse d'eau chaude, 2 cuillerées à bouche de jus de citron, le zeste râpé d'un citron et 2 tasses de farine. — Battez bien les jaunes d'œufs, ajoutez le sucre, l'eau chaude, le jus et le zeste de citron, la farine, et incorporez en dernier lieu les blancs d'œufs battus en neige. Faites cuire dans un moule pendant 45 à 50 minutes, à four moyen. — On peut servir ce dessert, chaud ou froid, avec un sirop de fruits.

farce était trop liquide, elle passait déjà de la mie de pain trempée à la moulinette.

Nom de Dieu ! pensait Thomas. Nom de nom de Dieu !

« La poitrine, dit Pamela, nous allons l'envelopper de lard. C'est comme ça que ma mère faisait toujours.

— Votre maman enveloppait la poitrine de lard frais ? demanda Thomas, radieux. La mienne aussi ! Et elle le laissait toujours jusqu'à la dernière demi-heure de cuisson !

— Pour que la poitrine ne se dessèche pas, bien sûr ! »

Thomas souleva le croupion de la bête, tandis que Pamela cousait agilement cette ouverture naturelle, à travers laquelle ils avaient enfourné la farce à l'intérieur de la dinde.

Hoover assistait au spectacle.

« Vous vous imaginez bien, monsieur Lieven, dit-il lentement, que nous ne vous avons pas fait venir en Amérique, uniquement parce que vous êtes un bon cuisinier.

— Mais ? demanda Thomas en faisant tourner le derrière de la dinde entre ses mains.

— Mais parce que vous connaissez Mme Dounya Mélanine. »

Thomas laissa tomber la dinde sur la table.

« Allons ! fit Pamela.

— Pardon ! dit Thomas en ramassant la bête. Où... où se trouve cette dame ?

— A New York. C'était votre maîtresse, n'est-ce pas ? »

Thomas sentait peser sur lui le regard de Pamela. Convulsivement, il fixa le cul de la dinde.

« Oui... C'est-à-dire que... Elle imaginait être amoureuse de moi... »

Hoover se leva. Son expression était devenue sérieuse.

« Nous savons, dit-il, qu'une puissante organisation russe d'espionnage est à l'œuvre à New York depuis fort longtemps. Nous ne connaissons pas ses méthodes de travail et nous ignorons qui en fait partie. Mais, il y a trois semaines, un membre de cette organisation a pris contact avec notre ambassade à Paris : un certain Morriss. C'est le dernier amant, en date, de Mme Mélanine... »

Thomas posa prudemment la dinde sur la table.

« Poursuivez, Mr. Hoover, dit-il d'un ton aimable. Je vous promets que je ferai de mon mieux. Mais à une condition !

— À savoir ? »

Thomas contempla le chef mélancolique du contre-espionnage. Il contempla la dinde appétissante. Il contempla Pamela, avec ses mains humides et tachées, son visage échauffé, belle et désirable.

« La condition, dit Thomas, serait que vous m'autorisiez à mourir, dès que j'aurais accompli ma mission. »

A l'aube du 21 novembre 1957, des enfants qui jouaient sur la plage blanche du port de pêche de Cascais, près de Lisbonne, trouvèrent des coquillages multicolores, des étoiles de mer, des poissons à moitié morts et un monsieur tout à fait mort.

Il était couché sur le dos. Son visage exprimait la surprise, son corps était revêtu d'un complet gris de laine peignée exceptionnellement élégant, bien que fortement détrempé par l'eau de mer. Le mort portait, en outre, des souliers et des chaussettes noires, une chemise blanche et une cravate noire. Dans la région du cœur, la chemise montrait un trou circulaire et une grande tache de sang. Le veston était également endommagé. Il était évident qu'une balle, de calibre respectable, avait expédié le défunt de ce monde dans un autre, que certains prétendent meilleur.

Ayant découvert le cadavre, les enfants s'enfuirent en piaillant. Cinq minutes plus tard, les pêcheurs et leurs épouses arrivèrent en courant. Avec agitation, ils firent le cercle autour du mort.

« Regarde voir, José, dit un vieillard à son fils, si ce monsieur a un passeport. »

José s'agenouilla près du mort et examina ses poches. Le monsieur avait quatre passeports.

« Je le connais, ce type ! » dit un autre vieillard.

Il raconta comment il avait participé, en septembre 1940, il y avait dix-sept ans, moyennant un bon salaire, à l'enlèvement d'un homme élégant par des agents allemands. A cette époque, le vieil homme avait été pilote d'un bateau de pêche.

« Les Allemands l'appelaient « Négociant Jonas », dit-il.

— Regarde voir, José, dit l'autre vieillard, si le monsieur a un passeport au nom de Jonas. »

Le monsieur en avait un. Au nom d'Emil Jonas, négociant à Rüdesheim.

« Il faut avertir tout de suite la police », dit José.

« Ecrivez, mademoiselle », dit à sa secrétaire le commissaire Manoel Vayda, de la brigade criminelle de Lisbonne.

Il dicta : « En ce qui concerne le cadavre trouvé sur la plage de Cascais, il s'agit d'un individu du sexe masculin, âgé de quarante-cinq à cinquante ans. Le rapport ci-joint du médecin-légiste, hum, conclut à un décès causé par le projectile d'un pistolet d'ordonnance américaine, calibre : 9 millimètres... A la ligne.

« Dans les vêtements du mort — vous y êtes, mademoiselle ? — ont été trouvés : 891 dollars et 45 *cents*, deux additions à l'en-tête d'établissements américains, une note de l'hôtel Waldorf-Astoria, à New York, un permis de conduire allemand, établi au nom de Thomas Lieven, une montre ancienne à répétition en or et quatre passeports : deux passeports allemands, aux noms de Thomas Lieven et d'Emil Jonas, et deux passeports français aux noms de Maurice Hauser et Jean Leblanc... A la ligne.

« Les photographies de Jean Leblanc, ou Emil Jonas, qui se trouvent aux archives de la police judiciaire, correspondent exactement à celles qui figurent sur les quatre passeports du mort. D'après tout ce qui précède, on est en droit de conclure qu'il s'agit de la dépouille de l'agent secret Thomas Lieven, celui-là même qui a tant fait parler de lui au cours des dernières années. Sans doute, le défunt a été la victime d'une opération de représailles, organisée par des réseaux concurrents. Les services compétents s'emploient activement à éclaircir cette affaire. »... Quelle ânerie ! Comme si on avait jamais éclairci le meurtre d'un agent secret ! L'assassin est parti au diable, depuis belle lurette... Dites donc, mademoiselle, vous n'êtes pas un peu tombée sur la tête ! Qu'est-ce qui vous prend de noter ce que je viens de dire ?

« La vie de l'homme, né de la femme, est brève et pleine de tracas », récita le prêtre devant la tombe ouverte.

C'était le 24 novembre 1957, à seize heures trente. Le permis d'inhumer avait été délivré avec un certain retard.

Ce jour-là, il pleuvait à Lisbonne, et le temps était frais. Les personnes qui composaient le convoi avaient froid. L'assistance était composée d'hommes, et d'une seule jeune femme. Les hommes avaient l'air d'être ce qu'ils étaient : des confrères. L'ex-commandant Fritz Loos, de l'ex-circonscription militaire de Cologne, baissait la tête. A ses côtés, l'agent britannique Lovejoy, jaune comme un coing éternuait sans cesse. L'espion tchèque, Grégor Marek, se cantonnait dans une attitude de recueillement. Les colonels Siméon et Débras, du contre-espionnage français, avaient un air méditatif. Le colonel Erich Werthe et le petit commandant Brenner étaient tristes. A côté du prêtre se tenait Pamela Faber, cette agente américaine qui avait tant rappelé à Thomas l'image de Chantal Tessier, son amour défunt.

« Que la terre te soit légère, Thomas Lieven. *Amen*, dit l'ecclésiastique.

— *Amen* », prononça l'étrange assistance.

Tous avaient connu Thomas Lieven. Tous avaient été filoutés par lui. A présent, leurs patrons respectifs les avaient chargés de s'assurer que ce forban était vraiment mort. Dieu merci, il l'était ! pensèrent ces messieurs.

On referma la tombe. Les anciens collègues de Thomas Lieven jetèrent chacun leur petite pelletée de terre dans la fosse. Puis, les ouvriers amenèrent avec effort la simple dalle de marbre, destinée à orner la sépulture.

On se sépara. Brenner et Werthe s'éloignèrent ensemble. Ils ne connaissaient pas leur compatriote Fritz Loos, et lui ne les connaissait pas non plus. Car Fritz Loos travaillait pour un Service de renseignements allemand nouvellement créé, et Werthe et Brenner travaillaient pour un autre Service de renseignements allemand nouvellement créé.

A la porte du cimetière, les divers agents prirent des taxis. Ils auraient pu, aussi bien, louer un petit car ; en effet, tous habitaient le même hôtel : le meilleur, bien entendu. Les patries respectives payaient les frais. De leurs chambres, au Palacio do Estoril-Parque, ils téléphonèrent ensuite en Angleterre, en France, en Allemagne et même derrière le rideau de fer.

Lorsqu'ils obtinrent leurs communications, ils prononcèrent des phrases absurdes, comme, par exemple : « Le requin jaune a été servi cet après-midi. »

Ce qui signifiait : « J'ai inspecté le corps à la morgue. C'était bien Lieven. »

C'est ainsi que, dans l'après-midi du 24 novembre 1957, divers dossiers plus ou moins épais furent classés dans divers quartiers généraux de réseaux de renseignements. Tous ces dossiers portaient la mention : *Thomas Lieven*, à laquelle on avait ajouté une croix...

Pendant que ses confrères étaient accrochés au téléphone, Pamela Faber se reposait dans sa chambre. Elle avait commandé du whisky, de la glace et du soda. Elle avait ôté ses escarpins à talons hauts et posé ses jambes bien galbées sur un tabouret. Détendue, elle était assise dans un fauteuil, fumait une cigarette et faisait tourner un verre de whisky entre ses mains.

Ses yeux noirs brillaient comme deux étoiles, et sa

grande bouche semblait prête à rire sans cesse d'une secrète et gigantesque plaisanterie. Ainsi, Pamela Faber fumait, buvait et riait en silence, tandis que le crépuscule d'une pluvieuse soirée d'automne s'étendait lentement sur Lisbonne. Subitement, elle leva son verre.

« A ta santé, cher Thomas ! dit-elle à haute voix. Puisses-tu vivre encore longtemps, pour moi ! »

La dernière fois que nous avons aperçu Thomas Lieven, il séjournait dans la maison de campagne du plus éminent criminaliste américain. C'était le jour où il avait exprimé le surprenant désir de mourir, dès sa mission accomplie.

« Ah ! dit Hoover froidement. Et comment imaginez-vous votre trépas ? »

Thomas leur exposa comment il l'imaginait.

« Pour vivre enfin — *enfin !* — en paix, il est indispensable que je meure ! » conclut-il.

Hoover et Pamela rirent de bon cœur, tant de la phrase que du projet.

« Nous pouvons mettre au point les détails plus tard, dit Thomas. Parlez-moi, plutôt, encore de Dounya et de ce Morriss. Où se trouve-t-il ?

— A Paris, répondit Edgar Hoover.

— Tiens ! Je croyais qu'il était à New York ?

— Il était à New York jusqu'à il y a quelques semaines. Ensuite, il est parti pour l'Europe. A Paris, il est descendu au Crillon. C'est à ce moment-là qu'il a dû perdre les pédales. Car, dans l'après-midi du 4 mai, il a quitté son hôtel pour traverser la rue et se rendre à l'ambassade américaine. Il a demandé à voir l'ambassadeur et lui a dit : « Je suis un espion soviétique... »

« Je suis un espion soviétique. Je suis en mesure de vous fournir des renseignements sur le plus important réseau soviétique d'espionnage qui existe aux Etats-Unis. »

On était le 4 mai 1957, à dix-sept heures quarante-cinq.

« Et quels sont vos motifs, monsieur Morriss ? demanda l'ambassadeur américain.

— J'ai besoin de votre aide, répondit Morriss. (Il avait un visage large et bouffi, et portait de grosses lunettes d'écaille noire.) J'ai reçu l'ordre de quitter l'Amérique et de rentrer à Moscou *via* Paris. Je sais ce que cela signifie. Ils vont me liquider.

— Pour quelle raison ?

— Parce que... hum, je pense, parce que j'ai failli à ma mission, dit Morriss dans un anglais américanisé et sans accent. Les femmes. L'alcool. Trop de bavardage. Et puis, Dounya... pour tout arranger...

— Qui est Dounya ?

— Dounya Mélanine. L'ex-femme d'un officier soviétique. A New York, elle reçoit actuellement les malades, dans un cabinet médical. Je m'étais lié avec elle, mais nous nous disputions sans cesse. Nous nous faisions remarquer. Alors, Mark m'a dit que je devais disparaître sur-le-champ.

— Qui est Mark ?

— Depuis dix ans, il est le chef du plus grand réseau d'espionnage américain. »

Il apparut que Victor Morriss possédait un grand nombre d'identités diverses. En réalité, il s'appelait Hayhanem et était un lieutenant-colonel du Service de renseignements soviétique. De 1946 à 1952, cet homme avait suivi, en Russie, un entraînement qui devait le mettre en mesure de passer aux Etats-Unis et d'y exercer les fonctions d'un espion, sous les ordres du légendaire, du fabuleux « Mr. Mark ».

Six années d'entraînement ! Il faut imaginer ce que cela représente : Hayhanem, alias Morriss, devait oublier complètement son ancienne personnalité et s'en construire une nouvelle. Il devait apprendre à lire, à parler, à manger, à marcher, à penser et à discuter comme un homme né dans les environs de New York. Il devait conduire une voiture comme un Américain, danser, écrire, fumer et se soûler comme un Américain.

Le lieutenant-colonel Hayhanem devint un autre homme. Il est vrai qu'un autre, avant lui, était déjà venu à bout de cette énorme tâche : « Mr. Mark », le meilleur espion que le Kremlin eût jamais possédé en Amérique, et qui échappa dix années durant à toutes les recherches.

Hayhanem, dit Morriss, passa tous ses examens. Muni d'un remarquable faux passeport américain, il se présenta le 14 avril 1952 chez Mikhaïl Švirine, secrétaire de la délégation soviétique auprès de l'ONU, à New York. Celui-ci lui fixa un rendez-vous clandestin et lui remit de l'argent.

« Prenez contact avec Mr. Mark, lui dit-il. Nous ne nous reverrons jamais. A partir de cet instant, vous existez aussi peu pour moi que n'existe, officiellement, Mr. Mark. Ne comptez jamais sur mon aide. Je suis un diplomate, et il n'est pas question que j'aie quoi que ce soit à faire avec vous.

— Comment reconnaîtrai-je Mark ?

— Il vous téléphonera, à votre hôtel. Voici une petite pipe sculptée. Comme signe de reconnaissance, vous la porterez à la bouche, lorsque Mark vous aura indiqué un lieu de rendez-vous. »

Trois jours plus tard, Mark fixa ce rendez-vous par téléphone.

« Soyez à dix-sept heures trente précises dans les lavabos du cinéma R.K.O., à Flushing. »

Les lavabos ! Aucun service de renseignements du monde ne pourrait se passer de cette commodité ! Morriss s'y rendit ponctuellement à cinq heures et demie. Un homme d'environ quarante-cinq ans surgit d'une cabine. Il était grand, presque chauve, avec un visage sceptique et spirituel, de grandes oreilles, des lèvres minces et des lunettes sans monture. Il était vêtu d'un complet de flanelle et d'une chemise bleue d'artiste, sans cravate. Il examina la petite pipe bizarrement sculptée que Morriss portait au coin de la bouche et hocha la tête avec approbation.

« A la minute près, Morriss », dit-il...

« ... et Mark lui dit : « A la minute près, Morriss »,
raconta Edgar Hoover à Thomas qui l'écoutait attentivement.

Pamela Faber était assise près de lui. Elle avait un air
sérieux. Tous trois fumaient, en buvant du café noir et
du cognac français. Le repas de dinde était terminé.

Hoover alluma un grand, gros cigare et souffla un
nuage de fumée odorante.

« Laissez-moi continuer, dit-il. Morriss et Mark s'enten-
dirent très mal. Dès le premier instant, ils s'étaient
trouvés mutuellement antipathiques. Mais ils furent
obligés de s'arranger comme ils pouvaient... »

En effet, ils furent obligés de s'arranger l'un de l'autre !
Cet après-midi, dans les lavabos du cinéma R.K.O., Mark
remit de l'argent à Morriss, ainsi qu'une clef de code, et
lui donna ses instructions quant à sa « couverture » :
Morriss devait ouvrir un studio de photographe, pour
éviter que les autorités ne se demandent de quoi il
vivait. En outre, Mark lui fit savoir où et de quelle
manière Morriss devait déposer et retirer les messages
secrets.

Ces messages — sur microfilms, pas plus grands qu'une
pointe d'épingle — devaient être dissimulés dans des
pièces de monnaie, dans de vieux mouchoirs en papier ou
des écorces d'orange. Au moyen de plaquettes magnétiques, il était possible de les fixer sous des bancs, des
téléphones publics, des poubelles ou des boîtes à lettres.

« Ça fonctionnait très bien, raconta Hoover. Comme je
l'ai dit, Morriss ne pouvait pas souffrir Mark ; n'empêche
qu'il exécutait ses missions d'une manière magistrale.

— Quel genre de missions ?

— Très importantes, hélas ! soupira Hoover. Après les
révélations de Morriss à Paris, il ne nous reste guère
d'illusions. Grâce à l'« Organisation Mark », les Russes
possèdent des renseignements de tout premier ordre !
D'après ses propres déclarations, par exemple, Morriss
est allé espionner au Centre de fusées de New Hyde Park.

— Et jamais aucun incident, aucun ratage ? demanda Thomas.

— Si, une fois. C'est ce qui nous a, au moins, fourni la preuve que les aveux de Morriss étaient véridiques. Cette preuve, la voici. (Hoover posa une pièce de 5 *cents* usagée sur la table.) Soulevez-la et laissez-la retomber. »

Thomas fit ce qu'on lui demandait. La pièce éclata en deux. Elle était creuse à l'intérieur. Un minuscule bout de pellicule adhérait au fond de l'une des deux moitiés.

« Ce microfilm, dit Hoover, contient un message chiffré de Mark. Depuis quatre ans, les meilleures têtes du F.B.I. essaient de le décoder. En vain !

— Comment cette pièce est-elle parvenue entre vos mains ? demanda Thomas.

— Par un pur hasard, répondit Edgar Hoover. Un petit crieur de journaux l'a trouvée en 1953... »

Par une chaude soirée de l'été 1953, James Bozart, un crieur de journaux au visage couvert de taches de rousseur, dégringolait quatre à quatre les escaliers d'un grand immeuble d'habitation, à Brooklyn.

Subitement — badaboum ! — il s'étala de tout son long. Son argent s'éparpilla de toutes parts. Jurant tout bas, James se mit à ramasser son bien. Une pièce de 5 *cents* lui vint sous les doigts, qui laissait une impression curieuse au toucher, si curieuse...

James la retourna entre ses doigts. La pièce se sépara en deux. A l'intérieur d'une des moitiés, James aperçut un point sombre. Tiens, tiens ! Quelques jours auparavant, James avait vu un film d'espionnage, où des messages sur microfilm étaient cachés dans des étuis à cigarettes. Etait-ce un microfilm qu'il avait sous les yeux ?

James Bozart — aujourd'hui, la nation américaine lui en sait un gré éternel — se hâta de porter sa trouvaille au poste de police le plus proche. Le chef de poste Milley se moqua de lui, mais le sergent Levon fut d'un autre avis.

« Laisse faire, Joe, dit-il. On va envoyer ce machin au F.B.I. Qui sait ? Peut-être qu'on parlera de nous dans les journaux ! »

On ne parla pas d'eux dans les journaux, pas à cette époque, du moins. Mais deux agents du Federal Bureau of Investigation vinrent voir James à la maison. Ils voulurent savoir, où, exactement, il était tombé.

Au 252, Fulton Street, à l'intérieur d'un énorme immeuble d'habitation. Le rez-de-chaussée était occupé par des magasins, le premier et le second étage, par des firmes commerciales. Au-dessus, habitaient des célibataires, des artistes et des employés modestes. De plus, le F.B.I. possédait un bureau dans cette immense caserne.

Les agents du F.B.I. scrutèrent le fond de l'âme de chaque locataire du 252, Fulton Street. Les résultats furent négatifs.

Des années passèrent. Le message du microfilm conserva son secret et son auteur demeura inconnu. Au cours des années 1953 à 1957, les responsables de la sécurité nationale américaine s'affermirent dans la conviction que leur pays était cerné, investi par un effrayant réseau d'espionnage.

« C'est pendant ces années-là, rapporta Edgar Hoover dans sa calme maison de campagne, que Morriss a dû graduellement descendre la pente. Sa rencontre avec Dounya Mélanine lui donna le coup de grâce. Il la battait, elle le battait. Mark envoya sans doute un rapport à Moscou, car il fut rappelé subitement. A Paris, il se rendit à l'ambassade américaine pour demander aide et protection, et il raconta tout ce qu'il savait.

— Ça ne semble pas grand-chose, malgré tout, dit Thomas.

— Ce n'est pas assez, dit Hoover, mais ce n'est déjà pas si mal. Car, bien que ce mystérieux Mark ait tout fait pour que Morriss ne sache pas où il habitait, Morriss réussit tout de même à le filer, une fois. Et savez-vous où Mark habite, d'après Morriss ?

— Vu votre façon de poser la question, je suppose que c'est au 252, Fulton Street.

— Exactement, dit Hoover. Dans l'immeuble où le petit

James Bozart se cassa la figure, il y a quatre ans, et où il trouva la pièce de monnaie... »

Le silence se fit dans la pièce. Thomas se leva et s'approcha de la fenêtre. Il contempla le vaste, harmonieux paysage.

« Un contingent d'agents à moi, dont Miss Faber, a repassé à la loupe une fois de plus, ces dernières semaines, chaque habitant de cet immeuble. Le signalement de Mark tel que Morriss l'a indiqué, correspond exactement à celui du locataire le plus populaire de la maison. C'est un peintre qui habite sous les combles. Il s'appelle Goldfuss. Emil Robert Goldfuss. Citoyen américain. Domicilié au 252, Fulton Street depuis 1948. Continuez, Miss Faber.

— Nous filons Goldfuss depuis des semaines, dit Pamela. Nous y employons une demi-douzaine de voitures du F.B.I., avec équipement radar, radio et télévision. Goldfuss ne peut plus faire un pas sans être suivi. Résultat : néant.

— Je ne comprends pas, dit Thomas. S'il est à ce point suspect d'espionnage, pourquoi ne l'arrêtez-vous pas ?

— Nous ne sommes pas en Europe, monsieur Lieven, dit Pamela en secouant la tête.

— Aux Etats-Unis, expliqua Edgar Hoover, on ne peut arrêter un homme que s'il a indubitablement commis un acte illégal. Sinon, aucun juge ne signera le mandat d'arrêt. Nous soupçonnons Goldfuss de se livrer à l'espionnage. Mais nous ne pouvons pas le prouver. Et tant que nous n'y parviendrons pas, aucun juge de ce pays ne nous autorisera à nous assurer de sa personne.

— Mais, Morriss ?

— Morriss nous a fourni des renseignements à titre confidentiel. Comme il a de la famille en U.R.S.S., il ne consentira jamais à témoigner publiquement contre Goldfuss.

— Et une perquisition clandestine ?

— Bien sûr, en l'absence de Goldfuss, nous pourrions pénétrer dans son appartement et le fouiller. Je suis certain que nous y trouverions un émetteur à ondes courtes et bien d'autres choses qui prouveraient qu'il s'agit d'un espion. Mais, dans ce cas, on n'arriverait jamais à le faire condamner.

— Pourquoi ?

— Parce que ses avocats demanderaient à nos hommes de déclarer, sous la foi du serment, d'où ils tiennent le matériel incriminant l'accusé. A supposer qu'ils l'aient obtenu au moyen d'une perquisition illégale, le juge ordonnerait que ces preuves soient considérées comme nulles et non avenues.

— Alors, comment l'attaquer, ce Mr. Goldfuss ?

— C'est la question que nous vous posons, monsieur Lieven, dit Hoover en souriant. C'est pour cela que nous vous avons fait venir, vous, un vieil ami de Mme Dounya Mélanine. »

« En Russie, on fait le chachlik aux oignons ! cria le gros Boris Roganoff.

— En Russie, on ne fait *pas* le chachlik aux oignons ! » cria Thomas.

Tremblants de rage, les deux hommes se trouvaient face à face. Il y avait des gifles dans l'air. C'était le 19 juin 1957, à treize heures trente. Il faisait terriblement chaud, à New York. Le drame du chachlik se passait à la cuisine d'un restaurant russe réputé de la 41ᵉ Rue. Le gros Roganoff était le propriétaire du restaurant. Thomas y fréquentait depuis quelques jours, car Dounya Mélanine avait coutume de déjeuner Chez Roganoff. Elle travaillait dans le quartier, au cabinet d'un certain docteur Mason.

Les retrouvailles s'étaient passées dans la tristesse. Dounya, toujours pleine de passion et d'attraits, portait le deuil de Morriss. Dès qu'elle parlait de lui, elle éclatait en larmes, et elle en parlait souvent, soit par impulsion personnelle, soit parce que Thomas l'y incitait sans cesse.

Il n'en sortit rien. Quoi que Dounya racontât, Thomas n'avançait pas d'un pas. Quand il quittait Dounya, il ren-

MENU

Salade printanière
Chachlik au riz pilaf
Bananes frites

New York, le 19 juin 1957

CE REPAS CONTRIBUE A LA PRISE
DU PLUS GRAND ESPION SOVIETIQUE

Salade printanière

Prenez un petit concombre épluché, des radis et des œufs durs. Rangez-les dans un saladier. Saupoudrez d'un peu de sel et de poivre, et de beaucoup d'aneth haché, de ciboulette et de persil. Mêlez-y ensuite une bonne ration de crème aigre épaisse. — Servez cette salade immédiatement, pour que le concombre n'ait pas le temps de rendre son eau.

Chachlik

Prenez du filet d'agneau, coupez-le en tranches de 2 cm d'épaisseur et mettez à mariner pendant douze heures au moins avec de l'huile additionnée d'un peu de jus de citron, de sel, d'oignon haché, de persil, de grains de genièvre et de poivre concassés, d'une gousse d'ail écrasée et d'un peu de vin. — Enfilez la viande, alternée avec des morceaux de lard, sur des brochettes, et faites-la griller de telle façon qu'elle reste rose à l'intérieur.

Riz pilaf

Faites revenir doucement un grand oignon finement haché dans du beurre ou de l'huile d'olive. Ajoutez du riz sec et faites-le rôtir légèrement pendant dix minutes, en remuant sans cesse, mais sans le laisser brunir. — Mouillez le riz avec une fois et demie son volume d'eau bouillante, salez légèrement, couvrez et laissez cuire à tout petit feu pendant 30 minutes sur une plaque d'amiante.

Bananes frites

Epluchez des bananes mûres mais pas trop molles, faites-les frire rapidement au beurre, versez dans la poêle un peu de miel liquide additionné de rhum, retournez-y prudemment plusieurs fois les bananes tout en les arrosant, et servez immédiatement, sur des assiettes chaudes. Saupoudrez d'amandes ou de pistaches râpées.

contrait Pamela, laquelle assurait son contact avec Hoover. Elle avait un petit appartement à Manhattan. Thomas logeait au Waldorf-Astoria.

Les jours passaient sans rien apporter de nouveau. Goldfuss ne commit pas la moindre erreur. Thomas constata, chez Pamela, une irritabilité croissante qu'il ne parvenait pas à s'expliquer. Il voyait Dounya sans cesse, se creusant la tête pour découvrir quoi que ce soit qui incriminât Goldfuss, une piste quelconque qui conduisît à lui. Mais Dounya ne semblait jamais avoir rencontré Goldfuss. Tout ce qu'elle faisait, c'était de pleurer le départ de Morriss.

Hier, elle avait exprimé le désir de manger du chachlik. Thomas avait immédiatement mis à mariner de la viande de mouton. La viande était parfaite, à présent, et Thomas s'apprêtait à la mettre à la broche avec des lardons, lorsque ce gros Boris Roganoff se mit à tailler de grosses tranches d'oignon ! Un énorme esclandre éclata. Puis, les deux messieurs se réconcilièrent. Mais cette journée était, décidément, vouée aux tracasseries.

Lorsque Dounya eut enfin paru — en retard, évidemment — et qu'elle se fut mise à table en compagnie de Thomas, elle aussi fit preuve d'une irritabilité odieuse. Elle avait mal à la tête. Sans cesse, elle y portait la main, en faisant des scènes à Thomas à propos de tout et de rien. Puis, elle se ressaisit un peu.

« Je te demande pardon. C'est de la folie, tout ce travail, je crois que je n'y tiendrai pas !

— Qu'est-ce qu'il se passe ?

— J'ai l'impresion que la moitié de la ville se fait vacciner.

— Vacciner ?

— C'est ce nouveau sérum Salk, contre la poliomyélite. Tu as dû en entendre parler. Le pire, ce n'est pas la vaccination, mais la paperasserie !

— Quelle paperasserie ?

— Chaque client doit montrer son extrait de naissance.

Pas son passeport, ou sa carte d'identité : son extrait de naissance !

— Et pourquoi cela ?

— C'est la loi ! Et moi, je dois noter le numéro de l'acte de naissance et le nom de la commune qui l'a établi. Et ils arrivent par centaines ! Je vais devenir folle ! Vacciner ! Vacciner ! Vacciner !

— Vacciner, vacciner », répéta-t-il d'un air imbécile, tandis que son cœur bondissait dans sa poitrine.

Une belle jeune femme, élégamment vêtue d'une robe d'été jaune, venait de pénétrer dans le restaurant. Il n'en crut pas ses yeux. Cinglée ! Elle était devenue cinglée ! Le règlement du F.B.I. interdisait strictement à deux agents travaillant sur la même affaire de se rencontrer en public. Mais Pamela Faber s'en fichait, apparemment. Elle s'assit, face à Thomas, croisa les jambes, s'adossa et se mit à fixer Dounya...

Celle-ci, bien entendu, remarqua rapidement ce manège.

« Qui est-ce ?

— Co... comment ?

— Cette personne, là-bas, qui me regarde fixement. La connais-tu ?

— Moi ! Qui ?

— Celle en jaune, avec la figure peinturlurée. Ne me joue pas la comédie !

— Mais, nom de Dieu, je n'ai jamais vu cette femme de ma vie !

— Tu mens ! Tu la connais ! Et comment ! »

Cela débuta ainsi, et cela dura pendant tout le repas. Au café, la chemise de Thomas était trempée de sueur. Quant à Pamela Faber, elle continuait de le fixer...

Les choses continuèrent gaiement ainsi, pendant toute la sainte journée !

Quand Thomas rentra au Waldorf-Astoria, un certain Roger Ackroyd l'y attendait. A l'hôtel, Mr. Ackroyd était connu comme un exportateur qui travaillait souvent avec des hommes d'affaires européens.

Monsieur Peter Scheuner — c'était le nom de Thomas

— de son côté, s'était inscrit comme commerçant. Les deux négociants, qui ne l'étaient ni l'un ni l'autre, prirent place dans le bar désert.

« Ça commence à sentir le roussi, Lieven, dit Ackroyd à mi-voix. Vous avez du nouveau ?

— Rien du tout.

— Merde ! dit Mr. Ackroyd. Divers symptômes indiquent que Goldfuss est sur le point de se faire la malle. Nous ignorons dans quelle direction il va se tirer : Australie ? Asie ? Afrique ? Europe ?

— Il faut surveiller les frontières, les aérodromes, les ports...

— Et comment, s'il vous plaît ? Nous n'avons pas assez de monde pour faire tout ça. Pour voyager, il est évident que Goldfuss aura un faux passeport. »

Un « vrai » faux passeport, Thomas ne l'ignorait pas, est un document qui résiste même au contrôle des registres.

« Croyez-vous qu'il n'a que des vrais faux papiers ?

— Je n'en sais rien. Il n'a sans doute pas eu le temps. Mais un passeport, sûrement. Et le passeport suffit. A moins d'un miracle, ce type va nous filer entre les doigts. »

Thomas poussa un profond soupir. Et, pour tout arranger, se dit-il avec courroux, j'ai droit à cette collaboratrice de choix, Pamela Faber. Attends un peu, toi. Tu vas prendre ton paquet !

« Vous savez ce que vous méritez ? Une bonne raclée ! » cria Thomas.

Respirant avec peine, il se tenait ce soir-là dans le petit appartement de Pamela, face à la locataire qui portait un peignoir noir et, semblait-il, peu de chose dessous.

« Qu'est-ce qu'il vous a pris de venir chez Roganoff ?

— J'ai le droit d'aller chez Roganoff, si j'en ai envie !

— Mais pas quand j'y suis !

— Je n'en savais rien, cria-t-elle à son tour.

— Vous le saviez parfaitement ! cria-t-il en réponse.

— Très bien, je le savais !

— Et pourquoi êtes-vous venue quand même ?

— Parce que je voulais jeter un coup d'œil sur votre Dounya, ce joli petit pigeon ! »

Il la regarda, bouche bée.

« Et c'est pour ça que vous risquez de tout compromettre ? Toute l'opération ?

— Arrêtez de crier ! Il faut croire que vous êtes terriblement mordu pour cette dame !

— Taisez-vous, ou vous allez prendre quelque chose !

— Je vous conseille d'essayer !

— Attends ! » dit-il en se ruant sur elle.

Au moyen d'une habile prise de judo, l'agente expérimentée le fit choir sur le dos. Il atterrit sur le tapis avec fracas. Elle s'enfuit en riant. Il se remit sur pied et courut à sa poursuite. Il l'attrapa dans la chambre à coucher. Une brève lutte s'ensuivit. Ils tombèrent tous deux sur le lit. Ruant et crachant, elle se retrouva subitement couchée sur son genou.

« Laisse-moi... laisse-moi... je vais te tuer... »

Le peignoir s'ouvrit. Par le fait, Pamela n'avait pas grand-chose dessous. Thomas ne se laissa pas attendrir et la fessa d'une main ferme. Elle poussa un hurlement et tenta de le mordre.

Comme Chantal, pensait-il tandis qu'un engourdissement le prit et que le sang se mit à battre dans ses tempes, exactement comme Chantal ! Soudain, il s'abattit sur elle et ses lèvres rencontrèrent les siennes. Elle le mordit. Puis, ses lèvres s'ouvrirent et se firent tendres. Elle l'entoura de ses bras. Et tous deux sombrèrent dans la douceur enivrante de leur premier baiser. Les contours de la chambre s'estompèrent aux yeux de Thomas Lieven, le temps perdit sa signification.

Lorsqu'il revint à lui, il vit deux yeux remplis d'amour.

« J'étais si jalouse, chuchota Pamela, si terriblement jalouse de ta Russe. »

Subitement, Thomas examina avec un vif intérêt le bras de Pamela. Il y avait aperçu les deux

marques rondes et claires d'une vaccination. Il blêmit.
   « Vaccin, balbutia-t-il.

— Qu'y a-t-il ? demanda Pamela qui s'apprêtait à l'embrasser.

— Vaccin... répéta-t-il, égaré.

— Tu deviens fou, ou quoi ?

— Goldfuss, dit-il d'un air absent, sait qu'il est en danger. Il va essayer de quitter l'Amérique et de retourner en Russie. Chaque personne qui se rend en Europe est obligée de subir diverses vaccinations. C'est la loi. Et, pour se faire vacciner, il doit produire son extrait de naissance, pour que le médecin prenne note du numéro... (D'agitation, Thomas se mit à bégayer.) L'extrait de naissance, pas le passeport ! Son faux passeport est un vrai faux passeport, mais son acte de naissance est-il également un vrai faux ?

— Il est devenu fou ? dit Pamela en pâlissant. Totalement fou !

— Nullement ! Car, si Goldfuss — prions le Ciel pour qu'il en soit ainsi ! — a produit un *faux* acte de naissance, nous pouvons l'accuser d'un acte répréhensible — et l'arrêter — et perquisitionner chez lui...

— Thomas !

— Ne m'interromps pas, maintenant ! Combien y a-t-il de médecins à New York ?

— Crénom, comment veux-tu que je le sache ? Au moins dix mille !

— Peu importe, dit Thomas Lieven en abattant son poing sur le lit. Même s'il faut battre le rappel de tous les agents du F.B.I. ! Même s'ils deviennent tous mabouls ! Il faut faire la tentative ! »

Dans la soirée du 19 juin 1957, 277 collaborateurs du F.B.I. furent mobilisés sur le territoire de la ville de New York. Ils furent chargés de visiter au plus vite les 13 810 médecins qui exerçaient leur profession dans cette métropole de dix millions d'habitants.

Chacun des 277 agents possédait la photographie d'un homme d'environ quarante-cinq ans qui avait un visage spirituel et sceptique, de grandes oreilles et des lèvres minces, et qui portait des lunettes.

A partir de ce soir-là, 277 hommes munis de 277 photos posèrent un nombre incalculable de fois les mêmes questions : « Connaissez-vous cet homme, docteur ? Fait-il partie de votre clientèle ? L'avez-vous vacciné, récemment ? »

Les mêmes questions furent posées pendant toute la journée du 20 juin.

Au Waldorf-Astoria, un certain Peter Scheuner, homme d'affaires allemand, était sur des charbons ardents. De temps à autre, le téléphone sonnait. C'étaient des hommes du F.B.I. qui faisaient savoir à Thomas, en code, que l'opération se poursuivait sans résultat. Chaque fois, il raccrochait en soupirant.

Cet état de choses se modifia d'un seul coup le 21 juin, à seize heures trente-cinq. La sonnerie du téléphone résonna de nouveau.

« Zéro », dit une voix de basse.

Thomas bondit.

« Où ça ?

— 3145, Riverside Drive, répondit la voix. Docteur Willcox. »

Vingt minutes plus tard, Thomas se trouva dans le petit cabinet du docteur Ted Willcox, un médecin d'un certain âge qui était établi dans le quartier le plus pauvre de New York. Le docteur Willcox avait une photographie à la main.

« Je me souviens très bien de cet homme, dit-il. Surtout, parce que les gens bien habillés sont rares, parmi ma clientèle. »

Donc, songea Thomas, tu as tout de même fini par commettre une erreur, toi, le super agent soviétique ! Tu as choisi un médecin qui habite le plus loin possible de ton quartier. Je comprends pourquoi. Et pourtant, c'était un faux raisonnement.

« Ce monsieur, dit le docteur Willcox, est venu chez moi dans l'après-midi du 16 juin, pour se faire vacciner. Je lui ai établi un « passeport épidémique international », tel qu'on doit le produire lorsque, par exemple, on veut se rendre en Europe. »

En boitillant, le vieux médecin se dirigea vers son fichier et chercha à la date du 16 juin. Il revint avec un feuillet à la main.

« Il s'appelle Martin Collins. D'après son acte de naissance, c'est un citoyen américain, né le 7 juillet 1910, à Manhattan. Numéro de l'acte de naissance : 32027/7/71897. »

A dix-sept heures quinze, Thomas Lieven et un robuste agent du F.B.I. obligèrent deux employés du bureau d'état civil de Manhattan à faire des heures supplémentaires. Au bout d'une longue attente, l'un des deux revint en traînant les pieds. Il souffla sur la poussière qui recouvrait une fiche jaunie.

« Martin Collins... grogna-t-il, Collins, Martin, qu'est-ce que c'est que cette salade ? Vous avez bien dit : 32027/7/71897 ?

— Oui », dit Thomas.

Le fonctionnaire leva la tête.

« Ecoutez, monsieur, l'acte de naissance 32027/7/71897 a été établi le 4 janvier 1898, au nom d'une certaine Emilie Woermann, décédée de pneumonie le 6 janvier 1902 à l'âge de quatre ans. »

Thomas regarda l'homme du F.B.I.

« Notre ami est cuit », dit-il à voix basse.

Une plaque de cuivre était fixée sur la porte. On y lisait :

EMIL ROBERT GOLDFUSS

La porte se trouvait au dernier étage de l'énorme building, 252, Fulton Street. Le 21 juin, à dix-neuf heures six, deux hommes se tenaient devant cette porte. L'un d'eux tira de sa poche une vieille montre à répétition en or.

« Bizarre ! dit Thomas Lieven. Il n'est que sept heures, et pourtant j'ai une faim de loup ! »

L'homme du F.B.I. frappa à la porte, fit un pas de côté et braqua son arme...

La porte s'ouvrit. Un homme maigre apparut sur le seuil. Il portait une blouse bleue de peintre et tenait une palette à la main. Il leur fit un grand sourire, rayonnant de sympathie et d'intelligence. Il regarda le pistolet de l'agent du F.B.I.

« Qu'est-ce que c'est ? demanda-t-il. Une plaisanterie ? Une publicité ? Un cadeau ?

— Mr. Goldfuss, ou Mark, ou Collins, dit l'agent du F.B.I., ou quel que soit votre nom, je vous arrête.

— Qui êtes-vous ?

— F.B.I.

— Vous ne pouvez pas m'arrêter, monsieur, dit le peintre d'un ton aimable. Je n'ai rien fait de répréhensible et vous n'avez pas de mandat d'arrêt.

— Si, si, Mr. Goldfuss, dit Thomas, nous en avons un. »

Il s'approcha et sourit à son tour.

« Et vous, qui êtes-vous ?

— Un ami de la maison, répondit Thomas. Je veux dire : du F.B.I. Voyez-vous, Mr. Goldfuss, votre mandat d'arrêt est prêt depuis des jours. Il ne restait plus qu'à trouver un beau motif et à remplir le blanc. Et hier, nous avons trouvé le beau motif : un faux extrait d'acte de naissance... »

— Mais ?

— Mais, sans doute, le meilleur agent que l'Union Soviétique ait jamais possédé, dit Thomas. Et je n'ai pas l'habitude de faire des compliments exagérés. »

Mr. Goldfuss rendit son sourire à Thomas. Les deux hommes se dévisagèrent en silence. Leur regard ne vacilla pas...

On procéda à la fouille de l'atelier. Les hommes du F.B.I. trouvèrent l'acte de naissance au nom de Martin

Collins, des papiers au nom de Goldfuss, 3 545 dollars en liquide, un billet de bateau à destination de l'Europe, au nom de Collins, pour le 1er juillet 1957, et un puissant émetteur à ondes courtes, du type « Hallicrafter », qui figurait ouvertement entre deux tableaux.

Les hommes du F.B.I. aidèrent Goldfuss à faire sa petite valise. Thomas remarqua que Mr. Goldfuss jetait quelques mouchoirs en papier, visiblement usagés. Il se dirigea vers la corbeille à papiers et en retira les mouchoirs roulés en boule. Mr. Goldfuss devint subitement blanc comme un mort. Thomas Lieven déplia précautionneusement les mouchoirs. Il y découvrit de petits points sombres, pas plus apparents que des chiures de mouches.

« Hum ! » fit Thomas.

Vingt années de périls et d'expérience, dans les Services secrets de divers pays, avaient aiguisé ses facultés de perception. Ce n'étaient pas des chiures de mouches...

Deux jours plus tard, l'Amérique connut un réveil sensationnel. Le plus dangereux agent russe de tous les temps était sous les verrous. Les microfilms, qu'il avait dissimulés dans des mouchoirs en papier chiffonnés, révélaient son code compliqué, son vrai nom et sa vraie histoire.

Cet homme, qui avait pu exercer pendant dix ans le métier d'espion aux Etats-Unis, en toute tranquillité et sans éveiller de soupçons, était un colonel des Services de renseignements soviétiques. Et il s'appelait Rodolphe Ivanovitch Abel.

Dans la soirée du 23 juin 1957, les télétypes répandirent la nouvelle de son arrestation et de son importance à travers les rédactions de journaux des cinq continents et du monde entier. Et pendant les jours et les semaines qui suivirent, les exploits du colonel Rodolphe Ivanovitch Abel eurent les honneurs de la « Une ». Le monde apprit beaucoup de choses sur lui. Mais pas tout.

Par exemple, il n'apprit jamais rien concernant ce déjeuner que fit un monsieur d'humeur joyeuse avec deux messieurs d'humeur austère. Cela se passait le 17 août

1957, dans un chalet de luxe sur les collines idylliques et boisées de l'Etat de Maryland...

« Pourquoi ces airs graves, messieurs ? » demanda Thomas d'un air jovial.

Il dévisagea Edgar Hoover, le chef de la police fédérale américaine. Ensuite, il tourna son regard vers James B. Donovan, un quadragénaire au teint hâlé et aux cheveux prématurément blanchis. Dans le futur procès d'Abel, Donovan allait assurer la défense du maître-espion.

Thomas venait de la cuisine. Il portait un plateau avec un grand poêlon, un réchaud à alcool et d'autres ustensiles. Après avoir déposé son plateau et mis en marche le réchaud sur une petite table de service, il répondit à sa propre question :

« Ma foi, je présume que cette gravité est provoquée par le souvenir de cette époque de la guerre où, étant les chefs respectifs de deux entreprises d'espionnage concurrentes, vous aviez l'habitude de vous chamailler sans cesse, hein ? »

Apparemment, il avait mis dans le mille. Hoover émit un grognement, et Donovan toussa avec humeur. En effet, celui-ci avait été détaché pendant la guerre à la direction du célèbre O.S.S. A plusieurs occasions, lui et ses gens étaient entrés en conflit avec les hommes du F.B.I. d'Edgar Hoover.

Thomas plaça le poêlon sur le réchaud et conserva sa belle humeur.

« Prenez place, messieurs. En sage prévision de vos états d'âme respectifs, je me suis permis d'inventer et de confectioner un plat qui calme les nerfs, vivifie l'esprit et ranime la verve. »

Thomas agita le poêlon au-dessus de la flamme. Le poêlon contenait des rognons de veau, coupés en dés et légèrement revenus.

« Puisse ce mets nous rapprocher de notre but !

— Quel but ? grogna Donovan avec méfiance.

— Venir en aide, dit Thomas avec circonspection, tout

en versant du cognac sur les rognons, à votre client et aux Etats-Unis d'Amérique.

— Abel, dit Hoover en regardant Donovan, passera à la chaise électrique, il n'y a pas l'ombre d'un doute. Nous avons plus de preuves qu'il n'en faut, contre lui.

— Je serais curieux de savoir, dit Donovan en haussant les épaules, comment vous ferez pour prouver que mon client est un espion soviétique.

— Quelle pitié ! dit Thomas en secouant la tête. Gaspiller un talent de cette qualité ! C'est dommage. Vraiment dommage !

— Quoi donc ?

— De penser qu'un homme comme Abel est destiné à griller sur la chaise électrique !

— Vous seriez très aimable, Mr. Scheuner, de surveiller votre vocabulaire. Du moins, avant le repas !

— Je vous demande pardon ! Mais vraiment, ça me fend le cœur. Abel n'a pas que du talent. C'est un génie !

— Allons, allons...

— Comment, « allons, allons » ? Puis-je vous rappeler, Mr. Donovan, que, pendant la guerre vous avez essayé de travailler en Suisse pour le compte de l'O.S.S. ? Il n'a fallu que six mois aux Suisses pour vous démasquer et vous flanquer à la porte. Et Abel ? Il a travaillé pendant dix ans aux Etats-Unis sans se faire prendre !

— Minute ! dit Donovan en laissant errer son regard de Thomas à Hoover et de Hoover à Thomas. Je sens qu'il y a anguille sous roche. Apparemment, vous n'êtes pas en mesure de me faire une proposition officielle. Donc, vous empruntez des chemins détournés. Allez, de quoi s'agit-il ?

— Et maintenant, le champagne », dit Thomas Lieven en versant le vin pétillant dans le poêlon chauffé.

Un parfum picotant et prometteur se répandit.

« Ah ah ! » fit Hoover.

Il s'adossa. Même le visage crispé de Donovan se détendit. Il eut un bref sourire.

« Vous voyez ? dit Thomas. Ça agit déjà ! (Tout en

MENU

Rognons de veau au champagne
Brochet au four
Crème Chantilly à l'ananas

Maryland, le 17 août 1957

LES ROGNONS AU CHAMPAGNE DE THOMAS AGISSENT MEME SUR LES « GROSSES LEGUMES »

Rognons au champagne

Prenez deux rognons de veau, débarrassés de leur graisse et de leur peau, coupez-les en dés, faites-les revenir pendant 3 minutes dans du beurre très chaud, salez et poivrez. — Apportez la poêle à table, placez-la sur un réchaud à alcool, mouillez les rognons avec un petit verre de cognac, faites flamber et éteignez la flamme avec du champagne. — Ajoutez 100 g de champignons hachés, fondus au beurre, et une cuillerée de persil haché. Faites réchauffer le tout, sans laisser bouillir. — Répartissez le plat dans des tartelettes de pâte brisée ou feuilletée.

Brochet au four

Une fois le poisson nettoyé, frottez-le de sel et de poivre, arrosez avec du jus de citron et laissez reposer pendant une heure. — Ensuite, séchez-le bien et lardez-le des deux côtés de fines lamelles de lard gras. Placez le poisson dans un plat allant au feu, arrosez de beurre fondu et mettez au four. — Sans retourner, laissez cuire une demi-heure environ en arrosant souvent. Ajoutez, peu à peu, de la crème aigre additionnée d'une demi-cuillerée à café de Maïzena. — Servez dans le plat de cuisson.

Crème Chantilly à l'ananas

Foncez de biscuits à la cuiller un grand compotier plat, mouillez avec du jus d'ananas et recouvrez d'une épaisse couche de crème Chantilly peu sucrée. — Garnissez la surface d'un dessin serré de morceaux d'ananas et de cerises anglaises de conserve. Servez glacé.

travaillant, il poursuivit nonchalamment son discours.)
Le F.B.I. conservera par-devers lui les preuves les plus
accablantes contre Abel. Abel ne sera *pas* condamné à
mort.

— Mais ?

— Pardon ? dit Thomas en haussant les sourcils avec
reproche. Vous me surprenez, Mr. Donovan ! Comment,
« mais » ? Préféreriez-vous voir trépasser votre client ?

— Ne me retournez pas les mots dans la bouche ! C'est
Hoover qui a prétendu qu'Abel allait passer à la chaise
électrique !

— En bonne justice, oui, exposa Thomas en répar-
tissant les rognons. Mais, en admettant que le F.B.I. ait
des projets personnels concernant votre client...

— Alors ?

— Alors, il existerait évidemment d'autres possibilités,
quant au verdict. La prison à vie, par exemple. Ou trente
ans de travaux forcés. Vingt ans. Dix...

— Et les preuves dont parlait Hoover ?

— Les preuves, on peut les dissimuler. En tout cas,
une partie : la pire. Mangez donc, Mr. Donovan, au nom
du Ciel ! Votre rognon refroidit ! »

L'avocat aux cheveux blancs se mit à manger machinalement. Il regarda Thomas à travers ses paupières
plissées.

« Et quel avantage tireriez-vous ?... » dit-il en masti-
quant.

La bouchée passa de travers et il toussa. Thomas, bon
Samaritain, lui tapota le dos.

« Vous voyez bien ! Je voulais vous le dire tout de
suite, mais je n'ai pas eu le courage. Il me semblait peu
convenable de le faire remarquer à une haute personnalité comme vous.

— F... faire remarquer quoi ? toussa Donovan qui suffoquait.

— De ne pas parler en mangeant, dit Thomas avec
simplicité. Mais je crois que ça va mieux, à présent. »

James B. Donovan posa son couvert. Ses lèvres formaient deux traits. Sa voix était celle d'un glaçon, à condition d'admettre qu'un glaçon sache parler, ce qui n'est pas le cas.

« Cessons de jouer au chat et à la souris, dit-il. Je vous pose la question : quel serait l'avantage du F.B.I., s'il dissimulait les preuves les plus accablantes et sauvait ainsi la vie d'Abel ?

— Ne préférez-vous pas répondre vous-même à cette question, sir ? » demanda Thomas à Hoover.

Hoover proféra un grognement inintelligible et se pencha sur son assiette.

« Mais voyons donc ! dit Thomas. C'est toujours à moi, merci beaucoup, de répondre aux questions embarrassantes. Très bien, Mr. Donovan, voilà ! L'avantage du F.B.I. consisterait à se réserver une chance de sauver, tôt ou tard, la vie d'un agent américain.

— Un agent américain ?

— Mr. Donovan, il m'est fort pénible de farfouiller ainsi dans les œuvres vives des Services de renseignements américains, mais après tout, vous avez fait partie de la maison, n'est-ce pas ? Et, à l'époque, vers la fin de la guerre, vous avez contribué à l'organisation des Services de contre-espionnage, pour faire pièce à l'Union Soviétique. Est-ce exact ? »

James B. Donovan se tut.

« Ce n'est pas un reproche, dit Thomas avec un clin d'œil. Après tout, c'était votre travail. Eh oui !... En somme, le fait que ce soit justement vous qui assuriez aujourd'hui la défense d'un espion soviétique n'a rien de paradoxal, n'est-ce pas ?

— J'ai été désigné d'office. Le tribunal voulait démontrer de la sorte son impartialité.

— Je vous en prie ! Ce n'était pas un reproche, non plus ! dit Thomas avec indulgence.

— Je présume, dit Donovan d'un air froissé, que chaque pays possède son Service de renseignements.

— Mais il ne faut pas se laisser prendre, marmonna Hoover, toujours penché sur son assiette.

— Justement, reprit Thomas. Il est vrai que je prévois déjà le jour — c'est un simple problème de calcul des probabilités — où les Russes attraperont un agent américain. Ça pourrait arriver, non ? Encore un peu de rognon, messieurs ! (Il les servit avec élégance.) Je me suis laissé dire, par exemple, que certains avions spécialement équipés exécutent des vols au-dessus d'un certain pays, au cours desquels ils ne photographient pas uniquement les nuages.

— Il s'agit, bien entendu, d'une rumeur absurde », dit Hoover sans relever la tête.

Donovan dressa subitement l'oreille.

« Bien sûr, bien sûr, répondit Thomas d'un ton apaisant. Et les protestations soviétiques concernant la violation de leur espace aérien sont dénuées de tout fondement. »

Hoover releva la tête et cligna de l'œil.

« Il s'agissait toujours d'appareils d'études météorologiques qui avaient dévié de leur cap normal.

— Evidemment, dit Thomas. Mais qu'arriverait-il, si l'un de ces — euh ! — pilotes météorologiques se faisait abattre ?

— Je connais ces appareils, dit lentement Donovan. La D.C.A. ne peut pas les abattre, ils volent trop haut.

— L'impossible peut devenir possible. Il existe d'ailleurs, depuis quelque temps, paraît-il, des fusées extrêmement précises. Donc, étant supposé qu'une telle fusée décroche un beau jour du ciel soviétique un de ces pilotes météorologiques ; que celui-ci survive et soit traduit devant un tribunal ; qu'il s'agisse d'un pilote météorologique que Mr. Hoover aurait du plaisir à revoir... Ne serait-il pas éternellement dommage qu'à ce moment-là M. Abel eût déjà quitté ce monde ? Avec un cadavre, on ne peut pas faire de troc, messieurs !

— Vraiment, Mr. Scheuner, dit Edgard Hoover d'une voix étranglée, votre cynisme dépasse les bornes !

— Veuillez me pardonner, messieurs. Je n'ai fait allusion qu'à une possibilité. Une pure hypothèse...

— Et, s'enquit l'avocat avec beaucoup de lenteur, si aucun de ces pilotes n'est abattu ?...

— Vous voyez, Mr. Donovan, dit Thomas cordialement, nous commençons à nous entendre. Dans ce cas, je verrais fort bien M. Abel, par simple gratitude, se décider à changer de front et à travailler pour les Services américains. »

James B. Donovan fixa son regard sur Edgar Hoover.

« Est-ce également votre avis ?

— Vous avez entendu ce qu'a dit Mr. Scheuner. Je n'ai rien à ajouter. »

Le visage de l'avocat devint rouge brique.

« Pour qui me prenez-vous, en somme, Mr. Scheuner ? Pour qui prenez-vous mon client ? Est-ce là une avance ?

— C'est uniquement un produit de mon imagination, Mr. Donovan, répondit Thomas avec modestie, et rien d'autre.

— Mon client n'acceptera *jamais* une proposition pareille ! » s'écria James B. Donovan.

Le 27 août 1957, un certain Peter Scheuner se présenta à la prison de New York. En haut lieu, on l'avait autorisé à s'entretenir entre quatre yeux avec Rodolphe Ivanovitch Abel. Le directeur en personne escorta cet apparent « V.I.P. » jusqu'au parloir. Chemin faisant, il raconta que l'espion soviétique jouissait d'ores et déjà d'une sympathie générale dans toute la maison.

« Généralement, dans les prisons, les Rouges sont plutôt maltraités par leurs codétenus. Mais pas Abel ! (Le directeur leva les yeux au ciel.) Je vous assure, c'est le chouchou de tout le monde ! Il a joué de la musique pour les prisonniers, il a monté un numéro de cabaret, il a institué un nouveau système de communication...

— Il a fait quoi ? »

Le directeur eut un rire gêné.

« Vous n'ignorez pas, je présume, que les détenus communiquent entre eux de cellule en cellule ?

— Ah ! oui, dit Thomas, perdu dans les souvenirs sentimentaux de ses propres années de prison, le bon vieux télégraphe mural.

— Abel a expliqué à nos détenus un nouveau système, infiniment supérieur, qui fonctionne cent fois plus vite.

— Et comment cela ?

— Je ne tiens pas du tout à le révéler. Je vous dirai simplement que ce système utilise les circuits électriques.

— Nom d'un petit bonhomme ! » dit Thomas en haussant les sourcils.

Dans la vie, songea-t-il, on ne rencontre les meilleurs associés que quand il n'y a plus rien à en tirer.

Ils avaient atteint le parloir. Thomas entra. Elégamment vêtu, Rodolphe Ivanovitch Abel se tenait derrière un treillage à fines mailles. Il regarda s'approcher son visiteur avec une expression de grand sérieux. Le directeur fit signe aux gardes et se retira avec eux. Les lourdes portes d'acier se refermèrent.

Séparés par le treillage, Thomas Lieven et l'espion soviétique Abel se trouvaient face à face. Ils s'entre-regardèrent longuement en silence. Dans la pièce, on eût entendu une mouche voler. Puis, Thomas Lieven se mit à parler...

Nous ignorons ce qu'il dit. Nous ignorons également ce que répondit Abel. Ni l'un ni l'autre n'en ont jamais parlé. L'entretien dura 49 minutes.

Le procès contre Rodolphe Ivanovitch Abel débuta le 26 septembre 1957. Le tribunal était présidé par Son Honneur le juge Mortimer Byers. Les débats étaient, en majeure partie, publics.

Astucieusement, Abel avait su s'assurer le concours d'un des meilleurs avocats américains. Lorsqu'on l'invita à choisir un défenseur, il déclara :

« Je n'ai pas d'argent. Les 3 545 dollars qui ont été trouvés chez moi ne m'appartiennent pas. Je ne m'attends pas à être défendu gratuitement. Par conséquent, je prie le tribunal de me fournir un défenseur. »

Bien entendu, les autorités choisirent un avocat qui, à la fois, ne pût être suspecté d'aucune sympathie communiste, et qui fût un as dans sa profession, c'est-à-dire un homme comme James B. Donovan.

Le procès instaura des précédents uniques en leur genre. L'accusé avait le droit de se mouvoir librement à l'intérieur du tribunal, de prendre ses repas à la cantine en compagnie des jurés et de converser avec les journalistes. Par ailleurs, le juge Byers rendit une ordonnance qui interdit aux trente-huit témoins de pénétrer dans la salle des débats pour y suivre le cours du procès, avant d'avoir rendu témoignage.

Il faut dire que la plupart des témoins en question n'en avaient guère besoin, car, dès l'après-midi du premier jour des débats, ils purent lire dans la presse un compte rendu minutieux de tout ce qui s'était passé dans la salle du tribunal...

Pour des raisons de sécurité, il était également prévu que les agents du F.B.I. et les personnes exposées à un danger quelconque témoigneraient le visage couvert. Ils portaient des cagoules, avec des ouvertures devant la bouche et les yeux, et ressemblaient à des délégués du Ku-Klux-Klan.

Thomas Lieven comparut dans le même accoutrement. Comme tous les autres témoins masqués, il portait un numéro sur la poitrine.

Voici, d'après les minutes du procès, un extrait de son interrogatoire...

Byers. — N° 17, vous avez assisté à l'arrestation de Mr. Abel. Veuillez décrire son comportement.

N° 17. — Mr. Abel était très calme. Ce n'est que pendant la perquisition qu'il manifesta des symptômes d'hystérie.

Byers. — Pourquoi ?

N° 17. — Parce que la radio se mit à marcher dans l'appartement voisin. C'était Elvis Presley qui chantait. Mr. Abel pressa ses deux poings contre ses oreilles. Il s'écria textuellement : « C'est du poison, pour les nerfs !

Ce type représente pour moi une raison majeure de retourner en Russie ! »

(Rires.)

Byers. — Silence, dans la salle ! N° 17, vous avez eu l'occasion de parler avec plusieurs habitants de l'immeuble. Quelles étaient leurs impressions sur Mr. Abel ?

N° 17. — Excellentes, à tout point de vue. Ils le trouvaient, sans exception, merveilleusement sympathique. Au cours des années, il avait peint le portrait d'un grand nombre d'entre eux, y compris ceux de plusieurs fonctionnaires du F.B.I. qui travaillaient dans l'immeuble.

(Rumeurs.)

Byers. — Il a peint le portrait de *fonctionnaires du F.B.I. ?*

N° 17. — Une demi-douzaine. Et avec grand talent, Votre Honneur.

Byers. — Le dossier nous apprend qu'Abel exposait ouvertement dans son atelier l'émetteur à ondes courtes qu'il utilisait.

N° 17. — C'est exact, Votre Honneur.

Byers. — Et les agents du F.B.I. ne s'en sont pas aperçus ?

N° 17. — Si. Certains se firent expliquer dans le détail le fonctionnement de l'appareil. Ils prenaient Abel pour un sans-filiste amateur. Une fois, l'appareil se mit même en marche, pendant qu'Abel peignait un agent du F.B.I. Abel transmit une brève réponse. L'agent du F.B.I. demanda : « Qui était-ce ? » Abel répondit : « Qu'est-ce que vous croyez ? Moscou, bien sûr ! »

(Eclats de rires.)

Byers. — Si un pareil incident se répète, je fais évacuer la salle ! N° 17, c'est vous qui avez mis la main sur une série de vieux mouchoirs en papier, où Abel avait dissimulé de minuscules microfilms. L'un de ceux-ci contenait la clef d'un code complexe. Etes-vous parvenu à déchiffrer le message que l'accusé a rédigé, juste avant son arrestation, sous forme de nombreux groupes de quatre chiffres ?

N° 17. — Oui, Votre Honneur.

Byers. — Quel était ce message ?

N° 17 (lisant). — « Toutes nos félicitations pour vos splendides lapins. N'oubliez pas de vous occuper de la partition de Beethoven. Fumez votre pipe, mais tenez le livre rouge à la main droite. »

Byers. — Ce n'est pas le texte en clair !

N° 17. — Bien entendu, Votre Honneur. C'est le résultat du déchiffrage. Mais il semblerait qu'Abel ait codé tous ses messages deux fois.

Byers. — Et la clef du deuxième code ?

N° 17. — Malheureusement, elle n'a jamais été découverte, Votre Honneur.

(Éclats de rire. Mouvements divers. Le juge fait évacuer la salle. Les débats sont interrompus à 11 h 34.)

Le procès dura près de quatre semaines. Puis, ce fut au tour des jurés de se prononcer. Ils délibérèrent pendant des heures. Spectateurs et journalistes s'agitèrent de plus en plus. Qu'y avait-il à délibérer, pendant tout ce temps ?

C'était le 23 octobre. Les jurés ne retournèrent dans la salle qu'à 19 h 45. Un silence de mort se fit. Tous les assistants se levèrent.

« Monsieur le président du jury, questionna le juge, avez-vous rendu votre verdict ?

— Oui, Votre Honneur.

— Quel est-il ?

— Selon notre verdict unanime, l'accusé s'est rendu coupable des faits qui lui sont reprochés. »

Aucun muscle ne bougea dans le visage de Rodolphe Ivanovitch Abel.

Le jugement fut rendu le 15 novembre : 30 ans de travaux forcés et 2 000 dollars d'amende.

30 ans et 2 000 dollars d'amende pour le plus grand espion russe de tous les temps ? Comment était-ce possible ? Le pays tout entier fut sens dessus dessous, mais pendant quelques jours seulement. Puis, comme toutes choses dans la vie, l'affaire Abel tomba dans l'oubli...

Etrange jeu du hasard !

Le 1ᵉʳ mai 1960, un avion de reconnaissance américain du type U-2 fut pris par les Russes. « Avion américain abattu par une fusée soviétique... », lisait-on dans les journaux. Le pilote de l'appareil s'appelait Francis G. Powers, avait trente ans, était marié et citoyen de l'Etat de Virginie. L'incident eut lieu au cours d'une période de grande tension politique, juste avant le début de la « conférence au sommet » de Paris, pendant laquelle Eisenhower, Khrouchtchev, Macmillan et De Gaulle s'apprêtaient à délibérer de la paix du monde. Les Soviétiques en prirent prétexte pour faire échouer la conférence avant qu'elle eût débuté.

Le pilote fut traduit devant un tribunal militaire à Moscou. L'avocat général Rudenko — celui-là même du procès de Nuremberg — qualifia son crime de « monstrueux » ce qui ne l'empêcha pas d'être saisi de clémence vers la fin de son réquisitoire : « En raison des sentiments de repentir qu'a manifestés l'accusé, dit-il, je n'exigerai pas la peine de mort. » Rudenko demanda quinze ans de prison. Le tribunal se montra encore plus charitable : le pilote fut condamné à dix années de prison...

Oliver Powers, père de l'accusé, un brave cordonnier, déclara aux journalistes : « J'espère que Khrouchtchev va gracier mon pauvre garçon. Après tout, il a lui-même perdu un fils dans la guerre contre les Allemands, où nos soldats ont lutté côte à côte avec les russes. Et s'il ne peut pas le gracier, il y aurait peut-être une possibilité de l'échanger contre un espion russe, emprisonné aux Etats-Unis. Je pense à l'agent Abel... »

Qu'arriva-t-il, à votre avis ?

Hein ?

Après cette brève incursion dans le futur, retournons à l'automne 1957.

Le 23 octobre 1957, l'espion soviétique Abel fut reconnu

coupable. Le 25 octobre, deux visiteurs pénétrèrent dans le bureau d'Edgar Hoover, à Washington. C'étaient Thomas Lieven et Pamela Faber.

Hoover était de bonne humeur et il les accueillit avec cordialité.

« Que puis-je faire pour vous ? demanda-t-il.

— Remplir votre promesse, dit Thomas. Vous vous souviendrez que je vous ai prié de me laisser mourir, une fois ma mission accomplie.

— Je me souviens, dit Hoover lentement.

— Parfait ! s'écria Pamela avec exubérance. Le moment est venu. Car, après, nous voulons nous marier le plus vite possible. »

Hoover se mordit les lèvres.

« Je tiendrai parole, dit-il. Mais ne vous imaginez pas que c'est une partie de plaisir, monsieur Lieven. C'est douloureux, bougrement douloureux !

— Que ne ferait-on pas pour mourir ! dit Thomas. D'ailleurs, j'ai entendu dire que vous aviez d'excellents spécialistes, à la *Harper Clinic.* »

(Bien entendu, la Harper Clinic s'appelle autrement. Mais nous savons qu'elle existe, nous savons où, et nous connaissons son véritable nom.)

« Très bien. J'arrangerai ça avec la clinique. Je vous souhaite de bien mourir et de vivre heureux, très heureux, avec Pamela. Mais dites-vous bien que votre décès peut demander des semaines ! Il faut que nous trouvions un cadavre ! Et un cadavre qui vous ressemble ne se trouve pas tous les jours.

— Mr. Hoover, dit Thomas, je vous en prie ! Dans un pays aussi vaste que les Etats-Unis, on trouvera bien un article adéquat ! »

Le 27 octobre, Pamela Faber accompagna Thomas à la *Harper Clinic*, un établissement isolé, enclos de hauts murs et gardé nuit et jour par des agents du F.B.I., qui se trouve quelque part aux Etats-Unis.

Thomas eut une chambre confortable, dont la fenêtre donnait sur un grand parc. On logea Pamela dans la

chambre voisine. Elle lui rendit visite dès leur arrivée. Ils
mirent deux heures à se dire bonjour...

« Ah ! soupira enfin Pamela, lasse et heureuse, quel
bonheur d'être enfin seule avec toi !

— Si on veut bien nous laisser tranquilles, dit-il en la
caressant. Ça fait vraiment un drôle d'effet ! Quand je
pense que j'aurai un visage tout neuf, de nouveaux
papiers, un nouveau nom, une nouvelle nationalité ! A
quarante-huit ans, c'est une chance qui n'est pas courante.
(Il l'embrassa.) Comment me veux-tu, ma chérie ?

— Qu'est-ce que tu veux dire ?

— Eh bien, puisqu'ils vont commencer à me tripoter
la physionomie, je suis sûrement en droit, auparavant,
d'exprimer certains désirs. Concernant les oreilles, peut-
être. Ou le nez.

— Tu sais, dit Pamela en riant, quand j'étais petite,
j'avais une passion pour les Grecs de l'Antiquité. Et je
me disais toujours : il faut que l'homme que tu épou-
seras ait un profil grec ! Crois-tu... crois-tu... (Elle rougit.)
Ah ! non, c'est trop bête !

— Tu veux dire : un nez grec ? demanda-t-il gentiment.
Si ce n'est que cela ! Et mes oreilles ? Elles te vont ?

— Bien sûr, chéri. Le reste va très bien.

— Tu es sûre ? Il est encore temps. C'est une opération
qui se fait d'un seul coup. Je suis certain que les chirur-
giens de la maison pourraient embellir beaucoup de
choses : les rapetisser — les agrandir — le tout selon tes
goûts personnels...

— Non, non ! s'écria-t-elle vivement. Pour le reste, je ne
veux aucun changement ! »

Pendant les jours suivants, Thomas Lieven fournit
beaucoup de travail à pas moins de trois médecins. Ils
le photographièrent, prirent ses mensurations crâniennes
à l'aide d'un grand compas et l'examinèrent de fond en
comble. Ensuite, il n'eut plus le droit de fumer. Ensuite,
il n'eut plus le droit de boire. Ensuite, Pamela n'eut plus

le droit de — bref, Thomas n'eut plus le droit de rien faire du tout.

On l'opéra le 7 novembre. Lorsqu'il revint à lui, il se trouvait de nouveau dans sa chambre. Sa tête était bandée et douloureuse.

Le quatrième jour après l'opération, il commença tout doucement à se sentir mieux. Les médecins changèrent les pansements. Pamela restait assise toute la journée à son chevet, occupée à le distraire, mais uniquement avec des anecdotes sérieuses, car, si Thomas essayait de rire sous ses pansements, cela lui faisait mal.

Un beau jour, arriva un télégramme impatiemment attendu et adressé à Mr. Grey : c'était le pseudonyme de Thomas à la clinique. Il contenait le texte suivant :

« Tante Véra bien arrivée stop affectueusement edgar. »

Pamela et Thomas prirent connaissance du télégramme. Pamela poussa un cri de joie et pressa la main de Thomas.

« Ils ont trouvé le cadavre, mon chéri, ils ont trouvé le bon cadavre !

— Maintenant, rien ne peut clocher », dit Thomas avec satisfaction.

Il se trompait. Hélas ! hélas ! quelque chose clocha ! Le 13 novembre, un monsieur aux allures soucieuses, avec des yeux mélancoliques et un rhume carabiné, se présenta à la clinique. Il demanda à voir M. Grey en tête-à-tête. Lorsqu'il fut seul avec Thomas, il se présenta sous le nom de John Misaras, agent du F.B.I. En plus de son rhume, Misaras apportait de tristes nouvelles.

« Nous avons eu des ennuis avec le cadavre, dit-il en éternuant de manière à faire trembler les murs. Croyez bien, Mr. Grey, que nous sommes désolés !

— Qu'est-il arrivé au cadavre ? dit Thomas, le cœur serré.

— Nous ne l'avons plus.

— Où est-il ?

— A Ankara.

— Ah ! fit Thomas avec surprise.

— On l'a enseveli.

— Ah ! refit Thomas.

— Je dois vous dire qu'il y avait, ce jour-là, cinq cadavres, dont deux ont été confondus : le nôtre, et un autre. L'autre, nous l'avons toujours. C'est un diplomate turc. Mais, malheureusement, il ne vous ressemble pas. C'est vraiment dommage.

— Ah ! fit Thomas pour la troisième fois.

— Vous ne comprenez pas ?

— Pas un mot !

— A Detroit, nous avons trouvé un mort sans famille. Ç'aurait pu être votre frère jumeau ! Une embolie. Nous l'avons préparé comme il convient...

— Préparé ?

— Oui. Ensuite, nous l'avons emballé dans un cercueil spécial, pour l'expédier en Europe par avion. Mon patron voulait faire les choses à fond. Pour ne pas attirer l'attention d'autres agents, il a fait partir le corps par un avion qui transportait quatre autres cercueils à son bord. C'était un appareil affrété par l'ambassade de Turquie. Voyez-vous, ce diplomate turc était mort dans un accident de voiture. Avec sa femme et deux grands enfants. C'était dans tous les journaux. On y disait aussi que l'avion avait été loué pour transporter les cercueils. Par conséquent, personne ne s'est occupé de savoir s'il y avait un cercueil de plus ou de moins à bord.

— Je comprends.

— Malheureusement, à Paris, il y eut une confusion. On devait y débarquer *notre* cercueil. Les quatre autres continuaient sur Ankara. Bien entendu, notre cercueil portait une marque distinctive. Mais une erreur de transmission s'est glissée dans le télégramme chiffré, et nos gens, à Paris, se sont trompés de cercueil.

— Mon Dieu !

— Oui, c'est très embarrassant. Nous avons constaté entre-temps que c'est le diplomate turc qui s'y trouvait.

— Et... et... et le cadavre qui me ressemblait ?

— Il a été enterré hier à Ankara. Dans un caveau de

famille. Je suis vraiment désolé, Mr. Grey, mais il n'y a plus rien à faire. Il faut attendre que nous trouvions autre chose pour vous... »

Par conséquent, Thomas et Pamela attendirent. Le 19 novembre arriva un autre télégramme pour M. Grey :

« Oncle fred en sécurité stop affectueusement edgar. »

« Ils en ont trouvé un autre, chuchota Pamela.

— Serrons les pouces, dit Thomas, et espérons que rien n'ira de travers cette fois. »

Rien n'alla de travers. Au moment où Thomas et Pamela serraient les pouces, le second cadavre idoine était couché sur la table d'opération d'un médecin de confiance du F.B.I., à Chicago. Le mort ressemblait énormément à Thomas Lieven. Se basant sur des photographies, le praticien s'évertuait, à l'aide d'eau oxygénée, d'injections de paraffine et d'autres belles et bonnes choses, à accentuer encore cette ressemblance. Pendant ce temps, des collaborateurs du F.B.I. tenaient en réserve des vêtements et des accessoires qui avaient appartenu à Thomas : ainsi, la montre à répétition en or et les quatre passeports établis à quatre différents noms.

Un agent du F.B.I. suivait avec intérêt le travail du chirurgien esthétique, pendant que celui-ci injectait un peu de paraffine liquide dans le nez du mort.

« Qui est-ce ? demanda le médecin.

— Lucky Campanello, répondit l'agent. Drogue, chantage et traite des blanches. Il y a deux heures, quelques copains ont eu un accrochage avec lui. Ils ont eu de la veine. Lui, pas.

— Je le vois », dit le médecin en examinant l'endroit où une balle de pistolet avait pénétré, directement au-dessus du cœur, dans la poitrine de Lucky Campanello.

Au cours des quarante-sept années qu'il avait passées sur cette terre, ce Campanello avait uniquement fait le mal et vécu du mal. Il n'avait procuré aucune joie à quiconque. Personne ne l'avait aimé, beaucoup l'avaient haï. Il n'avait pas de parents. Ainsi, il se trouva, pour la première fois, en position de jouer un rôle efficace — après sa mort.

Après que le médecin de Chicago en eut terminé avec lui, Lucky fut expédié à Malte par avion, dans un container spécial. Là, on embarqua à toute vitesse le container sur un bateau qui appareilla quelques minutes après.

Le 20 novembre, vers minuit, le bateau roulait doucement à proximité de Lisbonne, en dehors des eaux territoriales portugaises. Une embarcation fut mise à l'eau, où prirent place trois messieurs vivants et un monsieur défunt. Le canot mit le cap sur la côte.

A l'aube du 21 novembre 1957, des enfants qui jouaient sur la plage blanche du port de pêche de Cascais, près de Lisbonne, trouvèrent ainsi des coquillages multicolores, des étoiles de mer, des poissons à moitié morts et un monsieur tout à fait mort...

EPILOGUE

Eh bien, quelle est la suite de l'histoire ? Comment se termine-t-elle ? Que sont devenus Thomas Lieven et Pamela ? Qui nous a raconté l'histoire de toutes ses extravagantes aventures ? Et comment tant d'événements secrets et ultra-secrets de notre époque sont-ils parvenus à notre connaissance ?

Voilà bien des questions. Nous avons réponse à toutes, bien que cela oblige, hélas ! un homme à sortir de cette ombre où, de par sa profession, il doit et devrait toujours demeurer.

Cet homme, c'est moi. Moi, l'auteur, qui ai recueilli à votre intention les aventures et les recettes de cuisine de l'agent secret Thomas Lieven.

En août 1958, mes éditeurs m'envoyèrent pour un mois aux Etats-Unis. J'y restai quatre mois. J'étais censé recueillir de la documentation pour un roman. Le roman ne fut jamais écrit.

Mais ce qui fut écrit, c'est l'histoire que vous lisez en ce moment ! Je la découvris là-bas. Et c'est une femme merveilleusement belle — comment pourrait-il en être autrement ? — qui me mit sur la voie.

Pour d'excellentes raisons, je ne puis citer le nom de la ville où j'aperçus cette femme pour la première fois. C'était au milieu d'une tiède journée de septembre. J'avais faim. Un journaliste de mes amis m'avait recommandé un restaurant gastronomique. Je m'y rendis. Et c'est alors que je la vis.

Talons hauts, tailleur beige ajusté, elle marchait devant moi. Ses cheveux bruns avaient des reflets bleutés. De taille moyenne, elle était merveilleusement bien faite et sa ligne rappelait celle d'un yacht de course.

Je marchai plus vite et dépassai la dame. Elle avait une bouche grande et rouge, des yeux grands et noirs et un beau front.

Subitement, j'oubliai ma faim...

Que ma douce Lulu me pardonne ! Elle connaît les hommes et sait que le meilleur ne vaut rien dès qu'on le laisse partir seul en voyage.

Pendant mille mètres de boulevard, je poursuivis ce jeu coupable. Tantôt je marchai devant elle, tantôt je lui permis de me précéder. Plus je la voyais, plus elle me plaisait. — Pardon, douce Lulu, pardon ! Tu sais que je n'aime que toi !

La dame, bien entendu, remarqua mon manège. Elle eut un bref sourire. Elle n'était pas fâchée. Les dames aimables ne sont jamais fâchées. Elle pressa simplement un peu le pas. Moi aussi.

Puis apparut devant nous le restaurant qu'avait recommandé mon ami. Et un événement imprévu se produisit. La dame intéressante ne dépassa pas le restaurant. Bien au contraire : elle y entra.

En avant ! me dis-je en la suivant, sans avoir la moindre idée de ce qui m'attendait de l'autre côté de la porte.

Je rattrapai la belle dame dans le petit vestiaire. Elle était occupée à se recoiffer devant la glace.

« Hello ! » dis-je en anglais.

Elle sourit au miroir.

« Hello ! » dit-elle également.

Je me présentai en m'inclinant.

« Madame, dis-je ensuite, je dois vous apprendre que, depuis ma naissance, je souffre d'une timidité maladive. Au grand jamais, même en rêve, je n'aurais eu l'idée d'adresser la parole à une personne inconnue.

— Vraiment ? fit-elle en se retournant.

— Vraiment. Mais aujourd'hui, dès que je vous ai aperçue, ce fut plus fort que moi ! Madame, vous m'avez aidé à surmonter mon complexe ! Je vous en suis reconnaissant. Un pareil événement doit être fêté. Il paraît qu'on mange ici une remarquable poitrine de faisan garnie.

— Oui, dit-elle en me dévisageant avec sérieux, la poitrine de faisan est excellente.

— Dans ce cas, me permettez-vous de vous précéder ? »

Je sortis du vestiaire. Elle me suivit.

De dimensions moyennes, le restaurant était très agréablement décoré de meubles anciens. La salle était pleine comme un œuf ! Une seule table d'angle se trouvait encore libre. Elle portait une petite pancarte « Réservé ».

Un garçon accourut. Je lui glissai cinq dollars dans la main.

« Je vous remercie, dis-je, de nous avoir gardé la table aussi longtemps. »

J'aidai la dame exaltante à prendre place.

« Deux poitrines de faisan garnies, Henry, dit la dame. Avant, une bisque d'écrevisses. Mais d'abord un apéritif. Un martini dry, M. Simmel. »

Heureusement, pensai-je, que j'ai un éditeur généreux ! La note de frais va être salée !

« Si cela ne vous fait rien, dis-je, je préférerais un petit whisky.

— Moi aussi, dit la dame. Deux doubles, alors, Henry.

— Très bien, patronne, dit Henry.

— Comment ? m'enquis-je. A-t-il dit « patronne » ?

— Il a dit « patronne ».

— Mais pourquoi ?

— Parce que je suis la patronne, ici ! dit-elle en riant. Vous auriez pu économiser vos cinq dollars.

— Ça n'a pas d'importance. C'est mon éditeur qui paie.
— Votre éditeur ? Vous êtes écrivain ?
— Certains sont de cet avis, d'autres non, Miss... euh !...
— Thompson, dit-elle, Pamela Thompson. »

Subitement, elle me dévisageait avec un réel intérêt. Pourquoi ?

« Subitement, dis-je, vous me dévisagez avec un réel intérêt, Miss Thompson. Pourquoi ?

— Parce que vous êtes écrivain, Mr. Simmel. J'aime beaucoup les écrivains.

— Quelle chance ! Miss Thompson. »

Pour abréger, mesdames et messieurs, la bisque était excellente, la poitrine de faisan une merveille. Je parlai sans interruption. Avec un esprit fou, comme on le devine. Au café, j'avais la situation bien en main. Elle accepta de venir au cinéma avec moi.

« Okay, Mr. Simmel. Laissez-moi m'occuper des places, je connais le propriétaire du cinéma. La séance commence à huit heures et demie. Voulez-vous venir me prendre ?

— Avec une joie sans pareille, Miss Thompson.

— Disons vers sept heures et demie ? Ça nous laissera le temps de prendre un verre chez moi...

— Sept heures et demie, c'est parfait. »

Nom de nom, me dis-je, je dois faire un de ces effets, sur les femmes ! J'aurais pu faire une carrière de vedette, imbécile que je suis !

Cet après-midi-là, j'allai chez le coiffeur. Puis, j'achetai deux belles orchidées et mis mon meilleur costume : le bleu marine. A sept heures et demie précises, ma boîte de cellophane à la main, je sonnai à la porte d'un appartement. Une plaque de cuivre portait l'inscription :

THOMPSON

Je n'eus pas à attendre longtemps. La porte s'ouvrit

Un homme d'environ cinquante ans apparut sur le seuil. Svelte et de haute taille, il avait un visage mince, des yeux intelligents, un grand front et des tempes grisonnantes ; de plus, un nez grec de forme classique et une petite moustache. Tout ce qui plaît aux femmes, quoi...

« Mr. Simmel, je suppose, dit l'homme. Donnez-vous la peine d'entrer. Je suis très heureux de faire votre connaissance. Ma femme m'a parlé de vous !

— Votre... hum !... votre *femme* ?

— Ma femme, oui. Je m'appelle Thompson, Roger Thompson. »

Un mouvement se fit derrière lui. Pamela, ma charmante Pamela, entra dans le petit hall. Elle portait une robe de cocktail verte, très décolletée, à arabesques d'or. Son sourire était rayonnant d'innocence.

« Ah ! vous voilà ! Mon Dieu, quelles belles orchidées ! N'est-ce pas, Roger, qu'il est charmant ? Cela ne vous ennuie pas, dites-moi, que mon mari vienne au cinéma avec nous ? »

Ce soir-là, au cinéma, je m'apitoyai énormément sur mon propre sort. Mes genoux se cognaient sans arrêt contre la cloison de la loge. Mon siège était inconfortable et dur. Il faisait chaud. J'avais mal à la tête. Et lorsque je vis que monsieur et madame Thompson commençaient à se tenir les mains, dès la fin des actualités, je fis en moi-même la réflexion : « Exemple typique d'une soirée foutue ! »

Mais je me trompais. Enormément, même !

Car, après le cinéma, cette soirée devint la plus agréable de tout mon séjour en Amérique. Nous allâmes dîner — au restaurant des Thompson, bien entendu. Mais quel dîner ! Mr. Thompson composa le menu et se rendit en personne à la cuisine. Pendant un moment, je fus seul avec Pamela.

« Fâché ? demanda-t-elle.

— Mais non.

— Vous savez, au déjeuner je vous ai trouvé si gentil, si sympathique... Tout ce que vous me disiez me plaisait...

— Qu'ai-je donc dit ?

— Que vous aimiez bien manger ; que vous aimiez la compagnie des jolies femmes ; que vous ne voudriez plus jamais porter l'uniforme ; que vous vous sentiez chez vous, dans le monde entier, partout où vous avez des amis...

— Chère madame, je dois ajouter quelque chose à tout ce que j'ai dit.

— Oui ?

— Je... je... Moi aussi, je trouve votre mari très gentil, très sympathique...

— N'est-ce pas ? dit-elle, rayonnante. C'est vrai qu'il l'est ! Mais vous ne le connaissez pas. Vous ne savez pas ce que nous avons vécu ensemble. Vous ignorez sa façon de penser. Pour moi, l'amour a toujours été une affaire de tête. Je n'ai jamais pu tomber véritablement amoureuse des hommes dont je ne pouvais admirer ni la manière de s'exprimer ni la forme de pensée. Mais avec Roger, ç'a été le coup de foudre. Le grand amour de ma vie...

— Mais... mais, alors, pourquoi m'avez-vous invité, Mrs. Thompson ?

— Pamela.

— Pourquoi m'avez-vous invité, Pamela ?

— Parce que vous êtes écrivain. Vous comprendrez plus tard, peut-être, et peut-être pas... Tout dépend de lui.

— Vous faites tout ce qu'il vous dit ?

— Oui, me répondit-elle avec un sourire radieux. Et lui en fait autant ! Toujours ! Il me demande toujours conseil. Bien sûr, de temps en temps il fait des frasques, comme tous les hommes. Mais il me revient toujours. Je sais que je suis la seule femme avec qui il ait envie de vivre. C'est une grande force pour une femme, n'est-ce pas ? »

La vie est bizarre !

Ce que j'avais imaginé ne se réalisa pas. Je n'obtins pas ce que je m'étais apprêté à demander à Pamela. Mais

MENU

Turbot aux huîtres et à la sauce hollandaise au caviar
Filet Wellington à la sauce madère
Gnocchis à la mode de Salzbourg

Quelque part aux Etats-Unis, le 28 octobre 1958

CE LIVRE EST NE AU COURS DE CE REPAS

Turbot

Prenez un turbot cuit à l'eau salée (mais pas trop), rangez-le, la face blanche vers le haut, dans un plat chaud et entourez-le d'huîtres frites.

Huîtres frites

Détachez les huîtres de la coquille, séchez avec une serviette, panez, faites frire rapidement au beurre et servez immédiatement.

Sauce hollandaise au caviar

Dans une petite casserole, battez 2 jaunes d'œufs avec un filet de vinaigre et une cuillerée à entremets d'eau chaude. Mettez la casserole au bain-marie, à petit feu, et incorporez, en battant toujours, 125 g de beurre. Battez jusqu'à épaississement de la sauce, assaisonnez de sel et de jus de citron. Juste avant de servir, mélangez à la sauce chaude 50 g de caviar.

Filet Wellington

Prenez un morceau de filet de bœuf, faites-le revenir et, une fois tiédi, placez-le sur un fond de pâte feuille-tée, au-dessus d'une couche d'échalotes, de champignons, de persil et d'estragon, le tout haché et fondu au beurre. Garnissez la viande de tranches de foie d'oie et de truffes, étuvées au madère, rabattez la pâte, collez-la au jaune d'œuf et mettez au four. — Préparez une sauce à l'aide des fonds de cuisson déglacés au madère.

Gnocchis à la mode de Salzbourg

Dans un grand plat, battez 6 blancs d'œufs en neige, incorporez les jaunes, 2 cuillerées de farine, 2 cuillerées de sucre, 60 g de beurre fondu et un quart de tasse de lait chaud additionné de sucre vanillé. — Faites fondre 60 g de beurre dans une poêle profonde, versez-y le mélange, couvrez et laissez cuire jusqu'à ce que le fond ait pris couleur. Découpez dans la pâte des gnocchis de grande taille, retournez et laissez cuire à nouveau. Ensuite, ajoutez un quart de tasse de lait vanillé et gardez la poêle au chaud jusqu'à ce que la pâte ait absorbé le lait et soit devenue légère. — Saupoudrez de sucre en poudre et servez immédiatement, avant que la pâte ne retombe.

j'obtins quelque chose de mieux : son amitié et l'amitié de son mari.

Pendant les trois semaines suivantes, nous nous vîmes presque tous les jours. Nous nous amusions énormément. Et nos avis semblaient vraiment concorder dans tous les domaines.

Je remarquais souvent que Thompson m'observait d'un air songeur et méditatif. Je remarquais aussi qu'il me posait beaucoup de questions. Sur mon passé. Sur mes idées. Sur mes expériences. Et puis, toujours de nouveau, sur mes idées. Mais il ne parlait jamais de lui-même.

Comme convenu, je recueillais de la documentation pour mon prochain roman, ce qui m'obligeait parfois à quitter la ville. Je me réjouissais à l'avance de mon retour, car chaque fois les Thompson venaient me chercher à la gare ou à l'aéroport. Enfin, je pensais avoir récolté suffisamment de matériaux. Je pris un billet d'avion pour Francfort et réservai ma place pour le 29 octobre 1958, à 20 h 45.

Le 28 octobre, Roger Thompson m'appela à mon hôtel.

« Il paraît que vous voulez nous quitter, dit-il. Je voudrais organiser un petit dîner pour vous.

— C'est une merveilleuse idée, Roger.

— Alors, ce soir à sept heures et demie ?

— Parfait.

— Ah ! pendant que j'y pense : téléphonez donc à votre compagnie d'aviation ! Annulez votre réservation pour demain soir et faites-vous mettre sur la liste d'attente.

— Pourquoi donc ? »

Je l'entendis rire.

« Ce soir, dit-il, vous comprendrez tout. Et, au nom du Ciel, ne vous ramenez pas une fois de plus avec deux orchidées ! »

Par conséquent, je me ramenai avec trois orchidées, et Pamela était plus belle que jamais, et Roger était plus charmant que jamais, et le repas qu'il avait préparé était meilleur que jamais. Le premier plat fut un turbot, garni d'huîtres frites et nappé d'une sauce hollandaise au caviar.

« Je n'ai jamais mangé cela, dus-je admettre. Il faudra que je note la recette pour ma femme...

— En plus de mes recettes, dit le maître de maison d'un air songeur, il y aurait beaucoup d'autres choses à noter. »

Je le regardai. Je regardai sa belle épouse. Tous deux souriaient, avec bienveillance et sympathie.

« Mon cher, dit Roger Thompson, j'ai une confiance illimitée dans le jugement de Pamela. Pamela a été d'emblée convaincue de votre bonne foi. Mais moi, je suis un homme et dois être prudent...

— Prudent ? Pourquoi ?

— Voilà le problème : pourquoi ? »

Avec sa fourchette, Thompson farfouillait dans son poisson. Puis, son visage s'éclaira.

« Mon cher Mario, dit-il, je n'ai pas toujours tenu un restaurant pour gourmets. Je ne me suis pas toujours appelé Roger Thompson. J'ai eu un passé plutôt aventureux. Encore un peu de caviar ?

— Cesse de faire l'imbécile, dit Pamela. (Puis elle me regarda.) Mon mari, poursuivit-elle, a beaucoup vécu : des événements drôles, des événements tristes, des événements passionnants. J'ai toujours pensé que quelqu'un devrait écrire tout cela ! Il faudrait que beaucoup de gens sachent ce qu'il lui est arrivé. Ce pourrait être si utile !

— Utile ?

— Mon mari est un pacifiste convaincu.

— Le seul problème, dit l'homme qui se faisait appeler Roger Thompson, le voici : si je vous raconte mon histoire, pouvez-vous me promettre que personne ne saura ni mon vrai nom ni ma véritable adresse ?

— Oui, dis-je. Je le peux. »

Je demeurai en Amérique jusqu'au 2 janvier 1959. Lorsque je partis, mes bagages contenaient seize bandes magnétiques avec des enregistrements sur double piste.

Lorsque je partis, je remportais en Europe l'histoire d'une vie unique : les aventures et recettes de cuisine de l'agent secret Thomas Lieven.

A présent, on me comprendra et m'excusera si je dis que l'homme qui me relata sa vie ne s'appelle, bien entendu, ni Roger Thompson ni Thomas Lieven. On comprendra également que je taise le nom de la ville où il vit et travaille en compagnie de sa belle épouse. Ajoutons qu'il a acheté son restaurant avec l'argent que lui rapporta cette opération sur les actions DESU que nous avons racontée au début de ce récit. Le prêt du courtier suisse Pierre Muerrli avait porté chance à Thomas. D'heureuses spéculations l'avaient enrichi. Dès l'été 1958, Pamela, munie des pouvoirs nécessaires, prit l'avion pour Zurich, rapporta à M. Muerrli ses 717 850 francs, retira les fausses actions du compte anonyme, les déchira et les fit disparaître dans les lavabos de sa chambre d'hôtel. Comme Lieven l'avait prévu, tout le monde avait gagné de l'argent et personne n'avait subi de préjudice. Plus encore : personne n'avait flairé les dessous ténébreux de cette affaire.

Tandis que mon avion prenait de la vitesse sur la piste d'envol, vers de lointains horizons, l'Atlantique et le Vieux Monde, « Roger Thompson » et sa femme se tenaient sur la terrasse de l'aéroport. J'éprouvai soudain un sentiment de nostalgie. Adieu, Pamela, adieu Roger ; portez-vous bien, tous deux...

Ce que vous m'avez raconté, je l'ai écrit. J'espère que vous êtes content de moi. Les derniers mètres de la dernière bande sonore défilent sur le magnétophone. C'est Thomas Lieven qui parle, et je conclus mon histoire par ses propres paroles :

« Toute ma vie durant, je me suis défié des grands mots et des grands héros. Je n'ai pas eu davantage de goût pour les hymnes nationaux, les uniformes et les prétendus « hommes forts ».

« Mon vieil ami Bastien a retrouvé son Marseille natal. Il va bien. Son travail consiste à superviser, au port, l'em-

barquement du fret. Il a affaire à beaucoup de gens :
des Chinois et des Allemands, des Français, des Corses et
des Arabes. Il s'entend bien avec tous, et tous s'entendent
avec lui. Ils disent de lui : « C'est un type comme ça !
« Avec lui, on peut parler raisonnablement. »

   « Moi aussi, dans mon petit restaurant, j'ai affaire à
beaucoup de gens : des Blancs, des Jaunes et des Noirs.
Certains de mes clients sont de religion israélite, d'autres
sont chrétiens. Il y a aussi quelques musulmans et quelques bouddhistes.

   « Je me plais à imaginer une époque où tous les hommes cohabiteront sur cette terre aussi harmonieusement
que le font les amis de Bastien et la clientèle de mon restaurant. Pourquoi ce qui fonctionne si bien pour quelques
centaines serait-il impossible pour plusieurs milliards ?

   « Les dockers disent que mon ami Bastien est « raisonnable ». M'est avis qu'avec un peu de raison nous pourrions tous y arriver. Chacun de nous a reçu du Bon Dieu
la faculté de réfléchir. Je propose que, pendant quelque
temps, nous nous attachions moins à croire qu'à réfléchir ! Les conséquences seraient miraculeuses. Il n'y
aurait même plus de guerres. Car, comme ce sont les
hommes qui font la guerre, les mêmes hommes doivent
être capables de l'éviter.

   « Par conséquent, je lève mon verre à la raison
humaine. Qu'elle nous protège tous, Noirs, Jaunes et
Blancs ! Qu'elle nous conduise hors de l'obscure vallée
où règne l'angoisse, vers un paradis de joies et de paix ! »

TABLE DES MATIERES

IMPRIMÉ EN FRANCE PAR BRODARD ET TAUPIN
7, bd Romain-Rolland - Montrouge - Usine de La Flèche.
LE LIVRE DE POCHE - 22, avenue Pierre 1er de Serbie - Paris.
ISBN : 2 - 253 - 01700 - 0